DAVID BALDACCI

Né en 1960, David Baldacci a grandi et fait ses études de droit à Richmond en Virginie. Il commence sa carrière d'avocat à Washington tout en ébauchant des scénarios.
Après le succès phénoménal de son premier roman, *Les pleins pouvoirs*, vendu à trois millions d'exemplaires aux États-Unis et porté à l'écran par Clint Eastwood, il renonce à la pratique du droit pour se consacrer à l'écriture. Il a signé depuis plusieurs titres, dont *Une femme sous contrôle*, son deuxième roman et nouveau best-seller, et *Une triche si parfaite*. Il s'affirme aujourd'hui comme l'un des maîtres du thriller.

UN HOMME SOUS INFLUENCE

DU MÊME AUTEUR

CHEZ POCKET

UNE FEMME SOUS CONTRÔLE
UNE TRICHE SI PARFAITE
LA SIMPLE VÉRITÉ
SOUS HAUTE PROTECTION

DAVID BALDACCI

UN HOMME SOUS INFLUENCE

Traduit de l'américain par Bernard Ferry

BELFOND

Titre original :
LAST MAN STANDING
publié par Warner Books Inc., New York.

Ce livre est une œuvre de fiction. Les noms, les personnages, les lieux et les événements sont le fruit de l'imagination de l'auteur ou utilisés fictivement. Toute ressemblance avec des personnes réelles, vivantes ou mortes, des événements ou des lieux serait pure coïncidence.

ISBN 2-266-14017-5

À la mémoire de Yossi Chaim Paley
(14 avril 1988-10 mai 2001)
le jeune homme le plus brave que j'aie jamais rencontré

Les masses ignorantes calomnieront toujours l'homme injustement accusé. Celui-ci pourrait alors tirer à volonté, il ne risquerait pas de manquer sa cible.

Anonyme

Vitesse, surprise et violence de l'action.

Devise de l'Équipe de secours aux otages

1

Web London possédait un fusil semi-automatique SR75, fabriqué spécialement par un célèbre armurier. Le SR ne se contentait pas de meurtrir la chair et les os : il les désintégrait. Web ne sortait jamais de chez lui sans son artillerie, car il baignait dans la violence. Il était toujours prêt à tuer, efficacement et sans se tromper : l'idée même d'ôter une vie par erreur lui semblait à ce point insupportable qu'il préférerait se tirer une balle dans la tête. Telle était la voie difficile qu'il avait choisie pour gagner son pain. On ne peut pas dire qu'il adorait son boulot, mais il y excellait.

Même s'il gardait une arme auprès de lui pratiquement à toute heure du jour, Web n'était pas du genre à la dorloter. Les armes faisaient partie de sa vie, mais il n'allait pas jusqu'à leur parler et leur donner des surnoms. Au fil des ans, elles lui étaient devenues familières, tout en restant aussi difficiles à apprivoiser que des animaux sauvages. Des policiers compétents manquaient leur cible huit fois sur dix ; pour Web, ce n'était pas seulement inacceptable, c'était suicidaire. On pouvait lui reprocher beaucoup de choses, mais pas de rechercher la mort. D'ailleurs, s'ils étaient nombreux à vouloir le tuer, un seul avait failli y parvenir.

Quelque cinq ans auparavant, il avait perdu un ou deux litres de sang sur le sol d'un gymnase d'école jonché de cadavres. Après avoir récupéré de ses blessures, à la grande stupéfaction des médecins, Web avait abandonné le pistolet-mitrailleur qui avait la faveur de ses camarades de combat au profit du SR. Cette arme ressemblait au M16, tirait de grosses balles de calibre 308 et se révélait idéale pour l'intimidation. Avec un SR, on n'avait plus que des amis.

À travers les vitres fumées de la Suburban, Web détaillait les petits groupes qui se dispersaient au coin des rues et les attroupements suspects dans les ruelles obscures. Tandis que son équipe s'enfonçait en territoire hostile, il surveillait la rue, où chaque véhicule pouvait être une automitrailleuse camouflée, guettant le moindre regard fuyant, le plus infime signe de tête ou même le mouvement de doigts sur un téléphone portable.

La Suburban tourna à un carrefour et s'immobilisa. Web jeta un coup d'œil aux six hommes qui l'accompagnaient. Il savait qu'une même pensée traversait leurs esprits : sortir rapidement et en bon ordre, se mettre à couvert et délimiter un espace de tir. La peur n'entrait pas vraiment en ligne de compte, mais les nerfs, c'était un autre problème. Les poussées d'adrénaline pouvaient fort bien se révéler fatales.

Web respira profondément, calmement. Son pouls devait descendre à soixante ou soixante-dix pulsations à la minute. À quatre-vingt-cinq, l'arme tremble contre la poitrine ; à quatre-vingt-dix, le sang ne circule plus normalement, les nerfs de l'épaule se contractent, on contrôle moins la pression sur la détente. Au-delà de cent pulsations, on rate un éléphant dans un couloir ; dans ce cas, autant se coller sur le front une étiquette « achevez-moi », parce qu'on se fera tuer, c'est inévitable.

Web fit refluer l'angoisse, ramena la paix en lui et parvint à rétablir le calme au sein du chaos.

La Suburban se gara un peu plus loin. Rupture du silence radio. Teddy Riner parla dans son micro :

— Charlie à PC, nous réclamons l'autorisation de compromis et la permission d'avancer jusqu'au jaune.

Dans son oreillette, Web entendit la réponse laconique du poste de commandement.

— Compris, Charlie Un. Attendez.

Dans la palette de couleurs de Web, « jaune » signifiait la dernière position dissimulée, à couvert ; « vert », le point critique : l'engagement de l'action. Le franchissement de la fine limite entre la relative sécurité et le seuil de vérité pouvait se révéler dramatique. Enfin, Web répéta mentalement les mots « autorisation de compromis ». C'était là une façon de demander la permission d'ouvrir le feu si nécessaire. Nouvelle rupture du silence radio.

— PC à toutes les unités. Vous avez l'autorisation de compromis et la permission d'avancer dans le jaune.

Merci beaucoup, PC, songea Web en se renfonçant contre la portière arrière de la Suburban. Il avancerait en tête, Roger McCallam à l'arrière ; Tim Davies pénétrerait le premier et Riner dirigerait l'opération. Big Cal Plummer et les deux autres attaquants, Lou Patterson et Danny Garcia, se tiendraient prêts, avec leurs pistolets-mitrailleurs MP-5, leurs grenades offensives et leurs pistolets de calibre 45. Dès que les portières s'ouvriraient, ils se précipiteraient à l'extérieur, pour couvrir l'équipe. Ils avanceraient les genoux fléchis pour résister au recul au cas où ils seraient obligés de faire feu. La cagoule de Web rétrécissait son champ de vision, ne lui laissant qu'un minuscule point de vue sur la scène à venir. À partir de là, plus d'échanges verbaux, ils communiqueraient par signes de la main. Quand les balles pleuvent, la bouche devient sèche de toute façon.

Il vit Garcia se signer, comme chaque fois. Et, comme chaque fois que Garcia se signait, Web lui lança :

— Dieu est trop malin pour s'aventurer par ici, Danny. On est tout seuls.

Web disait toujours cela comme une boutade, mais au fond, il ne plaisantait pas.

Cinq secondes plus tard, les portières s'ouvrirent et l'équipe sortit à quelque distance de l'objectif. D'habitude, ils aimaient bien se rendre en voiture jusqu'à leur destination, ouvrir la porte à la volée et se ruer dans la brèche, mais ce soir-là les conditions étaient un peu particulières. Voitures abandonnées, vieux frigos et objets de rebut leur bloquaient la route. Crachotements dans les écouteurs : les tireurs d'élite de l'équipe X-Ray intervenaient sur la fréquence. Il y avait bien des hommes dans la ruelle, disaient-ils, mais pas ceux qu'on pourchassait ce soir. Du moins en apparence. Comme un seul homme, l'équipe Charlie s'élança au pas de course. Une Suburban avait lâché l'équipe Hotel de l'autre côté du pâté de maisons pour qu'ils attaquent à revers. Charlie et Hotel devaient se rejoindre quelque part au milieu du théâtre des opérations.

Web et les autres se dirigeaient vers l'est, talonnés par une tempête. Les éclairs, le tonnerre, le vent et la pluie avaient la fâcheuse tendance de brouiller les communications au sol, les positionnements tactiques, de mettre les nerfs à rude épreuve, et cela juste au moment où tout devait se dérouler à la perfection. Malgré leur équipement ultra-sophistiqué, le seul moyen de se défendre contre la nature restait encore de courir plus vite qu'elle. Ils foncèrent dans l'allée, une étroite bande d'asphalte criblée de nids-de-poule et de détritus, enserrée par des bâtiments en brique qui portaient les marques d'innombrables fusillades ; certaines avaient opposé les bons et les méchants, mais la plupart étaient dues à des jeunes gens qui s'affrontaient pour des histoires de drogue, de femmes, voire sans raison. Ici, une arme transformait en homme n'importe quel adolescent, y compris un gamin descendu de chez lui après les dessins animés du samedi matin, convaincu que son copain allait se relever et se remettre à jouer, malgré le grand trou rouge qui lui creusait la poitrine.

Ils rencontrèrent le groupe signalé par les tireurs d'élite : une bande de Noirs, de Latinos et d'Asiatiques en pleines tractations. Apparemment, la promesse d'un bon trip et d'un bizness sans embrouille abolissait les problèmes de races, de croyances ou d'opinions politiques. Aux yeux de Web, tous ces types étaient des zombies, des rescapés du comprimé, du sniff ou de la piquouse. Apparemment, ces pitoyables épaves avaient encore l'énergie, ou tout simplement la clarté d'esprit, nécessaire à leurs transactions… cash contre sachets de poison cérébral déguisé en potion apaisante – enfin, au début.

En voyant jaillir devant eux la terrifiante muraille d'armes et de gilets pare-balles, tous les petits trafiquants, sauf un, se jetèrent à genoux, suppliant qu'on leur laisse la vie sauve ou qu'on ne les arrête pas. Web s'intéressa au seul d'entre eux à être resté debout. La tête enveloppée d'un foulard rouge, signe d'appartenance à un gang, le gamin était taillé en V ; sa large chemise, ouverte sur sa poitrine musclée, pendait sur un short baissé sur la raie des fesses. Il arborait un air hautain, l'air de dire « je suis plus malin que toi, plus dur, et je vivrai plus longtemps ».

Il leur fallut moins de trente secondes pour s'apercevoir qu'en dehors du gamin au foulard, tous étaient dans les vapes et qu'ils n'avaient ni armes, ni téléphones portables pour prévenir les autres. Le jeune au foulard avait bien un couteau, mais celui-ci ne faisait pas le poids face à l'arsenal des flics. L'équipe Charlie poursuivit sa route, couverte par Cal Plummer qui marchait à reculons en pointant son MP-5 sur le jeune biznessman, au cas où.

Le gamin apostropha Web, lui criant son admiration pour son fusil et lui proposant de l'acheter. Et qu'il s'en servirait pour les buter, lui et les autres. Web lança un coup d'œil aux toits, où se tenaient les membres des équipes Whiskey et X-Ray, une cartouche engagée dans le canon, prêts à faire gicler la cervelle de chacun de ces minables. Web savait très exactement comment les tireurs d'élite envisageaient leur boulot, parce que des années durant il avait été l'un d'eux.

Pendant des mois, il avait barboté dans des marécages infestés de bestioles venimeuses. Il était resté posté dans des anfractuosités de rochers battus par les vents, au beau milieu d'une chaîne de montagnes glaciale, la joue sur le fourreau de cuir qu'il avait lui-même taillé pour la crosse de son arme, l'œil rivé à la lunette de visée, couvrant l'intervention des équipes d'assaut. Il avait appris à pisser en silence dans un pot, à envelopper méthodiquement sa nourriture de façon à pouvoir picorer dans l'obscurité la plus totale, ou encore à disposer ses munitions pour pouvoir recharger au plus vite selon les instructions militaires en vigueur. Évidemment, de telles connaissances n'étaient pas souvent utilisées dans le secteur tertiaire, mais Web ne songeait même pas y faire carrière.

Le tireur d'élite doit trouver la meilleure position de tir en étant exposé le moins possible, et la plupart du temps ces deux paramètres se révèlent incompatibles. On fait au mieux. Des heures, des jours, des semaines, voire des mois sans rien, à part l'ennui qui sape le moral et émousse l'habileté, et puis, brusquement, cet ennui explose dans une poussée d'adrénaline, au milieu d'une fusillade et de la confusion générale. La décision de tirer implique la mort de quelqu'un, et on ne sait jamais si sa propre mort figure ou non au programme.

Ces images étaient si présentes à sa mémoire que Web pouvait les convoquer à tout moment. Cinq pointes creuses s'alignaient dans le magasin du fusil à pompe, prêtes à s'enfoncer dans un adversaire à deux fois la vitesse du son lorsque Web aurait exercé sur la détente une pression de 1,10 kilo. Dès que quelqu'un pénétrait dans sa zone de tir, Web faisait feu et cet être humain devenait un cadavre. Pourtant, les tirs les plus importants étaient ceux qu'il n'avait pas effectués. Ce n'était pas un boulot pour les timorés, les imbéciles, ni même pour les types d'intelligence moyenne.

En pensée, Web remercia les tireurs d'élite postés au-dessus de lui et poursuivit sa course dans la ruelle.

Ils aperçurent un enfant d'environ dix ans, seul, assis sur un bloc de béton. Malgré la tempête qui s'annonçait et l'impressionnante chute de température, il était torse nu. Web voyait souvent ce genre de gamin pauvre et, réaliste, il savait qu'il ne pouvait rien pour lui. Comme la menace pouvait venir de n'importe qui, il le détailla des pieds à la tête. Par bonheur, il ne trouva pas d'arme sur lui.

Le petit garçon le regarda. La lumière tremblante du lampadaire soulignait ses traits. Web remarqua sa maigreur, les muscles des bras et des épaules, déjà durs, au-dessus des côtes saillantes, comme ces nœuds d'écorce que les arbres produisent sur leurs blessures. Sur le front, on distinguait la cicatrice d'un coup de couteau et, sur la joue gauche, un trou qui ne pouvait avoir été creusé que par une balle.

— Enfer et damnation, dit l'enfant d'une voix lasse, avant de se mettre à rire, ou plutôt à ricaner.

Ces mots et ce rire résonnèrent comme des coups de cymbales dans la tête de Web, mais il n'aurait su dire pourquoi. Sa peau le picotait. Il avait déjà vu des gamins de ce genre, il y en avait partout dans ce quartier, et pourtant il éprouvait quelque chose d'indéfinissable. Peut-être exerçait-il ce métier depuis trop longtemps ? Mais était-ce bien le moment de songer à ça ?

Le doigt sur la détente, il poursuivit sa progression à longues et souples enjambées, tout en cherchant à se débarrasser de l'image du petit garçon. Bien que très mince lui-même, Web avait énormément de force dans les bras, dans les mains, et de puissantes épaules. En outre, de toute l'équipe, il était, et de loin, le plus rapide à la course et le plus endurant. Web était capable de courir pendant des heures avec un sac de vingt-cinq kilos sur le dos. Les balles traversent les muscles aussi aisément que la graisse. Mais elles ne peuvent causer aucun dégât si elles n'atteignent pas leur cible.

Avec ses larges épaules et son 1,92 mètre, Web passait pour costaud. Pourtant, les gens remarquaient surtout le côté gauche de son visage, ou plutôt ce qu'il en restait. Lui-même reconnaissait que la chirurgie réparatrice réussissait des merveilles. Sous un éclairage approprié, c'est-à-dire dans la pénombre presque totale, on ne remarquait plus l'ancien cratère, la joue rehaussée et la greffe délicate d'os et de peau. Extraordinaire, au dire de tout le monde, sauf de Web.

Au bout de la ruelle, ils s'arrêtèrent une fois encore et s'accroupirent. À côté de Web se tenait Teddy Riner. Grâce à son micro sans fil, Riner s'adressa une dernière fois au PC : Charlie se trouvait dans le jaune et il demandait l'autorisation de gagner le vert, le « point critique », la porte. Son SR75 dans une main, Web tâta de l'autre le calibre 45, fabriqué spécialement pour lui, glissé dans son étui, le long de sa jambe droite. Il portait un pistolet identique sur sa plaque de poitrine en céramique chirurgicale, et il l'effleura aussi – un geste rituel avant l'attaque.

Web ferma les yeux, imaginant la minute qui allait suivre. Ils courraient jusqu'à la porte. Davies, au centre, placerait ses charges. L'équipe d'assaut tiendrait ses grenades offensives à la main. Cran de sûreté des pistolets-mitrailleurs levé. Pas de doigt sur la détente avant le moment de tuer. Davies ôterait les sécurités sur le boîtier de commande et vérifierait le détonateur fixé à la charge explosive au cas où il y aurait un problème, mais il n'y en aurait pas. Riner prononcerait alors l'incantation rituelle à l'intention du PC : « Charlie dans le vert. » Et, comme toujours, le PC répondrait : « Attendez les ordres. » Ces mots-là agaçaient toujours Web, car enfin, qui maîtrisait vraiment la situation ?

Au cours de sa carrière, il n'avait jamais entendu la fin du compte à rebours. À « deux », les tireurs d'élite faisaient feu, et une batterie de 308 déchargeant de concert, cela fait un sacré boucan. La charge explosait avant « un », et ce cyclone de décibels balayait jusqu'aux moindres pensées. D'ailleurs, si on entendait la fin du compte à rebours, on était dans le pétrin, parce que ça voulait dire que le détonateur avait foiré. Mauvaise façon de commencer sa journée !

Lorsque le souffle aurait arraché la porte, Web et son équipe envahiraient les lieux et jetteraient leurs grenades offensives aveuglantes et assourdissantes. À chaque nouvelle porte fermée, soit ils recourraient au crépitement du fusil de Davies, soit à un dispositif se présentant sous la forme d'une bande de pneu qui contenait du C-4 capable de venir à bout de n'importe quel type de porte. Ils poursuivraient, tirant avec précision, manœuvrant comme sur un échiquier. La communication se ferait par gestes. D'ordinaire, les consignes étaient de paralyser l'ennemi, de localiser les otages et de les sortir sains et saufs. On ne songeait jamais à la mort. Cela prenait trop de temps et d'énergie : les missions exigent qu'on mobilise toute la force des instincts et de la discipline nés d'une longue pratique, et qui ont fini par devenir partie intégrante de chacun.

D'après des sources sûres, le bâtiment auquel ils s'apprêtaient à donner l'assaut abritait l'état-major financier d'un des principaux réseaux de trafic de drogue de la capitale. Ce soir-là devaient se trouver présents des comptables et de petits revendeurs qui deviendraient d'irremplaçables témoins pour l'accusation si on parvenait à les capturer vivants. De cette façon, les fédéraux pouvaient espérer les coincer sous différents chefs d'inculpation, aussi bien civils que pénaux. Même les seigneurs de la drogue redoutent les contrôles fiscaux, car ces aristocrates payent rarement leurs impôts. Voilà pourquoi on avait fait appel à l'équipe de Web. S'ils avaient pour spécialité de tuer, ils savaient tout aussi bien garder les gens en vie. Au moins jusqu'au moment où ces personnes prêtaient serment, la main sur la Bible, avant d'envoyer à l'ombre quelque malfrat encore plus nuisible qu'elles.

L'étape suivante allait commencer. Dans un instant, le PC entamerait le compte à rebours : « Cinq, quatre, trois, deux… »

Web rassembla ses esprits. Il était prêt. Pouls à soixante-quatre. *C'est bon, les gars, le magot est droit devant. On y va.* Dans son oreillette, il entendit à nouveau le PC donnant l'autorisation d'avancer jusqu'au point critique.

Et ce fut précisément à ce moment-là que Web London se figea sur place. Son équipe jaillit à découvert, sans lui. Comme si ses bras et ses jambes n'appartenaient plus à son corps, comme lorsqu'on s'endort avec un membre replié et qu'au réveil on le découvre engourdi. Jamais il n'avait éprouvé une telle sensation. Ça ne semblait être ni la peur ni les nerfs ; Web avait trop d'expérience pour cela. Il observa l'équipe Charlie qui franchissait les derniers mètres. Au cours des réunions préparatoires, ils avaient conclu que la cour était l'endroit le plus dangereux, plus dangereux encore que le point critique. L'équipe accéléra, guettant le moindre signe de résistance. Aucun des hommes ne sembla remarquer l'absence de Web. Transpirant de tous ses pores, ses muscles luttant contre ce qui le clouait sur place, Web parvint à se redresser avec lenteur et avança de quelques pas. Ses pieds et ses bras semblaient lestés de plomb, le corps en feu et la tête bourdonnante. Il tituba encore un peu puis s'étala face contre terre tandis que son équipe s'éloignait.

Levant les yeux, il aperçut l'équipe Charlie qui progressait au pas de course ; l'objectif semblait n'attendre que leur intervention. Cinq secondes avant l'impact. Ces quelques secondes allaient changer à jamais la vie de Web London.

2

Teddy Riner s'écroula le premier. Il lui fallut deux secondes pour toucher terre, mais dès la première il était mort. De l'autre côté, Cal Plummer s'effondra, comme abattu à la hache par un géant. Impuissant, Web vit les balles de gros calibre faire éclater la chair et le Kevlar des gilets pare-balles. Comment de tels hommes pouvaient-ils mourir ainsi ?

Avant que les armes se mettent à cracher, Web était tombé sur son fusil. Il parvenait à peine à respirer, comme si son gilet pare-balles et ses armes étaient incrustés dans son diaphragme. Il y avait quelque chose sur sa cagoule. Il l'ignorait, mais c'était un peu de la chair de Teddy Riner, arrachée par le projectile monstrueux qui avait creusé dans son gilet pare-balles et dans son corps un trou de la largeur d'une paume.

Web, unique survivant de l'équipe Charlie, restait toujours paralysé, ses membres refusant d'obéir aux objurgations de son cerveau. S'agissait-il d'une crise cardiaque, à trente-sept ans ? Puis, soudain, le fracas de la fusillade lui éclaircit les idées ; ses bras et ses jambes recouvrèrent leur capacité à se mouvoir, il réussit à arracher sa cagoule et à rouler sur le dos. Il exhala une bouffée d'air fétide et laissa échapper un hurlement. Il regarda alors vers le ciel et aperçut des éclairs, mais n'entendit pas le grondement du tonnerre à travers le bruit assourdissant des rafales.

Il éprouvait la tentation insensée de lever la main dans ce déluge, peut-être pour s'assurer de la réalité des balles, comme un enfant qui n'a qu'une envie : toucher le poêle brûlant alors qu'on vient de lui dire de s'en éloigner. Il tira d'une pochette attachée à sa ceinture un appareil de visée nocturne. Au milieu de la nuit la plus noire, cet engin rendait toute chose visible en captant sa signature thermique.

Sans les voir, Web devinait les sillages de vapeur des balles qui s'écrasaient à environ soixante centimètres de lui. Il remarqua également que le feu nourri provenait de deux endroits différents : le bâtiment délabré juste en face, et un autre, sur sa droite. Braquant son appareil sur ce dernier édifice, il ne vit que du verre brisé. Surpris, il constata que les gueules des armes crachaient au même instant depuis les vitres éclatées. Elles parcouraient la largeur de l'ouverture, s'arrêtaient quelques secondes, puis repartaient en sens inverse en balayant leur arc de tir.

Lorsque la fusillade reprit, Web roula sur le ventre et examina le bâtiment principal : une rangée de fenêtres dans la partie basse, et les gueules des armes crachant le feu en arc de cercle. Web distinguait les longs canons des mitrailleuses. Dans ses jumelles à infrarouge, les armes étaient rouge brique, tant le métal avait chauffé. Pourtant, aucune silhouette humaine n'apparaissait derrière ; si un être humain s'était trouvé là, il l'aurait détecté. Il avait certainement affaire à un poste de tir commandé à distance. Son équipe était tombée dans une embuscade sans ennemis.

Les balles ricochaient sur les murs derrière lui et sur sa droite, retombant tout autour en pluie serrée. Son Kevlar était déchiré en une dizaine d'endroits, et si ces balles avaient en grande partie perdu leur pouvoir meurtrier, il n'en était pas moins collé à l'asphalte. Pourtant, même le Kevlar n'aurait pu le protéger d'un projectile reçu directement, car ces mitrailleuses utilisaient presque à coup sûr des munitions de calibre 50, longues comme des couteaux à beurre. Web devinait tout cela au bruit des rafales, aux éclairs jaillis des canons et au caractéristique sillage de vapeur d'un calibre 50. En fait, on ressent le claquement avant même d'avoir entendu le tir. Cela hérissait tous les poils sur le corps, comme l'éclair précédant la foudre.

Web hurla un à un les noms de ses coéquipiers. Aucune réponse. Aucun mouvement. Ni gémissements ni tressaillements indiquant qu'il y avait encore de la vie. Web continua de hurler leurs noms, encore et encore, comme une folle litanie. Tout autour de lui, les poubelles explosaient, le verre éclatait, les murs de brique s'effritaient comme des falaises rongées par les eaux. C'étaient les plages de Normandie, ou plus encore la Charge de Pickett, et Web venait de perdre la totalité de son armée. La racaille de la ruelle avait fui le massacre. Pour une fois, la cour était débarrassée de sa vermine. Aucun inspecteur de police n'avait jamais fait un aussi bon travail que ces mitrailleuses.

Web ne voulait pas mourir, mais chaque fois qu'il regardait ce qui restait de son équipe il éprouvait le désir de les rejoindre. Une famille lutte et meurt ensemble. Ces mots n'étaient pas sans évoquer quelque chose en lui. Il sentait même ses jambes se tendre, prêtes à le propulser dans ce saut vers l'éternité, et pourtant quelque chose de plus fort le retenait, le forçant à rester sur place. Mourir, c'était perdre. Abandonner, cela voulait dire qu'ils étaient morts en vain.

Mais, bon sang, où étaient donc X-Ray et Whiskey ? Les tireurs d'élite postés sur les toits des bâtiments de la cour ne pouvaient pas descendre sans être taillés en pièces, mais il y en avait d'autres sur les toits des bâtiments le long de la ruelle. Leur donnerait-on le feu vert ? Peut-être pas, si le PC ignorait ce qui se passait, et comment l'aurait-il su ? Lui-même ne le savait pas, et il était sur place. Pourtant, Web ne pouvait pas attendre la décision du PC, au risque qu'une balle vienne anéantir pour de bon toute son équipe.

En dépit d'années d'entraînement dont l'objectif, entre autres, consistait à éradiquer une telle faiblesse psychique, il sentit la panique l'envahir. Il fallait agir. Ayant perdu son oreillette, Web arracha son portable de son étui d'épaule, appuya sur une touche et se mit à hurler :

— SO 14 à PC, SO 14 à PC.

Pas de réponse. Il passa sur la fréquence d'urgence, puis sur la fréquence générale. Toujours rien. Regardant alors l'appareil, il s'aperçut qu'il l'avait écrasé dans sa chute. Il voulut récupérer le portable de Plummer, qui gisait à ses côtés, mais au même moment une balle en ricochant le toucha à la main. Web compta ses doigts : il y en avait toujours cinq. La douleur, intense, lui redonna soudain le désir de lutter.

De détruire ceux qui avaient fait ça. Et, pour la première fois de sa carrière, Web se demanda si, finalement, il valait mieux que ceux d'en face.

Mais il fallait rester calme, sinon il serait capable de se lever pour tirer sur des machines. Il était coincé au milieu d'un champ de tir, alimenté par des armes automatiques couvrant un arc de quatre-vingt-dix degrés. Bon. Que faire ? Quel chapitre du manuel consulter ? Le chapitre « Vous êtes baisés » ? Le bruit était assourdissant. Il n'entendait même pas les battements de son cœur. Il haletait. Mais, bon Dieu, que foutaient Whiskey et X-Ray ? Et Hotel ? Ils ne pouvaient pas se grouiller ? Qu'auraient-ils pu tenter ? Ils étaient formés à tirer sur des cibles humaines, de près et de loin. Il hurla : « Il n'y a personne sur qui tirer ! »

C'est alors qu'il aperçut le petit garçon sans chemise. Les mains sur les oreilles, l'enfant était accroupi dans un coin de la venelle par où Web et son équipe étaient arrivés. S'il s'avançait dans la cour, son corps ressortirait dans un sac en plastique, et probablement deux, car les balles de 50 le scieraient en deux.

Le petit garçon avança d'un pas vers l'extrémité du mur de brique, à la limite de la cour. Peut-être voulait-il les aider. Peut-être attendait-il la fin de la fusillade pour dépouiller les cadavres et ramasser les armes qu'il revendrait aux gangs locaux. À moins qu'il ne fût simplement curieux.

Les mitrailleuses se turent, le silence s'abattit soudain sur la cour. Le petit fit un nouveau pas en avant. Web poussa un hurlement. L'enfant s'immobilisa, surpris qu'un mort s'adresse à un vivant. De la main, Web lui fit signe de reculer, mais la fusillade reprit, emportant son avertissement. Web s'aplatit sur le sol et, tout en se tortillant, lui cria de s'en aller.

Le gamin ne broncha pas. Web ne le lâchait pas des yeux, ce qui était difficile, parce que, en levant la tête d'un centimètre, il risquait de se la faire arracher. Finalement, le petit garçon obéit et commença de s'éloigner. Web rampa plus vite. L'enfant fit demi-tour et se mit à courir. Web lui cria de s'arrêter et, de façon surprenante, le gamin obéit.

Web se trouvait presque au débouché de la ruelle, mais un nouveau danger venait de surgir. Durant la courte pause au milieu de la fusillade, il avait entendu au loin des hurlements et des bruits de pas précipités. Ils venaient. Il devait y avoir Hotel et les tireurs d'élite, ainsi que l'unité de réserve que le PC prévoyait toujours en cas d'urgence. Et si ça, ça n'était pas un cas d'urgence… Ils devaient voler à leur secours. Mais en fonçant à l'aveugle, sans savoir exactement ce qui se passait.

Le problème, c'était que l'enfant les avait également entendus. Visiblement, il avait très bien compris qui allait arriver d'un instant à l'autre, comme un éclaireur indien capable de déterminer l'importance d'un troupeau de bisons au seul bruit qu'il faisait. Le petit garçon se sentait piégé. Web savait que, pour les gamins des rues, être vu en compagnie de flics c'était se condamner à mort.

L'enfant se raidit en voyant Web ramper de plus en plus vite dans sa direction comme un serpent de cent kilos. Perdant la moitié de son équipement dans sa reptation, Web sentait le sang jaillir d'une dizaine de blessures superficielles. Sa main le brûlait comme si deux mille guêpes s'y ébattaient. Chaque mouvement des bras et des jambes lui causait une nouvelle douleur, et son gilet pare-balles lui semblait effroyablement lourd. Il aurait pu jeter son fusil, mais il en avait encore besoin. Non, jamais il ne se débarrasserait de son SR75.

Maintenant que sa retraite était coupée, l'enfant allait sûrement traverser la cour à toute allure et disparaître dans les bâtiments. Le petit entendait les balles aussi bien que Web, mais dans l'obscurité il ne pouvait pas voir leurs traces de feu. Il ne pouvait pas les éviter. Et pourtant, Web savait qu'il allait tenter le coup.

L'enfant bondit et au même moment Web se propulsa vers le haut, en sorte qu'ils entrèrent en collision. Web reçut un coup de pied ; puis une grêle de coups de poing s'abattit sur son visage et sur sa poitrine tandis qu'il le serrait entre ses bras. Web s'enfonça dans la ruelle, sans le lâcher. Dépité de voir que ses coups ne portaient pas, à cause du gilet pare-balles, le gamin cessa de le frapper et le regarda.

— J'ai rien fait. Lâchez-moi !

— Si tu vas là-bas, tu es mort ! hurla Web pour couvrir le fracas de la fusillade. (Il leva sa main ensanglantée.) Même avec mon gilet pare-balles, je serais tué. Ces balles vont te couper en deux.

Le petit garçon se calma. D'un geste un peu étrange, Web lui toucha la joue, là où une balle avait laissé une vilaine cicatrice.

— Tu as eu de la chance une fois.

Le gamin laissa échapper un grognement, se libéra de son étreinte et, vif comme un furet, s'apprêta à s'enfuir vers la cour.

— Si tu vas là-bas dans le noir, tu n'auras pas de deuxième chance, l'avertit Web. Tu vas te faire mitrailler. (Le petit s'immobilisa.) Avec moi, tu seras en sécurité.

L'enfant se retourna vers lui et, pour la première fois, sembla observer Web. Puis son regard se perdit du côté de la cour.

— Ils sont morts ? demanda-t-il.

En guise de réponse, Web fit glisser le fusil de son épaule. En apercevant cette arme effrayante, l'enfant recula d'un pas.

— Hé, m'sieur, qu'est-ce que vous allez faire avec ça ?

— Reste ici et baisse-toi.

Il se tourna vers la cour. Partout résonnait le hurlement des sirènes. La cavalerie arrivait trop tard, comme toujours. Mieux valait ne rien tenter. Mais Web ne l'entendait pas de cette oreille. Il avait un boulot à terminer. Il arracha une feuille d'un calepin qu'il portait à la ceinture, griffonna quelques mots, puis ôta le calot qu'il portait sous son casque.

— Tiens, dit-il à l'enfant. Retourne dans la ruelle, mais sans courir. Tiens ce calot en l'air et donne ce papier aux hommes qui arrivent.

Le petit garçon replia ses longs doigts sur le calot et le papier. Web tira alors son pistolet d'alarme de son étui et y logea une fusée éclairante.

— Quand je tirerai, tu partiras. Mais en marchant. Sans courir !

Le petit baissa les yeux sur le papier. Savait-il lire ? Dans ce genre de quartier, les enfants ne recevaient pas toujours l'éducation qui semble normale pour les autres.

— Comment t'appelles-tu ? demanda Web.

Il fallait le calmer. Quand on est nerveux, on commet des erreurs. Et Web savait que ses collègues en pleine charge liquideraient instantanément tous ceux qui ne leur ressemblaient pas.

— Kevin.

En prononçant son nom, il parut soudain retrouver ses neuf ans, et Web se sentit plus coupable encore de ce qu'il allait lui demander.

— Moi, je m'appelle Web. Si tu fais ce que je te dis, tout ira bien. Tu peux me faire confiance, ajouta-t-il, redoublant de culpabilité.

Web braqua son pistolet lance-fusées vers le ciel, regarda Kevin, lui adressa un signe de tête rassurant et tira. La fusée éclairante constituerait leur premier avertissement. Le deuxième serait le billet de Kevin. Le gamin s'éloigna sans courir, mais d'un pas rapide.

— Ne cours pas ! lui cria Web.

Puis il se retourna vers la cour, glissa son appareil de visée nocturne sur le canon de son fusil et le verrouilla.

La fusée rouge ensanglanta le ciel, et Web imaginait déjà le groupe d'assaut et les tireurs d'élite s'immobilisant. Cela donnerait à Kevin le temps d'arriver jusqu'à eux. Kevin ne mourrait pas, en tout cas pas ce soir. Lorsqu'une nouvelle fois les mitrailleuses s'interrompirent, Web jaillit de l'allée, se jeta à terre, déplia le bipied de son arme et appuya la crosse incurvée contre son épaule. Première cible, les trois fenêtres juste devant. À l'œil nu, il apercevait sans difficulté les gueules crachant leurs flammes, mais le dispositif de vision nocturne lui permettait de viser la silhouette chaude des mitrailleuses. C'étaient elles qu'il voulait toucher. Le SR75 rugit et, l'un après l'autre, les nids de mitrailleuses explosèrent. Web introduisit un nouveau chargeur de vingt cartouches, visa et pressa la détente, réussissant à faire taire quatre autres mitrailleuses. La dernière batterie tirait encore lorsque Web, rampant sur le ventre, lui balança une grenade offensive. Le silence s'abattit sur la cour jusqu'à ce que Web vidât ses deux 45 sur les fenêtres muettes, faisant jaillir les douilles de ses armes. Le dernier coup tiré, Web se plia en deux, inspirant goulûment une bouffée d'air. Il avait l'impression de pouvoir s'enflammer spontanément, tant il avait chaud. Puis les nuages se déchirèrent et la pluie se mit à tomber avec violence. Levant les yeux, il aperçut un homme d'une des équipes d'assaut, revêtu d'un gilet pare-balles, qui s'avançait avec précaution dans la cour. Il voulut lui adresser un signe, mais son bras, refusant d'obéir, demeura inerte contre son flanc.

Web observa les corps déchiquetés de ses coéquipiers, de ses amis gisant sur le sol mouillé. Il tomba à genoux, vivant sans désir de vivre. Le dernier souvenir que Web London conserva de cette nuit, ce furent ses gouttes de sueur tombant dans les flaques d'eau teintées de sang.

3

De haute taille, doté d'une grande force physique, Randall Cove possédait un remarquable talent pour la rue, qu'il avait développé au fil des années. Depuis près de dix-sept ans, il travaillait au FBI en qualité de taupe. Il avait infiltré des réseaux de trafic de drogue à Los Angeles, des bandes d'Hispaniques à la frontière mexicaine et de redoutables filières européennes dans le sud de la Floride. La plupart de ses missions avaient été couronnées de succès, certaines même de façon éclatante. Il était d'ordinaire armé d'un pistolet semi-automatique de calibre 40, tirant des balles creuses qui s'écrasaient comme des crêpes en pénétrant dans la chair, causant d'énormes dégâts – et souvent la mort. Il portait également un poignard dans une gaine, si bien affûté qu'il pouvait trancher une artère d'un simple geste. Il s'enorgueillissait de son professionnalisme et estimait qu'on pouvait lui faire confiance dans l'exercice de son travail. Pour l'heure, des ignorants le traitaient de criminel, jugeaient qu'il méritait la prison à vie ou, mieux, la peine de mort. Il se trouvait dans un sérieux pétrin, dont il était le seul à pouvoir se sortir.

Accroupi dans la voiture, Cove observa le petit groupe d'hommes qui montaient dans leurs véhicules et démarraient. Il attendit un instant avant de les suivre. Il enfonça son bonnet de ski sur son crâne nouvellement rasé, enfin débarrassé de ses dreadlocks. Ces derniers temps, beaucoup de choses avaient changé dans sa vie, et les modifications de son aspect physique étaient de loin les moins importantes. Devant lui, les voitures s'immobilisèrent. Il en fit autant. Lorsque les hommes descendirent, Cove tira un appareil photo de son sac à dos et mitrailla la scène. Après quoi il reposa le Nikon, prit une paire de jumelles à visée nocturne et ajusta la distance. Il hocha la tête en détaillant les hommes l'un après l'autre.

Quand le groupe eut disparu à l'intérieur du bâtiment, Cove respira profondément et se laissa aller à ses souvenirs. À l'université, il avait surpassé Walter Payton en force et en vitesse. Toutes les équipes de football américain de la NFL proposaient des montagnes de dollars et autres dessous-de-table à Randall Cove. Du moins jusqu'à l'accident dont il était sorti les deux ménisques écrabouillés. Dès lors, l'être surnaturel promis au plus brillant avenir avait cédé la place à un homme aux capacités normales, qui n'intéressait plus les entraîneurs de la NFL. Des millions de dollars potentiels s'étaient évaporés en une minute, et avec eux le seul moyen de subsistance qu'il avait jusque-là envisagé. Il avait remâché son dépit pendant deux ans, avide de se faire plaindre, et il s'enfonçait irrémédiablement lorsqu'il avait rencontré celle qui allait devenir sa femme. Dans cet événement, il se plaisait à voir l'intervention divine, car elle l'avait tiré hors du gouffre, et il avait fini par accomplir un rêve secret en entrant au FBI.

À cette époque, un Noir n'avait guère le choix au FBI ; après quelques affectations, on lui avait proposé d'infiltrer les réseaux de trafic de drogue. Comme ses supérieurs le lui avaient expliqué, la plupart des voyous avaient sa couleur de peau. Vous saurez vous comporter comme eux, avaient-ils affirmé, parler leur jargon, et en plus vous êtes comme eux. Comment les contredire ? Le travail était assez dangereux pour ne jamais sombrer dans la routine. Randall Cove ne supportait pas l'ennui. Chaque mois, il mettait à l'ombre plus de trafiquants que la plupart des agents dans toute leur carrière : des gros bonnets, des caïds, des types qui brassaient des montagnes de fric, pas des minables revendeurs à la sauvette. Sa femme et lui avaient eu deux enfants magnifiques et il songeait à prendre sa retraite lorsque tout son univers s'était écroulé. Alors, il avait dû dire adieu à sa femme et à ses enfants.

Il se renfonça dans son siège en voyant les hommes quitter le bâtiment et remonter en voiture. À nouveau, Cove les suivit. Il avait perdu autre chose d'irrécupérable. Six hommes avaient trouvé la mort parce qu'il s'était salement planté, qu'il s'était fait blouser comme un débutant. Son amour-propre en avait pris un coup et la colère le submergeait. Et le septième homme de l'équipe l'intriguait. Il avait survécu alors qu'il aurait dû mourir avec les autres, et apparemment on ne savait pas pourquoi, encore qu'il fût un peu tôt pour tout savoir. Cove aurait aimé regarder le type dans les yeux et lui demander : « Comment ça se fait que tu sois en vie, toi ? » Il n'avait pas le dossier de cet homme et il ne l'aurait pas de sitôt, semblait-il. Bien sûr, Cove appartenait au FBI, mais tout le monde devait le considérer comme un traître. Après tout, les agents infiltrés ne vivent-ils pas au bord du gouffre ? Ils sont tous censés être cinglés, non ? Il avait fait un boulot ingrat pendant toutes ces années, mais peu importait, il avait agi pour lui, pour personne d'autre.

Les voitures se rangèrent sur la longue allée ; Cove s'arrêta, prit quelques photos supplémentaires et fit demi-tour. Visiblement, c'en était fini pour la soirée. Il s'en retournait vers l'unique endroit où il se sentait en sûreté, et ce n'était pas chez lui. Au sortir du tournant, une paire de phares sembla jaillir de nulle part et s'installa derrière lui. Sur une route comme celle-ci, ce n'était pas normal. Cove n'avait jamais souhaité ni demandé de protection à ses collègues. Il tourna à un carrefour, suivi de l'autre voiture. Bon, c'était sérieux. Il accéléra. La voiture aussi. Il tira son pistolet de son étui et s'assura que le cran de sûreté était levé.

Un coup d'œil dans le rétroviseur pour voir si on distinguait quelque chose, mais non ; pas le moindre lampadaire dans le coin. La première balle fit éclater son pneu arrière droit, la deuxième son pneu arrière gauche. Alors qu'il luttait pour conserver la maîtrise de sa voiture, un camion surgit d'une route latérale et le heurta par le flanc. Si sa vitre avait été levée, la tête de Cove serait passée au travers. Le camion était équipé d'une pelle de chasse-neige, bien qu'on ne fût pas en hiver. Le camion accéléra, poussant la voiture devant lui, et la fit basculer par-dessus une glissière de sécurité au bord d'une pente raide. Les portières s'ouvrirent sous le choc et elle exécuta une série de tonneaux le long de la pente avant de s'écraser sur les rochers et de s'enflammer après une violente explosion.

L'auto qui suivait Cove s'arrêta. Un homme en sortit qui courut jusqu'à la glissière, observa un instant les flammes en contrebas et remonta rapidement en voiture. Les deux véhicules s'éloignèrent et le gravier jaillit sous leurs roues.

À ce moment-là, Cove quitta le surplomb où il avait été projeté au moment de l'ouverture des portières. Il avait perdu son pistolet, il devait avoir quelques côtes cassées, mais il était vivant. Il jeta un dernier coup d'œil à ce qui restait de sa voiture, leva les yeux vers l'endroit où, quelques instants auparavant, se trouvaient ceux qui avaient tenté de le tuer. Les jambes tremblantes, il entreprit l'ascension de la pente.

Sa tête semblait près d'exploser, mais c'était sa main blessée que Web étreignait avec force. Il avait envie de vomir comme s'il avait avalé trois tequilas pures d'un seul trait. La chambre d'hôpital était vide. Un homme armé se tenait à l'extérieur, pour s'assurer qu'il ne lui arriverait rien, en tout cas rien de plus.

Depuis un jour et une nuit qu'il se trouvait là, Web n'avait cessé de réfléchir à ce qui s'était passé, sans guère de résultats. Son supérieur était déjà venu, de même que plusieurs membres de Hotel et certains tireurs d'élite de Whiskey et X-Ray. Ils avaient dit peu de chose, exprimant seulement leur douleur personnelle et leur incrédulité. Dans leurs yeux, Web avait senti le soupçon, les interrogations.

— C'est terrible, Debbie, constata-t-il à haute voix en songeant à la veuve de Teddy Riner.

Il avait dit la même chose à Cynde Plummer, la femme de Cal, désormais veuve elle aussi. Il parcourut la liste : six femmes, toutes ses amies. Leurs hommes étaient ses collègues, ses camarades ; Web se sentait aussi trahi qu'elles.

Il posa sa main blessée sur le montant métallique du lit. Quelle blessure ridicule à ramener ! Il n'avait même pas été touché directement.

— Je n'ai même pas pris une balle, dit-il à l'adresse du mur. Pas une seule ! Tu te rends compte ? ajouta-t-il à l'intention de la potence à perfusion.

— On les aura, Web.

La voix le fit sursauter, car il n'avait entendu personne entrer dans la chambre. Il se pencha un peu et aperçut la silhouette d'un homme. Percy Bates prit place sur une chaise à côté du lit. L'homme gardait les yeux rivés sur le linoléum, comme sur une carte géographique recelant toutes les réponses.

On disait qu'en vingt-cinq ans Percy Bates n'avait pas pris une ride. Ni un gramme. Ses cheveux restaient du même noir aile de corbeau, sans un fil blanc, coiffés de la même façon que le jour de son entrée au FBI, frais émoulu de l'Académie. Il semblait conservé dans la glace, ce qui ne laissait pas d'être étonnant dans un métier où les gens avaient la réputation de vieillir avant l'âge. Au FBI, il faisait figure de légende. Il avait démantelé des réseaux de drogue le long de la frontière mexicano-texane, déclenché des tempêtes sur la côte Ouest, au sein de l'antenne de Los Angeles. Ayant très vite gravi les échelons, il était désormais l'un des principaux responsables de l'antenne de Washington. Après avoir travaillé dans tous les services importants du FBI, il n'ignorait plus rien des rouages du Bureau.

Bates, que l'on appelait communément Perce, se montrait d'ordinaire aimable, mais il pouvait aussi foudroyer du regard un subordonné, lequel avait alors l'impression de n'être plus qu'un misérable insecte. Il pouvait se révéler votre meilleur allié comme votre pire ennemi.

Lorsqu'il avait travaillé directement sous ses ordres, Web avait dû subir quelques-unes de ses habituelles diatribes. Bon nombre de ces engueulades étaient méritées car Web avait commis des erreurs. Pourtant, Perce faisait parfois du favoritisme, et, comme tout le monde, cherchait un bouc émissaire quand les choses tournaient mal. Voilà pourquoi Web n'acceptait pas ses remarques les yeux fermés et ne prenait pas son ton aimable pour une preuve de camaraderie. Cela dit, le soir où Web avait perdu la moitié du visage dans le déchaînement de la bataille, Bates avait été l'un des premiers à son chevet, et il ne l'avait jamais oublié. Non, Percy Bates n'était pas un grand gars tout simple, mais aucun d'entre eux ne l'était. Bates et lui ne seraient jamais des copains de beuverie, mais Web n'avait jamais pensé qu'il fallait absolument se soûler avec un type pour le respecter.

— Je sais que vous nous avez déjà fourni les grandes lignes de l'affaire d'hier, mais, dès que vous en serez capable, il nous faudra une déclaration circonstanciée, indiqua Bates. Enfin, rien ne presse. Prenez votre temps, il faut vous remettre sur pied.

Le message était clair. Ce qui s'était passé la veille au soir les avait tous profondément meurtris. Bates n'exploserait pas. En tout cas pour l'instant.

— Ce ne sont que des égratignures, grommela Web.

— On m'a dit que vous aviez une blessure par balle à la main. Des coupures et des ecchymoses sur tout le corps. D'après les médecins, c'est comme si vous aviez été tabassé à coups de batte de base-ball.

— Ça n'est rien, fit Web, pourtant épuisé d'avoir prononcé ces quelques mots.

— Il faut tout de même vous reposer. Ensuite nous recueillerons votre déposition. (Il se leva.) Et si vous vous en sentez capable, je sais que c'est dur, mais ce serait bien si vous pouviez revenir sur les lieux et nous montrer exactement ce qui s'est passé.

Et comment j'ai réussi à survivre ? songea Web en opinant du chef.

— Je serai très vite sur pied.

— Rien ne presse, répéta Bates. L'enquête ne sera pas facile, mais on y arrivera.

Il tapota l'épaule de Web et se dirigea vers la porte.

Web chercha à se redresser dans son lit.

— Perce ? Ils sont tous morts, n'est-ce pas ?

— Oui, tous. Vous êtes le seul survivant.

— J'ai fait tout ce que j'ai pu.

La porte s'ouvrit, se referma, et Web se retrouva seul.

Dans le couloir, Bates s'entretint avec un groupe d'hommes vêtus comme lui : complet bleu ordinaire, chemise boutonnée jusqu'au col, cravate sombre, chaussures noires à semelles de crêpe et gros pistolet dans un petit étui.

— Avec les médias, ça va être le cauchemar, observa l'un d'eux. D'ailleurs ça a déjà commencé.

Bates glissa dans sa bouche un chewing-gum, substitut des Winston sans filtre qu'il avait arrêté de fumer pour la cinquième fois déjà.

— Les journalistes, je m'en fous, dit-il.

— Il faut les tenir informés, Perce, sans ça ils vont s'imaginer le pire et commencer à broder. Déjà, il y a des trucs incroyables qui circulent sur Internet, que ce massacre est lié soit au retour apocalyptique de Jésus ou bien à un trafic avec les Chinois. Mais d'où est-ce qu'ils tirent des conneries pareilles ? Les attachés de presse en deviennent dingues.

— Je n'arrive pas à croire que quelqu'un ait eu le culot de nous faire ça, à nous, commenta un autre agent, grisonnant et à moitié chauve.

Bates savait que cet agent, qui se donnait volontiers des airs de baroudeur, n'avait guère vu autre chose que son bureau au cours des dix dernières années.

— Ni les Colombiens, ni les Chinois, ni même les Russes n'auraient le cran de nous attaquer comme ça, reprit l'homme.

Bates le fusilla du regard.

— C'est « nous » contre « eux ». Ne l'oubliez pas. On passe notre temps à les traquer. Vous croyez qu'ils n'ont pas envie de nous rendre la politesse ?

— Mais enfin, Perce, ils ont massacré une de nos équipes ! s'écria le vieux policier, indigné. Et sur notre terrain, en plus !

Perce eut l'impression d'avoir devant lui un vieil éléphant sans défenses, prêt à servir de pâture aux prédateurs.

— Je ne savais pas que cette partie du district de Columbia nous appartenait, rétorqua Bates. (Il n'avait pas dormi depuis quarante-huit heures et commençait à en ressentir les effets.) J'avais plutôt l'impression que c'était leur terrain à eux, et que nous, on était l'équipe visiteuse.

— Vous savez bien ce que je veux dire. Qu'est-ce qui a pu les pousser à lancer une telle attaque ?

— Alors ça, vraiment, je l'ignore ! Peut-être parce qu'on cherche à se brancher sur leur pipe-line de pognon, celui qui crache des millions de dollars tous les jours, et que ça a fini par les emmerder, crétin !

Tout en s'emportant, Bates avait acculé l'homme dans un coin, mais il se dit que le malheureux était trop inoffensif pour mériter une suspension.

— Comment va-t-il ? demanda un autre homme, un blond au nez rougi par le rhume.

Bates s'appuya au mur, mâcha son chewing-gum et haussa les épaules.

— Je crois que ça lui a foutu un coup au moral. Mais il fallait s'y attendre.

— Une chance pareille, c'est incroyable ! fit Nez rouge. Comment a-t-il pu s'en sortir ?

Il fallut à peine une seconde à Bates pour se retrouver planté en face de l'homme. Visiblement, ce soir, il ne ferait pas de prisonniers.

— Voir six gars de son équipe se faire buter devant soi, vous appelez ça de la chance ? C'est ça que vous pensez, abruti ?

— Du calme, Perce, c'est pas ce que je voulais dire.

Nez rouge toussa violemment, comme pour signifier à Bates qu'il était malade et incapable de se défendre.

Bates s'écarta. Tous ces hommes l'écœuraient, ce soir.

— Pour l'instant, je ne sais rien. Non, je retire ce que je viens de dire. Je sais qu'avec une seule main

Web a détruit huit nids de mitrailleuse, sauvé une autre équipe d'intervention et un gamin du ghetto par la même occasion. Ça, je le sais.

— D'après le rapport préliminaire, Web est resté pétrifié sur place.

Ces derniers mots avaient été prononcés par un nouveau venu, qui de toute évidence apparaissait comme leur supérieur. Deux types au visage de marbre se tenaient derrière lui.

— En fait, Perce, reprit l'homme, tout ce qu'on sait, c'est ce que Web nous a dit. (Bien qu'il fût le supérieur de Bates, ce dernier avait visiblement envie de lui sauter à la gorge.) London va devoir nous expliquer beaucoup de choses. Et nous allons mener cette enquête très minutieusement. Plus minutieusement qu'hier soir. Hier, ç'a été une catastrophe. Et cette catastrophe ne se reproduira jamais. En tout cas, pas tant que je serai là.

Il lança un regard dur à Bates et ajouta d'un ton sarcastique :

— Saluez bien London de ma part.

Et sur ces mots, Buck Winters, chef de l'antenne de Washington, tourna les talons, suivi de ses deux robots.

Bates lança un regard méprisant à l'homme qui s'éloignait. Buck Winters avait été l'un des principaux responsables des opérations à Waco, et, de l'avis de Bates, il avait grandement contribué, par sa sottise, au carnage final. Pourtant, comme souvent dans les grandes institutions, Winters avait bénéficié de promotions successives en récompense de son incompétence, jusqu'à atteindre la direction de l'antenne de Washington. Peut-être le FBI était-il incapable de reconnaître ses erreurs ; cette promotion tendait alors à affirmer à la face du monde entier que cette grande maison refusait d'endosser la moindre responsabilité dans cette affaire. Au bout du compte, beaucoup de têtes avaient roulé à la suite de la disparition de David Koresh, au Texas, tandis que Buck Winters arborait encore fièrement la sienne sur ses épaules. Aux yeux de Percy Bates, Buck Winters incarnait ce qu'il y avait de pire au FBI.

Appuyé contre le mur, Bates croisa les bras et se mit à mastiquer si fort son chewing-gum que ses dents lui firent mal. À coup sûr, le vieux Buck allait courir s'entretenir avec le directeur du FBI, le ministre de la Justice, et sans doute même le Président. Eh bien, on s'en fout, songea Percy Bates, du moment qu'ils ne se mettent pas en travers de mon chemin.

Le petit groupe se dispersa lentement, certains s'éloignant seuls, d'autres deux par deux, jusqu'au moment où Bates se retrouva en compagnie d'un unique policier en uniforme. Il finit par quitter les lieux à son tour, les mains dans les poches, le regard dans le vide. En chemin, il cracha son chewing-gum dans une poubelle.

— Bande de cons, lança-t-il à haute voix. Bande de cons.

4

Web, vêtu d'une chemise d'hôpital bleue, tenant à la main un sac avec ses effets personnels, regardait le ciel lumineux qui s'encadrait dans la fenêtre. Les couches de gaze sur sa main blessée l'agaçaient ; il avait l'impression de porter un gant de boxe.

Il s'approchait de la porte lorsqu'elle s'ouvrit d'elle-même. Ce fut du moins ce qu'il crut jusqu'au moment où un homme apparut.

— Salut, qu'est-ce que tu fais ici, Romano ? demanda-t-il, surpris.

L'homme ne reconnut pas Web au premier coup d'œil. Il mesurait environ 1,80 mètre, pour un poids de 80 kilos, avait l'air robuste en dépit d'un côté plutôt sec et nerveux. Les cheveux noirs et bouclés, il était vêtu d'un jean et d'une vieille veste en cuir, et coiffé d'une casquette des Yankees. La crosse d'un pistolet dépassait d'un étui de ceinture où était également accroché son insigne du FBI.

Romano examina Web des pieds à la tête, puis désigna du doigt sa main bandée.

— C'est ça ? C'est ça, ta blessure ?

Web regarda sa main, puis Romano.

— Tu aurais préféré que le trou soit dans la tête ?

Paul Romano faisait partie de l'équipe d'assaut du groupe Hotel. Au milieu de gens qui ne passaient pas pour des tendres, il semblait particulièrement intimidant. Il était plutôt du genre direct et pas très porté sur le compliment. Web et lui n'avaient jamais été proches, essentiellement, de l'avis de Web, parce que Romano avait reçu moins de blessures que lui, et donc le jalousait en l'imaginant plus héroïque.

— Je ne te poserai la question qu'une fois, Web, et je veux que tu me répondes franchement. Si tu te fous de ma gueule, c'est moi qui te descendrai.

Web toisa son interlocuteur et s'avança d'un pas, de façon à rendre plus évident son avantage de taille. Ça aussi, ça devait l'emmerder, le Romano.

— Oh, Paulie, tu m'as aussi apporté des fleurs et des bonbons ?

— Réponds-moi franchement, London… Tu t'es dégonflé ?

— Ouais, Paulie, ces mitrailleuses, elles ont pour ainsi dire sauté toutes seules.

— Ça, je le sais. Je veux dire : avant. Quand l'équipe Charlie a lancé l'assaut. T'étais pas avec eux. Pourquoi ?

Web sentit son visage se congestionner, ce qui l'exaspéra. D'ordinaire, Romano ne l'atteignait pas si aisément. Mais là, en fait, il ne savait pas quoi lui répondre. C'était encore pis que de lui mentir.

— Il s'est passé quelque chose dans ma tête, Paulie. Je ne sais pas exactement quoi. Mais c'était pas à cause de l'embuscade, si jamais t'étais assez dingue pour penser un truc dans ce genre.

Romano secoua la tête.

— Je dis pas que t'as trahi, Web, je pensais simplement que t'as peut-être eu les foies.

— Si c'est ça que t'es venu me dire, tu peux foutre le camp.

Romano le toisa de nouveau, et Web se sentit réduit à moins que rien. Sans un mot, Romano tourna les talons et quitta la chambre. Web aurait préféré une dernière insulte à un tel silence.

Il attendit encore quelques instants, puis ouvrit la porte.

— Qu'est-ce que vous faites debout ? demanda le policier, surpris.

— Les toubibs m'ont dit que je pouvais partir. On vous a pas averti ?

— Non, personne m'a rien dit.

Web leva sa main bandée.

— L'État ne va pas me payer une nouvelle nuit d'hôpital pour une égratignure à la main, et moi j'ai pas du tout envie de dépenser mon argent de cette façon.

Web ne connaissait pas ce type, mais il semblait accessible à ce genre d'argument de bon sens. Il n'attendit pas de réponse et s'éloigna, sachant très bien que le policier ne pouvait pas, légalement, s'opposer à son départ. Il se contenterait d'en informer ses supérieurs, ce qu'il était sans doute déjà en train de faire.

Web sortit par une porte latérale, avisa un téléphone public, appela un copain, et une heure plus tard il se retrouvait dans sa maison de plain-pied à Woodbridge, une banlieue tranquille en Virginie. Il enfila un jean et un sweat-shirt bleu marine, chaussa des mocassins et remplaça le bandage par un simple pansement adhésif.

Pas question de se faire plaindre, alors que six de ses meilleurs amis reposaient à la morgue.

Il vérifia ses messages. Rien d'important, mais il savait que cela ne durerait pas. Dans une boîte équipée d'un système d'alarme, il prit son 9 mm et le fourra dans son étui de ceinture. Même s'il n'avait tiré sur personne, il avait bel et bien fait usage de ses armes et son affaire relevait donc du bureau des armes à feu. On les lui avait confisquées, ce qui équivalait à lui couper les mains. Ensuite, on lui avait récité ses droits et il avait effectué sa déposition. Tout cela s'était déroulé selon les règles, mais il n'en avait pas moins éprouvé le sentiment qu'on le traitait en criminel. En tout cas, pas question de se balader sans protection. Parano de nature, les événements de la veille l'avaient transformé en schizoïde ambulant, capable de se méfier d'un nouveau-né.

Il gagna le garage, s'installa au volant de sa Ford Mach One de 1978 et démarra.

Web possédait deux voitures : la Mach et une vieille Suburban qui les avait emmenés, lui et ses copains de l'équipe Charlie, à des matchs des Redskins, aux plages de Virginie et du Maryland, à des beuveries et autres virées entre hommes tout le long de la côte Est. Chaque type avait son siège assigné dans la Suburban, suivant son ancienneté dans le groupe et ses compétences professionnelles ; ainsi en allait-il dans l'univers de Web. Que de bons moments ils avaient passés dans cet engin ! À présent, Web se demandait combien il pourrait tirer de cette Suburban… Il ne se voyait plus la conduire.

Il gagna l'Interstate 95, prit la direction du nord et tailla sa route au milieu du parcours d'obstacles que formait le Springfield Interchange, sans doute conçu par un ingénieur sniffeur de cocaïne. La cause était entendue : ce gigantesque embouteillage durerait au moins dix ans. Le conducteur qui avait perdu des années de sa vie au volant, à avancer centimètre par centimètre, hésitait désormais entre le rire et les larmes. Web franchit le pont de la 14e Rue, évitant le quart nord-ouest de la ville, là où se trouvaient les principaux monuments et l'argent des touristes, et se retrouva dans des quartiers infiniment moins reluisants.

Web était agent spécial du FBI, mais lui-même ne se définissait pas ainsi. Avant tout, il était membre de la HRT, la Hostage Rescue Team ou Équipe de secours aux otages, l'unité d'élite de l'institution. Il ne portait pas de complet. Il ne passait guère de temps avec d'autres agents extérieurs à la HRT. Il n'arrivait pas sur le lieu du crime après la bataille. Il s'y trouvait lorsque les balles sifflaient, pour tirer lui aussi, blesser et parfois tuer. La sélection étant des plus rigoureuses, ils n'étaient que cinquante à la HRT. On y passait généralement cinq ans. Web, lui, avait déjà franchi la limite puisqu'il en était à sa huitième année. On faisait de plus en plus souvent appel à la HRT, y compris à l'étranger, et la règle non écrite voulait qu'en quatre heures ils fussent prêts à embarquer sur la base aérienne d'Andrews. Mais aujourd'hui, pour lui, rideau : le spectacle était terminé. Désormais, Web se retrouvait sans équipe.

Comment imaginer qu'un jour, il reviendrait seul d'une opération ? Cela paraissait impossible. Ils en plaisantaient souvent, faisant circuler des paris morbides sur celui qui mourrait par une nuit sans lune.

Web avait presque toujours figuré en tête de liste, parce qu'il se retrouvait souvent en première ligne lors des fusillades. À présent, il se torturait l'esprit pour savoir pourquoi il n'y avait pas sept cercueils. Et seule la honte se révélait pire que la culpabilité.

Il se rangea le long du trottoir, gagna la barrière et montra sa carte aux hommes de garde qui le connaissaient de nom ou de vue. Il se présenta à l'inspecteur local chargé de l'enquête et remonta la ruelle avant que l'armée des journalistes puisse le repérer. Toute la journée, ils avaient travaillé en direct à partir de leurs camions équipés d'antennes satellite. À l'hôpital, Web avait regardé certains de ces reportages. Inlassablement, ils gavaient le public des mêmes faits, utilisant photos et croquis, répétant, la mine grave : « Nous n'en savons pas plus pour l'instant. Mais restez avec nous, nous aurons certainement d'autres informations à vous communiquer, même s'il faut batailler pour les obtenir. Sue, je vous rends l'antenne. »

La tempête de la veille s'était dissipée sur l'Atlantique, laissant la place à un air plus frais que les jours précédents. Bâti sur des marécages, Washington supporte mieux la chaleur et l'humidité que le froid et la neige. Dégager les rues est une tâche titanesque.

Au milieu de la ruelle, il tomba sur Percy Bates.

— Qu'est-ce que vous foutez ici ? lui demanda celui-ci.

— Vous aviez dit que vous vouliez avoir ma version. (Bates jeta un coup d'œil à la main de Web.) Allez, Perce. Chaque minute compte.

Web refit alors le chemin parcouru par son escouade depuis le moment où ils étaient descendus de la Suburban. À chaque pas en direction de l'objectif, il se sentait envahi par la colère et par la peur. Les corps avaient disparu, mais pas le sang. Même les fortes pluies n'avaient pu nettoyer le bitume. Intérieurement, Web recomposait le moindre de ses mouvements, retrouvant les émotions de la veille.

Une équipe de spécialistes démontait les mitrailleuses ; ces gens-là savaient tirer des preuves à partir de traces microscopiques. D'autres passaient la cour au peigne fin, déposaient des repères ici et là, se penchaient, s'agenouillaient, à la recherche d'indices dans des objets anodins. En les regardant, Web ne se sentait guère optimiste. Difficile de croire, en effet, que des empreintes digitales attendaient les techniciens de la dactyloscopie.

Il circulait entre les taches de sang comme autour de tombes.

— Les fenêtres étaient peintes en noir de façon qu'on ne remarque pas les armes avant qu'elles se mettent à tirer. Aucun reflet sur les canons, rien, remarqua Bates.

— Ça fait plaisir de savoir qu'on s'est fait coincer par des professionnels, lâcha Web amèrement.

— Vous avez fait de beaux cartons sur les 50 mm, approuva Bates en montrant les armes disloquées.

— C'est grâce au SR75.

— Ce sont des minimitrailleuses à usage militaire. Du genre canon à six tubes de type Gatling, montées sur des trépieds boulonnés au sol, avec des chargeurs et des bandes de munitions fournissant quatre mille cartouches par arme. La cadence de tir était fixée à quatre cents coups par minute, même si elles peuvent en tirer jusqu'à huit mille.

— Quatre cents coups minute, c'était déjà beaucoup. Et il y avait huit mitrailleuses. Ça veut dire trois mille deux cents balles qui vous pleuvent dessus chaque minute. Je le sais, parce qu'elles m'ont toutes raté à quelques centimètres près, sauf une qui a ricoché.

— Avec une cadence aussi faible, elles pouvaient tirer longtemps.

— C'est ce qui s'est passé.

— Elles étaient alimentées électriquement et tiraient des balles perforantes.

Web hocha la tête.

— Vous avez trouvé comment elles ont été déclenchées ?

Bates le conduisit jusqu'au mur de brique le plus éloigné de la ruelle par où il était arrivé. Ce mur appartenait au bâtiment perpendiculaire à l'édifice abandonné qui devait être pris d'assaut, et d'où était partie la moitié des tirs qui avaient anéanti l'équipe Charlie. Ce qui était imperceptible dans l'obscurité se remarquait à peine à la lumière du jour.

Web s'agenouilla et reconnut un appareil à guidage laser. On avait creusé un petit trou dans la brique pour y loger le pointeur laser et son alimentation. Enfoncé tout au fond, le bloc d'alimentation était pratiquement invisible. De leurs postes, les tireurs d'élite ne pouvaient pas apercevoir un engin de ce type ; de toute façon, les renseignements préalables n'indiquaient rien de tel, il le savait. Le rayon laser était disposé à la hauteur des genoux, et ce fil invisible, une fois activé, devait traverser toute la cour.

— Lorsque le rayon est coupé, la fusillade commence et ne s'arrête qu'avec l'épuisement des munitions, et quelques secondes au bout de chaque rotation, commenta Web. Et si un chien ou quelqu'un qui traînait dans le coin avait coupé le rayon laser avant notre arrivée ?

À son expression, Web comprit que Bates avait déjà envisagé ce cas de figure.

— Je crois qu'on a dû discrètement prévenir le voisinage de se tenir à l'écart. Les animaux, c'est autre chose. Voilà pourquoi je pense que le laser a été déclenché à distance.

Web se releva.

— Donc ils ont attendu qu'on arrive pour activer le laser. Ça veut dire qu'il devait y avoir quelqu'un tout près.

— Soit il vous a entendus arriver, soit il a été prévenu d'une façon ou d'une autre. Alors il a attendu que vous ayez tourné le coin avant d'appuyer sur le bouton de la télécommande et de s'enfuir.

— On n'a vu personne dans cette cour, et mon appareil de vision thermique n'a rien distingué à 37°.

— Ils pouvaient être dans ce bâtiment, ou dans n'importe quel autre. Ils ont pointé la télécommande par une de ces fenêtres, appuyé sur le bouton et fiché le camp.

— Et ni les tireurs d'élite ni Hotel ne se sont aperçus de rien ?

Bates secoua la tête.

— Les gars de Hotel n'ont rien vu jusqu'à ce que le gamin leur apporte votre billet.

En entendant prononcer le nom de Hotel, Web songea à Paul Romano et son humeur s'assombrit un peu plus. Romano se trouvait probablement à Quantico, à l'heure qu'il était, racontant à qui voulait l'entendre que Web avait eu la trouille et qu'il avait laissé massacrer son équipe.

— Et Whiskey ? et X-Ray ? Ils ont dû voir quelque chose ! objecta-t-il, songeant aux tireurs d'élite postés sur les toits.

— Ils ont vu des choses, mais je préfère ne pas en parler pour l'instant.

Web comprit d'instinct qu'il valait mieux ne pas insister. Qu'avaient pu rapporter les tireurs d'élite ? Qu'ils avaient vu Web se figer sur place, laisser son équipe charger sans lui, puis se jeter à terre comme un lâche pendant que ses camarades se faisaient hacher menu ?

— Et la DEA ? Ils étaient avec Hotel, et il y avait aussi une équipe à eux en réserve.

Bates et Web échangèrent un regard.

Le FBI et la DEA (la brigade des stupéfiants) n'étaient pas en bons termes. Aux yeux de Web, la DEA agissait comme un gamin qui provoque son aîné, jusqu'à ce que celui-ci lui en colle une et que le moutard s'en aille cafter aux parents.

— Je crois qu'il va falloir se contenter de ça jusqu'à ce qu'on en sache plus, conclut Web.

— C'est bien mon impression. Certains d'entre vous étaient-ils équipés d'appareils de vision nocturne ?

Web comprit immédiatement l'intérêt de la question. Des jumelles à infrarouge auraient fait apparaître le long ruban lumineux du laser.

— Non. J'ai pris mon détecteur thermique après le début de la fusillade, mais l'équipe d'assaut ne porte jamais d'appareil de vision nocturne. Si on accroche une source de lumière naturelle, on est aveuglé. Et les tireurs d'élite n'en ont probablement pas utilisé au cours de l'assaut parce que ça modifie trop la perception de la profondeur.

D'un mouvement du menton, Bates désigna les bâtiments vides où avaient été installées les mitrailleuses.

— Les techniciens ont examiné les armes. Chacune portait un boîtier de réception. D'après eux, il y a eu un délai de quelques secondes entre le moment où le rayon laser a été franchi et celui où les mitrailleuses ont ouvert le feu, de façon que toute l'équipe se trouve dans la zone de tir. La largeur de la cour et l'amplitude de tir de ces armes rendent la chose possible.

Web éprouva soudain un vertige et dut appuyer la main contre le mur. Il avait l'impression d'éprouver la même paralysie qu'au moment de l'attaque.

— Vous auriez dû attendre un peu plus longtemps d'avoir récupéré, dit Bates en lui glissant un bras sous l'aisselle pour le soutenir.

— Je vais bien, merci, répliqua sèchement Web avant de se radoucir. Pour l'instant, j'ai envie d'agir, pas de réfléchir.

Pendant la demi-heure suivante, il décrivit le champ de bataille, la chronologie des événements et les gens qu'ils avaient croisés depuis le moment où l'équipe Charlie avait quitté le couvert jusqu'à ce que la dernière balle eût été tirée.

— Vous croyez que certains d'entre eux auraient pu travailler avec ceux que vous deviez arrêter ? demanda Bates.

— Par ici, tout est possible. De toute évidence, il y a eu une fuite. Et ça a pu venir de n'importe où.

— Ça fait beaucoup de possibilités. Essayons d'y voir plus clair.

Web haussa les épaules.

— C'était pas une opération trois huit, grogna-t-il en pensant aux trois chiffres 8 qui apparaissaient sur le bipeur lorsque toutes les équipes de la HRT étaient convoquées d'urgence à Quantico. Ça faisait déjà un bout de temps qu'on avait choisi d'opérer la nuit dernière ; quand on s'est tous retrouvés à la HRT, les équipes étaient déjà réparties et on n'avait plus qu'à monter dans les Suburban. On s'est donné un premier rendez-vous à Buzzard Point avant de rejoindre le dernier lieu de rassemblement. On avait un procureur sous la main au cas où il aurait fallu des mandats supplémentaires. Les tireurs d'élite étaient déjà en place. Ils étaient venus avant, déguisés en ouvriers couvreurs qui faisaient des réparations sur les toits. Nous, l'équipe d'assaut, on s'est tapé le sale boulot avec la police locale, comme d'habitude. Après avoir quitté notre dernière cache, Teddy Riner a demandé et reçu l'autorisation de compromis, parce qu'on pouvait essuyer des coups de feu. On voulait pouvoir tirer à vue si nécessaire. On savait que c'était dangereux d'attaquer de face et de traverser la cour, mais on se disait aussi qu'ils ne s'y attendraient pas. De toute façon, vu la configuration des lieux, on n'avait pas le choix. On a reçu le feu vert pour avancer sur l'objectif, et on a attendu la fin du compte à rebours. On avait déjà déterminé un point d'entrée. Les consignes, c'était de se séparer en deux groupes une fois à l'intérieur, tandis que Hotel et la DEA fonçaient par l'arrière, avec une unité en réserve, et que les tireurs d'élite assuraient la couverture. Vite et fort, comme d'habitude.

Les deux hommes s'assirent sur des poubelles. Bates jeta son chewing-gum dans l'une d'elles, tira son paquet de cigarettes de sa poche et en offrit une à Web qui refusa.

— La police locale connaissait l'objectif, non ? demanda Bates.

— Approximativement. De façon à pouvoir quadriller la zone, écarter les gens du périmètre, surveiller le coin pour empêcher d'éventuels complices de les prévenir…

— À votre avis, si la fuite vient de la police locale, combien de temps lui a-t-il fallu pour remonter jusqu'à eux ?

— Une heure.

— Impossible de mettre en place un tel traquenard en une heure.

— Qui était l'agent infiltré sur ce coup-là ? demanda Web.

— Il va sans dire que vous emporterez ce nom avec vous dans la tombe. (Bates ménagea une pause, comme pour renforcer l'effet de son avertissement.) Il s'appelle Randall Cove. Un vétéran. Il a infiltré la cible au plus profond. Mais vraiment au fond, hein. Il est afro-américain, taillé comme un hercule, et il peut tenir sa place dans la rue au milieu de cette faune. Il a déjà fait cent fois ce genre de choses.

— Alors qu'est-ce qu'il raconte, lui ?

— Je ne le lui ai pas demandé.

— Et pourquoi ?

— J'arrive pas à mettre la main dessus, répondit Bates, avant d'ajouter quelques instants plus tard : Cove savait que l'assaut devait être donné hier soir, vous en êtes sûr ?

— C'est à vous de me le dire ! En tout cas, on ne nous a pas informés que l'agent infiltré ou des indics se trouveraient sur place. On nous aurait prévenus au cours de la dernière réunion de préparation. Avec leur description, comme ça on les aurait embarqués comme les autres, pour qu'ils ne risquent pas de se faire buter par la suite.

— Que saviez-vous de l'objectif ?

— Il devait y avoir les financiers d'un réseau de trafiquants de drogue, avec des revendeurs présents. Sécurité renforcée. Ils voulaient les financiers comme témoins, alors on devait les traiter comme des otages. Les embarquer vite fait et les mettre au vert avant qu'ils puissent moucharder. Notre plan était approuvé, les ordres opérationnels étaient écrits ; on avait des plans des bâtiments et on les avait fait monter à Quantico. On a répété dans une réplique du décor jusqu'à en connaître le moindre centimètre carré. On a reçu les dernières instructions, rien de particulier, on s'est équipés et on est montés dans les Suburban. Fin de l'épisode.

— Et votre équipe de surveillance, avec ses lorgnons ?

Bates évoquait les tireurs d'élite qui observaient la cible aux jumelles et à la lunette de visée.

— Rien à signaler de ce côté-là ? reprit-il.

— Rien d'inhabituel, sans ça on nous l'aurait dit à la réunion. À part le coup des types qu'il fallait récupérer pour qu'ils témoignent, ce n'était qu'une descente sur un local de trafiquants. On s'est souvent fait les dents sur ce genre de machin.

— Si ça n'avait été qu'un local de trafiquants, ils ne vous auraient pas demandé d'intervenir. Washington aurait pu utiliser son équipe SWAT.

— On nous a dit qu'ils étaient enfouraillés comme des sous-marins, et c'était le cas. Et on savait que c'étaient des durs et qu'ils utilisaient des armes contre lesquelles la SWAT ne pouvait pas grand-chose. Et puis il y avait la question des éventuels témoins. C'était suffisant pour justifier notre intervention. Mais personne parmi nous ne s'attendait à huit minimitrailleuses commandées à distance.

— En fait, c'étaient des conneries. Et nous, on a avalé ça comme du petit-lait. C'était un vrai traquenard. Il n'y avait pas de revendeurs, pas de documents comptables, rien.

Web passa la main sur les trous creusés par les balles dans la brique. Certains étaient si profonds qu'on apercevait le béton en dessous ; des balles perforantes, se dit-il. Au moins ses copains avaient-ils dû mourir sur le coup.

— Les tireurs d'élite ont dû apercevoir quelque chose, observa-t-il en songeant à ce qui avait bien pu l'amener à se figer sur place.

— Je n'ai pas encore terminé leur audition, répondit Bates, et une fois encore Web comprit que mieux valait ne pas insister.

— Où est le gamin… comment s'appelait-il, déjà ? Ah oui, Kevin.

Bates hésita une fraction de seconde avant de répondre.

— Lui aussi a disparu.

Web se raidit.

— Comment ça ? Ce n'est qu'un enfant.

— Je ne dis pas qu'il s'est enfui tout seul.

— On sait comment il s'appelle ?

— Kevin Westbrook. Dix ans. Il a un peu de famille dans le coin, mais la plupart sont sous les verrous. Il a un frère aîné, connu dans la rue sous le nom de Big F. C'est un chef de bande, solide comme un chêne et malin comme s'il sortait de Harvard. Il trafique la méthadone, la sinsemilla jamaïcaine, rien que de la bonne came, mais on n'a jamais pu le coincer pour quoi que ce soit. Ce quartier, c'est son territoire.

Web étendit les doigts de sa main blessé. Le pansement adhésif ne lui servait plus à grand-chose, mais il se sentait coupable à l'idée même d'éprouver de la douleur.

— C'est quand même une sacrée coïncidence que le petit frère du caïd local se soit trouvé dans cette ruelle au moment de notre arrivée.

En prononçant ces mots, Web ressentit un bouleversement dans tout son corps, comme si son âme s'en échappait. Il crut même qu'il allait s'évanouir. Avait-il besoin d'un médecin ou d'un exorciste ?

— En fait, il vit dans le quartier. Et d'après ce qu'on a vu, sa vie n'a rien de réjouissant. S'il pouvait, je suis sûr qu'il irait ailleurs.

— Et le grand frère a disparu aussi ? demanda Web, qui commençait à recouvrer son équilibre.

— On ne peut pas dire qu'il ait une adresse fixe. Dans ce genre de boulot, ça bouge sans arrêt. On n'a pas la moindre peccadille à lui reprocher, mais on le recherche activement… Vous êtes sûr que ça va ?

D'un geste, Web balaya la question.

— Comment avez-vous perdu la trace de l'enfant, exactement ?

— Pour l'instant, ce n'est pas très clair. On en saura plus après l'enquête de voisinage. Quelqu'un a bien dû voir la livraison de ces mitrailleuses et leur installation. Même par ici, c'est plutôt inhabituel.

— Vous croyez que quelqu'un du quartier va accepter de vous répondre ?

— Il faut essayer. Il suffit d'un seul témoin oculaire.

Les deux hommes demeurèrent un instant silencieux, puis Bates leva les yeux, mal à l'aise.

— Web, que s'est-il passé, exactement ?

— Dites vraiment ce que vous pensez : comment se fait-il que vous ne soyez pas morts tous les sept ?

— C'est bien ce que je vous demande.

Web se prit alors à regarder l'endroit où il s'était jeté sur l'asphalte.

— J'ai quitté la ruelle en retard. C'était comme si je ne pouvais plus bouger. J'ai cru que j'avais un infarctus. Ensuite je me suis effondré avant que la fusillade commence. J'aimerais bien savoir pourquoi. (Soudain, Web se sentit l'esprit vide, puis il se reconnecta, comme une émission de télévision brièvement interrompue par le coup de tonnerre d'un orage.) Ça n'a pris qu'une seconde, Perce. Une seconde, c'est tout. Et au pire moment.

Il regarda Bates pour mesurer sa réaction. Ses deux yeux rétrécis à la dimension d'une fente lui en dirent suffisamment.

— Ne me regardez pas comme ça. Moi non plus, je n'y crois pas, dit Web.

Comme Bates ne répondait pas, il décida d'évoquer la deuxième raison qui l'avait amené là, aujourd'hui.

— Où est le drapeau ? Le drapeau de la HRT… Il faut que je le rapporte à Quantico.

À chacune de ses missions, le doyen de la HRT recevait le drapeau de l'unité, qu'il conservait sur lui. À la fin de la mission, le drapeau devait être remis au chef de la HRT. Désormais, Web était le doyen de l'équipe.

— Suivez-moi, ordonna Bates.

Une camionnette du FBI était garée le long du trottoir. Bates ouvrit l'une des portières arrière, prit un drapeau plié à la manière militaire et le tendit à Web. Celui-ci s'en saisit à deux mains et le regarda fixement quelques instants, tandis que tous les détails du massacre lui revenaient à l'esprit.

— Il y a quelques trous dedans, observa Bates.

— Comme chez nous tous.

5

Le lendemain, Web se rendit dans les locaux de la HRT, à Quantico. Longeant la Marine Corps Route 4, il passa devant l'académie du FBI, semblable à un campus, qui accueillait la piétaille du Bureau et de la DEA. Web avait passé treize semaines de formation intense et éprouvante dans cette académie. Il était payé des clopinettes, dormait dans une chambre avec salle de bains commune et avait même dû apporter ses serviettes. Mais il avait beaucoup aimé cette période de formation : il avait mis toute son énergie à devenir agent du FBI parce qu'il se sentait taillé pour ce travail.

Web avait quitté l'Académie en qualité d'agent assermenté, avec un Smith & Wesson 357, sur la détente duquel il fallait exercer une pression de 4 kilos pour expulser la balle. Avec cette arme, on ne risquait pas de se tirer une balle dans le pied. Les nouveaux agents recevaient à présent en dotation un semi-automatique Glock de calibre 40, avec un chargeur de quatorze cartouches et une détente beaucoup plus douce, mais Web gardait un bon souvenir de son S&W

à canon court. Plus moderne n'est pas synonyme de meilleur. Les six années suivantes, il les avait passées à apprendre le métier sur le terrain. Il avait sué sang et eau dans l'infâme paperasse du FBI, déniché des pistes, racolé des indicateurs, enquêté sur des plaintes au pénal, passé des heures en écoute téléphonique, assuré des surveillances des nuits durant, monté des dossiers et arrêté des gens qui le méritaient. Web en était arrivé à pouvoir concocter un plan de bataille en cinq minutes tout en conduisant une voiture de fonction à 180 km/h, le volant entre les genoux, les mains occupées à charger un fusil. Il avait appris à interroger des suspects en posant d'abord des questions d'ordre général, puis des questions plus pointues, de façon à pouvoir les coincer quand ils mentaient. Il avait aussi appris à résister aux manœuvres d'avocats retors dont l'unique but était de dénicher le vice de procédure.

Ses supérieurs, y compris Percy Bates (lorsque Web avait été transféré à Washington, après plusieurs années dans le Midwest), n'avaient pas tari d'éloges dans son dossier, louant son dévouement, ses capacités physiques et intellectuelles, la solidité de son caractère. Il avait bien enfreint quelquefois le règlement, mais c'était le cas pour la plupart des bons agents, parce que certaines règles en vigueur au FBI étaient idiotes. Voilà encore une chose que lui avait enseignée Percy Bates.

Web se gara, descendit de voiture et pénétra dans le bâtiment de la HRT, un édifice que personne ne songerait à qualifier de beau. Il fut accueilli à bras ouverts par des hommes rudes, endurcis par la mort et le danger, mais qui s'effondrèrent avec lui à l'abri des regards. À la HRT, on n'avait pour habitude ni d'étaler ses émotions ni de laisser transparaître sa vulnérabilité. Qui voudrait risquer sa vie aux côtés de collègues trop sensibles ? On laissait la mièvrerie à la porte pour n'exhiber que son côté dur à cuire. Ici, tout était fondé sur la compétence et l'ancienneté – deux attributs qui allaient généralement, mais pas toujours, de pair.

Il rendit le drapeau à son chef. Celui-ci, un ancien agent de base de la HRT qui pouvait encore en remontrer à la plupart de ses subordonnés, reçut le drapeau avec dignité et offrit à Web une poignée de main qui se transforma en accolade dans son bureau. Au moins, ici, on ne me crache pas à la figure, songea Web.

Le bâtiment de la HRT, initialement conçu pour cinquante personnes, en accueillait à présent une centaine, qui y passaient le plus clair de leur temps. Il n'y avait qu'un seul W-C pour tous ces gens, et l'élite des fédéraux formait en permanence une longue file d'attente. Derrière la réception s'alignaient plusieurs petits bureaux destinés au chef, agent spécial avec rang de directeur adjoint, et à ses subordonnés directs, c'est-à-dire un superviseur pour l'équipe d'assaut et un autre pour les tireurs d'élite. Les agents de la HRT disposaient d'alcôves réparties de part et d'autre du couloir. Il n'existait qu'une salle de classe dans le bâtiment, qui servait également de salle de conférences et de réunion. Le long d'un mur de cette pièce, sur une étagère, on avait disposé des mugs à café. Lorsque les hélicoptères atterrissaient, ils s'entrechoquaient, et ce bruit lui avait toujours paru rassurant. Sans doute parce que cela signifiait que les membres de l'équipe étaient rentrés sains et saufs.

Il s'arrêta dans un bureau pour parler à Ann Lyle. À soixante ans, Ann était beaucoup plus âgée que la plupart des autres employées de l'administration, et faisait figure de matrone et de mère poule officieuse pour tous ces durs qui voyaient la HRT comme un deuxième foyer. Une règle tacite voulait qu'en présence d'Ann on ne jure pas, on ne profère aucune grossièreté et on s'abstienne de tout geste déplacé. Les bleus comme les vétérans qui contrevenaient à cette règle étaient aussitôt sanctionnés, soit par de la colle dans leur casque, soit par une balle particulièrement mal placée au cours d'un entraînement. Ann travaillait à la HRT pratiquement depuis sa création, après avoir exercé longtemps à l'antenne de Washington, époque à laquelle elle avait perdu son mari. Sans enfants, elle avait consacré sa vie à son travail, et servait de confidente aux jeunes agents célibataires auxquels elle prodiguait les conseils les plus raisonnables. Elle exerçait également, toujours de façon officieuse, les fonctions de conseillère conjugale, et avait évité bien des divorces. Lorsque Web se trouvait à l'hôpital, attendant qu'on lui reconstruise un visage, elle était venue le voir tous les jours, plus souvent que sa propre mère. Ann apportait régulièrement au bureau des gâteaux qu'elle confectionnait chez elle. Elle servait aussi de source d'informations pour tout ce qui touchait aux relations entre le FBI et son département spécialisé, la HRT. Elle n'avait pas son pareil, également, pour faire aboutir les demandes de la HRT, quelle qu'en fût la nature.

Il pénétra dans son bureau, referma la porte derrière lui et s'assit face à elle.

Cela faisait plusieurs années qu'Ann avait les cheveux blancs et que son corps avait perdu ses courbes féminines, mais ses yeux pétillaient de jeunesse et elle avait toujours un beau sourire.

Elle se leva et serra Web dans ses bras, ce qui lui fit un bien immense. Les joues d'Ann ruisselaient de larmes. Elle était particulièrement proche des membres de l'équipe Charlie, qui, de leur côté, prenaient grand soin de lui témoigner leur affection.

— Tu n'as pas l'air bien, Web.

— J'ai vécu de meilleurs moments.

— Je ne souhaiterais une chose pareille à personne, pas même à mon pire ennemi, dit-elle, mais tu es le dernier à qui ça devait arriver. J'ai envie de hurler.

— Merci, Ann. Mais je ne sais toujours pas ce qui s'est passé.

— Mon chéri, ça fait huit ans que tu te fais tirer dessus. Tu ne crois pas que ceci explique cela ? Tu n'es qu'un être humain, après tout.

— Justement, non, Ann, je suis censé être un peu plus que ça. Voilà pourquoi je fais partie de la HRT.

— Ce qu'il te faut, c'est du repos. Quand as-tu pris des vacances pour la dernière fois ? Tu t'en souviens, au moins ?

— J'ai surtout besoin d'informations, et il faut que tu m'aides.

Ann accepta sans broncher cet abrupt changement de sujet.

— Je ferai ce que je pourrai, tu le sais.

— Il s'agit d'un agent infiltré, Randall Cove. Il a disparu.

— Ce nom me dit quelque chose. Je crois que j'ai connu un Cove quand je travaillais à Washington.

— C'est lui qui était infiltré sur notre objectif. Soit il nous a balancés, soit il était grillé. Vois ce que tu peux trouver sur lui. Adresses, pseudos, contacts, la totale.

— S'il travaillait à Washington, il ne devait pas habiter par ici, répondit Ann. La règle veut que les agents infiltrés vivent à au moins quarante kilomètres de leur lieu d'activité. Pas question de tomber sur un voisin quand on est sur une affaire. Pour les opérations à long terme, ils font même venir des agents d'autres États.

— D'accord. Mais quarante kilomètres, ça laisse pas mal de possibilités. On doit pouvoir dénicher des relevés téléphoniques, des communications avec Washington, ce genre de trucs. Je ne sais pas comment tu te débrouilleras, mais j'ai vraiment besoin de tout ce que tu trouveras sur lui.

— Les agents infiltrés utilisent généralement des cartes téléphoniques jetables, avec peu d'unités. Ils les achètent dans le commerce et les jettent après usage. Comme ça, il n'y a pas de traces.

Web sentit ses espoirs s'évaporer.

— Il n'y a aucun moyen de retrouver sa trace ?

Ann lui adressa l'un de ses sourires éblouissants.

— Oh, il y a toujours un moyen, mon chéri. Laisse-moi fureter un peu.

— Merci infiniment… Je me fais l'effet d'un défenseur de Fort Alamo que les Mexicains auraient épargné.

— Je viens de préparer du café et j'ai apporté un gâteau aux noix et au chocolat. Vas-y, Web, sers-toi. Tu as toujours été trop maigre. (Il leva les yeux vers ce beau visage rassurant.) Et je veille sur toi, ici, crois-moi. Je sais ce qui se murmure. J'entends tout. Et personne, je dis bien personne, ne racontera la moindre chose sur toi tant que je serai dans ce bureau.

En la quittant, il se demanda si Ann Lyle accepterait un jour de l'adopter.

Il trouva ensuite un ordinateur inoccupé et se brancha sur la base de données de la HRT. Comme d'autres, il avait pensé que l'anéantissement de son équipe pouvait tout simplement répondre à une vengeance. Il passa donc un temps considérable à éplucher les affaires qu'avait eu à traiter la HRT. Les souvenirs lui revinrent en foule, souvenirs joyeux de victoires et accablants de défaites. Mais si on prenait en compte tous les gens impliqués dans les opérations de la HRT, si l'on y ajoutait leurs familles et leurs amis, ainsi que tous les cinglés ne cherchant qu'à exercer leurs talents, on arrivait vite à plusieurs milliers de personnes. Il faudrait que quelqu'un d'autre se charge de ce travail. D'ailleurs, les ordinateurs du FBI devaient déjà avoir été réquisitionnés pour ce boulot.

Dans le couloir central, Web s'attarda devant un panneau de photos des précédentes opérations de la HRT. Là se trouvaient exposés les plus éclatants succès du service, ainsi que les quelques inévitables échecs. La HRT avait toujours mis en pratique sa devise : « Vitesse, surprise et violence de l'action. » Web regarda la photo d'un terroriste activement recherché et qui, après avoir été cueilli dans les eaux internationales comme un crabe dans son trou, avait été jugé et condamné à la perpétuité. Il y avait les photos d'un groupe d'intervention international, en pleine campagne lors d'une descente sur un laboratoire de drogue clandestin en Amérique latine. Et enfin celles d'une prise d'otages dramatique dans une tour de services administratifs à Chicago. Ce jour-là, ils avaient récupéré vivants tous les otages, tandis que trois ravisseurs avaient été tués. Les choses ne se terminaient pas toujours aussi bien.

En quittant le bâtiment, il se surprit à contempler l'arbre, emblème du Kansas, planté en souvenir d'un agent de la HRT originaire de cet État et mort au cours d'un entraînement. Ces huit dernières années, chaque fois qu'il passait devant cet arbre, Web avait prié silencieusement pour que l'on n'ait pas à en planter d'autres. Bientôt, il y aurait une véritable forêt par ici. Autant pour les prières.

Il devait absolument agir, pour ne pas se sentir en situation d'échec. Il se rendit à l'armurerie, où il prit un fusil de calibre 308 et quelques munitions. Il fallait qu'il se calme, et le tir, curieusement, lui procurait toujours l'apaisement souhaité, car il requérait une concentration et une précision qui n'autorisaient aucune pensée parasite.

Web passa devant l'ancien quartier général de la HRT, un bâtiment haut et étroit, plus proche d'un silo à grain que du siège d'une unité d'élite, puis arriva devant une petite butte où s'étendait l'un des champs de tir. Il existait un nouveau champ de mille mètres pour le tir au fusil, et des ouvriers s'apprêtaient à défricher un bois voisin pour agrandir le domaine d'exercice. Derrière le champ de tir, les arbres étaient d'un vert éclatant. Web avait toujours trouvé étrange cette juxtaposition : les couleurs magnifiques de la nature servant de décor à un endroit où, pendant des années, il avait appris à mieux tuer. Cela dit, il était du bon côté, et les choses en devenaient acceptables.

Il dressa les cibles pour jouer au poker du tireur d'élite. Les cartes sont disposées en éventail sur le support de la cible, de façon qu'en dehors de la première on n'en voie qu'une minuscule partie. Le but consiste à réussir un pli. L'ennui, c'est qu'on ne peut compter une carte que si elle est touchée proprement. Si la balle ne fait que l'effleurer, le point est perdu. On n'a droit qu'à cinq coups. Il n'y a qu'à la HRT qu'on se détend de cette façon, fatale pour les nerfs du commun.

Web s'installa à une centaine de mètres des cibles. Allongé à plat ventre, il plaça un petit sac de haricots sous la crosse du 308 pour amortir son poids. Il s'aligna face à la trajectoire de recul pour minimiser le relèvement de la bouche de l'arme, les hanches posées bien à plat sur le sol, les genoux dans l'axe des épaules et les talons baissés pour effacer au maximum sa silhouette au cas où il serait lui-même la cible de tirs. Il ajusta la distance sur la molette et calcula la vitesse du vent. Le taux d'humidité étant important, il ajouta une demi-minute d'amplitude. Il avait enregistré mentalement tous ses coups alors qu'il était tireur d'élite. Sa banque de données personnelle incluait tous les effets de l'environnement sur la balle tirée et permettait également d'expliquer pourquoi un tireur avait manqué sa cible, seule circonstance qui méritait qu'on s'y arrête. Quand on touche sa cible, on ne fait que son boulot, on n'est pas pour autant acclamé. Aucun détail n'est négligeable quand on doit tuer à grande distance. Une ombre sur la lentille de la lunette, et le tireur qui manque de vigilance peut tuer l'otage à la place du ravisseur.

Web étreignit doucement la poignée guillochée, pressa la crosse contre son épaule, posa la joue sur la crosse, ajusta la lunette et, de sa main libre, déplia le bipied du 308. Il prit une profonde inspiration et laissa filer l'air. Attention aux muscles – les muscles ne sont pas fiables : on ne peut compter que sur les os, parce qu'ils ne bougent pas. Web avait toujours utilisé la technique de l'embuscade : attendre que la cible pénètre dans la zone de tir prédéterminée. Le tireur place sa croix de visée au-dessus de la tête et compte ensuite les graduations dans le réticule pour la distance, l'angle d'incidence et la vitesse. Il faut également estimer la hauteur, le vent et l'humidité, et ensuite on attend, comme l'araignée dans sa toile. On tire toujours dans la tête, et cela pour une raison bien simple : pas de riposte, avec une balle dans la tête.

Les os bien calés. Pouls à soixante-quatre. Web laissa filer l'air de ses poumons, appuya cinq fois sur la détente avec la précision d'un homme qui a déjà accompli ce geste plus de cinquante mille fois. Il répéta l'opération à quatre reprises : trois à cent mètres et la dernière à deux cents mètres, distance maximale pour ce style de poker.

Lorsqu'il contrôla les cibles, il ne put s'empêcher de sourire. Il avait une quinte flush à pique dans deux mains, un brelan d'as et une paire de rois dans deux autres, et un full à deux cents mètres. Et aucune autre marque abîmée. De même, il n'avait perdu aucune cartouche, ce qui, en langage FBI, voulait dire tous les coups au but. Pendant une dizaine de secondes, il se sentit réconforté, puis la dépression l'accabla de nouveau.

Il rapporta le fusil à l'armurerie et reprit son errance. Après le terrain des marines se trouvait la route de brique jaune, un parcours d'entraînement de douze kilomètres de long, avec des creux de cinq mètres à dévaler à la corde lisse, des fosses garnies de barbelé qui n'attendaient qu'une chute, des escarpements rocheux à escalader. Lors de son stage de formation à la HRT, Web avait tant de fois effectué ce parcours qu'il en connaissait les moindres pièges, sans oublier des courses par équipes de vingt-cinq kilomètres avec un lest de vingt-cinq kilos de matériaux fragiles, des briques par exemple, des relais de natation dans des eaux glaciales, des échelles de quinze mètres à gravir, le tout suivi d'un séjour au « heartbreak hotel », un immeuble vétuste de trois étages, et du saut optionnel depuis le bastingage d'un vieux navire dans le James. Depuis le départ de Web à la HRT, le « heartbreak hotel » avait été en quelque sorte apprivoisé, avec des garde-fous et des filets. C'était incontestablement plus sûr, mais, à son avis, beaucoup moins excitant. De toute façon, mieux valait ne pas faire acte de candidature si on était sujet au vertige. Lorsqu'il faut descendre en rappel d'un hélico dans les profondeurs de la forêt, au risque de s'empaler sur un chêne de trente mètres de haut, les petites natures ont intérêt à rester à la maison.

Toujours lors de ce stage, chaque candidat devait escalader la « serre chaude », c'est-à-dire une tour en béton de deux étages aux fenêtres obturées par des volets d'acier. On allumait un feu au rez-de-chaussée et, étant donné la configuration des lieux, en quelques secondes la fumée s'élevait jusqu'en haut. Arrivé au deuxième étage, le malheureux devait se jeter à l'intérieur et mettre en œuvre toutes ses ressources pour regagner vivant le rez-de-chaussée. Récompense pour celui qui s'en était tiré : un seau d'eau pour se rincer les yeux et le privilège de recommencer quelques minutes plus tard, avec un sac de 75 kilos sur le dos.

Entre toutes ces réjouissances, il fallait tirer des dizaines de milliers de cartouches, suivre des cours à coller Einstein, pratiquer des séances de gymnastique à épuiser un champion olympique et affronter des situations impossibles où il fallait se décider en une fraction de seconde, des situations à vous faire renoncer à l'alcool ou aux femmes et à ramper dans une cellule capitonnée. Tout au long du parcours, des agents en exercice bottaient les fesses du maladroit au moindre échec, rabattaient le caquet de qui avait réussi ; de toute manière, ils ne parlaient jamais, alors ceux qui réussissaient souvent ne le savaient même pas. Pour eux, on était de la merde, de la merde qui devait se magner le train, mais de la merde quand même. Ils ne semblaient remarquer votre présence qu'après l'admission. Se serait-on tué au cours des épreuves que ces salauds n'auraient probablement pas assisté à l'enterrement.

Web avait survécu à tout cela et, après son passage à l'École de formation des nouveaux agents (tel était son nom), il avait été engagé comme tireur d'élite et envoyé deux autres mois à l'École de formation des tireurs d'élite des marines, où il avait découvert l'art de la surveillance, du camouflage et de l'élimination physique au fusil à lunette. Ensuite, Web avait passé sept ans comme tireur d'élite puis comme équipier d'assaut, soit à s'ennuyer à mourir pendant d'interminables surveillances, souvent dans des conditions effroyables, soit à tirer ou à se faire tirer dessus par de vrais cinglés aux quatre coins du monde. En échange, il disposait de toutes les armes et de toutes les munitions qu'il désirait, et recevait le salaire d'un gamin de seize ans qui bidouille des ordinateurs pendant son heure de déjeuner. Finalement, ça s'était plutôt bien passé.

Web gagna les hangars qui abritaient les hélicoptères de l'équipe, les Bell 412 et les MD530, plus petits et baptisés « Little Birds » parce qu'ils étaient rapides, maniables et pouvaient emporter quatre hommes à l'intérieur et quatre sur les marchepieds à la vitesse de 220 km/h. Web avait utilisé dans des situations ahurissantes ces 530 qui l'avaient toujours ramené sain et sauf, parfois pendu au bout d'une corde, mais vivant. Il n'avait jamais fait le difficile sur les conditions de sa survie.

Là étaient entreposés toutes sortes d'équipements, adaptés à toutes les conditions imaginables, de la jungle équatoriale aux glaces de l'océan Arctique. Les agents s'entraînaient à toutes les formes d'intervention possibles, car une simple coïncidence pouvait déjouer leurs plans, une trahison de l'intérieur ou la simple chance d'adversaires moins forts qu'eux.

Comme il commençait à pleuvoir, Web se réfugia dans le bâtiment où l'on avait édifié de longs couloirs, comme dans les hôtels, et disposé des cloisons amovibles recouvertes de caoutchouc. On se serait cru dans un studio de cinéma. S'ils possédaient les plans d'un objectif, ils le reconstituaient sur place et s'y entraînaient avec les paramètres exacts. Le dernier était celui où l'équipe Charlie avait été anéantie.

Comment imaginer, à ce moment-là, qu'il ne verrait jamais l'intérieur du bâtiment ? Ils n'étaient même pas arrivés à la porte d'entrée. Quand ôteraient-ils ce décor de cauchemar ?

Les cloisons recouvertes de caoutchouc absorbaient les balles, la HRT s'entraînant souvent à balles réelles. Les escaliers étaient fabriqués dans un bois sur lequel les balles ne ricochaient pas, mais l'équipe avait découvert, heureusement sans dommages, que les clous pouvaient les renvoyer. Il passa devant la reproduction d'un fuselage d'avion utilisé pour l'entraînement contre les pirates de l'air. On pouvait descendre et monter à volonté la maquette suspendue au plafond.

Combien de terroristes imaginaires avait-il abattus ici ? Ces entraînements s'étaient révélés utiles le jour où un appareil américain avait été détourné sur l'aéroport de Rome. Les terroristes avaient ordonné au pilote de gagner la Turquie puis Manille. Deux heures après le détournement, Web et son équipe embarquaient sur la base aérienne d'Andrews. Depuis le C141 de l'US Air Force, ils avaient suivi les mouvements de l'avion. Sur la piste de Manille, où l'avion s'était posé pour faire le plein, les terroristes avaient jeté les corps de deux otages américains, dont celui d'une petite fille de quatre ans. Une déclaration politique, avaient-ils fièrement annoncé. Ce devait être leur dernière.

L'assaut avait été repoussé d'abord pour des raisons météorologiques, puis pour des raisons techniques. Vers minuit, heure locale, Web et l'équipe Charlie étaient montés à bord, déguisés en mécaniciens. Trois minutes plus tard, cinq terroristes étaient morts. Web avait abattu l'un des preneurs d'otages en lui tirant une balle à travers la boîte de Coca Light qu'il portait à ses lèvres. Depuis ce jour, il ne pouvait plus boire de ce machin-là, mais n'avait jamais regretté d'avoir pressé la détente. L'image du cadavre d'une innocente petite fille sur une piste d'aéroport – américaine, iranienne, japonaise, peu lui importait – suffisait. Ces types pouvaient dénoncer les régimes les plus corrompus, les pires formes d'oppression, en appeler à leur panthéon de dieux omniscients... si on tuait des innocents, et surtout des enfants, rien ne l'arrêterait jamais, surtout pas leurs bombes ni leurs armes à feu... Tant qu'ils se livreraient à leurs petits jeux pervers, il les pourchasserait sur la planète entière.

Web traversa de petites pièces aux murs tapissés de caoutchouc, au milieu d'effigies de sales types braquant leurs armes sur lui. Instinctivement, il tendit ses bras et fit mine de tirer sur eux. Face à un type armé, mieux vaut se fier à ses mains qu'à ses yeux, parce qu'une paire d'yeux n'a jamais tué personne. Web ne put s'empêcher de sourire. C'était tellement facile quand personne ne vous canardait en face. Dans d'autres pièces se trouvaient des bustes de mannequins, avec une peau imitant à la perfection l'épiderme humain. Web lança quelques coups de pied latéraux sur les têtes, suivis d'une série de coups de poing paralysants à la hauteur des reins, puis s'éloigna.

Entendant du bruit dans une salle, il passa la tête à l'intérieur et découvrit un homme en débardeur et pantalon de camouflage, qui essuyait la sueur dégoulinant sur son cou, ses épaules et ses bras. De longues cordes pendaient du plafond. C'était l'une des salles où l'on venait s'entraîner à la corde lisse. L'homme monta et descendit trois fois l'une des cordes avec grâce et fluidité, faisant jouer les muscles sous sa peau.

Lorsqu'il eut terminé, Web s'avança à l'intérieur.

— Salut, Ken. Alors, tu ne te reposes jamais ?

Ken McCarthy leva les yeux sur lui, mais son regard n'avait rien d'amical. C'était un des tireurs d'élite qui avaient été présents sur les toits le soir où l'équipe Charlie avait été anéantie. Noir, âgé de trente-quatre ans et originaire du Texas, il avait parcouru le monde dans les rangs de l'armée. Ancien des SEAL, il était pourtant dépourvu de la morgue si fréquente parmi ces commandos. McCarthy ne mesurait que 1,78 mètre, mais il était capable de soulever un camion et possédait une parfaite maîtrise de trois arts martiaux. Meilleur plongeur de la HRT, il pouvait aussi loger une balle entre les yeux de quelqu'un à mille mètres de distance, la nuit, à califourchon sur une branche d'arbre. Cet homme tranquille, membre de la HRT depuis trois ans, se montrait plutôt réservé et manquait de l'humour macabre propre à la plupart des agents de cette unité. Web lui avait enseigné des techniques qu'il ignorait ou qu'il avait du mal à assimiler et, en retour, son collègue lui avait transmis certains de ses remarquables talents. Jusque-là, McCarthy n'avait eu aucun problème avec lui, mais son attitude présente marquait un changement. Peut-être Romano avait-il dressé tout le service contre lui.

— Qu'est-ce que tu fabriques ici ? Je te croyais encore à l'hôpital, à soigner tes blessures.

Web s'avança d'un pas. Il n'aimait pas le ton de McCarthy, mais il en comprenait la raison, et comprenait du même coup l'attitude de Romano. C'était comme ça, à la HRT. On était censé accomplir son boulot à la perfection, point final. Web en était loin. Bien sûr, il avait détruit les mitrailleuses, mais après le massacre. Aux yeux de ces hommes, ça comptait pour du beurre.

— J'imagine que tu as tout vu.

McCarthy ôta ses gants d'entraînement et frotta l'une contre l'autre ses mains calleuses.

— Je serais bien descendu en rappel dans la cour, mais le PC nous a ordonné de ne pas bouger.

— Tu n'aurais rien pu faire.

McCarthy gardait le regard baissé sur ses pieds.

— Finalement, on a reçu l'ordre de bouger. Mais, bon Dieu, tout ce temps perdu ! On a rejoint Hotel. On essayait de vous joindre par radio. Le PC ne savait pas ce qui se passait. Notre chaîne de commandement s'était comme brisée. Mais ça, tu le sais.

— On s'attendait à tout, sauf à ce qui nous est tombé dessus.

McCarthy s'assit sur le tapis de caoutchouc et ramena ses genoux sous son menton. Il leva les yeux vers Web.

— On m'a dit que t'es sorti de la ruelle après les autres, et que t'es tombé, ou quelque chose comme ça.

Quelque chose comme ça... Web s'assit aux côtés de McCarthy.

— Les mitrailleuses ont été déclenchées par laser, mais le laser lui-même a probablement été activé grâce à une télécommande, de façon que ça ne se mette pas à tirer trop tôt. Quelqu'un devait être là pour l'actionner.

Web laissa sa phrase en suspens, sans quitter McCarthy des yeux.

— J'ai déjà parlé au bureau de Washington.

— Je n'en doute pas, répliqua Web.

— Il y a déjà une enquête pour violences à agents fédéraux.

— Ça aussi, je le sais. Écoute, je ne sais pas exactement ce qui m'est arrivé. C'était pas prévu au programme. J'ai fait tout ce que j'ai pu. Mais il va falloir que je vive avec ça jusqu'à la fin de mes jours. J'espère que tu comprends.

McCarthy leva la tête, et toute hostilité avait disparu de son regard :

— Il n'y avait rien ni personne sur qui tirer. Nous, les tireurs d'élite, on n'avait rien à bousiller. Toute cette préparation pour rien. On avait trois gars sur les bâtiments qui surplombent la cour, et aucun ne pouvait tirer sur ces minimitrailleuses. Ils avaient peur de vous atteindre par ricochet.

— Et le gamin ? Tu as vu le gamin ?

— Le petit Noir ? Oui, quand il a remonté la ruelle, avec ton calot et ton bout de papier.

— À l'aller, on est passés devant lui, aussi.

— Vous deviez nous boucher la vue. Et de là où on était, la lumière de la ruelle se reflétait bizarrement.

— Bon, et les autres types ? Ceux qui fourguaient la came ?

— Un collègue les a gardés en joue tout le temps. Ils n'ont pas bougé jusqu'à la fusillade. Là, ils se sont enfuis en courant. D'après Jeffries, ils semblaient aussi surpris que nous. Et puis, quand le PC nous a donné le feu vert, on est descendus.

— Et qu'est-ce qui s'est passé ?

— Comme je l'ai dit, on a rejoint Hotel. On a vu la fusée éclairante, alors on s'est arrêtés. C'est là qu'on a vu arriver le gamin. On a lu ton avertissement, sur le billet. Everett et Palmer sont partis en éclaireurs. Mais c'était trop tard.

À ce moment de son récit, McCarthy s'interrompit et une larme roula sur son beau visage juvénile. Un visage normal, comme celui de Web autrefois.

— J'ai jamais entendu une fusillade comme ça de toute ma vie, reprit-il. Et jamais de ma vie je ne me suis senti aussi désemparé.

— Tu as fait ton boulot, Ken, et tu ne pouvais rien tenter de plus. (Il ménagea une pause.) Apparemment, on n'arrive pas à retrouver ce gamin. T'es au courant de quelque chose ?

McCarthy secoua la tête.

— Deux types de Hotel se sont occupés de lui. Romano et Cortez, je crois.

Encore Romano. Merde, il allait devoir lui parler.

— Qu'est-ce que t'as fait, ensuite ?

— Je suis allé dans la cour avec d'autres types. On t'a aperçu, mais t'étais hors de combat. On a vu les corps de ceux de Charlie... Deux tireurs d'élite m'ont dit comment tu y étais retourné. Ils ont trouvé ça incroyable. Ils ont dit que tu devais en avoir, pour être retourné sur place. Moi, je crois que j'aurais pas pu.

— Mais si, Ken. Et tu aurais fait mieux que moi.

McCarthy sembla surpris par le compliment.

— Quand tu es ressorti de la cour, tu as aperçu le gamin ? insista Web.

McCarthy réfléchit un instant.

— Je me souviens qu'il se tenait assis sur une poubelle. À ce moment-là, tout le monde se pointait.

— Tu as vu des agents en civil embarquer le gamin ?

— Non, j'ai l'impression d'avoir vu Romano qui parlait avec quelqu'un, mais c'est tout.

— Tu n'as reconnu personne ?

— Tu sais qu'on fréquente pas beaucoup les réguliers.

— Et la DEA ?

— Je peux pas t'en dire plus, Web.

— Tu as parlé avec Romano ?

— Un peu.

— Ne crois pas tout ce qu'on te raconte, Ken. C'est pas sain.

— Pas même venant de toi ?

— Pas même venant de moi.

En quittant Quantico à bord de sa voiture, Web se rendit compte qu'il avait du pain sur la planche. Officiellement, il n'était pas chargé de l'enquête, et pourtant, d'une certaine manière, il se l'était appropriée. Mais d'abord, il fallait s'occuper d'autre chose, de plus important que de savoir qui avait massacré son équipe. Il fallait retrouver un petit garçon sans chemise, avec la cicatrice d'une blessure par balle à la joue.

6

Six enterrements. En trois jours, Web assista à six enterrements. Au quatrième, il n'avait plus de larmes à verser. Dans des églises ou des chapelles funéraires, il écoutait des inconnus évoquer des hommes que, par certains côtés, il connaissait mieux que lui-même. Son système nerveux s'était comme dilué, avec une partie de son âme ; quelque chose l'empêchait de se comporter comme il aurait convenu, et il redoutait d'éclater tout à coup, non en sanglots mais de rire.

Aux services funèbres, la moitié des cercueils étaient ouverts, les autres fermés. Ceux qui avaient des blessures propres et n'étaient pas trop abîmés, ceux-là gisaient dans des cercueils ouverts. À la vue de ces visages livides et affaissés, de ces corps rigides dans leurs boîtes en métal, avec le parfum des fleurs et tous ces sanglots alentour, Web regrettait de n'être pas étendu là, lui aussi, de ne pas être enfoui sous terre pour l'éternité. Les funérailles d'un héros : il y avait de pires façons de demeurer dans la mémoire des vivants.

Web s'était à nouveau enveloppé la main d'un pansement, parce qu'il se serait senti trop coupable sans blessure à exhiber au milieu de tous ces gens éplorés. C'était assez pitoyable, il s'en rendait bien compte, et sa présence devait faire l'effet d'une gifle à la face des proches endeuillés. Tout ce qu'ils savaient, c'était que Web s'en était tiré avec une égratignure. Avait-il fui ? Avait-il laissé mourir ses camarades ? Ces questions, il les lisait dans les yeux de certains. Était-ce donc toujours le sort de l'unique survivant ?

Les cortèges avaient défilé entre les rangs interminables d'hommes et de femmes en uniforme, et d'autres aussi, par centaines, en complet impeccable et chaussures noires du FBI. Des motards ouvraient la route, des citoyens se tenaient sur les trottoirs et partout les drapeaux étaient en berne. Le Président et la plupart des ministres avaient fait le déplacement, ainsi que de nombreuses personnalités. Pendant quelques jours, le monde entier ne parla que du massacre de six braves types dans une ruelle de Washington. On ne dit pas grand-chose du septième, ce qui convenait à Web. Mais combien de temps cela durerait-il ?

La ville de Washington était durement éprouvée, et pas seulement à cause du meurtre des policiers, mais parce que les implications semblaient plus vastes. Les criminels étaient-ils à ce point impudents ? La société si près de se désagréger ? La police dépassée ? Le FBI, fleuron de la police américaine, impuissant ? Les médias d'Asie et du Moyen-Orient rapportaient avec délectation ce nouveau témoignage du chaos occidental, prélude à la chute annoncée des arrogants États-Unis d'Amérique. Dans les rues de Bagdad, Téhéran, Pyongyang et Pékin, on se réjouissait de cette nouvelle crise américaine, amplifiée par les médias. Aux États-Unis mêmes, les pseudo-experts échafaudaient des théories tellement absurdes que Web n'ouvrait plus un journal, ne branchait ni la radio, ni la télévision. Si on lui avait demandé son avis, il aurait répondu que ce n'étaient pas seulement les États-Unis qui devenaient fous, mais le monde entier.

Le déchaînement médiatique avait fini par s'estomper, mais seulement parce qu'une nouvelle tragédie avait chassé la précédente. Un avion de ligne japonais qui s'était écrasé sur la côte Ouest mobilisait désormais les journalistes, reléguant au second plan le souvenir des policiers tués dans une ruelle de Washington. Un camion de télévision s'y trouvait encore, mais les trois cents cadavres flottant dans l'océan présentaient un attrait infiniment plus grand qu'une histoire d'agents du FBI. Et cela aussi, en fin de compte, arrangeait Web. Qu'on nous laisse vivre notre deuil en paix, songeait-il.

Trois fois, on l'avait interrogé au Hoover Building et à l'antenne de Washington. Les enquêteurs étaient équipés de crayons, de calepins et d'enregistreurs, ou, pour les plus jeunes, d'ordinateurs portables. On lui avait posé beaucoup plus de questions qu'il n'avait de réponses à fournir. Pourtant, quand il leur avait expliqué qu'il ignorait pourquoi il s'était figé avant de s'effondrer, les crayons avaient cessé de courir sur le papier et les doigts de pianoter sur les claviers.

— Quand vous dites que vous vous êtes figé, vous aviez vu quelque chose ? Entendu un bruit ?

Le ton monocorde de l'enquêteur laissait poindre comme de l'étonnement, voire pis, du scepticisme.

— Je n'en sais vraiment rien.

— Vous n'en savez rien ? Vous ne savez pas si vous vous êtes figé ?

— Je n'en suis pas sûr. Enfin, si. Je ne pouvais plus bouger. J'étais comme paralysé.

— Mais vous avez bougé, après que votre équipe a été tuée ?

— Oui, concéda Web.

— Qu'y avait-il de changé pour que vous puissiez vous déplacer à nouveau ?

— Je n'en sais rien.

— Et quand vous êtes arrivé dans la cour, vous êtes tombé ?

— C'est ça.

— Juste avant que les mitrailleuses ouvrent le feu, remarqua un autre enquêteur.

Web entendit à peine sa propre réponse.

— Oui.

Le silence qui suivit ces maigres éléments le foudroya, lui qui était déjà anéanti.

Au cours des trois entretiens, Web avait gardé les mains sur la table, regardé l'enquêteur droit dans les yeux, un peu penché en avant. Ces hommes étaient des professionnels, des enquêteurs chevronnés. Web savait que, s'il détournait les yeux, s'enfonçait dans son siège, se frottait la tête d'une mauvaise façon, voire s'il se croisait les bras sur la poitrine, ils en concluraient qu'il mentait avec effronterie. Or si Web ne mentait pas, il ne disait pas non plus toute la vérité. Car s'il racontait que la simple vue d'un petit garçon avait eu sur lui un effet étrange et, de façon inexplicable, l'avait amené à se figer sur place (ce qui lui avait sauvé la vie), puis à se jeter à terre, comme enserré dans le béton, c'en était fini de son appartenance au FBI. Les huiles n'appréciaient pas les loufoqueries. Heureusement, il y avait quelque chose qui jouait pour lui. Les nids de mitrailleuses n'avaient pas sauté tout seuls. Et ses balles étaient encastrées dans chacune d'elles. Les tireurs d'élite avaient tout vu, il avait mis en garde l'équipe Hotel et sauvé le petit garçon par-dessus le marché. Web le leur précisa. Pour que tout le monde le sache, songeant : « Vous pouvez m'accabler pendant que je suis à terre, les amis, mais pas trop fort. Après tout, je suis un héros. »

— Ça ira, leur avait-il assuré. Il me faut un peu de temps, mais ça ira.

L'espace d'un instant, il pensa que c'était bien là son seul mensonge de toute la journée.

On lui indiqua qu'on le rappellerait en cas de besoin. Pour l'instant, il devait se reposer, se mettre en stand-by. Il avait besoin de temps, de beaucoup de temps pour se remettre. Le FBI lui avait offert l'assistance d'un psychothérapeute, ils avaient même beaucoup insisté ; Web avait fini par accepter, bien qu'au FBI on vît d'un très mauvais œil ceux qui recherchaient ce genre de soutien. Lorsque les choses seraient rentrées dans l'ordre, lui expliqua-t-on, il serait affecté à une nouvelle équipe d'assaut, ou bien chez les tireurs d'élite, s'il préférait, en attendant que l'on reconstitue l'équipe Charlie. Ou alors, il pourrait occuper une autre fonction au sein du FBI. On évoquait même pour lui la possibilité d'un transfert « préférentiel » qui lui permettrait de rejoindre un service jusqu'à l'heure de sa retraite. Ce genre de traitement était d'ordinaire réservé aux agents de haut rang et trahissait l'incertitude de la direction à son égard. Officiellement, Web était l'objet d'une inspection administrative qui pouvait déboucher sur une enquête en bonne et due forme. Jusqu'ici, on ne lui avait pas lu ses droits, ce qui était à la fois bon et mauvais signe. Bon, parce que cela aurait signifié qu'il était en état d'arrestation, mauvais parce que tout ce qu'il disait au cours de l'inspection pourrait être utilisé contre lui lors d'instances civiles ou pénales. Apparemment, son seul tort était d'avoir survécu. De toute façon, cela seul alimentait chez lui une source de culpabilité infiniment plus grande que tout ce que le FBI aurait pu retenir à son encontre.

Oui, lui avait-on dit, il pourrait obtenir tout ce qu'il désirait. Ils étaient tous ses amis. On le soutenait dans cette épreuve.

Web demanda alors où en était l'enquête mais il n'obtint aucune réponse. Autant pour le soutien, songea-t-il.

— Il faut vous rétablir, lui avait rétorqué l'un de ces hommes. Pour l'instant, ne pensez qu'à ça.

Alors qu'on s'apprêtait à clore le dernier interrogatoire, un enquêteur lui demanda :

— Comment va votre main ?

La question semblait innocente, mais quelque chose dans le ton lui donna une furieuse envie de lui flanquer son poing sur la figure. Il se contenta de lui répondre que ça allait bien, les remercia tous et s'en alla.

Après cette dernière séance d'interrogatoire, il était passé devant le mur d'honneur, où étaient apposées des plaques portant les noms de tous les agents du FBI tombés victimes du devoir. Bientôt, leur nombre allait s'accroître, et jamais dans toute l'histoire du FBI on n'en aurait ajouté autant en une seule fois. Parfois, Web s'était demandé si son nom ne figurerait pas là, un jour, avec sa vie professionnelle résumée sur une plaque de bois et de bronze. Il quitta le Hoover Building et rentra chez lui, assailli par le doute et l'incertitude.

On disait des initiales FBI qu'elles signifiaient Fidélité, Bravoure et Intégrité, mais pour l'heure, Web avait le sentiment de ne posséder aucune de ces vertus.

7

Francis Westbrook était un géant, avec la carrure d'un plaqueur gauche de la National Football League. Il était vêtu en toute saison et quel que fût le temps d'une chemise tropicale en soie à manches courtes, d'un pantalon assorti et de mocassins en daim sans chaussettes. Avec sa tête rasée, ses grandes oreilles recouvertes de boucles en diamant et ses énormes doigts alourdis de bagues en or, il n'avait rien d'un dandy, mais comment dépenser les revenus qu'il tirait du trafic de drogue sans attirer l'attention de la police ou, pis encore, du fisc ? Et puis il aimait soigner son apparence. Pour l'instant, Westbrook siégeait à l'arrière d'une grosse Mercedes aux vitres teintées. À sa gauche se tenait son premier lieutenant, Antoine Peebles. Au volant, un jeune homme solidement bâti, nommé Toona, avec à son côté le chef de la sécurité, Clyde Macy, le seul Blanc de l'équipe, distinction qu'il arborait visiblement avec fierté. Peebles, barbe et coupe afro bien taillées, était plutôt petit et trapu, mais il portait avec élégance ses complets Armani et ses lunettes noires de grand designer ; il ressemblait plus à un magnat de Hollywood qu'à un trafiquant de drogue. Macy, lui, un vrai squelette ambulant, l'allure d'un cadre, était invariablement vêtu de noir et, avec son crâne rasé, il aurait aisément pu passer pour un néonazi.

Tel était le premier cercle du petit empire de Westbrook. Pour l'heure, le chef de cet empire tenait à la main un pistolet 9 mm et semblait chercher quelqu'un sur qui s'en servir.

— Tu veux me redire encore une fois comment t'as perdu Kevin ? demanda-t-il à Peebles en étreignant son arme.

Il avait relevé la sûreté, mais Peebles n'hésita pas à répondre.

— Tu nous aurais laissés le surveiller vingt-quatre heures sur vingt-quatre et sept jours sur sept, on ne l'aurait jamais perdu. Ça lui arrivait de sortir le soir. Ce soir-là, il est sorti et il est pas rentré.

Westbrook frappa son énorme cuisse du plat de la main.

— Il était dans cette ruelle. Les fédéraux l'avaient, et ils l'ont plus. Il a été pris dans cette histoire de merde, et ça s'est passé sur mon territoire ! (Il frappa la portière avec son pistolet.) Je veux retrouver Kevin !

Peebles le regarda d'un air inquiet, alors que Macy ne manifestait aucune réaction. Westbrook posa la main sur l'épaule du chauffeur.

— Toona, tu rassembles des mecs et tu me fouilles la ville de fond en comble, t'as compris ? Je sais que tu l'as déjà fait, mais tu recommences. Je veux retrouver le petit sain et sauf, t'as compris ? Sain et sauf, et tu reviens pas sans lui. T'as compris, Toona ?

Ce dernier jeta un coup d'œil dans le rétroviseur.

— J'ai compris, j'ai compris.

— Tu t'es fait manipuler, dit Peebles. Du début à la fin. Tout ça pour que tu portes le chapeau.

— Tu crois que je l'sais pas ? C'est pas parce que toi t'es allé à la fac et moi pas que j'suis con. Je sais bien que j'ai les fédéraux au cul. Je sais aussi ce qu'on raconte dans la rue. Que quelqu'un essaie de rassembler toutes les bandes, comme une sorte de syndicat, mais y savent que j'vais pas marcher dans leur combine, et ça les emmerde.

Depuis quarante-huit heures, Westbrook avait à peine dormi et il avait les yeux rougis par le manque de sommeil. Telle était sa vie ; survivre jusqu'à la fin de la nuit suivante représentait souvent la tâche essentielle de la journée. Mais là, il ne songeait plus qu'à retrouver le petit. Il se sentait sur le point de basculer. Bien sûr, il savait qu'un jour son heure arriverait, mais il n'était pas encore prêt.

— Ceux qu'ont enlevé Kevin vont finir par se manifester. Ils veulent quelque chose. Ce qu'ils veulent, c'est que je lâche mon équipe, c'est sûr.

— Et tu la leur donneras ?

— Ils auront tout ce que j'ai s'ils me rendent Kevin.

Par la vitre, il regarda les carrefours, les ruelles et les bars miteux où se vendait la drogue, là où s'étendaient ses tentacules. Mais il dealait aussi dans les banlieues chic, là où il y a vraiment de l'argent.

— Ouais, c'est ça. Je récupère Kevin et ensuite je bute tous ces enculés les uns après les autres. Et j'le ferai moi-même. (Il braqua son pistolet sur une cible imaginaire.) Je commence par les genoux et je monte.

Peebles regarda d'un air inquiet Macy, qui ne réagissait toujours pas, hiératique.

— En tout cas, reprit Peebles, jusqu'ici, personne ne nous a contactés.

— Ils le feront. Ils ont pas enlevé Kevin pour jouer aux billes avec lui. C'est moi qu'ils veulent. Bien, j'suis là, ils ont qu'à venir à la fête. Moi j'suis prêt à faire la fête, on y va ! (Westbrook se mit ensuite à parler plus calmement.) On dit qu'un des flics a pas clamsé, dans la cour. C'est vrai ?

Peebles opina du chef.

— Oui. Web London.

— Putain, y paraît qu'y avait des mitrailleuses de 50. Comment il a fait pour s'en tirer, le mec ? (Peebles haussa les épaules et Westbrook regarda Macy.) Qu'est-ce que t'as appris, Mace ?

— Personne est vraiment sûr, pour l'instant, mais il paraîtrait que le type a pas pénétré dans la cour. Il a eu peur, il a flippé, ou quelque chose comme ça.

— Flippé ou quelque chose comme ça, répéta Westbrook. Bon, renseigne-toi sur ce mec. S'il s'en est sorti, y doit avoir des choses à m'dire, par exemple où se trouve Kevin. (Il regarda ses hommes.) Ceux qu'ont buté ces fédéraux doivent avoir Kevin. C'est évident.

— Eh bien, comme je l'ai dit, on ne pouvait pas le surveiller vingt-quatre heures sur vingt-quatre, expliqua Peebles.

— Putain, quelle vie ! s'exclama Westbrook. Faut pas qu'y vive ça à cause de moi. En attendant, comme j'ai les fédéraux au cul, y faut que j'les branche dans une autre direction. Mais y faut savoir vers où. Avec six de leurs copains qui se sont fait buter, ils doivent pas être d'humeur à négocier, les mecs. Y vont vouloir agrafer quelqu'un, mais pas question que ça soit moi !

— Il n'est pas sûr que ceux qui ont enlevé Kevin veuillent le relâcher, objecta Peebles. Je sais que pour toi c'est dur à entendre, mais on n'a aucun moyen de savoir si Kevin est encore vivant.

Westbrook s'enfonça dans la banquette.

— Oh, j'suis sûr qu'il est vivant. Il lui est rien arrivé, à Kevin. En tout cas pour l'instant.

— Comment peux-tu en être sûr ?

— J'le sais, c'est tout. T'as pas besoin que j't'en dise plus. Trouve-moi quelque chose sur cet enculé de fédéral.

— Web London.

— C'est ça, Web London. Et s'il a pas ce que j'veux, alors y regrettera de pas avoir clamsé avec ses copains. Allez, Toona, accélère. On a du taf.

La voiture fila dans la nuit.

8

Il fallut deux jours à Web pour se décider à prendre rendez-vous avec un psychiatre vacataire du FBI. Il existait bien des psychiatres au Bureau, mais Web préférait faire appel à quelqu'un de l'extérieur. Il ne savait pas exactement pourquoi, mais il lui semblait difficile de s'épancher auprès d'un salarié de la maison. Et puis quelle confidentialité attendre ? Tout raconter à un psy du FBI, c'était tout raconter au FBI lui-même.

Lorsqu'il s'agissait de la santé mentale de ses agents, le Bureau en était encore au Moyen Âge, et cela autant par la faute des agents eux-mêmes que par celle de l'institution. Quelques années auparavant, si l'on se retrouvait à bout de nerfs, ou bien avec un problème de drogue ou d'alcool, mieux valait garder cela pour soi. Pour les agents de la vieille école, il aurait été aussi inconcevable de demander un soutien psychologique que de sortir de chez soi sans son arme. Si un agent suivait une psychothérapie, il s'abstenait d'en parler, par peur d'être considéré comme une marchandise avariée ; l'endoctrinement des agents leur insufflait un stoïcisme et une indépendance farouches, difficiles à surmonter.

Puis, un jour, les plus hautes autorités du Bureau s'étaient rendu compte que le stress inhérent au travail de ses agents se traduisait par une hausse inquiétante du recours à l'alcool et à diverses drogues, et par l'augmentation des divorces. Il fallait réagir. On mit sur pied un Programme d'assistance au personnel, ou PAP. Chaque division se vit affecter un coordinateur de ce PAP, également psychothérapeute. Si ce psy maison ne pouvait maîtriser la situation, il adressait son patient à un professionnel extérieur mais accrédité par le FBI. Web avait opté pour cette solution. Le PAP n'était guère connu au sein du FBI et Web n'avait jamais rien lu à son sujet. Les anciens préjugés étaient loin d'avoir disparu, et seul le bouche à oreille témoignait de son existence.

Les bureaux des psychiatres se trouvaient dans une tour du comté de Fairfax, près de Tyson's Corner. Web avait déjà vu le Dr O'Bannon, cela remontait à quelques années déjà, après une intervention de la HRT dans une école privée de Richmond, en Virginie. Une bande de paramilitaires d'un groupe baptisé Free Society, cherchant apparemment à promouvoir la culture aryenne par le biais de l'épuration ethnique, avait fait irruption dans une école et abattu deux institutrices. La situation était restée bloquée pendant vingt-quatre heures, et la HRT avait fini par intervenir alors que ces hommes s'apprêtaient à tuer de nouveau. Les choses se passaient bien jusqu'au moment où quelqu'un avait averti les Free de l'intervention imminente de la HRT. Au cours de la fusillade qui s'était ensuivie, cinq paramilitaires avaient été tués et deux membres de la HRT blessés, dont Web, grièvement. Un otage avait également trouvé la mort, un garçon de dix ans nommé David Canfield.

Web se trouvait à côté du petit garçon et s'apprêtait à le mettre en sûreté lorsque la fusillade avait éclaté. Le visage de cet enfant mort apparut ensuite si souvent dans ses rêves que Web avait demandé une aide psychologique. À l'époque, le PAP n'existant pas encore, Web avait discrètement obtenu l'adresse du Dr O'Bannon auprès d'un agent qui le consultait régulièrement. Il en avait énormément coûté à Web, car cela revenait à admettre qu'il avait des problèmes personnels qu'il ne pouvait résoudre seul. Il n'en parla jamais aux autres membres de la HRT, et se serait fait hacher menu plutôt que d'avouer qu'il voyait un psy.

Pourtant, les agents de la HRT avaient déjà eu affaire à des psychothérapeutes, mais cela s'était mal passé. Après Waco, le FBI avait fait appel à des professionnels de la santé mentale qui avaient reçu les hommes concernés, soit en groupes, soit individuellement. Le résultat eût été comique s'il n'avait été aussi pitoyable. La direction du FBI n'avait pas réédité l'expérience avec la HRT.

La dernière fois que Web avait rencontré O'Bannon, c'était après la mort de sa mère. Après quelques séances, il avait vite admis qu'il n'en aurait jamais fini avec cette histoire ; il décida donc de lui mentir et lui déclara que tout allait bien. Il n'en voulait pas à O'Bannon, car il savait qu'un médecin ne pouvait rien contre le chaos qui l'habitait.

O'Bannon, petit homme trapu, lourdement charpenté, portait souvent un col roulé noir qui soulignait son double menton. Web se rappelait une poignée de main un peu molle, des manières affables, mais dès la première rencontre il avait éprouvé une folle envie de s'enfuir. Il avait pourtant suivi le praticien dans son bureau et accepté de plonger en eaux troubles.

— Nous pourrons vous aider, Web. Seulement, ça prendra du temps. Je regrette de devoir vous rencontrer dans des circonstances aussi pénibles, mais les gens ne viennent pas me voir lorsque tout va bien ; c'est mon lot à moi.

Web lui dit qu'il comprenait parfaitement, mais en même temps il se sentit désemparé. Visiblement, O'Bannon ne possédait pas les pouvoirs magiques qui lui permettraient de retrouver son état normal.

Il s'était assis dans le bureau. La pièce ne comportait pas de divan, seulement une causeuse qui ne permettait pas qu'on s'y allonge. O'Bannon s'en était expliqué :

— Malgré la rumeur, tous les psychiatres n'ont pas de divan.

Le bureau de O'Bannon avait quelque chose de stérile, avec des murs blancs, des meubles industriels et très peu d'objets personnels. Web s'y sentait aussi bien que dans le couloir de la mort. Ils bavardèrent de choses et d'autres, probablement pour mettre Web à l'aise. Un calepin et un stylo étaient posés devant lui, mais le médecin n'y toucha pas.

— Plus tard, expliqua-t-il lorsque Web lui posa la question. Pour l'instant, parlons.

Son regard perçant mettait Web mal à l'aise, bien que sa voix fût douce et relativement apaisante. Au bout d'une heure de séance, Web se rendit compte qu'il ne s'était pas passé grand-chose. Il en savait plus sur O'Bannon que ce dernier n'en savait sur lui. Pas une fois il n'avait abordé les sujets qui le préoccupaient.

— Ces choses-là prennent du temps, avait dit O'Bannon en le raccompagnant. Ça viendra, ne vous inquiétez pas. Rome ne s'est pas faite en un jour.

Web lui aurait bien demandé combien de temps, en l'occurrence, il lui faudrait pour se reconstruire, mais il s'était contenté de le saluer. Au début, il avait décrété qu'il ne consulterait plus le petit homme grassouillet dans son bureau tout vide, puis il y était retourné. Et, tout au long des séances, ils avaient travaillé ensemble sur ce qui le tourmentait. Toutefois, Web n'avait jamais oublié le petit garçon abattu de sang-froid à quelques pas de lui, ni son impuissance à le sauver. Il aurait été malsain d'oublier une chose pareille.

O'Bannon avait appris à Web que, depuis des années, lui et ses confrères du cabinet recevaient des membres du FBI, agents et employés administratifs, qu'ils aidaient à surmonter d'innombrables crises personnelles. Web avait été surpris. D'un air pénétré, O'Bannon lui avait expliqué :

— Ça n'est pas parce que les gens n'en parlent pas qu'ils ne s'adressent pas à un professionnel ou qu'ils ne cherchent pas à aller mieux. Bien entendu, je ne peux vous donner aucun nom, mais croyez-moi, vous n'êtes pas le seul au FBI à vous être adressé à un psychothérapeute. Les agents qui préfèrent garder la tête dans le sable sont de véritables bombes à retardement.

À présent, Web se demandait s'il n'était pas à son tour devenu un danger ambulant. Le pas lourd, il se dirigea vers l'ascenseur.

L'esprit ailleurs, il faillit entrer en collision avec une femme qui approchait en sens inverse. Il s'excusa et appuya sur le bouton. Lorsque les portes de la cabine s'ouvrirent, ils y montèrent ensemble. Web recula d'un pas. Au cours du trajet, il observa la femme. Entre trente-cinq et quarante ans, de taille moyenne, mince, attirante, elle portait un tailleur-pantalon gris et un chemisier blanc avec les pointes de col rabattues sur les revers de la veste. Des cheveux noirs, coupés court, de petites boucles d'oreilles à clips et un porte-documents à la main. Il remarqua aussi que ses longs doigts étreignaient fortement la poignée de la serviette. Cette attention aux détails les plus infimes lui venait de son métier, il en allait de sa survie.

La cabine s'immobilisa à l'étage de Web et il s'étonna de la voir descendre en même temps que lui. Il se souvint alors qu'elle n'avait appuyé sur aucun bouton, comme quoi il n'enregistrait pas toujours tous les détails. Il la suivit vers le bureau où elle se rendait. Elle lui jeta un coup d'œil.

— Puis-je vous aider ?

Une voix sourde, agréable, une diction précise qui avait quelque chose de rassurant. Web remarqua ses grands yeux, d'un bleu profond, et eut du mal à s'en détacher.

— Je viens voir le Dr O'Bannon.

— Vous avez rendez-vous ?

Elle semblait circonspecte, mais il est vrai que les femmes le sont souvent face à des hommes qu'elles ne connaissent pas.

— Oui, mercredi matin à neuf heures. Je suis un peu en avance.

Elle leva un sourcil compatissant.

— Nous sommes mardi.

— Flûte ! J'ai un peu la tête à l'envers, en ce moment. Excusez-moi de vous avoir dérangée.

Il fit demi-tour, persuadé qu'il ne reviendrait pas.

— Excusez-moi, dit-elle alors, je suis peut-être indiscrète, mais j'ai l'impression de vous avoir déjà vu.

— Si vous travaillez ici, c'est probable.

— Non, ce n'était pas ici. Je crois que c'était à la télévision. (Le souvenir sembla soudain lui revenir.) Vous êtes bien Web London, l'agent du FBI ?

Il demeura un instant silencieux, ne sachant quoi lui dire, tandis qu'elle l'observait, guettant une réponse.

— En effet, dit-il enfin. Vous travaillez ici ?

— Oui.

— Alors, vous aussi, vous êtes psy ?

— Disons plutôt que je suis psychiatre. (Elle lui tendit la main.) Claire Daniels.

Ils se serrèrent la main, puis demeurèrent un moment l'un en face de l'autre, gauchement, ne sachant trop que faire.

— J'allais préparer du café, reprit-elle finalement. Si vous en voulez une tasse…

Elle ouvrit la porte et Web la suivit à l'intérieur.

Ils s'assirent dans une petite salle d'attente et burent leur café, tandis que Web contemplait l'espace vide autour de lui.

— Les bureaux sont fermés, aujourd'hui ?

— Non, mais la plupart des gens n'arrivent pas avant neuf heures.

— Ça m'a toujours étonné que vous n'ayez personne à la réception.

— Eh bien, nous tenons à ce que les gens se sentent le plus à l'aise possible, et annoncer son nom à quelqu'un qu'on ne connaît pas, alors qu'on vient suivre une psychothérapie, cela peut se révéler très intimidant. Nous savons quand nous avons un rendez-vous, et la sonnette nous avertit de l'arrivée de notre patient. Nous avons cette salle d'attente en commun, mais en principe nous préférons que nos patients n'attendent pas les uns à côté des autres. Cela aussi peut être gênant.

— Comme si les gens jouaient à « devine quelle est ma psychose » ?

Elle sourit.

— Il y a un peu de ça. Le Dr O'Bannon a commencé à exercer voilà plusieurs années déjà, et il tient beaucoup au confort de ceux qui viennent le voir. Inutile d'ajouter à l'anxiété de gens qui se sentent déjà mal.

— Vous connaissez bien le Dr O'Bannon ?

— Oui. J'ai même travaillé pour lui. Puis il a décidé de se simplifier la vie, et nous exerçons maintenant chacun de notre côté, mais nous partageons ce cabinet. Nous avons pensé que cela valait mieux comme ça. C'est un homme très compétent. Il saura vous aider.

— Vous croyez ?

Il semblait quêter un encouragement.

— Comme tous les gens de ce pays, j'ai suivi ce qui s'est passé. C'est terrible pour vos collègues.

Web avala son café en silence.

— Si vous pensiez attendre le Dr O'Bannon, je préfère vous prévenir qu'aujourd'hui il donne des cours à l'université George Washington. Il ne sera pas là de la journée.

— Oh, ce n'est pas grave. Merci pour le café.

Il se leva.

— Monsieur London, vous voulez que je lui dise que vous êtes passé ?

— Appelez-moi Web. Et puis, non… je crois que je ne reviendrai pas mercredi.

Claire Daniels se leva à son tour.

— Puis-je vous aider ?

— C'est déjà fait.

Il prit une profonde inspiration. Le moment était venu de s'en aller. Mais au lieu de cela, il s'entendit ajouter :

— Qu'avez-vous prévu pour l'heure qui vient, là ?

— De la paperasse, dit-elle en rougissant comme s'il l'avait invitée à sortir le soir.

— Vous ne voudriez pas me recevoir, plutôt ?

— Professionnellement ? Impossible. Vous êtes le patient du Dr O'Bannon.

— Et pour une relation simplement humaine ?

Web ne savait pas d'où lui venait une idée pareille.

Elle hésita un instant, puis lui demanda d'attendre. Elle gagna son bureau et revint quelques minutes plus tard.

— J'ai essayé de joindre le Dr O'Bannon à l'université, mais ils n'ont pas réussi à le trouver. Sans lui avoir parlé auparavant, je ne peux pas vous recevoir. D'un point de vue déontologique, ce serait délicat. Je ne débauche pas les patients de mes confrères.

Web s'assit avec brusquerie.

— Il vous faudrait une justification thérapeutique ?

Elle réfléchit un moment.

— Si vous étiez en crise et que votre médecin habituel ne soit pas là, on pourrait peut-être…

— Il n'est pas là et je traverse une crise épouvantable.

Web était sincère : il se retrouvait presque dans le même état que dans la cour, incapable de bouger, totalement inutile. Si elle refusait de l'écouter, il ne se sentait même pas sûr de pouvoir se lever et partir.

Enfin, elle le conduisit à son bureau et referma la porte derrière eux. Web promena le regard autour de lui. Quelle différence avec le cabinet de O'Bannon ! Les murs étaient peints en gris pâle et non en blanc éclatant, et les fenêtres aveuglées par des rideaux à fleurs, délicatement féminins, et non par des volets industriels. Partout étaient accrochées des photos, probablement de membres de sa famille. Les diplômes, aux murs également, témoignaient des brillantes études de Claire Daniels : diplômes des universités de Brown et de Columbia, doctorat en médecine de Stanford. Sur une table trônait un récipient en verre avec une étiquette : « Thérapie en pot ». Sur d'autres tables on apercevait des bougies éteintes, et des lampes cactus dans deux coins de la pièce. Sur des étagères comme sur le sol s'entassaient des dizaines d'animaux en peluche. Il y avait un fauteuil en cuir contre l'un des murs, et Claire Daniels possédait un divan !

— Je dois m'asseoir là ? dit-il, inquiet, en le montrant du doigt.

Il regrettait soudain d'être armé car il avait le sentiment de perdre toute maîtrise de soi.

— Si ça ne vous dérange pas, c'est moi qui vais m'asseoir sur le divan.

Il s'effondra dans le fauteuil et la regarda échanger ses chaussures à talons plats contre des pantoufles posées près du divan. La vue fugitive de ses pieds nus éveilla chez Web une réaction inattendue. Rien d'érotique, car il revoyait la peau ensanglantée aperçue dans la cour, les restes de l'équipe Charlie. Claire Daniels s'assit sur le divan, saisit un stylo et un calepin. Web accéléra sa respiration pour tenter de se calmer.

— O'Bannon ne prend pas de notes pendant les séances, observa-t-il.

— Je sais, répondit-elle avec un léger sourire. Mais je ne pense pas avoir une aussi bonne mémoire que lui. Excusez-moi.

— Je ne vous ai même pas demandé si vous figuriez sur la liste des psychothérapeutes accrédités par le FBI. Je sais que O'Bannon, lui, est agréé.

— Moi aussi. Et cette séance devra être notifiée à vos supérieurs. C'est la règle au FBI.

— Mais pas le contenu de la séance.

— Non, bien sûr. Fondamentalement, on applique ici les règles habituelles de confidentialité entre un psychiatre et son patient.

— Fondamentalement ?

— Il y a des ajustements, Web, en raison de la nature particulière de votre travail.

— O'Bannon m'avait expliqué ça quand je venais le voir, mais je crois que je ne l'avais pas bien compris.

— Eh bien, je suis dans l'obligation de signaler à votre supérieur tout ce qui, au cours d'une séance, pourrait représenter une menace pour vous ou pour autrui.

— Ça me paraît être une sage précaution.

— Ah bon ? À mon avis, ça laisse une grande marge d'interprétation : là où je ne verrai que des propos anodins, un autre verra une menace. Je ne juge pas ces règles très correctes. Sachez en tout cas que je n'ai jamais eu à les appliquer, et cela fait longtemps que je travaille avec des agents du FBI, de la DEA et d'autres services de sécurité.

— Que devez-vous leur révéler d'autre ?

— Essentiellement l'usage de drogues ou de médicaments, ou encore des thérapies particulières.

— Ça ne m'étonne pas. Le FBI a toujours cette hantise. Il faut même signaler les médicaments qu'on prend sur ordonnance. Ça peut être vraiment emmerdant. (Il regarda autour de lui.) Votre bureau est beaucoup plus agréable que celui de O'Bannon. Chez lui, j'ai l'impression de me trouver dans une salle d'opération.

— Chacun travaille à sa façon.

Elle s'interrompit, porta le regard vers la ceinture de Web.

Il baissa les yeux et s'aperçut que son coupe-vent ouvert laissait entrevoir la crosse de son pistolet. Il remonta la fermeture Éclair, tandis que Claire plongeait le nez dans son calepin.

— Excusez-moi, Web. Vous savez, ce n'est pas la première fois que je vois un agent avec une arme, mais quand on n'en voit pas tous les jours…

— … ça peut être très effrayant.

De son côté, il se prit à contempler les peluches.

— Pourquoi tous ces animaux ? demanda-t-il.

— Je reçois beaucoup d'enfants. Malheureusement, ajouta-t-elle. Avec les peluches, ils se sentent plus à l'aise. Mais, pour être tout à fait franche, moi aussi je me sens plus à l'aise grâce à elles.

— Difficile d'imaginer que des enfants aient besoin de voir un psychiatre.

— La plupart présentent des problèmes de nutrition – boulimie, anorexie. Souvent en relation avec des problèmes d'autorité entre eux et leurs parents. Il faut donc soigner les enfants et les parents. La vie n'est pas toujours facile pour les enfants, vous savez.

— Pour les adultes non plus.

Elle lui lança un regard que Web jugea approbateur.

— Votre vie à vous ne doit pas être facile, dit-elle.

— Plus que certains, moins que d'autres. Vous n'allez pas me faire passer le test des taches d'encre, hein ?

Il s'exprimait sur le ton de la plaisanterie, mais il était sérieux.

— Les psychologues font passer le Rorschach, le MMPI, le MMCI et les tests psychotechniques. Moi, je ne suis qu'une humble psychiatre.

— J'ai dû passer le MMPI pour rejoindre la HRT.

— Le Minnesota Multiphasic Personality Inventory, oui, je le connais bien.

— Ça sert à détecter les fous.

— Façon de voir les choses. Ça a marché ?

— Quelques types y ont échoué. Moi, j'ai compris à quoi servait le test, et j'ai menti du début à la fin.

Claire Daniels eut l'air un peu surpris, et une fois encore son regard se porta sur l'endroit où Web avait glissé son arme.

— Voilà qui est rassurant, commenta-t-elle.

— Je ne vois pas très bien où se situe la différence. Je veux dire entre psychologue et psychiatre.

— Un psychiatre doit d'abord être docteur en médecine, puis faire trois ans d'internat en hôpital psychiatrique. Pour ma part, j'ai également fait une quatrième année en médecine légale. Ensuite, j'ai travaillé en libéral. En tant que médecins, les psychiatres prescrivent également des médicaments, ce qu'en général les psychologues ne peuvent pas faire.

Web croisait et décroisait les doigts, nerveux.

Claire, qui l'étudiait attentivement, lui dit alors :

— Si vous voulez, je peux vous expliquer comment je travaille. Ensuite, si vous êtes d'accord, nous pourrons commencer. Ça vous va ? (Web acquiesça, et elle s'enfonça contre les coussins.) En tant que psychiatre, je m'attache à comprendre d'abord le comportement humain normal, ce qui me permet de reconnaître ensuite celui qui s'écarte de la norme. Exemple évident, et qui doit vous être familier, celui des tueurs en série. Pour la plupart, ces gens ont subi de terribles violences au cours de leur enfance. Étant jeunes, ils extériorisent leur fureur en torturant des oiseaux ou de petits animaux, transférant la douleur qu'ils ont éprouvée et la cruauté exercée contre eux sur des êtres vivants plus faibles qu'eux. En grandissant, ils vont s'en prendre à des victimes de plus en plus importantes, jusqu'à des êtres humains lorsqu'ils atteignent l'âge adulte. Cette progression est aisément prévisible.

« Nous écoutons avec une sorte de troisième oreille. Je prends ce qu'on me dit au pied de la lettre mais je recherche aussi des indices au-delà de ces déclarations. L'être humain charge toujours ses paroles de différents messages. Un psychiatre porte plusieurs casquettes, souvent en même temps. L'important est d'écouter, d'écouter vraiment ce qu'on vous dit, aussi bien à travers les mots qu'à travers le langage du corps.

— Bon. Comment voulez-vous commencer, avec moi ?

— D'habitude, je demande au patient de remplir un questionnaire, mais je crois que je vais vous dispenser de cette étape. Il s'agit d'une relation simplement humaine, non ? ajouta-t-elle avec un large sourire.

Web sentait ses crampes d'estomac se dénouer peu à peu.

— Donnez-moi tout de même quelques informations. Ensuite nous pourrons aller plus loin.

Web laissa filer une longue goulée d'air.

— J'aurai trente-huit ans en mars prochain. J'ai fait des études de droit à l'université de Virginie et j'ai ensuite travaillé au parquet de l'État, à Alexandria, pendant six mois, jusqu'au moment où je me suis rendu compte que je ne voulais pas mener cette vie-là. Avec un de mes copains, nous avons posé notre candidature au FBI. C'était un peu une lubie, pour voir si on y arriverait. J'ai été accepté, pas lui. J'ai survécu à l'Académie, et ça fait treize ans que je travaille au Bureau. J'en suis très heureux. J'ai commencé comme agent spécial, à me faire les dents un peu partout dans le pays, dans différentes antennes locales. Il y a un peu plus de huit ans, j'ai posé ma candidature à la HRT, l'Équipe de secours aux otages. Ce service a été récemment intégré au CIRG, le Critical Incident Response Group. On subit une sélection impitoyable et quatre-vingt-dix pour cent des candidats échouent. D'abord, on vous prive de sommeil, on vous brise physiquement, et ensuite on vous force à prendre en un instant des décisions où se jouent la vie et la mort. On vous demande de vous sacrifier pour l'équipe tout en entretenant la concurrence entre les membres. Par miracle, je m'en suis sorti, et j'ai passé cinq autres mois à la NOTS, la New Operators Training School. Au cas où vous ne l'auriez pas remarqué, le FBI raffole des initiales. Nous sommes basés à Quantico. Pour l'instant, j'appartiens aux équipes d'assaut. (Claire semblait ne pas comprendre.) La HRT comporte deux unités, une Bleue et une Or, composées chacune de quatre équipes. Elles fonctionnent en miroir, de sorte que nous pouvons faire face simultanément à deux situations critiques. Les équipes sont constituées pour moitié d'attaquants et pour l'autre moitié de tireurs d'élite formés à l'École des tireurs d'élite des marines. Périodiquement, on change d'affectation. J'ai commencé comme tireur d'élite. Ils font le sale boulot, même si ça s'est amélioré après la réorganisation de 1995. Aujourd'hui encore, on passe des semaines à plat ventre dans la boue à surveiller la cible, à épier les faiblesses de l'adversaire, pour pouvoir le tuer plus facilement par la suite. Ou peut-être lui sauver la vie, parce que, en surveillant ceux d'en face, on peut remarquer quelque chose qui nous indique qu'ils ne riposteront pas dans certaines situations. On attend le meilleur moment pour tirer, sans savoir si ce coup de feu ne va pas déclencher un cataclysme.

— On dirait que vous avez vécu quelque chose de semblable.

— Une de mes premières missions a eu lieu à Waco.

— Je vois.

— Pour l'instant, je suis affecté à l'équipe Charlie, de l'unité Bleue.

J'étais, corrigea mentalement Web. Il n'y avait plus d'équipe Charlie.

— Alors vous n'êtes pas un simple agent du FBI ?

— Si, nous sommes tous des agents du FBI. Pour poser sa candidature à la HRT, il faut avoir passé au moins trois ans dans une antenne locale et être très bien noté. Mais nous, les gars de la HRT, on reste entre nous. On a des locaux distincts, on n'a pas d'autres tâches en dehors de la HRT. On s'entraîne ensemble. EAT, SDC.

— Qu'est-ce que c'est ?

— EAT ça veut dire entraînement au tir, et SDC, sports de combat. Ça se perd facilement, alors on s'entraîne en permanence.

— Ça a l'air très militaire, tout ça.

— Effectivement. Soit on s'entraîne, soit on est en service actif. Si on est en service actif, dès qu'il y a une intervention, on y va. Le reste du temps, on le consacre aux entraînements spécialisés : corde lisse, descente d'hélicoptère en rappel, entraînement SEAL, premiers secours. Mais aussi l'entraînement de terrain, ce qu'on appelle entre nous l'espionnage en forêt. Les journées passent vite, croyez-moi.

— Oui, j'imagine.

Web se mit à contempler ses chaussures, et ils demeurèrent silencieux un moment.

— Cinquante durs ensemble, c'est pas toujours facile, enchaîna-t-il en souriant. On cherche toujours à surpasser le voisin. Vous connaissez ces fusils Taser qui tirent des fléchettes électriques paralysantes ?

— Oui, j'en ai vu.

— Eh bien, un jour, on a organisé un concours pour voir celui qui récupérerait le plus vite après avoir reçu l'une de ces fléchettes.

— Mon Dieu !

— Je sais, c'est de la folie. Je n'ai pas gagné. Je me suis effondré comme si j'avais été plaqué au sol par un semi-remorque. Mais c'est la mentalité à la HRT. La compétition permanente. (Il reprit son sérieux.) On est bons dans notre boulot. On fait ce que personne d'autre ne veut faire. Notre devise, c'est « Sauver les vies ». Et, la plupart du temps, on y arrive. Nous essayons de prendre en compte toutes les contingences, mais nous n'avons guère le droit à l'erreur. Le succès ou l'échec de nos interventions peut tenir à des détails, par exemple à la présence d'une chaîne sur une porte, au fait de tourner à droite et non à gauche, de tirer ou de ne pas tirer. Et, de nos jours, si un malfrat reçoit une égratignure alors qu'il cherche à nous descendre, tout le monde se met à hurler ; on nous poursuit en justice, et les agents du FBI tombent comme des mouches. Si j'avais quitté le FBI après Waco, ma vie aurait été différente.

— Pourquoi êtes-vous resté ?

— Parce que je possède de nombreuses compétences que je peux mettre au service des citoyens honnêtes. Au service du pays et de ses habitants.

— Certains mauvais esprits critiquent ce genre de philosophie. Parlez-moi de votre famille, demanda-t-elle après avoir repris ses esprits.

Web s'enfonça dans son siège, croisa les mains derrière la tête et prit une série de petites inspirations. *Soixante-quatre pulsations à la minute, Web, pas plus.*

Soixante-quatre à la minute. C'est si difficile que ça ? Il se pencha en avant.

— Bien sûr. Pas de problème. Je suis enfant unique. Je suis né en Georgie. Nous nous sommes installés en Virginie quand j'avais environ six ans.

— Qui ça, nous ? Votre père et votre mère ?

— Non, seulement ma mère et moi.

— Et votre père ?

— Il n'est pas venu. L'État ne l'a pas laissé nous accompagner.

— Il était fonctionnaire ?

— En quelque sorte. Il était en prison.

— Que lui était-il arrivé ?

— Je n'en sais rien.

— Vous n'étiez pas curieux ?

— C'est l'envie de savoir qui me manquait.

— Très bien. Donc vous vous êtes installés en Virginie. Et ensuite ?

— Ma mère s'est remariée.

— Et votre relation avec votre beau-père ?

— Bonne.

Claire ne dit rien, attendant qu'il poursuive. Ce qu'il ne fit pas.

— Parlez-moi de votre relation avec votre mère, dit-elle alors.

— Elle est morte il y a neuf mois, donc nous n'avons plus de relations.

— De quoi est-elle morte ? Si vous pardonnez mon indiscrétion.

— D'une vraie saleté.

— Le cancer ?

— Non, la bouteille.

— Vous dites que vous vous êtes engagé dans le FBI à la suite d'une lubie. Pensez-vous qu'en fait il aurait pu y avoir une raison plus profonde ?

Web lui lança un regard rapide.

— Je serais devenu flic parce que mon père était un escroc ?

Claire sourit.

— Vous comprenez vite.

— Je ne sais pas pourquoi je suis encore vivant, énonça-t-il tranquillement. Je devrais être mort avec tous les membres de mon équipe. Ça me rend fou. Je ne voulais pas être le seul survivant.

Le sourire de Claire s'évanouit.

— Ce que vous dites me semble important. Parlons-en.

Web joignit les mains. Puis il se leva et alla regarder par la fenêtre.

— Tout ça reste confidentiel, n'est-ce pas ?

— Oui. Tout à fait.

Il se rassit.

— J'ai pénétré dans la ruelle. Je me dirigeais vers l'objectif avec mon équipe, on était presque arrivés au point d'entrée, et alors… (Il s'interrompit.) Et alors, putain, je suis resté cloué sur place. Je n'arrivais plus à bouger. Je ne sais pas du tout ce qui s'est passé. Mon équipe a pénétré dans la cour, et moi je n'ai pas pu. Quand j'ai recommencé à avancer, j'avais l'impression de peser des tonnes et d'avoir les deux pieds dans des blocs de béton. Et je me suis effondré, parce que je ne pouvais pas rester debout. Je suis tombé. Alors…

Il porta la main à son visage, sur le côté encore intact, et se pressa fortement la joue, comme pour contenir ce qui voulait sortir.

— Alors les mitrailleuses sont entrées en action. Moi, j'ai survécu, mais tous les gars de mon équipe sont morts.

Elle le regardait, le stylo à la main.

— C'est bon, Web, il fallait que ça sorte.

— Il n'y a rien à ajouter ! J'ai eu la trouille. Je ne suis qu'un lâche !

Elle s'adressa alors à lui d'une voix calme, avec des mots soigneusement choisis :

— Je comprends que pour vous il soit très difficile de discuter de tout cela, mais je voudrais que vous me racontiez un à un tous les événements qui ont précédé l'instant où vous êtes resté « cloué sur place ». Aussi précisément que possible.

Web reprit donc avec elle la chaîne des événements, sans omettre un détail, à partir du moment où les portières de la Suburban s'étaient ouvertes jusqu'à celui où il s'était retrouvé incapable d'effectuer son travail, contraint de regarder mourir ses amis. À la fin de son récit, il se sentit hébété, comme si son âme elle-même s'était enfuie avec les mots qu'il prononçait.

— Vous avez été réellement paralysé, physiologiquement, dit-elle, et je me demande si quelques instants auparavant vous n'auriez pas déjà éprouvé des symptômes annonciateurs. Par exemple, un changement brutal de pulsations cardiaques, un halètement, une sensation de terreur, des sueurs froides, la bouche sèche.

Une nouvelle fois, Web visualisa mentalement tous les gestes qu'il avait accomplis. Il s'apprêtait à répondre par la négative lorsqu'un souvenir surgit dans son esprit.

— Il y avait un gamin dans la ruelle. (Il ne comptait pas révéler à Claire Daniels l'importance de Kevin Westbrook pour l'enquête, mais il ne pouvait pas non plus éviter d'en parler.) Quand nous sommes passés devant lui, il a dit quelque chose. Quelque chose de très bizarre. Je me souviens qu'il avait comme une voix de vieillard.

— Vous vous rappelez ce qu'il a dit ?

Web secoua la tête.

— J'ai un blanc, là, mais c'était quelque chose de très étrange.

— Pourtant, ses paroles ont éveillé quelque chose en vous. Quelque chose qui allait au-delà de la pitié ou de la compassion normale !

— Écoutez, docteur Daniels…

— Je vous en prie, appelez-moi Claire.

— D'accord, Claire, je ne cherche pas à me faire passer pour un saint. Dans mon travail, on peut dire que je visite souvent l'enfer. J'essaie de ne pas trop réfléchir à tout ça, aux enfants, par exemple.

— Apparemment, dans le cas contraire, vous ne pourriez plus faire votre travail.

Web lui lança un regard inquisiteur.

— Vous pensez que c'est ce qui a pu m'arriver ? J'ai vu cet enfant et ça a déclenché quelque chose dans mon cerveau ?

— C'est possible, oui. On a peut-être affaire à une sorte de commotion cérébrale, à un syndrome de stress post-traumatique induisant une paralysie ainsi qu'une série d'autres symptômes physiques. Ça arrive plus souvent qu'on ne le croit. Le stress du combat est quelque chose de très particulier.

— Mais il ne s'était encore rien passé. Pas un coup de feu n'avait été tiré.

— Cela fait des années que vous exercez ce métier, Web ; tout cela peut s'accumuler en vous et se manifester ensuite au moment le plus inopportun et de la façon la plus déroutante. Vous n'êtes pas le premier à subir ce genre de traumatisme dans des conditions analogues.

— Eh bien, en tout cas, c'est la première fois que ça m'est arrivé à moi, dit-il sèchement. Les gars de mon équipe ont vécu le même genre de situation et aucun ne s'est trouvé bloqué comme ça.

— Même si c'est la première fois que cela vous est arrivé, il faut que vous compreniez que nous sommes tous différents. Vous ne pouvez vous comparer à personne. Ce n'est pas très juste pour vous.

Il tendit l'index vers elle.

— Laissez-moi vous dire ce qui est juste. Ce qui aurait été juste, c'est que je me sois comporté différemment, ce soir-là. J'aurais pu faire quelque chose, remarquer un détail qui aurait alerté mes camarades, et peut-être qu'à l'heure actuelle ils seraient encore vivants. Et je ne serais pas là, assis devant vous, à vous raconter pourquoi ils sont morts.

— Je comprends que vous soyez en colère, la vie est souvent injuste. Mais la question, pour vous, c'est de faire avec ce qui s'est passé.

— Comment voulez-vous faire avec une situation comme celle-là ?

— Cela peut sembler impossible, mais ce pourrait être pire si vous ne cherchiez pas à analyser cette situation pour continuer à vivre.

— À vivre ? Ah oui, c'est vrai, il me reste la vie. Vous voulez qu'on échange ? C'est une affaire, vous savez.

— Voulez-vous retourner à la HRT ? demanda-t-elle tout à trac.

— Oui, répondit-il sans hésiter.

— Vous en êtes sûr ?

— Tout à fait.

— Dans ce cas, voilà un but que nous pouvons nous fixer tous les deux.

Web remonta la main le long de sa cuisse et s'arrêta à la bosse que formait son pistolet.

— Vous croyez cela possible ? Parce que, à la HRT, si on est pas en pleine forme, aussi bien physique que mentale, c'est terminé.

— On peut essayer, Web. Je ne peux pas vous en promettre davantage. Mais je connais bien mon travail. Et je vous jure que je ferai tout mon possible pour vous aider. J'ai juste besoin de votre aide.

Il la regarda droit dans les yeux.

— Entendu, je vous suis.

— Avez-vous des ennuis particuliers dans votre vie, en ce moment ? Des situations plus stressantes que d'habitude ?

— Pas vraiment.

— Vous m'avez dit que votre mère était morte récemment.

— Oui.

— Parlez-moi de vos relations avec elle.

— J'aurais tout fait pour elle.

— J'en déduis que vous deviez être très proches.

Web hésita si longtemps à répondre qu'elle ajouta :

— Écoutez, il est de la plus haute importance que vous me disiez toute la vérité.

— Elle avait des problèmes. D'abord l'alcool. Et elle détestait mon métier.

Le regard de Claire se posa de nouveau sur le pistolet glissé sous la veste de Web.

— C'est fréquent, chez les mères, observa-t-elle. Vous exercez un métier dangereux.

Elle scruta son visage et baissa aussitôt les yeux, mais Web l'avait remarqué.

— Possible, dit-il sans émotion apparente, avant de détourner son profil abîmé.

Ce mouvement était devenu chez lui tellement habituel qu'il l'exécutait sans même s'en rendre compte.

— J'aimerais savoir ce que vous avez hérité d'elle. Vous a-t-elle laissé quelque chose qui ait une signification pour vous ?

— Elle m'a laissé la maison. À vrai dire, elle ne me l'a pas léguée, elle n'avait pas rédigé de testament. Ça m'est revenu légalement.

— Comptez-vous y vivre ?

— Jamais !

Elle sursauta devant sa véhémence.

— Je veux dire que j'ai ma propre maison, dit-il d'un ton radouci. Je n'ai pas besoin de la sienne.

— Je vois. (Claire inscrivit quelques mots dans son calepin puis changea de sujet.) Au fait, avez-vous déjà été marié ?

— En tout cas, pas au sens conventionnel du terme.

— Comment cela ?

— Les autres gars de mon équipe avaient tous une famille. À travers eux, j'avais l'impression d'avoir plein de femmes et d'enfants.

— Vous étiez donc très proche de vos collègues ?

— Dans notre boulot, on a tendance à rester ensemble. Mieux on se connaît, mieux on travaille, et ça peut vous sauver la vie. En plus, c'étaient des types formidables. J'aimais bien être avec eux.

Dès qu'il eut prononcé ces mots, il éprouva à nouveau des crampes d'estomac. Il bondit sur ses pieds et se dirigea vers la porte.

— Où allez-vous ? demanda Claire, stupéfaite. On vient à peine de commencer. Nous avons encore beaucoup de choses à dire.

Web s'immobilisa face à la porte.

— J'ai suffisamment parlé pour aujourd'hui.

Il referma derrière lui et Claire ne tenta pas de le suivre. Elle posa son calepin et son stylo, et se prit à contempler l'endroit par où il avait disparu.

9

Au cimetière national d'Arlington, Percy Bates gagna la maison Custis-Lee en empruntant la route pavée depuis le centre des visiteurs. Pendant la guerre de Sécession, les nordistes avaient fait appel à Robert E. Lee, mais celui-ci avait choisi de se ranger du côté de son État natal, la Virginie, dans le camp confédéré ; les autorités fédérales avaient réagi à cette rebuffade en lui confisquant sa demeure. La petite histoire voulait que le gouvernement Lincoln eût proposé au général confédéré de la lui rendre. Lee, bien sûr, avait refusé, et sa propriété était devenue le cimetière le plus prestigieux du pays. Cette histoire avait toujours amusé Bates, originaire du Michigan. La grande maison s'était en quelque sorte transformée en mémorial du général Lee, et on la connaissait désormais sous le nom d'Arlington House.

Devant la maison, Bates admira le paysage – le plus beau de Washington et peut-être de tous les États-Unis. La capitale entière s'étendait à ses pieds. Le vieux Robert Lee se disait-il cela, lui aussi, lorsqu'il regardait par la fenêtre, le matin au lever ?

Le cimetière s'étendait sur près de trois cents hectares où s'alignaient essentiellement des pierres tombales blanches, toutes simples. On voyait également des tombeaux plus imposants, mais en quittant le cimetière on conservait surtout le souvenir de cette mer de pierres blanches, qui sous certains angles donnait l'impression d'un champ de neige, même en été. Au cimetière national d'Arlington reposent des soldats américains tués au combat, des généraux à cinq étoiles, un président assassiné, sept juges à la Cour suprême, des explorateurs, de petits groupes célèbres et beaucoup d'autres personnalités jugées dignes d'y être enterrées. Plus de deux cent mille personnes sont ensevelies à cet endroit et leur nombre s'accroît de dix-huit par jour ouvrable.

Bates y était venu très souvent – quelquefois pour assister à l'enterrement d'amis et de collègues. En d'autres occasions, il avait fait visiter les lieux à des amis de passage à Washington. Vingt-quatre heures sur vingt-quatre, le 3e régiment d'infanterie montait la garde devant les tombes des soldats inconnus, et sa relève constituait un spectacle apprécié. Bates consulta sa montre. En se dépêchant, il pourrait arriver à temps.

Du côté des tombes, une foule de touristes avec enfants et appareils photo était déjà rassemblée. Le soldat en faction accomplissait sa tâche routinière avec une précision mécanique : vingt et un pas, vingt et une secondes d'immobilité, changer le fusil d'épaule et recommencer.

Bates s'était souvent demandé si l'arme était chargée, mais à son avis, quiconque aurait tenté de profaner l'une de ces tombes aurait immédiatement compris sa douleur. S'il existait un lieu sacré pour les militaires américains, c'était bien celui-là. Au même titre que Pearl Harbor.

Tandis que la foule mitraillait la relève de la garde, Bates jeta un coup d'œil sur sa gauche, fendit le groupe de touristes et descendit les marches. La relève, un cérémonial compliqué, durerait un certain temps.

Bates contourna le vaste Memorial Amphitheater qui jouxtait les tombes, traversa Memorial Drive et contourna le monument élevé en souvenir des occupants de la navette spatiale Challenger. Puis il revint sur ses pas et pénétra dans l'amphithéâtre. Il descendit jusqu'à la scène, avec ses grosses colonnes, ses frontons, ses balustrades, s'appuya à un mur, tira de sa poche un plan du cimetière et se mit en devoir de l'étudier.

Un homme restait dissimulé aux regards, même à celui de Bates ; il s'approcha, la main sur la crosse du pistolet glissé dans son étui de ceinture. Il avait suivi Bates dans son périple à travers le cimetière pour s'assurer qu'il était bien seul.

— Je savais que vous ne vous montreriez pas avant que je n'aie fait le signal convenu, remarqua Bates.

Le plan dissimulait totalement son visage aux yeux d'éventuels observateurs.

— Fallait que je m'assure que tout allait bien, répondit Randall Cove tout en demeurant caché derrière un pan de mur.

— Je n'ai pas été suivi.

— De toute façon, quoi qu'on fasse, les autres peuvent se débrouiller encore mieux.

— Ce n'est pas moi qui dirais le contraire. Pourquoi me donnez-vous toujours rendez-vous dans un cimetière ?

— J'aime bien la paix et le silence. On trouve rarement ça ailleurs.

Il demeura un instant silencieux puis ajouta :

— J'ai été manipulé.

— Je m'en suis rendu compte. Mais six de mes hommes ont été tués, et je me pose des questions sur le septième. Votre couverture a-t-elle été démasquée ? Est-ce que, au lieu de vous tuer, ils ne vous auraient pas refilé des tuyaux pourris, de façon à liquider la HRT ? J'ai besoin de détails, Randy.

— Moi-même je suis allé dans le bâtiment. Je me suis fait passer pour un client éventuel, je voulais vérifier leur opération. J'ai vu des bureaux, des dossiers, des ordinateurs, des types qui circulaient et parlaient chiffres, de l'argent liquide, de la marchandise, la totale. Je l'ai vu de mes yeux. Je ne fais pas appel à vous avant d'avoir tout contrôlé par moi-même. Je suis pas un bleu.

— Je le sais. Mais quand nous, on s'est pointés, il n'y avait que dalle. Sauf huit mitrailleuses hors service.

— C'est vrai. Hors service. Parlez-moi de London. Vous lui faites confiance ?

— Comme à n'importe qui, répondit Bates.

— Qu'est-ce qu'il raconte, lui ? Pourquoi est-il encore vivant ?

— Je crois qu'il n'en sait rien. Il dit qu'il s'est figé sur place.

— Au bon moment.

— Il a bousillé ces mitrailleuses. Et sauvé un gamin dans la foulée.

— Et pas n'importe quel gamin. Kevin Westbrook.

— Oui, je sais, dit Bates.

— Écoutez, on s'est mis à la poursuite de l'aîné des Westbrook parce que les huiles voulaient quelqu'un à se mettre sous la dent. Mais plus j'enquête, et plus je me rends compte que c'est un gagne-petit. Il fait du fric, mais pas énormément. Il ne cherche pas à gagner d'autres quartiers, il se tient à carreau.

— Alors si ce n'est pas lui, qui d'autre ?

— Il y a environ huit grossistes dans cette ville, expliqua Cove, et Westbrook n'est que l'un d'entre eux. À eux tous, ils vendent une tonne de came. Maintenant, multipliez cette quantité par le nombre de villes entre New York et Atlanta, et là vous tombez sur un vrai poids lourd.

— Quoi ? Vous voulez dire qu'un seul groupe tient en main tout ce trafic ? C'est impossible.

— Non, ce que je dis, c'est qu'à mon avis un seul groupe assure la distribution d'Oxycontin depuis les zones rurales jusqu'aux villes, et cela tout le long de la côte Est.

— L'Oxycontin, le médicament ?

— Oui. On appelle ça l'héroïne des ploucs, parce que le trafic a commencé dans les campagnes. Mais maintenant, ça gagne les villes, parce que c'est là qu'est le fric. Il s'agit d'une morphine synthétique, pour les douleurs chroniques ou les malades en phase terminale. Les drogués la pilent et puis la sniffent, la fument ou se l'injectent, et l'effet est assez proche de celui de l'héroïne.

— Oui, sauf que c'est un produit à libération retardée. Si on dépasse la dose prescrite, on peut en mourir.

— Jusqu'ici, une centaine de victimes. Il n'est pas aussi puissant que l'héroïne, mais il fait deux fois plus d'effet que la morphine et, comme il s'agit d'un médicament tout ce qu'il y a de légal, les gens s'imaginent que c'est sûr, même si c'est pris hors prescription. On voit même des vieux qui vendent un cachet dans la rue pour couvrir la partie non remboursée par leur assurance maladie. Sans compter certains médecins qui rédigent des ordonnances de complaisance, et des cambriolages de pharmacies ou de domiciles de patients.

— C'est mauvais, reconnut Bates.

— Voilà pourquoi le FBI et la DEA ont travaillé ensemble. Et il n'y a pas que l'Oxy, il y a aussi des produits plus anciens, comme le Percocet et le Percodan. On peut trouver ces « Perc » dans la rue entre dix et quinze dollars la dose. Mais ça vaut pas l'Oxy. Il faut seize comprimés de Percocet pour être aussi défoncé qu'avec un comprimé d'Oxy dosé à 80 milligrammes.

Au cours de la discussion, Bates avait plusieurs fois jeté de discrets coups d'œil autour de lui, mais sans apercevoir âme qui vive. Décidément, Cove avait choisi un bon endroit pour leur rencontre et, avec son plan sous le nez, il avait vraiment l'air d'un touriste.

— L'administration surveille la diffusion des médicaments, bien sûr, reprit Bates, et si un médecin ou un pharmacien distribue le même médicament par milliers de cachets, ça attire forcément l'attention.

— C'est sûr.

— Comment se fait-il que je ne sois pas au courant de cette histoire d'Oxy ?

— Parce que je viens à peine de la découvrir. Quand je suis tombé dessus, je ne savais pas encore que j'avais affaire à un réseau de distribution d'Oxy.

Je pensais qu'il s'agissait de coke et d'héro, comme d'habitude. Mais j'ai commencé à observer et à entendre des choses. La plupart des médicaments semblent venir de certains endroits bien précis des Appalaches. Pendant longtemps, c'est resté un petit trafic quasi familial, entretenu par les junkies eux-mêmes. Mais j'ai senti qu'il y avait quelque chose derrière, qui coiffait l'ensemble du trafic et assurait l'expédition vers les grandes villes. C'est ça, la prochaine étape. Ça pourrait rapporter gros, et quelqu'un s'en est rendu compte, au moins par ici. Monter un réseau classique, mais avec des marges bénéficiaires trois fois plus importantes que celles de n'importe quel cartel, et avec beaucoup moins de risques. Je pensais que le cerveau de l'opération était derrière tout ce qui se tramait dans l'immeuble que la HRT devait prendre d'assaut. Je me disais qu'en mettant la main sur les revendeurs, on pouvait démanteler tout le réseau. Il paraissait logique que le centre de distribution se trouve dans une grande ville.

— Parce que, à la campagne, ce genre de chose aurait été immédiatement repéré, compléta Bates.

— Exactement. Et c'est plus qu'intéressant. Imaginez qu'ils écoulent un million de cachets par semaine, pour un prix de vente de cent mille dollars. Vous voyez ce que je veux dire ?

— Pourtant, ces gens-là n'ont aucun intérêt à éliminer une unité de la HRT. Ça ne peut que leur attirer des ennuis. Pourquoi auraient-ils fait ça ?

— Tout ce que je peux vous dire, c'est que le réseau qui opérait dans cet immeuble n'était pas celui de Westbrook. C'était trop gros pour lui. Si j'avais pensé qu'il ne s'agissait que de Westbrook, je n'aurais pas alerté la HRT. On aurait capturé le menu fretin, et les gros poissons se seraient tirés. Cela dit, je pense que Westbrook distribue cette marchandise dans le district de Columbia, comme d'autres bandes. Mais je n'ai pas de preuves formelles. Ce type est malin, il prend ses précautions.

— Vous avez un informateur dans sa bande. Ça, c'est précieux.

— Oui, mais il peut se faire descendre demain, comme toujours dans ce genre de boulot.

— Alors quelqu'un nous a monté une superproduction en nous faisant croire qu'on allait démanteler un énorme réseau. Qui, à votre avis ?

— Je ne sais pas. Une fois que je vous ai transmis le tuyau, celui qui m'avait manipulé s'est dit qu'il n'avait plus besoin du vieux Randall Cove. J'ai de la chance d'être encore en vie, Perce. Je me demande d'ailleurs pourquoi.

— Comme Web London. Après un massacre, on se pose toujours ce genre de question.

— Pas seulement. On a essayé de me tuer après l'opération de la HRT. Ça m'a coûté ma bagnole et quelques côtes cassées.

— Bon sang, mais pourquoi ne pas nous avoir prévenus ? Il faut venir au rapport, Randy, pour qu'on sache exactement ce qui s'est passé.

— Il n'en est pas question, répondit Cove d'un ton qui fit lever à Bates les yeux de son plan. Je ne viendrai pas, ça sent trop le roussi.

— C'est-à-dire ?

— Ça vient sûrement de l'intérieur, et je n'ai pas l'intention de remettre ma vie entre les mains de gens en qui je n'ai pas confiance.

— On est au FBI, Randy, pas au KGB.

— Peut-être pour vous, Perce. Vous avez toujours été très au fait de la cuisine interne. Et moi, j'ai toujours été à l'extérieur. Si je sors à découvert, maintenant, il y a de fortes chances pour qu'on ne retrouve jamais mon corps. Il y a beaucoup de gens qui croient que je suis derrière cette histoire d'embuscade, je le sais.

— C'est de la folie, dit Bates.

— Aussi fou que la liquidation de six types ? Comment ont-ils pu faire ça sans être renseignés de l'intérieur ?

— Dans notre boulot, ce genre de chose est inconcevable.

— Ah bon, vous n'avez pas remarqué tout ce qui a foiré, ces derniers temps ? Des missions ratées, deux agents infiltrés tués l'année dernière, des assauts qui ne donnent rien, des gros bonnets qui nous filent entre les pattes. À mon avis, il y a quelqu'un chez nous qui vend nos agents, moi y compris !

— Ne me faites pas le coup du complot, Randy !

Cove se radoucit.

— Je veux seulement vous dire que je ne suis pour rien dans cette affaire. Vous avez ma parole, parce que pour l'instant c'est tout ce que je peux offrir. J'espère avoir autre chose plus tard.

— Vous êtes sur une piste ? lança Bates. Je vous crois, bien sûr, mais je dois rendre des comptes. Je comprends vos inquiétudes, c'est vrai qu'il s'est passé pas mal de trucs moches, mais il faut que vous compreniez les miennes. (Il s'interrompit.) Allez, je vous promets que, si vous venez, je veillerai sur vous comme je veillerais mon père sur son lit de mort.

D'accord ? Après tout ce qu'on a vécu ensemble, j'espère que vous me faites confiance.

Pas de réponse. Le silence s'éternisa. Bates étouffa un juron et jeta un coup d'œil derrière le mur. Personne. Avisant une porte donnant sur l'extérieur, il voulut l'ouvrir mais elle resta fermée. En courant, il fit le tour de l'amphithéâtre et gagna la sortie. La relève de la garde avait pris fin, les gens se dispersaient dans les allées du cimetière. En dépit de sa corpulence, Cove avait depuis longtemps appris à se fondre dans son environnement. Il devait être déguisé en jardinier ou en touriste. Bates jeta son plan dans une corbeille à papier et quitta le cimetière.

10

Le quartier que Web parcourait en voiture était semblable à bien d'autres, égrenant ses modestes maisons en forme de boîte, avec des allées de graviers et des marquises métalliques. Les jardins de devant étaient minuscules, mais derrière s'étendaient de plus vastes espaces, avec des garages séparés, des barbecues et des pommiers qui procuraient une ombre rafraîchissante. Dans ces quartiers ouvriers, les familles prenaient soin de leurs maisons mais n'étaient jamais assurées de voir leurs enfants aller à l'université. Ce jour-là, les hommes bricolaient leurs vieilles voitures dans la fraîcheur des garages, et les femmes, sur les vérandas, buvaient le café en échangeant des potins sous un soleil très chaud pour cette période de l'année. Des enfants en short et baskets parcouraient les rues sur des scooters qu'il fallait faire démarrer en courant à côté.

En se garant devant la maison de Paul Romano, Web aperçut Paulie, ainsi que tout le monde l'appelait, affairé sous le capot d'une Corvette Stingray qui faisait sa fierté, et dont il parlait avec plus d'amour et d'enthousiasme que de sa femme et de ses enfants. Originaire de Brooklyn, Paul Romano était du genre à mettre les mains dans le cambouis, et ne déparait pas dans ce quartier de mécanos, électriciens, chauffeurs de poids lourds, etc. La seule différence, c'était que Romano connaissait cent façons différentes de tuer quelqu'un. Il appartenait également à ceux qui donnent des noms à leurs armes, comme à des animaux familiers. Son MP-5, il l'avait baptisé Freddy, comme le Freddy de *Cauchemar sur Elm Street*, et ses deux 45, Cuff et Link, comme les deux tortues de *Rocky*. Car Paul Romano était un fan de Silvester Stallone, bien qu'il proclamât devant qui voulait l'entendre que Rambo n'était qu'une fiotte.

Surpris, Romano leva la tête, tandis que le regard de Web plongeait dans les entrailles de la Corvette bleue avec sa capote en toile blanche… un modèle 1966, première année de production du fameux moteur de 7 000 cm^3 développant 450 chevaux, Romano le lui avait seriné, à lui et à tous ceux de la HRT, un bon millier de fois. « Boîte manuelle à quatre vitesses. Vitesse maximale, 265 km/h. Sur route, ça gratte n'importe qui, répétait-il à satiété. Les voitures de police, les bagnoles pourries, et la moitié des stock-cars qui font la course sur les petits circuits. »

Web s'était souvent demandé ce qu'il aurait éprouvé, adolescent, à démonter des voitures devant la maison, avec son père. À apprendre des choses sur les carburateurs, le sport, les femmes, tout ce qui fait que la vie vaut la peine d'être vécue. *Dis donc, papa, quand elle est à côté de moi, tu crois que je dois lui passer le bras autour des épaules ou lui prendre la main ? Faut qu'tu m'aides, papa, t'as été jeune, toi aussi, hein ? Et puis ne m'dis pas que tu t'es jamais posé ce genre de question ! Et quand est-ce que j'peux l'embrasser, à ton avis ? Tu sais, c'est pas croyable, mais moi j'y comprends rien, aux filles, elles sont complètement folles. Dis, ça s'arrange quand elles sont plus vieilles ?* Avec un clin d'œil et un sourire complice, son père aurait avalé une gorgée de bière, tiré une longue bouffée de sa Marlboro, essuyé ses mains grasses sur un chiffon et répondu : *Bon, écoute-moi bien, gamin. Voilà comment il faut faire. Et t'as intérêt à m'écouter, parce que je m'y connais, fiston.*

Romano surveillait Web du coin de l'œil, mais il n'évoqua pas le gros moteur de 450 chevaux qui pouvait gratter toutes les bagnoles pourries. Il se contenta de lancer :

— Y a de la bière dans la glacière. Un dollar la boîte. Et t'installe pas.

Web prit une boîte de Budweiser mais ne laissa pas de dollar.

— Tu sais, Paulie, y a pas que la Bud dans la vie. Y a des super-bières sud-américaines, tu devrais essayer.

— Ah bon, avec le salaire que j'ai ?

— On gagne la même chose.

— Moi j'ai une femme et des enfants, toi t'as rien.

Romano donna quelques tours supplémentaires à la clé à tube et lança le moteur, qui semblait suffisamment puissant pour faire éclater la tôle de la carrosserie.

— Il ronronne comme un chaton, dit Web en avalant une gorgée de bière.

— Comme un tigre, tu veux dire.

— On pourrait parler ? J'ai quelques questions à te poser.

— T'es pas le seul. Bien sûr, vas-y. J'ai tout mon temps. Qu'est-ce que tu veux que je fasse, les jours de congé ? Bon, qu'est-ce que tu veux ? Des collants de danse ?

— Tu sais, j'aimerais bien que tu baves pas sur moi à Quantico.

— Et moi, j'aimerais bien que tu me donnes pas d'ordres. Et tant que tu y es, fous le camp de chez moi. Je reçois pas n'importe qui.

— Il faut qu'on parle, Paulie. Tu me dois bien ça.

Romano brandit sa clé à tube.

— Je te dois rien, London.

— Après huit ans dans la même galère, je crois que, tous les deux, on est en dette l'un envers l'autre.

Les deux hommes s'affrontèrent du regard un moment, puis Romano reposa son outil, s'essuya les mains, coupa le contact de la voiture et se dirigea vers le jardin de derrière. Web prit ce départ pour une invitation à le suivre, tout en se disant que Romano allait peut-être chercher une plus grosse clé pour le frapper.

Dans le jardin, le gazon était bien tondu, les arbres taillés, et un beau rosier grimpait sur l'un des murs du garage. Il devait faire près de 27 °C au soleil, ce qui était bien agréable après la pluie. Ils s'installèrent sur des chaises longues. Un peu plus loin, Angie, la femme de Romano, accrochait des vêtements sur une corde à linge. Elle était originaire du Mississippi. Les Romano avaient deux enfants, deux garçons. Angie était menue, encore bien roulée, avec de longs cheveux blonds, des yeux verts ensorcelants et l'air de vouloir dévorer les hommes tout cru. Elle avait des manières aguicheuses, posait à tout propos la main sur le bras de son interlocuteur, lui faisait du pied, lui disant qu'il était mignon, mais tout cela demeurait très innocent. Cela rendait parfois fou Romano, mais Web savait qu'en réalité, il ne lui déplaisait pas que sa femme plût ainsi aux autres hommes. Ça aussi, ça le faisait vivre. Et pourtant, quand Angie était en colère, mieux valait se méfier. Web s'en était aperçu lors de certaines réunions des gars de la HRT ; cette petite bonne femme pouvait se révéler une vraie tigresse, et des gaillards qui maniaient tous les jours le fusil couraient se mettre à l'abri quand elle prenait le sentier de la guerre.

Paul Romano était à présent membre de l'équipe d'assaut Hotel, mais Web et lui appartenaient à la même promotion et, pendant trois ans, ils avaient travaillé ensemble comme tireurs d'élite. Avant de rejoindre le FBI, Romano avait appartenu aux commandos Delta. Comme Web, Romano n'avait rien d'une montagne de muscles, mais il était bâti en force. Et ce type était infatigable. Impossible de l'arrêter. Une nuit, à l'occasion d'une attaque contre le quartier général d'un baron antillais de la drogue, la barge de débarquement avait lâché Romano trop loin du rivage, et celui-ci, avec ses 30 kilos d'équipement, avait plongé dans 3,50 mètres d'eau. Au lieu de se noyer comme n'importe qui, il talonna le fond, remonta, récupéra son matériel, parvint à gagner le rivage. Comme il y avait eu un cafouillage dans les communications et que la cible ne se trouvait pas exactement à l'endroit prévu, Romano tomba sur le caïd et s'en empara après avoir tué deux de ses gardes du corps. Il ne s'était plaint que de deux choses : ses cheveux mouillés et la perte du pistolet baptisé Cuff.

Romano avait le corps presque entièrement tatoué de dragons, poignards, serpents, et portait un mignon petit « Angie » dans un cœur, sur le biceps gauche. Web avait remarqué Romano le premier jour de la sélection pour la HRT, quand les postulants se tenaient nus, terrorisés à l'idée de ce qui les attendait. Il les avait tous observés attentivement, à la recherche de signes de faiblesse, comme des cicatrices sur les genoux ou les épaules, ou encore des expressions sur leurs visages trahissant une paralysie mentale. On nageait là en pleine libre entreprise, en plein darwinisme. Il savait que seule une moitié d'entre eux passeraient la première sélection, quinze jours plus tard, et qu'ensuite un dixième de ceux-là seraient invités à revenir.

Romano venait de l'équipe SWAT de New York, et passait déjà pour un type redoutable auprès de gens qui n'avaient rien d'enfants de chœur. En ce premier jour de sélection, il n'avait pas semblé impressionné de se retrouver au milieu de soixante-dix types à poil. Web l'avait vu comme un gars qui aimait souffrir et qui ne cherchait à rejoindre la HRT que pour en baver un maximum. Par ailleurs, il semblait fort capable de faire lui-même souffrir. À ce moment-là, Web ne savait pas s'il réussirait les épreuves, mais il s'était dit que Romano, lui, avait toutes ses chances. Les deux hommes avaient toujours été en concurrence, et Romano avait beau exaspérer parfois Web, ce dernier ne pouvait que reconnaître ses compétences et son courage.

— Tu voulais parler, eh bien parle, lança Romano.

— Kevin Westbrook, le gamin de la ruelle.

Romano opina du chef.

— Ouais.

— Il a disparu.

— Quoi ?

— Tu connais Bates ? demanda Web. Percy Bates ?

— Non. Je devrais ?

— Il dirige l'enquête de l'antenne de Washington. Ken McCarthy a dit que Mickey Cortez et toi étiez avec Kevin. Qu'est-ce que tu peux me raconter ?

— Pas grand-chose.

— Qu'est-ce qu'il a dit, le gamin ?

— Rien.

— Alors à qui l'as-tu remis ?

— À deux types en civil.

— T'as leurs noms ?

Romano secoua la tête.

— Dis donc, Paulie, j'ai l'impression de parler à un mur.

— Qu'est-ce que tu veux que je te dise, Web ? J'ai vu le gamin, je m'en suis occupé, et puis il a disparu.

— Il ne t'a vraiment rien dit ?

— Il était pas du genre bavard. Il nous a donné son nom et son adresse. On en a pris note. Mickey a essayé de lui parler un peu plus, mais sans résultat. De toute façon, Cortez, il parle même pas à ses propres gamins. Et puis on savait pas bien quel était son rôle dans cette histoire. On se précipitait vers la cour, on a vu ta fusée éclairante et on s'est arrêtés. C'est là que ce gamin est apparu avec ton calot et ton billet. Je savais pas s'il était de notre côté ou pas. Je ne voulais pas bousiller une éventuelle procédure en lui posant des questions.

— Bon, c'était bien vu. Mais tu l'as confié aux civils sans un mot ? Comment ça se fait ?

— Ils ont montré leurs cartes en disant qu'ils étaient là pour le gamin, et puis voilà. On n'était pas en position de refuser. La HRT ne fait pas d'enquêtes, on est là pour cogner, nous. Ce sont les civils qui vont fouiner. Et puis j'avais autre chose en tête. Tu sais que Teddy Riner et moi on était aux Delta ensemble.

— Je sais, Paulie, je sais. Quelle heure il était quand les civils se sont pointés ?

Romano réfléchit un instant.

— On n'est pas restés longtemps. Il faisait encore nuit. Disons deux heures et demie.

— Dis donc, l'agence de Washington s'est montrée drôlement bien inspirée en envoyant ces types pour réceptionner le gamin.

— Qu'est-ce que j'aurais dû leur dire ? « Non, les mecs, vous pouvez pas avoir le gamin, vous êtes beaucoup trop efficaces, ça ressemble pas au FBI, ça ? » Ç'aurait été bon pour mon avancement, tiens !

— Les civils, tu peux me les décrire ?

Romano hésita.

— Je l'ai déjà raconté aux enquêteurs.

— Une bande d'autres civils. Allez, raconte encore une fois. T'en mourras pas. Fais-moi confiance.

— Ben voyons. Tu me crois aussi con que ça ?

— Allez, Paulie, on est tous les deux membres des équipes d'assaut. D'un membre de Hotel à ce qui reste de Charlie !

Romano hésita encore, puis s'éclaircit la gorge.

— Un des deux était blanc. Un peu plus petit que moi, mince et nerveux. Content ?

— Non. Les cheveux ?

— Blonds et courts… c'est un fédé, tiens.

— Jeune, vieux, entre deux âges ?

— La trentaine. Le complet classique du fédé, peut-être même un peu plus élégant. En tout cas bien plus élégant que les tiens, London.

— Les yeux ?

— Il avait des lunettes noires.

— À deux heures et demie du matin ?

— C'étaient peut-être des verres teintés médicaux. J'allais pas vraiment interroger le gars sur ses lunettes.

— Tu te souviens de tout ça et pas de son nom ?

— Il a montré sa carte, mais j'ai pas vraiment regardé. J'étais au milieu d'un champ de bataille, avec des types qui couraient partout et six copains étendus la tête éclatée. Il était venu chercher l'enfant, il l'a emmené. Il a fait ce qu'il devait. C'était probablement mon supérieur en grade.

— Et son acolyte ?

— Quoi ?

— Son acolyte, l'autre civil ! Tu as dit qu'ils étaient deux.

— C'est vrai. (Mais Romano n'en semblait plus si sûr. Il se frotta les yeux et avala une gorgée de bière.) En fait, le type ne s'est même pas avancé. Le premier civil l'a montré en disant qu'il était avec lui, c'est tout. L'autre type, il discutait avec des flics, et il ne s'est jamais approché de moi.

Web le considéra d'un air sceptique.

— Donc, tu n'es même pas sûr que le type avec qui tu parlais était bien avec l'autre. Il pouvait très bien opérer tout seul et te raconter des salades. T'as raconté tout ça aux vrais enquêteurs du Bureau ?

— Web, toi, tu as été un fédé pur sucre. T'es habitué à mener des enquêtes. Moi, j'étais dans les commandos Delta. Je ne suis entré au FBI que pour intégrer une unité SWAT et ensuite la HRT. Ça fait déjà longtemps, et j'ai oublié comment on joue les enquêteurs. Moi, je sais que cogner et tirer, mon vieux, cogner et tirer.

— T'aurais quand même pu t'occuper de ce gamin.

Romano le fixa avec colère pendant un instant, puis détourna le regard. Peut-être songeait-il à ses deux garçons à lui. Web avait envie qu'il se sente coupable, afin qu'une telle erreur ne se reproduise pas.

— Son corps doit se trouver dans une décharge, à l'heure qu'il est. Il a un frère. Un truand nommé Big F.

— Ils ont tous des frères, grommela Romano.

— Il a pas eu la belle vie, ce gamin. Tu as vu la cicatrice que lui a faite la balle sur la joue ? À dix ans !

Romano avala une nouvelle gorgée de bière et s'essuya les lèvres.

— En tout cas, y a six copains qui sont morts, et je me demande encore pourquoi y en a pas eu sept.

En prononçant ces mots, il jeta un regard mauvais à Web.

— Si ça peut te rassurer, je vais voir un psy pour essayer de comprendre.

C'était un aveu de taille de sa part, surtout devant Romano, et il le regretta aussitôt.

— Ah, pas de doute, ça me rassure. Je vais aller dire partout que Web voit un psy. Y a plus rien à craindre.

— Lâche-moi un peu, Paulie, tu crois que j'avais envie de rester paralysé comme ça ? Tu crois que j'avais envie de voir toute mon équipe se faire descendre ? Hein ?

— Tu es le seul à pouvoir répondre à cette question.

— Je sais que ça a l'air foireux, cette histoire, mais pourquoi tu t'acharnes comme ça sur moi ?

— Tu veux savoir pourquoi ? Tu veux vraiment savoir ?

— Oui.

— Eh bien, parce que j'ai parlé à ce gamin. Ou plutôt, ce gamin m'a parlé. Et tu veux savoir ce qu'il m'a dit ?

— Je t'écoute, Paulie.

— Il a dit que t'avais tellement la trouille que tu braillais comme un bébé. Il a dit que tu l'avais supplié de ne le raconter à personne. Jamais il avait vu un tel trouillard. Il paraît que tu as même essayé de lui donner ton fusil, parce que t'avais peur de t'en servir.

Pas ingrat, le gamin, songea Web.

— Et t'as cru ses conneries ?

Romano lampa une gorgée de bière.

— Bon, pas l'histoire du fusil. Je sais que ton SR75, tu le donnerais à personne.

— Merci infiniment, Romano.

— Mais le gamin a dû voir quelque chose pour raconter des trucs comme ça. Pourquoi il aurait raconté des mensonges ?

— Ça, je l'ignore, Paulie, peut-être parce que je suis un flic et qu'il aime pas les flics. Pourquoi tu demandes pas aux tireurs d'élite ? Eux, ils pourront te dire si je pleurais ou si je tirais. Ou alors tu ne les croiras pas, eux non plus ?

Romano négligea la question.

— Je crois que les gens peuvent devenir trouillards à n'importe quel moment, même si j'en ai pas l'expérience.

— T'es un vrai salaud.

Romano posa sa bière et se leva à moitié de sa chaise longue.

— Tu veux vraiment voir jusqu'à quel point je suis salaud ?

Les deux hommes étaient sur le point d'en venir aux mains lorsque Angie fit son apparition, salua Web et le serra dans ses bras en lui adressant quelques paroles de réconfort.

— Dis-moi, Paulie, ajouta-t-elle, ce serait bien si Web restait dîner. J'ai préparé des côtes de porc.

— Et si j'avais pas envie que Web reste dîner, hein ? grommela Romano.

Angie se pencha, attrapa Romano par sa chemise et le força à se lever.

— Tu nous excuses une seconde, Web.

Angie traîna son mari vers le garage et le tança vertement. Web la vit taper du pied, agiter la main à quelques centimètres de son visage, bref se comporter comme un sergent instructeur face à un bleu. Et Romano, qui pouvait tuer n'importe quel être vivant, se tenait devant elle, tête baissée, encaissant tout sans rien dire. Finalement, Angie le ramena vers Web.

— Vas-y, Paulie, demande-le-lui.

— Angie, dit Web, ne le…

— Ferme-la, Web ! coupa Angie, et Web obtempéra. (Elle administra une petite claque à Paul, sur l'arrière du crâne.) Soit tu lui demandes, soit tu vas dormir au garage, avec ta foutue bagnole !

— Tu veux bien rester dîner, Web ? maugréa Romano, le regard baissé vers la pelouse, les bras croisés sur la poitrine.

— Il y a des côtes de porc, ajouta Angie. Et tant que tu y es, tu pourrais pas avoir l'air plus sincère ?

— Voudrais-tu rester dîner ? reprit Romano. Il y a des côtes de porc.

Web ne lui avait jamais entendu une voix aussi douce. Décidément, cette Angie était une magicienne. Il avait fort envie de décliner l'invitation, mais Romano avait beaucoup souffert pour la formuler.

— Bien sûr, Paulie, je vais rester. Merci pour l'invitation.

Tandis qu'Angie s'en allait préparer le repas, les deux hommes reprirent leurs bières et se mirent à contempler le ciel.

— Si ça peut te consoler, dit finalement Web, sache qu'Angie me fout aussi les pétoches.

Romano tourna le regard vers lui, et pour la première fois de la soirée lui adressa un sourire.

— J'imagine que tu es allé raconter partout ce que t'avait dit le gamin, lâcha Web.

— Non.

Web ne cacha pas sa surprise.

— Pourquoi ?

— Parce que c'était pas vrai.

— Ça fait plaisir à entendre.

— Je sais quand les gamins mentent comme des arracheurs de dents. Mes propres garçons le font suffisamment. Je te faisais marcher. Je crois que c'est devenu une habitude.

— J'arrive pas à croire que ce gamin t'ait raconté des choses pareilles. Je lui ai quand même sauvé la vie. C'est la deuxième fois qu'il a de la chance, lui. C'est quand même grâce à moi qu'il n'a pas pris une deuxième balle dans la tête.

Romano eut l'air étonné :

— Il n'avait pas de blessure par balle, ce gamin !

— Bien sûr que si, sur la joue gauche. Et il avait aussi une longue cicatrice sur le front, un coup de couteau.

Romano secoua la tête.

— Écoute, Web, j'étais avec ce gamin et peut-être que je ne l'ai pas observé avec beaucoup d'attention, mais une chose comme ça, je l'aurais remarquée. Je sais à quoi ressemble une blessure par balle.

Web se raidit.

— Quelle était sa couleur de peau ?

— Comment ça, sa couleur de peau ? Mais il était noir, bien sûr !

— Ça, je le sais ! Mais il était comment ? Café au lait ? Foncé ?

— Café au lait. La peau lisse comme un cul de bébé, et pas la moindre cicatrice. Je te le jure sur la tête du pape !

Web abattit le poing sur l'accoudoir de la chaise longue.

— Nom de Dieu !

Kevin Westbrook, du moins celui qu'avait vu Web, avait la peau noir foncé.

Après le dîner avec les Romano, Web alla rendre visite à Mickey Cortez et obtint les mêmes réponses. Le gamin ne lui avait rien dit. Aucune idée quant à l'identité des civils qui l'avaient emmené, mais il confirmait l'heure donnée par Romano. Et pas de trace de blessure par balle sur la joue du gamin.

Mais alors, qui avait échangé les deux enfants ? Et pourquoi ?

11

Fred Watkins descendit de voiture, après une journée de dur labeur au parquet fédéral. Il lui fallait une heure et demie pour rejoindre sa lointaine banlieue, dans le nord de la Virginie, et autant le matin pour se rendre à Washington. Une heure et demie pour franchir à peine seize kilomètres… Il secoua la tête, affligé. Et sa tâche n'était pas pour autant terminée. Il s'était levé à quatre heures du matin, avait bossé dix heures, mais trois heures de travail l'attendaient encore dans le petit bureau qu'il s'était installé chez lui. Un dîner vite expédié, quelques instants consacrés à sa femme et à ses enfants, et il retournerait au charbon. Humble procureur à Richmond pendant de longues années, où il exerçait des poursuites contre le tout-venant des délinquants, Watkins officiait désormais au parquet fédéral, à Washington, où il s'était spécialisé dans la délinquance de haut vol. Il aimait son job et avait le sentiment de servir son pays. Les contreparties financières étaient raisonnables et, même s'il travaillait beaucoup, il lui semblait avoir réussi sa vie. Son aîné devait entrer à l'université en automne, comme son cadet, dans deux ans. Sa femme et lui avaient prévu ensuite de voyager, de voir des pays qu'ils n'avaient admirés qu'en photo. Watkins songeait également à demander une retraite anticipée afin de prendre un poste de maître-assistant de droit à l'université de Virginie, où il avait suivi ses études. Il envisageait même de s'installer à Charlottesville, de façon à échapper définitivement à l'embouteillage permanent du nord de la Virginie.

Il se massa le cou et aspira une longue goulée d'air frais. Tous ces projets étaient intéressants ; du moins sa femme et lui avaient-ils des projets. Car certains de ses collègues refusaient de voir au-delà du lendemain, sans même parler d'une année à l'autre. Mais Watkins avait toujours été un homme pratique, raisonnable. Ainsi avait-il envisagé le droit et ainsi envisageait-il la vie.

Il ferma la portière de sa voiture et se dirigea vers sa maison, adressant en chemin un signe de la main à une voisine qui sortait au volant de sa voiture. Dans la maison jouxtant la sienne, d'autres voisins faisaient un barbecue, et une bonne odeur de viande grillée lui chatouilla les narines. Et si eux aussi préparaient un barbecue, ce soir ?

Comme la plupart des habitants de la région de Washington, Watkins avait lu, consterné, les informations relatives à l'embuscade dans laquelle était tombée la HRT. Songeant à la douleur de leurs familles, il se demanda si un fonds de solidarité avait été créé en leur faveur. Dans le cas contraire, peut-être allait-il contribuer à en créer un. Encore une tâche à ajouter à la liste de ses obligations !

Il ne l'aperçut qu'au moment où il fonça sur lui, jaillissant des buissons. Watkins poussa un hurlement et se baissa. L'oiseau le frôla ; encore ce paon de malheur ! Ce volatile semblait le guetter tous les soirs, comme pour lui causer un infarctus.

— Encore raté, lança-t-il à l'animal. De toute façon, tu ne m'auras pas. Je t'aurai avant !

Sourire en coin, il gagna le perron et ouvrit la porte d'entrée. Au même moment, la sonnerie de son portable retentit. Peu de gens connaissaient son numéro. Sa femme, bien sûr, mais il ne s'agissait pas d'elle, puisqu'elle avait dû le voir remonter l'allée. Plutôt le bureau. Et si c'était le bureau, cela signifiait une urgence qui occuperait le reste de la soirée et le forcerait peut-être à retourner en ville. Il tira son téléphone de sa poche, constata que le correspondant n'était pas identifiable et songea à ne pas répondre. Pourtant, ce n'était pas le genre de Fred Watkins. C'était peut-être important. Ou une erreur. Bon, pas de barbecue ce soir, se dit-il en appuyant sur la touche « réponse ».

On trouva les restes de Fred Watkins dans les buissons d'un voisin, de l'autre côté de la rue. La maison avait été soufflée par l'explosion. En appuyant sur la touche « réponse », il avait provoqué une minuscule étincelle qui avait fait exploser le gaz dont la maison était remplie. Les précieux documents contenus dans sa serviette étaient intacts, prêts à être utilisés par le substitut qui prendrait sa suite. Les corps de sa femme et de ses enfants gisaient dans les décombres. L'autopsie démontra qu'ils étaient déjà morts, asphyxiés, avant l'explosion. Il fallut quatre heures aux pompiers pour éteindre l'incendie, et deux maisons voisines disparurent également dans les flammes. Grâce à Dieu, il n'y eut pas d'autres victimes. Seule la famille Watkins avait disparu. La question ne se posait plus de savoir à quoi M. Watkins et sa femme emploieraient leur retraite après une vie de travail. On n'eut aucun mal à localiser le téléphone de Watkins, car il avait fondu dans sa main.

À peu près à l'heure où prenait fin l'existence de Fred Watkins, à Richmond, 145 kilomètres plus au sud, le juge Louis Leadbetter montait à l'arrière d'une voiture officielle, sous l'œil d'un US marshal. Leadbetter était juge fédéral depuis deux ans, après avoir occupé les fonctions de premier juge de circuit au tribunal de Richmond. En raison de sa relative jeunesse – il n'avait que quarante-six ans – et de ses indéniables qualités de juriste, certains voyaient déjà en lui un candidat à la cour d'appel du quatrième circuit, voire, ensuite, à la Cour suprême des États-Unis. En sa qualité de magistrat aux juridictions de jugement, Leadbetter avait présidé de nombreux procès, complexes, riches en émotions et en épisodes volcaniques. Plusieurs prévenus qu'il avait condamnés à des peines de prison l'avaient déjà menacé de mort. Une organisation raciste blanche lui avait même envoyé une lettre piégée qui avait failli lui coûter la vie ; il est vrai que Leadbetter s'en tenait fermement au principe de l'égalité devant la loi, quelles que soient la couleur, la religion ou l'ethnie de l'intéressé. À la suite de cette tentative d'assassinat, le magistrat avait bénéficié d'une protection rapprochée, d'autant que des événements récents n'avaient fait que raviver les craintes concernant sa sécurité.

Un individu qui avait juré de se venger de Leadbetter venait en effet de s'évader spectaculairement de prison. L'établissement d'où il s'était enfui était très éloigné et les menaces remontaient à plusieurs années, mais les autorités avaient décidé de ne prendre aucun risque. De son côté, le juge Leadbetter entendait avant tout mener une vie normale et ne goûtait guère les contraintes d'une protection policière. Pourtant, après avoir échappé à un premier attentat, il comprenait les préventions de la police. Et puis il ne souhaitait pas mourir de la main d'une crapule ; pas question de lui offrir une telle satisfaction.

— Des nouvelles de Free ? demanda-t-il au marshal.

Leadbetter s'indignait que l'évadé réponde au nom de Free. Ernest B. Free. L'initiale et le patronyme n'étaient pas les siens, bien sûr. Il avait modifié son nom le plus légalement du monde après avoir adhéré à un groupe paramilitaire ultraconservateur dont tous les membres avaient adopté ce nom, en hommage à cette liberté qu'ils estimaient menacée. D'ailleurs, le groupe se nommait la Free Society, appellation d'autant plus paradoxale qu'ils étaient violents et intolérants envers tous ceux qui ne partageaient pas leurs convictions haineuses. Les États-Unis se seraient bien passés de telles organisations, mais, bien que fort impopulaires, elles étaient protégées par le premier amendement à la Constitution. Sauf quand elles tuaient, bien entendu : rien alors ne pouvait les protéger contre les conséquences de tels actes.

Free et des membres de son groupe avaient fait irruption dans une école, tué deux institutrices et pris les autres en otages, en même temps que les enfants. La police locale avait cerné l'école et fait appel à une équipe SWAT, mais Free et ses hommes étaient équipés d'armes automatiques et de gilets pare-balles. On avait donc dépêché sur place, depuis Quantico, des fédéraux spécialisés dans les prises d'otages. Au début, les événements semblaient se dérouler de façon pacifique, mais des coups de feu avaient éclaté à l'intérieur de l'école et la HRT avait dû intervenir. Il s'était ensuivi une effroyable fusillade. Leadbetter avait encore à l'esprit le terrible spectacle d'un jeune garçon étendu sur le trottoir, aux côtés de deux institutrices. Ernest B. Free, blessé, avait fini par se rendre.

La question s'était posée de savoir si Free serait jugé par un tribunal fédéral ou une juridiction d'État. De toute évidence, Free avait choisi l'école, qui pratiquait l'intégration raciale, en raison de ses convictions racistes, mais Leadbetter lui-même reconnaissait que la chose serait difficile à prouver. Tout d'abord, les trois victimes étaient blanches, en sorte que l'inculpation fédérale de crime raciste aurait présenté quelque faiblesse. Par ailleurs, on aurait pu retenir contre lui le crime de tentative de meurtre sur la personne de fonctionnaires fédéraux, mais il paraissait plus simple de l'envoyer devant une juridiction d'État et de requérir la peine de mort pour ses multiples meurtres. Le résultat surprit l'opinion.

— Non, monsieur le juge, répondit le marshal, arrachant Leadbetter à ses souvenirs.

Le marshal veillait sur Leadbetter depuis un certain temps déjà, et ils avaient rapidement établi de bons rapports.

— À mon avis, reprit le marshal, ce type va chercher à gagner le Mexique, et de là l'Amérique du Sud. Il va retrouver des nazis, des gens comme lui.

— Eh bien, j'espère qu'on va le capturer et le renvoyer là d'où il vient, répondit Leadbetter.

— Oh, c'est probable. Les fédéraux sont sur le coup, et ils ont les moyens.

— Je voulais que ce salaud soit condamné à la peine de mort. Il la méritait.

C'était l'un des rares regrets de Leadbetter touchant à sa carrière. Mais l'avocat de Free, bien entendu, avait invoqué la folie, et même suggéré que son client avait subi un lavage de cerveau au sein de la « secte », comme il se plaisait à nommer l'organisation néonazie. L'avocat ne faisait que son travail, mais il instillait le doute dans l'esprit des jurés, et l'accusation avait dû négocier un accord avec la défense. Au lieu de la peine de mort, Free avait été condamné à vingt ans de prison, avec la possibilité, ténue, d'être libéré sous condition avant l'expiration de la peine. Leadbetter n'approuvait pas les termes du marché mais il avait dû s'incliner. Les médias, par la suite, avaient interrogé les jurés, et Free, dans sa prison, avait sans doute éclaté de rire. Tous les membres du jury auraient déclaré l'accusé coupable, et tous auraient également voté la peine de mort. La déconfiture était totale. Pour un certain nombre de raisons, Free avait été transféré dans une prison de haute sécurité, dans le Midwest. Et venait de s'en évader.

Leadbetter ouvrit sa serviette et découvrit à l'intérieur son cher *New York Times*. Avant de s'installer dans le Sud, à Richmond, le magistrat avait passé son enfance et fait ses études à New York. Ce Yankee exilé aimait sa nouvelle région, mais tous les soirs, en rentrant chez lui, il consacrait exactement une heure à la lecture du *New York Times*. Telle était son habitude depuis des années, et tous les soirs, avant son départ, on apportait son journal au tribunal. C'était là un des derniers moments de détente qu'il s'accordait.

Tandis que la voiture, conduite par le marshal, quittait le garage du tribunal, la sonnerie de son téléphone retentit. Le marshal décrocha.

— Allô ? Oui, monsieur le juge. Oui, je le lui dirai. (Il coupa la communication.) C'était le juge Mackey. Il me charge de vous dire que vous devriez regarder la dernière page de la première partie du *New York Times*. Il y a quelque chose de sidérant.

— Il vous a dit de quoi il s'agissait ?

— Non, monsieur le juge. Seulement de regarder l'article et de le rappeler ensuite.

Leadbetter jeta un coup d'œil intrigué à son journal. Mackey était un de ses amis, ils partageaient les mêmes intérêts intellectuels. La voiture était arrêtée à un feu rouge, ce qui était une bonne chose car Leadbetter ne pouvait lire dans un véhicule en mouvement sans éprouver aussitôt une violente nausée. Il prit son journal, mais il faisait trop sombre, et il alluma le plafonnier.

Mécontent, le marshal se retourna :

— Monsieur le juge, je vous ai déjà dit de ne pas allumer cette lumière. Ça fait de vous une cible…

Le fracas du verre brisé l'interrompit. Le juge Leadbetter était à présent écroulé sur son cher *New York Times* aux pages souillées de sang.

12

La mère de Kevin Westbrook était probablement morte, dit-on à Web, mais personne n'en était vraiment sûr. Elle avait disparu depuis plusieurs années. Accrochée au crack et à la méthadone, elle avait dû mourir d'une aiguille sale ou d'une mauvaise poudre. De telles biographies n'avaient rien d'inhabituel dans le quartier où vivait Kevin Westbrook. Web s'était rendu dans un coin d'Anacostia que les flics préféraient éviter et avait découvert un duplex menaçant de tomber en ruine où Kevin était censé habiter, en compagnie d'un amoncellement de petits cousins, grands-oncles, et autres improbables beaux-frères. Web n'avait pas bien compris la situation du garçon.

On eût dit qu'un réacteur nucléaire fuyait dans le quartier depuis des dizaines d'années, parce que aucun arbre, aucune fleur ne pouvait y pousser ; dans les petits jardins, l'herbe était d'un jaune pisseux. Même les chiens et les chats semblaient près de trépasser. Comme les bâtiments, les gens du coin paraissaient complètement usés.

Le duplex était un taudis. De l'extérieur, la puanteur était déjà violente, mais une fois à l'intérieur, elle devenait insoutenable. Web crut s'évanouir en franchissant le seuil.

Les gens assis en face de lui ne semblaient pas préoccupés outre mesure par l'absence de Kevin. Peut-être l'enfant disparaissait-il ainsi couramment après une fusillade trop meurtrière. Un adolescent maussade était affalé sur le canapé.

— On a déjà parlé aux flics, dit-il en crachant ses mots.

— C'est pour un supplément d'information, affirma Web, préférant ne pas songer à ce que lui ferait Bates s'il apprenait qu'il fouinait pour son propre compte.

Pourtant, il devait bien ça à Riner et à ses copains. Tant pis pour les procédures du FBI ! Mais ses crampes d'estomac n'en disparurent pas pour autant.

— Ferme-la, Jerome, dit la grand-mère qui se tenait à ses côtés.

Elle avait les cheveux gris argent, de grosses lunettes et un air décidé. Elle n'avait pas donné son nom à Web, et celui-ci n'avait pas insisté ; il figurait certainement dans le dossier du FBI, mais il le retrouverait par un autre moyen. Elle était grosse comme une voiture et semblait de taille à faire taire Jerome. Et Web par la même occasion. Avant d'ouvrir la porte, elle avait demandé deux fois à voir sa plaque et sa carte du FBI.

— Je n'aime pas laisser entrer chez moi des gens que je ne connais pas, avait-elle expliqué. La police comme les autres. Ce quartier, ici, ça n'a jamais été sûr. Et des deux côtés !

Elle avait dit cela en plantant sur lui un regard qui perça jusqu'au fond son âme de policier fédéral.

Si vous croyez que ça me plaît d'être ici, aurait-il aimé lui dire, alors que je me retiens pour ne pas vomir. En s'asseyant, Web aperçut à travers les lattes du plancher la terre glaise sur laquelle l'immeuble était bâti. En hiver, cet endroit était sans doute glacial. Aujourd'hui, il devait faire 18 °C au-dehors et environ 2 °C à l'intérieur. Ni ronronnement d'un poêle, ni bonnes odeurs de cuisine sur le fourneau de la grand-mère. Dans un coin de la pièce, on apercevait un amoncellement de boîtes de Pepsi light. Visiblement, quelqu'un surveillait sa ligne. Et pourtant, un peu plus loin se trouvait un tas d'emballages de McDonald's. Probablement Jerome, songea Web : le genre à se nourrir de Big Mac avec frites.

— Oui, je comprends, dit Web. Cela fait longtemps que vous habitez ici ?

Jerome renifla bruyamment, tandis que la grand-mère baissait les yeux sur ses mains serrées.

— Trois mois, répondit-elle. Mais l'endroit où on était avant, on y est restés longtemps. On l'avait bien arrangé.

— Mais après, s'écria Jerome avec colère, ils ont dû trouver qu'on gagnait trop d'argent pour vivre dans un si bel endroit, et ils nous ont foutus dehors.

— La vie est souvent injuste, Jerome, rétorqua la vieille dame. (Du regard, elle embrassa l'endroit crasseux, puis laissa échapper un soupir.) Cet endroit, on l'arrangera aussi bien.

Elle n'en semblait guère convaincue.

— La police a fait des progrès dans son enquête sur Kevin ? demanda Web.

— Faut aller leur demander, répondit la grand-mère. Parce que, nous, ils nous disent rien sur ce pauvre gosse.

— Ils l'ont paumé, déclara Jerome en s'enfonçant encore plus profondément dans l'amas de coussins graisseux qui leur tenait lieu de canapé.

On n'aurait su dire s'il existait une armature sous ces coussins. Le plafond était ouvert en trois endroits et on aurait presque pu gagner le premier étage sans l'aide d'un escalier. Les murs disparaissaient sous les taches de moisissure, et il devait encore y avoir de la peinture au plomb. Et de l'amiante le long des tuyaux. Partout, on apercevait des crottes de rongeurs, et Web aurait parié mille dollars que les termites avaient déjà grignoté la plus grande partie du bois de construction, ce qui expliquait probablement l'inclinaison sur la gauche du bâtiment, qu'il avait remarquée depuis la rue. Les inspecteurs de l'urbanisme avaient déjà dû promettre tout le quartier à la démolition, ou alors ils riaient comme des bossus, vautrés dans leurs bureaux.

— Vous avez une photo de Kevin ?

— Bien sûr, on en a donné une à la police, précisa la grand-mère.

— Vous en avez une autre ?

— Hé, on va pas sans arrêt vous donner des trucs, lança Jerome d'une voix mauvaise.

Web se pencha en avant, laissant voir à dessein la crosse de son pistolet.

— Bien sûr que si, Jerome. Et si vous n'abandonnez pas tout de suite cette attitude, je vous conduis en ville au siège du FBI, et en consultant votre dossier, on vous trouvera bien un petit mandat d'arrêt, histoire de vous garder à l'ombre quelque temps, sauf si vous avez le culot de me dire que vous n'avez jamais été arrêté. Hein ?

— Et merde, grommela Jerome en détournant le regard.

— Ferme-la, Jerome, s'écria la grand-mère. Ferme-la !

Bravo, mamie, songea Web.

Elle tira une photo d'un portefeuille et la tendit à Web ; ses doigts tremblaient et sa voix s'étranglait dans sa gorge, mais elle parvint à se maîtriser.

— C'est ma dernière photo de Kevin. S'il vous plaît, ne la perdez pas.

— J'en prendrai grand soin. Et je vous la rendrai.

Web regarda la photo. C'était bien Kevin. Au moins le Kevin qu'il avait vu dans la ruelle. Donc le gamin dont Cortez et Romano s'étaient occupé avait menti. Il avait fallu préparer une telle substitution, et aussi l'exécuter à toute vitesse. Mais pourquoi ?

— Vous dites que vous avez donné une photo de Kevin à la police ?

La grand-mère acquiesça.

— C'est un bon petit. Il va à l'école, vous savez, presque tous les jours. Et une école spéciale, ajouta-t-elle fièrement, parce que c'est un enfant pas ordinaire.

Dans ce genre de quartier, la fréquentation de l'école représentait un haut fait, presque aussi important que de survivre une nuit après l'autre.

— Je suis persuadé que c'est un bon petit.

Il lança un regard en direction de Jerome, qui semblait prêt à tous les coups fourrés. Toi aussi, tu as dû être un bon garçon, Jerome, hein ? pensa-t-il.

— C'étaient des policiers en uniforme ? demanda Web.

Jerome se leva.

— Vous nous prenez pour des idiots ? Ils étaient du FBI, comme vous.

— Asseyez-vous, Jerome, fit Web.

— Assieds-toi, Jerome, fit la grand-mère, et Jerome se rassit.

Web réfléchit rapidement. Si le FBI possédait la photo de Kevin, ils devaient savoir que, pendant un bref instant, ils s'étaient occupés d'un enfant qui n'était pas Kevin. Mais était-ce bien sûr ? Romano, apparemment, ne se doutait pas de la substitution. Il n'avait parlé que d'un enfant noir. Et si le rapport officiel se limitait à ça ? Si le faux Kevin Westbrook avait disparu avant l'arrivée de Bates et des autres, tout ce qu'ils savaient, c'était qu'un enfant noir d'une dizaine d'années, du nom de Kevin Westbrook, habitant à telle adresse, avait disparu. Ils étaient venus discuter avec la famille, récupérer une photo, et ils étaient repartis poursuivre leur enquête. Ils n'avaient pas dû demander à Romano et à Cortez d'identifier l'enfant, puisqu'ils ne soupçonnaient pas la substitution. Et Ken McCarthy avait dit que les tireurs d'élite avaient aperçu Kevin lorsque l'équipe Charlie s'avançait. Peut-être Web était-il le seul à savoir qu'on avait procédé à un échange.

Web regarda autour de lui et, par égard pour la grand-mère de Kevin (mais était-ce bien sa grand-mère ?), il s'efforça de ne pas montrer sa répulsion.

— Kevin vivait bien ici ? interrogea-t-il.

Bates avait prétendu que Kevin vivait dans la misère, et que probablement il cherchait souvent à fuir sa maison, ce qui expliquait sans doute sa présence dehors au beau milieu de la nuit. L'appartement, en effet, était sordide, mais ni plus ni moins que les autres dans le quartier. La marque répugnante du crime et de la pauvreté y était partout visible. Toutefois, la mamie semblait solide comme un roc. C'était quelqu'un de bien, et elle semblait éprouver une affection sincère pour Kevin. Pourquoi l'aurait-il fuie ?

La grand-mère et Jerome se consultèrent du regard.

— La plupart du temps, répondit-elle.

— Et le reste du temps, où vivait-il ?

Aucun des deux ne répondit. La grand-mère baissait les yeux sur son ventre volumineux, tandis que Jerome, les yeux fermés, balançait la tête, comme à l'écoute d'une musique intérieure.

— Je sais que Kevin a un frère. Habite-t-il chez lui, parfois ?

Jerome ouvrit grand les yeux et la grand-mère cessa de contempler son ventre. On aurait dit que Web venait de les mettre en joue en leur conseillant de réciter leur dernière prière.

— Je ne le connais pas, je ne l'ai jamais vu, dit rapidement la vieille femme.

Elle se balançait d'avant en arrière, comme si elle avait mal. Elle semblait surtout terrorisée.

Lorsque Web se tourna vers Jerome, celui-ci bondit sur ses pieds et s'enfuit avant qu'il ait pu faire un geste. On entendit le claquement de la porte d'entrée et un bruit de pas précipités.

Le regard de Web revint à la grand-mère.

— Jerome non plus ne le connaît pas, dit-elle.

13

Le jour du service funèbre arriva enfin. Web se leva tôt, se doucha, se rasa et revêtit son plus beau complet. Le moment était venu de rendre officiellement hommage à ses amis disparus, et il avait envie de s'enfuir à toutes jambes.

Il n'avait pas communiqué à Bates ce qu'il avait appris par Romano et par Cortez, et il n'avait pas mentionné sa visite chez Kevin. Il n'aurait su dire pourquoi il avait agi ainsi, peut-être par manque de confiance et sans doute parce que Bates l'aurait engueulé pour avoir interféré dans l'enquête en cours. Bates avait déclaré que l'enfant se nommait Kevin Westbrook, ce qui signifiait que l'enfant lui-même le lui avait dit, ou qu'il l'avait appris par Romano et Cortez. Il fallait en avoir le cœur net. Si Bates avait vu l'autre enfant, alors, quand la grand-mère lui avait donné la photo, il avait dû se rendre compte qu'il y avait problème.

Donc, Web avait donné à l'enfant portant une cicatrice à la joue un billet qu'il devait remettre aux gars de la HRT. Cet enfant avait affirmé s'appeler Kevin.

Le billet avait été remis, mais apparemment pas par celui qui l'avait reçu. Par conséquent, entre le moment où l'enfant l'avait reçu et celui où il l'avait remis, quelqu'un avait opéré la substitution. Cela n'avait pu se produire que dans la ruelle.

L'arrivée de Kevin dans la ruelle était-elle prévue ? Travaillait-il pour son frère, Big F ? Était-il censé vérifier la présence d'éventuels survivants, et s'attendait-il à n'en trouver aucun ? Le fait de découvrir Web encore en vie avait-il contrarié les plans de certains ? Et quels plans ? Et pourquoi cette substitution d'enfant ? Pourquoi le faux Kevin avait-il menti en racontant que Web s'était montré lâche ? Et qui était le policier en civil qui avait emmené ce deuxième enfant ? Bates n'avait pas dit grand-chose à propos de la disparition du gamin. Le civil avec qui Romano avait parlé était-il bien un agent du FBI ? Dans le cas contraire, un imposteur aurait-il eu le culot de s'avancer sur les lieux de la tuerie, de montrer sa fausse carte à Romano et à Cortez, et de s'en aller avec l'autre enfant ? Tout cela demeurait très confus, et pour Web il était hors de question de s'en ouvrir à Bates.

Il gara sa Mach One aussi près que possible de l'église. On apercevait déjà de nombreuses voitures et il restait peu de places disponibles. L'église était un sombre bâtiment édifié à la fin du XIXe siècle, à une époque où l'impératif architectural s'énonçait comme suit : « La maison où tu adoreras le Seigneur aura plus de tourelles, balustrades, colonnes ioniennes, frontons tronqués, voûtes, pignons, portes, fenêtres et fioritures que celle du voisin. »

Dans ce temple auguste, présidents, juges à la Cour suprême, sénateurs, ambassadeurs et autres dignitaires de moindre importance priaient, chantaient et, très occasionnellement, se confessaient. On filmait souvent des hommes politiques montant ou descendant les marches du saint lieu, la Bible à la main, la crainte de Dieu au visage. En dépit de la séparation constitutionnelle de l'Église et de l'État, les électeurs étaient sensibles aux marques de piété de leurs élus. Les politiques tenaient donc à bénéficier d'une vaste scène pour prononcer leurs paroles de consolation, même si aucun membre de la HRT ne fréquentait ce sanctuaire. Les petits édifices religieux proches de Quantico, où certains agents de la HRT accomplissaient leurs dévotions ne suffisaient évidemment pas.

Le ciel était clair, le soleil chaud mais tempéré par une brise rafraîchissante. L'après-midi semblait trop beau pour un événement aussi déprimant. Web escalada les marches, et chaque claquement de ses chaussures lustrées résonnait comme le cliquètement d'un barillet, mais il était habitué à ces analogies violentes. Là où d'autres voyaient l'espoir, il devinait les douleurs rances d'une humanité dégénérée. Pas étonnant qu'on ne m'invite à aucune fête, songea-t-il.

Partout, des agents du Service secret, avec leur étui d'aisselle, leur visage impassible et leur oreillette. Avant de pénétrer dans l'église, Web avait dû se soumettre à un détecteur de métal. Il montra son pistolet et sa carte du FBI, signifiant ainsi que, pour lui prendre son arme, il faudrait le tuer.

En ouvrant la porte, il trouva la foule tassée à l'intérieur de l'édifice. Il exhiba sa plaque du FBI, s'ouvrant ainsi un chemin dans la masse compacte. Dans un coin, une équipe s'affairait autour d'une caméra. Quel imbécile avait autorisé une chose pareille ? se demanda Web. Et d'ailleurs, qui avait eu l'idée d'inviter tant de gens à ce qui aurait dû rester une cérémonie privée ? Les survivants devaient-ils donc pleurer leurs morts dans une ambiance de cirque ?

Avec l'aide de quelques collègues, il parvint à gagner l'un des bancs, et promena le regard autour de lui. Les familles se tenaient sur les deux premières rangées, délimitées par un cordon. Web inclina la tête et pria silencieusement pour chacun de ces hommes, s'attardant pour Teddy Riner, qui avait été pour lui un mentor – et aussi un agent extraordinaire, un père merveilleux et un homme hors du commun. Il laissa échapper quelques larmes, en pensant à tout ce qu'il avait perdu en ces quelques secondes où l'enfer s'était déchaîné. Puis, en entendant les gémissements des jeunes enfants dont les pères ne reviendraient plus, en regardant les familles, il comprit qu'elles avaient perdu plus que lui.

Cris et sanglots se poursuivirent tout au long des discours, depuis les harangues des hommes politiques qui ressortaient leurs habituelles conneries sur la tolérance zéro jusqu'aux homélies des prédicateurs qui n'avaient connu aucun des hommes dont ils faisaient l'éloge.

Web avait envie de se lever et de dire : « Ils ont mené le bon combat. Ils sont morts en nous protégeant, tous. Ne les oubliez jamais, car, chacun à sa façon, ils étaient inoubliables. Fin de l'éloge funèbre. Amen. Et maintenant, on fait la tournée des bars. »

Un soupir unanime de soulagement salua la fin du service funèbre. En sortant, Web parla avec Debbie

Riner, adressa quelques paroles de consolation à Cynde Plummer et Carol Garcia, échangea quelques accolades. Puis il s'accroupit et parla aux petits enfants, les serra tout tremblants entre ses bras, incapable de les relâcher. Ces simples contacts physiques menaçaient de rompre les digues. Il avait plus pleuré la semaine précédente qu'au cours de toute sa vie. Avec les enfants, c'en était trop.

Quelqu'un lui tapa sur l'épaule. Il se retourna, prêt à réconforter une autre épouse éplorée, mais la femme qui le dévisageait ne recherchait visiblement pas la compassion. Julie Patterson était la veuve de Lou Patterson. Elle avait quatre enfants et en attendait un cinquième, mais elle avait fait une fausse couche trois heures après avoir appris la catastrophe. Devant ses yeux vitreux, il comprit qu'elle avait absorbé des tranquillisants. Son haleine était chargée d'alcool. Un jour comme celui-ci, mieux valait ne pas mélanger les deux. De toutes les épouses de ses camarades, Julie était la moins proche de lui, parce que Lou aimait Web comme un frère, ce dont elle avait conçu une certaine jalousie.

— Tu crois vraiment que tu devrais être là ? lui jeta-t-elle.

Julie vacillait sur ses talons noirs, incapable de fixer son regard sur lui. Les mots s'extrayaient avec difficulté de sa bouche pâteuse. Elle était bouffie, la peau livide et parsemée de taches rouges. Visiblement, elle aurait dû se trouver chez elle, au lit.

— Julie, viens, il faut que tu respires. Viens, laisse-moi t'aider.

— Ne me touche pas ! hurla-t-elle si fort que tous les visages se tournèrent vers eux.

L'équipe de télévision aussi et, dans un même mouvement, le journaliste et le cameraman s'approchèrent. L'objectif se braqua sur Web.

— Viens, Julie, répéta calmement Web en lui posant la main sur l'épaule.

— Je n'irai nulle part avec toi, espèce de salaud !

Elle écarta la main de Web de son épaule, ce qui lui arracha un cri de douleur. Ses ongles avaient arraché les points de suture, et le sang se mit à couler.

— C'est ta petite main qui te fait mal, espèce de chiffe molle ? Avec ta gueule de Frankenstein ? Comment est-ce que ta mère ose encore te regarder ? Tu es un monstre !

Cynde et Debbie voulurent lui parler, la calmer, mais Julie les repoussa et se rapprocha de Web.

— Tu es resté cloué sur place avant la fusillade et tu ne sais pas pourquoi ? Et ensuite tu es tombé ? Et tu crois qu'on va avaler ces conneries ?

Son haleine empestait tellement l'alcool que Web dut fermer les yeux, ce qui ne fit qu'augmenter son impression de vertige.

— Espèce de lâche ! Tu les as laissés mourir ! Combien tu as touché ? Combien ça t'a rapporté, le sang de Lou, espèce de salopard ?

— Madame Patterson, intervint Percy Bates, qui venait de surgir à ses côtés, allez, il faut rejoindre votre voiture avant les embouteillages. Vos enfants sont là.

Au seul nom de ses enfants, les lèvres de Julie se mirent à trembler.

— Combien y en a-t-il ? (Bates sembla perplexe.) Combien d'enfants ? répéta Julie.

Elle porta la main à son ventre, tandis que le devant de sa robe noire absorbait ses larmes. Elle regarda fixement Web et ses lèvres se retroussèrent en une manière de rictus.

— Je devais en avoir cinq. J'avais cinq enfants et un mari. Maintenant j'en ai quatre, et plus de Lou. Mon Lou a disparu. Et mon bébé aussi, espèce de salaud ! Espèce de salaud !

Elle criait d'une voix suraiguë tout en décrivant des cercles sur son ventre avec la main, comme elle aurait frotté une lampe magique pour faire réapparaître son mari et son bébé. La caméra ne perdait pas une miette de la scène. Le journaliste écrivait furieusement dans son calepin.

— Je regrette, Julie. J'ai fait tout ce que j'ai pu, dit Web.

Julie cessa de se caresser le ventre et lui cracha au visage.

— Ça, c'est pour Lou. (Elle cracha de nouveau.) Ça, c'est pour mon bébé. Tu peux crever. Tu peux crever, Web London.

Elle le gifla au visage, sur sa joue mutilée, et faillit tomber, emportée par son élan.

— Et ça, c'est pour moi, espèce de salaud ! Espèce de… espèce de monstre !

Julie semblait avoir épuisé toute son énergie et Bates dut la soutenir pour qu'elle ne s'effondre pas. On l'emmena et la foule, nerveuse, se dispersa par petits groupes tout en discutant ; ils étaient nombreux à jeter des regards mauvais du côté de Web.

Celui-ci ne bougea pas. Il n'avait même pas essuyé les crachats de Julie et son visage était rouge là où elle l'avait frappé. On venait de le traiter de monstre, de lâche et de traître. Web aurait tué sur place l'homme qui aurait osé lui dire des choses pareilles, mais il ne pouvait qu'accepter ces insultes de la part d'une veuve et d'une mère. Julie Patterson aurait aussi bien pu lui couper la tête, il n'aurait pas bronché. Rien de ce qu'elle avait dit n'était vrai, mais comment le prouver ?

— Monsieur ? Vous êtes Web London, n'est-ce pas ? dit le journaliste à côté de lui. Je sais que le moment peut paraître mal choisi, mais acceptez-vous de nous parler ? (Web ne répondit pas.) Allez, insista le journaliste, ça ne prendra qu'une minute. Juste quelques questions.

— Non, fit Web en s'éloignant.

— Écoutez, nous allons aussi parler à cette dame. Il ne faudrait pas que le public n'ait que sa version. Je vous donne l'occasion de présenter votre vision des faits. Ce n'est que justice.

Web se retourna et saisit l'homme par le bras.

— Il n'y a pas de « version ». Et laissez cette femme tranquille. Elle en a suffisamment subi pour le restant de ses jours. Laissez-la tranquille. Fichez-lui la paix ! Vous m'avez compris ?

— Je ne fais que mon travail, protesta l'homme en se dégageant de l'étreinte de Web.

Puis il regarda le cameraman, et le mot « excellent », quoique silencieux, sembla circuler entre les deux hommes.

Web s'écarta, laissant derrière lui l'église des gens riches et célèbres. Il grimpa à bord de sa Mach et démarra. Il ôta sa cravate, vérifia dans son portefeuille qu'il avait de l'argent liquide et s'arrêta dans un magasin de spiritueux du district, où il acheta deux bouteilles d'un chianti bon marché et un pack de six Negra Modelo.

Il rentra chez lui, ferma portes et volets, puis gagna la salle de bains, alluma la lumière et se regarda dans le miroir. Sur le côté droit de son visage, la peau était un peu hâlée, relativement lisse, avec quelques poils oubliés par le rasoir. Un côté pas vilain du tout, se dit-il. « Un côté », voilà comment il devait raisonner désormais, car on ne le trouvait plus beau depuis longtemps. Julie Patterson, elle, ne s'était pas gênée pour lancer des remarques sur sa bobine. Frankenstein ? se répéta-t-il. Ça, c'était nouveau, Julie. À la réflexion, il se sentait moins enclin à la compréhension. Tu aurais perdu ton Lou depuis longtemps, ma petite, si Frankenstein n'avait pas fait ce qu'il a fait – ce qui lui a coûté la moitié de son visage. Tu l'as oublié, ça ? Moi pas, Julie. Je le contemple tous les jours.

Il se tourna un peu pour exposer le côté gauche de son visage. Là, pas de poils oubliés. Et la peau n'avait jamais réussi à bronzer, même si, d'après les médecins, ce n'était pas impossible. Et cette peau était si tendue qu'il ne semblait pas y en avoir suffisamment. Parfois, il ne parvenait ni à rire ni simplement à sourire, le côté gauche de son visage refusant de coopérer, comme pour lui dire : « Laisse tomber, mec, t'as vu ce que tu m'as fait ! » Le bord de l'œil avait également été touché, et l'orbite anormalement tirée vers la tempe. Avant les opérations, ce déséquilibre était très frappant. À présent, les choses s'étaient un peu arrangées, mais jamais son visage ne retrouverait une parfaite symétrie.

Sous les greffes de peau, on avait remplacé les os broyés par du plastique et du métal. Dans les aéroports, le titane de son visage déclenchait presque toujours les détecteurs de métaux. *Vous inquiétez pas, les gars, c'est juste l'AK-47 que j'ai planqué dans mon dos.*

Web avait subi de nombreuses opérations pour obtenir le visage qu'il avait dorénavant. Les chirurgiens avaient fait du bon travail, mais il resterait toujours défiguré. Enfin, à les en croire, ils avaient atteint les limites de leur art, voire celles du miracle médical, puis ils lui avaient souhaité bonne route. La réadaptation s'était révélée plus difficile qu'il ne l'aurait cru, et même aujourd'hui il ne pouvait prétendre avoir surmonté le traumatisme. Et d'ailleurs, comment le surmonter, puisque chaque jour il se rappelait à lui dans le miroir ?

Penchant la tête un peu plus sur le côté, il tira le col de sa chemise, révélant la blessure à la naissance du cou. Le projectile l'avait frappé juste au-dessus de son gilet pare-balles et n'avait épargné que par miracle les artères et la colonne vertébrale. La blessure ressemblait à une brûlure de cigare, un cigare de gros richard ; allongé sur son lit d'hôpital avec la moitié du visage emportée et deux gros trous dans le corps, il en avait plaisanté. Ils étaient à peu près sûrs qu'il s'en sortirait, et il partageait leur avis. Pourtant, personne ne savait ce qui apparaîtrait sous les pansements, peut-être l'horreur et l'angoisse pour toujours. Les chirurgiens avaient proposé de recouvrir les cicatrices, mais Web avait refusé. Il en avait assez qu'on lui découpe des lambeaux de peau à droite et à gauche pour les recoller ailleurs.

Il porta la main à sa poitrine, là où s'épanouissait, dans toute sa gloire, l'autre « brûlure de cigare ». La balle était entrée dans la poitrine avant de ressortir derrière l'épaule, traversant le gilet de Kevlar, avec encore assez de puissance pour arracher la tête d'un type, derrière lui, qui s'apprêtait à lui fendre le crâne d'un coup de machette. Pas de chance, lui ? Web se sourit dans le miroir. « Une veine de cocu, oui », dit-il à son reflet.

La HRT avait loué l'héroïsme dont Web avait témoigné ce soir-là à Richmond. Il venait de quitter les tireurs d'élite pour rejoindre les équipes d'assaut et cherchait à démontrer ses qualités. L'un des Free avait jeté un explosif artisanal, et la bombe aurait atteint Lou Patterson si Web ne s'était rué sur lui pour le pousser hors d'atteinte. L'explosion avait atteint Web sur le côté gauche du visage, le projetant à terre et mêlant à sa peau le plastique en fusion de son bouclier. Il avait arraché le bouclier en même temps qu'une partie de son visage et continué de combattre, mû par l'adrénaline qui l'empêchait de succomber à l'effroyable douleur.

Les Free avaient ouvert le feu ; Web avait reçu une balle dans la poitrine et une deuxième dans le cou. S'il n'avait pas persisté à se battre après avoir été blessé, de nombreux innocents auraient trouvé la mort. Au lieu de l'affaiblir, les balles semblaient fouetter son énergie ; il avait porté la mort chez ceux qui tentaient de les tuer, lui et son équipe. Il avait mis à l'abri quelques-uns de ses camarades blessés, dont Lou Patterson, qui avait reçu une balle dans le bras une minute après que Web l'eut sauvé de la bombe incendiaire. Ce que Web avait accompli cette nuit-là surpassait, et de loin, ce qu'il avait pu accomplir dans la cour. Pour les anciens comme pour les nouveaux venus à la HRT, Web était une légende vivante. Et dans cet univers viril, il n'existait pas de meilleur moyen de s'élever dans l'estime de ses pairs que le courage et la force dans la bataille. Au fond, cela ne lui avait coûté qu'un accroc à sa vanité et la plus grande partie du sang qui coulait dans ses veines !

Web ne se rappelait même plus la douleur. Mais lorsque la dernière balle eut été tirée et que le dernier homme fut tombé, à son tour il s'effondra sur le sol. En heurtant la blessure de son visage et en sentant le sang s'écouler de ses deux blessures, il comprit que le moment était venu de mourir. Transporté en état de choc dans l'ambulance, il fut conduit presque mort au Medical College of Virginia. Personne ne comprit vraiment comment il s'en était tiré et Web encore moins. Lui qui n'avait jamais été religieux se prit à s'interroger sur l'existence de Dieu.

Sa convalescence fut effroyablement douloureuse. Bien que considéré comme un héros, il n'était pas sûr de pouvoir rejoindre la HRT. S'il ne récupérait pas l'intégralité de ses capacités physiques, pas question pour lui de retrouver son unité, héros ou pas. D'ailleurs, Web le comprenait fort bien. Combien de kilos soulevés, de kilomètres parcourus, de murs escaladés, de cordes descendues en rappel, de munitions tirées ? Heureusement, sa blessure au visage n'avait en rien affecté son acuité visuelle, et donc ses capacités de tireur. Dans ce domaine, à la HRT, on ne tolérait que la perfection. Mais la récupération psychologique s'était révélée plus difficile. Serait-il encore capable d'ouvrir le feu si nécessaire ? Se figerait-il au moment critique, mettant ainsi en danger toute son équipe ? Cela ne lui était jamais arrivé avant ce jour funeste, dans la cour. Il était revenu à la HRT plus en forme que jamais. Il lui avait fallu presque un an, mais personne n'avait contesté ce retour ni prétendu qu'il eût commis des erreurs. Mais maintenant, qu'allait-on dire ? Pourrait-il revenir ? Cette fois, il ne s'agissait pas d'aptitudes physiques ; tout se passait dans sa tête, et c'était d'autant plus terrifiant.

Web balança son poing dans le miroir, fissurant le mur où il était accroché.

— Je ne les ai pas laissés mourir, Julie ! s'écria-t-il à l'adresse du verre brisé.

Il regarda sa main. Elle ne saignait même pas. Il avait toujours de la chance, non ?

Dans l'armoire à pharmacie, il prit la bouteille de pilules. Il les avait rassemblées petit à petit, certaines légalement, d'autres non. Il les utilisait parfois pour dormir mais se montrait prudent, car il avait failli s'accrocher aux antalgiques à l'époque où les chirurgiens lui reconstituaient le visage.

Web éteignit la lumière, faisant disparaître Frankenstein. On sait bien que les monstres préfèrent l'obscurité !

Il descendit au sous-sol, disposa soigneusement sur le sol toutes ses bouteilles d'alcool et s'assit au milieu, comme un général préparant son plan de bataille avec son état-major. La sonnerie du téléphone retentit un certain nombre de fois, mais il ne répondit pas. On frappa à la porte ; il n'alla pas ouvrir. Il contempla longuement le mur, puis fouilla dans les pilules, en prit une, l'examina et la remit dans le flacon. Il s'adossa ensuite contre un fauteuil et ferma les yeux. À quatre heures du matin, il s'endormit par terre, au sous-sol. Il ne s'était même pas lavé le visage.

14

Sept heures du matin. Web se releva en titubant. Il se frotta le dos et la nuque ; en s'asseyant, il fit tomber la bouteille de chianti, qui se brisa sur le sol. Web jeta la bouteille et nettoya le vin avec du papier absorbant. Ses mains se colorèrent de rouge et, l'espace d'un instant, il crut qu'on lui avait tiré dessus pendant son sommeil.

En entendant du bruit par la fenêtre de derrière, il grimpa les marches à toute allure et s'empara de son pistolet. Il gagna la porte d'entrée, avec l'idée d'effectuer le tour de la maison. Ce n'était peut-être qu'un chien errant ou un écureuil, mais il n'y croyait guère. Il avait parfaitement reconnu les pas d'une personne s'efforçant de marcher avec légèreté.

Lorsqu'il ouvrit la porte, une foule se rua sur lui et il faillit ouvrir le feu. Les journalistes agitaient sous son nez micros, calepins et stylos, débitant leurs questions à une telle allure qu'ils semblaient parler le mandarin. On lui criait de regarder par ici, par là, comme s'il était une vedette, ou plutôt un animal dans un zoo. Plus loin, dans la rue, il aperçut les camions de télévision, avec leurs longues antennes. Les deux agents du FBI chargés de garder sa maison cherchaient à repousser la foule, mais visiblement ils avaient déjà perdu la bataille.

— Mais qu'est-ce que vous voulez ? s'écria Web.

Une femme vêtue d'un tailleur beige en lin, les cheveux blonds impeccablement coiffés, s'avança et planta ses talons dans la brique, à quelques centimètres de Web. Son lourd parfum avait quelque chose d'écœurant.

— Est-il vrai que vous prétendez être tombé par terre avant que votre unité ait été massacrée, mais sans pouvoir l'expliquer ? Et est-ce pour ça que vous avez survécu ?

Son air dubitatif laissait clairement entendre ce qu'elle pensait de cette histoire abracadabrante.

— Je…

Un autre journaliste, un homme, poussa son micro sous le nez de Web.

— On dit qu'en fait vous n'avez pas tiré, que la fusillade a cessé d'elle-même et que vous n'avez jamais été en danger. Qu'avez-vous à répondre à cela ?

Les corps se pressaient devant lui, les questions s'enchevêtraient.

— Est-il vrai que le FBI vous a mis en probation pour une infraction à l'utilisation de votre arme, parce que vous aviez blessé un suspect ?

— Mais qu'est-ce que ça… ?

Une autre femme lui donna un coup de coude dans le flanc.

— J'ai appris de source sûre que le garçon que vous auriez « sauvé » était en fait complice dans cette affaire.

Web la regarda d'un air ahuri.

— Complice de quoi ? De qui ?

La femme lui adressa un regard pénétrant.

— Je pensais que vous pourriez répondre à cette question.

Web leur claqua la porte au nez, courut à la cuisine prendre les clés de la Suburban et sortit. En fendant la foule, il chercha ses collègues pour qu'ils viennent à sa rescousse. Les deux hommes s'avancèrent, s'efforçant de lui frayer un chemin, mais le cœur n'y était pas, ils refusaient de croiser son regard.

La foule grossissait, lui interdisant le passage jusqu'à son monospace.

— Laissez-moi passer ! s'écria Web.

Il promena le regard autour de lui. Tout le voisinage était de sortie. Ces hommes, ces femmes et ces enfants qui étaient ses amis ou du moins des connaissances assistaient au spectacle, bouche bée.

— Allez-vous répondre aux accusations de Mme Patterson ?

Web s'immobilisa et reconnut le journaliste du service funèbre.

— Alors ? demanda l'homme d'un air grave.

— Je ne savais pas que Julie Patterson avait l'autorité nécessaire pour procéder à des mises en accusation.

— Elle a dit très clairement que soit vous vous êtes comporté comme un lâche, soit vous étiez impliqué, corrompu.

— Elle ne savait pas ce qu'elle disait. Elle venait de perdre son mari et l'enfant qu'elle attendait.

— Vous affirmez donc que ces accusations sont sans fondement ?

L'homme avança son micro, mais quelqu'un, derrière lui, le poussa, et le micro heurta les lèvres de Web, faisant jaillir du sang. Sans réfléchir, Web lui lança un coup de poing, et l'homme se retrouva par terre, la main sur le nez. Il ne semblait pas particulièrement furieux, et criait même à son équipe de prise de vues :

— Vous avez pris ça ? Vous avez pris ça ?

Les gens s'avancèrent plus encore, et Web se retrouva écrasé par la foule. Les appareils photo cliquetaient sous son nez, l'aveuglaient. Des Camescope avalaient goulûment le spectacle, des dizaines de voix se superposaient. Soudain, pressé de toutes parts, Web se prit les pieds dans un câble et tomba. La foule sembla vouloir l'engloutir, mais il réussit à se relever. C'en était trop. Il reçut alors un violent coup de poing dans le dos et, en se retournant, vit s'enfuir un voisin qui ne l'avait jamais beaucoup aimé. En promenant le regard alentour, Web s'aperçut que la foule n'était pas composée que de journalistes avides d'un prix Pulitzer. C'était la populace.

— Écartez-vous de moi ! hurla-t-il.

Puis, s'adressant d'une voix forte aux deux agents :

— Alors, vous m'aidez, ou pas ?

— Appelez les flics, dit alors la blonde parfumée en montrant Web du doigt. Il a frappé ce pauvre homme, on l'a tous vu.

Elle se pencha pour aider son confrère, tandis que les téléphones portables jaillissaient de toutes les poches.

Web contempla ce chaos inimaginable, lui qui pourtant en avait vu d'autres. Il tira son pistolet. En le voyant faire, les deux agents du FBI semblèrent soudain plus intéressés. Levant son arme vers le ciel, Web tira à quatre reprises. Aussitôt, la foule battit en retraite. Certains se jetèrent à terre, implorant qu'il leur laisse la vie sauve, criant qu'ils ne faisaient que leur métier. La blonde parfumée laissa retomber dans la boue son cher ami journaliste et s'enfuit à toutes jambes. Ses talons s'enfonçant dans l'herbe grasse, elle se débarrassa de ses chaussures. Son arrière-train charnu aurait offert une belle cible si Web en avait éprouvé le désir. Le journaliste au nez sanguinolent se traînait par terre en criant :

— Tu as pris ça ? Bon Dieu, Seymour, t'as pris ça ?

Rassemblant leurs enfants, les voisins se ruaient chez eux. Web rengaina son pistolet et se dirigea vers sa Suburban. En voyant les deux fédéraux s'avancer vers lui, il leur lança :

— Et puis quoi, encore ?

Il grimpa dans son monospace, démarra et baissa la vitre.

— Merci pour votre aide, dit-il aux deux hommes avant de s'éloigner.

15

— Mais vous êtes complètement fou, ou quoi ?

Buck Winters dévisageait Web, qui se tenait dans l'encadrement de la porte du bureau, au côté de Percy Bates.

— Sortir votre arme et tirer devant un parterre de journalistes pendant qu'ils filment toute la scène. Vous avez perdu la tête ?

— Peut-être ! riposta Web. Je veux savoir qui a transmis des informations à Julie Patterson. Je croyais que l'enquête sur l'équipe Charlie était confidentielle. Comment a-t-elle su ce que j'avais répondu aux enquêteurs ?

Winters considéra Bates d'un air dégoûté.

— Bates, c'est vous qui avez été le mentor de ce type. On peut pas dire que ce soit une réussite. (Il se tourna de nouveau vers Web.) Il y a une flopée de gens qui enquêtent sur cette affaire. Ne jouez pas les vierges effarouchées sur la question des fuites, surtout envers une épouse qui veut savoir ce qui est arrivé à son mari. Vous avez perdu la tête, Web, vous avez fait des conneries, et c'est pas la première fois.

— Je sors de chez moi, je me fais agresser par une foule en délire, et mes propres collègues ne lèvent pas le petit doigt pour me venir en aide. Je me suis fait taper dessus, on me balançait des accusations en hurlant. J'ai réagi comme n'importe qui.

— Montrez-lui ce qu'il a fait, Bates.

Bates gagna tranquillement un poste de télévision installé dans un coin, prit la télécommande et appuya sur des touches.

— Avec les compliments du service de presse, fit Winters.

Sur l'écran, Web contempla l'intérieur de l'église lors du service funèbre. Puis Julie Patterson qui caressait son ventre sans enfant, lui hurlait au visage, lui crachait dessus, le giflait de toutes ses forces. Et lui qui se tenait devant elle, en silence, sans réagir. Sa déclaration, lorsqu'il lui avait dit qu'il avait fait tout ce qu'il pouvait, était mystérieusement absente, ou en tout cas inaudible. Sur la cassette, on l'entendait seulement dire : « Je regrette », comme s'il avait lui-même abattu Lou Patterson.

— Et il y a encore mieux, ajouta Winters, qui se leva et prit la télécommande des mains de Bates.

Web assista alors à la scène qui s'était déroulée devant chez lui. Mais l'image avait été habilement recadrée, en sorte que l'atmosphère d'émeute avait disparu. Les journalistes apparaissaient insistants, un peu trop même, mais polis et très professionnels. Le type que Web avait frappé semblait particulièrement héroïque, ne se souciant même pas de son nez sanguinolent mais préférant expliquer aux téléspectateurs la scène de folie à laquelle il assistait. C'est alors qu'apparut Web sous les traits d'un animal enragé. Il hurla, tempêta, puis sortit son pistolet. Les images se déroulaient comme au ralenti, il ne semblait pas se défendre contre une foule menaçante, mais agir de façon posée, délibérée. Comme au cinéma, la caméra suivit des voisins s'enfuyant avec leurs enfants loin du forcené. Et puis l'on vit Web tout seul. L'air dur, il rengaina son arme et s'éloigna calmement du chaos qu'il avait provoqué.

Une scène aussi lisse, aussi démonstrative, Web n'en avait vu qu'au cinéma. Avec son visage de monstre et ses allures de sadique, il ressemblait à l'incarnation du mal. La caméra avait filmé plusieurs gros plans de son visage ravagé, sans bien entendu que le journaliste eût pris la peine d'expliquer l'origine de ses blessures.

Incrédule, Web se tourna vers Winters.

— Mais enfin, ça ne s'est pas du tout passé comme ça ! Je ne suis pas Charles Manson.

— Quelle importance, que ce soit vrai ou pas ! s'emporta Winters. C'est l'impression qui compte ! Maintenant, ça passe sur toutes les chaînes de la ville. Et ç'a été repris sur les chaînes nationales. Félicitations, vous faites la une des médias. Le directeur a été mis au courant dans l'avion, alors qu'il revenait d'une réunion importante à Denver. Vous êtes sur la corde raide, London, j'aime autant vous le dire.

Sans un mot, Web s'effondra sur une chaise. Bates s'assit face à lui et se mit à tapoter le bureau de la pointe de son stylo. Winters, lui, se tenait debout, devant lui, les mains croisées derrière le dos, savourant son triomphe.

— D'habitude, fit Winters, face à ce genre de situation, le FBI a tendance à faire le dos rond. La politique de l'autruche. Parfois ça marche, parfois ça ne marche pas, mais les huiles ont tendance à préférer la passivité. Moins on en dit, mieux c'est.

— Ça les regarde. Je ne demande pas au Bureau de me couvrir.

Bates intervint dans la conversation.

— Non, Web, cette fois, nous n'allons pas garder le profil bas. Pour commencer, le service de presse est en train de mettre au point un film sur vous. Actuellement, les gens vous prennent pour une sorte de cinglé. Ils vont découvrir que vous êtes l'un de nos agents les plus décorés. Nous préparons des communiqués de presse à ce sujet. Deuxièmement, bien que Buck, pour l'instant, ait envie de vous étrangler, il va tenir demain une conférence de presse télévisée pour clamer à quel point vous êtes un agent extraordinaire, et nous passerons notre film à cette occasion. Nous ferons également connaître quelques détails de ce qui s'est passé dans cette ruelle, de façon à prouver que non seulement vous ne vous êtes pas enfui, mais que, tout seul, vous avez réussi à neutraliser huit mitrailleuses capable d'anéantir un bataillon entier.

— Vous ne pouvez pas faire ça tant que l'enquête est en cours. Vous pourriez griller des pistes.

— On prend le risque.

Web regarda Winters.

— Je me fiche pas mal de ce que les gens vont dire de moi. Je sais ce que j'ai fait. Mais je ne veux à aucun prix compromettre l'enquête sur ceux qui ont massacré mon équipe.

Winters avança son visage à quelques centimètres de celui de Web.

— Si ça ne tenait qu'à moi, vous seriez déjà foutu dehors. Mais pour certains, au Bureau, vous faites figure de héros, et on a pris la décision de vous soutenir. Croyez-moi, j'étais contre, parce que, du point de vue médiatique, ça ne milite pas vraiment en faveur du FBI, ça n'agira que positivement sur votre image. (Il lança un regard en coin à Bates.) Mais c'est votre ami, ici présent, qui a gagné la bataille. (Web considéra Bates, surpris.) Mais pas la guerre. Et je n'ai pas l'intention de vous transformer en martyr… en martyr défiguré. Perce va vous exposer tout le tintouin qu'on va faire pour réparer vos âneries. Je ne vais pas rester, ça me ficherait la nausée. Mais écoutez-moi bien, London, vous êtes au bord du précipice, et je n'ai qu'une envie, c'est de vous y pousser. Je ne vous lâcherai pas d'une semelle. À la première connerie, et vous en ferez une, le couperet tombera. Vous serez foutu dehors, et moi je fumerai le plus gros cigare que je pourrai trouver. C'est clair ?

— Oui, beaucoup plus clair que les ordres que vous avez donnés à Waco.

Winters se raidit et les deux hommes se dévisagèrent sans aménité.

— Je me suis toujours demandé, Buck, reprit Web, pourquoi vous êtes le seul maillon de la chaîne de commandement – je devrais dire de la chaîne de chaos – qui n'a pas vu sa carrière brisée à la suite de cette affaire. Vous savez, j'étais tireur d'élite sur le terrain, et plusieurs fois j'ai pensé que vous travailliez pour les davidiens, tellement vos décisions étaient stupides.

— Web, fermez-la, lança sèchement Bates. (Il se tourna vers Winters.) Je prends le relais, Buck.

Winters garda un moment les yeux rivés sur ceux de Web, puis se dirigea vers la porte. Au dernier moment, il se retourna.

— Si ça dépendait de moi, il n'y aurait pas de HRT, et bientôt ça dépendra de moi. Et devinez qui sera le premier à gicler ? Ça, c'est pour la chaîne de commandement !

Winters referma la porte derrière lui, et Web laissa échapper un long soupir qu'il ne pouvait plus contenir. Bates, lui, attaqua bille en tête.

— Je me suis décarcassé pour vous, j'ai fait appel à tous ceux qui me devaient quelque chose au Bureau, et vous, vous avez failli tout faire foirer en vous en prenant à Winters. Mais vous êtes idiot, ou quoi ?

— Probablement, répondit Web d'un air de défi. Mais je ne vous ai rien demandé. La presse peut bien me découper en rondelles, je ne veux pas qu'on compromette l'enquête.

— Vous allez finir par me flanquer un infarctus… Bon, voilà la conduite à tenir. D'abord, faites-vous oublier pendant un bout de temps. Ne rentrez pas chez vous. On vous donnera une voiture du service. Allez vous planquer quelque part et restez-y. Le Bureau paiera la note. Nous communiquerons sur la ligne protégée de votre portable. Venez régulièrement au rapport. Ils vous ont taillé un costard à la télé, mais quand on aura fait le nécessaire, vous en sortirez grandi. Et si au cours des trente prochaines années, je vous retrouve à côté de Buck Winters, je vous colle moi-même une balle dans la peau. Et maintenant, disparaissez !

Bates se dirigea vers la porte, mais Web demeura assis.

— Perce, pourquoi faites-vous tout ça ? Vous prenez de gros risques en me défendant.

Bates baissa un moment les yeux, puis le dévisagea.

— Ça va vous paraître bête, mais c'est la vérité. Je fais ça parce que le Web London que je connais n'a cessé de risquer sa vie pour le FBI. Parce que, pendant trois mois, je suis venu vous voir à l'hôpital sans savoir si vous alliez vous en sortir. Après ça, vous auriez pu prendre votre retraite à taux plein, au sommet de votre carrière, vous consacrer à la pêche. Mais vous êtes revenu, et en première ligne. Je n'en connais pas beaucoup qui en aient fait autant. (Il prit une profonde inspiration.) Et parce que je sais ce que vous avez fait dans cette ruelle, ce que les gens ignorent. Mais ils le sauront, Web. Il n'existe plus beaucoup de héros. Et vous en faites partie. C'est tout ce que j'avais envie de vous dire. Et ne me le redemandez plus jamais.

Il sortit, laissant Web songeur.

Il était presque minuit, et Web escaladait des barrières et progressait silencieusement dans les cours de ses voisins. Le but de cette équipée avait quelque chose d'absurde : il lui fallait pénétrer chez lui par effraction, parce que les journalistes l'attendaient encore devant sa porte. Deux agents du FBI en uniforme se trouvaient également là, appuyés contre une voiture de la police de Virginie, dont le gyrophare bleu découpait en tranches le ciel de la nuit. Si on ne le voyait pas grimper jusqu'à la fenêtre de sa salle de bains, il pouvait espérer échapper à une nouvelle émeute.

Dans l'obscurité, il remplit un sac de marin, ajouta quelques munitions supplémentaires, du matériel dont il pensait avoir besoin, puis se glissa hors de chez lui. Il franchit la barrière et s'immobilisa. De son sac, il tira un appareil de vision nocturne muni d'une batterie. Il fit le point sur la petite armée qui campait devant chez lui.

Web allait rendre la monnaie de leur pièce à tous ces gens qui ne cherchaient qu'à le traîner dans la boue. Il glissa une fusée éclairante dans son pistolet d'alarme, visa au-dessus de la triste troupe et tira. La fusée explosa, illuminant le ciel d'une brillante lueur jaune. À l'aide de sa lunette, il vit cette brochette de gens bien sous tous rapports s'égailler en hurlant. Il y a de ces petits riens qui rendent la vie plus douce : les longues promenades, la pluie qui tombe à verse, une troupe de journalistes terrorisés.

Il regagna en courant la Crown Vic que Bates avait mise à sa disposition et démarra. Cette nuit-là, Web la passa dans un motel miteux au bord de la Route One au sud d'Alexandria, où il pouvait payer en liquide sans attirer l'attention. Seul service dans les chambres, le sac rapporté du McDonald's ou la machine distributrice de sodas et de sandwichs, enchaînée à un poteau couvert de graffitis. Il mangea son cheeseburger et ses frites en regardant la télévision. Puis il tira de son sac son flacon de pilules et en avala deux. Il sombra dans un sommeil profond et, pour une fois, les cauchemars ne le réveillèrent pas.

16

Samedi matin, tôt, Scott Wingo gravit la rampe dans son fauteuil roulant et pénétra dans son bureau, sis dans un immeuble en brique du XIXe siècle. Divorcé, père d'enfants déjà grands, Wingo dirigeait un cabinet d'avocats pénalistes à Richmond, ville où il était né et avait passé toute son existence. Le samedi, il pouvait travailler en paix sans être continuellement dérangé par la sonnerie du téléphone, le cliquètement des claviers, l'agitation de ses associés surmenés et les récriminations des clients exigeants. Ces amusements-là étaient réservés à la semaine. Il se prépara un mug de café, l'arrosa de son bourbon préféré, un Gentleman Jim, et gagna son bureau. Depuis presque trente ans, le cabinet d'avocats Scott Wingo et associés faisait figure d'institution à Richmond. Il avait commencé par exercer dans un bureau grand comme un placard à balais, acceptant de défendre quiconque avait les moyens de le payer, et dirigeait à présent un cabinet de six associés, un détective à plein temps et huit employés. Seul actionnaire du cabinet, Wingo gagnait 700 000 dollars par an les bonnes années et

650 000 les mauvaises. Longtemps, il avait refusé de défendre les trafiquants de drogue, mais il y avait de l'argent à gagner, et Wingo s'était lassé de voir des avocats médiocres récolter cette manne. Depuis lors, il se justifiait en se disant que n'importe qui, même le pire criminel, avait droit à un défenseur compétent, pour ne pas dire inspiré.

Wingo était un excellent orateur, et son charisme face aux jurys n'avait été en rien diminué par le fait que, depuis deux ans, il devait se déplacer en fauteuil roulant, à cause de son diabète, et de problèmes de foie et de reins. Il lui arrivait même de se dire qu'il parvenait mieux à convaincre les jurés en raison de son infirmité. Les succès de Wingo faisaient des envieux au sein du barreau. Ceux qui ne voyaient en lui qu'un auxiliaire des criminels les plus riches le méprisaient. Wingo, bien entendu, ne voyait pas les choses sous cet angle, mais il avait depuis longtemps renoncé à se justifier, estimant que cela n'en valait pas la peine.

L'avocat vivait dans une belle maison de Windsor Farms, un quartier élégant de Richmond, conduisait une Jaguar spécialement aménagée, voyageait luxueusement à l'étranger chaque fois qu'il le désirait, était gentil avec ses enfants et généreux envers son ex-femme, avec qui il entretenait de bonnes relations, et qui habitait toujours dans leur ancienne maison. Mais surtout, il travaillait. À cinquante-neuf ans, Wingo avait plusieurs fois démenti les plus funestes prédictions. On pariait sur sa mort prématurée en raison de ses diverses maladies et aussi des menaces de mort émanant de clients mécontents ou, au contraire, de gens qui estimaient que justice n'avait pas été rendue. Or Wingo ne faisait jamais que son métier en s'efforçant de prouver à douze jurés que le doute, au moins, devait profiter à l'accusé. Pourtant, il savait que le temps lui était compté. Il le sentait à l'usure de ses organes, à sa mauvaise circulation sanguine, à sa fatigue générale. Il se disait qu'il travaillerait jusqu'à sa mort et qu'il y avait pire façon de mourir.

Il avala une gorgée de café au Gentleman Jim et s'empara de son téléphone. Wingo aimait travailler par téléphone, même les fins de semaine, et notamment rappeler les gens à qui il n'avait pas envie de parler. Ils étaient rarement là le samedi matin ; alors il leur laissait un message poli, leur disant qu'il regrettait de les avoir manqués. Il donna dix appels de ce genre et eut l'impression d'avoir été très productif. La bouche sèche, probablement parce qu'il avait beaucoup parlé, il s'offrit une nouvelle gorgée de café arrosé. Il s'occupa ensuite d'une requête visant à exclure certains éléments de preuve d'une procédure contre une bande de cambrioleurs. La plupart des gens ne se rendent pas compte que, bien souvent, les procès sont gagnés avant même que quiconque ait mis le pied dans la salle d'audience. En l'espèce, si la requête était acceptée, le procès s'annulerait de lui-même puisque l'accusation ne pourrait se fonder sur aucun élément matériel.

Après plusieurs heures de travail et de nombreux coups de téléphone, l'avocat ôta ses lunettes et se frotta les yeux. Cette saleté de diabète causait des ravages dans toutes les parties de son corps, et la semaine précédente on lui avait découvert un glaucome. Peut-être le Seigneur le rappelait-il à lui pour le punir du travail qu'il effectuait sur terre.

Il crut entendre une porte s'ouvrir, et s'étonna qu'un de ses associés surpayés vienne travailler un samedi. Les jeunes n'avaient pas la même éthique que les vieux de sa génération, même s'ils gagnaient des sommes astronomiques. N'avait-il pas travaillé toutes les fins de semaine pendant ses quinze premières années d'exercice ? Les jeunes, aujourd'hui, râlaient lorsqu'il fallait rester au cabinet après six heures du soir ! Ah, ses yeux lui faisaient un mal de chien ! Wingo termina sa tasse de café, mais sa soif persistait. Il attrapa une bouteille d'eau dans un tiroir et se désaltéra. À présent, ses tempes battaient, il avait mal au dos. Un doigt sur le poignet, il compta les pulsations. Et allez donc ! Son pouls lui aussi était erratique ; bah ! cela lui arrivait presque tous les jours. Il avait déjà pris son insuline et n'en aurait pas besoin avant un bon moment ; pourtant, il songea à bousculer l'horaire. Son taux de sucre dans le sang avait peut-être brusquement chuté. Il devait sans cesse modifier ses doses d'insuline, ne parvenait jamais à trouver le bon équilibre. Son médecin lui recommandait d'arrêter l'alcool, mais ça, impossible. Pour lui, le bourbon n'était pas un vice mais une nécessité.

Cette fois, l'avocat était sûr d'avoir entendu la porte.

— Salut, lança-t-il à la cantonade. C'est toi, Missy ?

Missy ? Mais son chien était mort depuis dix ans. D'où lui était venue cette idée ? Il voulut s'absorber dans la lecture de son dossier, mais sa vision était si brouillée et il se sentait si mal qu'il commença d'avoir peur. Peut-être faisait-il un infarctus, bien qu'il n'éprouvât aucune douleur ni dans la poitrine ni dans l'épaule et le bras gauches.

Il regarda l'horloge sans parvenir à lire l'heure. Bon, il fallait faire quelque chose.

— Hé, ho ! lança-t-il. J'ai besoin d'aide.

Wingo crut entendre des pas, mais personne ne vint. Et merde ! songea-t-il.

— Bande de salauds ! hurla-t-il.

Il prit son téléphone et parvint à composer le 911, le numéro des urgences. Il attendit. Pas de réponse. Voilà bien les fonctionnaires ! On fait le 911 et que dalle.

— J'ai besoin d'aide ! s'écria-t-il dans l'appareil.

L'avocat s'aperçut alors qu'il n'y avait pas de tonalité. Il raccrocha et décrocha de nouveau. Toujours pas de tonalité. Et merde ! Il raccrocha violemment, faisant tomber l'appareil par terre. Comme il commençait à avoir du mal à respirer, il ouvrit son col de chemise. Il avait songé à acquérir un téléphone portable, mais finalement s'était abstenu.

— Il y a quelqu'un ? cria-t-il, en colère.

À présent, il entendait distinctement les bruits de pas. Il étouffait, comme s'il avait quelque chose au fond de la gorge, et suait d'abondance. Dans une sorte de brouillard, il vit la porte s'ouvrir. La personne s'avança.

— Maman ? (Elle était morte vingt ans auparavant, en novembre.) Maman, j'ai besoin d'aide, je ne me sens pas bien.

Il n'y avait personne, bien sûr. Wingo était victime d'une hallucination.

Ne parvenant plus à demeurer assis sur son fauteuil, il glissa sur le sol et se mit à ramper vers elle en haletant.

— Maman, fit-il d'une voix rauque, il faut que tu m'aides, je ne vais pas bien du tout.

Au moment où il l'atteignit, elle disparut, comme ça, alors même qu'il avait tellement besoin d'elle. Wingo posa la tête par terre et ferma lentement les yeux.

— Il y a quelqu'un ? J'ai besoin d'aide, dit-il une dernière fois.

17

Francis Westbrook devenait sérieusement limité dans ses mouvements. Plus question d'utiliser ses repaires habituels, les lieux où d'ordinaire il traitait ses affaires. Les fédés, il le savait, étaient à ses trousses, et celui qui l'avait balancé n'attendait que le moment propice pour lui mettre la main au collet. Avec ses activités, il ne devait sa survie qu'à une paranoïa poussée à l'extrême. Donc, pour une heure encore, il se tenait dans le fond d'un hangar à viande, au sud-est de Washington. Le Capitole et les autres bâtiments officiels ne se trouvaient qu'à dix minutes en voiture de l'endroit où il se gelait les fesses. Westbrook avait vécu toute sa vie à Washington et n'avait jamais visité un seul de ces monuments. Ces grands édifices nationaux ne représentaient strictement rien pour lui. Il ne se considérait ni comme américain, ni comme washingtonien, ni comme citoyen d'aucune ville. Il n'était qu'un frère parmi d'autres, cherchant à survivre. À dix ans, son but était de vivre jusqu'à quinze. Puis il se fixa comme objectif d'atteindre vingt ans sans se faire tuer. Puis vingt-cinq. Lorsqu'il eut trente ans, il donna une grande fête comme s'il célébrait son centenaire, parce que, dans son univers, tel était effectivement son statut. Tout est relatif, surtout pour un type comme Francis Westbrook.

Pour l'heure, ses pensées tournaient presque exclusivement autour de Kevin. Son désir de voir l'enfant mener une vie normale l'avait amené à négliger sa propre sécurité. Autrefois, il le gardait tout le temps auprès de lui, mais une fusillade avait éclaté à la suite d'une dispute au sein de la bande, et Kevin, qui avait reçu une balle en plein visage, avait failli en mourir. Francis n'avait même pas pu l'amener à l'hôpital, par peur d'être arrêté. Après cela, il l'avait laissé chez une vieille dame et son petit-fils, auxquels il était vaguement apparenté. Il surveillait Kevin de près et lui rendait visite le plus souvent possible, tout en lui laissant la liberté dont les enfants ont besoin.

De fait, Kevin semblait prendre un tout autre chemin que celui de Francis. Il aurait une vraie vie, sans armes, sans drogue… il éviterait l'autoroute pour la morgue. En fréquentant Francis, en voyant son train de vie, n'importe quel jeune homme aurait tenté de mettre le pied dans ce milieu. Premier pas fatal, parce que ce milieu se révélait rapidement un marécage dangereux, grouillant de serpents venimeux qui vous juraient une amitié éternelle jusqu'à ce moment d'inattention où l'ami de toujours vous plantait les crocs dans la nuque. À la naissance de Kevin, Francis s'était juré qu'il échapperait à ce monde, alors qu'il était peut-être déjà trop tard. Lui faudrait-il survivre à ce petit ? Ce serait un comble !

Westbrook dirigeait l'un des réseaux les plus lucratifs de la région de Washington, mais il n'avait jamais été arrêté, pas même pour une peccadille, et pourtant, il était dans le bizness depuis sa plus tendre jeunesse. Si l'on peut parler de tendresse. En dépit de ses activités criminelles, il était fier de son casier judiciaire vierge. Cela n'était pas entièrement dû à la chance, plutôt à une prudence de tous les instants, à une façon de ne donner des informations qu'à des gens sûrs, qui, à leur tour, le laissaient exercer ses affaires pacifiquement. La clé du succès était là : ne pas faire de vagues, ne pas créer de désordres dans la rue, ne tuer qu'en cas d'absolue nécessité. Ne pas s'en prendre aux fédéraux, parce qu'ils ont suffisamment de moyens en hommes et en matériel pour vous rendre la vie impossible et qu'elle est déjà assez compliquée comme ça. Mais sans Kevin, son existence ne signifiait plus rien.

Il jeta un regard à Macy et à Peebles, ses deux ombres jumelles. Il leur faisait autant confiance qu'aux autres, c'est-à-dire assez peu. Il avait dû plusieurs fois se servir de son arme pour défendre sa vie – le genre de leçon que l'on ne peut pas se faire répéter. Il aperçut alors le grand Toona, qui venait d'entrer.

— Alors, Toona, t'as des nouvelles ? De bonnes nouvelles de Kevin ?

— Toujours rien, patron.

— Alors tire-toi et retourne d'où tu viens.

Accablé, Toona s'en alla et Westbrook se tourna vers Peebles.

— Raconte, Twan.

Antoine « Twan » Peebles, maussade, rajusta ses lunettes de vue hors de prix. Westbrook savait que l'homme avait une excellente vue, mais le port de lunettes lui donnait l'air d'un cadre, d'un vrai cadre dans une vraie entreprise, ce qu'il ne serait jamais. Cela faisait longtemps que Westbrook, lui, avait renoncé à une telle chimère. Le choix, d'ailleurs, s'était fait dès sa naissance, sur le siège arrière d'une Cadillac posée sur des parpaings. Sa mère sniffait de la coke tandis que Francis glissait entre ses jambes pour atterrir dans les mains de son homme du moment, lequel avait tout de suite posé le bébé sur la banquette, coupé le cordon ombilical avec un couteau sale et forcé la jeune mère à lui faire une fellation. Sa mère le lui avait raconté par la suite, avec force détails, comme s'il s'agissait là d'une blague particulièrement drôle.

— Ce ne sont pas de bonnes nouvelles, dit Peebles. Notre principal distributeur refuse de nous approvisionner tant que les choses ne se sont pas un peu calmées de ton côté. Et nos stocks sont au plus bas.

— Mon Dieu, quelle surprise ! s'écria Westbrook en s'enfonçant dans son siège.

Westbrook devait jouer les affranchis face à Peebles, Macy et les autres, mais en réalité la situation était grave. Comme tous les revendeurs, Westbrook avait des obligations envers l'autre bout de la chaîne. S'il ne pouvait fournir la marchandise, ils iraient voir ailleurs, et lui ne survivrait pas longtemps. Quand on déçoit des gars comme ça, ils ne refont plus jamais affaire avec vous.

— Bon, je verrai ça plus tard. Et sur ce Web London, tu as quelque chose ?

Peebles ouvrit un dossier, extrait de sa serviette en cuir, et rajusta une nouvelle fois ses lunettes. Avec un mouchoir brodé à ses initiales, Peebles avait d'abord soigneusement essuyé son siège, signifiant par là qu'une réunion dans un entrepôt à viande outrageait sa dignité. Il aimait les liasses de billets de banque qu'on tire de ses poches, les beaux vêtements, les bons restaurants, les jolies filles qui lui faisaient ce qu'il voulait. Il ne portait pas d'arme et, de l'avis de Westbrook, il n'aurait pas su s'en servir. Il l'avait rejoint à une époque où le trafic devenait une affaire moins violente, plus organisée, avec comptables, dossiers, ordinateurs, blanchiment d'argent, portefeuilles d'actions, à une époque où les trafiquants commençaient à posséder des maisons de vacances où ils se rendaient à bord de jets privés.

Westbrook, qui avait dix ans de plus que Peebles, était un pur produit de la rue. Il avait vendu du crack pour quelques dollars le sachet, dormi dans des trous à rat, souffert de la faim, reçu et tiré des balles. Peebles était bon dans sa partie ; il faisait en sorte que les affaires de Westbrook se déroulent sans accroc, que la marchandise arrive à temps et soit livrée au client en temps voulu. Et il s'assurait aussi que les créances – Westbrook avait éclaté de rire lorsque Peebles avait utilisé le terme pour la première fois – étaient recouvrées sans délai. L'argent était efficacement blanchi, le liquide excédentaire prudemment investi, les innovations dans le secteur surveillées de près, les dernières techniques vite adoptées… tout cela sous l'œil vigilant d'Antoine Peebles. Pourtant, Westbrook n'arrivait pas à éprouver de respect pour lui.

Lorsque des problèmes survenaient, c'est-à-dire, essentiellement, lorsqu'on essayait de les baiser, Antoine Peebles battait aussitôt en retraite. Il n'avait aucun courage dans ce genre de circonstance. Là, Westbrook prenait les choses en main et Clyde Macy justifiait son salaire.

Westbrook jeta un regard au jeune Blanc. Lorsque Macy était venu lui proposer ses services, il avait cru à une plaisanterie.

— Tu t'es trompé de quartier, lui avait-il dit. Les petits Blancs, c'est au nord-ouest de la ville. Ramène ton cul par là-bas, va.

Il avait cru l'affaire entendue, jusqu'au jour où Macy avait buté deux types qui cherchaient des crosses à Westbrook, en expliquant qu'il avait agi à titre gracieux, juste pour prouver sa valeur. Et le petit skinhead n'avait jamais fait faux bond à son patron. Qui aurait cru que Francis Westbrook, le grand Noir, ferait figure d'employeur soucieux d'intégration raciale ?

— Web London… (Peebles s'interrompit, toussa puis se moucha) appartient au FBI depuis plus de treize ans, et à la HRT depuis environ huit ans. Il est considéré comme un excellent élément. Beaucoup de félicitations et de machins comme ça dans son dossier. Il a été grièvement blessé et a failli mourir au cours d'une prise d'otages. Une histoire de milice. Il y a une enquête en cours sur l'affaire de la fusillade dans la cour.

— Twan, dis-moi des trucs que je sais pas, parce que je me gèle le cul et je vois que toi aussi.

— London va voir un psychiatre. Mais pas du FBI, quelqu'un en cabinet.

— On sait qui ?

— Un cabinet de groupe, à Tyson's Corner. Mais je ne sais pas exactement quel psychiatre.

— Bon, on garde ça de côté. Il doit parler au psy de trucs dont il parle à personne d'autre. Nous, on pourra peut-être aller causer au psy.

— Très bien, acquiesça Peebles en prenant note.

— À part ça, Twan, tu sais ce qu'ils allaient foutre, ce soir-là ? Tu crois pas que c'est important ?

Peebles se hérissa.

— J'allais y venir.

Il fourragea dans ses papiers, tandis que Macy nettoyait méticuleusement son pistolet, ôtant du canon des grains de poussière qu'il était le seul à voir.

Peebles trouva ce qu'il cherchait et leva les yeux vers son patron.

— Ça va pas te plaire.

— Y a plein de choses qui me plaisent pas. Vas-y.

— On raconte que c'est après toi qu'ils en avaient. Ce bâtiment était censé abriter toutes nos opérations financières. Petits revendeurs, ordinateurs, dossiers, tout le machin. (Peebles secoua la tête, comme si son honneur personnel avait été atteint.) Comme si on était bêtes au point de centraliser tout ça. Ils ont envoyé la HRT pour ramener les financiers vivants, pour témoigner contre toi.

Westbrook était tellement abasourdi qu'il ne s'en prit même pas à Peebles pour avoir dit « nos » opérations financières. C'étaient celles de Westbrook, point final.

— Et pourquoi ils croyaient ça ? On a jamais utilisé ce bâtiment. J'ai jamais foutu les pieds dans cet endroit.

Une pensée traversa soudain l'esprit de Westbrook, mais il la garda pour lui. Quand on veut négocier, il faut donner quelque chose à celui d'en face, et peut-être avait-il quelque chose en rapport avec ce bâtiment. Quand Westbrook avait commencé dans la rue, il connaissait très bien ce bâtiment. Il faisait partie d'un ensemble de logements bon marché construits par l'État dans les années cinquante pour permettre à des familles pauvres de remonter la pente. Une vingtaine d'années plus tard, cette cité était devenue une plaque tournante du trafic de drogue, et il s'y commettait tous les jours des assassinats. Westbrook voyait en direct les meurtres que les jeunes Blancs des banlieues résidentielles regardaient le soir à la télévision. Mais les fédéraux devaient ignorer un certain nombre de choses sur cet immeuble et d'autres du même genre. Oui, il aurait quelque chose à échanger. Il commençait à se sentir un peu mieux, mais seulement un peu.

Peebles fit glisser ses lunettes au bout de son nez et regarda Westbrook par-dessus.

— Bon, je pense que le FBI avait un agent infiltré qui travaillait là-dessus, et que cet agent a dû leur dire autre chose.

— Qui est cet agent ?

— Ça, on n'en sait rien.

— Putain, il faut absolument le savoir. Je veux savoir le nom de celui qui raconte des salades sur mon compte.

Une sorte de douleur étreignait la poitrine de Westbrook, alors même qu'il jouait les bravaches devant ses hommes. Si un agent infiltré avait désigné comme cible ce qu'il croyait être le quartier général de Westbrook, cela impliquait que le FBI s'intéressait à lui. Mais pourquoi ? Il n'était pas si gros que ça, et il y avait en ville du gibier plus intéressant, des tas de bandes qui faisaient des choses bien pis. Depuis des années il la jouait relax, et personne n'était venu le chercher sur son terrain.

— En tout cas, reprit Peebles, celui qui a tuyauté les fédéraux savait quelles ficelles il fallait tirer. On ne fait appel à la HRT que pour du très sérieux. Ils ont attaqué cet immeuble parce qu'ils pensaient y trouver des preuves contre toi. En tout cas, c'est ce que disent nos informateurs.

— Et, à part les mitrailleuses, qu'est-ce qu'ils ont trouvé ?

— Rien. Le bâtiment était vide.

— Alors le flic infiltré a raconté des conneries ?

— Ou plutôt ceux qui l'informaient.

— Ou alors ils l'ont manipulé pour pouvoir me coincer, dit Westbrook. Tu sais, Twan, les flics, ils s'en foutent de ce qu'ils ont pas trouvé. Ils doivent toujours penser que j'étais derrière ça, puisque c'est dans mon secteur. Celui qui a fait ça a pas pris de risques. J'étais coincé depuis le début. Je peux pas m'en sortir. À ton avis, Twan, j'ai raison ou pas ?

Westbrook étudia Peebles avec attention. L'attitude de son lieutenant avait changé de façon subtile. Westbrook, qui avait un instinct pour ce genre de chose, instinct qui lui avait plusieurs fois sauvé la vie, l'avait tout de suite remarqué. Et il savait d'où cela venait. En dépit de sa formation universitaire et de ses compétences commerciales, Peebles n'évaluait pas une situation aussi vite que lui et n'en tirait pas autant de conclusions. À la différence de son patron, il n'avait pas l'instinct de la rue.

— Tu as probablement raison.

— Oui, probablement, fit Westbrook.

Il regarda durement Peebles jusqu'à ce que celui-ci baisse les yeux sur ses papiers.

— Donc, à mon avis, *probablement*, on sait que dalle sur ce Web London, sauf qu'il va voir un psy parce qu'il est resté cloué au sol. Il pourrait très bien tremper dans la combine et faire croire à tout le monde que c'est seulement dans sa tête.

— Moi, je suis sûr qu'il est mouillé là-dedans, opina Peebles.

— Eh bien non, pas du tout, rétorqua Westbrook en souriant. J'essayais seulement de voir si t'avais l'intuition de la rue. Eh ben t'en es loin, mon frère, très loin.

— Mais tu as dit que..., commença Peebles, surpris.

— Ouais, ouais, je sais ce que j'ai dit, Twan, j'suis pas gâteux. J'ai regardé la télé et j'ai lu les journaux pour voir à quoi il ressemblait, ce Web London. Comme tu l'as dit, ce type, c'est un vrai héros, il s'est fait tirer dessus et tout.

— Moi aussi, j'ai suivi l'affaire, et rien ne prouve que London était pas mouillé. D'ailleurs, la veuve d'un de ses copains pense qu'il était dans le coup. Et t'as vu ce qui s'est passé devant chez lui ? Il a sorti son flingue et tiré sur des journalistes. Il est cinglé.

— Non, il a tiré en l'air. Un type comme ça, s'il avait voulu tuer, y s'raient déjà tous morts et enterrés. Ce type, y connaît les armes, ça se voit tout de suite.

Mais Peebles refusait de battre en retraite :

— À mon avis, s'il n'est pas allé jusque dans la cour, c'est qu'il savait qu'il y avait des mitrailleuses. Il s'est jeté par terre avant qu'elles se mettent à tirer. Il devait savoir.

— Tu crois vraiment, Twan ? Il devait savoir ?

— Tu veux mon avis ? Eh bien, oui.

— Attends un peu. Tu t'es déjà fait tirer dessus ?

Peebles regarda tour à tour Macy et Westbrook.

— Non. Heureusement.

— T'as raison de dire heureusement. Eh bien moi, oui, j'me suis fait tirer dessus. Toi aussi, Mace, non ?

Macy acquiesça et posa son pistolet à côté de lui pour suivre la discussion.

— Tu sais, Twan, les gens aiment pas se faire tirer dessus. Ça leur plaît pas qu'on leur explose la tête. Si London était vraiment dans le coup, il avait plein de moyens pour pas être sur cette affaire-là. Il pouvait se tirer dans le pied au cours d'un entraînement et rester à l'hôpital, se casser le bras en se cognant contre un mur, n'importe quoi pour pas se trouver sur place ce jour-là. Mais il était là, avec le reste de son équipe. Bon, admettons qu'il était assez con pour y aller. Qu'est-ce qu'il aurait fait ? Il s'rait resté en arrière, il aurait peut-être tiré quelques balles par-ci, par-là, et ensuite y s'rait allé voir un psy pour dire que ça tournait pas rond dans sa tête. Mais un type qu'aurait trempé dans la combine, il aurait jamais affronté ces mitrailleuses. Y serait resté peinard et il aurait encaissé son fric. Lui, il a fait un truc que même moi j'aurais pas eu les couilles de faire. (Il s'interrompit un instant.) Et il a fait quelque chose d'autre, tout aussi fou.

— Quoi ?

Westbrook hocha la tête en se disant que Peebles avait de la chance d'être aussi bon pour les affaires, parce que, pour le reste, il était nul.

— À moins qu'ils aient tous dit des conneries, ce type a sauvé Kevin. Et jamais un type mouillé dans la combine aurait fait une chose pareille.

Peebles s'enfonça dans son siège, apparemment liquéfié.

— Mais si t'as raison et qu'il est pas impliqué, alors il sait pas où est Kevin.

— C'est ça. Il en sait rien. D'ailleurs, moi non plus j'sais rien, sauf des conneries sans importance. (Il prononça ces derniers mots en dévisageant durement Peebles.) Et j'suis pas plus près de récupérer Kevin qu'y a une semaine, hein ? Ça te plaît, ça, Twan ? Parce que, moi, ça me plaît pas.

— Alors qu'est-ce qu'on fait ? demanda Peebles.

— On file le train à London pour savoir quel psy il va voir. Et on attend. Ceux qu'ont enlevé Kevin, ils l'ont pas fait pour rien. Y vont nous contacter, et alors on verra. Mais je vais te dire un truc : si j'trouve celui qui m'a vendu et qu'a vendu Kevin, j't'assure qu'y peut se tirer au pôle Sud, j'le retrouverai et j'le donnerai à bouffer aux ours polaires, morceau par morceau, et ceux qui croient que j'plaisante, ils feraient bien de faire gaffe.

En dépit du froid glacial qui régnait dans la salle, une goutte de sueur perla aux sourcils de Peebles, tandis que Westbrook mettait fin à la réunion.

18

L'atmosphère était confinée, par moments ça sentait mauvais, mais au moins il faisait chaud. Ils lui donnaient à manger tout ce qu'il voulait, et c'était bon. Et il avait des livres, bien que la lumière fût médiocre – ils s'en étaient excusés. Ils lui avaient même apporté des carnets de croquis et des fusains quand il le leur avait demandé, ce qui rendait son enfermement plus supportable. Quand les choses allaient mal dans sa vie, il se consolait toujours en dessinant. Pourtant, malgré leur gentillesse, chaque fois que quelqu'un entrait dans la pièce, il était persuadé qu'il allait mourir, parce que, sinon, pourquoi l'auraient-ils amené ici ?

Kevin Westbrook promena son regard autour de la chambre, beaucoup plus grande que celle qu'il avait chez lui, et néanmoins il eut l'impression que les murs se rapprochaient, comme si la pièce rétrécissait ou que lui-même grandissait. Il n'aurait su dire depuis combien de temps il se trouvait là. Sans le lever et le coucher du soleil, il était impossible de se repérer. Kevin avait renoncé à crier. Il l'avait fait une fois, mais un homme était venu et lui avait dit de cesser. Il l'avait dit très poliment, sans le menacer, comme si Kevin s'était simplement aventuré sur un parterre de fleurs, mais il avait senti que l'homme le tuerait s'il criait à nouveau. Les plus méchants, c'étaient toujours les gentils.

On entendait toujours des claquements, ainsi que des sifflements et le bruit de l'eau qui coulait. Tous ces bruits réunis devaient probablement couvrir ses cris s'il lui prenait l'envie de hurler, mais c'était exaspérant et cela le gênait pour s'endormir. De cela aussi, ils s'étaient excusés. De l'avis de Kevin, ils étaient beaucoup trop polis pour des ravisseurs.

Le petit garçon avait cherché des moyens de s'enfuir, mais il n'apercevait qu'une seule porte, verrouillée. Alors il lisait, dessinait, mangeait et buvait en attendant l'arrivée de celui qui le tuerait.

Alors qu'il dessinait des formes déchiffrables de lui seul, il entendit des pas s'approcher et tressaillit. On déverrouilla la porte. Son heure était-elle venue ? C'était l'homme qui lui avait dit de ne pas crier. Kevin ne connaissait pas son nom. Il voulait savoir si tout allait bien, s'il avait besoin d'autre chose.

— Non. Vous me traitez bien. Mais ma mamie doit être inquiète. Il faudrait que je rentre.

— Plus tard, répliqua l'homme. (Il se percha sur la table, au milieu de la pièce, et jeta un coup d'œil au lit, dans le coin.) Tu dors bien ?

— Ça va.

Puis, une fois encore, l'homme voulut que Kevin lui raconte ce qui s'était passé dans la ruelle, avec l'homme qui l'avait attrapé, lui avait donné un petit mot et l'avait renvoyé.

— Je lui ai rien dit, parce que j'avais rien à lui dire.

Kevin semblait plus méfiant qu'il ne l'aurait souhaité, mais l'homme lui avait déjà posé ces questions, il lui avait donné les mêmes réponses et commençait à se lasser.

— Réfléchis, insista l'homme calmement. C'est un enquêteur de métier, il a pu remarquer quelque chose que tu aurais dit, même si ça ne te paraissait pas important. Tu es un garçon intelligent, tu devrais te rappeler.

Kevin serra très fort son morceau de fusain, presque à le rompre.

— Je suis allé dans la ruelle, comme vous m'aviez dit. J'ai fait ce que vous m'avez dit et c'est tout. Vous aviez dit qu'il pourrait plus bouger, plus rien faire. Qu'il serait tout paralysé. Eh ben, ça s'est pas passé. Il m'a foutu une de ces trouilles ! Vous vous êtes trompé.

L'homme avança la main et Kevin se raidit, mais il se contenta de lui caresser doucement l'épaule.

— On ne t'avait pas dit de t'approcher de la cour, hein ? On t'avait simplement dit de rester assis et qu'on viendrait te chercher. On avait tout prévu. (L'homme se mit à rire.) Tu nous en as fait voir de belles.

Kevin sentit l'étreinte se resserrer sur son épaule, et en dépit de son rire il voyait bien que l'homme était exaspéré. Il préféra changer de sujet.

— Pourquoi vous avez amené l'autre garçon ?

— Pour qu'il fasse quelque chose, comme toi. Lui aussi a gagné pas mal d'argent. En fait, tu n'étais pas censé le voir, mais on a dû changer nos plans au dernier moment, parce que tu n'étais pas là où tu devais te trouver. On a dû agir dans l'urgence.

L'étreinte sur son épaule s'affermit encore plus.

— Alors vous l'avez déjà laissé repartir ?

— Continue ton histoire, Kevin, et ne t'occupe pas de ce garçon. Dis-moi pourquoi tu as agi comme ça.

Comment Kevin pouvait-il expliquer cela ? Il ignorait ce qui allait arriver. Lorsque les mitrailleuses avaient commencé d'ouvrir le feu, il avait été terrifié, mais sa terreur s'était mêlée de curiosité. Il voulait voir ce qu'il avait accompli. Comme lorsqu'on jette une pierre d'un pont d'autoroute, et qu'on s'aperçoit qu'on a causé un carambolage de cinquante voitures. Ainsi, alors qu'il aurait dû s'enfuir à toutes jambes, Kevin s'était enfoncé dans la ruelle, pour voir. « Alors cet homme s'est mis à crier après moi », expliqua-t-il à son ravisseur. Dieu, qu'il avait eu peur ! S'élevant d'entre les morts, cette voix lui disait de s'en aller, de reculer, cette voix le mettait en garde !

Après avoir décrit tout cela, Kevin regarda son interlocuteur. Il avait agi comme on le lui avait dit, et cela pour une raison bien simple : l'argent. Cet argent qui devait aider sa grand-mère et Jerome à s'installer dans un plus bel endroit. Suffisamment d'argent pour que Kevin croie pouvoir aider les autres. Sa grand-mère et Jerome l'avaient pourtant prévenu contre ces gens qui proposaient de l'argent vite gagné, des gens louches qui traînaient dans le quartier. De nombreux amis de Kevin, qui avaient commencé comme ça, étaient à présent morts, estropiés, emprisonnés ou dégoûtés à vie. Il faisait partie du nombre, maintenant.

— Et alors tu as entendu les autres arriver dans la ruelle, reprit l'homme avec douceur.

Kevin acquiesça, comme s'il revivait cet instant. Devant lui, des mitrailleuses, derrière, des hommes armés qui lui barraient toute retraite. Ne restait que la cour. En tout cas, apparemment. Cet homme l'en avait empêché ; il lui avait sauvé la vie. Il ne le connaissait même pas et il l'avait aidé. Pour Kevin, c'était une expérience nouvelle.

— Comment il s'appelait ? demanda-t-il.

— Web London, répondit l'homme. C'est le type à qui tu as parlé. C'est lui qui m'intéresse particulièrement.

— Je lui ai dit que j'avais rien fait, répéta Kevin, espérant qu'avec cette réponse identique l'homme s'en irait et le laisserait à ses dessins. Il m'a dit que si j'allais là-bas, je serais tué aussi. J'ai commencé à courir de l'autre côté, alors il m'a dit que les autres me tueraient aussi. C'est là qu'il m'a donné son calot et son billet. Et puis il a tiré une fusée et il m'a dit d'y aller. C'est ce que j'ai fait.

— Heureusement qu'on avait un autre garçon pour prendre ta place.

Kevin se dit alors que ça n'avait pas dû être si bien pour l'autre garçon.

— Et London est retourné dans la cour ? questionna l'homme.

Kevin acquiesça.

— Une seule fois, j'ai regardé en arrière. Il avait un gros fusil. Il y est retourné et je l'ai entendu tirer avec ce fusil. Je marchais vite.

Oui, il avait marché vite. Jusqu'au moment où, surgissant d'une encoignure de porte, des hommes l'avaient enlevé. Kevin avait alors entrevu l'autre garçon, à peu près de son âge et de sa taille. Il avait l'air aussi effrayé que lui. L'un des hommes avait lu rapidement le billet et lui avait demandé ce qui s'était passé. Alors ils avaient donné le calot et le billet à l'autre garçon et l'avaient envoyé à sa place.

— Pourquoi vous avez amené l'autre garçon ? demanda de nouveau Kevin. Pourquoi vous l'avez envoyé, lui, avec le papier, et pas moi ?

L'homme ignora la question.

— London ne t'a pas semblé un peu fou ? Comme s'il n'avait pas toute sa tête ?

— Il m'a dit ce que je devais faire. Pour moi, il était pas fou du tout.

L'homme hocha la tête, puis adressa un sourire à Kevin.

— Tu ne te rends pas compte, Kevin, pour avoir fait une chose pareille, Web London doit être quelqu'un de vraiment extraordinaire.

— Vous, vous m'aviez pas dit ce qui allait se passer.

— Parce que tu n'avais pas besoin de le savoir, répliqua l'homme sans se départir de son sourire.

— Où il est, l'autre garçon ? Pourquoi vous l'avez amené ?

— Si on essaie de tout prévoir, les choses ont toutes les chances de bien se passer.

— Il est mort, l'autre garçon ?

L'homme se leva.

— Si tu as besoin d'autre chose, dis-le-nous. On essaiera de te l'obtenir.

L'enfant, alors, décida d'utiliser lui aussi la menace.

— Mon frère, il doit me chercher.

Il ne l'avait pas encore dit mais y avait pensé sans cesse. Tout le monde connaissait le frère de Kevin. Et à peu près tout le monde en avait peur. Pourvu que cet homme en ait peur lui aussi, songeait-il. Mais, hélas, cela ne semblait pas le cas. Peut-être cet homme n'avait-il peur de rien.

— Repose-toi, Kevin. (Il regarda certains de ses dessins.) Tu as beaucoup de talent. Va savoir, tu aurais pu ne pas terminer comme ton frère.

L'homme referma la porte derrière lui et la verrouilla.

Malgré tous ses efforts pour les refouler, ses larmes jaillirent et roulèrent sur ses joues, puis sur la couverture. Il les essuya, mais d'autres affluèrent. Il s'effondra dans un coin et pleura si fort qu'il en haletait. Puis il tira une couverture sur sa tête et demeura assis dans l'obscurité.

19

Au volant de sa Crown Vic, Web roulait dans la rue où avait vécu sa mère, au milieu d'un quartier moribond, au potentiel jamais réalisé et à la vitalité depuis longtemps épuisée. Trente ans auparavant, c'était encore une zone rurale, mais la banlieue l'avait avalé, absorbé, pour nourrir la métropole insatiable ; ses habitants se levaient à quatre heures du matin pour se trouver à leur travail à huit heures. D'ici cinq ans, un promoteur achèterait toutes les constructions décaties, les ferait raser au bulldozer, et de nouvelles bâtisses, inabordables, émergeraient sur les ruines des anciennes.

Web descendit de voiture et promena son regard autour de lui. Charlotte London avait été l'une des plus anciennes habitantes du quartier, et sa maison, en dépit des efforts de Web, était à peu près aussi délabrée que les autres. La barrière, une chaîne métallique dévorée par la rouille menaçait de tomber en poussière. Les marquises s'étaient affaissées. Devant la maison, l'unique érable était mort et ses feuilles brunes de l'année précédente chantaient une chanson triste dans la brise. Web n'était pas venu depuis un certain temps et l'herbe avait poussé. Des années durant, il avait lutté courageusement pour lui garder son lustre d'antan, mais il avait fini par y renoncer car sa mère manifestait peu d'intérêt pour l'entretien de la maison et du jardin. Maintenant qu'elle était morte, Web se disait qu'un jour ou l'autre il la vendrait ; mais pas tout de suite, peut-être même jamais.

Il pénétra à l'intérieur. La maison était telle que l'avait laissée sa mère et qu'il l'avait vue aussitôt après sa mort : dans un désordre indescriptible. Pourtant, il avait passé une journée entière à la nettoyer. Web n'avait pas coupé l'eau ni l'électricité. Il n'envisageait pas de s'installer dans la maison mais ne voulait pas non plus l'abandonner. Il fit le tour des chambres, où il ne remarqua que de la poussière et quelques toiles d'araignée, puis descendit au salon, consulta sa montre et alluma la télévision. On venait d'interrompre un feuilleton pour un bulletin d'informations exceptionnel : la conférence tant annoncée du FBI. Web se pencha en avant, régla le son et l'image.

Il tressaillit en voyant Percy Bates apparaître sur l'estrade. Mais où diable se trouvait Buck Winters ? Bates détailla la brillante carrière de Web au FBI, puis on le vit recevant diverses décorations, récompenses et citations des mains de chefs du FBI, et l'une des mains du Président lui-même. Bates évoqua l'horreur qui s'était déchaînée dans cette cour et le courage de Web affrontant tout seul ce déluge de fer et de feu.

On montra des images de Web sur son lit d'hôpital, le visage entouré de bandages. Instinctivement, Web porta la main à ses anciennes blessures, se sentant à la fois fier et diminué. Il en venait à regretter l'initiative de Bates. Cette « promo » n'influencerait personne et le ferait apparaître, lui, sur la défensive. Les journalistes allaient le tailler en pièces, accusant le FBI de se protéger en couvrant l'un des siens. Et, d'une certaine façon, c'était peut-être le cas. Décidément, le pire était encore à venir. Il éteignit la télé, ferma les yeux et crut sentir une main sur son épaule, mais il n'y avait personne. Chaque fois qu'il venait là, il éprouvait la même impression ; sa mère était présente partout.

Jusqu'à sa mort, Charlotte London avait gardé ses longs cheveux à hauteur d'épaule, mais la blondeur éclatante et sensuelle avait laissé place à l'élégante opulence du gris argent. Sa peau était lisse, car elle s'était protégée du soleil toute sa vie. Son cou était long et flexible, et Web se demandait parfois combien d'hommes avaient été séduits par cette courbe à la fois délicate et puissante. Adolescent, Web avait rêvé de sa mère jeune et sensuelle, ce dont il avait encore honte aujourd'hui.

En dépit de son penchant pour l'alcool et de ses habitudes alimentaires plutôt malsaines, elle n'avait pas pris un gramme en quarante ans et avait gardé la beauté de ses formes. À cinquante-neuf ans, lorsqu'elle se mettait sur son trente et un, elle était encore époustouflante. Dommage que son foie ait lâché, se dit-il. Le reste aurait pu tenir très longtemps.

Aussi belle qu'elle fût, c'était quand même son intelligence qui lui attirait les faveurs. Et pourtant, les conversations entre la mère et le fils avaient toujours été bizarres. Sa mère ne regardait pas la télévision.

— Ce n'est pas pour rien qu'on appelle ça le robinet à conneries, répétait-elle souvent. Je préfère lire Camus. Ou Goethe. Ou Jean Genet. Genet me fait rire et pleurer en même temps, et je ne saurais dire pourquoi, parce qu'il n'a aucun humour. Ses sujets sont méprisables. Dépravés. Il y a tant de souffrance. C'est essentiellement autobiographique.

— Oui. Je vois. Genet, Goethe, lui avait un jour répondu Web. Des G-men [1], en quelque sorte, comme moi.

Sa mère n'avait jamais compris la plaisanterie.

— Ils peuvent être irrésistibles, voire érotiques, avait-elle remarqué.

— Qu'y a-t-il de si irrésistible chez eux ?

— La bassesse, la dépravation.

Web avait eu envie de lui rétorquer qu'il avait vu pour de vrai, lui, des modèles de bassesse et de dépravation qui auraient fait vomir son déjeuner au brave Jean Genet, qu'il n'y avait pas de quoi rire, parce qu'un jour un homme pratiquant ces vertus-là pourrait surgir chez elle et l'assassiner sauvagement. Mais il avait gardé le silence. Sa mère avait souvent cet effet-là sur lui.

Charlotte London avait été un enfant prodige, étonnant ses proches par son intelligence. Entrée à l'université à l'âge de quatorze ans, elle avait décroché à Amherst un diplôme de littérature américaine. Elle parlait couramment quatre langues étrangères. Après l'université, Charlotte avait voyagé seule à travers le monde pendant presque un an. Web l'avait appris en voyant des photos et en lisant son journal. Et cela à une époque où les jeunes femmes n'avaient pas l'habitude de bourlinguer. Elle avait même écrit un livre relatant ses aventures, un livre toujours au catalogue

1. G-man : agent du FBI. *(N.d.T.)*

de l'éditeur. Il avait pour titre *London Times*. London était son nom de jeune fille, et elle l'avait repris après la mort de son deuxième mari. Elle avait également fait changer le nom de Web, qui se nommait jusqu'alors Sullivan, après avoir divorcé de son premier mari. Web n'avait jamais porté le nom de son beau-père. Sa mère ne l'avait jamais permis. Et jusqu'à ce jour, il ignorait pourquoi on lui avait donné ce curieux prénom de Web.

Lorsqu'il était petit, sa mère lui avait raconté ses voyages de jeunesse, et Web avait entendu les plus belles histoires de sa vie. Il aurait aimé accompagner sa mère, écrire dans son journal, prendre des photos d'elle, radieuse, devant une mer turquoise en Italie, des montagnes couronnées de neige en Suisse ou à la terrasse d'un café de Paris. La mère si belle et le fils impétueux, prenant d'assaut le monde ensemble, ce rêve avait hanté son enfance. Mais elle avait épousé celui qui allait devenir le beau-père de Web, et ces rêves s'étaient évanouis.

Web ouvrit les yeux et se leva. Il se rendit d'abord au sous-sol. Tout était recouvert d'une épaisse couche de poussière, et il ne trouva pas ce qu'il cherchait. Il remonta et gagna la cuisine, à l'arrière de la maison, ouvrit la porte du jardin et inspecta le garage où se trouvait, entre autres, la vieille Plymouth Duster de sa mère. On entendait les cris des enfants du voisinage. Le visage appuyé contre le treillis métallique, les yeux fermés, Web se laissa envahir par ces cris. Il voyait le ballon de football s'élever dans les airs, les jambes maigres courant à sa poursuite, et un très jeune Web qui pensait que, s'il n'attrapait pas ce ballon, sa vie s'arrêterait à l'instant même. Dans l'air, l'odeur de bois brûlé se mêlait à celle, plus douce, de l'herbe fraîchement coupée. Il lui semblait qu'il n'y avait au monde rien de meilleur, et pourtant ce n'était qu'une odeur, qui ne persistait jamais très longtemps. Ensuite, on retrouvait les emmerdements de la vie. Ceux-là, il l'avait appris rapidement, n'étaient jamais temporaires.

Il voyait le jeune Web courir de plus en plus vite. Le jour tombait et sa mère n'allait pas tarder à l'appeler. Pas pour manger, mais pour taper des cigarettes dans le quartier, pour son beau-père. Ou bien elle l'enverrait au Foodway du coin, avec deux dollars en poche et une histoire à tirer des larmes à l'intention du vieux Stein, le propriétaire de la boutique, qui avait le cœur trop grand. Il lui débitait toujours ce triste conte irlandais que sa mère lui avait enseigné. Mais où donc l'avait-elle appris ? Comme pour l'origine de son prénom, elle n'avait jamais répondu à sa question.

Web gardait un souvenir encore très vif de M. Stein, accroupi, avec ses grosses lunettes, son vieux gilet, son tablier blanc impeccable, qui prenait les billets froissés que lui tendait « Webbie », comme il se plaisait à l'appeler. Puis il aidait l'enfant à choisir des produits pour le dîner, voire le petit déjeuner. Ces emplettes coûtaient toujours beaucoup plus de deux dollars, et pourtant Stein n'avait jamais dit un mot à ce propos. Sur d'autres sujets, en revanche, il ne faisait pas preuve de la même réserve.

— Tu diras à ta mère de ne pas boire autant, lui avait-il lancé un jour que Web s'apprêtait à rentrer à toutes jambes chez lui avec deux gros sacs de courses. Et tu diras à son diable de mari que Dieu le châtiera pour ce qu'il a fait, si la main d'un homme ne s'en charge pas avant. Ah, si Dieu voulait me laisser cet honneur ! Je le lui demande tous les soirs dans mes prières, Webbie. Tu lui diras ça, à ta mère. Et à lui aussi !

Le vieux Stein était amoureux de la mère de Web, comme à peu près tous les hommes du voisinage, mariés ou non. En fait, le seul homme qui ne semblait pas amoureux de Charlotte London était son mari.

Web monta à l'étage et découvrit au milieu du couloir l'échelle escamotable menant au grenier. Il aurait dû commencer ses recherches par là, bien sûr, mais il n'avait aucune envie d'y monter. Finalement, il tira sur la corde pour faire descendre l'échelle, grimpa et alluma la lumière, explorant du regard les moindres recoins. Il respira profondément et se dit que les peureux sont des pauvres types, qu'il était membre des groupes d'assaut de la HRT, avec un 9 mm chargé dans son étui. Il pénétra donc plus avant dans le grenier et passa une heure à consulter des documents.

Il trouva ses annuaires d'école, avec les photos de garçons et de filles, l'air emprunté, qui cherchaient à paraître plus âgés qu'ils ne l'étaient, eux qui, quelques années plus tard, s'efforceraient désespérément de faire le contraire. Il passa aussi du temps à déchiffrer l'écriture de ses camarades de classe exposant leurs projets d'avenir, qui pour la plupart ne s'étaient jamais réalisés, lui y compris. Le casque et le vieux maillot de son équipe de football gisaient dans une boîte. À une époque, il pouvait faire l'historique de la moindre des égratignures de ce casque. À présent, il ne se souvenait même plus du numéro floqué au dos de son maillot. Il découvrit de vieux livres de classe, des cahiers remplis de dessins maladroits.

Dans un coin se dressait une penderie contenant les vêtements des quarante dernières années, pleins de poussière, moisis et mangés aux mites. Il y avait aussi de vieux disques gondolés par la chaleur et l'humidité, ainsi que des boîtes pleines de cartes de base-ball et de football qui auraient pu valoir une petite fortune si Web ne les avait pas utilisées comme cibles pour des jeux de fléchettes. Il aperçut des pièces détachées de vélos qu'il se rappelait vaguement avoir possédés, et une demi-douzaine de lampes de poche inutilisables. Il trouva également une jolie figurine de terre cuite, modelée par sa mère ; mais son beau-père l'avait massacrée au point que le visage était non seulement aveugle mais qu'il y manquait encore le nez et les oreilles.

Un bien triste monument funéraire pour une famille qui, par bien des côtés, n'avait rien d'ordinaire.

Il s'apprêtait à renoncer quand il tomba sur ce qu'il cherchait.

La boîte était enfouie sous une pile de livres universitaires appartenant à sa mère, ouvrages de littérature et de philosophie. Il en examina rapidement le contenu. C'était suffisant pour un début. Il ferait un bien mauvais enquêteur s'il ne parvenait pas à suivre certaines de ces pistes. Curieusement, il n'avait rien remarqué au cours de son enfance, mais il est vrai qu'à l'époque il ne recherchait pas cela.

Web se retourna ensuite pour regarder dans le coin le plus éloigné. Il croyait avoir décelé un mouvement dans l'obscurité. Il posa la main sur la crosse de son arme. Il détestait ce grenier ! Mais sans savoir vraiment pourquoi. Après tout, ce n'était qu'un grenier.

Il déposa la boîte dans sa voiture et, en chemin, appela Percy Bates sur son portable.

— Bravo, Perce. Comme quoi la situation peut se retourner. Mais qu'est-il arrivé au vieux Bucky ?

— Au dernier moment, Winters a fait machine arrière.

— Ouais. Au cas où je me planterais. Alors il vous a laissé monter au créneau.

— En fait, quand nous en avions parlé, je m'étais porté volontaire pour le faire.

— Vous êtes un chic type, Perce, mais vous ne grimperez plus dans la hiérarchie du FBI si vous continuez à vous montrer aussi correct.

— Je m'en contrefous.

— Y a du nouveau ?

— On a retrouvé l'origine des mitrailleuses. Elles ont été volées dans un arsenal militaire en Virginie. Ça nous fait une belle jambe. Mais on suivra la moindre piste jusqu'à ce que ça nous mène quelque part.

— Pas de nouvelles de Kevin Westbrook ?

— Aucune. Et aucun témoin ne s'est présenté. Apparemment, dans le coin, tout le monde est sourd et aveugle.

— J'imagine que vous avez parlé aux gens qui vivent avec Kevin. Un espoir de ce côté-là ?

— Pas grand-chose. Ils ne l'ont pas vu et, de toute façon, il y va le moins souvent possible.

Web choisit avec soin les mots suivants.

— Alors ce gamin n'a personne pour l'aimer ? Ni vieille dame ni grand-mère dans les parages ?

— Si, il y a une vieille dame. On pense que ce doit être la belle-mère de sa mère, ou quelque chose comme ça. Son lien de parenté n'est pas très clair.

Avec ces familles recomposées… les pères en prison, les mères parties, les frères morts, les sœurs putains, les gosses se retrouvent un peu n'importe où, la plupart du temps chez des gens âgés qui ont l'air plus ou moins respectable. Elle semblait sincèrement inquiète pour l'enfant, mais elle est également terrorisée.

— Perce, dites-moi, avez-vous vu Kevin avant sa disparition ?

— Pourquoi ?

— J'essaie de déterminer l'enchaînement des événements entre le moment où je l'ai vu pour la dernière fois et celui où il a disparu.

— L'enchaînement des événements ! Mais bien sûr, j'aurais dû y penser plus tôt ! s'écria Bates d'un ton sarcastique.

— Allez, Perce, je ne veux piétiner les plates-bandes de personne, mais c'est moi qui ai sauvé la vie de ce garçon et j'aimerais faire quelque chose pour la lui conserver.

— Vous savez bien qu'on a peu de chances de le voir revenir vivant. Ceux qui l'ont enlevé ne lui ont certainement pas préparé un goûter d'anniversaire. On a fouillé partout. On a lancé un avis de recherche dans tous les États voisins, et même aux frontières canadienne et mexicaine. Ils ne vont probablement pas s'attarder en ville avec ce gamin.

— Mais s'il travaillait pour son frère, il est peut-être encore vivant. Je veux bien admettre que ce Big F soit un salopard, mais buter son petit frère ?

— J'ai déjà vu pire, et vous aussi.

— Mais avez-vous vu Kevin ?

— Non, non, je n'ai pas vu cet enfant personnellement. Il avait disparu avant que j'arrive sur les lieux. Vous êtes satisfait, là ?

— J'ai parlé aux gars de la HRT qui s'occupaient de lui. Ils m'ont dit qu'ils l'ont confié à deux civils du Bureau.

Web avait décidé de ne pas révéler que, d'après Romano, un seul homme était impliqué dans l'affaire. Il voulait voir la réaction de Bates.

— Vous serez étonné de savoir que je leur ai parlé et que j'ai découvert la même chose.

— Ils n'ont pas pu me dire le nom de ces agents. Vous avez eu plus de chance que moi ?

— C'est encore un peu tôt.

Web abandonna toute fausse amabilité.

— Non, Perce, pas du tout ! Si vous ne pouvez pas me dire qui étaient ces types, ça signifie qu'ils n'étaient pas du FBI. Ça signifie que deux imposteurs se sont introduits sur les lieux d'une enquête menée par le FBI, votre enquête, et qu'ils se sont emparés d'un témoin essentiel. Je peux vous aider.

— C'est votre théorie. Et je n'ai pas besoin de votre aide.

— Êtes-vous en train de me dire que je me trompe ?

— Ce que je vous dis, c'est de ne pas vous mêler de cette affaire ! Et je ne plaisante pas.

— C'était mon équipe !

— Si j'apprends que vous faites quoi que ce soit, que vous posez la moindre question, que vous suivez la moindre piste, je vous casse. Me suis-je bien fait comprendre ?

— Je vous appellerai quand j'aurai résolu l'affaire.

Web raccrocha et s'en voulut aussitôt d'avoir grillé sa dernière carte. Il s'était montré aussi subtil qu'un semi-remorque, mais Bates avait le chic pour réveiller le bouledogue qui sommeille en chacun. Et dire qu'au départ il l'avait appelé pour le remercier de la conférence de presse !

20

Claire s'étira en étouffant un bâillement. Elle s'était levée trop tôt, après avoir travaillé trop tard la nuit précédente ; cela commençait à devenir une mauvaise habitude. Mariée à dix-neuf ans à son petit ami de lycée, elle était mère à vingt et divorçait à vingt-deux. Au cours des dix années suivantes, elle avait consenti à d'innombrables sacrifices pour mener à bien ses études de médecine et sa spécialisation en psychiatrie. Maggie, à présent en première année d'université, était en bonne santé, brillante, et bien dans sa peau. Son père avait refusé de s'occuper de son éducation, et il ne tenait aucune place non plus dans sa vie d'adulte. Au cours de son enfance, Maggie ne s'était jamais beaucoup inquiétée de son père, et avait fort bien accepté cette situation de monoparentalité. Renonçant à se constituer un véritable cercle de relations, Claire en était arrivée à la conclusion que sa carrière occuperait la plus grande place dans sa vie.

Elle ouvrit un dossier et étudia ses notes. En matière de psychologie, Web London était un sujet fascinant. Compte tenu du peu qu'elle avait pu obtenir de lui, on pouvait affirmer que cet homme était un catalogue ambulant de problèmes personnels. Depuis son enfance jusqu'à la blessure qui l'avait défiguré, en passant par le métier dangereux qu'il exerçait, un psychiatre aurait pu lui consacrer la totalité de sa vie professionnelle. Un coup frappé à la porte l'interrompit dans ses pensées.

— Oui ?

Un de ses confrères apparut sur le seuil.

— Tu devrais venir voir ça.

— Qu'y a-t-il, Wayne ? Je suis très occupée.

— La conférence de presse du FBI. À propos de Web London. Je l'ai vu partir d'ici l'autre jour. C'est toi qui le reçois, non ?

Elle fronça les sourcils et ne répondit pas. Pourtant, elle se leva et le suivit jusqu'à la salle de réception, où se trouvait un petit appareil de télévision. Plusieurs psychiatres et psychologues, y compris Ed O'Bannon, se trouvaient déjà là et regardaient l'écran. C'était l'heure du déjeuner, et apparemment aucun d'eux ne recevait de patients. Plusieurs tenaient un sandwich à la main.

Pendant une dizaine de minutes, Claire put plonger plus profondément encore dans la vie et la carrière de Web London. Elle ne put s'empêcher de porter la main à sa bouche en le voyant sur son lit d'hôpital, la poitrine et la plus grande partie du visage recouvertes de bandages. Il avait subi des épreuves d'une violence inouïe et, en dépit de la façon cavalière dont il avait mis fin à la séance, elle éprouvait un besoin impérieux de l'aider. Après la conférence de presse, alors que tout le monde se dirigeait vers son bureau, elle arrêta O'Bannon.

— Ed, tu te rappelles que j'avais vu Web London en ton absence ?

— Oui, bien sûr. Et je t'en remercie. (Il baissa la voix.) À la différence de certains de nos confrères, j'ai confiance en toi, je sais que tu ne vas pas chercher à me piquer mes patients.

— Je te remercie, mais je dois avouer que je me suis prise d'un véritable intérêt pour Web. Et au cours de cette séance, ça a très bien accroché entre nous.

D'une voix plus ferme, elle ajouta :

— J'aimerais le prendre en psychothérapie.

O'Bannon, sidéré, secoua la tête.

— Non, Claire. J'ai déjà reçu London auparavant, et je peux te dire qu'il est plutôt fêlé. Nous n'avons pas fini d'explorer ce sujet, mais il semble avoir de sérieux problèmes avec sa mère.

— Je comprends bien, mais j'ai envie de travailler avec lui.

— Je trouve ça très bien, mais c'est mon patient, il faut tenir compte de la continuité du traitement et poursuivre avec le même thérapeute.

— Et si nous laissions Web prendre lui-même la décision ?

— Pardon ?

— Peux-tu l'appeler et lui demander avec qui il préférerait poursuivre sa thérapie ?

Cela n'eut pas l'air de plaire à O'Bannon.

— Je ne pense pas que ce soit nécessaire.

— Je te le répète, ça a vraiment accroché entre nous, et je pense qu'un autre regard pourrait lui être bénéfique.

— Je n'aime pas ce que tu insinues, Claire. J'ai d'excellentes références. Au cas où tu l'aurais oublié, j'ai servi au Viêt-nam, où je me suis occupé de syndromes de guerre, de psychoses traumatiques, de prisonniers qui avaient subi des lavages de cerveau, et j'ai obtenu de grandes réussites.

— Web n'est pas dans l'armée.

— La HRT est certainement le service civil le plus proche de l'armée. Je connais ce genre d'hommes, je parle leur langue. Je crois que mon expérience est parfaitement adaptée à ce genre de cas.

— Je ne prétends pas du tout le contraire. Mais Web m'a dit qu'il ne se sentait pas entièrement à l'aise avec toi. Je suis sûre que tu seras d'accord avec le fait que c'est l'intérêt du patient qui prime.

— Inutile de me rappeler l'éthique de la profession. (Il demeura un instant silencieux.) Il a vraiment dit que… qu'il ne se sentait pas entièrement à l'aise avec moi ?

— Oui, mais, à mon avis, ça tend plutôt à confirmer ce que tu m'as expliqué, à savoir qu'il est fêlé. Il est possible qu'une fois le traitement engagé, je ne lui plaise pas non plus. (Elle lui posa la main sur l'épaule.) Alors, tu l'appelles ? Aujourd'hui ?

— Bon, d'accord, je l'appellerai, grommela O'Bannon.

Web était au volant lorsque la sonnerie de son téléphone retentit. Il consulta l'écran. Ce numéro de Virginie ne lui disait rien.

— Allô ? dit-il avec circonspection.

— Web ? (La voix lui semblait familière mais il ne la reconnut pas.) Ici le Dr O'Bannon.

Web se raidit.

— Comment avez-vous eu ce numéro ?

— Vous me l'avez donné. Au cours de notre dernière séance.

— Écoutez, j'ai pensé que…

— J'ai vu Claire Daniels.

Web sentit son visage s'empourprer.

— Elle vous a dit que nous avions parlé ?

— Oui. Mais elle ne m'a pas rapporté ce que vous aviez dit, bien sûr. J'ai compris que vous étiez dans un moment de crise, et Claire a tenu à me parler avant de vous recevoir. C'est la raison de mon appel.

— Je ne vous suis pas très bien.

— Eh bien, Claire m'a affirmé que vous sembliez bien vous entendre, et que peut-être vous seriez plus à l'aise avec elle. Comme vous êtes mon patient, vous et moi devons consentir à un tel arrangement.

— Écoutez, docteur O'Bannon…

— Web, vous savez bien qu'ensemble, par le passé, nous avons résolu des questions difficiles, et je crois que c'est encore possible. Claire a probablement exagéré vos doutes à mon égard. Il faut quand même que vous sachiez qu'elle n'a pas vraiment la même expérience que moi. Je reçois des agents du FBI depuis plus longtemps qu'elle. Cela me gêne un peu d'évoquer cela, mais, face à vous, Claire ne fait pas le poids. Tout cela entre nous, bien sûr. (Il ménagea un moment de pause, attendant la réponse de Web.) Alors c'est d'accord, vous continuez à venir me voir ?

— Je vais poursuivre avec Claire.

— Web, allons !

— Si, je veux poursuivre avec Claire.

O'Bannon demeura un moment silencieux.

— Vous êtes sûr ? demanda-t-il enfin, sèchement.

— Oui, j'en suis sûr.

— Dans ce cas, je dirai à Claire de prendre contact avec vous. J'espère que vous vous entendrez bien.

Et il raccrocha brutalement. Web poursuivit sa route et, deux minutes plus tard, la sonnerie du téléphone retentit à nouveau. Claire Daniels.

— J'imagine que vous devez vous sentir harcelé, commença-t-elle, désarmante.

— C'est agréable d'être à ce point populaire.

— J'aime bien terminer ce que j'ai commencé, même si ça doit fâcher un confrère.

— Écoutez, Claire, je vous suis très reconnaissant, et il est vrai que j'ai dit à O'Bannon que c'était d'accord, mais…

— Je vous en prie, Web. Je peux vous aider. En tout cas, j'aimerais essayer.

Il demeura un instant silencieux, le regard rivé sur la boîte en carton. Quels trésors pouvait-elle bien contenir ?

— Je peux vous joindre à ce numéro ?

— Je serai là jusqu'à cinq heures.

— Et ensuite ?

Il s'arrêta dans une station-service et inscrivit ses numéros de portable et de domicile. Il lui répondit qu'il la rappellerait et raccrocha. Web ajouta les numéros dans la mémoire de son propre portable et reprit la route en s'efforçant de réfléchir à ce qui venait de se passer. Décidément, elle se montrait opiniâtre, peut-être même un peu trop.

De retour dans sa chambre, au motel, il vérifia les messages sur son répondeur. Quelques personnes qui avaient vu la conférence de presse le félicitaient. Et un nombre égal de correspondants qu'il ne reconnaissait pas l'informaient qu'ils auraient volontiers cassé sa gueule tordue de trouillard. Au milieu de toutes ces voix, Web crut reconnaître celle de Julie Patterson, avec les enfants qui criaient dans le lointain, mais il n'en était pas sûr.

Il s'assit sur le sol, le dos au mur, et éprouva soudain une immense pitié pour Julie, au point qu'il se mit à trembler. Bien sûr, lui-même se sentait mal en ce moment, mais cela passerait. Elle, de son côté, devrait vivre sa vie durant avec le poids d'un mari et d'un bébé morts, et quatre enfants à élever seule. Comme Web, c'était une survivante. Et c'étaient les survivants qui souffraient le plus, car ils devaient rassembler les morceaux. Il composa son numéro. Un enfant répondit. C'était le plus âgé, Lou Jr, onze ans, qui à présent faisait figure d'homme dans la maison.

— Dis-moi, Louie, ta maman est là ? C'est Web.

Long moment de silence.

— C'est toi qui as fait tuer notre père, Web ?

— Non, Louie, pas du tout. Tu le sais bien. Mais on va trouver ceux qui ont fait ça. Allez, mon garçon, ajouta-t-il fermement, va chercher ta mère.

Il entendit le bruit du combiné qu'on repose, puis les pas qui s'éloignaient. En attendant l'arrivée de Julie, il se mit à trembler de nouveau, car il n'avait pas la moindre idée de ce qu'il allait lui dire. Sa nervosité ne fit que croître lorsqu'il entendit des pas s'approcher. On ramassa le combiné. Silence.

— Julie ? articula-t-il finalement.

— Que veux-tu, Web ? demanda-t-elle d'une voix lasse.

Curieusement, cette lassitude de sa voix était plus pénible que les hurlements de rage devant l'église.

— Je voulais savoir si je pouvais faire quelque chose pour t'aider.

— Ni toi ni personne ne pouvez rien faire.

— Tu devrais avoir quelqu'un avec toi. Ce n'est pas bon de rester seule dans de telles circonstances.

— Ma mère et ma sœur sont venues de Newark.

Web respira profondément. Ça allait. Au moins Julie avait-elle l'air calme, raisonnable.

— On va trouver ceux qui ont fait ça, Julie. Même si ça doit me prendre le reste de mon existence. Je veux que tu le saches. Lou et les autres, pour moi, c'était toute ma vie.

— Fais ce qui te semble nécessaire, mais ça ne les ramènera pas.

— Tu as vu la conférence de presse à la télé, aujourd'hui ?

— Non. Et j'aimerais bien que tu ne rappelles plus.

Elle raccrocha.

Web s'assit, pensif. Il ne s'attendait pas vraiment à ce qu'elle s'excuse de l'avoir insulté, devant l'église. C'était trop demander. Mais cette forme de rejet le blessait. *J'aimerais bien que tu ne rappelles plus.* Peut-être les autres épouses éprouvaient-elles la même chose. Ni Debbie, ni Cynde ni aucune des autres ne l'avaient appelé pour savoir comment il allait. Il se souvint alors, une nouvelle fois, que leur deuil était plus grand que le sien. Elles avaient perdu leur mari. Lui n'avait perdu que des amis. La différence devait être énorme. Mais pas pour lui.

Il se rendit ensuite dans un 7-Eleven, de l'autre côté de la rue, et y prit une tasse de café. Une petite pluie fine s'était mise à tomber et la température avait chuté. La journée qui s'annonçait belle et chaude se révélait finalement grise et humide, comme il est courant dans la région, ce qui ne fit qu'aggraver ses humeurs suicidaires.

De retour dans sa chambre, il s'assit par terre et ouvrit la boîte en carton. Les documents étaient tachés, certains moisis, les quelques photos jaunies et tordues. Et pourtant, l'excitation s'emparait de lui, car il ne les avait jamais vus auparavant. Peut-être parce qu'il ignorait que sa mère eût gardé ces témoignages de son premier mariage. Cela dit, il ne les avait jamais cherchés dans la maison et il n'aurait su dire pourquoi. Peut-être sa relation avec son beau-père avait-elle détruit chez lui tout intérêt pour les pères en général.

Il disposa les photos sur le sol, en forme d'éventail, et les examina. Son père, Harry Sullivan, avait été bel homme. Très grand, large d'épaules, les cheveux noirs et ondulés, la banane sculptée à la Gomina, il émanait de lui un air de force et de confiance en soi. Il ressemblait à une vedette de cinéma des années quarante, jeune et impérieux, avec une lueur malicieuse dans ses yeux bleus. Web voyait bien ce qui chez Harry Sullivan avait pu attirer une jeune femme naïve en dépit de son intelligence et de ses voyages autour du monde. À quoi pouvait-il ressembler, à présent, après toutes ces années de prison et cette vie brûlée par les deux bouts ?

Sur une autre photo, Sullivan avait le bras passé autour de la taille menue de Charlotte. Son bras était si long que ses doigts se trouvaient juste sous les seins, et peut-être même les touchaient-ils. Ils paraissaient heureux. Avec sa jupe plissée et sa coiffure à la diable, Charlotte London était plus belle que jamais, plus rayonnante et visiblement plus affamée de vie qu'il ne l'avait jamais vue. Mais probablement était-ce la jeunesse. Ils n'avaient pas encore connu les heures sombres de l'existence. Web porta la main à sa joue. Non, les heures sombres n'avaient rien d'exaltant, et elles ne rendaient pas obligatoirement plus fort. En la voyant si pleine de vie, Web avait du mal à se convaincre qu'elle était morte.

Tandis qu'au-dehors la pluie redoublait de violence, Web avala une nouvelle gorgée de café et examina d'autres documents. Il tomba sur le certificat de mariage avec Sullivan. Curieux qu'elle ait gardé ça, se dit-il. Il est vrai que c'était son premier mariage, même s'il avait tourné au désastre. La signature de son père était curieusement petite pour un homme aussi grand et apparemment aussi sûr de lui, et les lettres mal formées, comme si le vieux Harry avait quelque difficulté à écrire son nom. Web en conclut qu'il ne devait guère être instruit.

Il se saisit d'un autre papier. Une lettre à l'en-tête d'un établissement pénitentiaire de Georgie, datée d'un an après que la mère et le fils eurent fui Sullivan, désormais condamné. La lettre était tapée à la machine, mais la signature de son père figurait en bas, écrite de façon plus décidée, les lettres plus grandes et mieux formées, comme s'il s'était appliqué. Il est vrai qu'il avait beaucoup de temps « libre » en prison. La missive, brève, prenait la forme d'une demande d'excuse envers Charlotte et Web. À sa sortie, il serait un autre homme. Il se conduirait bien envers eux. En fait, la lettre disait plutôt qu'il « essaierait » de tenir ces promesses. Web dut convenir que Sullivan faisait peut-être preuve, là, d'une honnêteté brutale, et que cela ne devait pas être si facile pour un homme qui pourrissait en prison. Web avait mené assez d'interrogatoires pour savoir que les barreaux, les verrous et la perspective de ne jamais recouvrer la liberté pouvaient conduire au mensonge, dans l'espoir d'arranger les choses. Combien de temps après avoir envoyé cette lettre son père avait-il reçu la notification officielle du divorce ? Quel effet ce genre de nouvelle pouvait-il avoir sur un homme emprisonné ? On lui avait ôté sa liberté, et puis sa femme et son enfant. Il ne lui restait plus grand-chose. Web n'avait jamais reproché à sa mère ce qu'elle avait fait, et il n'y songeait pas davantage à l'heure actuelle, mais ces quelques bribes d'histoire familiale lui inspiraient un sentiment de compassion envers Harry Sullivan.

Au cours des deux heures suivantes, Web continua d'examiner le contenu de la boîte. La plupart des documents ne pourraient l'aider à retrouver son père, mais il y consacra tout de même du temps, ne fût-ce que pour mieux cerner cet homme. Il finit par retenir deux objets : un permis de conduire périmé, avec la photo de son père, et plus utile, sa carte de Sécurité sociale. Des pistes s'ouvraient devant lui, mais il pouvait aussi aborder les choses sous un autre angle.

Ravalant sa fierté, il appela Percy Bates en s'excusant d'une manière presque embarrassante. Puis il lui communiqua le nom et le numéro de Sécurité sociale de Harry Sullivan, et la date approximative de son incarcération dans la prison georgienne. Web avait songé présenter sa requête à Ann Lyle, mais il ne tenait pas à trop la solliciter. Ann avait suffisamment à faire et, en ce moment, devait surtout se consacrer à la HRT. En outre, elle ne lui avait pas encore communiqué d'informations sur Cove.

— Qui est ce type ? demanda Bates.

Lorsqu'il avait posé sa candidature au FBI, il avait dû donner le nom de son vrai père, et les enquêteurs avaient réclamé plus de détails. Il s'était alors tourné vers sa mère pour les obtenir, mais celle-ci s'était refusée à les lui livrer. Web avait alors raconté aux enquêteurs qu'il ignorait où se trouvait son père et qu'il ne pouvait leur fournir la moindre indication. Apparemment, les choses en étaient restées là. Il avait passé l'épreuve avec succès et appartenait désormais au FBI. Son dernier contact avec son père remontait à l'âge de six ans, et le Bureau ne pouvait retenir contre lui le fait qu'il purgeait une peine de prison.

Il savait pertinemment que le FBI menait une enquête extrêmement serrée sur ses agents, et qu'ils pouvaient fort bien posséder toutes les informations nécessaires sur son père. Seulement, au cours des années, il n'avait jamais éprouvé le besoin d'aller vérifier dans le dossier. En revanche, il y avait toutes les chances pour que Bates sût que Harry Sullivan était son père. Si c'était le cas, il mentait bien.

— Simplement un type que j'ai besoin de retrouver, répondit-il.

— Ça a un rapport avec l'enquête ?

— Non, comme vous me l'avez dit, je me tiens en dehors, mais je vous serais très reconnaissant si vous pouviez me rendre ce service.

Bates répondit qu'il verrait ce qu'il pouvait faire et raccrocha.

Web poussa la boîte dans un coin et consulta le répondeur de son portable. Depuis le massacre dans la cour, il le consultait de façon obsessionnelle, sans savoir pourquoi, mais, lorsqu'il entendit la voix, il s'en félicita. Debbie Riner lui demandait s'il voulait venir dîner le soir même. Il la rappela immédiatement pour accepter. Elle avait vu l'émission à la télévision. « Je n'ai jamais douté un seul instant », lui déclara-t-elle. Il laissa échapper un long soupir. La vie lui semblait un peu moins pesante.

Web appela ensuite un autre numéro. Il était plus de dix-sept heures et Claire Daniels ne devait plus travailler à son bureau. Elle lui apprit qu'elle se trouvait en voiture et rentrait chez elle.

— Je peux vous recevoir demain à la première heure. Neuf heures, si vous voulez.

— Alors vous avez résolu tous mes problèmes ?

— Je suis efficace, mais pas à ce point-là. (Il sourit.) Je vous remercie de m'avoir acceptée comme thérapeute. Je sais que ce n'était pas une décision facile à prendre.

— C'est une décision que j'assume, Claire. C'est cette histoire de folie qui me hante. Je vous verrai à neuf heures.

21

Le dîner avec Debbie Riner et ses enfants ne se passa aussi bien qu'il l'avait espéré. Carol Garcia se trouvait là elle aussi, avec l'un de ses enfants. Ils prirent place autour de la table du dîner et bavardèrent de choses et d'autres, évitant soigneusement d'aborder les sujets relatifs à ce qui avait saccagé leur existence. Lorsque les Garcia firent le signe de croix, Web songea à ce qu'il affirmait à Danny Garcia avant chaque mission. Il avait eu raison, car ce soir-là Dieu n'avait pas été avec eux. Mais tout ce qu'il réussit à dire, ce fut :

— Tu peux me passer les pommes de terre, s'il te plaît ?

Les membres de la HRT n'encourageaient guère la formation de groupes de soutien mutuel chez leurs épouses, et cela pour plusieurs raisons. D'abord, ils ne tenaient pas à ce que leurs femmes colportent des histoires sur eux. Les agents exposent de nombreuses facettes de leur personnalité au cours des entraînements et des missions, et pas toujours les meilleures. Si les épouses constituaient un réseau, la moindre confidence faite à l'une d'elles pouvait se répandre comme une traînée de poudre. Ensuite, il s'agissait de ne pas encourager une inquiétude collective chez elles, de couper court aux fausses rumeurs qui immanquablement naissaient des situations de danger auxquelles leurs maris étaient confrontés.

Les enfants touchaient à peine à leurs assiettes, gigotaient sur leurs sièges et manifestaient clairement qu'ils n'avaient aucune envie de se trouver là. Alors même que Web les avait vus grandir, avait joué et plaisanté avec eux, ils le traitaient comme un inconnu. Tout le monde sembla soulagé lorsqu'il prit congé, y compris la petite de sept ans, qui avait aimé Web pratiquement depuis le jour de sa naissance.

— Garde le contact, lui dit Debbie en l'embrassant sur la joue.

Carol, elle, se contenta d'un signe de la main, de loin, tandis qu'elle calait son fils au regard terne contre ses larges hanches.

— Bien sûr, répondit Web. Prends soin de toi. Merci pour le dîner. Si tu as besoin de quoi que ce soit, n'hésite pas à m'appeler.

Il s'éloigna au volant de la Vic, sachant que, vraisemblablement, il ne les reverrait jamais. Le message de ce dîner était clair : le moment est venu de passer à autre chose.

Le lendemain matin, à neuf heures précises, Web pénétra dans l'univers de Claire Daniels. Par une ironie du sort, la première personne qu'il croisa fut le Dr O'Bannon.

— Web, ça fait plaisir de vous voir. Vous voulez une tasse de café ?

— Je sais où le trouver, merci.

— Vous savez, Web, je suis allé au Viêt-nam. Pas directement au combat, j'étais déjà psychiatre à l'époque. Mais j'ai vu beaucoup de gars qui avaient connu ça. Au combat, il se passe des choses qu'on n'aurait jamais imaginé possibles. Mais vous savez, on en sort probablement plus fort. J'ai travaillé avec des prisonniers de guerre qui avaient été torturés par ces salauds de Viêt-cong, vécu des choses terribles, des manipulations physiques et mentales… On mettait à l'écart les fauteurs de troubles, on les privait de tout soutien moral ou physique. On régentait leur vie au point de leur imposer une certaine position pendant leur sommeil, on dressait les gens les uns contre les autres, au nom du groupe. C'est une entorse à la déontologie pour un psychiatre de détourner un patient d'un collègue, et je dois dire que j'ai été un peu surpris de ce qui s'est passé avec Claire. Mais tout le monde est d'accord avec l'idée que c'est votre intérêt qui passe avant tout, Web. Alors, si jamais vous changiez d'avis, je serais tout prêt à vous recevoir à nouveau.

Il lui administra une claque sur le dos, lui adressa ce qui ressemblait à un regard d'encouragement, et s'éloigna. Claire apparut quelques instants plus tard, et ils prirent leur café ensemble tout en observant un ouvrier qui sortait avec une boîte à outils de l'armoire à électricité.

— Des problèmes ? s'enquit Web.

— Je ne sais pas, je viens d'arriver.

Web se prit alors à détailler discrètement son interlocutrice. Claire portait un chemisier et une jupe arrivant aux genoux, découvrant des mollets bien galbés et joliment bronzés, des chevilles fines, mais ses cheveux, quoique coupés court, étaient un peu décoiffés. Elle sembla remarquer le regard de Web et remit de l'ordre dans sa chevelure.

— J'ai fait de la marche autour du bâtiment, pour prendre un peu d'exercice, expliqua-t-elle. Le vent et l'humidité, ce n'est pas très bon pour les cheveux. (Elle avala une gorgée de café et ajouta un peu de sucre.) Vous êtes prêt ?

— Tout à fait prêt.

Dans son bureau, Claire Daniels s'absorba un moment dans deux dossiers, tandis que Web examinait une paire de chaussures de tennis posées dans un coin. Probablement celles qu'elle utilisait pour sa marche. Il la regarda, mal à l'aise.

— Tout d'abord, Web, je tiens à vous remercier pour votre confiance.

— Je ne sais pas exactement pourquoi j'ai décidé ça, répondit-il.

— Eh bien, quelle qu'en soit la raison, je travaillerai dur pour que vous ne soyez pas déçu. Le Dr O'Bannon n'était pas très content, mais ce qui importe, c'est vous. (Elle montra une mince chemise.) Voici le dossier qu'il m'a transmis.

— J'aurais pensé qu'il était plus épais, commenta Web avec un demi-sourire.

— Figurez-vous que moi aussi. On y trouve quelques notes, des prescriptions médicales, rien que de très ordinaire.

— Alors ? C'était bien ou mal ?

— Bien si ça vous a aidé, et j'imagine que c'est le cas, puisque vous êtes retourné au travail.

— Mais ?

— Mais il est possible que vous ayez besoin qu'on creuse un peu plus loin. Je dois aussi vous dire que j'ai été surprise de voir qu'il ne vous a pas hypnotisé. Il le fait très bien, cela appartient à son arsenal thérapeutique habituel.

— Je me rappelle que nous en avions parlé la première fois que je l'ai consulté, voilà quelques années. J'ai refusé qu'il utilise cette méthode avec moi, alors il y a renoncé.

— Je vois. (Elle prit une chemise beaucoup plus épaisse.) C'est votre dossier officiel du FBI, du moins une partie.

— Je vois… Je croyais que c'était confidentiel.

— Vous avez signé une autorisation en acceptant de suivre une psychothérapie. Le dossier est automatiquement transmis au thérapeute, sauf quelques pièces ultra-secrètes ou des données trop particulières, bien sûr. Le Dr O'Bannon me l'a transmis. Je l'ai examiné avec beaucoup d'attention.

— Très bien.

Il fit craquer ses phalanges et lui adressa un regard interrogateur.

— Au cours de notre première séance, vous n'avez pas mentionné que votre beau-père, Raymond Stockton, était mort des suites d'une chute dans la maison, lorsque vous aviez quinze ans.

— Ah bon ? Je croyais vous l'avoir dit. Mais vous n'avez pas pris de notes, alors vous n'avez aucun moyen de vérifier, n'est-ce pas ?

— Croyez-moi, Web, je m'en serais souvenue. Vous m'avez aussi raconté que vous vous entendiez bien avec votre beau-père, non ?

Elle baissa les yeux sur le dossier.

Web sentit son rythme cardiaque s'accélérer et ses oreilles s'empourprer. Elle utilisait une technique d'interrogatoire classique.

— On a eu quelques problèmes, mais qui n'en a pas ?

— Dans ce dossier, je vois d'innombrables dénonciations de mauvais traitements. Certaines de ces dénonciations ont été effectuées par des voisins, d'autres par vous. Toutes visaient Raymond Stockton. C'est ce que vous appelez « quelques problèmes » ?

Comme il rougissait de colère, elle s'empressa d'ajouter :

— Je ne veux pas me montrer sarcastique, j'essaie seulement de comprendre la nature de vos relations avec cet homme.

— Il n'y a rien à comprendre, parce que nous n'avions aucune relation.

Claire se remit à feuilleter le dossier, sous l'œil inquiet de Web.

— La maison que votre mère vous a léguée, est-ce la même que celle où est mort Stockton ? (Il ne répondit pas.) Web ? Est-ce la même… ?

— Je vous ai entendue ! lança-t-il sèchement. Oui, c'est la même, et alors ?

— C'était une question toute simple. Alors, vous comptez la vendre ?

— En quoi cela vous intéresse-t-il ? Vous faites aussi dans l'immobilier ?

— J'ai comme l'impression que cette maison vous pose des problèmes.

— Ce n'était pas un endroit très agréable pour un enfant.

— Je comprends très bien, mais souvent, pour aller de l'avant, il faut se confronter à ses peurs.

— Il n'y a rien dans cette maison à quoi je doive me confronter.

— Et si nous en parlions encore un peu ?

— Écoutez, Claire, j'ai l'impression qu'on est vraiment hors sujet, là. Je suis venu vous voir parce que mon équipe a été anéantie, et que je suis effondré à la suite de ce qui s'est passé. Tenons-nous-en à ça ! Oublions le passé. Oublions la maison, les pères et les beaux-pères. Ils n'ont rien à voir avec moi ni avec ce que je suis.

— Au contraire, ça a tout à voir. Sans comprendre votre passé, je ne peux vous aider ni pour votre présent ni pour votre avenir. C'est aussi simple que ça.

— Pourquoi ne pas me prescrire quelques médicaments, et on en reste là ? Comme ça le FBI sera satisfait parce que j'aurai fait mon petit massage mental, et vous, vous aurez accompli votre boulot.

Claire secoua la tête.

— Ce n'est pas ainsi que je travaille. Je veux vous aider. Je crois que je le peux. Mais il faut que vous travailliez avec moi. Je ne peux pas transiger là-dessus.

— Vous n'aviez pas dit que j'avais une sorte de syndrome du combattant ? Qu'est-ce que ça a à voir avec mon beau-père ?

— Nous avons seulement évoqué cette hypothèse pour ce qui vous est arrivé dans la ruelle. Je n'ai pas dit que c'était la seule. Si vous tenez à résoudre vos problèmes, il faut les aborder sous tous les angles possibles.

— Des problèmes… Dit par vous, ça a l'air si simple. Comme si j'avais de l'acné.

— On peut utiliser un autre terme, si vous préférez, mais ça ne changera pas notre approche.

Web se couvrit le visage de ses mains et lui parla à travers ce bouclier.

— Mais qu'est-ce que vous attendez de moi, exactement ?

— La franchise, dans toute la mesure de vos possibilités. Et je crois que vous en êtes capable, si vous le décidez vraiment. Il faut me faire confiance, Web.

Il abaissa ses mains.

— D'accord, je vais vous dire la vérité. Stockton était une ordure. Il picolait et prenait des médocs. Apparemment, il n'était pas sorti des années soixante. Il avait un petit boulot d'employé de bureau, où il était obligé de porter un costume-cravate, mais le soir il se prenait pour Dylan Thomas.

— Vous me le décrivez comme une sorte de rêveur frustré, voire un imposteur ?

— Il se voulait plus intellectuel et plus talentueux que ma mère, mais il était loin de lui arriver à la cheville. Ses poèmes, c'était de la merde ; il n'a jamais rien publié. Son seul point commun avec Dylan Thomas, c'est qu'il buvait trop. Il croyait trouver l'inspiration dans l'alcool.

— Alors il battait votre mère ?

Elle se mit à pianoter sur le dossier.

— C'est ce qui est marqué ?

— En fait, c'est ce qui n'est pas précisé dans le dossier qui est le plus intéressant. Votre mère n'a jamais porté plainte contre Stockton.

— Eh bien, il faut croire les documents, non ?

— Est-ce qu'il battait votre mère ? demanda-t-elle à nouveau sans obtenir plus de réponse que la première fois. Ou bien étiez-vous le seul à être battu ? (Web leva lentement le regard vers elle, toujours sans répondre.) Donc il ne battait que vous ? Et votre mère le laissait faire ?

— Charlotte n'était pas souvent là. Elle avait commis une erreur en épousant ce type. Elle le savait et préférait oublier cette erreur.

— Je vois. J'imagine qu'il n'était pas question de divorcer.

— Elle l'avait déjà fait une fois. Deux, ç'aurait été trop. Il était plus facile de prendre la voiture, le soir, et de s'en aller.

— Et de vous laisser avec un homme qui vous battait, alors qu'elle le savait ? Qu'en pensiez-vous ?

Web ne dit rien.

— Lui en avez-vous parlé ? demanda-t-elle. Lui avez-vous expliqué ce que vous éprouviez ?

— Ça n'aurait servi à rien. Pour elle, ce type n'a jamais existé.

— Vous voulez dire qu'elle avait refoulé sa culpabilité ?

— Ça veut dire tout ce que vous voulez ! s'emporta-t-il. On n'en a jamais parlé !

— Étiez-vous présent à la mort de votre beau-père ?

— Peut-être. Je ne m'en souviens pas vraiment.

— Dans le dossier, il est seulement indiqué que votre beau-père est tombé. Comment est-il tombé ?

— Du haut de l'escalier du grenier. C'est là qu'il gardait sa réserve de came. Il était défoncé, il a raté un barreau, il s'est cogné la tête contre le rebord de la trappe et s'est brisé la nuque en tombant. L'enquête de police a conclu à une mort accidentelle.

— Votre mère était à la maison quand ça s'est passé, ou bien était-elle partie pour un de ses tours en voiture ?

— Vous vous prenez pour un agent du FBI, maintenant ?

— J'essaie seulement de comprendre la situation.

— Charlotte était à la maison. C'est elle qui a appelé l'ambulance. Mais, comme je l'ai dit, il était déjà mort.

— Vous avez toujours appelé votre mère par son prénom ?

— Ça me semble normal.

— J'imagine que vous avez dû vous sentir soulagé, à la mort de Stockton.

— Disons que je n'ai pas pleuré à son enterrement.

Claire se pencha en avant et lui parla à voix basse.

— Web, la question suivante va être très difficile à entendre, et si vous ne voulez pas y répondre maintenant, nous y reviendrons plus tard. Lorsqu'on a affaire à des violences parentales, il faut absolument la poser.

Web leva les deux mains.

— Il n'a jamais touché mes parties génitales, et il ne m'a jamais demandé de toucher les siennes. D'accord ? Rien de tout ça. On me l'a demandé à l'époque, et j'ai dit la vérité. Ce type n'était pas un violeur. C'était seulement une ordure sadique et cruelle qui a bousillé mon enfance en me massacrant tous les soirs. Mais, s'il s'en était pris à moi de cette façon-là, j'aurais trouvé un moyen de le tuer.

Se rendant compte de ce qu'il venait de proférer, il se hâta d'ajouter :

— Il a épargné ce travail à tout le monde en faisant la culbute.

Claire s'enfonça dans son siège et repoussa le dossier. Ce simple geste allégea quelque peu l'anxiété de Web, qui se redressa.

— Visiblement, vous vous souvenez de l'époque où vous avez vécu avec votre beau-père, et vous la détestez, ce qui se comprend fort bien. Mais avez-vous conservé des souvenirs de votre père naturel ?

— Un père, c'est un père.

— Ce qui veut dire ? Que vous mettez votre père et Raymond Stockton dans le même sac ?

— Ça m'évite d'avoir trop à y réfléchir.

— Ce n'est pas en fuyant les problèmes qu'on les résout.

— Franchement, Claire, je ne saurais pas par où commencer.

— Bon, eh bien, revenons un peu dans cette cour. Ce sera douloureux, mais il le faut.

Web s'exécuta et, effectivement, ce fut douloureux.

— Les gens que vous avez croisés en sortant du véhicule, ont-ils affecté votre comportement ?

— Non, sauf que je me demandais si l'un d'entre eux n'allait pas essayer de nous tuer ou de donner un signal, mais je savais que les tireurs d'élite les tenaient en joue. Donc, à part le risque de mort subite, tout allait bien.

Elle ne se laissa pas démonter par le ton sarcastique de Web.

— Bon, essayez de revoir le jeune garçon. Vous vous souvenez mieux, maintenant, de ce qu'il a dit ?

— Est-ce vraiment important ?

— Au point où nous en sommes, on ne sait pas encore ce qui est important et ce qui ne l'est pas.

Web laissa échapper un profond soupir.

— D'accord. J'ai vu l'enfant. Il nous a regardés. Il a dit…

Web s'interrompit parce qu'il visualisait très clairement Kevin. La blessure par balle sur sa joue, la cicatrice sur le front.

— Il a dit… il a dit : « Enfer et damnation », oui, c'est ce qu'il a dit. (Il regarda Claire, excité.) Voilà. Oh, et puis il s'est mis à rire. Mais un drôle de rire, comme un ricanement.

— De quelle façon avez-vous été touché ?

Web réfléchit un instant.

— Je dirais… quand il a ouvert la bouche. Comme si le brouillard entrait dans ma tête. « Enfer et damnation », c'est exactement ce qu'il a dit. Ça se produit à nouveau, en ce moment, je sens des fourmillements dans les doigts. C'est fou.

Claire prit quelques notes et releva les yeux sur lui.

— C'est assez inhabituel, ce genre d'expression, chez un garçon de son âge, dit-elle, surtout dans ces quartiers-là. Il aurait pu dire : « Ça va être l'enfer », mais : « Enfer et damnation » ? C'est une expression archaïque, d'un autre temps, qui rappelle l'époque puritaine. Qu'en pensez-vous ?

— Moi, ça me rappelle plutôt la guerre de Sécession.

— C'est quand même très étrange.

— Je peux vous dire que toute cette nuit a été très étrange.

— Avez-vous éprouvé autre chose ?

Web réfléchit.

— Nous attendions les derniers ordres pour passer à l'attaque. On les a reçus. (Il secoua la tête.) Dès que je les ai entendus dans mes écouteurs, je me suis figé sur place. Instantanément. Vous vous rappelez que je vous ai parlé de ces fusils Taser, qu'on utilise à la HRT… Eh bien, c'est comme si j'avais été touché par une de ces fléchettes électriques. Je ne pouvais plus bouger.

— Quelqu'un aurait-il pu tirer sur vous avec un de ces fusils Taser dans la ruelle ? Est-ce pour ça que vous vous êtes figé ?

— Impossible. Il n'y avait personne suffisamment près, et la fléchette n'aurait pas pénétré mon gilet pare-balles. Et puis, de toute façon, elle serait restée fichée en moi.

— C'est vrai, acquiesça-t-elle en prenant des notes. Cependant, vous avez dit auparavant que, bien que paralysé, vous avez réussi à vous relever et à avancer dans la cour.

— C'est la chose la plus difficile que j'aie faite de toute ma vie. J'avais l'impression de peser une tonne, plus rien ne fonctionnait en moi. Finalement, j'ai dû m'avouer vaincu, je suis tombé et je n'ai plus bougé. C'est là que les mitrailleuses ont ouvert le feu.

— Quand avez-vous commencé à recouvrer vos esprits ?

Une nouvelle fois, il réfléchit.

— J'ai eu l'impression de rester paralysé comme ça pendant des années. En réalité, ça n'a pas duré très longtemps. Quand les mitrailleuses ont commencé à tirer, j'ai senti que ça revenait. J'arrivais à remuer les bras et les jambes, mais ça me brûlait atrocement, comme quand on a un membre engourdi et que la circulation revient. Mais ça ne servait à rien, parce que, à ce moment-là, il ne fallait pas que je bouge.

— Alors c'est revenu tout seul ? Vous ne vous rappelez pas avoir fait quelque chose qui ait pu vous paralyser ? Vous ne vous seriez pas fait mal au dos à l'entraînement ? Avez-vous eu des nerfs endommagés ? Ça aurait pu vous immobiliser.

— Rien de tout ça. Pour partir en opération, il faut être en excellente forme physique.

— Alors vous avez entendu le déclenchement de la fusillade, et votre corps est redevenu sensible ?

— Oui.

— Rien d'autre ?

— L'enfant. J'en ai vu des milliers comme lui. Et pourtant il semblait différent. Je n'arrêtais pas d'y penser. Je ne sais pas. Je l'ai revu quand les mitrailleuses crachaient. Il était accroupi au coin de la ruelle. Un pas de plus, et il était coupé en deux. Je lui ai crié de reculer. Et puis j'ai rampé sur le ventre pour le rejoindre. Je voyais bien qu'il était terrorisé. Il entendait l'équipe Hotel arriver d'un côté, moi de l'autre, et pendant ce temps-là les mitrailleuses n'arrêtaient pas de tirer. Je sentais qu'il allait se sauver, traverser la cour. Pour lui, c'était la fin. Je ne pouvais pas le laisser faire ça, Claire. Il y avait eu trop de morts, cette nuit-là. Je l'ai rattrapé au moment où il bondissait, je l'ai calmé, parce qu'il hurlait qu'il n'avait rien fait, et quand les gamins disent ça, on sait très bien qu'ils cachent quelque chose.

« Donc, je l'ai calmé. Il m'a demandé s'ils étaient tous morts, et je lui ai dit que oui. Je lui ai donné mon calot, un petit billet, et j'ai tiré une fusée éclairante. C'était le seul moyen pour qu'il ne se fasse pas tuer par l’équipe Hotel, qui arrivait dans le noir. Je ne voulais pas qu’il meure.

— Vous pouvez être fier de l’avoir sauvé.

— Vraiment ? À quoi ça a servi que je l’aie sauvé ? À ce qu’il retourne dans la rue ? Vous savez, il est très particulier, ce gamin. Il a un grand frère nommé Big F, un trafiquant de drogue. C’est pas un enfant de chœur.

— Alors tout cela pourrait être l’œuvre du concurrents de ce Big F ?

— Peut-être. (Il hésita avant d’aller plus loin dans les révélations.) Quelqu’un a échangé ce gamin contre un autre. Dans la ruelle.

— Échangé le petit garçon ? Comment cela ?

— Le Kevin Westbrook qui a remis le billet à l’équipe Hotel n’était pas le même que celui que j’avais sauvé dans la ruelle. Et celui qui a disparu sur les lieux de la tuerie n’était pas celui que j’avais sauvé.

— Pourquoi aurait-on fait ça ?

— C’est la question à cent mille dollars, et ça me rend dingue. Tout ce que je sais, c’est que j’ai sauvé Kevin Westbrook dans cette cour, et que l’enfant qui a pris sa place est allé raconter à l’équipe Hotel que je n’étais qu’un trouillard. Pourquoi aurait-il fait ça ?

— Comme s’il cherchait à vous discréditer ?

— Un gamin ? (Web secoua la tête.) Quelqu’un cherchait à me nuir, c’est sûr, et l’enfant était un message. Quant à l’autre enfant, il doit être mort à l’heure qu’il est.

— Tout cela m’a l’air méticuleusement préparé.

— Et j’aimerais bien savoir pourquoi.

— On ne peut tenter que des hypothèses, Web. Je peux vous aider un peu, mais ce genre d’énigme, c’est en dehors de mes compétences.

— C'est peut-être également en dehors des miennes. Depuis huit ans, je n'ai pas fait beaucoup d'enquêtes. (Il joua avec une bague à son doigt.) Quand je suis arrivé, tout à l'heure, O'Bannon m'a balancé tout un laïus sur le syndrome du combattant.

— Ah, vraiment ? Il vous a parlé du Viêt-nam ?

Elle s'efforçait de réprimer un sourire.

— Je me doutais bien que ce n'était pas la première fois qu'il prenait les choses sous cet angle. Mais c'est ce que vous pensez, vous aussi… enfin, malgré cette histoire avec le gamin ?

— Je ne peux pas encore me prononcer, Web, c'est trop tôt.

— Je sais que des soldats ont réagi de cette façon. On leur tire dessus et ils paniquent. C'est parfaitement compréhensible.

Elle l'observait avec attention.

— Mais ?

Il se mit à parler à toute allure.

— Mais la plupart des soldats sont directement jetés sur la ligne de front après un court entraînement. Ils n'imaginent pas ce que c'est, de tuer quelqu'un. Ils n'imaginent pas à quoi peut ressembler un vrai champ de bataille. Moi, j'ai passé presque toute ma vie d'adulte à m'entraîner. On m'a tiré dessus avec des machins dont vous n'avez pas idée, depuis la mitrailleuse jusqu'au mortier de campagne. J'ai tué des hommes alors que j'étais à terre, en train de me vider de mon sang. Et pas une fois, pas une seule fois, je n'ai flanché comme ce soir-là. Et quand ça s'est produit, pas une seule cartouche n'avait encore été tirée. Dites-moi, comment est-ce possible ?

— Web, je sais que vous attendez des réponses. Il faut que l'on continue à creuser. Mais je peux vous dire que, quand il s'agit du psychisme, tout est possible.

Il la regarda intensément, se demandant comment quitter cette voie de garage où il s'était engagé.

— On ne peut pas dire que vous m'aidiez beaucoup, docteur. Combien vous paye le Bureau pour ne rien me dire ?

Il se leva brusquement et s'en alla.

Une fois encore, Claire ne chercha pas à le retenir. D'ailleurs, comment l'aurait-elle pu ? Ce n'était pas la première fois que des patients s'en allaient ainsi, brutalement, mais jamais au cours des deux premières séances. Elle se renfonça dans son siège, parcourut ses notes puis se mit à parler dans son Dictaphone.

Dissimulé dans le détecteur de fumée, au plafond, se trouvait un micro branché sur le circuit électrique du bâtiment, et qui possédait également sa propre batterie. Chaque psychiatre, chaque psychologue travaillant dans ce cabinet de groupe était espionné. L'armoire à électricité abritait d'autres appareils d'écoute électronique, et c'était l'un de ceux-ci, tombé en panne, qu'était venu réparer un « ouvrier » le matin même.

Ces appareils avaient collecté une somme gigantesque de renseignements sur tous les patients qui avaient franchi ces portes. Au cours de l'année précédente, une centaine d'agents du FBI, de tous les services, agents infiltrés, corruption publique, antenne de Washington, HRT, etc., ainsi qu'une vingtaine d'épouses, étaient venus ici, exposant par le menu tous leurs secrets et leurs problèmes, et s'attendant à bénéficier d'une totale confidentialité.

Dès que Web eut quitté le bâtiment, comme une tornade, Ed O'Bannon se glissa lui aussi hors de son bureau. Il gagna le garage en ascenseur, monta à bord de son coupé Audi flambant neuf et démarra. Puis il composa un numéro sur son téléphone.

— Je ne vous dérange pas ? demanda-t-il, inquiet.

À l'autre bout du fil, son interlocuteur lui répondit qu'il ne le dérangeait pas, pour autant qu'il allât droit au but.

— London sort d'ici.

— C'est ce que j'ai entendu dire. Un de mes hommes est venu réparer un appareil. Alors, comment ça se passe avec le vieux Web ?

O'Bannon avala sa salive, mal à l'aise.

— Il voit un autre psychiatre.

Et il s'empressa d'ajouter :

— J'ai fait de mon mieux pour l'en empêcher, mais il n'y a rien eu à faire.

Une telle tempête se déchaîna de l'autre côté qu'il dut écarter son portable.

— Écoutez, ce n'est pas ce que j'avais prévu, répondit O'Bannon. Je n'arrivais même pas à y croire. C'est arrivé brusquement… Quoi ? Elle s'appelle Claire Daniels. Elle a travaillé pour moi, autrefois. Elle est là depuis quelques années. Très compétente. En d'autres circonstances, ça n'aurait pas posé de problème. Mais je n'ai pas pu trop insister, ça aurait paru suspect.

Son interlocuteur émit une suggestion qui fit trembler O'Bannon. Il se rangea sur le bas-côté.

— Non, la tuer ne ferait qu'éveiller des soupçons. Je connais London. Il est intelligent. S'il arrivait quelque chose à Claire, il ne lâcherait jamais. Il est comme ça. Croyez-moi, j'ai travaillé assez longtemps avec lui. N'oubliez pas que vous avez fait appel à moi pour cette raison.

— Ce n'est pas la seule raison, répondit son correspondant. Et nous vous payons bien, Ed. Très, très bien. Et ça ne me plaît pas du tout qu'il aille voir cette Daniels.

— Je maîtrise la situation. Tel que je connais London, il va suivre un certain nombre de séances, puis tout envoyer balader. Mais s'il se passe quelque chose, nous le saurons. Je continue à le surveiller.

— Je vous le conseille. Parce que, à l'instant où vous ne maîtriserez plus cela, nous interviendrons.

Il raccrocha. Préoccupé, O'Bannon reprit la route.

22

Web avait passé beaucoup de temps à tourner en voiture dans le quartier où avait eu lieu le massacre. En congé sans solde, et n'appartenant pas à l'équipe officiellement chargée de l'enquête, il ne pouvait demander de renforts en cas de besoin. Il ne savait pas non plus très bien ce qu'il cherchait. La lueur uniforme des phares trouait la noirceur des rues. À de nombreux carrefours, on avait installé des caméras, théoriquement pour repérer les conducteurs qui brûlaient les feux rouges, mais Web savait qu'elles servaient surtout à surveiller ces zones où le crime prospérait. Il ne pouvait s'empêcher, pourtant, de reconnaître l'ingéniosité des délinquants du coin, car l'angle de vue d'une grande partie de ces caméras avait été modifié : certaines étaient pointées vers le ciel, d'autres vers le sol, quelques-unes vers des immeubles, et d'autres enfin avaient été purement et simplement détruites. Tant pis pour Big Brother.

Web vérifia ses messages. Aucune autre épouse n'avait appelé. Cynde et Debbie avaient probablement alimenté le robinet à rumeurs, informant les autres qu'elles avaient accompli un acte de salubrité en le mettant pour de bon à l'écart. Web entendait presque le soupir de soulagement poussé par ces dames.

Finalement, il avait pris un nouveau rendez-vous avec Claire. Elle ne fit aucune allusion à son agressivité ni à son deuxième départ abrupt. Il se dit qu'elle devait avoir le cuir épais.

À son arrivée, Web découvrit plusieurs autres patients dans la salle d'attente. Personne ne cherchait à croiser le regard de son voisin et Web s'en abstint à son tour. Tel devait être l'usage dans la salle d'attente d'un psy, songea-t-il. Qui aurait eu envie d'offrir aux yeux d'inconnus le spectacle de sa névrose ?

Claire fit son apparition, souriant de façon rassurante, et lui tendit une tasse de café où elle avait déjà mis le sucre et la crème, comme il l'aimait. Ils s'installèrent dans son bureau. Web se passa la main dans les cheveux.

— Claire, je voudrais vous présenter mes excuses pour la dernière fois. D'habitude, je ne suis pas aussi grossier. Je sais que vous cherchez à m'aider, et que ce n'est pas facile.

— Ne vous excusez pas, vous faites exactement ce qu'il faut : extérioriser vos pensées et vos sentiments, de façon à pouvoir les affronter.

— Bon, où allons-nous aujourd'hui, docteur ? lui demanda-t-il avec un léger sourire. Sur Mars ou sur Vénus ?

— Pour commencer, explorons un peu les symptômes de stress post-traumatique, et voyons si cela s'applique à votre cas.

Web sourit intérieurement. Là, il était en terrain connu.

— Comme le syndrome du combattant ?

— Ce terme est souvent mal utilisé, et je voudrais être plus précise. Cliniquement parlant, vous avez probablement souffert d'un stress traumatique avec les événements qui se sont produits dans cette cour.

— Je suis d'accord avec vous.

— Eh bien, vérifions un peu cette conclusion. Si le diagnostic se révèle juste, nous disposons de plusieurs méthodes pour en venir à bout, dont les techniques de maîtrise du stress, des règles de sommeil et nutritionnelles à adopter, des techniques de relaxation, un reconditionnement cognitif et des médicaments anxiolytiques.

— Dites donc, ça a l'air très simple !

Elle le regarda d'une façon qu'il jugea étrange.

— Parfois, c'est simple. (Elle baissa les yeux sur ses papiers.) Bon, avez-vous remarqué chez vous des changements physiques ? Frissons, vertiges, douleurs dans la poitrine, augmentation de la pression artérielle, difficultés respiratoires, fatigue, nausées ?

— La première fois que je suis revenu dans la cour et que j'ai raconté ce qui s'était passé, j'avais la tête qui tournait un peu.

— Et depuis lors ?

— Rien.

— Bien. Êtes-vous particulièrement nerveux, depuis les faits ?

Web n'eut pas à réfléchir longtemps.

— Non, pas vraiment.

— Avez-vous abusé de certaines substances pour tenir le coup ?

— Pas du tout ! J'ai même plutôt moins bu.

— Des images des événements vous sont-elles revenues par bouffées ?

Web secoua la tête.

— Vous sentez-vous hébété, cherchez-vous à fuir la vie, les gens ?

— Non. Je veux découvrir ce qui s'est passé. Je veux être actif.

— Êtes-vous plus irritable ou plus hostile que d'habitude envers les gens ? (Elle lui adressa un sourire.) Sauf avec la personne qui se trouve en face de vous en ce moment.

— Pas vraiment, Claire. Je crois même avoir été relativement calme.

— Dépression persistante, bouffées de panique, angoisses ou manifestations phobiques ?

— Rien de tout ça.

— Des souvenirs répétitifs s'imposent-ils soudain à vous ? En d'autres termes, faites-vous des cauchemars ?

Web répondit avec lenteur, car il s'aventurait dans un champ de mines.

— Au cours de la nuit passée à l'hôpital, après, j'ai fait de mauvais rêves. On m'avait drogué, mais je me rappelle que je n'arrêtais pas de m'excuser auprès des femmes de mes copains.

— Vu les circonstances, c'était normal. Et depuis lors, vous est-il arrivé des choses semblables ?

— Non. J'ai été très occupé par l'enquête. Mais je n'arrête pas de penser à ce qui s'est passé. Je me sens anéanti. Je n'ai jamais rien vécu de pareil.

— Mais, dans votre travail, vous avez déjà été confronté à la mort.

— Oui, mais jamais à la mort de mes coéquipiers.

— Avez-vous le sentiment d'avoir refoulé en dehors de votre esprit une partie de ce qui s'est passé, ce que nous appelons, en psychiatrie, un dysfonctionnement mémoriel ou un syndrome amnésique ?

— Non, je me souviens des moindres détails.

Tandis qu'elle consultait ses notes, Web s'écria :

— Je ne voulais pas qu'ils meurent ! Je regrette tellement leur mort ! Je ferais n'importe quoi pour qu'ils soient vivants.

Elle releva les yeux vers lui et repoussa ses notes sur le côté.

— Web, écoutez-moi très attentivement. Ce n'est pas parce que vous ne présentez pas les symptômes du stress post-traumatique que vous n'êtes pas sensible à ce qui est arrivé à vos amis. Cela ne signifie pas que vous ne souffriez pas. Il faut que vous le compreniez. J'ai devant moi un homme qui souffre de symptômes normaux après le supplice qu'il a vécu ; un supplice qui aurait empêché la plupart des gens de reprendre une vie normale, au moins pendant une longue période.

— Mais pas moi.

— Vous avez des capacités singulières, des années d'entraînement et une structure psychologique qui a considérablement aidé votre sélection pour la HRT. Depuis que je vous reçois, j'en ai appris beaucoup plus sur cette unité. Je sais que les épreuves physiques et le stress qu'on vous impose sont extraordinaires, mais les supplices mentaux sont encore plus incroyables. Vos capacités physiques et psychologiques ont décuplé votre résistance aux traumatismes. Après ce qui s'est produit dans cette cour, vous n'avez pas seulement sauvé votre vie, mais également votre intégrité mentale.

— Donc je ne présente pas de symptômes de stress post-traumatique ?

— Non, je ne le pense pas.

Il baissa les yeux sur ses mains.

— Cela veut-il dire que nous en avons terminé ?

— Non. Ce n'est pas parce que vous n'avez pas été traumatisé que vous n'avez pas de problèmes. Peut-être s'agit-il de problèmes qui remontent à une date bien antérieure à votre arrivée à la HRT.

Il se redressa, sur le qui-vive.

— Quoi, par exemple ?

— C'est pour ça que nous sommes ici. Vous avez dit que vous faisiez partie de la famille de vos collègues. Mais n'avez-vous jamais désiré fonder votre propre famille ?

Il demeura songeur avant de répondre.

— J'ai toujours pensé que j'aurais une grande famille, vous savez… plein de garçons avec qui jouer au ballon, et plein de filles à gâter, qui mèneraient leur vieux papa par le bout du nez. Et moi, souriant au milieu de toute cette marmaille.

Claire prit son stylo et son calepin.

— Et pourquoi ne l'avez-vous pas eue ?

— Les années ont passé.

— C'est tout ?

— N'est-ce pas suffisant ?

Elle observa son visage, le bon et le mauvais côté. Web se détourna comme la première fois.

— Faites-vous toujours comme ça ?

— Quoi ?

— Tourner le côté blessé de votre visage lorsque quelqu'un vous regarde.

— Je ne sais pas, je n'y ai pas vraiment réfléchi.

— Il me semble, au contraire, Web, que vous réfléchissez soigneusement à tout ce que vous faites.

— Si vous saviez, vous seriez surprise.

— Nous n'avons pas encore parlé de vos relations personnelles. Avez-vous une liaison ?

— Mon travail ne me laisse guère de temps pour cela.

— Pourtant, les autres membres de votre équipe étaient tous mariés.

— Peut-être que, dans ce domaine, ils étaient meilleurs que moi, répliqua-t-il sèchement.

— Dites-moi, quand avez-vous été blessé au visage ?

— Faut-il vraiment aborder ce sujet ?

— On dirait que ça vous gêne. On peut parler d'autre chose, si vous préférez.

— Mais non, ça ne me gêne pas du tout !

Web se leva et, devant Claire sidérée, ôta sa veste et ouvrit le bouton de col de sa chemise pour montrer la blessure à son cou.

— J'ai été blessé au visage avant d'être blessé là. Des partisans de la suprématie blanche, membres de la Free Society, se sont emparés d'une école à Richmond. Alors que j'avais le visage en sang, l'un d'eux m'a tiré dessus avec un 357 Magnum. Une blessure bien nette, j'ai été traversé de part en part. Un millimètre sur la gauche, et j'étais soit mort, soit transformé en légume. J'en ai aussi une autre, mais je ne vous montrerai pas le trou. Elle est ici. (Il désigna un endroit près de l'aisselle.) La balle qui m'a atteint, dans notre milieu, on l'appelle un tunnelier. Vous devez connaître ces énormes machines qui ont creusé le tunnel sous la Manche. C'est une balle à chemise d'acier particulièrement vicieuse. Elle tournoie en spirale à l'intérieur du corps à trois fois la vitesse du son. Elle pulvérise tout sur son passage. Elle m'a traversé et a tué un type, derrière moi, qui s'apprêtait à me fendre le crâne avec une machette. Si ç'avait été une balle dum-dum au lieu d'une balle à chemise d'acier, elle serait encore dans mon corps, et je serais mort d'un coup de machette sur le crâne. (Il sourit.) Vous vous rendez compte de ma chance ?

Elle baissa les yeux sans répondre.

— Eh, docteur, reprit-il, ne détournez pas le regard, vous n'avez encore rien vu. (Il posa le menton dans le creux de sa main, exposant la partie endommagée de son visage. Elle releva les yeux.) Cette blessure magnifique, je la dois à un jet de flamme qui a failli emporter mon copain Lou Patterson – vous savez, le mari de cette femme qui m'a insulté devant tout le monde. Vous avez dû voir ça à la télé, non ? Eh bien, cette flamme a fait fondre mon bouclier sur mon visage. Tout un côté du visage était à vif, la blessure ouverte. Quelqu'un a dit que j'avais l'air d'un cadavre en décomposition. J'ai subi cinq opérations, Claire, et je ne vous parle pas de la douleur. C'était tellement effroyable qu'ils ont dû plusieurs fois m'attacher. Et quand j'ai vu ce qui restait de mon visage, je n'ai eu qu'une envie : me tirer une balle dans la bouche. Et j'ai failli le faire. Finalement, après ma sortie de l'hôpital, c'était plutôt marrant de voir les femmes se sauver en hurlant dès que je m'approchais. Ma carrière de séducteur était terminée. Alors voilà, je n'ai pas beaucoup d'aventures, et le mariage est passé après des choses beaucoup plus importantes, comme de sortir la poubelle ou tondre la pelouse. (Il s'enfonça dans son siège et reboutonna sa chemise.) Vous vouliez savoir autre chose ? demanda-t-il d'un air affable.

— J'ai vu la conférence de presse du Bureau, où l'on racontait en détail la façon dont vous aviez été blessé. Vous vous êtes conduit de façon héroïque. Et pourtant, vous vous voyez comme quelqu'un de repoussant aux yeux des femmes… Je me demande également si, à votre avis, vous auriez fait un bon père.

Décidément, cette femme ne lâchait pas prise.

— Je ne le crois pas, répondit-il en s'efforçant de garder son calme.

— Non, je me demande si vous vous le demandez aussi.

— Mais qu'est-ce que c'est que cette question ? s'énerva-t-il.

— Pensez-vous que, si vous aviez eu des enfants, vous les auriez maltraités ?

Web bondit de sa chaise.

— Encore une question de ce genre et je quitte ce bureau définitivement.

— Quand nous avons commencé cette thérapie, je vous ai dit que vous deviez me faire confiance. Une psychothérapie est une épreuve douloureuse, surtout quand il faut affronter des sujets qu'on ne veut pas aborder. Je ne cherche qu'à vous aider, mais il faut jouer franc jeu avec moi. Si vous voulez perdre votre temps à faire le clown, ça vous regarde. Moi, je cherche à avancer.

La psychiatre et le policier se dévisagèrent un long moment. En fin de compte, Web détourna le regard et se rassit. Il commençait à mieux comprendre la relation de Romano et d'Angie.

— Je n'aurais pas battu mes enfants. Pourquoi aurais-je agi ainsi, après tout ce que m'a fait subir Stockton ?

— Votre réponse semble parfaitement logique. Pourtant, dans la réalité, la plupart des parents qui martyrisent leurs enfants ont été eux-mêmes victimes de mauvais traitements au cours de leur enfance. Dans ce domaine, les erreurs des parents ne nous enseignent rien. Les enfants ne peuvent pas se révolter, ils refoulent donc leur haine, leur colère, leur détresse, pendant des années. Ça ne disparaît pas spontanément, ce bouillon de culture où mijotent sentiment de trahison et mépris de soi : papa ou maman ne peuvent pas m'aimer puisqu'ils me tapent, et ça doit être ma faute, parce que papa et maman ne peuvent pas se tromper. Les enfants battus grandissent et ont eux-mêmes des enfants, parfois ils arrivent à dépasser leurs problèmes et à devenir d'excellents parents. Mais, le plus souvent, la colère et la haine qui sont restées enfouies si longtemps resurgissent et ils reproduisent le même schéma sur leur progéniture.

— Jamais je ne lèverais la main sur un enfant, Claire. Je sais que mon métier pourrait donner à penser le contraire, mais je ne suis pas comme ça.

— Je vous crois, Web. Mais l'important, c'est de savoir si vous, vous croyez à ce que vous dites.

Son visage s'empourpra de nouveau.

— Vous me harcelez, là, chère madame.

— Je vais donc essayer d'être plus directe. Pensez-vous que votre décision de ne pas vous marier et de ne pas avoir d'enfants puisse venir du fait que vous ayez été victime de violences et que vous craigniez d'agir de même avec vos propres enfants ? Ce n'est pas rare, Web, pas du tout. On pourrait même dire que c'est le sacrifice suprême.

— Ou la façon suprême de fuir ses problèmes.

— On pourrait dire cela aussi, c'est vrai.

— Qu'en pensez-vous ?

— En ce qui vous concerne, cela pourrait fort bien être les deux à fois. Mais si c'est la raison qui vous a empêché de vous marier et d'avoir des enfants, ne voulez-vous pas qu'on aille y voir plus profondément ? Si je peux comprendre que certaines femmes soient découragées par vos blessures au visage, ne croyez pas que ce soit le cas pour toutes.

Il secoua la tête, incrédule, puis la regarda droit dans les yeux.

— À une époque où je me trouvais en plein Montana, à surveiller un autre de ces groupes d'enragés, je passais mes matinées de veille à mettre en joue des types qui passaient devant la fenêtre. J'attendais tous les jours, pendant des heures, le moment où il faudrait en tuer un. Ce genre de choses finit par miner, vous savez. Alors quand je n'étais pas de service, je restais dehors, à la lueur des étoiles, et j'écrivais chez moi.

— À qui ?

Web eut l'air un peu gêné, et il lui fallut quelques instants avant de poursuivre, car il n'avait jamais révélé cela à personne.

— Je faisais semblant d'avoir des enfants, avoua-t-il sans oser la regarder. Je leur inventais même des noms, comme Web Junior, Lacey. Ma plus jeune s'appelait Brooke, elle était rousse et il lui manquait des dents. Je leur écrivais des lettres à tous. Je les envoyais même chez moi, de façon à les trouver à mon retour. Alors que j'étais là-bas, dans le Montana, attendant de tuer une bande de types tellement abrutis que ce n'était même plus drôle, eh bien, j'écrivais à Brooke Louise pour lui dire que son papa reviendrait bientôt. Je commençais à croire pour de bon à cette famille. C'est la seule chose qui m'ait permis de tenir le coup, parce que finalement j'ai été obligé d'appuyer sur la détente, et la population du Montana a diminué de deux personnes. (Il s'interrompit, contempla la moquette, s'essuya la bouche et ravala ce qui ressemblait fort à de la bile.) Quand je suis rentré chez moi, toutes ces lettres m'attendaient. Je ne les ai même pas lues. Je savais déjà ce qu'elles disaient. La maison était vide. Pas de Brooke Louise… C'est complètement fou, hein ? Écrire des lettres à des enfants qu'on n'a même pas !

Web, alors, se rendit compte que, sans l'avoir cherché, il avait fini par toucher Claire Daniels.

En quittant le cabinet de Claire, il aperçut deux personnes qui discutaient dans la salle d'attente et, l'espace d'une seconde, un blanc se fit dans son esprit. O'Bannon était l'une d'elles, ce qui semblait normal puisque, après tout, il travaillait là. Mais la présence de la femme qui se tenait face à lui était, elle, totalement incongrue. En apercevant Web, Debbie Riner, elle aussi, se raidit.

O'Bannon, alors, s'avança vers lui, la main tendue.

— Web, je ne savais pas que vous alliez venir aujourd'hui. D'ailleurs, je ne sais pas comment je l'aurais su, Claire et moi ne nous communiquons pas nos agendas, ce serait éthiquement répréhensible.

Web ne prit pas la main que lui tendait le médecin ; il ne pouvait détacher son regard de Debbie, qui semblait pétrifiée, comme surprise en plein rendez-vous adultère.

Le regard du psychiatre passa de l'un à l'autre.

— Vous vous connaissez ?

Puis il se frappa le front.

— Mais bien sûr, la HRT !

Web s'avança vers Debbie, qui tirait un mouchoir de son sac.

— Deb ? Tu vois O'Bannon ?

— Enfin, protesta le médecin, c'est confidentiel !

Web écarta d'un geste le petit homme.

— Oui, je sais, top secret.

— Je n'ai jamais aimé cette salle d'attente commune, ça ne permet pas de respecter la confidentialité à laquelle ont droit les patients, malheureusement il n'y a pas moyen de faire autrement.

Mais, de toute évidence, ces deux-là ne l'écoutaient pas.

— Au revoir, Debbie, dit-il enfin. (Il se tourna vers Web.) Détendez-vous, Web. Je suis sûr que Claire accomplit des miracles pour vous.

Oui, avait envie de répondre Web. Elle accomplit tellement de miracles qu'elle est en train de me rendre fou. Il tint la porte à Debbie, et ils se dirigèrent tous deux vers l'ascenseur. Elle détournait la tête et Web sentait son visage s'empourprer, sans savoir si c'était de gêne ou de colère.

— Je viens voir une psy pour qu'elle m'aide à surmonter ce qui s'est passé, expliqua-t-il enfin. J'imagine que toi aussi.

Elle se moucha et finit par le regarder.

— Moi, ça fait plus d'un an que je vois le Dr O'Bannon.

Sidéré, il n'entendit même pas arriver l'ascenseur.

— Tu descends ? demanda Debbie.

Une fois dans la rue, ils s'apprêtaient à partir chacun de son côté lorsque Web, maîtrisant son embarras, lui demanda sans trop d'espoir :

— Tu as le temps de prendre un café ?

— Il y a un Starbucks au coin de la rue, répondit-elle. Je connais bien le quartier.

Ils s'assirent devant leurs mugs tandis que les machines, avec de grands bruits de siphons, abreuvaient leurs consommateurs assoiffés.

— Plus d'un an, as-tu dit ? Tu vois un psy depuis tout ce temps-là ?

Debbie remua quelques paillettes de cannelle dans son café.

— Il y a des gens qui restent en psychothérapie toute leur vie, Web.

— Oui, des gens. Mais pas toi.

Elle le scruta comme jamais auparavant.

— Laisse-moi un peu te parler des gens comme moi, Web. Quand Teddy et moi on s'est mariés, il était militaire de carrière. Je savais ce qui m'attendait, soit des postes à l'étranger, dans des pays où personne ne parle anglais, soit au fin fond des États-Unis, dans des patelins où il faut se taper 150 kilomètres en voiture pour aller au cinéma. Mais j'aimais Teddy, et je l'ai suivi. Ensuite, il a intégré les commandos Delta. On a eu des enfants, et lui n'arrêtait pas de bouger. La moitié du temps, je ne savais même pas où il était. Ni s'il était encore vivant. Je m'informais comme tout le monde, en lisant les journaux ou en regardant CNN. Enfin, on a surmonté ça. Et puis il s'est engagé dans la HRT, et je me suis dit que ça pourrait être mieux. Tu parles ! On ne m'avait pas prévenue que la HRT, c'était encore pire que les commandos Delta, ni que mon mari serait absent encore plus souvent. Je pouvais supporter quand j'avais vingt ans, et pas d'enfants. Mais je n'ai plus vingt ans, et j'ai trois enfants que j'élève pratiquement seule, avec la paye de Teddy, une paye à peu près équivalente à celle d'une caissière de supermarché, après toutes ces années à servir son pays ! Toutes mes journées, je les ai passées auprès de mes enfants, mais mon plus jeune ne pose qu'une seule et unique question : « Pourquoi il a dû partir, papa ? Pourquoi il ne revient pas à la maison ? » Et je n'ai aucune réponse à lui donner.

— Il est mort en livrant un juste combat, Debbie. Il est mort pour son pays.

Elle abattit son poing sur la table avec une telle violence que les autres consommateurs tournèrent la tête dans leur direction.

— Ça, c'est une connerie, et tu le sais pertinemment !

Elle réussit à se contenir mais, aux yeux de Web, elle ressemblait à un volcan en éruption s'efforçant désespérément de retenir sa lave.

— Il a fait un choix, enchaîna-t-elle. Il voulait être avec ses copains, manier ses armes, il voulait vivre l'aventure. (Sa voix se fit plus calme, plus triste.) Il adorait ses copains. Il t'adorait, toi, Web. Tu n'as pas idée à quel point. Beaucoup plus que moi ou même que ses enfants, parce qu'il ne les connaissait pas aussi bien que toi. Vous vous êtes battus ensemble, chacun a sauvé la vie de l'autre, tous les jours vous étiez confrontés au danger, et vous aviez la force de vous en sortir. Comme une équipe. L'équipe la plus extraordinaire qui ait jamais existé. Il te disait des choses qu'il ne m'aurait jamais dites. Il avait cette autre vie à laquelle je n'avais aucune part. Et c'était plus excitant, plus passionnant que tout ce qu'il avait par ailleurs... Comment veux-tu qu'une femme et des enfants puissent se comparer à ça ? Teddy ne me racontait que des détails de ce qui se passait vraiment, et seulement pour maintenir la paix dans la famille... Comme j'ai pu vous haïr, parfois, parce que vous nous l'arrachiez...

Elle se tamponna les yeux avec un mouchoir. Web avait envie de lui prendre la main, mais il n'osa pas, de peur d'être repoussé. Il se sentait coupable de crimes monstrueux sans même avoir été inculpé.

— Teddy suivait-il lui aussi une psychothérapie ? demanda-t-il doucement.

Debbie essuya ses larmes et avala une gorgée de café.

— Non. Il répétait que si on apprenait, à la HRT, qu'il voyait un psy, on le ficherait dehors, parce qu'il n'y avait pas de place pour les faibles au sein de l'équipe. En outre, il affirmait qu'il n'avait pas de raisons d'aller voir un psy. Même si je devenais à moitié folle, de son côté à lui, tout allait bien. Il ne voulait pas que j'y aille mais pour une fois dans ma vie, j'ai tenu bon. Il le fallait, Web, il fallait que je parle à quelqu'un. Et je ne suis pas la seule femme d'un membre de la HRT qui aille voir un psychiatre. Il y en a d'autres, comme Angie Romano.

Angie Romano ! Peut-être Paulie la battait-il. Non, plus vraisemblablement, c'était elle qui battait Paulie.

— Tu n'étais pas heureuse, Debbie. Et pourtant tu aurais mérité de l'être.

Web possédait une centaine de photos de lui au milieu de ses copains de l'équipe Charlie, en train de s'amuser. Et aucune épouse ne figurait sur ces photos, tout simplement parce qu'ils ne les avaient jamais invitées. Il avait jugé ces femmes sans savoir ce qu'elles vivaient. Il ne commettrait plus la même erreur.

Elle posa la main sur la sienne, s'efforçant même de sourire.

— Maintenant que je t'ai déversé une tonne de mes problèmes, dis-moi, comment se passe ta psychothérapie, à toi ?

Il haussa les épaules.

— Ça va. Même si je ne sais pas trop où je vais. Je me doute que ce n'est en rien comparable à ce que tu as perdu, mais je me suis brusquement rendu compte que, dans ma vie, je n'avais que ces gars-là. Ils ont disparu et je suis encore là, sans bien savoir pourquoi. Et je crois que je ne le saurai jamais.

— C'est terrible, ce que t'a fait Julie Patterson. Elle est sous le choc. Il faut dire qu'elle n'a jamais été très équilibrée. Je crois que, de nous toutes, c'était elle qui vous en voulait le plus.

— Julie pourrait recommencer, je ne me défendrais pas plus.

— Tu devrais quitter ce métier. Tu as payé tes dettes. Tu as suffisamment servi ton pays. Suffisamment donné. Ils ne peuvent pas t'en demander plus.

— Bah, j'imagine qu'après trente ans de psycho-blabla, je serai comme neuf.

— Ça marche, Web. O'Bannon m'a même hypnotisée ; il m'a amenée à formuler des choses dont je ne soupçonnais même pas l'existence en moi. Elles devaient être enfouies très profondément. (Elle lui étreignit la main encore plus fort.) Je sais que le dîner chez moi a été horrible. On ne savait pas quoi te dire. On voulait te mettre à l'aise, mais on n'a pas réussi. Je suis même étonnée que tu ne te sois pas enfui en hurlant avant le dessert.

— Ce n'était pas à toi de me mettre à l'aise.

— Pendant toutes ces années, tu as été tellement gentil avec les enfants de tout le monde… Je voudrais que tu saches combien on y a été sensibles. Et nous sommes toutes heureuses que tu aies survécu. Toutes, nous savons que tu as plusieurs fois risqué ta vie pour sauver celle de nos maris.

Délicatement, elle promena ses doigts à la peau douce sur la partie ravagée de son visage. Il ne déroba pas.

— Nous savons toutes le prix que tu as payé, Web.

— Maintenant, j'ai le sentiment que ça en valait la peine.

23

Toona s'enfonça dans le siège conducteur et verrouilla la portière. Puis il tendit l'enveloppe à Francis, qui se tenait à l'arrière de la Lincoln Navigator noire. Macy occupait le milieu et avait gardé ses lunettes noires, bien que la voiture eût des vitres teintées. Il avait une oreillette et portait une arme. Peebles ne se trouvait pas avec eux.

Francis considéra l'enveloppe mais ne la prit pas.

— Où t'as eu ça, Toona ? Faut pas m'donner des trucs quand tu sais pas d'où ça vient. J't'ai quand même appris ça, non ?

— C'est clean. Ils ont déjà vérifié, patron. Je sais pas d'où ça vient, mais c'est pas une lettre piégée.

Francis jeta l'enveloppe de côté et dit à Toona de continuer à rouler. Dès qu'il l'avait touchée, il avait compris de quoi il s'agissait. Il l'ouvrit et prit la bague. Elle était petite, en or, et il n'aurait même pas pu l'enfiler à son petit doigt, mais elle allait parfaitement au majeur de Kevin. C'était lui qui l'avait achetée, et à l'intérieur il avait fait graver les noms de Kevin et de Francis, plus précisément : « Francis et Kevin, pour la vie. »

Francis sentit ses mains trembler, et en levant les yeux il aperçut Toona qui l'examinait dans le rétroviseur.

— Démarre, Toona, sans ça on retrouvera ta carcasse à la décharge, avec le chargeur entier de mon flingue dans ta tête de nœud.

La Navigator quitta le trottoir et prit de la vitesse.

Délicatement, Francis tira la lettre de l'enveloppe. Elle était écrite en capitales d'imprimerie, comme dans un feuilleton télé. Ceux qui avaient enlevé Kevin demandaient à Francis… non, ils lui ordonnaient plutôt de faire quelque chose s'il voulait revoir l'enfant vivant. C'était curieux, comme message. Francis s'attendait qu'on lui réclame de l'argent, ou bien qu'on lui dise de renoncer à tout ou partie de son territoire. Il aurait obtempéré, récupéré Kevin, puis pourchassé ses ravisseurs, et il les aurait tous tués, probablement de ses propres mains. Mais leurs exigences ne ressemblaient à rien de tout cela et, du coup, Francis avait encore plus peur pour Kevin, parce qu'il ne comprenait rien à ce que voulaient ces types. Il savait ce qui poussait des gens à voler ou à tuer. Il croyait tout savoir. Mais, d'après la lettre, ceux-là connaissaient des choses particulières touchant au bâtiment où les fédéraux avaient été massacrés.

— D'où elle vient, cette lettre, Toona ?

Leurs regards se croisèrent dans le rétroviseur.

— Twan a dit que c'était en ville. Quelqu'un l'a glissée sous la porte.

« En ville » faisait référence à l'un des rares appartements que Francis utilisait plus de deux fois. L'endroit appartenait à une société dont la seule fonction était de permettre à Francis de posséder quelque chose légalement sans que la police vienne frapper à sa porte. Il l'avait joliment arrangé, avec des œuvres d'art de certains de ses frères du ghetto. Francis Westbrook faisait en quelque sorte figure de mécène. L'appartement était aussi garni de meubles sur mesure, assez solides pour qu'il puisse s'y installer sans les briser. L'adresse étant l'un de ses secrets les mieux gardés, c'était le seul endroit où il pouvait se détendre. Mais quelqu'un avait découvert sa retraite, violé son intimité, et Francis savait que plus jamais il ne pourrait y retourner.

Il plia la lettre et la mit dans sa poche, mais garda la petite bague dans le creux de sa main et se prit à la contempler. Puis il tira la photo de sa poche de chemise et la contempla également. Elle avait été prise le jour du neuvième anniversaire de Kevin et Francis tenait l'enfant sur ses épaules. Ils avaient assisté à un match des Redskins et portaient tous les deux le même tricot. Francis était si grand et si costaud qu'au stade les gens l'avaient pris pour un joueur. C'est ça, quand on est grand et noir, on n'est bon qu'à jouer au ballon pour des sommes astronomiques. Mais Kevin, lui, n'y avait pas vu malice. Il valait mieux ça que d'avoir un père trafiquant de drogue.

Et Kevin, son fils, que pensait-il de celui qu'il prenait pour son grand frère ? Qu'avait-il éprouvé, le jour où il avait été pris dans une fusillade, alors qu'on cherchait à le tuer, lui, Francis ? Il se rappelait la façon dont il tenait l'enfant par un bras, le protégeant du mieux qu'il pouvait et tirant au pistolet, de l'autre main, sur ces salopards qui avaient transformé en tuerie une paisible fête d'anniversaire. Il n'avait même pas pu l'amener lui-même à l'hôpital, il avait fait appel à Jerome. Kevin hurlait qu'il voulait son frère, mais Francis ne pouvait rien faire, parce que, après la fusillade, l'hôpital général du district de Columbia grouillait de flics qui attendaient l'arrivée des rescapés pour leur passer les menottes. Cela faisait longtemps que les flics guettaient le moindre prétexte pour le coller au trou. Francis aurait eu droit à un long séjour dans un quartier de haute sécurité, simplement pour avoir conduit son fils blessé à l'hôpital.

Il sentit ses yeux se remplir de larmes et s'efforça de les refouler. Il n'avait pleuré que deux fois dans sa vie : à la naissance de Kevin, et lorsque celui-ci, blessé par balle, avait failli perdre la vie. Il avait toujours cherché à gagner assez d'argent pour vivre deux vies entières : la sienne et celle de Kevin. Lorsque Francis prenait momentanément ses distances avec le bizness pour se reposer sur une petite île, son fils l'accompagnait, loin de la drogue, des armes et de la mort prématurée qui rôdait sans cesse dans ces milieux. Peut-être même trouverait-il un jour le courage de dire la vérité à Kevin : qu'il était son père. Il ne savait pas exactement pourquoi il lui avait menti en se faisant passer pour son grand frère. Avait-il peur de la paternité ? Ou bien le mensonge faisait-il partie intégrante de la vie de Francis Westbrook ?

Comme on le lui annonçait dans la lettre, la sonnerie de son portable retentit. Ils devaient le surveiller. Il porta lentement l'appareil à son oreille.

— Kevin ?

Toona tourna la tête en entendant le nom. Macy, lui, demeura impassible.

— Ça va, mon bonhomme ? Tu es bien traité ? questionna Francis.

En entendant la réponse, il hocha la tête. Ils parlèrent une minute environ, puis la communication fut coupée. Francis reposa le téléphone.

— Mace ? dit-il.

Instantanément, Macy se tourna vers lui.

— Mace, il faut dénicher ce Web London. Y a des choses qu'ont changé.

— Tu veux dire qu'il faut le tuer, ou bien échanger des informations ? Tu veux qu'on aille le trouver ou qu'il vienne, lui ? Si c'est pour des infos, vaudrait mieux que ça soit lui qui vienne. Mais si tu veux qu'on le bute, j'y vais et puis c'est tout.

Macy, c'était la logique même. Il lisait dans l'esprit de son patron, réfléchissait à part lui, envisageait toutes les possibilités, et évitait à Francis l'ennui de procéder à l'analyse de la situation et de prendre une décision. Toona ne serait jamais comme ça, et même Peebles avait des capacités plus limitées dans ce domaine. Curieux, quand même, qu'un petit Blanc vicieux fût devenu son bras droit, et comme son frère à lui, le Noir.

— Pour l'instant, j'ai besoin d'infos. Alors il viendra à nous. À ton avis, faut combien de temps ?

— On l'a vu rôder dans sa bagnole, probable qu'il cherchait des indices. Je pense que ça devrait pas prendre trop de temps. On a une belle carotte à lui agiter sous le nez.

— Bon, on y va. Oh, et puis, Mace, tu t'es bien débrouillé pour cet autre truc, ajouta Francis en glissant un coup d'œil en direction de Toona.

— J'ai fait que mon boulot, répondit Macy.

Kevin leva les yeux vers l'homme en reposant le téléphone.

— Tu as été parfait, Kevin.

— Je veux voir mon frère.

— Une chose à la fois. Tu viens de lui parler. Tu sais, on n'est pas méchants. On a l'esprit de famille.

Mais, à la façon dont il rit en prononçant ces derniers mots, le petit garçon se dit qu'il ne faisait pas partie de sa famille. Il frotta son doigt, là où se trouvait la bague.

— Pourquoi vous m'avez laissé lui parler ?

— Eh bien, il est important qu'il sache que tu vas bien.

— Comme ça il fera ce que vous lui direz ?

— Dis donc, tu es un petit malin, toi ! Tu veux un boulot ?

Il éclata de rire une nouvelle fois, puis s'en alla en verrouillant la porte derrière lui.

— Ce que je veux, s'écria Kevin dans son dos, c'est partir d'ici !

24

Depuis plusieurs jours, Web ne lisait aucun journal. Il finit par acheter le *Washington Post* et le parcourut, assis devant un café à une table près de la grande fontaine, au Reston Town Center. Il se déplaçait lentement tout autour de la zone de Washington, transmettant au FBI des notes de motel plutôt salées. De temps à autre, Web observait en souriant les enfants qui escaladaient le rebord de la fontaine pour jeter des piécettes dans l'eau, tandis que leurs mères les retenaient par un pan de chemise pour qu'ils ne tombent pas tête la première.

Il avait déjà parcouru les sections sports, nouvelles locales, mode, et s'apprêtait à lire le premier cahier. En page A6, son attitude nonchalante disparut. Il relut l'article trois fois puis examina attentivement les photos. En se renfonçant dans son siège, il se dit que c'était impossible. Il porta ensuite la main à la partie abîmée de son visage, pressa le doigt sur chaque cicatrice laissée par une balle. Après tout ce temps, allait-il devoir à nouveau affronter cela ?

Il composa un numéro sur son portable, puis, Bates n'étant pas là, il le fit appeler sur son bipeur. Bates rappela quelques minutes plus tard. Web lui parla de l'article.

— Louis Leadbetter. Le juge de Richmond qui a conduit le procès de la Free Society. Descendu. Watkins, lui, était procureur général à ce procès. Au moment où il entre chez lui, la maison saute. Tout ça le même jour. Et puis l'équipe Charlie. C'est nous qu'on a envoyés à la demande de l'antenne de Richmond. J'ai moi-même tué deux Freebies avant d'avoir le visage rôti et de me prendre deux pruneaux. Et puis Ernest B. Free lui-même. Évadé de prison, il y a de ça trois mois, je ne me trompe pas ? Un maton pourri l'a fait sortir du fourgon à l'occasion d'un transfert et a été égorgé en guise de remerciement.

La réponse de Bates le surprit.

— On sait tout ça, Web. Nos ordinateurs nous avaient déjà craché l'info, et puis il y a eu ces deux morts, ces deux assassinats. Et autre chose, encore.

— Quoi ?

— Vous feriez mieux de venir.

À son arrivée à l'antenne de Washington, Web se vit escorter jusqu'à la salle des opérations stratégiques, local équipé de toutes les alarmes possibles et imaginables au sein de ce mammouth fédéral : murs recouverts d'un enduit cuivré, bruit blanc à tous les portails sensibles, scanners palmaires et rétiniens, amoncellement d'ordinateurs surpuissants, équipements vidéo, et, surtout, café en grande quantité, accompagné de doughnuts Krispy Kreme.

Web s'en versa une tasse, salua quelques personnes qui s'affairaient dans la grande salle, puis jeta un coup d'œil aux diagrammes informatiques de la cour et de ses environs, punaisés sur des tableaux. On y avait disposé des épingles signalant des éléments de preuve ou des indices. Le martèlement des pas, l'incessant cliquetis des ordinateurs, les sonneries de téléphone, le bruissement des papiers et la chaleur des corps indiquaient à Web qu'il se passait quelque chose d'important. Il avait déjà travaillé dans cette salle.

— Oklahoma City a placé la barre trop haut, énonça Bates avec un sourire ironique en le voyant s'approcher. Maintenant, on croit qu'il nous suffit d'examiner quelques bouts de métal, de visionner quelques vidéos, de vérifier des plaques minéralogiques, de tapoter sur un clavier d'ordinateur, et paf ! on tient le bonhomme quelques heures plus tard. (Il jeta son calepin sur la table.) Mais ça ne marche jamais comme ça. Comme pour tout le reste, il nous faut du temps. En tout cas, on a reçu une flopée de messages. Visiblement, quelqu'un tient à nous faire savoir qu'il est là et bien là.

— À votre place, Perce, je suivrais la moindre piste. Ceux qui nous lancent dessus ne peuvent pas savoir comment on va la suivre.

— Vous savez, j'ai vraiment regretté que vous ayez quitté l'antenne de Washington pour aller grimper à la corde et faire du tir à la cible. Si vous étiez resté avec moi, vous auriez fini par devenir un bon agent du FBI.

— Comme on fait son lit on se couche. Vous disiez qu'il y avait autre chose ?

Bates acquiesça et lui tendit une coupure de presse.

— Scott Wingo… Ce nom vous évoque quelque chose ?

— Oui, c'était l'avocat de notre ami Ernest B. Free. Je ne suis pas venu au procès, bien sûr, mais on m'a parlé de lui.

— Malin comme un singe. Il a réussi à conclure un bon arrangement pour son client. Et maintenant il est mort.

— Assassiné ?

— On a mis de l'atropine sur le combiné de son téléphone. On décroche, on appuie l'appareil contre la peau, près des narines. L'atropine est absorbée par les muqueuses beaucoup plus rapidement que par le système sanguin. Les pulsations cardiaques s'accélèrent, la respiration ralentit, on peut avoir des hallucinations, le tout en une heure. Si on a des problèmes rénaux ou circulatoires, c'est-à-dire si le corps ne peut pas se débarrasser rapidement du produit, l'effet du poison est accéléré. Wingo était diabétique, il avait des problèmes cardiaques et se déplaçait en fauteuil roulant, donc l'atropine était le choix idéal. Tous les samedis, il se rendait seul à son bureau, et personne n'a pu l'aider quand il a ressenti les premiers effets de l'atropine. Ce jour-là, on savait qu'il passait de nombreux coups de fil, en tout cas c'est ce qu'on nous a indiqué à Richmond.

— Donc ceux qui l'ont tué connaissaient à la fois ses problèmes de santé et ses habitudes de travail ?

Bates hocha la tête.

— Leadbetter a été tué en allumant le plafonnier de la voiture où il se trouvait, pour lire un article dont lui aurait parlé un autre juge. D'après le marshal qui a pris l'appel, ça venait du juge Mackey. Bien sûr, ce n'était pas lui.

— À nouveau, le téléphone.

— Ce n'est pas tout. Un voisin de Watkins a déclaré à la police avoir vu Watkins tirer un téléphone de sa poche. Le type n'a pas entendu la sonnerie, mais, d'après lui, Watkins devait répondre à un appel. Sa maison était pleine de gaz, il a appuyé sur la touche « réponse » et boum !

— Attendez… Un portable, ce n'est pas un interrupteur électrique. Ça ne provoque pas d'étincelle.

— On a examiné l'appareil, ou du moins ce qu'il en restait. Les médecins légistes ont dû le décoller de la main de Watkins. On avait placé dans l'appareil un solénoïde capable de provoquer l'étincelle nécessaire.

— Donc quelqu'un a dû dérober son appareil pendant qu'il dormait, ou profiter d'un moment où il s'en était séparé, installer le solénoïde et le surveiller pour qu'il réponde au bon moment.

— Oui. On a vérifié les appels reçus sur les appareils de Watkins et du marshal. Les deux appels ont été faits avec une de ces cartes jetables qu'on paye en liquide. Pas de trace.

— Comme celles qu'utilisent les agents infiltrés, observa Web. Je parie que le vôtre n'a pas encore refait surface.

— Laissez tomber notre infiltré.

— Non, j'y reviendrai plus tard. Bon, quelles sont les dernières nouvelles de Free ?

— Aucune. On dirait que ce type s'est volatilisé.

— L'organisation est toujours active ?

— Malheureusement, oui, répondit Bates. Vous vous rappelez sans doute qu'ils ont nié toute implication dans l'attaque de l'école de Richmond, que Ernie Free n'a pas voulu compromettre ses camarades et qu'il a déclaré avoir organisé ça tout seul, sans les avertir. Ceux qui étaient avec lui ont été tués, dont deux par vous. On n'a pu faire craquer aucun des membres pour les amener à témoigner, de sorte que la Free Society n'a même pas été inculpée en tant que telle. Ils se sont tenus à carreau pendant quelque temps, à cause de la mauvaise presse que leur avait valu cette affaire, mais ils semblent de retour avec de nouvelles recrues.

— Où sont-ils, en ce moment ?

— Dans le sud de la Virginie, près de Danville. Vous imaginez bien que l'endroit est surveillé. On pensait que le vieil Ernie allait se pointer là-bas après son évasion, mais jusqu'ici, rien.

— Après tout ça, questionna Web, on ne pourrait pas obtenir un mandat de perquisition pour leur quartier général ?

— Aller voir un magistrat pour lui dire qu'on a trois meurtres, six en comptant la famille de Watkins, et qu'on pense que la Free Society est derrière tout ça mais qu'on n'a absolument aucune preuve pour ces affaires ni pour le massacre de la HRT ? Pourtant, ça colle parfaitement. Le procureur, le juge, on a là tous les motifs de la vengeance.

— Mais pourquoi l'avocat de la défense ? Il a sauvé Ernie de l'injection mortelle. Pourquoi lui ?

— C'est vrai, mais on n'a pas affaire à des gens raisonnables, Web. Ils sont certainement furieux que leur cinglé de copain ait fait ne serait-ce qu'un jour de prison. Ou peut-être qu'Ernie avait un problème avec lui, et qu'après son évasion il a décidé de tous les liquider.

— Enfin, au moins ça devrait mettre fin à la tuerie. Il ne reste plus personne.

Bates tira alors d'un dossier une petite feuille de papier et une photo.

— Pas vraiment. Vous vous rappelez que deux institutrices ont également été abattues dans cette école.

Web respira profondément, car les souvenirs douloureux lui revenaient en force.

— Et le petit garçon, David Canfield, ajouta-t-il.

— C'est vrai. Eh bien, l'une de ces deux institutrices était mariée. Et vous savez quoi ? Son mari s'est tué il y a trois jours dans l'ouest du Maryland, en rentrant chez lui en voiture tard le soir, après son travail. La police poursuit l'enquête. Apparemment, il y a eu une collision.

— Il y a une histoire de téléphone ?

— L'homme en avait un dans la voiture. On a contacté la police locale, ils vont vérifier s'il a reçu un appel avant l'accident.

— Et la famille de l'autre institutrice ?

— Le mari et les enfants se sont installés dans l'Oregon. Ils sont sous surveillance vingt-quatre heures sur vingt-quatre. Et ce n'est pas tout. Vous vous souvenez des parents de David Canfield ? Bill et Gwen ?

— Oui. Quand j'étais à l'hôpital, Billy Canfield est venu deux fois me rendre visite. Un brave type. Il était très éprouvé par la mort de son fils. Je n'ai jamais rencontré sa femme, quant à lui, je ne l'ai pas revu depuis.

— Ils ont déménagé. Aujourd'hui, ils vivent dans le comté de Fauquier, où ils possèdent un élevage de chevaux.

— Il leur est arrivé des choses bizarres ?

— On les a contactés dès qu'on a fait le rapprochement. D'après eux, il ne s'est rien passé d'anormal. Ils étaient au courant de l'évasion de Free mais se passeraient de notre aide. Billy aimerait voir rappliquer ce salaud, pour lui coller une balle dans la tête.

— Billy Canfield, c'est pas une rosière. Je m'en suis rendu compte quand il est venu à l'hôpital ; dur, têtu. On m'a dit que, par deux fois, il a failli être inculpé d'outrage à magistrat.

— Il dirigeait sa propre entreprise de transport, et il l'a vendue après la mort de son fils.

— Si les Free sont derrière ces meurtres à Richmond, les Canfield seraient vraiment en danger.

— Je sais. Je me suis dit que je pourrais aller les voir, histoire de les ramener un peu à la raison.

— J'irai avec vous.

— Vous en êtes sûr ? Il vaudrait peut-être mieux de ne pas raviver ce qui s'est passé dans cette école de Richmond.

— On ne peut pas oublier ça, Perce, même avec le temps. Les deux institutrices sont mortes avant notre arrivée. Je n'ai rien pu y faire, mais David Canfield, lui, a été tué alors qu'il était sous ma garde.

— Vous en avez fait plus que n'importe qui. Vous n'avez aucune raison de vous sentir coupable.

— Dans ce cas, vous ne me connaissez pas.

Bates étudia Web avec attention.

— D'accord, Web, mais il ne faut pas vous oublier, vous. Si les Free avaient l'intention d'éradiquer toute l'équipe Charlie, ils n'ont pas terminé le travail.

— Ne vous inquiétez pas. Avant de traverser la rue, je regarde toujours des deux côtés.

— Je ne plaisante pas. Ils ont essayé une fois, ils recommenceront. Autre chose. À l'audience, Wingo a porté plainte contre la HRT et le FBI pour homicide injustifié.

— Des conneries.

— C'est vrai. Mais ça leur a permis de rassembler un certain nombre de renseignements sur la HRT. La Free Society a probablement appris des choses sur vos méthodes, vos procédures d'intervention, etc. Ça a pu les aider à préparer leur embuscade.

Web n'y avait pas encore songé, mais cela semblait tout à fait vraisemblable.

— Je vous promets que si je reçois le moindre appel un peu bizarre, vous serez le premier informé. Et je vérifierai que je n'ai pas d'atropine sur mon appareil… Maintenant, parlez-moi de Cove. Les Free sont peut-être impliqués, mais ils ont dû bénéficier d'informations maison. Il est difficile de croire que les Free puissent travailler avec un homme de couleur, mais on ne doit négliger aucune piste. Vous m'avez dit qu'il aimait travailler seul. Que savez-vous d'autre sur lui ?

N'ayant rien appris par Ann Lyle, Web avait décidé de puiser ses informations à la source.

— Oh, pas mal de choses. Ça se trouve dans le dossier, là où il y a marqué : « Tout ce qu'il faut savoir sur les agents infiltrés du FBI ».

— Allez, Perce, ce type-là pourrait être la clé de toute cette affaire.

— Certainement pas ! Vous pouvez me croire.

— Tout ce que je sais, c'est que j'ai déjà travaillé sur ce genre d'histoire. Et, contrairement à ce que vous pensez, en rentrant à la HRT je n'ai pas cessé d'être un agent du FBI. J'ai eu un excellent professeur, mais que ça ne vous monte pas à la tête. Un autre regard, c'est un autre regard. N'est-ce pas ce que vous répétiez sans cesse ?

— Ça ne marche pas comme ça, Web, désolé. Le règlement, c'est le règlement.

— Il me semble qu'à l'époque vous disiez plutôt le contraire.

— Les temps changent, les gens changent.

Web réfléchit. Fallait-il abattre son joker ?

— Bon, d'accord. Que diriez-vous si je vous apprenais quelque chose que vous ignorez et qui pourrait être important ?

— Je dirais : « Mais pourquoi diable ne pas me l'avoir dit avant ? »

— Je viens seulement de m'en rendre compte.

— Bon, d'accord.

— Vous voulez l'entendre, oui ou non ?

— Et que voulez-vous en échange ?

— Je vous donne des infos sur l'affaire, et vous faites de même avec moi.

— Et si je vous forçais à me les révéler sans contrepartie ?

— Allez, en souvenir du bon vieux temps…

Bates tapota le dossier posé devant lui.

— Comment savoir si c'est quelque chose qui me sera vraiment utile ?

— Si ce n'est pas le cas, vous ne me devrez rien.

Bates l'observa un moment.

— Allez-y.

Web lui parla alors de l'échange des deux enfants. Au fur et à mesure, le visage de Bates s'empourprait, son pouls avait dépassé les soixante-quatre pulsations minute depuis un moment.

— Quand, exactement, vous êtes-vous rendu compte de ça ?

— Lorsque j'ai pris une bière avec Romano, j'ai mentionné le fait que le Kevin Westbrook que j'avais vu avait sur la joue la cicatrice d'une blessure par balle. Romano m'a répondu que l'enfant qu'il avait recueilli n'en avait pas. Cortez l'a confirmé. Et ne vous en prenez pas à eux : je leur ai dit que j'allais vous prévenir tout de suite.

— Bien sûr ! Qui a pu échanger ces enfants, et pourquoi ?

— Je n'en ai pas la moindre idée. Mais je peux vous assurer que l'enfant que j'ai sauvé dans la ruelle et celui que Romano a remis au soi-disant agent du FBI n'étaient pas les mêmes. Alors, qu'en pensez-vous ? C'est une information intéressante ou pas ?

Pour toute réponse, Bates ouvrit un dossier, mais il sembla réciter de mémoire :

— Randall Cove. Quarante-quatre ans. A fait toute sa carrière au FBI. Ancien coureur All-American de l'Oklahoma, mais s'est bousillé les genoux avant d'être recruté par la NFL. Voici une photo récente.

Web examina le cliché que Bates fit glisser sur la table. L'homme avait une barbe courte, des dreadlocks et un regard perçant. Il était grand, environ 1,90 mètre, et semblait de force à terrasser un grizzly. Web se pencha en avant, faisant mine d'examiner la photo, mais s'efforçant surtout de lire à l'envers le maximum d'informations dans le dossier que Bates avait ouvert. Ses années d'expérience au Bureau lui avaient apporté quelques talents dans ce domaine.

— Il sait se défendre et connaît la rue mieux que la plupart des caïds. Et puis il est capable de garder son sang-froid en toutes circonstances.

— Ouais, je me suis toujours demandé pourquoi les petits Blancs sortis de Princeton n'étaient jamais à l'aise au milieu des trafiquants de drogue. Il est marié ?

— Sa femme est morte.

— Et il a des enfants ?

— Oui. Enfin, il en avait.

— Que leur est-il arrivé ?

Bates se tortilla sur sa chaise, mal à l'aise.

— Ça remonte à un bout de temps.

— Je vous écoute.

Bates laissa échapper un long soupir, comme s'il n'avait pas l'intention de parler.

— J'ai perdu toute mon équipe, Perce, insista Web. J'ai besoin de savoir.

— Il était en mission en Californie. C'était risqué, parce qu'il s'agissait de truands russes, et ces gens-là vous tirent dessus au missile si vous toussez trop fort. À côté d'eux, les mafiosi font figure d'enfants de chœur.

Bates s'interrompit.

— Et alors ? fit Web.

— Il a été découvert. Ils ont retrouvé sa famille.

— Ils les ont tués ?

— Disons plutôt massacrés. (Bates s'éclaircit la gorge.) J'ai vu les photos.

— Où était Cove ?

— Ils l'avaient éloigné de façon à avoir les mains libres.

— Et ils ne s'en sont pas pris à lui ?

— Ils ont essayé. Ils ont attendu qu'il ait enterré sa femme et ses enfants. Délicate attention. Quand ils sont arrivés, Cove les attendait.

— Il les a tués ?

Bates cilla plusieurs fois et Web remarqua un tic à sa paupière gauche.

— Massacrés. J'ai aussi vu les photos.

— Et le Bureau a laissé ce type continuer son boulot ?

Bates ouvrit les mains, résigné.

— Le Bureau a essayé de le convaincre de partir à la retraite, mais il a refusé. Il voulait s'occuper. Et ce type a travaillé plus dur que n'importe quel agent infiltré. On l'a quand même muté à Washington pour l'éloigner de la Californie. Il a réussi à s'introduire dans des endroits auxquels on n'avait jamais eu accès auparavant. Grâce à Randall Cove, on a pu rassembler des preuves sur de gros bonnets, y compris à l'étranger.

— Vous en parlez comme d'un héros.

Le tic de Bates avait fini par s'apaiser.

— Il utilise des méthodes peu orthodoxes, c'est un franc-tireur, ce qui ne plaît pas beaucoup en haut lieu, famille massacrée ou pas. Mais rien de tout ça n'a gêné Cove. Je ne peux pas dire que ça n'ait pas nui à sa carrière, mais d'un autre côté, en dehors d'activités sous couverture, le FBI n'a pas grand-chose d'autre à proposer à un type de son genre. Et je suis sûr qu'il le sait. Il s'est toujours protégé. Il se salit les mains mais ramène de la belle marchandise. Jusqu'à aujourd'hui.

— Et le fait que les Russes aient pu localiser sa famille, ça pourrait être dû à une bourde du Bureau ?

Bates haussa les épaules.

— Cove ne semblait pas le penser. Depuis ce moment-là, il bosse comme un fou.

— Vous savez bien, Perce, que la vengeance est un plat qui se mange froid.

— Possible.

Web commençait à s'énerver.

— Je trouve sidérant qu'un type comme ça ait pu rester au FBI et peut-être envoyer toute mon équipe en enfer pour venger sa femme et ses enfants. Vous n'avez pas un service d'évaluation de ce genre de situation ?

— Vous savez, les agents infiltrés, c'est une espèce très particulière. Ils vivent sans cesse dans le mensonge, parfois ils s'y enfoncent trop profondément, et soit ils sont retournés, soit ils deviennent fous. Voilà pourquoi le Bureau procède à des mutations, change les affectations et les laisse recharger leurs batteries.

— On a fait ça avec Cove ? On l'a changé de poste, on lui a laissé recharger ses dreadlocks ? On lui a proposé un soutien psychologique quand il a enterré sa famille ? (Bates garda le silence.) Ou bien il était tellement bon qu'on l'a laissé où il était jusqu'à ce qu'il explose en mille morceaux sur mon équipe ?

— Je ne veux pas discuter de ça avec vous.

— Et si je vous disais que ç'a été une connerie inacceptable ?

— Et si je vous disais, moi, que vous êtes en train de franchir la ligne rouge ?

Les deux hommes s'affrontèrent du regard jusqu'à ce que la tension retombe.

— Et ses indics ? Ce sont aussi des pros ? demanda Web.

— Cove est le seul à les approcher. Personne ne les connaît. Ce ne sont pas vraiment les règles au FBI, mais elles sont efficaces. Ce sont ses règles à lui.

— Alors, est-ce qu'on en sait un peu plus sur cet objectif ? D'après vous, il s'agissait du QG financier d'un trafiquant de drogue. Qui ?

— Eh bien, les avis divergent.

— Génial, Perce. J'adore les mystères.

— Il ne s'agit pas d'une science exacte. Le quartier où vous êtes intervenu est essentiellement sous la coupe de Big F.

— C'était donc à son réseau qu'on s'attaquait, dans ce bâtiment ?

— Cove ne le pense pas.

— Il n'en est pas sûr ?

— Parce que vous croyez que les truands ont des cartes syndicales ou que leurs papiers d'identité portent la mention « membre de la bande X » ?

— Alors, que dit Cove ?

— Que c'est une opération financière autrement plus importante. Peut-être le réseau qui approvisionne la région de Washington en Oxycontin. Vous connaissez cette drogue ?

Web acquiesça :

— Les gars de la DEA en parlent sans arrêt à Quantico. Pas besoin d'un laboratoire de production, pas besoin de s'inquiéter des passages à la douane. Suffit de mettre la main dessus, ce qui peut se faire de quinze façons différentes, et ensuite d'encaisser la thune.

— C'est le nirvana des criminels, ajouta sèchement Bates. À l'heure actuelle, c'est l'un des antalgiques les plus puissants et les plus souvent prescrits par les médecins.

— Vous n'avez vraiment aucune idée de l'identité de son indic ?

Bates tapota le dossier devant lui.

— Pour que Cove ait pu obtenir de telles informations, on s'est dit que l'indic devait appartenir au cercle rapproché. Il travaillait sur la bande de Westbrook quand il est tombé sur cette histoire d'Oxy, et j'imagine que c'est son informateur qui lui a signalé ces nouveaux développements. Antoine Peebles est en quelque sorte le directeur exécutif du réseau de Westbrook. Il dirige des opérations d'envergure, et c'est en grande partie à cause de lui qu'on n'a jamais rien pu prouver contre son patron. Tenez, dit-il en poussant vers lui deux photos, là c'est Westbrook, et là c'est Peebles.

Web les examina. Westbrook était un monstre, infiniment plus costaud, même, que Cove. Il possédait ce regard perçant qui n'appartient qu'à certains vétérans qui ont survécu aux guerres les plus meurtrières. Peebles, lui, présentait un aspect bien différent.

— Westbrook est un taureau de combat, remarqua Web. Mais Peebles, lui, a l'air sorti de Stanford.

— Exactement. Il est jeune, c'est le type de ces nouveaux trafiquants, moins violents, plus hommes d'affaires, ambitieux. Dans la rue, on raconte que quelqu'un cherche à regrouper tous les distributeurs locaux pour les rendre plus efficaces, accroître leur pouvoir de négociation commerciale, réaliser des économies d'échelle, la véritable approche managériale, en un mot.

— Apparemment, le cher Antoine ne se contente plus de son poste de directeur exécutif et ambitionne de devenir P-DG.

— Peut-être. Cela dit, Westbrook vient de la rue. Il a touché à tout, il aurait peut-être l'intention de se retirer des affaires.

— Si Peebles cherche à réorganiser les bandes de revendeurs, il a peut-être un programme différent. Mais s'il est le successeur probable, pourquoi avoir tuyauté Cove ? Si on bousille le réseau, qu'est-ce qui reste à Peebles ?

— C'est le problème, concéda Bates.

— Quelqu'un d'autre, dans le tableau ?

— Le principal homme de main de Westbrook. Clyde Macy.

Bates lui tendit sa photo. Macy, et c'est un euphémisme, avait une tête à poireauter dans le couloir de la mort. Ce skinhead était si blanc qu'il en paraissait anémique, et il avait un regard à la fois si calme et si impitoyable que Web songea aussitôt à un tueur en série.

— Si Jésus voyait ce type s'avancer vers lui, il appellerait en hurlant un flic à la rescousse.

— Apparemment, Westbrook ne travaille qu'avec les meilleurs, commenta Bates.

— Comment Macy s'entend-il avec tous ces « frères » ? Il a une tête de militant de la suprématie blanche.

— Hé non. Apparemment, il aime simplement se raser le crâne. On ne sait pas grand-chose de lui avant son arrivée à Washington. Même si on n'a aucune preuve, il paraît qu'il aurait été homme de main de deux truands qui ont été envoyés au pénitencier fédéral de Shangri-La, à Joliet. Après, il est arrivé à Washington, où il a été embauché par Westbrook. Dans la rue, il a la réputation d'être à la fois loyal et extrêmement violent. Un vrai cinglé, mais un professionnel à sa façon.

— Comme doit l'être tout bon criminel.

— Son premier haut fait a été de planter un hachoir à viande dans la tête de sa grand-mère, parce que le dîner n'était pas assez copieux.

— Comment est-il encore libre, après un meurtre pareil ?

— Il n'avait que onze ans, alors il a purgé sa peine dans un centre de détention pour mineurs. Depuis lors, ses seuls crimes ont été trois excès de vitesse.

— Sympa, le type. Ça vous ennuie si je garde ces photos ?

— Je vous en prie. Mais si vous croisez Macy dans une ruelle sombre ou même dans une avenue bien éclairée, je vous conseille de changer de trottoir.

— Je suis quand même à la HRT, Perce. Des gars comme ça, j'en mange un à tous les petits déjeuners.

— Très bien. Répétez-le souvent pour vous convaincre.

— Si Cove est aussi bon que vous le dites, il n'est pas tombé dans un piège. Il a dû se passer autre chose.

— Possible. Mais tout le monde peut commettre des erreurs.

— Vous confirmez que Cove ne connaissait pas l'heure de notre intervention ?

— Oui. On n'a donné à Cove ni la date ni l'heure de l'opération.

— Comment ça se fait ?

— Ils ne voulaient aucune fuite et, comme de toute façon il ne devait pas être présent, il n'y avait aucune raison de le mettre au courant.

— Génial, vous ne faites même pas confiance à vos agents infiltrés. Cela ne veut pas dire qu'il n'a pas pu obtenir l'info par une autre source. Quelqu'un d'ici ?

— Pourquoi pas de la HRT ? rétorqua Bates.

— Et le fait qu'il y aurait des témoins potentiels, ça venait de Cove, ce tuyau ? (Bates acquiesça.) Ç'aurait été bien de savoir tout ça avant.

— On ne donne d'informations que lorsque c'est nécessaire. Et vous n'aviez pas besoin d'être au courant de cela pour faire votre boulot.

— Alors, que six hommes aient trouvé la mort dans cette affaire, tout le monde s'en fout ?

— En haut lieu, oui. Il n'y a que des gens comme vous et moi que ça intéresse.

— Y a-t-il encore d'autres choses que je n'ai pas besoin de savoir ?

D'une pile de documents, Bates tira alors un gros dossier, dont il sortit une enveloppe en papier kraft.

— Pourquoi ne pas m'avoir dit que Harry Sullivan était votre père ?

Aussitôt, Web se leva et se versa une nouvelle tasse de café. Il n'avait pas vraiment besoin de caféine supplémentaire mais cela lui donnait le temps de trouver une réponse, vraie ou mensongère. Lorsqu'il se rassit, Bates examinait encore le dossier et, quand il releva les yeux vers Web, celui-ci comprit qu'il devrait répondre avant de recevoir le matériel.

— Je ne l'ai jamais considéré comme mon père. Quand il est parti, j'avais à peine six ans. Pour moi, c'est un type parmi d'autres.

Au bout d'un moment, il demanda :

— Quand avez-vous découvert que c'était mon père ?

Bates promena le doigt sur l'une des pages.

— Pas avant d'avoir sorti votre dossier complet. Franchement, en regardant son casier, je me suis demandé comment il avait eu le temps de mettre votre mère enceinte. Il a des références.

Web avait envie de lui arracher le dossier des mains et de s'enfuir, mais il regardait fixement les pages tournées à l'envers, attendant que Bates les lui confie. Le bourdonnement de la salle avait soudain disparu. Il n'y avait plus que lui, Bates et, dans ces pages, son père.

— Pourquoi vous intéressez-vous subitement à quelqu'un, qui, pour reprendre votre expression, n'est qu'un type parmi d'autres ? interrogea Bates.

— J'imagine que, arrivé à un certain âge, ce genre de chose commence à avoir de l'importance.

Bates remit la chemise dans le dossier et poussa l'ensemble en direction de Web.

— Bonne lecture.

25

De retour à son motel, la première chose que Web remarqua fut la tache d'huile là où il était garé la veille. N'importe quel client pouvant utiliser cette place de parking, mais elle se trouvait juste en face de sa chambre. Avant d'ouvrir, il examina soigneusement la poignée de la porte, tout en faisant semblant de chercher sa clé. Malheureusement, même lui n'aurait su dire si on avait ou non pénétré chez lui. La serrure n'avait pas été forcée, mais il suffisait d'être un peu habile pour ouvrir cette porte en un clin d'œil et sans laisser de trace.

La main sur la crosse de son pistolet, il ouvrit le battant. Il lui fallut dix secondes pour s'apercevoir que tout était à sa place, y compris la boîte qu'il avait prise dans le grenier, chez sa mère, avec chaque papier exactement à l'endroit où il l'avait déposé. Pourtant, avant de partir, Web avait laissé cinq pièges minuscules dans la pièce, et trois d'entre eux avaient été bougés. Au cours des années, il avait pris l'habitude de se protéger ainsi lorsqu'il était en déplacement. Celui qui avait fouillé sa chambre était bon mais pas parfait.

C'était réconfortant, comme de savoir que la brute de deux cents kilos que l'on va affronter a le menton en verre et qu'il lui arrive de mouiller son lit.

Curieux, tout de même, que l'on ait fouillé sa chambre alors qu'il s'entretenait avec Bates. Ayant connu le pire au cours de sa vie, Web, sans avoir jamais été naïf, avait toujours cru pouvoir compter sur ses collègues du FBI. Aujourd'hui, cette foi se trouvait ébranlée.

Il rassembla ses quelques effets, et cinq minutes plus tard roulait sur la route. Il gagna un restaurant près d'Old Town Alexandria, se gara à un endroit d'où il pouvait surveiller sa voiture, avala son déjeuner et se plongea dans la vie de Harry Sullivan.

Bates n'avait pas exagéré. Le père de Web avait été l'hôte des meilleurs centres pénitentiaires du pays, surtout dans le Sud, où l'on trouve les plus exquises cages à humains. Son père avait commis une infinité de délits, tous sur le même thème : petites escroqueries minables, carambouilles financières, détournements de fonds. D'après les procès-verbaux d'arrestation et les attendus des jugements, il avait surtout utilisé comme arme un bagout à toute épreuve et un culot monstrueux.

Dans le dossier figuraient un grand nombre de photos, profils droit et gauche, avec les numéros d'identification en dessous. Web avait souvent vu de tels portraits, qui tous se ressemblaient : le sujet apparaissait abattu, prêt à se trancher les veines ou à se brûler la cervelle. Or, sur tous ces clichés, Harry Sullivan souriait. Cet abruti souriait comme s'il venait de jouer un bon tour aux flics, alors même qu'il s'était fait piéger. Pourtant, son père n'avait pas bien vieilli.

Disparu, le bel homme des photos du grenier. La dernière série montrait un type très vieux, souriant, certes, mais à qui il manquait des dents. Web n'avait aucune raison de s'inquiéter de lui, mais le spectacle de cette déchéance avait quelque chose de pénible.

En lisant certaines déclarations de son père devant les tribunaux, Web ne put s'empêcher plusieurs fois d'éclater de rire. Les dialogues entre le prisonnier et les procureurs décidés à le maintenir en cage révélaient un homme doué d'une incroyable faconde.

— Monsieur Sullivan, déclarait l'un des magistrats, n'est-il pas vrai que le soir en question, vous…

— Excusez-moi, mon garçon, mais de quel soir s'agit-il, exactement ? Ma mémoire n'est plus ce qu'elle était.

Web imaginait le magistrat levant les yeux au ciel avant de répondre :

— Le 26 juin, monsieur.

— Ah, c'est vrai. Continuez, mon garçon, vous faites ça très bien. Je suis sûr que votre maman doit être fière de vous.

Dans la transcription, le greffier avait noté, entre parenthèses : « Rires dans la salle ».

— Monsieur Sullivan, je ne suis pas votre garçon !

— Oh, excusez-moi, fiston, je ne connais pas bien les usages, et je n'avais pas de mauvaises intentions. La vérité, c'est que je ne sais pas comment m'adresser à vous. Il faut dire que dans le fourgon qui m'a amené de la prison jusqu'à ce beau palais de justice, j'en ai entendu qui vous traitaient de noms que je n'oserais pas utiliser contre mon pire ennemi. Des mots qui feraient se retourner ma vieille maman dans sa tombe du cimetière catholique. Attaquer votre honnêteté et votre intégrité, comment supporter une chose pareille ?

— Je me moque de ce que des criminels peuvent raconter sur moi, monsieur.

— Je m'excuse, fiston, mais le pire venait des gardiens.

« Nouveaux rires », avait écrit le greffier. Tempête de rires, plutôt, se dit Web en voyant la série de points d'exclamation qui suivaient ces derniers mots.

— Pouvons-nous poursuivre, monsieur Sullivan ? demandait le magistrat.

— Bah, appelez-moi Harry. On m'appelle comme ça depuis que mon petit cul d'Irlandais est arrivé sur terre.

— Monsieur Sullivan !

Cette fois-ci, c'était le président qui avait lancé ces deux mots, et Web crut y discerner un rire sous cape, mais probablement se trompait-il. Cela dit, le juge se nommait O'Malley, et peut-être Sullivan et lui partageaient-ils, à défaut d'autre chose, une même haine des Anglais.

— Il n'est pas question que je vous appelle Harry, rétorquait le procureur.

Web imaginait l'air indigné du malheureux, contraint à une telle conversation avec un délinquant, et s'en tirant aussi mal.

— Ah, mon garçon, je sais bien que c'est votre boulot de me flanquer dans un cachot humide au milieu d'autres mecs qui se conduisent entre eux de façon indigne. Et tout ça pour un tout petit malentendu, une erreur d'appréciation peut-être due à une pinte de bière en trop, allez savoir. Mais, de toute façon, il faut m'appeler Harry, parce que, même si vous êtes obligé d'accomplir votre terrible devoir, il n'y a pas de raison qu'on ne soit pas amis.

En terminant ce chapitre de la vie de son père, Web eut la satisfaction d'apprendre que, ce jour-là, le jury l'avait acquitté de tous les chefs d'inculpation.

Les derniers méfaits commis par Harry Sullivan lui avaient valu vingt ans d'emprisonnement, de loin sa condamnation la plus lourde. Il en avait déjà purgé quatorze dans une prison de Caroline du Sud, connue comme l'antichambre de l'enfer. Il lui en restait donc encore six à accomplir, à moins qu'il ne bénéficie d'une libération conditionnelle, ou, plus vraisemblablement, qu'il ne meure avant.

Web avala sa dernière bouchée de pastrami et sa dernière gorgée de Dominion Ale. Il lui restait encore un dossier à parcourir. Cela ne lui prit pas longtemps, mais il en resta sonné.

Le FBI est efficace. Rien ne lui échappe. Quand il enquête sur quelqu'un, on peut dire qu'il ne laisse rien dans l'ombre. Si on postule à un emploi chez lui, on peut être sûr qu'il s'adressera à toutes les personnes que vous avez croisées au cours de votre existence. Votre institutrice de cours préparatoire, votre livreur de journaux, la jolie fille que vous avez emmenée au bal du lycée. Il interrogera également le chef de votre meute de louveteaux, vos beaux-parents, le banquier qui vous a refusé votre crédit pour l'achat de votre première voiture, votre coiffeur…

Bien sûr, ils étaient allés voir le vieux Harry Sullivan.

Récemment incarcéré dans sa prison de Caroline du Sud, il avait volontiers renseigné les enquêteurs du FBI sur Web London, son fils. « Mon fils ». Ces deux mots, Harry Sullivan les avait prononcés trente-quatre fois au cours de l'entretien. Web avait pris la peine de les compter.

Harry Sullivan offrait de « mon fils » les meilleures recommandations qu'on puisse imaginer, bien qu'il n'eût connu « mon fils » qu'au cours de ses six premières années. Mais, d'après Harry Sullivan, un véritable Irlandais connaissait par cœur son fils du jour où on lui ôtait ses couches. Et son fils avait toutes les qualités requises pour faire le meilleur agent du FBI qui ait jamais existé, parfaitement, on pouvait répéter ce qu'il venait de dire. Et s'il fallait se rendre à Washington pour témoigner de ça devant les plus hautes autorités, il le ferait volontiers. Même avec les chevilles et les poignets entravés, peu importait, il le ferait avec fierté. Rien n'était trop bon pour « mon fils ».

Web poursuivit sa lecture, de plus en plus accablé. Jusqu'à la déclaration finale.

Est-ce que ces bons agents, ces braves agents, pouvaient dire à « mon fils » que toutes ces années, son père avait pensé à lui chaque jour, qu'il avait toujours été présent dans son cœur ? Même s'il semblait peu probable qu'ils se revoient un jour, Harry Sullivan voulait que « mon fils » sache qu'il l'aimait et qu'il lui souhaitait tout le bonheur possible. Et qu'il n'ait pas une trop mauvaise opinion de son vieux père, malgré tout ce qui s'était passé. Ces braves agents pourraient-ils dire tout ça à « mon fils » ? Il leur en serait extrêmement reconnaissant, et il serait même très fier de leur payer une pinte ou deux de bière si l'occasion se présentait, bien que cela paraissait peu vraisemblable, vu les conditions dans lesquelles il vivait, mais enfin on ne savait jamais.

Ils n'avaient jamais rien révélé à Web. Il n'avait jamais eu ce rapport sous les yeux. Saleté de FBI ! N'existait-il donc aucun moyen de contourner le règlement ? Fallait-il donc que tout demeurât secret, aussi bien en bas qu'en haut de l'échelle ?

Il referma le dossier, régla l'addition et regagna sa Vic, après quoi il se rendit à l'un des garages du Bureau, échangea sa voiture contre une Grand Marquis dernier modèle et ressortit par une autre porte. Web avait su persuader le responsable du garage qu'il méritait mieux que l'antique guimbarde qu'on lui destinait. Si ça posait le moindre problème, avait-il ajouté, qu'on s'adresse à Buck Winters, son meilleur ami.

26

Lorsque l'homme entra, Bates se trouvait encore dans la salle des opérations stratégiques. Bates leva les yeux et fit de son mieux pour dissimuler sa stupéfaction. Le pli de son pantalon, le cran de sa chevelure, la façon dont il avait glissé sa pochette dans la poche de son veston, comme avec une équerre, tout était parfaitement FBI. L'homme était grand, large d'épaules, l'air intelligent et sûr de lui, la tête à poser pour une affiche vantant les mérites de la maison. Peut-être était-ce la raison d'une telle ascension dans la hiérarchie.

— Tout à l'heure, j'ai vu London quitter le bâtiment, dit-il.

— Oui, il est venu chercher ses instructions.

— Je n'en doute pas. (Winters posa les mains à plat sur la table et se pencha en avant, comme s'il étudiait le visage de Bates.) Mais enfin, pourquoi tenez-vous tant à ce type ?

— C'est un bon agent. Et, comme vous l'avez dit, j'ai été en quelque sorte son mentor.

— Franchement, je serais à votre place, je ne m'en vanterais pas.

— Il a failli se faire tuer pour le FBI un nombre incalculable de fois, beaucoup plus souvent que vous ou moi.

— C'est une tête brûlée. Comme tous ceux de la HRT. Ils ne sont pas comme nous. Ils agissent comme ils l'entendent et nous regardent de haut. Ce ne sont que des ados avec de gros flingues.

— On est tous sur le même bateau, Buck. C'est une unité spécialisée qui prend en charge ce que les autres ne peuvent pas faire. Oui, d'accord, ils sont un peu trop sûrs d'eux, mais qui ne le serait pas à leur place ? À part ça, nous sommes tous des agents du FBI ; nous poursuivons tous le même but.

— Vous croyez vraiment ce que vous dites ?

— Oui, vraiment. Sans ça, je ne serais pas ici.

— Ils ont aussi été la cause des pires gâchis du FBI.

Bates laissa tomber le dossier qu'il tenait à la main.

— C'est là que vous vous trompez. Le FBI les jette dans la bagarre au dernier moment, et si quelque chose foire, d'ordinaire à cause d'ordres venus d'en haut, que n'importe qui sur le terrain jugerait au premier coup d'œil irréalisables, eh bien ce sont eux qui portent le chapeau. Ce qui m'étonne, moi, c'est qu'ils n'aient pas encore demandé à se séparer de nous.

Percy Bates devina dans le regard de Buck Winters toute l'arrogance et le mépris qu'il pouvait à peine se retenir d'exprimer.

— J'ai reçu vos rapports. Franchement, il n'y a pas grand-chose.

— Ce sont des rapports sur l'état de l'enquête.

— Et au sujet de Cove ? Vous vous êtes montré plutôt vague.

— Pas grand-chose à raconter, non plus.

— J'imagine que, pour vous comme pour tout le monde, un agent infiltré qui ne s'est pas manifesté depuis tout ce temps est mort ou considéré comme retourné.

— Cove n'a pas été retourné.

— Alors vous lui avez parlé ? Curieux, ça n'apparaît nulle part dans votre rapport. Et que raconte notre illustre infiltré de toute cette histoire ?

— Il pense qu'il a été manipulé.

— Ah, c'est stupéfiant ! ironisa Winters.

— Il ne veut pas non plus venir ici parce qu'il pense qu'il y a un traître au sein du Bureau.

Bates regarda durement Winters en prononçant ces mots, sans bien savoir pourquoi. Winters ne pouvait tout de même pas être la taupe.

— Il est au courant de toutes les fuites qui se sont produites, reprit Bates, et de tous nos échecs. À son avis, ce qui est arrivé à la HRT n'est qu'une partie d'un plan plus vaste.

— Intéressante théorie, mais j'imagine qu'il n'en a pas la moindre preuve.

Bates trouva la remarque curieuse.

— En tout cas, il n'a pas daigné m'en informer. Mais j'ai la situation bien en main, Buck. Je sais que vous êtes très occupé, et je ne tiens pas à gêner votre légendaire clairvoyance avec des détails subalternes. Je vous promets que, s'il se passe quelque chose d'important, vous serez le premier au courant.

Winters avait forcément noté le sarcasme mais il n'en laissa rien paraître.

— Si je me rappelle bien, Cove et vous avez été très proches, à une époque. C'était en Californie, non ?

— Oui, nous avons travaillé ensemble.

— À l'époque où sa famille a été anéantie.

— C'est exact.

— Un désastre pour le Bureau.

— Moi, j'ai toujours pensé que c'était plutôt un désastre pour la famille Cove.

— Ce qui me sidère, c'est la façon dont tout ça a été décidé.

— La HRT a été appelée pour mener l'opération, compléta Bates. Il y avait des témoins potentiels, et c'est la spécialité de la HRT de les récupérer vivants.

— Alors là, on peut dire qu'ils ont fait fort ! Ils n'ont même pas été capables de rester eux-mêmes en vie.

— Ils sont tombés dans une embuscade.

— En effet. Mais comment ? Si ce n'est pas Cove, alors qui ?

— Eh bien, pour arriver à monter une telle opération, il faudrait bénéficier d'informations venues de très haut au sein du Bureau.

Winters s'enfonça dans son siège.

— De très haut. À l'intérieur même du FBI.

— C'est bien ce que j'ai dit.

— Ce sont des accusations très graves, Bates.

— Je n'accuse personne. J'envisage seulement une possibilité.

— Il serait infiniment plus facile de retourner un agent infiltré.

— Vous ne connaissez pas Randall Cove.

— Et vous, peut-être le connaissez-vous trop bien. Si bien que l'arbre finit par dissimuler la forêt. (Il se leva.) Pas de surprises, hein, Bates ? Je dois être informé avant tout le monde. C'est clair ?

Tandis que Winters s'éloignait, Bates grommela entre ses dents :

— Oui, clair comme à Waco.

Web se trouvait en voiture lorsque Ann Lyle l'appela.

— Excuse-moi, j'ai mis longtemps, mais je tenais à t'apporter quelque chose de solide.

— Pas de problème. Je viens moi-même d'obtenir des informations sur Cove de la part du Bureau, mais on aurait dit que je leur arrachais une dent.

— Eh bien moi, je t'ai trouvé quelqu'un.

— Qui ? Cove ?

— Je suis efficace, Web, mais pas à ce point-là. J'ai découvert un sergent de la police du district de Columbia, qui était le contact régulier de Cove quand il travaillait à l'antenne de Washington, voilà quelques années.

— Un flic local qui sert de contact à un infiltré du FBI ? Comment ça ?

— Il est assez fréquent qu'un agent infiltré utilise comme intermédiaire un flic en qui il a confiance. Cove en avait un lors de son premier séjour ici, et le type est disposé à te parler.

Web se gara et écrivit sur une feuille de papier le nom de Sonny Venables, policier en uniforme dans le premier district. Ann lui donna également son numéro.

— Dis-moi, Ann, quelqu'un d'autre est-il au courant à propos de Venables ?

— Sonny n'en a pas parlé, mais je crois que, si ç'avait été le cas, il me l'aurait dit.

— Tu en parles comme si tu le connaissais.

— Web, mon chéri, quand on a travaillé aussi longtemps que moi, on finit par connaître tout le monde. Je connais tous les flics du district de Columbia.

— Et Venables accepte de me parler. Pourquoi ?

— La seule chose qu'il m'ait dite, c'est qu'il a entendu parler de toi. Et j'ai rajouté mon grain de sel.

— On ne connaît pas sa version des faits ?

— Je crois que c'est à toi de la découvrir, conclut Ann avant de raccrocher.

Web appela Venables, qui était absent ; il laissa son nom et son numéro de portable. Vingt minutes plus tard, le policier le rappela, et ils convinrent de se retrouver au cours de l'après-midi. Web lui posa également une autre question, et Venables répondit qu'il verrait ce qu'il pourrait faire. Peut-être parviendrait-il jusqu'à Cove grâce à ce type.

Par ailleurs, un détail le gênait : Bates ne lui avait jamais précisé que Cove avait été affecté à l'antenne de Washington avant sa mutation en Californie. Mais enfin, cela n'avait guère d'importance.

Venables avait donné rendez-vous à Web en début d'après-midi dans un bar proche du quartier où il travaillait. Rien d'incongru à cela. Web savait qu'en étanchant sa soif on pouvait glaner quelques informations qui permettraient peut-être un jour de résoudre une affaire. Il faut bien que les flics rentabilisent leur temps de loisir.

Sonny Venables était blanc, âgé d'environ quarante-cinq ans, et travaillait dans la police depuis près de vingt ans. Tandis qu'ils payaient leur bière au comptoir, Web observa l'homme à ses côtés : près de 1,85 mètre, massif comme ne peuvent l'être que des haltérophiles, et l'air de pouvoir soulever un semi-remorque. Il portait une casquette de base-ball sur laquelle était inscrit « Tous les pêcheurs vont au paradis », et un blouson de cuir avec le logo NASCAR sur le dos. Son cou était presque aussi épais que sa très large tête. Il parlait avec un léger accent du Sud qui n'était pas dépourvu de charme, et, tandis qu'ils cherchaient une stalle où discuter tranquillement, Web remarqua dans la poche arrière de son jean la forme ronde d'une boîte de tabac à chiquer. Ils finirent par dénicher un endroit paisible où savourer leur bière.

Venables lui apprit qu'il travaillait de nuit. Il trouvait cela plus excitant.

— Mais je vais bientôt raccrocher, dès que j'aurai fait mes vingt ans. Je vais me consacrer à la pêche, boire de la bière et regarder les voitures faire des tours de piste le reste de ma vie, comme la plupart des bons flics.

Il sourit à ses propres paroles et avala une gorgée de sa Red Dog. Depuis le juke-box, Eric Clapton ne cessait de chanter Layla. Web promena son regard autour de lui. Dans la salle du fond, deux types jouaient au billard, une liasse de billets de vingt dollars et deux Bud Light sur le rebord de la table. Ils jetaient de temps à autre un coup d'œil en direction de leur stalle, mais, s'ils avaient reconnu Venables ou Web, ils ne le montrèrent pas.

Venables, lui, examinait Web par-dessus son verre. Les rides de son visage taillé à la serpe trahissaient un homme d'expérience. Un homme qui avait vécu, et vécu durement, comme Web lui-même.

— Je me suis toujours posé des questions sur vous, les gars de la HRT.

— Bah, qu'avons-nous de particulier ? On n'est jamais que des flics avec quelques joujoux supplémentaires à notre disposition.

Venables éclata de rire.

— Pas de fausse modestie ! J'ai quelques copains au FBI qui ont posé leur candidature à la HRT et qui sont revenus la queue entre les jambes. Ils auraient préféré accoucher avec un bout de bois entre les dents pour soulager la douleur plutôt que de recommencer les épreuves.

— D'après la photo que j'ai vue de lui, Randall Cove aurait pu entrer à la HRT.

Venables se prit à étudier la mousse de sa bière.

— Vous devez vous demander ce que Randy Cove peut avoir en commun avec un plouc blanc dans mon genre, non ?

— Ça m'a traversé l'esprit.

— On a tous les deux passé notre enfance dans un patelin du Mississippi, tellement petit qu'il ne portait même pas de nom. On faisait du sport ensemble parce qu'il n'y avait pas grand-chose d'autre, par là. Et deux années de suite, notre petit patelin a été champion de l'État de football. On a aussi joué ensemble à Oklahoma. Randy était le plus grand coureur arrière que j'aie jamais vu, et pourtant Dieu sait si les Sooners en ont eu beaucoup. Moi aussi, j'étais arrière. En première équipe, comme lui, pendant trois ans. À chaque match, je bloquais pour Randy. Je me suis lancé à fond là-dedans, et j'adorais ça, même si je commence maintenant à en subir les conséquences. Cove, il fallait juste lui ouvrir une petite brèche, et c'était parti ! Y avait une pile de corps entassés, je levais les yeux et je le voyais au loin avec deux types aux trousses. En dernière année, on était champions des États-Unis, et ça, grâce à lui. À l'époque, Oklahoma ne pratiquait pas le jeu de passe. On se contentait de donner le ballon à Randy Cove et on le laissait faire.

— Vous parlez de lui avec beaucoup d'affection.

— Oui. Moi, je n'avais pas les qualités d'un joueur professionnel, mais Randy, si. Tout le monde, absolument tout le monde voulait l'avoir.

Venables s'interrompit, et promena les doigts sur la surface de la table. Web décida de lui laisser son temps.

— J'étais avec lui quand il s'est bousillé les genoux. Dès que ça s'est passé, on a tous les deux compris. C'était pas comme aujourd'hui. Maintenant, on soigne le gars, et l'année suivante il se retrouve sur le terrain, frais comme une rose. Sa carrière était terminée. Comme ça, d'un coup. Et le football, il avait que ça, dans la vie ! Assis tous les deux sur ce putain de terrain, on a chialé pendant une heure. J'ai pas pleuré comme ça à l'enterrement de ma propre mère. J'adorais Randy. C'était un type bien.

— C'était ?

Venables tripota un instant le poivrier, puis se carra au fond de son siège, releva un peu sa casquette, découvrant ainsi une mèche de cheveux gris et bouclés.

— J'imagine que vous savez ce qui est arrivé à sa famille, reprit-il.

— J'en ai entendu parler. Pourquoi ne pas me dire ce que vous savez ?

— Que voulez-vous que je vous raconte ? Le Bureau s'est planté, et Randy a perdu sa femme et ses enfants.

— Vous le voyiez, à l'époque ?

Venables eut l'air de vouloir jeter son verre de bière au visage de Web.

— Je portais l'un des cercueils aux funérailles. Vous avez déjà porté le cercueil d'un enfant de quatre ans ? (Web secoua la tête.) Eh bien, laissez-moi vous dire que c'est une chose qu'on n'oublie pas.

— C'est ce que Cove vous a dit ? Que c'était la faute du FBI ?

— Il n'avait pas besoin de me le dire. Je suis flic. Je sais comment ça se passe. J'ai atterri à Washington parce que ma femme est d'ici. Randy avait commencé au FBI ici aussi. J'étais son intermédiaire parce qu'il pouvait me faire confiance, ce qui est rare dans son métier.

— C'est rare dans de nombreux métiers.

Les deux hommes échangèrent un regard entendu qui semblait venir au bon moment.

— Puis Randy a été transféré en Californie, et c'est là que sa famille a été massacrée.

— Je crois savoir qu'il s'est vengé.

Venables lui lança un regard glacial, comme pour lui signifier qu'il détenait beaucoup de secrets qu'il n'était nullement résolu à partager.

— Vous ne l'auriez pas fait, vous ?

— Peut-être. Cove doit vraiment être quelqu'un, parce que les Russes ne sont pas des enfants de chœur.

— Essayez de passer votre enfance avec la peau de la mauvaise couleur, au fin fond du Mississippi misérable… (Il se pencha en avant, les coudes sur la table.)

J'ai entendu parler de vous. Par les journaux et par Ann Lyle.

Il s'interrompit, semblant l'examiner, et Web se rendit compte qu'il regardait la partie abîmée de son visage.

— J'ai passé près de vingt ans dans la police, je n'ai tiré mon pistolet de son étui qu'une douzaine de fois et je n'ai tiré que six fois. Quatre fois, j'ai raté mon coup. Je n'ai jamais été blessé, pas même une égratignure, et, dans cette ville, c'est une chose dont on peut se vanter, surtout de nos jours. Cela dit, je suis dans le premier district, qui n'est pas blanc et riche comme le Nord-Ouest, mais qui ne ressemble pas non plus aux sixième et septième districts d'Anacostia, là où votre équipe a été descendue. Et j'éprouve le plus grand respect pour ceux qui en ont pris plein la gueule et qui s'en sont tirés. Vous en êtes une espèce de symbole.

— Je ne l'ai jamais demandé.

— Ce que je veux dire, c'est que je vous respecte, sans ça je serais pas là à vous parler. Mais jamais vous ne me forcerez à croire que Randy a fait quelque chose de mal. Je sais que le boulot d'infiltré, ça finit par rendre cinglé, et que Randy aurait toutes les raisons d'en vouloir au FBI, mais jamais il n'aurait participé à ce qui est arrivé à votre équipe.

— Pour ma part, je vous trouve sincère, je partagerai volontiers une autre bière avec vous, une prochaine fois, mais je ne peux pas tenir vos déclarations pour argent comptant.

Venables acquiesça.

— Si c'était le cas, vous seriez stupide.

— Il aurait pu prendre sa retraite. Le FBI lui a offert une nouvelle vie, avec retraite à taux plein. À votre avis, pourquoi a-t-il refusé ?

— Pour faire quoi, ensuite ? Passer les quarante années qui lui restaient à vivre à tondre sa pelouse dans une banlieue proprette du Midwest ? Randy, ça ne lui ressemble pas. Ça peut paraître drôle, mais il était fier de son travail. Il avait le sentiment d'être utile.

— Moi aussi. C'est pour ça que je suis ici. Je découvrirai la vérité. Si Cove a été mêlé à tout ça, je me vengerai comme lui l'a fait. Vous avez beau être son ami, je me vengerai. Mais s'il n'y est pour rien, je serai son meilleur copain. Et croyez-moi, Sonny, les gens préfèrent m'avoir comme ami que comme ennemi.

Venables s'enfonça dans son siège et se prit à réfléchir. Puis, son opinion apparemment faite, il se pencha en avant, jeta un coup d'œil aux joueurs de billard qui enduisaient de craie la pointe de leurs queues, tiraient sur leurs cigares, buvaient leurs bières, et baissa la voix.

— Je n'ai pas la moindre idée de l'endroit où se trouve Randy. J'étais déjà sans nouvelles de lui avant toute cette histoire. Bien avant, même.

— Alors il ne vous a jamais parlé de l'affaire sur laquelle il travaillait ?

— Je lui ai servi de contact lors de sa première affectation à Washington. Depuis son retour, j'ai continué à le voir, mais plus pour le boulot. Je savais qu'il était sur un très gros coup, mais il ne m'a jamais dit de quoi il s'agissait.

— Donc vous n'étiez plus aussi proche de lui ?

— Si, aussi proche qu'on peut l'être d'un type comme Randy. Après ce qui est arrivé à sa famille, je crois qu'il ne pouvait plus être proche de personne. Pas même du vieux Venables du Mississippi, malgré tous les blocks pour lui ouvrir le passage sur le terrain.

— A-t-il parfois évoqué d'autres contacts qu'il aurait dans la police de Washington ?

— Non. S'il avait voulu utiliser quelqu'un, ç'aurait été moi.

— Quand l'avez-vous vu pour la dernière fois ?

— Il y a un peu plus de deux mois.

— Comment vous a-t-il paru ?

— Taciturne, l'esprit ailleurs. En fait, il avait pas l'air d'aller bien.

— Il y a un bout de temps qu'il n'est pas retourné chez lui. Le Bureau a vérifié.

— Je n'ai jamais su où il habitait ; à cause de son travail, on se retrouvait toujours en terrain neutre. Et là, on évoquait seulement des souvenirs du passé. Je crois qu'il avait surtout besoin de quelqu'un à qui parler. S'il voulait que je lui transmette quelque chose, je le faisais.

— Comment entriez-vous en contact ?

— Il ne m'appelait jamais chez moi, mais au commissariat. Chaque fois, il utilisait un nom différent. Et chaque fois qu'on se voyait, il m'annonçait le nom qu'il utiliserait la fois suivante.

— Et il n'a pas appelé, ces jours-ci ?

Web ne le lâchait pas du regard ; Venables semblait jouer franc jeu avec lui, mais on ne savait jamais.

— Non. Rien. Je commence à craindre qu'il lui soit arrivé quelque chose. Vu son boulot, il y a de quoi s'inquiéter.

— Donc j'imagine que vous ne pouvez pas m'aider à le retrouver.

Venables termina sa bière.

— Allons prendre l'air.

Ils se retrouvèrent dans une rue presque vide. La journée n'était pas encore terminée, et la plupart des gens se trouvaient encore au bureau, comptant les minutes qui les séparaient de la sortie.

— Lors de son premier séjour à l'antenne de Washington, Randy utilisait un endroit comme boîte aux lettres. Parfois même, il y changeait de vêtements. C'était une sorte de refuge.

— Le Bureau est au courant ?

— Non. Même à l'époque, je crois qu'il ne faisait pas tellement confiance à la direction. Je pense que c'est aussi pour ça qu'il se servait de moi.

— C'était sans doute judicieux. Vous y êtes retourné, récemment ?

Venables hocha la tête en signe de dénégation.

— J'ai un peu peur de ce que je vais découvrir, sans trop savoir pourquoi. J'ignore si Randy l'utilise encore. Je me demande même si ça n'a pas été démoli.

— Ça vous ennuierait de me donner l'adresse ?

— Vous fumez ?

— Non.

— Eh bien, maintenant, si. (Venables tira un paquet de Winston de la poche de sa veste et le tendit à Web.) Vous devriez en allumer une, au cas où on serait surveillés, ajouta Venables en lui donnant une boîte d'allumettes.

Web alluma une cigarette en essayant de ne pas s'étouffer, puis glissa le paquet dans sa poche.

— Merci pour votre aide. Mais si Cove est impliqué…

Il ne termina pas sa phrase.

— Si Randy a fait ça, je ne crois pas qu'il ait encore envie de vivre.

Sonny Venables s'éloigna, Web retourna à sa voiture, ouvrit le paquet de Winston et en retira un petit morceau de papier roulé. Il lut l'adresse inscrite sur le papier et trouva également trois petites photos pliées. Web avait demandé à Venables de lui communiquer des renseignements sur tous les jeunes garçons noirs au teint clair, de l'âge de Kevin Westbrook, ayant disparu au cours du mois précédent. Visiblement, c'était là le résultat de sa recherche. Les trois photos offraient toutes des versions légèrement différentes de Kevin. Et leurs visages indiquaient qu'ils avaient déjà perdu tout espoir de vivre une vie décente. Il démarra.

Vingt minutes plus tard, Web regardait par la vitre de sa voiture, le moral au plus bas. La remarque de Venables s'était révélée exacte : là où s'élevait autrefois le refuge de Randall Cove, on n'apercevait plus désormais que le gros trou d'un chantier de construction. Une haute grue s'élevait depuis le fond, et un groupe d'ouvriers s'éloignait après leur rude journée de labeur. D'après l'état d'avancement des travaux, Web songea que Cove n'avait pas dû utiliser les lieux dans un passé récent. Impasse totale. Web froissa le bout de papier avec l'adresse et le jeta sur le plancher de la voiture. Mais il n'en avait pas fini avec Randall Cove.

Il appela Romano.

— Tu es prêt pour aller fouiner un peu ?

Il passa le chercher et ils se dirigèrent vers le sud, en direction de Fredericksburg. Romano promena le regard autour de lui, dans la voiture.

— Quelle merde, cette caisse !

— C'est une Grand Marquis, le directeur du FBI doit en avoir une semblable.

— C'est quand même une merde.

— La prochaine fois, j'essaierai de faire mieux.

Il jeta un coup d'œil à Romano en se demandant ce qu'Angie avait pu raconter au psy.

— Comment ça se passe, à la HRT ?

— Comme d'hab, comme d'hab. On ne nous a mis sur aucun coup. On s'entraîne. Je commence sérieusement à m'ennuyer.

— T'inquiète pas, Paulie, tu auras bientôt l'occasion de te servir de tes armes.

— Je ferais peut-être mieux de m'engager dans la Légion étrangère, en France, ou quelque chose comme ça.

— Tu veux pas le reconnaître, quand ça se passe bien.

— Les gars ont un peu parlé de toi, Web.

Il aurait dû s'attendre à un tel changement de conversation.

— Alors, qu'est-ce qu'on raconte ?

— Y a du pour et du contre, à peu près moitié-moitié.

— Je croyais être plus populaire que ça.

— C'est pas ça. Personne ne te prend pour un lâche, Web. Tu as fait trop de trucs dingues pendant des années. Presque aussi dingues que moi.

— Mais…

— Mais certains pensent que si tu es resté cloué sur place une fois, ça risque de t'arriver encore. Paralysie ou pas, l'équipe Charlie était vouée à l'anéantissement, mais la prochaine fois ça pourrait avoir une influence décisive.

Web continua de regarder droit devant lui.

— Logique. Difficile de prétendre le contraire. C'est peut-être moi qui devrais m'engager dans la Légion. Tu es armé ?

— À ton avis, est-ce que les politiciens mentent ?

Randall Cove vivait dans les environs de Fredericksburg, en Virginie, à 80 kilomètres environ au sud de Washington, soit deux fois la distance réglementaire, d'après Ann Lyle, que devaient respecter les agents infiltrés entre leur lieu de résidence et leur lieu de travail. Web avait réussi à déchiffrer l'adresse de Cove dans le dossier de Bates.

Quarante minutes plus tard, ayant évité l'heure des embouteillages, ils arrivèrent dans une rue tranquille, bordée de maisons toutes semblables et arborant souvent un panneau « à louer ». Alors qu'il faisait beau, ils n'aperçurent au-dehors ni enfants ni mères de famille, et peu de voitures garées. Le quartier avait l'air abandonné, il sentait le dortoir et il devait abriter surtout des célibataires ou des couples sans enfants qui déménageraient le jour où leur salaire le leur permettrait ou lorsque la famille se serait agrandie. Web comprenait pourquoi Cove avait choisi un tel quartier. Pas de voisins curieux, rien que des gens qui ne s'occupaient que de leurs affaires, et presque personne dans la journée, aux heures où Cove devait se trouver chez lui : comme la plupart des agents infiltrés dans les réseaux de drogue, il chassait essentiellement la nuit.

Devant la maison était garée une voiture du FBI avec des plaques minéralogiques de l'administration.

— Un baby-sitter fédéral, commenta Romano.

Web acquiesça, et ils discutèrent de la meilleure façon d'aborder la situation. Après quoi ils se garèrent à proximité et descendirent de voiture.

L'agent baissa sa vitre puis jeta un coup d'œil aux cartes du FBI de Web et de Romano.

— Vous êtes célèbre, maintenant, dit-il à Web. Vous n'avez même plus besoin de me montrer votre carte.

L'homme était jeune, plein d'allant et d'avenir, et Web pensa qu'il devait être furieux d'être ainsi assigné à la surveillance d'une maison où, de toute évidence, Randall Cove ne mettrait plus jamais les pieds. Il descendit à son tour de voiture et tendit la main à ses collègues.

— Chris Miller, du bureau de Richmond.

Il montra sa propre carte, qu'il tira de la poche droite de sa veste, de façon à pouvoir tendre la main droite, méthode qu'on lui avait enseignée au FBI. À défaut d'autre chose, cette institution induisait chez ses agents un comportement standardisé jusque dans les moindres détails. Sans avoir besoin de le vérifier, Web savait que la veste de Miller possédait deux doublures, de manière que son arme ne la troue pas. Il savait aussi que, tandis qu'ils approchaient par-derrière, Miller, dans son rétroviseur, n'avait cessé d'observer ses yeux, parce que c'est dans les yeux que l'on devine les intentions de quelqu'un.

Les trois hommes échangèrent une poignée de main, et Web jeta un coup d'œil à la maison sombre et tranquille.

— Vous la surveillez vingt-quatre heures sur vingt-quatre ?

— Oui, en trois huit, répondit Miller. (Il consulta sa montre.) Et il me reste encore trois heures à tirer.

Web s'appuya contre la voiture.

— J'imagine que ce n'est pas très marrant.

— Non, à part un combat de chats il y a environ deux heures.

Il s'interrompit, sembla examiner Web puis s'écria :

— J'ai pensé poser ma candidature à la HRT.

— Eh bien, il y a toujours de la place pour un ou deux types de valeur.

Et même six, songea Web, pour reformer l'équipe Charlie.

— J'ai entendu dire que la sélection était terrible.

— Prenez tout ce que vous avez entendu dire sur le sujet et multipliez par dix, vous approcherez de la vérité, répliqua Romano d'un air presque hautain.

Vu son air sceptique, Miller ne semblait pas très convaincu.

— Vous étiez à Waco ? demanda-t-il. (Web et Romano acquiescèrent.) Vous avez descendu des gens ?

— J'essaye de chasser ça de mon subconscient, rétorqua Web.

Voilà qui plairait à Claire Daniels, songea-t-il.

— Oui, j'imagine, dit Miller d'un air dubitatif.

— Ça fait longtemps que vous êtes au Bureau ? demanda Romano.

— Presque deux ans.

— Au bout de trois ans, vous pourrez poser votre candidature à la HRT. Passez-moi un coup de fil un de ces jours. Si ça vous tente vraiment, je vous ferai visiter les locaux.

Romano lui tendit sa carte que Miller glissa dans sa poche, tandis que Web et Romano échangeaient un regard amusé.

— Ah, ça serait génial ! reprit Miller. On dit que vous avez un armement fabuleux.

Web savait qu'au départ c'étaient souvent les armes qui suscitaient les vocations. Il connaissait plusieurs collègues entrés au FBI à seule fin de porter et d'utiliser une arme perfectionnée.

— C'est vrai, admit-il. Mais on vous montrera aussi pourquoi c'est toujours mieux quand on n'a pas à s'en servir.

— Sans doute.

Miller avait l'air déçu, mais il s'en remettrait. Un silence gêné suivit ces derniers mots, puis le jeune agent leur demanda :

— Euh, je peux vous aider, les gars ?

— On est juste venus pour repérer l'endroit. Vous avez des renseignements sur ce type ?

— Pas grand-chose. Je sais qu'il est mêlé à ce qui vous est arrivé. On se demande comment un type peut en arriver là.

— Ça, c'est sûr. (Web promena le regard autour de lui et constata que les maisons étaient adossées aux bois.) J'espère que vous avez quelqu'un derrière.

Miller sourit.

— Quelque chose, en tout cas. Des K-9 dans le jardin. C'est clôturé. Si quelqu'un essaie de pénétrer par là, il aura des surprises. Ça coûte moins cher que de poster deux agents.

— Oui, j'imagine, répondit Web en consultant sa montre. C'est bientôt l'heure du dîner. Vous avez mangé ?

Miller secoua la tête.

— J'avais apporté des crackers et des bricoles. Et puis une bouteille d'eau. Tout est terminé. Et j'ai encore trois heures à tirer avant la relève. Le pire, c'est qu'il n'y a pas de toilettes.

— M'en parlez pas. Je me suis farci des surveillances dans le Midwest. On couvrait des fermes de cinq cents hectares qui étaient censées abriter des laboratoires, et des camps de caravanes avec des braves types qui braquaient des banques et descendaient les gens à coups de fusil. Il fallait soit se retenir, soit pisser dans une bouteille ou alors faire debout en plein champ.

— Ouais, ajouta Romano, et moi, quand j'étais dans les commandos Delta, on s'accroupissait en rangs là où on était pour couler un bronze. Je peux vous dire qu'on connaît vraiment les gars quand on chie à côté d'eux. Un jour, j'ai dû buter un type quand j'étais en train de chier. C'est sûr que ça fait drôle !

Aucune de ces façons de se soulager ne semblait avoir les faveurs de Miller. Il était vêtu avec élégance et ne devait guère s'imaginer pissant dans une bouteille ou déféquant en public.

— Il y a un Denny's en remontant. Si vous voulez aller dîner, on peut rester ici en attendant votre retour.

Miller parut hésiter à abandonner son poste.

— Des propositions comme celle-là, on vous en fera pas tous les jours, insista Web. Allez donc faire un bon repas.

— Vous êtes sûr que ça ira ?

Romano répondit de sa voix la plus intimidante :

— Si quelqu'un se pointe qui ne devrait pas être là, on lui fera regretter le voyage.

Sur ces mots, l'agent Miller monta dans sa voiture et s'éloigna.

Web attendit qu'il fût hors de vue pour ouvrir la boîte à gants de sa propre voiture. Il en retira une lampe électrique et les deux hommes gagnèrent la porte de la maison de Cove.

— Ce gars-là, il tiendrait pas deux minutes à la HRT, dit Romano.

— Va savoir, Paulie. Tu y es bien arrivé, toi.

— Tu veux vraiment entrer là-dedans ?

— Oui. Si ça te gêne, va t'asseoir dans la voiture.

— Dans la vie, y a pas grand-chose qui me gêne.

Ils vinrent rapidement à bout de la serrure rudimentaire. Web referma la porte derrière eux et, en allumant sa lampe torche, avisa le panneau d'alarme qui n'était pas branché. Cove devait être seul à en connaître le code. Les deux hommes suivirent un petit couloir jusqu'au salon, que Web éclaira dans tous les coins. Peu de meubles. De toute façon, Cove ne devait guère passer de temps dans cet endroit. Ils se livrèrent à une fouille rapide du rez-de-chaussée sans rien découvrir d'intéressant, ce qui n'étonna pas Web. Cove étant un vieux de la vieille, il n'avait pas pour habitude de laisser traîner des documents relatifs à ses activités.

Le sous-sol était encore en travaux. Ils examinèrent les quelques boîtes qui s'y trouvaient, mais Web n'y aperçut qu'un seul objet intéressant : une photographie encadrée de Cove avec sa femme et ses enfants. Web inclina le cadre de manière que le verre ne renvoie pas la lueur de la torche. Cove était vêtu d'un complet, sans dreadlocks, bel homme, sûr de lui, sourire contagieux. D'un bras il étreignait sa femme, de l'autre ses deux enfants. Sa femme était remarquablement belle, les cheveux descendant aux épaules, un grand sourire et des yeux qui auraient réduit n'importe quel homme à sa merci. Le garçon et la fille ressemblaient à leur mère. Ils seraient devenus très beaux, tandis que leurs parents auraient doucement vieilli ensemble. Mais la vie se déroule rarement de façon aussi paisible, surtout dans leur branche professionnelle. La photo avait capturé l'autre versant de Cove, le père et le mari, et Web imaginait l'ancien footballeur universitaire jouant au ballon avec son fils dans le jardin. Peut-être le jeune garçon avait-il hérité les qualités d'athlète de son père, peut-être aurait-il pu mener la carrière sportive refusée à Cove. Ces choses-là n'arrivent que dans les films de Hollywood.

— Belle famille, commenta Romano.

— Elle n'existe plus, rétorqua Web sans s'étendre sur le sujet.

Il remit le cliché dans la boîte et les deux hommes remontèrent au salon, où ils avisèrent soudain une silhouette, projetée contre la porte-fenêtre donnant sur le jardin. D'un même mouvement, Web et Romano tirèrent leurs armes de leurs étuis, mais un aboiement leur indiqua que le K-9 avait accompli son travail.

On les avait délivrés du péril du chien ; sans doute est-ce pour cela, songea Web, qu'on le considère comme le meilleur ami de l'homme : il emporte les secrets dans sa tombe.

Ils gagnèrent le premier étage, désireux de terminer leur fouille avant le retour de Miller. Web n'aimait pas l'idée de tromper ainsi un collègue, mais il n'avait pas non plus envie d'être surpris en train de perquisitionner illégalement le domicile d'un suspect. Bates ne le défendrait pas sur un coup pareil, et il ne pourrait décemment l'en blâmer. Ils visitèrent deux chambres à l'étage, reliées par une salle de bains. La première, donnant sur la rue, était celle de Cove. Le lit était fait et le placard contenait peu de vêtements. Web prit une chemise et la déplia devant sa poitrine. Il aurait presque pu glisser ses jambes dans les manches. Il n'aurait guère aimé jouer en défense face à ce type ; autant essayer de plaquer une camionnette.

La chambre donnant sur l'arrière de la maison, entièrement vide, était installée comme une chambre à coucher mais apparemment n'avait jamais été utilisée comme telle. Nulle griffure de cintre sur le mur du petit placard, nulle trace de meubles sur la moquette. Web et Romano s'apprêtaient à ressortir lorsque Web remarqua quelque chose. Il scruta les fenêtres de la pièce, puis retraversa la salle de bains pour aller vérifier celles de la première chambre. Celles-ci étaient équipées de jalousies, ce qui semblait logique puisqu'elles donnaient sur la rue. Web revint dans la pièce du fond. Là, les fenêtres avaient des stores, un vieux modèle à enroulement. Cette pièce ouvrait sur les bois, et donc il n'y avait aucune raison de se protéger des regards. En jetant un coup d'œil au-dehors, il s'aperçut que le soleil se couchait. La chambre était orientée au nord, et il n'y avait donc, là non plus, aucune nécessité de se protéger du soleil de l'après-midi. Puisque cette pièce restait inutilisée, pourquoi y avoir installé des stores ? D'ailleurs, si l'on avait voulu absolument équiper les fenêtres, pourquoi ne pas avoir choisi les mêmes jalousies pour toute la maison ? Au moins permettent-elles de laisser entrer la lumière tout en se protégeant des regards. Alors qu'avec les stores c'est tout ou rien ; située au nord, sans plafonnier, cette pièce devait demeurer perpétuellement plongée dans l'obscurité.

— Qu'est-ce que t'as flairé ? demanda Romano.

— Ses volets.

— Tu joues les femmes d'intérieur ?

Ignorant la remarque, Web s'avança vers la fenêtre, tira sur la corde, et le store levé descendit normalement. Il gagna l'autre fenêtre et fit de même, mais le store, bloqué, ne bougea pas. Il s'apprêtait à en rester là, mais braqua tout de même sa lampe torche sur le mécanisme et s'aperçut que la corde avait été enroulée afin d'empêcher le store de descendre. Il débloqua le mécanisme et tira sur la corde. Le store descendit, révélant une enveloppe enroulée à l'intérieur, qui tomba littéralement dans les mains de Romano.

— Dis donc, t'as l'œil, toi !

— Allez, Paulie, on y va.

Web remonta le store, et les deux hommes dévalèrent les escaliers. Romano vérifia que la voie était libre, puis ils se glissèrent au-dehors. Web referma la porte derrière eux.

Ils s'installèrent dans leur voiture, Web alluma le plafonnier et ouvrit l'enveloppe.

À l'intérieur se trouvait une coupure de presse jaunie du *Los Angeles Times* annonçant l'assassinat, par la mafia russe, de la famille d'un agent infiltré. Le responsable du FBI cité par l'article s'en prenait vivement aux criminels, en formant le vœu qu'ils soient traduits en justice. D'après le journal, le responsable en question était proche de l'enquête. C'était même le supérieur de l'agent infiltré, que le Bureau se refusait à identifier, alors que les noms des membres de sa famille étaient cités dans l'article. En lisant le nom du responsable du FBI, Web ne put s'empêcher de hocher la tête : Percy Bates.

Miller revint quelques minutes plus tard, descendit de voiture et s'avança vers eux en se tapotant l'estomac.

— Merci pour le coup de main, les gars.

— Pas de problème, fit Romano. On était sur place, c'était pas tuant.

— Il s'est passé quelque chose en mon absence ?

— Non, rien du tout.

— Bon, j'aurai terminé mon service d'ici deux heures. Ça vous dirait, une bière ?

— On…

Web s'interrompit car, derrière Miller, au loin, un objet avait reflété la lumière du soleil couchant.

— Web, attention ! s'écria Romano, qui avait remarqué la même chose.

Web saisit la cravate de Miller pour l'attirer à lui, mais une balle pénétra dans le dos du jeune policier et ressortit par la poitrine, fracassant la vitre du côté passager. Romano avait déjà bondi à l'extérieur et s'abritait derrière le capot. Il braqua son arme vers le bois mais ne tira pas.

— Web, fous le camp de là !

L'espace d'une seconde, Web continua de serrer entre ses doigts la cravate de Miller, qui glissait le long de la voiture. Les yeux du mort le regardèrent une dernière fois, puis le corps s'effondra sur le sol.

— Web, sors de cette voiture, ou c'est moi qui te bute.

Web se pencha sur le côté au moment où une deuxième balle faisait exploser la vitre arrière. Il se faufila au-dehors et prit position à l'abri de la roue arrière. À l'Académie, on leur avait appris à se tenir accroupi derrière les roues d'une voiture, parce que peu d'armes sont capables de percer une telle épaisseur de métal.

— Tu vois quelque chose ? demanda Romano.

— Juste ce premier reflet. Sur une lunette de visée. À au moins mille mètres, dans le bois, entre ces deux pâtés de maisons. Miller est mort.

— J'imagine. Je pense qu'il s'agit de balles de 308 à chemise d'acier, avec une lunette Litton de 10.

— Le même genre de matos que nous, répondit Web. Baisse la tête, merde.

— Merci du conseil. Je m'apprêtais justement à me relever pour appeler ma mère.

— On ne peut pas riposter ; nos pistolets n'ont pas une telle portée.

— T'as du matos dans ton coffre ?

— Non, parce que c'est pas ma bagnole.

Une autre balle frappa la voiture et les deux hommes rentrèrent le menton. Nouveau coup de feu, faisant exploser le pneu avant gauche. Puis un autre, et de la vapeur jaillit du radiateur.

— Tu crois pas qu'on devrait appeler les flics ? gémit Romano. C'est incroyable, ça, y a des tireurs embusqués dans les banlieues résidentielles, maintenant !

— Mon téléphone est dans la voiture.

— Essaie pas d'aller le chercher. Il sait y faire, celui-là, là-bas.

Cinq minutes s'écoulèrent sans aucun coup de feu ; puis on entendit les sirènes au loin. Web leva un peu la tête et regarda par les vitres de la voiture. On ne distinguait plus aucun reflet dans le bois.

Les policiers finirent par arriver sur les lieux. Web et Romano exhibèrent leurs cartes et firent signe aux policiers de se baisser. Quelques instants plus tard, Web rampa jusqu'à la voiture de patrouille et exposa la situation. Il n'y eut plus d'autres coups de feu, et un peu plus tard la totalité des policiers du comté sembla s'être donné rendez-vous là, en même temps qu'une demi-douzaine de *state troopers*. On passa en vain les bois au peigne fin, sans découvrir autre chose que des traces de pneus sur un sentier, ainsi qu'un grand nombre de douilles. Romano ne s'était pas trompé : c'étaient bien des cartouches de 308 à chemise d'acier.

La mort de Chris Miller fut officiellement constatée, et son corps emporté en ambulance. Avant que l'on referme le sac en plastique, Web remarqua une alliance au doigt du jeune agent. Ce soir même, Mme Miller recevrait la visite funèbre des envoyés du Bureau.

— Parfois, dit-il à Romano, la vie est écœurante.

27

Web et Romano recommencèrent chacun trois fois leur déclaration. Bates, qui s'était déplacé en personne, avait passé un savon à Web pour s'être livré à une perquisition sans mandat.

— Je vous avais averti qu'ils chercheraient à vous coincer, mais vous, espèce d'enfoiré, vous ne m'avez pas écouté.

— Hé, du calme ! protesta Romano.

— Je vous connais ? lança Bates d'un ton rogue.

— Paul Romano, équipe d'assaut Hotel, répondit l'intéressé en lui tendant la main.

Bates l'ignora et se tourna vers Web.

— Vous vous rendez compte que Buck Winters n'attend que le premier prétexte pour vous saquer ? (Il fusilla Romano du regard.) Et pour supprimer carrément la HRT ? Vous lui offrez tout ça sur un plateau.

— Tout ce que je veux, c'est savoir ce qui est arrivé à mes amis, répondit Web. À ma place, vous feriez la même chose.

— Épargnez-moi ce genre de connerie !

Bates s'interrompit tout net, car Web brandissait sous ses yeux la coupure de presse.

— J'ai trouvé ça dans la maison.

Lentement, Bates prit la page de journal.

— Vous voulez qu'on en parle ? proposa Web.

Bates les emmena loin des lieux du crime, vers un endroit plus tranquille. Son regard se porta d'abord sur Romano, puis sur Web.

— Il est de confiance, indiqua Web. Recruté pour toutes sortes de missions top secrètes.

— Une fois, j'ai même assuré la protection d'Arafat, se vanta Romano. Ça, c'est une vraie cible, il a beaucoup de gens après lui.

— Vous ne m'aviez pas dit que vous travailliez avec Cove lorsque sa famille a été massacrée, reprit Web.

— Je n'avais aucune raison de vous le dire, rétorqua Bates.

— Vous me devez peut-être une explication.

Bates plia la coupure et l'enfouit dans sa poche.

— Ce n'était la faute de personne. Ni lui ni nous n'avons commis d'erreur. C'était un hasard, et les Russes ont eu de la chance. J'aimerais revenir en arrière mais c'est impossible. Cove est un agent hors pair.

— Cove n'a aucune raison de chercher à se venger ?

— Non. Je lui ai parlé. Il a failli se faire descendre très peu de temps après l'équipe Charlie. Il dit avoir vu dans ce bâtiment tout ce qu'on était censés y trouver.

— Donc, sa version, c'est qu'il a été manipulé pour nous fournir des tuyaux percés. Les mitrailleuses ont remplacé les dossiers ?

— En gros, oui. Ça s'est fait très rapidement. Cove raconte qu'il se trouvait dans le bâtiment peu de temps avant votre intervention. Il pensait avoir infiltré un très gros réseau de trafic de drogue.

— Perce, je n'ai pas à vous donner des conseils mais, à mon avis, il faudrait le faire venir. Maintenant que sa couverture est grillée, il a besoin d'être protégé.

— Cove sait se protéger tout seul. Et il agit plus efficacement de l'extérieur. Il est même sur le point de coincer un gros trafiquant.

— Ça, je m'en fiche. Tout ce que je veux, ce sont ceux qui nous ont eus.

— Justement, ce sont peut-être les mêmes.

— Ça ne me semble pas très logique. Pourquoi un trafiquant de drogue prendrait-il le risque de se mettre à dos le FBI ?

— Il pourrait y avoir des tas de raisons. Vengeance, pour garder ses distributeurs. Voire pour piéger un rival et réduire la concurrence.

— Dites-moi seulement qui ils sont, fit Romano, et je vais vous les arranger, vous allez voir ça.

— J'imagine qu'il ne vient pas régulièrement au rapport, dit Web.

— Qu'est-ce qui vous fait croire ça ? questionna Bates.

— S'il est aussi bon que ça, il doit savoir que tout le monde le croit impliqué dans l'affaire. Donc il se planque, il ne fait confiance à personne et il mène sa propre enquête en essayant de prouver la vérité avant de se faire descendre.

— Excellentes déductions.

— Je parle d'expérience, répondit Web.

— À propos d'expérience, j'ai finalement reçu un coup de fil de Bill Canfield. J'ai rendez-vous demain avec lui à sa ferme. Ça vous dirait de m'accompagner ?

— Évidemment. Tu veux venir aussi, Paulie ?

Bates le toisa des pieds à la tête.

— Êtes-vous le Paul Romano qui a commencé sa carrière dans les commandos Delta avant de rejoindre la SWAT de New York ?

— Il n'y a qu'un seul Paul Romano, répondit ce dernier sans la moindre vanité.

— Arafat, hein ?

— Le jour où vous voudrez lui transmettre vos vœux, vous n'aurez...

— Bon, considérez-vous comme détaché temporairement. Je parlerai à votre supérieur.

Romano eut l'air effaré.

— Détaché où ?

— Où je vous le dirai. Je vous vois demain.

Web déposa Romano chez lui.

Avant de descendre de voiture, Romano lui demanda :

— Dis, Web, tu crois que ça paye mieux, ce nouveau boulot ? Angie parlait d'acheter un nouveau sèche-linge et peut-être de terminer le sous-sol.

— Si j'étais toi, je ne parlerais pas de tout ça à Angie. Tu auras de la chance si ça ne paye pas moins.

— C'est toujours comme ça, pour moi.

Web démarra et roula un moment sans but précis. Il se sentait triste pour Chris Miller et il n'aurait pas aimé être à la place de ceux qui allaient annoncer la nouvelle à sa femme. Il espérait que Miller n'avait pas d'enfants, mais c'était le genre à en avoir. Quel monde pourri, se dit-il. Finalement, il se décida à accomplir un boulot de police à l'ancienne.

Au volant de la Mercury que lui avait fournie Bates, il s'engagea sur la voie extérieure de la Capital Beltway, puis gagna l'Interstate 395 et se dirigea vers le nord, traversant le pont décati de la 14e Rue, celui-là même sur lequel, quelques années auparavant, s'était abattu un avion décollant de National Airport en pleine tempête de neige. Il s'enfonça ensuite dans un quartier qu'évitaient d'ordinaire les citoyens respectueux des lois, sauf ceux qui portaient une arme et une plaque. Surtout à une heure pareille.

L'endroit lui était familier. C'était ce chemin qu'avaient suivi les gars de son équipe lors de leur dernière nuit sur terre. Web savait qu'avec ses plaques administratives il aurait aussi bien pu écrire FBI sur sa voiture, mais il s'en moquait. Pendant une heure, il explora les rues, les ruelles, les impasses, le moindre trou dans les murs, tout ce qui aurait pu présenter un intérêt. Plusieurs fois, il croisa des voitures de patrouille à l'affût d'incidents, ce qui, dans ce quartier, équivalait à l'intrusion d'un renard dans un poulailler. Il n'y avait que l'embarras du choix.

Il s'apprêtait à renoncer lorsque son regard fut attiré par un éclair rouge sous un lampadaire. Il ralentit, prit ses jumelles à infrarouge. Ce n'était probablement rien, car ils étaient nombreux à porter des foulards par ici, et souvent rouges. Rouge sang. Quelques secondes plus tard, pourtant, le pouls de Web s'accéléra. Le type portait les mêmes vêtements. Une chemise ouverte sur des épaules d'haltérophile et un short baissé sur la raie des fesses. C'était le trafiquant de crack, cocaïne et autres rencontré dans la ruelle le jour où l'équipe Charlie avait effectué son dernier tour de piste.

Web coupa le contact, laissa l'auto s'immobiliser toute seule et en sortit sans hâte. Il songea un instant à prendre son fusil, mais son pistolet suffirait. Difficile de passer inaperçu avec un fusil. Le pistolet à la main, il descendit la rue en se dissimulant dans l'ombre. Pourtant, il lui fallait passer sous un lampadaire, et, au moment où il mit le pied dans la flaque de lumière, il entendit un cri. Le jeune homme leva les yeux et l'aperçut. Web étouffa un juron et se mit à courir.

— Tu veux toujours m'acheter mon fusil ? lança-t-il.

Le jeune s'enfonça dans la ruelle. Web savait que, même armé, il ne devait pas y aller. Il s'immobilisa. S'enfoncer là-dedans tout seul ? Autant commander son cercueil ! La décision n'était pas facile, car il voulait à toute force mettre la main sur le type au foulard. Peut-être avait-il actionné la télécommande du rayon laser, et donc envoyé tous ses amis dans l'autre monde. Mais tant pis. Une autre fois, mon vieux, se dit-il. Et la prochaine fois, je ne m'arrêterai pas avant de t'avoir épinglé.

Il pivota sur ses talons pour retourner à sa voiture, et c'est là qu'il les vit. Ils devaient être une dizaine, plutôt nonchalants, et leurs ombres s'alignaient sur le mur de brique, avec leur arsenal. Le chemin jusqu'à l'auto étant coupé, il se précipita dans la ruelle et se mit à courir. Derrière lui, le groupe fit de même.

Merde, se dit-il. Un vrai traquenard.

La lumière des lampadaires ayant rapidement disparu, Web ne pouvait plus se fier qu'à une vague lueur ambiante venue du ciel, et au bruit des pas devant et derrière lui. Malheureusement, dans ce labyrinthe de hauts murs, l'écho ne pouvait constituer un guide fiable. Il tourna plusieurs fois à gauche et à droite jusqu'à se perdre tout à fait. Il s'immobilisa. La moitié du groupe avait dû faire le tour du pâté de maisons pour lui barrer la route. Il crut les entendre approcher, mais n'aurait su dire par où. Il s'enfonça dans une autre ruelle et s'arrêta, l'oreille tendue. Tout était calme. Un calme qui ne lui disait rien qui vaille. Cela signifiait qu'ils arrivaient en catimini. Il regarda à droite, à gauche, puis en haut. En haut. Ça semblait bien. Il escalada une échelle d'incendie, se figea. Les pas se rapprochaient. Deux types venaient d'apparaître au coin de la ruelle. Ils étaient grands, minces, le crâne rasé, vêtus de cuir avec des jeans ultra-larges, chaussés de brodequins de prison à gros talons, qu'ils rêvaient visiblement d'écraser sur le visage de Web.

Ils s'immobilisèrent et promenèrent le regard autour d'eux, juste en dessous de lui. Comme Web, ils regardaient à gauche, puis à droite. Dans quelques secondes, ils regarderaient en l'air. Alors il se jeta dans le vide et chacun de ses pieds entra violemment en collision avec les deux têtes, projetant les types contre le mur de brique. Web atterrit sur le sol de façon un peu gauche et se tordit la cheville. Comme les deux gaillards commençaient à reprendre leurs esprits, il abattit la crosse de son pistolet sur leur nuque, les plongeant dans un long sommeil. Il ramassa leurs armes, les jeta dans une poubelle voisine et s'éloigna en courant.

Il entendait toujours un bruit de course derrière lui et de temps à autre un coup de feu. Mais comment savoir s'il s'agissait de ses poursuivants ou d'un de ces affrontements entre bandes rivales qui se produisaient à peu près tous les soirs ? En débouchant au coin d'une ruelle il reçut un coup violent dans le ventre. Envoyé à terre, il perdit son arme. Il se releva aussitôt, les poings serrés.

Le jeune au foulard se tenait là, un couteau aussi grand que lui à la main, souriant de ce même sourire de tête à claques que le soir où l'équipe Charlie avait été anéantie.

Web remarqua qu'il maniait le couteau avec une certaine habileté. Il avait déjà dû se battre une bonne centaine de fois avec une telle arme. Il était plus petit que Web, mais plus musclé et probablement plus rapide. Ce serait l'affrontement classique entre la jeunesse et l'expérience.

— Allez, viens tâter de l'expérience, gamin, murmura Web entre ses dents.

Le jeune homme se rua sur Web, agitant sa lame si rapidement que Web pouvait à peine la suivre des yeux. Pourtant, il n'en avait guère besoin car il le faucha d'un coup de pied magistral qui l'envoya sur le sol. Le garçon au foulard se releva rapidement, mais ce fut pour recevoir un coup de poing formidable sur la tempe. Web se précipita sur lui, lui saisit le bras tenant l'arme et chercha à la lui faire lâcher. Il ne lui fallut que quelques secondes pour y parvenir. Son couteau à terre, la diaphyse de son avant-bras jaillie de l'articulation, le jeune poussa un hurlement et s'enfuit à toutes jambes, laissant sur place son sourire de tête à claques. Aussitôt, Web se mit à la recherche de son arme. Il ne la retrouva pas.

Maintenant des types lui bloquaient le passage, armés de pistolets et de fusils à canon scié. On sentait leur jubilation à le voir ainsi seul contre eux tous. Il songea qu'il n'avait rien à perdre en adoptant d'emblée une attitude agressive. Il sortit son insigne du FBI.

— Je pourrais tous vous inculper pour port d'armes prohibées. Mais je vais vous dire, ce soir, je me sens d'humeur généreuse, alors vous n'avez qu'à repartir et faire vos petites affaires, je laisse tomber. Mais que je vous y reprenne pas.

Pour toute réponse, ils continuèrent d'avancer. Web, lui, recula jusqu'à sentir le mur derrière lui. Il fallait s'y résoudre : il était fait comme un rat. C'est alors que les deux types qui lui faisaient face furent écartés avec violence, comme si les lois de la gravitation avaient cessé de s'appliquer à eux. Dans l'espace ainsi créé, Web découvrit l'homme le plus grand qu'il lui eût jamais été donné de contempler en dehors d'un terrain de football. Le géant mesurait à peu près deux mètres de haut et ne devait pas peser loin de 180 kilos. Il comprit que son nouvel adversaire devait être le légendaire Big F.

L'homme était vêtu d'une chemise en soie à manches courtes, couleur bordeaux, si large que Web aurait pu l'utiliser comme couverture. Il portait un pantalon en lin beige, et ses jambes étaient si épaisses et si massives qu'elles en paraissaient presque courtes. Il avait les pieds nus dans des mocassins en daim, et sa chemise était ouverte jusqu'au nombril, bien qu'il fît environ dix degrés et qu'il soufflât un petit vent à vous glacer la peau. Il avait le crâne recouvert d'une ombre de duvet. Ses traits étaient à la mesure de sa corpulence, avec un gros nez épaté et des oreilles coniques, percées chacune d'une dizaine de diamants qui scintillaient de façon impressionnante, même dans la pénombre.

Sans perdre de temps, il se rua sur Web. Il allait le saisir lorsque Web lui lança dans le ventre un coup de poing qui aurait envoyé un tapis un boxeur poids lourd. Big F se contenta d'un grognement. Puis il souleva Web de terre, recula comme pour un lancer de poids, et projeta ses 100 kilos à trois mètres de là dans la ruelle. Les autres membres de la bande se mirent à glousser, ravis, échangeant commentaires rigolards et tapes dans la main à la vue de l'agent fédéral gisant sur le sol.

Web s'était à peine relevé que l'homme était déjà sur lui. Cette fois, il agrippa Web par la ceinture et le projeta sur une rangée de poubelles. Web se releva rapidement, sonné, pris de nausée. Mais, avant que Big F ait pu lui mettre à nouveau la main dessus, il se lança en avant, l'épaule de côté, et heurta violemment son adversaire. Il aurait aussi bien pu se ruer sur un camion. Il retomba sur le bitume, l'épaule en compote, sans avoir déplacé Big F d'un centimètre. Web se releva, feignant d'être blessé, et décocha un coup de pied de côté qui atteignit Big F sur le crâne. Des taches de sang apparurent sur son oreille, et Web s'aperçut avec satisfaction qu'il l'avait soulagé du poids de quelques diamants, partis en emportant divers morceaux de lobe.

Avec de tels coups de pied, Web avait déjà projeté des sacs de sable de 50 kilos. Comment Big F pouvait-il encore se tenir debout face à lui, semblable à ces bâtiments de brique qui les entouraient ? Il n'eut pas le temps de réfléchir longuement à la question, car Big F, se déplaçant plus rapidement qu'on ne l'aurait cru d'un homme de sa taille, abattit sur la tempe de Web un poing d'une taille inimaginable. Web s'effondra, à moitié assommé. Quelques secondes plus tard, Big F le traînait le long de la ruelle, lui faisant perdre au passage sa veste et ses chaussures. Son pantalon était déchiré, ses bras et ses jambes saignaient d'abondance.

Pour le plaisir, apparemment, car Web n'offrait plus aucune résistance, Big F lui frappa la tête contre une benne à ordures, l'assommant cette fois pour de bon. Au bout d'un certain temps, Web sentit pourtant qu'on le jetait sur quelque chose de doux. Il ouvrit les yeux : il se trouvait à l'intérieur de sa Mercury. La portière claqua, et il vit Big F qui s'éloignait. Ce type ne lui avait pas adressé un mot, et jamais Web ne s'était senti aussi humilié de toute sa vie. Pas étonnant que Jerome et la grand-mère se fussent comportés ainsi. Et Jerome, lui, devait courir encore.

Web s'assit lentement et se palpa le corps, à l'affût de fractures. Lorsqu'il ouvrit la main droite, un bout de papier en tomba. Voyant les chiffres et les mots écrits, il leva les yeux, sidéré, vers l'endroit où Big F avait disparu. Il glissa le morceau de papier dans sa poche, prit ses clés de contact et démarra en arrachant de la gomme aux pneus arrière, tant était grande sa hâte de quitter cet endroit. Il laissait derrière lui sa veste, ses chaussures, son pistolet et une grande partie de sa confiance en soi.

28

Il était tôt le matin, et Web infusait dans la baignoire d'un nouveau motel miteux. Il avait mal partout. Les longues éraflures sur ses bras et sur ses jambes brûlaient comme sous un fer rouge. Il avait une bosse sur le front, là où il avait rencontré la benne à ordures, et, sur le bon côté de son visage, une entaille qui devait encore contenir quelques grains d'asphalte. Décidément, il vieillissait bien. Après avoir quitté le FBI, il essaierait de trouver un boulot de mannequin.

La sonnerie du téléphone retentit. Sa main jaillit de l'eau, à la recherche de l'appareil. C'était Bates.

— Je viens vous chercher, vous et votre copain Romano, chez lui dans une heure.

Web laissa échapper un grognement.

— Qu'y a-t-il ? demanda Bates.

— Me suis couché tard. J'ai la gueule de bois.

— Oh, désolé, Web. J'ai donc dit dans une heure. Soyez-y ou quittez cette planète.

Il raccrocha. Une heure plus tard exactement, Bates vint chercher Web et Romano, et ils prirent le chemin de la Virginie et de ses élevages de chevaux. Bates remarqua aussitôt les blessures de Web.

— Qu'est-ce qui vous est arrivé ? J'espère que vous n'avez pas encore bousillé une caisse, parce que, après la Mercury, on ne vous filera plus qu'un vélo.

— J'ai glissé en sortant de la baignoire. Vous savez ce qu'on dit, Perce, sur la fréquence des accidents domestiques.

Bates le dévisagea un long moment avant de décider d'en rester là. Il avait d'autres chats à fouetter.

Au bout d'une heure, ils quittèrent la grand-route et roulèrent pendant des heures au milieu des bois, avec des virages en épingle à cheveux. Ils durent manquer un embranchement, parce qu'ils aboutirent à un chemin de terre juste assez large pour accueillir leur voiture. Soudain, Web avisa un portail en métal, affaissé, et l'écriteau sur lequel on lisait : « Ferme East Winds. Entrée interdite. Pêche et chasse interdites. Les contrevenants seront punis des peines prévues par la loi. »

La ferme des Canfield s'appelait East Winds. Web se dit qu'ils avaient dû arriver par l'arrière. Il avait souri en lisant l'écriteau. Ces gens-là ne plaisantaient pas : il en tremblait de peur. Il jeta un coup d'œil à Romano, qui déchiffrait lui aussi l'écriteau en souriant, probablement parce qu'il pensait la même chose que lui. La barrière était basse, faite de planches fixées à des piquets. Cette ferme était perdue au milieu de nulle part.

— Pas difficile de sauter la barrière, observa Romano, d'aller tuer les Canfield et tous les gens qui se trouvent là, de boire un coup et de regarder une émission de télé ; personne ne s'en rendrait compte avant le dégel du printemps.

— Oui, renchérit Web, et comme le meurtre ne figure pas sur la liste des interdictions, j'imagine qu'il ne tombe pas sous le coup des peines prévues par la loi.

— Gardez ces conneries pour vous, grommela Bates.

Ils finirent par regagner le bon chemin, et se retrouvèrent face à l'entrée principale d'East Winds. Le portail rappelait celui de la Maison-Blanche, mais pas du point de vue de la sécurité. Au-dessus de l'entrée, un panneau métallique arrondi indiquait le nom de la ferme en grosses lettres. Et les portes étaient ouvertes ! Il y avait pourtant un interphone, et Bates appuya sur le bouton. Ils attendirent un moment qu'on leur réponde.

— Je suis l'agent spécial Bates, du FBI.

— Entrez, dit la voix. Suivez la route principale et prenez ensuite la première à droite jusqu'à la grande maison.

— Pas de caméras de surveillance, remarqua Web. On pourrait aussi bien être Charles Manson et Cie.

Les prés verts s'étendaient à perte de vue, la plupart délimités par des barrières horizontales, parsemés de grosses meules de foin. Ils aperçurent un étang. La route principale était goudronnée et filait tout droite pendant un certain temps, avant de contourner un bosquet de hauts arbres, chênes et noyers blancs, entourant quelques pins rabougris. Sur leur droite, à travers les arbres, se dressait un énorme bâtiment.

Ils finirent par arriver devant une grande maison en pierre de plain-pied, avec de hautes fenêtres palladiennes et de larges portes coulissantes, surmontée d'un grand dôme recouvert de zinc, avec, au sommet, une girouette d'un goût douteux en forme de cavalier sur sa monture.

Ils tournèrent à droite, s'éloignant des écuries, et s'engagèrent sur une longue allée pavée, bordée d'énormes érables qui formaient un toit naturel de branches et de feuilles. Finalement, Web leva les yeux et découvrit la plus grande maison qu'il eût jamais vue, tout en pierre, avec un énorme portique à l'entrée, soutenu par six colonnes massives.

— Dites donc ! s'exclama Romano. Elle doit avoir la taille du Hoover Building.

Bates se gara devant l'entrée et descendit de voiture.

— C'est leur maison, Romano, alors gardez vos réflexions pour vous et tâchez de ne pas mettre le Bureau dans l'embarras.

La porte massive s'ouvrit, livrant le passage à un homme. Web ne put s'empêcher de se dire que Billy Canfield n'avait pas bien vieilli. Il était encore grand et se tenait droit, mais Web ne retrouvait plus les larges épaules et la poitrine puissante qu'il avait vues à l'hôpital. Il avait les cheveux fins, presque entièrement gris, et ses traits semblaient plus creusés encore. Canfield s'avança vers eux, et Web remarqua qu'il boitait et que l'un de ses genoux était tourné vers l'intérieur. Il devait avoir la soixantaine, à présent. Quinze ans auparavant, il avait épousé en secondes noces Gwen, une femme beaucoup plus jeune que lui. Il avait des enfants déjà grands de son premier mariage, et il avait eu avec Gwen un petit garçon, qui avait péri à l'âge de dix ans, tué par les membres de la Free Society dans l'école de Richmond.

Canfield les dévisagea sans aménité sous le buisson de ses sourcils. Bates sortit sa carte, comme ses deux subordonnés, se conformant ainsi strictement au règlement du FBI.

— Je suis l'agent Bates, de l'antenne de Washington du FBI. Merci de nous avoir laissés venir, monsieur Canfield.

Canfield ignora Bates, mais son regard s'appesantit sur Web.

— Je vous connais, n'est-ce pas ?

— Je m'appelle Web London. J'appartiens à l'Équipe de secours aux otages. J'étais à Richmond, ce jour-là.

Et, de façon diplomatique, il ajouta :

— Vous m'avez rendu visite à l'hôpital. Cela a été très important pour moi. Je tiens à ce que vous le sachiez.

Canfield acquiesça lentement, puis tendit à Web une main que celui-ci saisit.

— J'apprécie ce que vous avez tous voulu faire à l'époque. Vous avez tenté tout ce que vous pouviez, vous avez risqué votre vie pour mon fils. (Il s'interrompit et regarda Bates.) Mais je vous avais dit au téléphone qu'il ne se passait rien à East Winds, et que si ce salopard venait jusqu'ici, il en ressortirait les deux pieds devant, et pas autrement.

— Je le comprends bien, monsieur Canfield.

— Appelez-moi Billy.

— Merci, Billy, mais trois personnes liées à ce qui s'est passé à Richmond, et peut-être même une quatrième, ont déjà été tuées. Si la Free Society est derrière tout ça, ce dont nous n'avons pas encore la preuve, vous pourriez fort bien représenter une cible. Voilà les raisons de notre présence ici.

Canfield consulta sa montre.

— Alors quoi ? Vous voulez me boucler ? Je gère un élevage de chevaux, moi, et on fait pas ça en pilotage automatique.

— Je le comprends tout à fait, mais nous pouvons prendre des mesures discrètes qui…

— Si vous voulez me parler, suivez-moi. J'ai des choses à régler.

Bates échangea un regard avec Web et Romano, puis haussa les épaules. Ils accompagnèrent Canfield jusqu'à une Land Rover noire et grimpèrent à bord. Canfield n'attendit pas pour démarrer que ses passagers aient bouclé leurs ceintures. Web se tenait à l'avant, à côté de lui, et observait les alentours.

— Aux dernières nouvelles, dit-il, vous dirigiez une entreprise de transport routier à Richmond. Comment vous êtes-vous retrouvé à faire de l'élevage de chevaux dans le comté de Fauquier ?

Canfield tira une cigarette de poche de chemise, l'alluma, ouvrit la vitre et souffla la fumée au-dehors.

— Gwen ne me laisse pas fumer dans la maison, alors j'en profite quand je peux, expliqua-t-il. Passer des camions aux chevaux ? C'est vrai que c'est une bonne question. Je me la pose de temps en temps, et parfois je regrette les camions. Je suis né à Richmond, j'y ai vécu, et c'est un endroit que j'aime. Cette ville, j'y suis lié au plus profond de moi-même, je la connais comme ma poche.

« Mais Gwen a toujours aimé les chevaux ; elle a passé son enfance dans une ferme du Kentucky. J'imagine qu'elle aussi elle a ça dans le sang. En tout cas, on a décidé de se lancer. Mais on ne sait toujours pas où on en est. J'ai investi jusqu'à mon dernier cent dans cet endroit, alors ça nous donne au moins une bonne raison d'insister.

— Mais que fait-on, exactement, dans un élevage de chevaux ? demanda Romano en se penchant en avant. Vous savez, les seuls chevaux que j'aie vus, ce sont ceux qui tirent les calèches autour de Central Park, à New York. Je suis originaire de la Grosse Pomme, moi.

— Désolé pour vous, Yankee, fit Canfield. (Il se tourna vers Romano.) J'ai pas bien saisi votre nom.

— Romano. Paul Romano. Mes amis m'appellent Paulie.

— Eh bien, on n'est pas amis, alors je vous appellerai seulement Paul. Bon, je vais vous expliquer ce qui se passe dans un élevage de chevaux : avant tout, on paume de l'argent. Ça fond comme neige au soleil. On paye des sommes astronomiques pour qu'un étalon à la con qui a gagné quelques courses vienne saillir vos juments. La nature fait alors venir au monde quelques poulains qui grandissent et deviennent des yearlings, mais avec l'argent qu'on dépense pour leur entretien, on aurait pu envoyer une dizaine d'enfants à Harvard. Alors on espère qu'au moins un d'entre eux tiendra ses promesses, qu'on pourra le revendre à un pigeon et récupérer peut-être cinq pour cent de ses investissements. Mais si ça marche pas, la banque à qui vous avez vendu votre vie s'empare de tout ce que vous avez et vous mourez pauvre, sans un toit sur la tête, sans rien sur le dos, sans un ami. (Il regarda Romano.) Voilà comment ça se passe, Paul. D'autres questions ?

— Non, je crois que vous avez fait le tour, dit Romano en se renfonçant dans son siège.

Pour atteindre un ensemble de granges, écuries et autres bâtiments, ils durent franchir un portique en bois, qui, d'après Canfield, était la réplique de l'ouvrage consacré à George Washington, à Mount Vernon ; sauf que celui-ci coûtait plus cher.

— C'est le centre équestre. Écuries pour les chevaux, vaste grange pour le foin, bureau du directeur, centre d'entraînement, stalles de lavage, sellerie, etc. C'est *Le Petit Arpent du bon Dieu*, ajouta-t-il, rieur, tout en descendant de la Land Rover, suivi des agents du FBI.

Il appela un homme qui s'entretenait avec des valets de ferme.

— Eh, Nemo, ramène-toi un peu.

L'homme s'approcha. Il avait la corpulence de Web, mais en plus massif, comme quelqu'un qui a toujours exercé une activité physique ; cheveux noirs et bouclés, coupés court, légèrement grisonnants aux tempes, beau visage aux traits puissants. Il était vêtu comme on l'est dans un ranch, d'un jean et d'une chemise délavée de même matière, et chaussé de bottes pointues. Mais ses bottes n'étaient ni en peau de kangourou ni en alligator et ne s'ornaient pas de boucles d'argent. Elles étaient poussiéreuses, avachies, usées à l'endroit du frottement avec les étriers. Des gants en toile, sales, sortaient de la poche arrière de son jean. Il ôta son Stetson taché de sueur et s'essuya le front avec un chiffon.

— Je vous présente Nemo Strait, le directeur de l'exploitation. Nemo, je te présente ces messieurs du FBI. Ils sont venus me dire que je cours un danger parce qu'ils ont laissé s'enfuir de prison le salopard qui a tué mon fils, et que ce type va peut-être chercher à me tuer.

Strait leur jeta un regard effroyablement hostile. Web lui tendit la main.

— Je suis l'agent Web London.

Strait serra avec vigueur la main tendue. Nemo Strait était un homme très fort, et de toute évidence il entendait que Web le sache. Web surprit le regard de l'homme sur son visage abîmé. En général, ces blessures suscitaient la compassion, ce que Web méprisait. Nemo, lui, sembla seulement se rembrunir, comme s'il avait subi des blessures bien plus graves. Instantanément, Web éprouva de la sympathie pour lui.

— Ce gars-là a essayé de sauver mon fils, précisa alors Canfield en désignant Web. Ce que je ne peux pas dire de tous ceux qui ont participé au procès.

— Moi, mon avis, c'est que l'État fait qu'embrouiller la vie des gens, commenta Nemo en regardant Web droit dans les yeux.

Il avait un typique accent campagnard, traînant entre les syllabes qui accompagnaient les mouvements de son extraordinaire pomme d'Adam. Web s'imagina Nemo interprétant magnifiquement des chansons country et western au karaoké.

— Nous ne cherchons qu'à vous aider, Billy, intervint Bates. Si quelqu'un tente quelque chose contre vous, nous aimerions pouvoir nous y opposer.

Canfield promena le regard sur son domaine, puis se tourna vers Bates.

— Sur l'exploitation, j'ai dix hommes qui travaillent à plein temps, et tous savent très bien se servir d'une arme.

Bates secoua la tête.

— Nous sommes entrés ici et vous ne saviez même pas qui nous étions. Vous êtes sorti sur le seuil de votre maison, seul et sans arme. Si nous avions voulu vous tuer, vous seriez déjà mort.

Canfield sourit.

— Et si je vous disais que certains de mes gars vous surveillaient depuis le moment où vous avez mis le pied sur la propriété ? Et qu'ils pointaient sur vous autre chose que leurs doigts ?

L'air de rien, Web et Romano examinèrent les gens autour d'eux. Web possédait une sorte de sixième sens l'avertissant chaque fois que l'on braquait une arme sur lui, et il se demandait pourquoi cette fois-ci il n'avait rien remarqué.

— Dans ce cas je vous répondrais que vos gars vont finir par descendre des innocents, rétorqua Bates.

— Pour ça, je suis assuré, rétorqua Canfield.

— J'ai consulté les archives, Billy. Au cours du procès, vous avez été plusieurs fois menacé de mort, notamment par Ernest Free. À l'époque, le FBI vous avait placé sous protection.

Le visage de Canfield s'assombrit.

— Oui… chaque fois que je levais les yeux, j'apercevais un type en costard avec un pistolet qui me regardait, et ça me rappelait que mon petit garçon était mort et enterré. Alors, sans vouloir vous vexer, j'en ai eu assez de vos gars pour le restant de mes jours. Je pourrais pas être plus clair.

Bates bomba légèrement le torse et s'approcha de Canfield.

— Le Bureau vous offre à nouveau sa protection. Et jusqu'à ce que l'on capture Ernest Free et que nous soyons sûrs que vous êtes hors de danger, permettez-moi d'insister.

Canfield se croisa les bras sur la poitrine.

— Bon, là je crois qu'on a un problème. N'oubliez pas que nous sommes aux États-Unis d'Amérique, et qu'ici chacun a le droit de décider qui peut ou non pénétrer sur sa propriété, et moi je vous demande de vous en aller, tout de suite.

Strait se rapprocha de son patron, suivi de quelques garçons de ferme ; Romano mit la main sur la crosse de son pistolet.

Un grand gaillard commit l'erreur funeste de poser la main sur l'épaule de Romano. En un clin d'œil, il se retrouva face contre terre, le genou de Romano au creux de ses reins, un pistolet de calibre 45 dans son oreille, tandis qu'un second 45 était braqué sur Canfield et ses autres hommes.

— Alors, les cow-boys, y a des amateurs ? lança Romano.

Web s'avança rapidement avant que Romano ait tué tout le monde.

— Écoutez, Billy, j'ai moi-même tué deux Free, et si j'avais pu, j'aurais aussi descendu Ernest. Mais ce salopard s'en est tiré avec une balle dans l'épaule, et moi je m'en suis sorti avec la moitié de mon visage et presque tout mon sang en moins. Alors, je crois que nous voulons tous la même chose ; simplement, on n'est pas tout à fait d'accord sur les moyens. Et si Romano et moi on restait à la ferme ? Pas de complet, simplement en jean et en bottes. On pourrait même vous aider pour le travail. Mais, en échange, vous devrez coopérer avec nous. Si on vous dit qu'il pourrait y avoir un problème, il faudra nous écouter, et si on vous dit de vous baisser, il faudra vous baisser. Apparemment, les Free ont déjà descendu plusieurs personnes, et ils l'ont fait de manière particulièrement tordue. Je suis persuadé que vos hommes sont des bons, mais ça ne sera peut-être pas suffisant si les Free ont vraiment décidé de vous buter. Je vois bien que vous n'êtes pas le genre de gars à qui on dicte ce qu'il faut faire, mais je ne crois pas non plus que ça vous plairait d'offrir aux Free la satisfaction de vous tuer. Votre femme et vous avez déjà vécu un cauchemar. Avez-vous envie qu'elle porte votre deuil ?

Canfield regarda longuement Web. Et pendant tout ce temps, Web se demanda s'il allait lui sauter dessus ou donner l'ordre à ses hommes d'ouvrir le feu. Finalement, Canfield baissa le regard et donna un coup de pied dans une motte de terre.

— Allons à la maison parler de tout ça.

Il fit signe à Strait et à ses hommes de retourner à leur travail. Romano aida l'homme qu'il avait jeté à terre à se relever, et lui épousseta même les épaules.

— C'est pas contre vous, mon gars, j'aurais fait ça à toute personne qui aurait posé la main sur moi.

L'homme ramassa son chapeau et partit sans demander son reste. À la peur qu'on lisait dans ses yeux, on devinait que jamais plus il ne porterait la main sur Romano.

Canfield et les agents montèrent à bord de la Land Rover. Sur le chemin du retour, Canfield se tourna vers Web.

— Bon, je reconnais que ce que vous dites a du sens, mais il s'agit d'un moment de ma vie que je n'ai aucune envie de revivre. Et ces salopards sont en train de me refoutre la tête dedans.

— Je le comprends bien, mais…

Web fut interrompu par la sonnerie d'un téléphone portable. Il vérifia, mais ce n'était pas le sien. Bates et Romano firent de même. Canfield tira un portable de la boîte à gants et l'examina. Il ne sonnait pas. Baissant les yeux, il avisa un appareil sur le plancher de la voiture et le ramassa.

— Quelqu'un a dû laisser son portable ici, mais ce n'est pas celui de Gwen, et je ne vois pas qui d'autre conduit cette bagnole.

Il s'apprêtait à appuyer sur la touche « réponse » lorsque Web lui arracha l'appareil des mains, ouvrit la vitre électrique et le jeta au-dehors.

— Mais qu'est-ce qui vous prend ? s'écria Canfield, furieux.

Le téléphone portable atterrit sur un lopin de terre en jachère. Rien ne se produisit. Canfield arrêta la Land Rover.

— Vous allez descendre me ramasser ce putain de téléphone…

L'explosion fut si violente qu'elle secoua la Land Rover et projeta un jet de flammes et un nuage de fumée noire à trente mètres de hauteur.

Les trois hommes contemplèrent le spectacle pendant quelques secondes. Finalement, bouleversé, Canfield se tourna vers Web :

— Quand est-ce que vous voulez commencer, les gars ?

29

Au volant de sa voiture, Web s'engagea dans la rue où se trouvait la maison de sa mère. Pour pouvoir la vendre, il faudrait qu'il procède à des réparations, et comme son compte en banque ne lui permettait pas de faire appel à des professionnels, il allait devoir s'en charger lui-même. Pourtant, il n'avait aucune envie de revisser ne fût-ce qu'une charnière, de remplacer ne fût-ce qu'un bardeau.

S'il était venu, c'était pour récupérer quelques vêtements, en vue d'un séjour à la ferme. Pas question de retourner chez lui : les journalistes devaient encore être à l'affût, mais heureusement il conservait quelques affaires chez sa mère. Il comptait également remettre au grenier la boîte qui contenait les documents relatifs à Harry Sullivan. Comme il se déplaçait sans cesse, il ne voulait pas risquer de les égarer. De toute façon, il ne savait quel parti adopter vis-à-vis de son père. Fallait-il se rendre à la prison ? Était-ce le lieu idéal pour renouer avec lui ? Vu son âge, Harry Sullivan risquait fort de mourir en prison. C'était peut-être sa seule chance de le revoir. Curieux, tout de même, à quel point le fait d'avoir échappé par miracle à une bombe placée dans un téléphone pouvait modifier les priorités dans la vie.

Ses réflexions furent interrompues par la sonnerie de son propre téléphone. Claire semblait à la fois nerveuse et décidée.

— J'ai beaucoup réfléchi à nos séances, Web. Je crois que nous allons devoir changer notre approche. Il y a un certain nombre de choses qui m'intriguent, et je suis sûre qu'on peut les aborder d'une façon différente.

— Tout ça me paraît bien vague. À quoi pensez-vous, exactement ?

— Jusqu'ici, d'après nos discussions, il me semble que la plupart de vos problèmes tournent autour de votre relation avec votre mère et votre beau-père. Lors de notre dernière séance, vous m'avez dit que vous aviez passé votre enfance dans la maison de votre mère et que vous en avez récemment hérité.

— Et alors ?

— Vous avez également dit que vous envisagiez de vous y installer. Et aussi que votre beau-père y était mort.

— Encore une fois : et alors ?

— Je crois qu'il y a peut-être autre chose là-bas. Vous savez que je suis à l'écoute des indices que me livrent mes patients. Il me semble que vous m'en avez donné d'importants.

— Qu'est-ce que mes problèmes ont à voir avec cette vieille maison ?

— Il ne s'agit pas de la maison, Web, mais de ce qui a pu s'y passer.

— Qu'a-t-il pu se passer dans cette maison, insista-t-il, à part que mon beau-père y a cassé sa pipe ? Ça n'a rien à voir avec moi.

— Vous êtes le seul à le savoir.

— Je vous le répète, je l'ignore. Et, vraiment, je ne vois pas le rapport entre le fait que je sois resté cloué sur place dans la ruelle et mon enfance dans cette maison. C'était il y a longtemps.

— Vous seriez étonné de constater à quel point l'esprit peut garder un certain nombre de choses dissimulées jusqu'au jour où elle réapparaissent brutalement. Votre rencontre avec le petit garçon, dans la ruelle, a peut-être réveillé un élément enfoui de votre passé.

— Eh bien, en tout cas, je ne vois absolument pas de quoi il s'agit.

— Si je ne me trompe pas, Web, vous le savez, sauf que ça n'a pas accédé à votre conscience.

Il leva les yeux au ciel.

— Qu'est-ce que c'est que ce baratin psychologique ?

— J'aimerais vous hypnotiser, lui dit-elle en guise de réponse.

— Non, répliqua-t-il fermement.

— Ça pourrait nous aider à aboutir.

— En quoi ça m'aiderait de me faire aboyer comme un chien pendant que je suis inconscient ?

— L'état hypnotique est une forme de conscience élargie. Vous serez conscient de tout ce qui vous entoure. Vous maîtriserez tout. Je ne peux pas vous obliger à faire ce que vous ne voulez pas.

— Ça ne servirait à rien.

— On ne peut pas savoir à l'avance. Ça pourrait vous permettre d'aborder certains problèmes que des inhibitions vous empêchent d'affronter.

— Il y a des choses dans ma tête que je n'ai peut-être pas envie de connaître.

— Vous ne pouvez pas le savoir avant d'avoir essayé, Web. Je vous en prie, réfléchissez-y. Je vous en prie.

— Écoutez, Claire, je suis sûr que vous avez beaucoup de fous à aider. Pourquoi ne pas vous y consacrer pleinement ?

Et il raccrocha.

Web gara sa voiture dans l'allée, entra dans la maison, emplit un sac de vêtements, puis hésita au pied de l'échelle menant au grenier, la boîte sous le bras. Ça ne peut pas être aussi difficile que ça, se dit-il. Un grenier, c'est un grenier. Même s'il avait affirmé le contraire à Claire, il y avait bien dans cette maison quelque chose qui le bouleversait au plus profond de son être. Il parvint pourtant à tirer la corde et à faire descendre l'échelle.

Une fois dans le grenier, il posa la boîte et voulut saisir le cordon électrique, mais retira promptement sa main. Il explora du regard les moindres recoins, guettant les menaces, plus par instinct que par habitude. Il observa le plancher de contreplaqué, tous les souvenirs de la sombre histoire familiale, sous la forme de porte-vêtements, piles de livres, tas de trucs abandonnés. Les rouleaux de chutes de moquette bordeaux, près de l'échelle, attirèrent son attention. Ils étaient soigneusement enroulés et fixés avec du ruban adhésif. Il en souleva un, lourd et dur, comme raidi par le froid et par le temps. Ces chutes provenaient de la moquette de l'étage inférieur, et Web se demanda pourquoi sa mère les avait conservées.

Sur le côté, s'élevait autrefois une grosse pile de vêtements. À présent, l'espace était vide. Parfois, Web venait se réfugier sous ces vêtements, lors des crises de son beau-père. Ce dernier conservait au grenier ses drogues et ses alcools, par peur que sa femme ne mette la main dessus. En pleine nuit, il montait là en titubant, déjà défoncé, pour y chercher le moyen d'embrumer encore plus son cerveau. C'était au début des années soixante-dix, alors que le pays se dégageait avec peine du Viêt-nam, et les gens comme son beau-père, qui n'avaient jamais pris les armes ni pour leur pays ni pour une autre cause, profitaient du désarroi général et de l'indifférence des temps pour vivre perpétuellement bourrés. Une partie du grenier se situait au-dessus de la chambre de Web. Enfant, il entendait les pas de son beau-père venu chercher ses substances psychotropes. Le jeune Web était terrifié à l'idée que Stockton puisse passer à travers le plafond et s'écraser sur son lit avant de le battre comme plâtre. Un cobra dans son lit. Tuer ou être tué. Lorsque Stockton le frappait, Web se serait bien réfugié auprès de sa mère, mais la plupart du temps elle n'était pas là. Elle partait pour de longues courses en voiture à travers la nuit et ne revenait qu'au matin, des heures après son départ pour l'école, alors qu'il s'était habillé et avait pris seul son petit déjeuner pour ne pas rencontrer son beau-père. Le bruit de ces pas le hantait encore aujourd'hui. Il ferma les yeux, respira l'air glacé, revit la pile de vieux vêtements voler dans les airs. Aussitôt, comme en écho, il y eut une traînée de rouge et des bruits l'envahirent qui le forcèrent à ouvrir les yeux. Il dégringola l'échelle et referma la trappe du grenier. Cette vision, il l'avait eue des milliers de fois, sans jamais parvenir à la déchiffrer. Il en était venu à y renoncer, mais en cet instant, pour quelque raison inconnue de lui, il avait le sentiment d'être plus proche que jamais de sa véritable signification.

Il s'assit au volant de la Mercury et saisit son portable ainsi que le papier que Big F lui avait donné la veille. Un coup d'œil à sa montre. C'était précisément l'heure où il devait appeler. Il composa le numéro et on lui répondit aussitôt. On lui donna des instructions et on raccrocha. Au moins ces gens étaient-ils efficaces. La nuit promettait d'être animée.

En démarrant, il paraphrasa les mots célèbres du PC : « Web London au reste du genre humain, rien ne va plus. »

30

Web alla chercher Romano chez lui en voiture. Angie se tenait sur le seuil lorsque Romano sortit avec ses sacs, et elle ne semblait guère réjouie. C'est du moins ce qu'il se dit lorsque, après lui avoir adressé un salut, il reçut en guise de réponse un doigt levé. Dans le coffre, Romano déposa deux fusils de tireur d'élite, un MP-5, des gilets pare-balles, ainsi que quatre pistolets semi-automatiques avec leurs munitions.

— Mais enfin, Paulie, on ne part pas chasser Saddam Hussein.

— Tu fais comme tu veux, et moi aussi. Le type qui a buté Chris Miller est toujours dans les parages, et s'il tire sur ton chéri à mille mètres de distance, je préfère avoir de quoi lui rendre la politesse. Capich ? (Il se tourna et adressa un signe à Angie.) Au revoir, mon petit gâteau en sucre.

Angie lui adressa le même doigt levé avant de claquer la porte derrière elle.

— J'ai l'impression qu'elle est furieuse, commenta Web.

— J'avais des congés. On était censés aller voir sa mère au pays des bayous. À Slidell, en Louisiane, pour être plus précis.

— Désolé, Paulie.

Romano le regarda, sourit, baissa sur ses yeux sa casquette des Yankees et s'enfonça dans son siège.

— T'en fais pas.

Devant le portail d'East Winds, ils furent accueillis par deux agents du FBI. Ils montrèrent leur carte et on les laissa entrer. Après la tentative d'assassinat sur Billy Canfield, le Bureau était présent dans toute sa gloire. Ils croisèrent la camionnette du service de déminage du FBI, qui repartait après avoir ramassé jusqu'au dernier débris aux fins d'analyse. Les agents du Bureau devaient également interroger tous ceux, à la ferme, qui d'une façon ou d'une autre pouvaient être mêlés à cette affaire de téléphone. Billy Canfield, lui, devait rager devant toute cette agitation. En tout cas, songea Web, en le sauvant, il avait gagné son droit d'entrée à la ferme.

Il en était là de ses pensées lorsque apparut un magnifique pur-sang dont les muscles et les tendons roulaient sous la robe lustrée avec un synchronisme si délicat qu'on eût dit une machine plutôt qu'un animal. Web était déjà monté quelquefois à cheval sans jamais s'y intéresser vraiment, mais là il devait bien admettre que le spectacle était saisissant. La cavalière, les mains gantées, était vêtue d'une culotte marron, d'un chandail en coton bleu clair et chaussée de hautes bottes noires et luisantes. Sa bombe noire ne parvenait pas à dissimuler complètement sa longue chevelure blonde.

Elle poussa sa monture vers la voiture et Web abaissa sa vitre.

— Je suis Gwen Canfield. Vous devez être Web.

— C'est bien moi. Et je vous présente Paul Romano. Votre mari vous a dit ce qui a été convenu ?

— Oui. Il m'a demandé de vous montrer l'endroit où vous serez logés.

Elle ôta sa bombe, laissant dévaler ses cheveux blonds sur ses épaules.

— Elle est superbe, observa Web en regardant le cheval.

— C'est un étalon.

— Excusez-moi, je n'avais pas regardé le matériel. Je ne voulais mettre personne dans l'embarras.

Elle flatta l'encolure du cheval.

— Ça ne t'ennuie pas, Baron, n'est-ce pas ? Tu ne doutes pas de ta virilité.

— Ah, si tout le monde pouvait en dire autant…

Gwen recula un peu sur sa selle anglaise, une main tenant fermement les rênes, et promena le regard autour d'elle.

— Billy m'a dit ce qui s'était passé dans la Land Rover. Je voudrais vous remercier. Billy a probablement oublié.

— Je n'ai fait que mon boulot.

C'était la première fois qu'il rencontrait Gwen Canfield, mais certains de ses collègues de la HRT, présents au procès de Richmond, l'avaient décrite comme tendue et émotive. Pourtant, la femme qui se tenait devant lui était très calme, presque détachée ; en dépit de ses mots de gratitude, le ton était contraint. Peut-être avait-elle épuisé, à l'époque, toutes les émotions dont elle était capable.

Web avait vu des photos de Gwen Canfield dans les journaux, au moment du procès. À la différence de son mari, Gwen avait très bien vieilli. Elle devait avoir entre trente-cinq et quarante ans, et portait encore longs ses blonds cheveux. Elle avait la silhouette d'une femme de dix ans plus jeune, avec des courbes à l'endroit où les hommes aiment en voir, et des fesses qui ne devaient jamais manquer d'attirer les regards. Un très beau visage, des lèvres pleines, des pommettes hautes... Eût-elle été actrice que la caméra fût tombée amoureuse d'elle. Elle était grande, également, et se tenait très droite. Probablement une attitude de cavalière, songea Web.

— Nous allons à la remise des attelages, dit-elle. C'est sur cette route.

Elle fit volter Baron et lui enfonça ses bottes dans les flancs en lançant un cri incompréhensible, mais qui dans le langage des chevaux devait signifier : « Galope à un train d'enfer. » Monture et cavalière filèrent sur la route, puis Gwen se pencha en avant, ou plutôt se fondit dans l'encolure du cheval lorsque Baron quitta le sol, sautant par-dessus la barrière, là où elle s'abaissait à un mètre de hauteur pour permettre son franchissement par les cavaliers. Arrivée de l'autre côté, dans l'un des paddocks, elle poursuivit au galop sans la moindre faute de pied. Web klaxonna en guise d'applaudissement, et Gwen agita le bras sans se retourner.

La remise des attelages était en fait le bâtiment aux grandes fenêtres palladiennes, surmonté de la girouette, que Web avait aperçu la première fois. Gwen descendit de son cheval et l'attacha à un poteau. Alors qu'ils déchargeaient leurs affaires du coffre, Web fit signe à Romano de ne pas déballer ses armes devant elle.

En constatant que la remise des attelages se trouvait à une certaine distance de la maison principale, que l'on apercevait à peine, à l'extrémité de la longue route bordée d'arbres, Web se tourna vers Gwen.

— Je ne voudrais pas paraître ingrat, mais serait-il possible que nous logions dans la maison principale ? S'il se passait quelque chose, il nous faudrait trop longtemps pour vous rejoindre.

— Billy a dit la remise des attelages. Si cela vous pose un problème, il faudra en parler avec lui.

C'est bien mon intention, songea Web.

— C'est terrible que vous soyez à nouveau confrontés à tout cela, remarqua Web à haute voix. Vous ne le méritez pas.

— Je n'ai jamais pensé que la vie était juste. (Elle le considéra avec attention.) Billy m'a dit que nous nous connaissions, mais je ne me rappelle pas où nous nous sommes rencontrés.

— Je faisais partie de l'Équipe de secours aux otages qui a été envoyée à l'école, ce jour-là.

Elle garda les yeux baissés pendant un moment.

— Je vois. Et maintenant cet homme qui a tué David est libre de ses mouvements.

— Malheureusement, oui. Mais plus pour longtemps, j'espère.

— Il aurait dû être exécuté.

— Je ne dis pas le contraire, madame Canfield.

— Appelez-moi Gwen. Nous ne faisons pas trop de cérémonies, ici.

— D'accord, Gwen. Et vous pouvez nous appeler Web et Paulie. Vous savez, nous sommes ici pour assurer votre sécurité et celle de votre mari.

Elle le fusilla du regard.

— Cela fait des années que je ne me sens pas en sécurité, Web. Je ne crois pas que les choses vont changer de sitôt.

Elle les conduisit à l'intérieur. Au rez-de-chaussée de la remise se trouvait un grand nombre de voitures anciennes restaurées. En regardant Romano-l'amateur-de-voitures, Web crut qu'il allait avoir une crise cardiaque.

— Bill en fait collection, expliqua Gwen. C'est son petit musée privé.

— Houa, s'écria Romano, ça c'est une Stutz Bearcat à conduite à droite. (Il fit le tour des lieux, émerveillé, comme un enfant au Baseball Hall of Fame.) Et ça, une Lincoln LeBaron 1939. Il n'y en a eu que neuf. Et celle-là, mon Dieu ! (Il se rua vers le fond de la salle et s'immobilisa brutalement.) Web, ça, ça c'est une Duesenberg 1936 SSJ Speedster. (Il se tourna vers Gwen.) Je me trompe, ou bien on n'en a fabriqué que deux exemplaires, une pour Clark Gable et l'autre pour Gary Cooper ? S'il vous plaît, dites-moi que je ne me trompe pas.

Gwen acquiesça.

— Vous vous y connaissez. Celle-ci appartenait à Gary Cooper.

Romano considéra Web comme s'il allait s'évanouir.

— Magnifique ! (Il se tourna vers Gwen.) Je tiens à vous dire, Gwen, que je suis très honoré de partager le même toit que ces machines de légende.

Web crut qu'il allait se trouver mal. Gwen, elle, regarda Web en hochant la tête, avec un petit sourire en coin.

— Ah, les hommes et leurs jouets ! Vous avez des jouets, Web ?

— Pas vraiment. Même enfant, je n'en avais pas.

Elle lui lança un regard pénétrant.

— En haut, il y a deux chambres, chacune avec sa salle de bains, et puis une cuisine avec tout le nécessaire et un salon. À l'époque coloniale, ce bâtiment servait de remise pour les attelages du domaine. C'est une propriété historique. Dans les années quarante, le propriétaire en avait fait un poste de pompiers. Billy l'a retransformée en maison d'amis, bien qu'avec vingt chambres dans la maison principale, une maison d'amis soit un peu superflue.

— Vingt chambres ! s'écria Romano.

— Je sais, dit Gwen. Moi, j'ai passé mon enfance dans une ferme du côté de Louisville. Nous avions deux chambres pour sept.

— Je crois me souvenir que Billy non plus n'était pas très riche, répondit Web.

— Le transport routier n'est pas un métier facile, mais il a réussi.

— Il se plaint que cet élevage lui ait coûté jusqu'à son dernier cent, fit Romano. Mais ces voitures valent quand même très cher.

Gwen sourit alors pour la première fois, et Web se surprit à sourire lui aussi.

— Vous ne tarderez pas à vous rendre compte que Billy Canfield aime bien se plaindre. De tout. Mais surtout de l'argent. Il a dû vous dire que nous avions investi jusqu'à notre dernier cent dans cette propriété, et c'est vrai. Mais ce qu'il ne vous a probablement pas dit, c'est que le premier poulain que nous avons vendu a gagné le Kentucky Derby et terminé troisième au Preakness.

— Comment s'appelait ce cheval ?

— King David. Nous n'avons rien touché sur ce pactole, bien sûr, mais ça nous a fait connaître, et nous étions propriétaires de la jument qui avait eu le King. L'étalon par qui nous l'avions fait saillir n'était pas extraordinaire, ce qui veut dire que c'est notre jument qui a récupéré tout le crédit des prouesses de King.

— Vu que c'est la femelle qui fait tout le travail, ce n'est que justice, opina Web.

— J'aime bien votre façon de raisonner. Ainsi, grâce à King, tous ceux qui connaissent quelque chose aux chevaux de course connaissent East Winds, et nos chevaux bénéficient généralement d'une bonne cote. Cela dit, nous avons des gagnants ici, et ils peuvent rapporter des sommes impressionnantes. En outre, nous avons eu de bons yearlings ces deux dernières années, et nous sommes très bien organisés. Ne me faites pas dire ce que je n'ai pas dit : c'est vrai qu'un élevage de chevaux coûte extrêmement cher, mais, malgré les lamentations de Billy, je crois qu'on ne s'en sort pas si mal.

— Ça fait plaisir à entendre, approuva Web. J'imagine que vous êtes venus ici peu de temps après le procès.

— Si vous avez besoin de quoi que ce soit, dit-elle sèchement, appelez la maison, et nous nous en occuperons. Le numéro est sur le mur, à côté du téléphone, en haut.

Et elle partit avant même qu'ils aient pu la remercier.

Ils montèrent à l'étage et explorèrent les lieux. Les meubles étaient tous anciens, les objets raffinés et élégants, et Web y devina la touche de Gwen Canfield. Le mari, lui, ne semblait pas du genre à se passionner pour la décoration d'intérieur.

— Quel endroit, dis donc ! s'exclama Romano.

— Oui, un endroit bien éloigné des gens que nous sommes censés protéger, et ça ne me plaît guère.

— Alors appelle Bates, suggère-lui de prendre contact avec Canfield, et laissons-les s'engueuler. On n'est que des fantassins, on fait ce qu'on nous dit.

— Alors qu'est-ce que t'en penses, de Gwen Canfield ?

— Elle est plutôt agréable. Et vraiment belle. La classe. Canfield a de la chance.

— Te fais pas des idées, Paulie.

— Ouais, comme si Angie m'en laissait le loisir.

— Déballe tes machins et on fait une ronde. Je veux mettre la main sur Canfield. Pour le protéger, il faut au moins se trouver près de lui. Et il faudra probablement prendre des tours de garde, dormir chacun à son tour.

— Comme au bon vieux temps des tireurs d'élite.

— Oui, comme au bon vieux temps des tireurs d'élite, sauf que tu ronfles comme un train de marchandises.

— C'est fini. Angie m'a obligé à me faire opérer.

— Comment elle a réussi ?

— Je préfère pas en parler, Web.

Ils sortirent et tombèrent presque immédiatement sur Percy Bates.

— Des pistes, pour la bombe ? demanda Web.

— D'après les techniciens, c'était un appareil très sophistiqué. On a parlé à tous ceux qui auraient pu savoir quelque chose, mais jusqu'ici, rien. En tout cas, ce téléphone n'est pas arrivé là tout seul.

— Il y a peut-être un membre de la Free Society sur le domaine.

Bates acquiesça, inquiet.

— Ils recrutent des Blancs de la campagne qui aiment les armes, la terre, la vie d'autrefois et qui en ont gros sur la patate parce qu'ils voient que le monde change à toute allure et qu'ils ne sont plus dans le coup.

— Du nouveau du côté des Free dans le sud de la Virginie ?

— On les surveille, mais jusqu'ici, rien, là non plus. Cela dit, après ce qui s'est passé, ils se tiennent peut-être tranquilles. Ce serait la chose la plus intelligente à faire. Et ils ne sont pas bêtes. Ils doivent savoir qu'on les soupçonne et qu'ils sont surveillés. Au premier indice, on leur tombe dessus.

— Où est Canfield ? demanda Web. J'ai en quelque sorte perdu la trace de celui que je suis censé protéger.

— Et Gwen aussi. Elle a reçu les mêmes menaces de mort que son mari.

Web demeura un instant songeur.

— Paulie et moi, on peut se répartir le travail, mais ce serait bien d'avoir du renfort. East Winds a l'air d'être un très grand domaine.

— Mille hectares et soixante-huit bâtiments. J'en ai parlé à Canfield et il m'a dit que si je comptais amener d'autres hommes ici, il m'enverrait au tribunal et ensuite en enfer, et je crois ce type sur parole. Il faudra vous débrouiller à deux, mais enfin sachez quand même que nous ne serons pas très loin.

— Je compte là-dessus, Perce.

— Oh, et puis, Web…

— Oui ?

— Merci de m'avoir sauvé la vie.

Ils trouvèrent Billy Canfield au centre équestre, où il examinait le paturon d'un étalon, sous l'œil attentif de Nemo Strait et de deux jeunes en tenue d'équitation.

— Il vaudrait mieux appeler le véto, conseilla Canfield à l'un des jeunes gens. Ça n'est peut-être qu'une entorse, mais ça peut aussi être une fracture. Bon Dieu, j'espère que non.

Le jeune homme s'éloigna et Canfield lui lança :

— Et dis à ce satané maréchal-ferrant que s'il ne me ramène pas un meilleur fer, je change de crémerie. On a quelques chevaux qui ont des sabots tendres, et les fers à coller sont parfaits pour eux, mais il n'en apporte jamais.

— Bien, monsieur.

Canfield caressa le flanc du cheval, s'essuya les mains et s'approcha des hommes de la HRT.

— Vous en voulez au maréchal-ferrant ? demanda Romano.

— Bah, ce ne sont jamais que des forgerons qui se poussent du col, répondit Canfield. Autrefois, chaque élevage en employait un à plein temps. Maintenant, ils passent une fois par semaine avec leur camion équipé d'une forge, leur enclume, leur marteau et leurs fers préformés. Ils ne sont pas bon marché, mais qui a encore envie de faire ce métier ? C'est dur, il y a la chaleur des braises, et puis c'est dangereux avec ces chevaux vicieux qui cherchent toujours à vous balancer un coup de pied en pleine tête.

— Qu'est-ce que ces fers à coller dont vous parliez ? s'enquit Web.

Ce fut Strait qui répondit :

— Parfois, les sabots d'un cheval sont trop fins pour supporter les clous, et ils se brisent, notamment chez les chevaux importés d'Europe, à cause de la différence de climat et de sol. Un fer tendre n'a pas besoin de clous, c'est comme un sachet qui enveloppe le sabot. Si c'est bien fait, ça peut durer deux mois. Et les fers à coller, eh bien, comme leur nom l'indique, ce sont des fers qu'on colle et qu'on ne cloue pas.

— Apparemment, il y a beaucoup de choses à apprendre dans ce métier.

— J'ai toujours appris rapidement, dit Billy en lançant un coup d'œil à Strait. (Il se tourna ensuite vers Bates.) Vous avez fini de parler à mes gars ? Parce que moi j'ai du boulot.

— Nous serons partis très bientôt.

— Il m'a parlé des téléphones piégés, dit alors Canfield à Web en montrant Bates. Mais vous avez quand même réagi très vite.

— Moi aussi j'apprends vite, répondit Web.

Canfield l'étudia avec attention.

— Qu'est-ce que vous voudriez apprendre de nouveau, maintenant ?

— J'aimerais connaître East Winds. En parcourir les moindres recoins.

— Je demanderai à Gwen de vous en faire faire le tour. Moi j'ai du travail.

— Paulie va vous accompagner, dit Web en se tournant vers Romano.

Canfield sembla sur le point d'exploser mais parvint à se maîtriser.

— Très bien. (Il regarda Romano.) Comment vous vous tenez à cheval, Paul ?

Romano se raidit, puis regarda tour à tour Web et Canfield.

— Je ne suis jamais monté à cheval.

Souriant, Canfield lui passa le bras autour des épaules.

— Eh bien, j'espère que vous apprenez aussi vite que votre collègue.

31

Gwen se trouvait au centre équestre avec Baron lorsque son mari lui demanda de faire visiter le domaine à Web. Elle conduisit alors ce dernier à l'écurie.

— Le meilleur moyen de visiter la propriété, c'est à cheval. Vous savez monter ?

— Un peu.

— Dans ce cas, j'ai le cheval qui vous faut.

Boo, lui expliqua Gwen, était un Trakehner, un cheval allemand issu du croisement entre le pur-sang arabe, vif et fougueux, et une race plus calme, endurante. Ces chevaux étaient réputés pour faire d'excellentes montures de guerre. Celui-ci pesait environ 850 kilos, mesurait presque 1,80 mètre au garrot, et Web eut l'impression qu'il n'avait qu'une envie : lui envoyer un bon coup de sabot en pleine figure.

— Boo était un excellent cheval de dressage, mais maintenant il est âgé et n'a plus très envie de bouger. Il est devenu gros et apathique. On l'appelle le vieux grincheux, avouez que ça lui va bien. Mais au fond, c'est un tendre, et il est également très maniable. Vous pouvez le monter aussi bien avec une selle anglaise qu'avec une selle western.

— Oui, je n'en doute pas, fit Web en contemplant le monstre.

Boo ne semblait pas enchanté de voir Web envahir son espace vital. Gwen posa le tapis de selle sur son dos, puis demanda à Web de l'aider à installer la lourde selle western.

— Et maintenant que je vais le sangler, observez comme il va retenir sa respiration et gonfler le ventre.

Fasciné, Web regarda le cheval agir comme elle l'avait prévu.

— Quand vous croirez avoir suffisamment serré, il laissera filer l'air et la sangle se desserrera. Lorsque vous voudrez monter, la selle tournera sur le garrot ; vous vous retrouverez par terre avec quelques ecchymoses, et le cheval trouvera ça très drôle.

— C'est agréable de savoir que des animaux idiots sont aussi malins, dit Web.

Gwen lui montra comment passer le filet sur la tête de Boo, l'installer correctement et le boucler. Ils conduisirent ensuite Boo à l'extérieur de l'écurie, près d'une pierre permettant de monter.

Web ajusta les jambières de cuir que Gwen lui avait données pour éviter les frictions de ses jambes sur la selle et pour l'aider à mieux se tenir, puis il monta sur la pierre et se hissa sur le dos du cheval.

— Alors, qu'en dites-vous ? demanda Gwen.

— Laborieux.

Elle remarqua alors le pistolet dans son étui.

— Il faut vraiment que vous emportiez votre arme ?

— Oui, répondit fermement Web.

Ils se rendirent alors à la carrière où Gwen fit tourner cheval et cavalier. Après quoi elle montra à Web comment utiliser les rênes pour arrêter sa monture, la faire tourner et lui faire faire demi-tour. Elle lui montra aussi comment se servir de ses jambes pour donner l'impulsion.

— Boo connaît parfaitement le domaine, alors si vous le laissez faire, il ira là où il faut. Facile, non ?

Tandis qu'ils travaillaient avec Boo, un valet de ferme avait amené Baron. Gwen monta en selle.

— En fait, Boo est le patriarche de l'écurie, et Baron et lui n'ont jamais fait de sortie ensemble. Boo va peut-être essayer d'établir sa domination sur Baron, pour lui montrer qui est le patron.

— On dirait des types débordants de testostérone, observa Web.

— Boo est un hongre, vous savez. (Web n'eut pas l'air de comprendre.) Si c'était un homme, on dirait que c'est un eunuque.

— Pauvre Boo.

Les deux chevaux semblèrent opter pour la coexistence pacifique, et Gwen tira de sa poche arrière un talkie-walkie qu'elle brancha.

— Simplement au cas où il y aurait un problème, dit-elle.

— Sage précaution, opina Web. Moi aussi j'ai mon téléphone portable.

— Après ce qui est arrivé à Billy, je crois que je n'en utiliserai plus.

Ils se mirent en route, suivis d'un golden retriever nommé Opie, et d'un autre chien, petit mais trapu, répondant au nom de Tuff.

— Strait a également un chien qui traîne par ici, dit-elle. Il l'appelle Old Cuss, et il n'amène que des ennuis.

Le ciel était clair, et tandis qu'ils parcouraient les vallons de la propriété, Web avait le sentiment que la vue s'étendait presque jusqu'à Charlottesville. Boo était content de suivre Baron et conservait une allure qui convenait à Web.

Gwen arrêta son cheval. Web poussa Boo à ses côtés.

— Comme je vous l'ai dit, East Winds existe depuis longtemps. Vers 1600, le roi d'Angleterre a fait une donation foncière de plusieurs millions d'hectares à lord Culpeper. Un descendant de lord Culpeper a donné cinq cents hectares de ces terres en dot à sa fille aînée, pour son mariage avec un certain Adam Rolfe. Ce Rolfe, qui était un bâtisseur avisé et aussi un marchand, a commencé de construire la partie centrale de la demeure en 1765, et l'a terminée en 1781. La façade de la maison principale a été construite dans le style de l'époque. Et les boiseries, notamment les moulures dentelées, sont parmi les plus belles que j'aie jamais vues.

— Oui, l'architecture du XVIIIe, c'est bien ce que je me disais.

Web mentait, il n'aurait pas reconnu ce style.

— La propriété est restée dans la famille Rolfe jusqu'au début des années 1900. Pendant tout ce temps, East Winds a été une véritable plantation, avec toutes sortes de cultures : tabac, soja, chanvre, etc.

— Et des esclaves pour y travailler, j'imagine, dit Web. Au moins jusqu'à la fin de la guerre de Sécession.

— En fait, non, la plantation était relativement proche de Washington, et ses propriétaires sympathisants du Nord. East Winds faisait même partie de l'Underground Railroad [1]. En 1910, la propriété a été vendue en dehors de la famille. Elle est passée de main en main jusqu'à son achat par un certain Walter Sennick, à la fin de la Seconde Guerre mondiale. Il était inventeur et il a fait fortune en vendant ses idées aux constructeurs automobiles. Il a transformé East Winds en une petite cité autonome, qui a compté jusqu'à plus de trois cents employés. Il y avait aussi un magasin d'entreprise, un central téléphonique, un poste de pompiers…

— Rien de mieux que de ne pas avoir à sortir de chez soi.

Tout le temps où Gwen parlait, Web avait surveillé les environs, cherchant à deviner d'où pouvaient venir d'éventuelles attaques et comment y parer. Mais s'il y avait un mouchard dans la place, ce genre de stratégie risquait de se révéler inutile.

— Aujourd'hui, reprit Gwen, on compte au total soixante-huit bâtiments, avec quarante-trois kilomètres de barrières en bois. Dix-neuf enclos. Quinze employés. Et nous continuons à cultiver surtout du maïs, bien que notre activité principale soit l'élevage des pur-sang. L'année prochaine, nous devrions voir naître vingt-deux poulains. Et nous aurons un grand nombre de yearlings à vendre bientôt. Tout ça est très excitant.

1. Avant l'abolition de l'esclavage, filière permettant aux esclaves fugitifs de gagner le Canada ou d'autres lieux sûrs. *(N.d.T.)*

Ils arrivèrent devant un cours d'eau enserré entre deux rives hautes, et la jeune femme expliqua qu'il fallait laisser le cheval choisir lui-même son allure. Sur son conseil, il se pencha fortement en arrière, jusqu'à ce que sa tête repose presque sur la croupe de Boo, tandis que celui-ci descendait la rive escarpée. Puis, lorsque le cheval entreprit d'escalader l'autre côté, elle le fit se pencher sur l'encolure en saisissant la crinière. Web put ainsi franchir le cours d'eau, s'attirant les félicitations de Gwen.

Ils dépassèrent peu après un vieux bâtiment en pierre et en bois : un hôpital de l'époque de la guerre de Sécession que les Canfield songeaient à transformer en musée.

— Nous l'avons restauré, nous y avons installé le chauffage central et la climatisation, et il y a une cuisine et une chambre à coucher, de sorte que le conservateur pourra y vivre. Nous avons aussi une table d'opération et des instruments de chirurgie de l'époque.

— D'après ce que je sais, répliqua Web, les soldats de la guerre de Sécession préféraient encore prendre une balle minié que d'aller à l'hôpital.

Ils passèrent ensuite devant une grange vieille de deux cents ans, bâtie sur une pente tellement raide qu'elle avait un étage et une entrée à chaque niveau. On apercevait aussi une carrière où l'on pratiquait le dressage. Puis ils arrivèrent en vue d'une haute tour en bois à la base de pierre, utilisée, lui expliqua Gwen, comme poste d'observation pour la prévention des incendies, mais également pour les courses de chevaux qui se déroulaient là un siècle auparavant.

Web étudia l'endroit et les alentours. Ancien tireur d'élite toujours à la recherche du lieu idéal, il se dit que cette tour donnerait un bon poste d'observation, bien qu'il n'eût pas le personnel nécessaire à cette tâche.

Ils découvrirent ensuite un bâtiment de plain-pied : la maison du directeur de l'élevage.

— Nemo Strait semble faire du bon travail, dit Web.

— Il a de l'expérience et il a amené avec lui une équipe complète, ce qui était bien pratique.

Néanmoins, on sentait dans le ton de sa voix le peu d'intérêt que Gwen portait à ces questions.

Puis ils examinèrent les entrées et les sorties au fond du domaine, détails que Web grava dans sa mémoire. Soudain, un cerf jaillit d'entre les arbres, aussitôt pris en chasse par Opie et Tuff. Aucun des deux chevaux ne réagit, mais Web, lui, fut si surpris par le surgissement du cerf devant lui qu'il faillit tomber à terre.

Gwen le conduisit ensuite dans un petit vallon ombragé où l'on entendait de l'eau couler, et il ne s'attendait nullement, au détour d'un sentier, à découvrir ce minuscule édifice ouvert, peint en blanc, avec un toit en bardeaux de cèdre. Il crut d'abord avoir affaire à un belvédère, jusqu'au moment où il aperçut la croix au sommet, le petit autel à l'intérieur, avec un prie-Dieu et un petit crucifix. Il se tourna vers Gwen, quêtant une explication.

— C'est ma chapelle, je crois qu'on peut l'appeler ainsi. Je suis catholique. Mon père était enfant de chœur et deux de mes oncles sont prêtres. La religion est très profondément ancrée dans ma vie.

— Alors vous avez fait construire cette chapelle ?

— Oui, pour mon fils. Je viens prier pour lui presque tous les jours, qu'il pleuve ou qu'il vente. Cela ne vous ennuie pas que j'aille me recueillir ?

— Je vous en prie.

— Vous-même, êtes-vous religieux ?

— À ma façon, je dirais, répondit Web, vaguement.

— Moi, je l'étais beaucoup plus, avant. J'ai essayé de comprendre pourquoi il a pu arriver une chose pareille à un innocent. Je n'ai pas trouvé la réponse.

Elle descendit de cheval, pénétra dans la chapelle, se signa, tira un chapelet de sa poche, puis s'agenouilla et pria sous le regard de Web.

Quelques minutes plus tard, elle se releva et le rejoignit.

En poursuivant leur chevauchée, ils parvinrent à un grand bâtiment, visiblement abandonné depuis un certain temps déjà.

— C'est l'ancienne maison des singes, dit Gwen. Sennick, l'inventeur, y enfermait toutes sortes de singes, des chimpanzés, des babouins, même des gorilles. Pourquoi ? Je n'en sais rien. La légende veut que, quand certains parvenaient à s'enfuir de leurs cages, des ploucs du coin, pleins de bière et armés de fusils, les aient pourchassés au milieu des arbres. L'idée que ces malheureux animaux aient pu être abattus par une bande d'abrutis complètement ivres me rend malade.

Ils descendirent de cheval et entrèrent dans le bâtiment. Le temps et les éléments avaient ouvert dans le toit de larges brèches par où l'on apercevait le ciel. Les vieilles cages, rouillées et démantibulées, étaient encore alignées le long des murs, et l'on voyait des tranchées probablement destinées à recueillir les déjections des animaux. Le sol de ciment était jonché d'ordures et de vieilles pièces mécaniques mélangées à des branches d'arbres et à des feuilles pourries. Des racines s'accrochaient aux murs extérieurs, et le long d'un de ces murs courait ce qui ressemblait à un quai de déchargement. Qu'est-ce qu'un inventeur d'accessoires automobiles pouvait bien faire avec tous ces singes ? se demanda Web, mais aucune des idées qui lui venaient à l'esprit n'était agréable. Il imaginait des animaux attachés, des câbles électriques capturant l'énergie des éclairs, et le vieux Sennick en blouse de chirurgien, prêt à accomplir sa sinistre besogne sur des primates terrifiés. Il émanait de cet endroit une impression de mélancolie, de désespoir et même de mort, et Web fut soulagé de le quitter.

Ils poursuivirent leur route et la jeune femme lui montra tous les bâtiments un à un en lui narrant leur histoire, jusqu'à ce que Web finisse par tout confondre. En consultant sa montre, il eut la surprise de constater que trois heures s'étaient écoulées.

— On devrait rentrer, dit-elle. Pour votre première sortie à cheval, trois heures, c'est beaucoup. Vous allez avoir des courbatures.

— Ça va. Ça m'a beaucoup plu.

La promenade avait été paisible, tranquille, reposante, sensations qu'il n'avait pratiquement jamais connues au cours de sa vie. Pourtant, en descendant de son cheval au centre équestre, il s'aperçut avec stupeur que son dos et ses jambes étaient si raides qu'il parvenait tout juste à se tenir droit en marchant. Gwen le remarqua, elle aussi.

— Demain, dit-elle en souriant, c'est une autre partie de votre corps qui vous fera mal.

Web se frottait les fesses.

— Oui, je le sens déjà.

Deux valets de ferme vinrent récupérer leurs chevaux. Gwen expliqua à Web qu'ils allaient les desseller et leur ôter les filets, puis les brosser et les doucher. Elle lui indiqua que, d'ordinaire, c'était le cavalier qui se chargeait de ces tâches, ce qui contribuait à tisser un lien avec la monture.

— On s'occupe du cheval, et le cheval s'occupe de vous, dit-elle.

— C'est un peu comme d'avoir un partenaire.

— Exactement.

Désignant le petit bureau du centre, elle ajouta :

— Je reviens dans une minute, Web, je dois vérifier un certain nombre de choses.

Tandis qu'elle s'éloignait, Web entreprit d'enlever ses jambières.

— Ça fait longtemps que vous n'aviez plus monté ?

Nemo Strait s'avançait vers lui. Deux autres types coiffés de casquettes de base-ball, assis à l'avant d'un pick-up contenant de grosses balles de foin, observaient Web avec attention. Strait s'appuya contre la pierre qui servait à monter en selle et jeta un regard dans la direction où avait disparu Gwen.

— Bonne cavalière mais, de temps en temps, elle pousse trop les chevaux.

— Elle a pourtant l'air de les aimer vraiment, s'étonna Web.

— On peut aimer quelque chose et pourtant lui faire du mal, vous ne croyez pas ?

Web ne s'attendait pas à ce type de réflexion de la part de Strait. Il avait eu l'impression d'avoir affaire jusque-là à un grand imbécile néandertalien, et ce type se montrait avisé et même sensible.

— Ça fait longtemps que vous vous occupez de chevaux ?

— Depuis toujours. Les gens croient qu'on peut arriver à les comprendre mais c'est impossible. Il faut simplement suivre le courant et ne jamais faire l'erreur de croire qu'on les a coincés. C'est là qu'on se fait avoir.

— Ça me paraît une bonne formule pour les gens aussi.

Strait esquissa presque un sourire. Puis il jeta un coup d'œil au camion d'où ses hommes continuaient à les observer.

— Vous croyez vraiment que M. Canfield court un danger ?

— On ne peut pas en être sûr à cent pour cent, mais mieux vaut prévenir que guérir.

— C'est un vieux dur à cuire, dit Strait, et ici, on le respecte tous. Il n'est pas comme la plupart des gens du coin, son argent, il ne l'a pas reçu en héritage ; il l'a gagné à la sueur de son front. Ça mérite le respect, ça.

— Je comprends… Vous avez une idée sur la façon dont ce téléphone a pu se retrouver dans sa voiture ?

— J'y ai réfléchi. Le problème, c'est que personne ne conduit cette voiture, sauf lui et Mme Canfield. On a tous nos propres véhicules.

— Quand il est monté dedans, elle n'était pas fermée. Est-ce qu'ils mettent leurs véhicules au garage, pendant la nuit ?

— Ils ont beaucoup de voitures et de camions, et le garage de la maison n'a que deux places.

— Donc, quelqu'un aurait pu déposer le téléphone dans la Land Rover sans que personne ne s'en rende compte.

Strait se gratta la nuque.

— Probablement. Il faut savoir qu'ici la plupart des gars ne prennent même pas la peine de fermer à clé chez eux.

— Eh bien, jusqu'à la fin de cette histoire, dites à tout le monde de tout fermer. La menace peut venir de n'importe où.

Strait le regarda pendant un long moment.

— Cette Free Society, j'en ai entendu parler.

— Vous connaissez quelqu'un qui en est membre ou qui l'aurait été autrefois ?

— Non, mais je peux me renseigner.

— Si vous le faites, agissez discrètement. Inutile de se faire repérer.

— On a tous un bon boulot, ici, et on veut pas qu'il arrive quelque chose aux Canfield.

— Bon. Y a-t-il autre chose que vous pourriez me dire ?

— Si quelqu'un ici est mêlé à ça, il faut que vous compreniez qu'une ferme, ça peut être un endroit très dangereux. Il y a de gros tracteurs, des outils tranchants, des réservoirs de propane, du matériel de soudure, des chevaux qui vous éclatent la tête d'un coup de pied si vous ne faites pas attention, des serpents, des pentes raides. Il y a des tas de façons de se faire tuer en mettant ça sur le compte d'un accident.

— C'est bon à savoir. Merci, Nemo.

Fallait-il y voir un conseil ou une menace ? Strait cracha sur le sol.

— Dites donc, si vous continuez à monter comme ça, dans un rien de temps vous serez comme Roy Rogers.

Gwen rejoignit Web et lui fit visiter le centre équestre, qui réunissait onze bâtiments.

Ils s'arrêtèrent d'abord aux stalles des poulains, et la jeune femme lui montra le circuit fermé de télévision permettant de surveiller les juments prêtes à mettre bas. Les sols étaient caoutchoutés et recouverts de paille pour piéger la poussière.

— Certains des poulains qui doivent arriver l'année prochaine sont extrêmement prometteurs. Plusieurs de nos juments ont été saillies dans le Kentucky par des étalons qui ont un remarquable pedigree.

— Ça coûte combien, un truc comme ça ?

— Jusqu'à cent mille dollars la saillie.

— Ça fait cher la passe.

— Le versement est soumis à un certain nombre de conditions, bien sûr ; la plus importante, c'est que le poulain naisse vivant et soit capable de se tenir debout et de se nourrir. Mais un bon yearling issu d'un cheval qui a remporté beaucoup de courses peut rapporter énormément d'argent. Cela dit, c'est un métier très difficile. Il faut tout prévoir, et un simple coup de malchance peut ruiner vos espoirs.

Web se dit que cela ressemblait furieusement à la vie d'un membre de la HRT.

— Oui, à la façon dont Billy nous l'a décrit, ça ne ressemblait pas à un métier de poule mouillée.

— Vous savez, Web, nous gagnons bien notre vie, mais ce n'est pas pour ça que je fais ce métier. C'est pour l'excitation de voir un cheval qu'on a élevé, nourri et entraîné courir sur une piste ; c'est la machine la plus magnifique, la plus parfaite de la création. Et puis regarder l'arrivée, voir ce noble animal caracoler dans le groupe de tête, savoir que pour quelques instants seulement, tout est absolument parfait dans la vie… Rien ne peut se comparer à un tel sentiment.

Web se demanda si l'élevage des chevaux avait remplacé le fils perdu. Si c'était le cas, il se sentait heureux pour Gwen qu'elle eût retrouvé dans sa vie un motif de satisfaction.

— J'imagine que vous éprouvez la même chose pour votre travail, reprit-elle.

— Autrefois, peut-être.

— Je n'avais pas fait le lien, avant. Je ne savais pas que vous aviez vécu ces événements terribles à Washington. Je vous présente toutes mes condoléances.

— Merci. C'est en effet une histoire terrible.

— Je n'ai jamais vraiment compris comment des hommes pouvaient effectuer ce genre de travail, avoua-t-elle.

— La façon la plus simple de l'envisager, c'est de se dire qu'il y a des gens à cause desquels ce métier-là doit exister.

— Des gens comme Ernest Free ?

— Oui, des gens comme lui.

— … Et maintenant ?

— Pourquoi pas la maison principale ?

Tandis qu'ils se rendaient à la grande bâtisse, à bord d'une Jeep découverte, un rugissement au-dessus de leurs têtes leur fit lever les yeux. Un hélicoptère arrivait à toute allure dans leur direction. Il passa au-dessus d'eux et disparut derrière les arbres.

Web se tourna vers Gwen.

— Où va-t-il ?

— À la ferme voisine, dit-elle en se renfrognant. Southern Belle. Outre l'hélicoptère, ils ont aussi une piste d'atterrissage. Lorsque leur avion à réaction s'y pose, ça terrorise les chevaux. Billy leur en a parlé, mais ils continuent comme si de rien n'était.

— Qui sont ces gens ?

— Je dirais plutôt qu'est-ce que c'est… Une sorte de société. Ils ont aussi un élevage de chevaux, mais plutôt bizarre.

— Comment ça ?

— Ils n'ont pas beaucoup de bêtes et, à mon avis, les hommes qui s'en occupent ne doivent pas connaître la différence entre un poulain et une pouliche. Mais ils doivent quand même bien s'en tirer, parce que la maison de Southern Belle est encore plus vaste que la nôtre.

— Ils ont beaucoup de bâtiments, comme vous ?

— Oui, sauf que les nôtres existaient déjà. Eux, ils en ont construit de nouveaux, massifs, comme des hangars, bien qu'on se demande ce qu'ils peuvent entreposer en si grandes quantités. Ils sont arrivés voilà environ deux ans et demi.

— Vous êtes allés là-bas ?

— Deux fois. La première, pour une visite de bienvenue, mais ils se sont montrés désagréables. La seconde, pour nous plaindre de leur appareil qui vole trop bas. On n'a pas été jetés dehors, mais c'était quand même gênant, y compris pour Billy, alors que d'habitude c'est plutôt lui qui met les gens mal à l'aise.

Web se carra dans son siège et, le regard rivé sur l'endroit où avait disparu l'hélicoptère, se prit à réfléchir.

Il leur fallut du temps, mais ils explorèrent la grande maison des caves au grenier. Au sous-sol, on avait aménagé une salle de billard, une cave à vins et un vestiaire où l'on pouvait enfiler un maillot de bain. La piscine elle-même, qui mesurait dix-huit mètres de long sur neuf de large, était faite entièrement avec l'acier d'un navire désarmé de la Seconde Guerre mondiale. Il y avait une buanderie, ainsi qu'une cuisine avec un fourneau Vulcan équipé d'une hotte chromée datant de 1912, et des monte-plats en état de marche. La chaufferie était dotée de grosses chaudières à vapeur McLain à chaleur radiante, et l'une de ses pièces ne contenait que des huches à bois. Chaque huche était destinée à une pièce particulière.

Les murs de la grande salle à manger s'ornaient de têtes de cerf et d'un chandelier, en ramure de cerf également. La cuisine était d'une taille impressionnante, avec des carreaux de Delft aux murs et un placard réservé à l'argenterie. On comptait trois salles de bal, autant de cabinets de travail, salons et salles de séjour, ainsi qu'une salle de gymnastique. Aux étages supérieurs, on trouvait vingt chambres, dix-sept salles de bains, une bibliothèque aux rayonnages interminables et différents autres espaces. La maison était gigantesque, et Web comprit d'emblée qu'il ne pourrait jamais en assurer complètement la sécurité.

À l'issue de la visite, Gwen se tourna vers lui, d'un air rêveur.

— J'ai fini par aimer cet endroit. Je sais que cette demeure est trop vaste mais elle est aussi très apaisante, vous savez.

— Oui, j'imagine. Combien de personnes employez-vous à demeure ?

— Eh bien, nous avons trois femmes qui viennent pour le ménage, la lessive et l'entretien général, et qui repartent en fin de journée, sauf si nous avons beaucoup d'invités à dîner et qu'elles restent pour nous aider.

— Qui prépare la cuisine ?

— Moi. C'est aussi quelque chose que j'aime bien. Nous avons aussi une sorte d'homme à tout faire. Il a l'air d'avoir cent ans, mais c'est seulement qu'il a eu une vie difficile. Il vient presque tous les jours. Nemo et ses hommes s'occupent du reste de la ferme. Et comme les chevaux de course doivent sortir tous les jours, nous avons aussi des cavaliers, trois jeunes femmes et un homme. Ils vivent tous au centre équestre.

— Et vous êtes équipés d'un système de sécurité. J'ai remarqué le panneau en entrant.

— Nous ne nous en servons jamais.

— Eh bien, maintenant, vous allez l'utiliser.

Sans répondre, elle lui montra la dernière pièce.

La chambre à coucher des maîtres était imposante mais curieusement peu meublée. Web remarqua le lit supplémentaire dans l'antichambre.

— Billy travaille souvent tard, expliqua la jeune femme, et il ne veut pas me déranger quand il va se coucher. Il est toujours très attentionné.

À la façon dont elle prononça ces paroles, Web conclut qu'en réalité Canfield ne se montrait pas aussi délicat qu'elle le prétendait.

— La plupart des gens ne voient que son côté dur, reprit-elle, et je crois que beaucoup se sont posé des questions au moment de notre mariage. La moitié devait penser que je l'épousais pour son argent, et l'autre moitié que Billy les prenait au berceau. Mais en réalité on avait eu le coup de foudre. Chacun apprécie la compagnie de l'autre. Quand nous avons commencé à nous fréquenter, ma mère avait un cancer du poumon en stade terminal, et pendant quatre mois Billy est venu tous les jours à l'hôpital. Il ne se contentait pas de s'asseoir là en regardant ma mère mourir. Il lui apportait des choses, parlait avec elle, discutait de sport et de politique, faisait en sorte qu'elle se sente vivante. Ça nous a beaucoup facilité les choses, et je ne l'oublierai jamais. Sa vie l'a rendu plutôt rugueux. Mais, pour une femme, il est le mari idéal. Il a quitté Richmond, une ville qu'il adorait, et le seul métier qu'il connaissait, pour se lancer dans un élevage de chevaux, et cela parce que je le lui demandais. Je crois qu'il avait compris qu'il fallait s'éloigner de tout ça, de tous ces mauvais souvenirs.

« Et puis il a été un père merveilleux pour David, il faisait tout avec lui. Il ne l'a pas trop gâté, parce qu'il pensait que ça le rendrait faible, mais il aimait cet enfant de toutes les fibres de son corps. D'une certaine façon, je crois que sa disparition a été encore plus destructrice pour Billy que pour moi, parce que, même s'il avait des enfants de son premier mariage, David était son seul fils. Vous savez, s'il vous accorde son amitié, il fera n'importe quoi pour vous. Il dépensera jusqu'à son dernier cent pour vous aider. Il ne reste plus beaucoup de gens comme ça.

Web remarqua les photos aux murs et dans une vitrine encastrée. Il y en avait beaucoup de David : un beau petit garçon, qui tenait plus de sa mère que de son père. En se retournant, Web découvrit Gwen juste à sa hauteur, qui regardait son fils.

— Cela fait longtemps, maintenant, dit-elle.

— Je sais. J'imagine que le temps ne s'arrête pour rien ni pour personne.

— Le temps est censé guérir. Mais ce n'est pas vrai.

— C'était votre seul enfant ?

Elle acquiesça.

— Billy a des filles déjà grandes de son premier mariage, mais David était mon seul enfant. C'est drôle, mais, petite fille, j'étais persuadée que j'aurais une grande famille. Nous étions cinq enfants. Difficile d'imaginer que maintenant mon fils serait au lycée.

Elle se détourna brusquement et Web la vit porter la main à son visage.

— Je crois que ça suffira pour l'instant, Gwen. Je vous remercie de m'avoir consacré autant de temps.

Elle se tourna vers lui et il remarqua ses joues mouillées.

— Billy m'a demandé de vous inviter, vous et votre ami, à prendre l'apéritif et à venir dîner ce soir.

— Vous n'y êtes pas obligés.

— Si, nous en avons envie. Après tout, vous lui avez sauvé la vie, et si nous devons passer un certain temps ensemble, il serait bon que nous nous connaissions un peu plus. Disons cinq heures et demie ?

— Seulement si vous vous sentez en état.

— Je le suis, Web, mais merci de vous en soucier.

— Je dois vous prévenir que nous n'avons pas de vêtements de soirée.

— Nous ne sommes pas si snobs.

32

Claire se dirigeait vers sa voiture, dans le garage souterrain de l'immeuble où elle travaillait, lorsqu'un homme de forte carrure, vêtu d'un complet, s'avança vers elle.

— Docteur Daniels ?

Elle le considéra avec circonspection.

— Oui.

Il sortit sa carte.

— Je suis l'agent Phillips, du FBI. Nous aimerions vous parler... tout de suite, si cela vous est possible.

— Qui veut me parler ? s'étonna-t-elle.

L'agent Phillips lui montra alors une limousine noire aux vitres teintées qui attendait, moteur en marche, devant la porte du garage.

— Nous vous expliquerons tout, madame. (Il lui posa doucement la main sur le coude.) Par ici, docteur, ça ne sera pas long.

Elle se laissa conduire en dehors du garage. Phillips lui tint la portière et grimpa à l'avant, du côté passager. Avant même que Claire se fût installée, la limousine démarra.

L'homme qui se tenait assis près d'elle, à l'arrière de la voiture, se pencha :

— Merci d'avoir accepté de nous parler, docteur Daniels.

— Je n'ai accepté de parler avec personne. Je ne sais même pas pourquoi je me trouve ici.

Elle remarqua que la glace de séparation était levée.

— Qui êtes-vous ?

— Je m'appelle John Winters. Je dirige l'antenne du FBI à Washington.

— Eh bien, monsieur Winters, j'ignore de quoi vous voulez me parler.

Winters se renfonça dans son siège.

— Oh, je crois que vous vous en doutez. Vous êtes une femme très intelligente. (Il tapota un gros dossier à côté de lui.) Vous avez un CV très impressionnant.

— Je me demande si je dois me sentir flattée ou contrariée que vous ayez enquêté sur moi.

Winters sourit.

— Pour l'instant, nous considérerons que vous êtes flattée. Dans le cadre de votre travail, vous voyez un certain nombre de membres du FBI, leurs épouses, des auxiliaires…

— Toutes mes autorisations sont à jour. Et de toute façon, je n'ai accès à rien de véritablement secret. Tous les dossiers sont censurés avant de me parvenir.

— Mais comment censurez-vous l'esprit humain, docteur Daniels ?

— Ce que me disent mes patients est absolument confidentiel.

— Oh, je n'en doute pas. Et je ne doute pas non plus que des gens très stressés, des gens connaissant de sérieux problèmes mentaux et affectifs n'ouvrent leur cœur qu'auprès de vous.

— Certains plus que d'autres. Mais où voulez-vous en venir exactement, monsieur Winters ?

— Le problème, docteur Daniels, c'est que vous êtes en position d'entendre des informations très importantes, révélées par des gens très vulnérables.

— Je le sais parfaitement. Et cela ne sort pas de mon bureau.

Une fois encore, Winters se pencha en avant.

— Web London est l'un de vos patients, n'est-ce pas ?

— Je ne peux répondre à cette question.

— Allons, docteur, fit Winters en souriant.

— Quand j'ai dit que je ne révélais pas les confidences, je ne disais pas cela à la légère. Cela inclut le fait de savoir si telle ou telle personne est de mes patients.

— Bon, il faut quand même que vous sachiez qu'en tant que chef de l'antenne de Washington, je sais qui, dans mes services, va voir un psy.

— Nous préférons le terme de « psychiatre » ou à la rigueur de « professionnel de la santé mentale ».

— Donc je sais que Web London vient vous voir. Et je sais aussi que, par le passé, il a consulté un autre psychiatre. Un certain Ed O'Bannon. Alors je voudrais bien savoir pourquoi il a vous a choisie.

— Une nouvelle fois, je ne peux pas répondre à…

Winters tira un papier du dossier et le lui tendit. C'était une déclaration authentifiée de Web London autorisant, entre autres choses, toute personne lui prodiguant des soins psychiatriques à discuter les éléments du diagnostic et du traitement avec M. John

Winters, directeur de l'antenne du FBI à Washington. Claire n'avait jamais vu ce document auparavant, mais c'était un original, rédigé sur papier à en-tête du Bureau.

— D'où vient ce document et comment se fait-il que je ne l'aie pas vu auparavant ?

— C'est une pratique nouvelle. En fait, nous l'utilisons pour la première fois dans le cas de Web. L'idée vient de moi.

— C'est une intrusion dans la confidentialité médecin-patient.

— Pas si le patient y a renoncé.

Claire lut le document avec attention, et même avec tellement d'attention, si longtemps, que Winters finit par s'impatienter. Elle le lui rendit.

— D'accord, montrez-moi votre carte, dit-elle.

— Pardon ?

— Le document stipule que je peux révéler certaines informations à M. John Winters, chef de l'antenne de Washington. Tout ce que je sais de vous, c'est que vous roulez en limousine et que vous prétendez être John Winters.

— Je pensais que mon agent s'était présenté.

— Lui, oui. Mais pas vous.

Winters sourit, tira sa carte de sa poche et la tendit à Claire. Elle l'examina plus longtemps que nécessaire, pour lui signifier que tout cela lui déplaisait et qu'elle ne lui faciliterait pas la tâche.

— Et maintenant, parlons de Web London, reprit-il.

— Il m'a choisie parce que le Dr O'Bannon n'était pas disponible. Après une première séance intéressante, il a décidé de rester avec moi.

— Quel est votre diagnostic ?

— Je ne peux pas encore me prononcer.

— Lui avez-vous proposé un traitement ?

— Ce serait un peu prématuré, dit-elle sèchement, puisque je n'ai pas encore posé de diagnostic.

— Excusez-moi, mais la plupart des psy, pardon, des psychiatres que je connais prescrivent des médicaments.

— Eh bien, je ne suis pas comme les psychiatres que vous connaissez.

— Pouvez-vous me dire ce qui lui est arrivé dans cette cour ?

— Non, je ne le peux pas.

— Vous ne pouvez pas ou vous ne voulez pas ? (Il brandit le document.) Cela peut se passer à votre convenance, tranquillement ou très durement.

— Ce document stipule également que je peux garder pour moi toute information que m'aurait communiquée le patient sous le sceau du secret, ainsi que les conclusions que je pourrais tirer desdites informations, au cas où une telle révélation pourrait nuire au patient.

Winters se rapprocha de Claire.

— Docteur Daniels, savez-vous ce qui s'est passé dans cette cour ?

— Oui. J'ai lu les journaux et j'en ai parlé avec Web.

— Vous voyez, cela va au-delà du meurtre de six agents, aussi horrible que cela ait été. Cela touche aux fondements mêmes de l'intégrité du FBI. Et, sans cela, il n'y a plus rien.

— Je ne vois pas en quoi une embuscade tendue à ses agents entame l'intégrité du FBI. Cela devrait plutôt entraîner la compassion.

— Malheureusement, le monde dans lequel nous vivons n'est pas comme ça. Laissez-moi vous dire ce qu'a provoqué cette embuscade. D'abord, en éliminant l'élite de notre force d'intervention, ces éléments criminels doivent nous croire vulnérables à tous les niveaux. Deuxièmement, la presse a tellement monté cette affaire en épingle, et dans des termes tellement incendiaires, que la confiance du public en nous a été sérieusement ébranlée et que même les parlementaires du Capitole doivent commencer à douter de nous. Et enfin, le moral au sein du Bureau est au plus bas. C'est une triple catastrophe.

— Ça m'en a tout l'air, en effet, admit Claire prudemment.

— Donc, plus tôt cette affaire sera résolue, plus tôt nous comprendrons ce qui s'est produit, et plus tôt les choses retrouveront leur cours normal. Vous ne voudriez pas que, dans notre pays, les criminels s'imaginent qu'ils peuvent passer sur le ventre des honnêtes citoyens.

— Je suis certaine que cela n'arrivera pas.

— Vraiment ? dit-il en lui adressant un regard dur. Eh bien, c'est très exactement de cela qu'il s'agit, et je n'en suis pas aussi certain que vous.

Claire sentit un frisson glacé lui parcourir l'échine. Il lui tapota l'épaule.

— Maintenant, sans violer en aucune façon votre déontologie, pouvez-vous me parler de Web ?

Claire s'exprima avec lenteur, tant cela lui était odieux.

— Il présente un certain nombre de problèmes. Je pense que, comme souvent en pareil cas, cela remonte à l'enfance. Il s'est figé sur place dans cette ruelle. Je suis sûr que c'est ce qu'il a dit aux enquêteurs du FBI.

Elle le regarda, quêtant une approbation, mais Winters ne mordit pas à l'hameçon.

— Continuez, fit-il simplement.

Claire rapporta en détail tout ce que Web avait vu et entendu dans la ruelle, y compris les paroles de Kevin Westbrook, la façon dont elles l'avaient affecté, sa sensation de paralysie, comment il avait réussi à la combattre et finalement à la vaincre.

— Oui, il l'a vaincue, rétorqua Winters. Il s'est jeté à terre juste avant que les mitrailleuses se mettent à tirer, et il a réussi à s'en sortir vivant.

— Je peux vous dire qu'il se sent terriblement coupable d'être le seul survivant.

— Il a de quoi.

— Il ne s'est pas montré subitement lâche, si c'est ce que vous pensez. C'est l'homme le plus courageux que j'aie jamais rencontré. Il pourrait même se montrer trop courageux, prendre trop de risques.

— Je ne pensais pas qu'il était devenu lâche ; même son pire ennemi ne pourrait le traiter de lâche.

Elle eut l'air étonnée.

— Quoi, alors ?

— Il y a pire que d'être un lâche… C'est d'être un traître.

— De mon point de vue, cela n'est pas le cas. La façon dont il s'est figé sur place dans la ruelle est le symptôme de problèmes profonds, refoulés depuis l'enfance, et auxquels Web cherche à faire face.

— Je vois. Donc peut-être n'a-t-il pas sa place à la HRT. Peut-être même pas au FBI.

Ce fut au tour de Claire de se sentir paralysée. Mon Dieu, se dit-elle, qu'est-ce que j'ai fait ?

— Ça n'est pas ce que j'ai dit.

— Non, docteur, c'est ce que je dis, moi.

Comme promis, ils la ramenèrent au garage. Au moment où elle descendait de voiture, Buck Winters se pencha en avant et la saisit par le bras. Instinctivement, elle recula.

— Je suis certain que nous nous reverrons.

Lorsque Romano et Web se dirigèrent vers la grande maison pour le dîner, Romano marchait d'une façon bizarre. Il expliqua à Web que Billy l'avait obligé à monter sur un cheval et qu'il était tombé.

— Je ne comprends pas pourquoi je ne peux pas le suivre à bord d'un quatre-quatre. Les chevaux, c'est pas mon truc.

— Eh bien, j'ai parcouru la plus grande partie du domaine à cheval, et je peux te dire qu'il y a plein d'endroits où même un quatre-quatre ne passerait pas.

— Tu es tombé, toi aussi ?

— Oui, deux fois.

Pourquoi dire la vérité et horripiler Romano une nouvelle fois ?

Billy accueillit Web et Romano sur le seuil de la grande maison. Il était vêtu d'une vieille veste en velours avec des renforts aux coudes, d'un pantalon kaki, d'une chemise blanche chiffonnée et ouverte, et chaussé de mocassins sans chaussettes. Et il avait déjà un verre en main. Après leur avoir fait traverser le hall, il les précéda dans un escalier de noyer qui semblait remonter à l'époque coloniale. Bien qu'il fût déjà venu là, Web se surprit à lorgner sur les vastes pièces, les boiseries tarabiscotées, les lourdes tentures et les objets d'art qui auraient pu figurer dans des musées. Lorsqu'ils arrivèrent au sous-sol, Romano promena le regard autour de lui, murmurant sans cesse : « Nom de Dieu, nom de Dieu. »

En bas, le sol était dallé, le plafond soutenu par des murs de pierre apparente et des poutres de 30 centimètres d'arête. On apercevait de grands canapés en cuir et des fauteuils disposés avec précision, probablement pour encourager les groupes de discussion, voire les menées de comploteurs, car telle était bien l'impression que donnaient les lieux, même si les Canfield ne ressemblaient en rien à cela. Là aussi, les murs s'ornaient de têtes de cerf et de daim, de celles d'un guépard, d'un lion, d'un rhinocéros, d'un orignal, ainsi que de plusieurs oiseaux et poissons naturalisés. Sur un autre mur, on voyait un énorme brochet. Il y avait également un grizzly dressé en position d'attaque et un énorme espadon figé en un bond perpétuel. Sur une table trônaient un crotale enroulé et un cobra royal aux yeux étincelants, les crocs apparents et prêts à causer de sérieux dégâts.

Contre un mur se dressait une vitrine remplie d'armes. Web et Romano, l'œil plein de convoitise, examinèrent les rangées de Churchill, Rizzini et Piotti, armes qui pouvaient valoir chacune facilement plus de 10 000 dollars. On ne pouvait être membre de la HRT sans être fou de telles pièces de collection, encore que la plupart des agents du FBI n'eussent les moyens que de les contempler en vitrine. Web se demanda si ces armes étaient seulement en présentation ou si quelqu'un les utilisait. Billy semblait du genre à connaître les armes, et peut-être même également Gwen. Si cet homme avait lui-même tué tous ces animaux, il fallait qu'il fût bon tireur.

Le long d'un autre mur était installé un comptoir de bar en cerisier sombre. Quand Web avait découvert cette pièce pour la première fois, il avait eu fortement l'impression de se trouver dans un club anglais pimenté d'une touche de Far West.

Gwen, assise sur un canapé vaste comme un paquebot, se leva à leur arrivée. Elle portait une robe d'été beige qui descendait jusqu'aux chevilles et découvrait largement la naissance des seins. Les fines bretelles de sa robe laissaient entrevoir son soutien-gorge blanc. Ses bras nus et bronzés étaient durs et musclés. Probablement grâce à l'équitation, pensa Web, qui avait les bras endoloris après n'avoir monté que trois heures. Chaussée de sandales de cuir noir sans talons, elle ne mesurait pourtant que quelques centimètres de moins que Romano. Lorsqu'elle s'assit en croisant les jambes, sa robe remonta un peu, et Web fut étonné de lui voir un bracelet de cheville en or, ce qui ne semblait pas tout à fait en accord avec son allure raffinée. Son teint hâlé offrait un contraste saisissant avec la blondeur de sa chevelure. Billy Canfield était incontestablement un homme heureux, mais Web ne pouvait s'empêcher de se demander ce qui, dans leur couple, avait pu mourir avec leur fils.

À sa grande surprise, Web découvrit Nemo Strait assis dans l'un des fauteuils. Le directeur de l'élevage, décrassé, avait revêtu un polo qui mettait en valeur sa musculature, un pantalon à pinces et des mocassins.

Strait leva son verre en direction de Web et de Romano.

— Bienvenue à la Casa Canfield, dit-il avec un large sourire.

Web contempla les nombreux trophées d'animaux.

— Ils étaient dans la maison avant votre arrivée ? demanda-t-il à Billy.

— Oh non ! répondit celui-ci. Voilà environ quatre ans, j'ai reçu comme une sorte d'appel : il fallait que j'aille tirer des bêtes. Je suis devenu chasseur de gros gibier et pêcheur en haute mer. Je suis même passé quelquefois à la télé dans des émissions sportives. J'ai parcouru le monde pour tuer ce genre de trucs.

Du doigt, il montra la hure d'un sanglier avec ses défenses, puis le grizzly, haut de plus d'1,75 mètre, sur un présentoir spécial, les babines retroussées sur les crocs, toutes griffes dehors. Canfield se pencha et frotta vigoureusement le cou épais de l'énorme plantigrade.

— Deux fois, cette petite bête a essayé d'avoir ma peau. La deuxième fois, elle a failli réussir, mais c'est moi qui l'ai eue. (Il montra ensuite le rhinocéros.) Ces machins ont l'air lents et lourds. En tout cas jusqu'au moment où ils vous foncent dessus à 50 km/h, avec rien entre vous et le Créateur que vos nerfs, un œil dans le viseur et le doigt sur la détente. On vise le cerveau. Mais si on rate son coup, on est mort.

— Pauvres bêtes, dit Gwen.

— Ces satanées bestioles m'ont coûté une fortune, rétorqua sèchement son mari. (Il regarda l'un des cerfs et hocha la tête en direction de Web.) Vous savez, le cerf est l'ancien symbole de la virilité, de la sagesse et de la vie. Et il est là, accroché à mon mur, tout ce qu'il y a de plus mort. Cette ironie-là, ça me plaît. À part ça, je fais moi-même tous les empaillages. Et, sans me vanter, je crois être devenu un excellent taxidermiste.

Web s'interrogeait sur le moment où lui était venu ce désir de tuer. Probablement à la suite du procès, lorsque le marchandage entre avocats avait permis à Ernest Free d'échapper à la peine de mort.

— Venez, laissez-moi vous montrer, reprit Billy. Vous nous accompagnez, Nemo ?

— Certainement pas. J'ai déjà vu votre petit machin et je n'ai pas encore dîné.

Billy les conduisit au fond d'un couloir et ouvrit une porte. Gwen, elle non plus, ne les avait pas suivis. Une fois à l'intérieur, Web promena son regard autour de lui. La pièce était vaste et encombrée de tables de travail et d'étagères où s'alignaient flacons de liquides et boîtes de pâte, scalpels et couteaux affilés, des dizaines d'autres instruments, de gros étaux, des cordes et des systèmes compliqués de poulies pendant du plafond. Dans un coin, une peau d'orignal en partie tendue sur une forme et, dans un autre, un dindon sauvage dans toute sa gloire. Partout, des oiseaux et des poissons empaillés, ainsi que d'autres animaux, petits et grands, que Web ne pouvait même pas identifier. Il avait déjà senti l'odeur de corps en putréfaction et celle qui régnait ici n'était pas aussi fétide, mais pour autant il n'aurait pas aimé séjourner dans une atmosphère pareille.

— Vous les avez tous tués vous-même ? demanda Romano.

— Oui, tous, répondit Billy, ravi. Je ne naturalise que les animaux que je tue. Dans ce domaine-là, je ne fais de cadeau à personne. (Il prit un chiffon, versa du liquide dessus et entreprit de frotter l'un de ses outils.)

Il y a des gens qui jouent au golf pour se détendre, moi je tue et j'empaille.

— Chacun son truc, opina Web.

— Je trouve ça thérapeutique. Mais Gwen ne voit pas les choses de la même façon. Elle n'est jamais venue ici, et j'ai l'impression qu'elle ne viendra jamais. Cela dit, la taxidermie a beaucoup évolué. On n'est plus obligé de fabriquer soi-même ses formes, on peut en acheter d'excellentes, en liège aggloméré, en papier mâché ou autres matériaux, et les adapter ensuite à l'animal qu'on naturalise. C'est encore beaucoup de travail, il faut prévoir, mesurer, et il faut avoir en soi à la fois du boucher et de l'artiste. Les principales opérations consistent à vider le corps et à préparer la peau. Beaucoup de gens utilisent le borax, mais les puristes comme moi empoisonnent encore la peau à l'arsenic. On obtient comme ça une meilleure longévité. Et je fais aussi certains tannages moi-même.

— Vous gardez de l'arsenic ici ? interrogea Romano.

— Des tonnes, dit Billy en lui lançant un regard. Ne vous inquiétez pas, je me lave toujours les mains après avoir travaillé ici, et je ne fais jamais la cuisine.

Il éclata de rire, bientôt rejoint par Romano, qui riait tout de même un peu jaune.

— Ensuite, reprit Billy, on prépare le crâne, on installe les fils de fer et tout ça, et puis on procède au remplissage et à l'assemblage final.

Web détailla l'équipement de la pièce. On se serait cru dans un abattoir.

— Il y a beaucoup de matériel, ici, remarqua-t-il.

— Il en faut beaucoup pour effectuer du bon travail. On ne peut pas toujours avoir tout servi sur un plateau, pas vrai ?

— J'ai aussi des gants de découpe en Kevlar. Des ciseaux, écarteurs, dilatateurs, daviers, forceps, sondes et aiguilles chirurgicales. Ça ressemble à un croisement entre l'entrepreneur des pompes funèbres et le chirurgien orthopédique, vous ne trouvez pas ?

Il exhiba ensuite un ensemble de bols et de pinceaux, un compresseur et une série de boîtes.

— Ça, reprit-il, c'est la partie artistique du travail. Les touches finales pour rendre justice à l'animal.

— C'est drôle, dit Web, de penser à rendre justice à un être qu'on a tué.

— Disons que ça fait la différence entre les types comme moi et les salopards qui tuent sans se retourner, rétorqua Billy.

— J'imagine, répondit Web.

Billy s'approcha d'une peau de cerf qui séchait sur une grande table.

— Les cerfs meurent comme les hommes, reprit Billy. Les yeux ouverts. La vitrification des yeux intervient presque immédiatement. Si les yeux sont fermés ou qu'il batte des paupières, il vaut mieux continuer à tirer. (Il scruta encore Web.) Dans votre travail vous avez souvent vu ça, sans doute.

— Parfois, avec les êtres humains, on n'a pas le choix.

— Oui, sauf que je donnerais n'importe quel animal pour le déchet humain dont vous vous occupez. (Il avala une gorgée de son verre.) Je crois que c'est une des raisons pour lesquelles j'aime tellement cet endroit. C'est une sacrée contradiction, puisque j'ai l'impression d'être moi-même un empaillé vivant. Je suis né dans la misère, j'ai à peine terminé ma classe de troisième, j'ai gagné beaucoup d'argent avec un métier prestigieux : trimballer des cigarettes et tout un tas de machins sur les routes du pays, j'ai épousé une femme belle et intelligente, qui a un diplôme universitaire. Et me voilà maintenant à la tête d'un domaine en plein milieu des beaux terrains de chasse de Virginie, en train d'empailler des animaux. Quel bonheur ! Ça me donne envie de me soûler, alors il faut bien faire quelque chose.

Il les conduisit au salon, où ils retrouvèrent Gwen. Elle adressa un faible sourire à Web, comme pour dire : *Je sais, excusez-moi.*

Billy passa derrière le bar et tendit le doigt vers sa femme.

— Un scotch, ma chérie ? (Elle acquiesça.) J'en prends un autre avec toi. Et vous, les garçons ? Ne me racontez pas de conneries, du genre je suis en service. Si vous ne buvez pas avec moi, je vous fous dehors à coups de pompe dans le cul.

— Une bière, si vous en avez.

— On a de tout ici, Web !

— Même chose pour moi, dit Romano.

— J'en prendrai une aussi, Billy, intervint Strait.

Il se leva, alla chercher une bière auprès de son patron, puis rejoignit Web et Romano.

— J'ai plus l'habitude de la bière que des cocktails, avoua Strait.

— Vous êtes un gars de la campagne ? s'enquit Romano.

— Oui, m'sieur, j'ai passé mon enfance dans les contreforts du Blue Ridge, dans un élevage de chevaux. Mais je voulais voir le monde. (Il releva une de ses manches et leur montra l'insigne des marines tatoué sur son bras.) Eh bien, je l'ai vu, aux frais de l'Oncle Sam. En fait, je n'en ai vu qu'un petit bout, appelé l'Asie du Sud-Est, et c'est difficile à apprécier quand les gens du coin vous tirent dessus.

— Vous ne semblez pas avoir l'âge d'être allé au Viêt-nam, objecta Web.

Un large sourire éclaira le visage de Strait.

— Sans doute parce que je vis sainement. C'est vrai que j'ai été appelé très peu de temps avant la fin, et je n'avais que dix-huit ans et des poussières. La première année, dans la jungle, j'ai surtout baissé la tête en essayant de la garder sur mes épaules. Et puis j'ai été capturé, et je suis resté prisonnier trois mois. Ces salauds de Viêt-cong, ils nous faisaient des trucs dégueulasses dans la tête.

— Je ne savais pas ça sur vous, Strait, dit Billy.

— Eh bien, c'est pas quelque chose que je mets dans mon CV, répondit Strait en riant. Finalement, j'ai réussi à m'enfuir, et un psy de l'armée m'a aidé à m'en sortir. Ça, plus l'alcool et d'autres trucs que je préfère pas citer, ajouta-t-il en souriant. J'ai été démobilisé, je suis rentré aux États-Unis et j'ai un peu travaillé comme gardien dans un centre de détention pour mineurs. Ensuite, je me suis marié, mais mon ex trouvait ma fiche de paie à six dollars de l'heure trop légère, alors je me suis trouvé un emploi de bureau pendant quelque temps, mais c'était pas pour moi. Comme je l'ai dit, j'ai passé mon enfance en plein air, toute ma vie je me suis occupé des chevaux. C'est dans le sang, ça. (Il regarda Billy.) Et il vaut mieux que ce soit là, parce que c'est pas sur le compte en banque.

Tout le monde éclata de rire en même temps, sauf Gwen. Elle semblait agacée par la présence même du cow-boy chez elle, songea Web, qui l'observait discrètement.

— En tout cas, reprit Strait, je suis retourné aux chevaux et ma femme est partie en emmenant mon fils et ma fille.

— Vous les voyez souvent ? questionna Web.

— Autrefois oui, mais plus maintenant. (Il sourit.) Je pensais que mon fils allait suivre mes traces, devenir troufion ou même s'occuper de chevaux, et vous savez quoi ?

— Non ! fit Romano.

— Je me suis rendu compte qu'il était allergique aux deux. La vie est drôle, hein, de temps en temps.

En examinant Strait, Web se dit que l'homme ne semblait pas trouver la vie aussi drôle que ça.

— Et puis Billy est arrivé, et maintenant je les aide – il lança un coup d'œil à Gwen –, lui et Mme Canfield, à bâtir ici leur petit empire.

Billy leva son verre à son intention.

— Et vous faites du bon boulot, Strait.

Web remarqua alors que Gwen détournait le regard ; quant à Billy, en dépit de ses paroles élogieuses, il ne semblait guère apprécier son chef d'équipe. Web décida de dévier le cours de la conversation.

— D'habitude les sous-sols sont froids, dit-il à Billy. Surtout avec toute cette pierre. Et pourtant il fait plus chaud ici qu'en haut.

— Ici, on a la meilleure chaleur qui soit, répondit Billy, qui servait au bar comme s'il avait fait cela toute sa vie. La chaleur rayonnante. Gwen a dit qu'elle vous avait fait visiter la maison. Eh bien, les trois chaudières Weil McLain que vous avez vues chauffent l'eau à cent degrés et la vapeur circule dans les tuyaux et dans les radiateurs en fonte qui se trouvent dans chaque pièce. Puis elle redevient de l'eau, parcourt à nouveau les tuyauteries, se change encore une fois en vapeur et ainsi de suite. Et on n'a pas seulement la chaleur, mais aussi un humidificateur incorporé. (Il tendit sa bière à Web.) De nombreux tuyaux de vapeur courent sous cette pièce, voilà pourquoi il fait si bon, ici. J'adore ça. Et à cette époque de l'année, il peut faire trente degrés dans la journée et quatre pendant la nuit. Mais grâce aux chaudières McLain, Gwen peut se promener les bras nus au sous-sol et se sentir quand même à l'aise, pas vrai, chérie ?

— En fait, j'ai eu trop chaud toute la journée.

Web passa la main sur le comptoir.

— C'est du beau travail, dites-moi.

— Il date de 1910, expliqua Billy. Le propriétaire de l'époque a fait beaucoup de travaux dans cette maison. Malheureusement, quand on l'a achetée, il a fallu en faire encore et encore. Ç'a toujours été ça, ma vie.

Il posa les verres sur un plateau et les leur tendit. Tout le monde se rassit.

— Gwen m'a dit que vous attendiez des yearlings prometteurs cette année, enchaîna Web.

— Oui, on a peut-être un vainqueur de la Triple Crown. Ce serait bien. Ça paierait au moins les factures pendant un mois.

Gwen et Web échangèrent un sourire.

— On peut toujours rêver, commenta-t-elle. Mais être toujours à deux doigts de la soupe populaire, ça a au moins l'avantage d'être excitant.

— Bah, on se débrouille bien, ici, dit Strait en la regardant.

Billy avala une gorgée de scotch.

— Oui, c'est pas le mauvais endroit. On chasse même le renard.

— C'est répugnant ! s'écria Gwen, dégoûtée.

— Bah, nous sommes au pays de la chasse au renard, et en Virginie, il faut se comporter comme ces prétentieux de Virginiens. (Billy adressa un sourire à Web.) En fait, nos voisins peuvent être de sacrés emmerdeurs. Un jour, ils ont été furieux contre moi parce que je ne les laissais pas traverser mes terres pour traquer leur renard. Je leur ai dit qu'à Richmond on ne chassait pas le renard, que la malheureuse bestiole semblait n'avoir aucune chance, et que de toute façon je m'étais toujours senti du côté du perdant. Eh bien, ces minables m'ont traîné devant le tribunal. Et ils ont gagné. Dans mes titres de propriété, il y avait une sorte de clause ancienne qui stipulait qu'on pouvait chasser le renard sur ces terres.

— En tout cas, ils ne traversent plus East Winds, intervint Strait.

— Et pourquoi ça ? demanda Web.

— Billy a tué un de leurs cabots… pardon, un de leurs chiens courants, dit-il en se tapant sur la cuisse.

Billy hochait la tête, comme au rappel d'un souvenir agréable.

— Il s'en était pris à un de mes chevaux. Ce cheval-là valait environ 300 000 dollars. Et ces chiens-là,

10 cents la douzaine. Alors c'est sûr que je l'ai descendu.

— Ils vous ont encore traîné au tribunal ? interrogea Web.

— Oui, et cette fois, c'est moi qui leur ai botté le cul. (Il se servit un nouveau verre en souriant et regarda Web.) Alors, ça vous a plu, le tour à 50 cents que vous a offert Gwen ?

— Elle ferait un excellent guide. C'est intéressant de savoir que le domaine a servi d'étape de l'Underground Railroad, pendant la guerre de Sécession.

— Et cette étape est juste là, ajouta Billy en montrant la vitrine d'armes.

— Je ne comprends pas, dit Web en regardant la vitrine.

— Allez-y, montrez-lui, Billy, dit Strait.

Billy fit signe à Web et à Romano de le suivre, et poussa ce qui devait être un levier dissimulé dans le bâti de la vitrine. On entendit un déclic, et le meuble pivota vers eux, révélant une petite ouverture.

— Là-dedans il n'y a ni fenêtre ni électricité, seulement deux couchettes rudimentaires, mais quand on est en fuite vers la liberté, il faut pas se montrer trop exigeant.

Il prit une lampe électrique accrochée au mur et la tendit à Web.

— Tenez, regardez.

Web passa la tête dans l'ouverture et promena le faisceau de la lampe à l'intérieur. Il faillit la laisser tomber en découvrant un homme assis dans un fauteuil à bascule. En finissant par accommoder sa vue au peu de lumière régnant dans la pièce, il s'aperçut qu'il s'agissait d'un mannequin vêtu à la façon d'un esclave, avec un chapeau et des favoris en côtelettes, le blanc de ses yeux formant contraste avec la peau peinte en noir.

— Vous avez les nerfs sacrément solides ! s'écria Billy en éclatant de rire. La plupart des gens poussent un hurlement.

— C'est Billy qui l'a mis là, pas moi, dit rapidement Gwen avec une trace de répugnance dans la voix.

— C'est une de mes blagues de mauvais goût, dit Billy. Mais si on ne peut pas se moquer de la vie, de quoi peut-on se moquer, alors ?

Sur ces mots ils terminèrent leur verre et passèrent au dîner.

Ils ne prirent pas le repas dans la salle à manger principale, si vaste, expliqua Billy, qu'il fallait crier pour se faire entendre, et il était pour sa part un peu dur d'oreille. Ils dînèrent donc dans une petite pièce attenante à la cuisine. Gwen récita le bénédicité et se signa, imitée par Romano. Strait, Web et Billy se contentèrent de les observer.

Gwen avait préparé une salade César, des steaks d'aloyau, des asperges fraîches à la crème, le tout accompagné de petits pains apparemment faits maison. Le repas se termina par une tarte aux cerises et un café. Romano s'enfonça dans son siège en frottant son ventre dur et plat.

— Bien meilleur que les RTP, dit-il en faisant référence aux rations militaires, les Repas Tout Prêts.

— Merci, Gwen, c'était délicieux, ajouta Web.

— On recevait beaucoup à Richmond, dit-elle. Mais plus maintenant, ajouta-t-elle en lançant un regard rapide à son mari.

— Il y a plein de choses qu'on ne fait plus, renchérit Billy Canfield. Mais c'était un excellent repas, je lève mon verre en l'honneur de la cuisinière. (Il alla chercher dans le buffet une carafe de cognac et quatre verres.) Je reste fidèle à mon Jim Beam, comme tout gentleman du Sud, mais pour un vrai toast il faut une vraie libation.

Il versa le cognac dans les verres, remplit le sien de Jim Beam, et ils portèrent un toast à Gwen.

En souriant, la jeune femme leva elle aussi son verre.

— C'est bien agréable d'être aussi populaire auprès de tant d'hommes.

Au moment de prendre congé, Web prit Billy à part.

— Je voudrais que les règles soient claires. N'oubliez pas de brancher l'alarme après notre départ, et branchez-la tous les soirs avant d'aller vous coucher. Il y a beaucoup d'entrées et de sorties dans cette maison, alors je tiens à ce que vous utilisiez toujours la même, Gwen et vous. Comme ça, vous ne risquerez pas de laisser une porte non verrouillée par inadvertance. Si vous voulez sortir, ne serait-ce que pour un faire un petit tour, vous nous appelez d'abord et on vous accompagne. Si quoi que ce soit vous inquiète, vous ou Gwen, vous nous appelez. Même si ça semble insignifiant. Voici mon numéro de portable. Il sera branché vingt-quatre heures sur vingt-quatre. Et je vous demande instamment de nous laisser nous installer dans la maison, Romano et moi. S'il arrive quelque chose, la moindre seconde peut compter.

Billy regarda le morceau de papier où était inscrit le numéro de Web.

— Prisonniers dans notre propre maison, hein, ça revient à ça ? Quelle bande de salauds !

— Dites-moi, ces fusils, dans la vitrine, c'est uniquement une décoration ou bien sont-ils en état de fonctionner ?

— La plupart sont des fusils de chasse. On ne peut pas s'en servir pour le gibier qu'on veut naturaliser, parce que leurs munitions abîment la peau. Je conserve mes fusils à gros gibier dans une armoire fermée à clé, en haut. J'ai aussi un calibre 12 et un 357 Magnum. Tous les deux chargés. C'est pour les carnes à deux jambes qui oseraient pénétrer sur mes terres. Gwen est aussi une sacrée bonne gâchette. Probablement meilleure que moi.

— Bon, mais rappelez-vous qu'il ne faut tirer que sur les méchants. Vous avez l'intention de voyager, bientôt ?

— Seulement un chargement de chevaux qu'on doit emmener dans le Kentucky, d'ici quelques jours. J'y vais avec Strait et quelques gars.

— Parlez-en à Bates, il sera peut-être d'un autre avis.

— Écoutez ce que dit Web, insista Nemo en s'approchant après avoir entendu leur conversation. Quelqu'un cherche à vous descendre, Billy. Restez ici, de façon que les fédéraux puissent vous protéger.

— On s'inquiète pour moi, Nemo ? demanda Billy.

— Bien sûr que non. Mais s'il vous arrivait quelque chose, je serais au chômage.

— Vous pouvez avoir des visites impromptues ? reprit Web.

Billy secoua la tête.

— Nous avons perdu de vue la plupart de nos amis de Richmond.

— Vos voisins de Southern Belle, qu'est-ce que vous savez d'eux ?

— Seulement qu'ils sont encore plus grossiers que moi, fit-il en riant. À vrai dire, je ne sais pas grand-chose. Ils ne participent pas beaucoup à ce qui se passe dans le coin, mais moi non plus. Je n'ai vu que celui qui doit être le chef d'équipe.

— Et cet hélicoptère, et cet avion ?

Billy fit la grimace.

— C'est plus grave. Ça effraie les chevaux.

— Vous les voyez souvent, ces appareils ?

— Oui, souvent, répondit Billy après un instant de réflexion.

— Ça veut dire quoi, souvent ? Tous les soirs ? Une fois par semaine ?

— Pas tous les soirs, mais plus d'une fois par semaine.

— Venant de la même direction ou de directions différentes ?

— Différentes. (Il considéra Web avec circonspection.) À quoi pensez-vous ?

Un sourire contraint naquit sur les lèvres de Web.

— Je crois qu'on va garder un œil sur cette compagnie aérienne, là, à côté.

En revenant à la remise des attelages, Web rapporta à Romano sa conversation avec Billy.

— Tu crois qu'il se passe des choses dans la propriété voisine ? demanda Romano.

— Je ne crois pas, j'en suis sûr.

— Bon, eh bien, ç'a été une soirée intéressante. En tout cas, le passe-temps de Canfield, ça craint.

— Oui, c'est pas exactement comme de faire des avions en modèle réduit. Et qu'est-ce que tu penses de Nemo Strait ?

— Il me semble plutôt bien, répondit Romano.

— J'ai été un peu étonné qu'il soit invité à la grande maison avec le patron.

— Regarde d'où vient Billy. Il est probablement plus à l'aise avec des gens comme Strait qu'avec les gros richards qui chassent le renard.

— T'as probablement raison. Mais Gwen n'a pas l'air de tellement l'apprécier.

— C'est un peu une grande dame. Et lui, il est plutôt rustre. Comme moi, ajouta Romano en souriant. Je ne savais pas qu'elle était pratiquante.

— Oui, il y a une petite chapelle dans les bois, où elle va prier tous les jours pour son fils, celui que j'ai laissé mourir.

— Tu n'as pas laissé cet enfant mourir, Web. Si les négociateurs vous avaient permis de faire votre boulot depuis le début, ce garçon serait probablement encore en vie.

— Paulie, j'ai un rendez-vous, ce soir. Je ne dois pas partir tout de suite, tu peux dormir un peu. Bates a posté des agents aux portails de devant et de derrière pour les deux jours à venir, tu n'es pas vraiment tout seul.

— Un rendez-vous ? Quel genre de rendez-vous ?

— Je t'en parlerai à mon retour.

— Ça a un rapport avec l'équipe Charlie ?

— Peut-être.

— Merde, Web, j'aimerais bien être sur le coup.

Et moi j'aimerais bien t'avoir en couverture, songea Web.

— Tu ne peux pas abandonner le navire. Je serai de retour avant l'aube. Bon, à ta place, je patrouillerais un peu dans le coin. Ça m'étonnerait pas que Canfield fasse un tour dehors, rien que pour nous mettre à l'épreuve. Cela dit, je crois quand même que le fait d'avoir failli y passer ce matin a dû lui ficher une sacrée trouille, mais enfin on ne peut pas prendre le risque.

— T'inquiète pas, j'irai fouiner.

— Si tu vois passer l'avion ou l'hélico, tâche de voir vers où il se dirige. J'ai amené des jumelles de vision nocturne, t'as qu'à t'en servir.

— Ces saloperies m'ont toujours donné mal à la tête, et elles bousillent trop la perception de la profondeur.

— Oui, bon, mais n'oublie pas que ces « saloperies » nous ont sauvé la vie au Kosovo.

— D'accord, d'accord. Je vais aller me pieuter.

— Et puis… Paulie…

— Oui ?

— C'est pas parce qu'on n'est pas face à une bande de types avec de gros flingues que c'est pas dangereux. Fais vachement gaffe. Je tiens pas à perdre quelqu'un d'autre, vu ?

— Dis donc, n'oublie pas à qui tu parles !

— Toi et moi, on a eu des divergences ces dernières années, mais on est aussi allés en enfer ensemble, et on en est revenus ensemble. Ça me plaît bien de t'avoir avec moi. Compris ?

— Mais enfin, Web, tu tiens vraiment à moi, on dirait !

— T'es un vrai con, Romano, tu sais ça ?

33

Lorsque Web avait appelé le numéro que Big F lui avait donné, une voix d'homme lui avait répondu. Impossible de savoir si cette voix était celle de Big F, car lors de leur première entrevue ils avaient peu parlé. Web aurait bien aimé que cette voix perçante et haut perchée fût celle de Big F. Quelle bonne blague Dieu aurait jouée à ce géant en lui donnant une batterie de tuyaux grinçants ! Cela dit, sa voix de fausset ne diminuait en rien la réticence de Web à l'idée d'un nouveau pas de deux avec ce chêne ambulant. Big F ne frappait pas avec ses amygdales.

L'homme avait dit à Web de se diriger vers le nord après avoir franchi le pont Woodrow Wilson à vingt-trois heures exactement. Il recevrait à ce moment-là de nouvelles instructions ; sur son téléphone portable, probablement, s'était dit Web. Son numéro ne figurait pas dans l'annuaire, mais de nos jours, apparemment, plus rien n'était sacré.

Web, bien sûr, avait demandé, avec raison, pourquoi il obtempérerait.

— Si vous voulez savoir ce qui est arrivé à vos copains, venez, avait dit l'homme. Et si vous tenez à votre peau, avait-il ajouté avant de couper la communication.

Web avait songé à demander une couverture à Bates, avant de se rendre compte que cela pouvait entraîner des conséquences désastreuses. Big F n'avait pas survécu aussi longtemps dans la rue par simple chance ou parce qu'il était idiot. La montagne de muscles reniflerait instantanément les boy-scouts du FBI, ce qui le ferait sortir de ses gonds. Mais si Big F avait des informations sur celui qui avait piégé son équipe, Web se devait d'y aller voir.

En partant, il passa en voiture devant l'entrée de Southern Belle, moins ornée que celle d'East Winds. Le portail était fermé et il lui sembla voir un homme patrouiller derrière, mais il ne parvint pas à déterminer s'il était armé. Endroit intéressant. Il en était là de ses pensées lorsqu'il entendit l'hélicoptère passer au-dessus de lui. Il leva les yeux et le vit disparaître au loin. Peut-être des terroristes avaient-ils débarqué en Amérique. Il ne plaisantait qu'à moitié.

En faisant le plein à une station-service, il songea à appeler Claire mais y renonça. Que lui dirait-il ? Je vous verrai peut-être demain, ou peut-être pas ?

Le pont Woodrow Wilson avait longtemps constitué le pire goulot d'étranglement de tout le système de routes inter-États du pays. Il suffisait de citer le nom du vingt-huitième président américain pour déclencher la fureur des automobilistes locaux. Quelle postérité, songea Web, pour une vie entièrement consacrée au bien public ! Mieux valait encore laisser son nom à des toilettes le long d'une route. Au moins les gens associeraient votre nom à un soulagement.

Il emprunta sur le pont quelque peu décati et consulta sa montre. Onze heures moins trente secondes. Le Potomac était calme ce soir, on n'y voyait aucun bateau. La ligne épaisse des arbres sur la rive du Maryland offrait un contraste saisissant avec les lumières vives d'Old Town Alexandria sur la rive de Virginie ou avec le dôme du Capitole et les monuments nationaux au nord. Il dépassa le point marquant le milieu du pont. La circulation était plutôt fluide. Une voiture de la police de Virginie le croisa en sens inverse.

Abandonnant le pont derrière lui, Web poursuivit sa route et regarda autour de lui. Rien. Autant pour l'exactitude. Puis une pensée angoissante s'empara de lui. L'avait-on attiré dans un piège ? Y avait-il un tireur embusqué, quelque part, qui le visait à travers sa lunette ? Le type était-il en train de calculer la baisse de trajectoire de la balle, d'engager la cartouche, de poser le doigt sur la détente, d'expirer l'air une dernière fois avant de tirer ? Web London était-il le plus grand imbécile sur terre ?

— Prenez la prochaine à droite. Tout de suite !

La voix semblait venir de nulle part et de partout à la fois, et Web fut si surpris qu'il faillit faire un tête-à-queue.

— Merde ! s'écria-t-il en traversant d'un coup trois voies de circulation, au milieu du concert d'avertisseurs des voitures qui l'évitaient.

Il racla la glissière de sécurité et se retrouva sur la rampe d'accès à l'Interstate 295.

— Prenez la direction du district de Columbia, dit la voix, plus doucement.

— Bon sang, la prochaine fois, donnez-moi l'info un peu plus tôt.

Mais le type pouvait-il l'entendre ? Il se demanda aussi comment ils avaient pu installer un appareil de communication dans sa voiture sans être vus. Comme on le lui demandait, il emprunta la direction du district de Columbia, vers le nord, et inspira profondément afin de se calmer.

— Continuez, fit la voix. Je vous dirai où tourner.

Ce n'était pas une voix criarde. Peut-être Big F. Cette voix-là était profonde, brutale, menaçante : elle aurait pu ressembler à celle de Big F.

La zone où il se trouvait en ce moment lui était familière. Le côté ludique de cette portion de route déserte, encadrée par des bois, c'était qu'en cas de panne, son propriétaire ne retrouverait pas sa voiture à son retour. Et s'il choisissait de rester auprès d'elle, il ne reviendrait pas non plus. Les types qui hantaient le coin formaient le Touring Club du crime. Sur cette route se trouvait également l'hôpital St. Elizabeth ; l'établissement psychiatrique accueillait, entre autres, les maniaques des célébrités et ceux qui cherchaient sans cesse à franchir les grilles de la Maison-Blanche.

— Prenez la prochaine sortie, intima la voix. Tournez à gauche au feu, roulez encore deux kilomètres et virez à droite.

— Je dois l'écrire ou vous m'envoyez un Fax ? demanda Web.

— Ta gueule !

Bon, au moins, ils l'entendaient. Et le voyaient. Il regarda dans son rétroviseur, mais il distinguait trop de phares derrière lui. Et s'il y avait une chose qu'il ne supportait pas, c'était un criminel dépourvu du sens de l'humour. Il mit ça de côté dans son sac à reparties. Il suivit les indications et se retrouva rapidement au beau milieu des zones interdites du nord-est et du sud-est du district de Columbia, celles qui bordent l'Anacostia et où plus d'un millier de personnes avaient été assassinées au cours des sept années précédentes. En comparaison, de l'autre côté du fleuve, à plusieurs univers de distance, les quartiers aisés du nord-ouest n'avaient connu qu'un peu plus de vingt assassinats dans le même laps de temps. Pourtant, il existait une sorte d'équilibre pervers, parce que le quartier nord-ouest avait subi beaucoup plus de vols simples ou qualifiés. Le Frederick Douglas National Historical Site se trouvait dans ce quartier, et Web se dit que Martin Luther King n'aurait pas été très heureux de voir comment les choses avaient évolué.

Web reçut de nouvelles indications et se retrouva bientôt sur une piste en terre serpentant au milieu d'arbres et d'une végétation dense. Il était déjà venu là. C'était la décharge favorite de ceux qui vivaient dans les quartiers les plus violents de la ville et ne voulaient pas polluer leur voisinage avec des morceaux de cadavres. La HRT avait d'ailleurs mené deux opérations dans le coin. L'une s'était déroulée dans les règles de l'art, sans le moindre coup de feu. L'autre avait laissé sur le terrain trois voyous qui n'avaient pu admettre d'être surclassés et avaient donc bêtement sorti leurs armes au lieu de lever les mains. Peut-être croyaient-ils que les autres allaient tirer des coups de semonce. Mais dans le règlement de la HRT, nul chapitre n'est consacré aux coups de semonce.

Chaque fois que Web avait appuyé sur la détente, quelqu'un était mort.

— Arrêtez la voiture, ordonna la voix, et descendez. Laissez votre arme sur le siège de devant.

— Comment savez-vous que j'ai une arme ?

— Si vous n'en avez pas, c'est que vous avez du crottin de cheval à la place du cerveau.

— Et si je laisse mon arme, qu'est-ce que j'ai à la place du cerveau, exactement ?

— Si vous ne le faites pas, il ne vous en restera plus du tout.

Web déposa son pistolet sur le siège avant, descendit lentement de voiture et regarda autour de lui. On ne voyait que des arbres et un ciel sans lune. Il sentait l'eau du fleuve, et ce n'était guère réconfortant. Les quelques bruits qu'il entendait n'évoquaient pas du tout Big F ; ce devaient être des écureuils, des renards ou de petits délinquants en route pour leur gagne-pain. Pour l'instant, il regrettait de ne pas avoir fourré Romano dans le coffre. C'est bien le moment d'y penser.

Il se raidit un peu en les entendant arriver. Lorsqu'ils émergèrent du couvert des arbres, Web distingua trois hommes de haute taille, tous plus grands que lui et qui pointaient du beau matériel dans sa direction. Mais Web ne s'attarda pas sur eux, car le plus grand se tenait en arrière. Web s'attendait à rencontrer le géant, mais la vue de Big F n'en était pas moins impressionnante. Il était vêtu différemment, mais dans le même style Club Med, quoique ce soir il eût boutonné sa chemise. Toutes les blessures que lui avait infligées le criminel géant semblèrent se réveiller, comme stimulées par quelque interaction chimique. À côté de Big F se tenait un Blanc, ce qui surprit Web jusqu'au moment où il reconnut Clyde Macy en personne, plus squelettique encore que sur les photos. Web se rappela la conversation qu'il avait eue avec Bates au cours de laquelle ils s'étaient demandé qui pouvait être l'informateur de Cove au sein de la bande. Macy ? Peebles ? Macy n'avait pas l'air d'une balance, mais comment savoir ? En l'observant, Web se dit qu'avec son complet et son oreillette il ressemblait à un agent du Service secret. Peut-être avait-il eu pendant un certain temps le projet de rejoindre le Service secret, jusqu'au moment où il s'était rendu compte qu'une seule chose l'intéressait : tuer. On ne voyait pas Peebles. Apparemment, les nouveaux entrepreneurs du crime n'aimaient pas se salir les ongles.

Les trois sous-fifres encerclèrent Web tandis que Big F demeurait immobile à l'observer. Macy se tenait sur le côté, l'air à la fois excité et détendu, mais on voyait bien qu'il prenait son travail très au sérieux. Les autres paraissaient s'ennuyer un peu, comme une équipe universitaire de football appelée à faire la mêlée avec des juniors. Pas très rassurant, tout ça ! L'un des hommes tira de la poche de son manteau un objet qui ressemblait à un micro et le promena sur tout le corps de Web, tandis qu'un autre le fouillait, à la recherche d'une arme. Il n'en trouva pas mais lui confisqua son portable. Un autre encore, à l'aide d'un détecteur électronique destiné à repérer les appareils de surveillance, passa la voiture au peigne fin. Le détecteur ne sonna qu'une fois, près du siège arrière, mais l'homme n'en fit pas cas. Il se tourna vers Big F et lui adressa un signe de tête. Web comprit l'échange silencieux : il avait repéré l'appareil électronique qu'ils avaient eux-mêmes placé dans la voiture. Les hommes reculèrent. Big F, lui, s'avança et s'assit sur le capot de la Mercury. Web crut entendre la voiture gémir, mais qui aurait pu la blâmer ?

— Ça va mieux, la figure ?

La voix de l'homme n'était ni criarde ni brusque ni profonde. Plutôt calme, sans trace de menace. Ce n'était pas la voix sans visage qui avait retenti dans la voiture. Web aurait cru entendre son agent de change… s'il en avait eu un.

— Seule ma fierté en a pris un coup. Vous devez être Big F.

L'homme sourit, puis se frappa la cuisse. Web eut l'impression d'entendre un coup de tonnerre. Tout ce que faisait cet homme était énorme. Les autres éclatèrent de rire, eux aussi, donnant visiblement la réplique à leur patron.

— Tu parles ! Big F. Et comment que je suis Big F ! C'est bon. C'est pas bon, les gars ?

Tous acquiescèrent et dirent que oui, c'était bon. Super-bon. Macy n'esquissa même pas un sourire. Il regardait Web comme s'il s'apprêtait à l'étrangler.

— Parce que, s'il y avait quelqu'un de plus grand que vous qui s'était pointé, je crois que j'aurais pas aimé faire sa connaissance.

Web savait qu'il fallait toujours flatter les voyous tout en leur montrant qu'on n'avait pas peur. Les criminels violents adorent la peur. Et ils adorent égorger les peureux.

Big F éclata de rire à nouveau. Puis il s'interrompit et redevint sérieux, imité par tous les autres. Instantanément, remarqua Web.

— J'ai un problème.

— En quoi puis-je vous aider ?

Web s'avança imperceptiblement. À présent, il pouvait atteindre deux des types à coups de pied. Big F, c'était autre chose, comme de frapper à coups de poing le mont Rushmore, mais il faut toujours commencer par le point de moindre résistance.

— Quelqu'un essaie de me faire porter le chapeau pour quelque chose que j'ai pas fait.

— Vous savez ce qui est arrivé à mon équipe ?

— J'ai pas besoin de cette merde, vous comprenez ? (Il se leva, les dominant tous de sa hauteur, une lueur dans les yeux. Le rythme cardiaque de Web s'accéléra.) Quel âge vous me donnez ?

Web le toisa.

— Vingt-deux ans.

— Trente-deux, dit fièrement Big F. Mais je suis noir. (Il s'adressa à Macy.) Combien ça fait en années de petit Blanc ?

— Cent vingt ans, répondit Macy d'un ton docte, comme s'il était l'intello du groupe.

Big F se retourna vers Web.

— J'ai cent vingt ans. Je suis un vieux dans un bizness de jeunes. J'ai pas besoin de cette merde. Vous direz ça à vos collègues. Faut pas me coller au cul, parce que c'est pas moi qu'ai fait ça.

Web opina du chef.

— Dans ce cas, j'ai besoin de savoir qui a fait le coup. Sans ça, je peux pas vous garantir que vous serez peinard.

Big F se redressa et tira un Beretta 9 mm équipé d'un silencieux. Décidément, les choses ne se présentaient pas bien.

— Les messagers, ça vaut 10 cents la douzaine, dit Big F en regardant calmement Web.

— Ça aura beaucoup plus de poids venant de moi. Je me suis beaucoup investi dans cette affaire.

Web s'avança un tout petit peu en faisant mine de changer de jambe d'appui. À présent, il pouvait atteindre Big F d'un coup de pied retourné au cervelet. Si le type pouvait s'en sortir avec ça, il n'y avait plus qu'à le sacrer roi du monde.

— Et vous pensez peut-être que vous êtes en dette vis-à-vis de moi parce que j'ai sauvé Kevin. C'est votre petit frère, hein ?

— C'est pas mon frère.

Web s'efforça de dissimuler sa surprise.

— Ah bon ?

— C'est mon fils. (Big F se frotta le nez, toussa et cracha.) Évidemment, on a la même mère.

Web demeura un instant pétrifié, puis regarda les autres hommes. Visiblement, ils étaient déjà au courant et semblaient trouver la chose normale. Et d'ailleurs pourquoi pas ? Qu'est-ce qu'un petit inceste ? La mamie avait dit que Kevin était un peu lent. Avec un arbre généalogique aussi tordu, inutile de se demander pourquoi, se dit Web.

— Bon, j'espère que Kevin va bien, dit Web.

— Ce garçon a rien à voir avec vous, rétorqua durement Big F.

D'accord, songea Web, donc il a de l'importance pour lui. Le renseignement était important.

— Qui a massacré mon équipe ? Dites-le-moi et chacun reprend sa route. Sans rancune.

— C'est pas si facile que ça.

— Bien sûr que si, riposta Web. Des noms. C'est tout ce que je veux.

Big F se prit à étudier son pistolet.

— Vous savez ce que c'est, mon plus gros problème ?

Web regarda le Beretta en se demandant si c'était lui, le plus gros problème de Big F. Il se prépara à bondir.

— La thune, c'est trop chaud. J'peux pas garder des gens réglos. (Il leva les yeux sur ses hommes.) Toona, mec, ramène-toi.

L'un des hommes s'avança. Il mesurait plus de 1,90 mètre, les épaules larges, vêtu d'un complet coûteux, et portait suffisamment d'or et d'argent autour du cou, aux poignets et aux doigts pour ouvrir sa propre officine de vente de métaux précieux.

— Tu crois que tu peux prendre ce petit mec à mains nues, Toona ?

Toona fit la grimace.

— Pour ce freluquet, j'aurais même pas besoin des deux mains.

— J'en suis pas sûr, répliqua Big F. Il m'a foutu un coup de pied, putain, ça a fait mal. Enfin, si tu t'en sens capable, pose ton arme et vas-y.

Toona tira son pistolet de sa ceinture et le posa sur le sol. Il avait facilement quinze ans de moins que Web et il était beaucoup plus massif. Pourtant, il se déplaçait avec une telle grâce qu'on le sentait aussi leste que fort. Et lorsqu'il adopta une posture classique d'art martial, Web comprit qu'on passait aux choses sérieuses. Et il n'avait même pas récupéré de la nuit précédente !

Il leva la main.

— Écoutez, on n'est pas obligés d'en arriver là. Vous croyez que vous pouvez me casser la gueule, et moi je crois la même chose. Disons qu'on fait match nul.

Big F secoua la tête.

— Tut-tut, petit mec. Soit tu te bats, soit tu te bouffes une balle.

Web regarda l'homme et son arme, poussa un soupir et leva les poings.

Les deux hommes tournèrent l'un autour de l'autre pendant un moment. Web jaugeait son adversaire sans découvrir de réelle faiblesse. Il essaya un coup de pied ; Toona lui saisit facilement la jambe et la garda levée un instant avant de la tordre et de jeter Web à terre. Celui-ci se releva rapidement et para un coup de pied avec l'avant-bras. La douleur fut vive, mais mieux valait l'avant-bras que la tête. Les deux hommes feintèrent et détournèrent un certain nombre de coups jusqu'au moment où Toona parvint à décocher un coup de pied de côté qui envoya Web à terre, mais celui-ci se releva aussitôt.

— C'est tout ce que tu sais faire, Toona ? lança Web. Et pourtant, mec, t'as quinze ans de moins que moi et vingt-cinq kilos de plus. Si c'était moi, y a longtemps que je t'aurais envoyé au tapis.

Toona abandonna sa grimace et frappa Web d'un direct à l'ancienne, mais reçut en retour un dur crochet du gauche à la tête. Visiblement, Toona n'appréciait pas d'avoir le visage ainsi marqué, et Web ne fut pas long à s'en servir.

— Hé, Toona, une gueule cassée, c'est pas la fin du monde. Si t'as pas de femmes pour te bouffer ta paye, tu pourras mettre quelques dollars de côté pour ta retraite.

— T'es battu, mec.

— Certainement pas par une tapette comme toi.

Toona, fou de rage, se rua sur Web et lui balança un violent coup de poing sur les reins. Web faillit s'écrouler, mais il parvint à saisir son adversaire entre ses bras et se mit à serrer. Toona le frappa deux fois encore à la tête, mais Web tint bon. Chaque fois que Toona prenait une inspiration, Web resserrait un peu plus son étreinte, comme un boa constrictor, empêchant le diaphragme de revenir à sa position initiale.

Nouveaux coups à la tête et resserrements de l'étreinte ; bientôt, Web sentit faiblir le grand gaillard. Ses halètements faisaient plaisir à entendre. Web, alors, desserra un peu son étreinte, ce qui permit à Toona de le saisir à son tour, ce que Web, justement, attendait. Les deux hommes s'étreignirent ainsi brutalement, en soufflant comme des forges, mêlant leurs ruisseaux de sueur chaque fois que leurs corps se touchaient.

Toona s'efforçait de se débarrasser de son adversaire, mais Web tenait bon, parce qu'il avait son plan. Finalement, Toona réussit à faire pivoter Web, qui s'étala par terre. En réalité, il exécuta une roulade maîtrisée vers l'avant, s'empara du pistolet que l'autre avait laissé sur le sol, se releva, fonça en avant, saisit au cou un Toona sidéré et lui posa le canon du pistolet sur la tête, tout cela en l'espace d'un instant.

— Il faudra vous trouver un meilleur garde du corps, dit Web à Big F. Pas vrai, Toona ?

Big F leva son pistolet et fit feu. La balle atteignit Toona en plein front. L'homme s'effondra et mourut sans le moindre bruit. La plupart des balles dans la tête ont cet effet, la victime ayant perdu toute possibilité de parler avant que le cerveau ait eu le temps de programmer le cri. Les balles et la chair sont comme les ex-épouses. Elles ne s'accordent jamais très bien.

Big F remit négligemment son pistolet dans sa ceinture, comme s'il venait de se débarrasser d'une taupe dans un potager. Ses hommes semblaient aussi stupéfaits que Web. Visiblement, Big F n'avait averti personne de l'élimination de Toona. Macy, lui, gardait son arme braquée sur Web ; la mort violente et soudaine d'un collègue ne semblait nullement l'intéresser. Professionnel, il avait adopté la position de tir décontractée, ne quittant pas des yeux le pistolet que tenait Web. Ce dernier se demanda où il avait reçu un tel entraînement. Probablement dans quelque groupe paramilitaire dirigé par d'anciens soldats ou policiers qui avaient décidé de basculer de l'autre côté.

Son otage disparu et de nombreux pistolets braqués sur lui, Web laissa tomber son arme.

— Impossible de trouver du bon personnel, dit Big F à Web. Je fournis mon équipe en fric, en fringues, en voitures et en filles. Je leur montre les ficelles, je leur apprends le métier, parce que je vais pas faire ce genre de conneries toute ma vie. Je vais retirer mes billes et me la couler douce jusqu'à ce que je clamse. Et vous croyez que ça les rend loyaux ? Putain, même pas. Y continuent à mordre la main qui les nourrit. Toona, y faisait ses petites affaires dans son coin et il croyait que je m'en rendais pas compte. Il détournait sans arrêt de la thune et de la came. Et il croyait que j'étais trop con pour m'en rendre compte. Mais ça, c'était pas le truc le plus débile qu'il faisait.

Le truc le plus débile, c'est qu'il touchait lui-même à la dope. Si tu t'enfournes cette merde, tu causes de tout à tout le monde. Lui, le jour qu'il aurait été défoncé, il aurait bavé aux stups, balancé toute une équipe et il s'en serait même pas rendu compte. Il nous aurait tous balancés. Eh bien, moi, on me balance pas. Moi, je serais pas le roi de la came qui fait son bizness dans la zonzon sans l'espoir de sortir un jour. Ah, non. Pas question, mon pote. Pas question. Je finirai pas comme ça, moi. Je préfère encore me bouffer des bastos plutôt que de me retrouver dans les cabanes des Blancs.

Il lança un regard dur à ses hommes.

— Vous comptez laisser Toona ici ou quoi ? Un peu de respect pour les morts, putain, quoi !

— Qu'est-ce que tu veux qu'on en fasse ? demanda l'un d'eux, les bras écartés, l'air furieux, bien que Web sentît parfaitement la peur que lui inspirait son patron.

Big F, à n'en pas douter, percevait lui aussi cette peur, et comptait dessus pour gérer son « bizness ». Pour enseigner la loyauté à ses hommes, rien ne vaut un corps allongé dans une mare rouge qui s'étale petit à petit. Et l'élimination de Toona servait probablement aussi d'avertissement à Web, qui reçut le message cinq sur cinq.

Big F secoua la tête d'un air dégoûté.

— Faut que je vous dise tout ? Comme à des gamins ? Moi, je sens l'eau, alors vous aussi, non ? Balancez-le à la flotte. Avec un poids attaché, pour pas qu'il remonte !

Les hommes ramassèrent avec précaution le corps de leur camarade, pestant contre le sang et les morceaux de chair qui tachaient leurs beaux complets

Versace. Macy, lui, demeura au même endroit. Apparemment, il appartenait au premier cercle et avait donc l'autorisation de partager certains secrets.

Lorsque les hommes eurent disparu au détour du sentier, Big F se tourna vers Web.

— Vous voyez ce que je veux dire en parlant de bon personnel ? Impossible d'en trouver. Ils veulent devenir riches du jour au lendemain. Plus personne ne veut bosser. Ils veulent tous commencer en haut de l'échelle. Moi, j'ai commencé à huit ans à trimballer des sacs à monnaie pleins de coke. J'ai bossé comme un con pendant plus de vingt ans, mais les frères, aujourd'hui, ils croient qu'ils méritent tous les dollars que je gagne parce qu'ils font ça depuis deux mois. Nouvelle économie, mon cul !

Si Big F s'était trouvé dans la cellule d'une prison de haute sécurité, vêtu en prêt-à-porter Hannibal Lecter, et que Web se fût trouvé en sûreté de l'autre côté des barreaux, il aurait pu rigoler comme un tordu de cette tirade capitaliste. Pour l'heure, il s'inquiétait seulement de savoir quand Big F prendrait enfin conscience que lui, Web, était témoin oculaire d'un meurtre.

— À part ça, Toona a dû tuer cinq ou six personnes. Alors je vous ai juste épargné la peine de le passer à la poêle électrique. Pas besoin de me remercier.

Web s'en garda bien. Il aurait pu lancer une fine astuce, mais le fait d'avoir assisté au meurtre de sang-froid d'un être humain, même si par ailleurs il l'avait mérité, ne le prédisposait guère à l'humour.

— Le F, c'est l'initiale de Francis ?

Big F sourit. Et pour la première fois, Web retrouva un peu de Kevin chez cet adulte féroce à carrure de malabar.

— Ouais. Vous pensiez que c'était quoi ?

— Pas la moindre idée.

Big F tira une petite boîte de sa poche, déballa un cachet et le mit en bouche. Il en offrit un à Web, qui refusa.

— Tagamet, Pepcid AC et Zantac, dit Big F. J'avale ça comme des cacahuètes. Je me suis fait faire une fibroscopie. Mon estomac, on dirait qu'une taupe est passée à travers. Ces conneries, ça me mine, je déconne pas.

— Alors pourquoi ne pas vous retirer ?

— Facile à dire. Dans ma partie, y vont pas organiser un pot de départ et m'offrir une montre en or.

— Désolé de vous le dire, mais les flics ne s'arrêteront jamais.

— Les flics, je peux faire avec. C'est certains mecs dans le bizness qui me cassent vraiment les couilles. Ils croient que si on lâche le bizness on va les balancer. Ils arrivent pas à comprendre pourquoi on quitterait une vie comme la mienne. C'est vrai que j'ai du fric plein les pognes, sauf qu'il faut toujours le planquer, qu'il faut toujours bouger, et on est toujours en train de se demander qui c'est, sa meuf, son frère ou sa grand-tante qu'aime bien les chats qui va vous coller une bastos pendant qu'on dort. (Il sourit.) Allez, faut pas vous inquiéter pour moi. Ça ira. (Il avala un nouveau cachet, puis examina soigneusement Web.) Vous êtes un des gars de la HRT ?

— Oui.

— On dit que vous êtes pas des rigolos, vous. L'autre soir, quand vous m'avez cogné, houlà, ça a fait mal. C'est rare, petit homme, laissez-moi vous dire que c'est rare. Vous devez être des sacrés tordus, vous autres.

— En fait, on est des gens adorables. Suffit de nous connaître.

Big F n'esquissa pas le moindre sourire.

— Alors, comment ça se fait que vous soyez pas mort ?

— Mon ange gardien.

Pour le coup, Big F se fendit d'un large sourire.

— Génial, ça marche. Où je peux m'en trouver un ?

Big F changea d'appui et fit prendre un autre tour à la conversation.

— Ça vous intéresse de savoir comment ces mitrailleuses sont entrées dans le bâtiment ?

Web se raidit.

— Vous acceptez de témoigner ?

— Pas de problème. Je me pointe au tribunal. Passez devant, j'vous rejoins.

— Bon, d'accord, comment ils ont amené ces armes à l'intérieur ?

— Vous savez de quand ils datent, ces immeubles ?

Web eut l'air surpris.

— De quand ils datent ? Non. Pourquoi ?

— Des années cinquante. Je suis pas assez vieux pour m'en souvenir, mais ma mère, oui, elle s'en souvenait. Elle me l'a dit.

— Elle s'en souvenait ?

— Trop de coke. Et je parle pas du Coca. Oui, les années cinquante. Réfléchis, HRT. Réfléchis.

— Je pige pas.

Il secoua la tête, regarda Macy puis à nouveau Web.

— Je croyais que vous, les fédés, vous étiez allés à la fac.

— Certaines facs sont meilleures que d'autres.

— Si on peut pas passer la came par les toits et qu'on peut pas la passer par la porte d'entrée, qu'est-ce qui reste ?

Web médita un moment.

— En dessous. Les années cinquante. La guerre froide. Les abris souterrains. Des tunnels ?

— Pas si con, finalement. Voilà.

— C'est quand même pas grand-chose.

— Ça, c'est votre problème. Je vous ai filé un tuyau, alors maintenant vous dites à vos potes de me lâcher la grappe. J'ai absolument aucune raison de buter une équipe de fédés. Vous allez les trouver, et vous faites en sorte qu'ils comprennent. (Il s'interrompit, écarta du bout de son grand pied quelques aiguilles de pin, puis regarda Web droit dans les yeux.) Vous cherchez pas à me doubler, hein ? C'est pas vous qui avez Kevin ?

Web s'interrogea sur la meilleure façon de lui répondre. Aussi étrange que cela pût paraître, étant donné son interlocuteur, il se dit qu'il valait mieux jouer la carte de la vérité.

— Nous n'avons pas Kevin.

— Vous savez, les flics locaux, je leur fais pas confiance, ils me débectent. Y a trop de frères qui sont morts quand les flics locaux leur sont tombés dessus. Bon, les fédés, on peut pas dire que je les adore non plus, mais vous, vous tuez pas les gens pour rien.

— Merci.

— Alors c'est comme pour le reste, je me dis que si c'est vous qui avez Kevin, alors il est en sûreté. Et peut-être que vous vous le gardez pendant un bout de temps, jusqu'à ce que ça se calme.

— J'aimerais bien qu'on l'ait, mais on ne l'a pas. Je la joue réglo avec vous. Mais je crois quand même que Kevin était impliqué d'une façon ou d'une autre.

— Quelle connerie ! rugit Big F. C'est un gamin. Il a rien fait. Il ira pas en prison, pas question. Pas Kevin.

— Je n'ai pas dit qu'il savait ce qu'il faisait. Vous avez raison : ce n'est qu'un gamin, un gamin terrorisé. Mais celui qui l'a enlevé est derrière toute cette affaire. En tout cas, c'est ce que je pense. Je ne sais pas pourquoi Kevin se trouvait dans cette ruelle, mais je ne crois pas que c'était une coïncidence. J'ai autant envie que vous de le retrouver. Sain et sauf. Je l'ai empêché de mourir une fois dans cette ruelle, je ne voudrais pas que ce soit pour rien.

— C'est ça, comme ça il pourra témoigner et ensuite passer le reste de sa vie protégé par la police. Quelle vie !

— Au moins il serait vivant, rétorqua Web.

Big F et lui s'affrontèrent longuement du regard, jusqu'à ce que le géant détourne les yeux.

— Je ferai tout ce que je peux pour ramener Kevin, Francis. Mais s'il sait quelque chose, il faudra qu'il nous le dise. Nous le protégerons.

— Oui, bien sûr. D'ailleurs, jusqu'ici, vous avez fait du bon travail, pas vrai ?

On entendit les hommes revenir.

— Un nom, ça serait bien avec le souterrain, suggéra Web.

Mais Big F secouait la tête.

— J'en ai aucun à donner.

Lorsque les deux hommes apparurent, Big F fit signe à l'un d'eux.

— Fais en sorte que la radio de sa voiture fonctionne plus.

L'homme acquiesça, se glissa sur le siège avant de la voiture de Web, tira deux balles dans la radio et arracha le micro. Il ôta également le chargeur du pistolet de Web, tira dans le sol la balle déjà engagée dans le canon et le lui rendit. L'autre homme sortit alors de sa poche le portable de Web, l'écrasa cérémonieusement contre un arbre et le lui tendit avec un large sourire.

— Faut qu'on y aille, maintenant, dit Big F. Et au cas où vous auriez l'idée de me courir au cul parce que j'ai buté Toona, je vais vous dire. (Il s'interrompit et sourit férocement à Web.) Si je veux vous tuer, vous êtes mort. Si je veux tuer n'importe lequel de vos amis, il est mort. Si vous avez un chien et que je veux le tuer, il est mort.

Web le dévisagea sans ciller.

— Vous ne pouvez pas me dire des choses pareilles, Francis. C'est pas possible.

— Pourquoi ? Vous allez me botter le cul ? Vous allez me cogner ? Vous allez me tuer ?

Il déboutonna sa chemise et s'avança vers Web. Celui-ci avait vu beaucoup de choses dans le cadre de son travail, mais jamais rien de semblable. La poitrine et le ventre de Big F étaient recouverts d'estafilades au couteau, de blessures par balles, d'épaisses cicatrices qui avaient vilaine allure, de marques de brûlures et de ce qui ressemblait à des tunnels de chair arrachée, mal soignés. Web avait l'impression de contempler un tableau composé collectivement par une bande de sadiques.

— Cent vingt ans d'une gentille petite vie pépère de Blanc, dit tranquillement Big F.

Il referma sa chemise, et Web lut sur son visage la fierté qu'il éprouvait d'avoir survécu à tout ce que ces cicatrices représentaient. Et comment ne pas le comprendre ?

— Si vous voulez m'alpaguer, vous feriez mieux d'amener du matériel pour bien faire le boulot. Mais même avec ça, moi je vous coupe la bite et je vous la fourre dans la gorge.

Big F s'en alla et Web eut toutes les peines du monde à ne pas lui bondir sur le dos. Le moment n'était pas venu de régler cette affaire, mais il ne pouvait laisser les choses en l'état.

— J'imagine que vous élevez Kevin de façon qu'il hérite de votre empire ! s'écria-t-il. Je suis sûr qu'il est fier de vous, votre frère-fils.

Big F se retourna.

— Je vous avais dit que Kevin, ça vous regardait pas.

— On a beaucoup parlé dans cette allée. Il m'a dit des tas de trucs.

C'était du bluff, mais un bluff calculé, pour autant que Web eût bien capté les signaux. Celui qui avait enlevé Kevin était probablement un concurrent de Big F. Si c'était le cas, pourquoi ne pas jouer l'un contre l'autre ? Big F ne mentait sans doute pas en affirmant qu'il n'était pas mêlé à cette histoire, mais cela ne signifiait pas que ce capitaliste de la rue n'avait pas mis sur pied une joint-venture pour éliminer l'équipe Charlie. Si c'était le cas, Web voulait avoir tout le monde. Absolument tout le monde.

Big F s'avança vers lui et le toisa, comme pour jauger son courage ou sa bêtise.

— Si vous voulez revoir Kevin, j'attends que vous m'aidiez, dit Web.

Il n'avait pas mentionné ce que Big F lui avait dit. Le géant tenait sans doute à garder privée cette affaire de tunnel sous le bâtiment, ce qui expliquait pourquoi il avait envoyé ses deux hommes procéder aux funérailles de Toona dans la rivière.

— Et ça, vous l'attendiez ? dit Big F.

Web parvint à bloquer en partie le coup avec son avant-bras, mais l'impact du boulet de canon de Big F et de son propre bras contre sa mâchoire le projeta sur le capot de la voiture, où sa tête heurta violemment le pare-brise et le fendit.

Web reprit ses esprits une demi-heure plus tard, glissa lentement en bas du capot et se mit à tituber en pestant, tout en se tenant le bras et en se frottant la mâchoire. Il finit par se calmer et par découvrir que mâchoire, bras et tête n'étaient pas cassés, ce qui tenait du miracle. Il se demanda aussi combien de commotions cérébrales il pourrait encore supporter avant que sa cervelle ne s'échappe de la boîte crânienne.

Il pivota ensuite sur ses talons et braqua son arme sur l'homme qui venait de surgir de la lisière des arbres. L'homme braquait son propre pistolet sur Web.

— Bon réflexe, dit l'homme, mais votre arme n'est pas chargée.

Il s'avança et Web le distingua plus nettement.

— Cove ?

Randall Cove rengaina et s'appuya contre la voiture.

— Ce type est réellement dangereux. Le voir buter un de ses hommes comme ça, c'était nouveau. (Il considéra le visage de Web.) Vous aurez des ecchymoses demain, mais ça vaut mieux qu'une visite chez le coroner.

Web rengaina lui aussi son pistolet déchargé et se massa l'arrière du crâne.

— Je vois que vous étiez aux premières loges. Merci pour le coup de main.

— Mon vieux, précisa Cove d'un ton grave, infiltré ou pas, je suis un de vos collègues. J'ai la même carte, j'ai prêté le même serment, et je fais le même genre de boulot à la con au Bureau. S'ils avaient essayé de vous buter, vous vous seriez aperçu de ma présence. Mais ils n'ont pas essayé, alors je suis resté caché. Si ça peut vous consoler, sachez que pendant que vous étiez inconscient, j'ai chassé quelques frères qui venaient renifler autour de votre carcasse.

— Merci, parce que je n'en ai pas encore fini avec cette carcasse.

— Il faut qu'on parle, mais pas ici. Il y a peut-être encore des gars de Big F qui traînent dans le coin. Et cet endroit n'est pas sûr, même pour des policiers armés.

Web jeta un regard circulaire.

— Où, alors ? Ils ont démoli votre bureau.

Cove sourit.

— Je sais que vous avez parlé à Sonny. Je pense que, si le vieux Sonny Venables vous trouve réglo, c'est que vous êtes réglo. Ce type renifle la viande pourrie mieux que tous les chiens de chasse que j'ai eus dans le Mississippi.

— Il se passe plein de trucs louches. Vous avez été en contact avec Bates, récemment ?

— On a parlé, mais aucun des deux ne dit tout à l'autre, et c'est bien comme ça. Je sais ce que vaut Perce et il sait à quoi s'en tenir sur moi. (Il tendit à Web un morceau de papier.) On se retrouve là-bas dans une demi-heure.

Web consulta sa montre.

— Je suis en mission spéciale. Il faut que j'y retourne.

— Ne vous inquiétez pas, ce ne sera pas long… Encore une chose.

Il grimpa dans la voiture de Web, fouilla pendant un moment et ressortit en tenant un objet à la main.

— Une balise branchée sur satellite. Aussi perfectionnée que les nôtres, admira Cove.

— Ils ont un satellite, dit Web. C'est réconfortant.

— Elle possède également un système de communication sans fil.

Donc Web ne s'était pas trompé sur la façon dont ils lui avaient transmis leurs instructions au-delà du pont Wilson.

Cove éteignit l'appareil et l'empocha.

— Un élément de preuve, c'est un élément de preuve. Je suis étonné qu'ils ne l'aient pas reprise, ajouta-t-il avant de disparaître dans le bois.

Ayant suffisamment récupéré pour garder les deux yeux ouverts en même temps et voir seulement double au lieu de triple, Web démarra et s'éloigna. Il retrouva Cove au Mall, en ville, sur un banc près du Smithsonian Castle. Lorsqu'il s'y assit, il entendit une voix mais ne réagit pas. Suivant là les instructions. Web se dit que Cove devait être dissimulé dans les buissons derrière le banc.

— Bates dit qu'il vous a renseigné sur moi.

— J'ai aussi trouvé les coupures de presse chez vous, à propos de vous et de Bates.

— Vous êtes bon. Ça fait des années que je me sers de cette planque.

— Pourquoi les cacher ?

— C'est une diversion. Si quelqu'un fouille chez moi, il trouvera une chose qui n'a aucune importance. Ce qui est vraiment essentiel, je le garde dans ma tête.

— Alors ces coupures de presse n'étaient qu'un leurre ?

Comme Cove se taisait, Web ajouta :

— Bates m'a dit que vous filiez le train à de très gros trafiquants, ceux qui pourraient avoir piégé mon équipe.

— Oui. Mais cette histoire est loin d'être terminée. Et j'ai entendu Westbrook vous parler des tunnels. Ça, je ne m'en étais jamais rendu compte. C'est un bon moyen de faire sortir les ordinateurs et entrer les mitrailleuses.

— Je vais mettre Bates au courant tout de suite et on ira jeter un œil. Vous voulez venir ?

Cove ne répondit pas, mais Web ne mit qu'une seconde à comprendre pourquoi. Un homme s'avançait de l'autre côté de la rue. Il était vêtu comme un sans-logis et titubait comme un ivrogne, ce qui pouvait fort bien être authentique dans les deux cas. Pourtant, Web ne voulait courir aucun risque, et visiblement Cove non plus. Au moment de prendre son arme, Web se rappela qu'elle était vide. Il avait un chargeur dans le coffre de la voiture, mais elle était garée à trente mètres de là. Quel imbécile d'avoir oublié ses cartouches ! Comme en réponse à ses pensées, Web sentit glisser quelque chose à travers le dossier du banc. Il saisit le pistolet que Cove venait de lui donner, et attendit, l'arme contre son flanc, le canon suivant les moindres mouvements de l'homme jusqu'à ce qu'il se fût éloigné.

— Bates a dit que vous deviez avoir des informations par un des membres de la bande Westbrook, peut-être Peebles, ou Macy, et qu'ils ont dû vous manipuler, reprit Web.

— Macy et Peebles n'étaient pas mes indics. À mon avis, le gars avec qui j'étais en contact était réglo avec moi, au moins pour l'essentiel, et je crois que c'est lui qui a été manipulé.

— Alors, si ce type était réglo avec vous, on pourrait passer par lui encore une fois pour essayer de savoir la vérité ?

— Plus maintenant.

— Comment ça ?

— Parce que mon informateur, c'était Toona.

— Vous plaisantez, ou quoi ?

— Les gars de Big F magouillent tout le temps. Il vous a raconté des conneries. Il a descendu Toona parce qu'il a commis la faute majeure : il a travaillé avec les flics.

— Toona pensait qu'il y avait d'autres gens mêlés à cette histoire, à part Westbrook ?

— Toona, c'était surtout du muscle, mais il n'était pas complètement idiot. Je travaillais avec lui depuis environ six mois. Il m'a parlé de ce nouveau groupe qui avait mis la main sur certains réseaux de distribution de Washington et qui blanchissait leur argent dans des opérations légales. Le service n'était pas bon marché, mais, apparemment, la plupart des bandes se sont ralliées à eux, sauf celle de Westbrook. Il ne fait confiance à personne. Mais même les bandes de trafiquants de drogue en ont marre de s'entretuer. La consolidation des opérations et la réduction des coûts, ça fonctionne aussi bien dans les affaires illégales que dans les légales. J'ai enquêté à fond sur ce groupe, mais je n'ai pas réussi à le pénétrer. Mon identité de couverture était celle d'un représentant d'un réseau de drogue de l'Arizona qui cherchait à s'installer dans les régions rurales de la Virginie. Nous avions entendu parler de la bande et je me suis débrouillé pour aller jeter un œil sur leurs opérations. Au début, j'ai cru que le groupe de Westbrook était derrière, mais, quand j'ai vu de quoi il s'agissait, j'ai compris qu'on avait affaire à de gros poissons.

— Bates m'a parlé de l'Oxycontin.

— C'est ce qui rend cette affaire très particulière. Je crois que les produits que ce groupe fournit aux trafiquants locaux sont des médicaments vendus sous ordonnance, comme l'Oxy, le Percocet, etc. Peu de risques et grosses marges bénéficiaires. Bon, Toona ne trafiquait pas directement, mais il semblait penser la même chose que moi. C'est une nouvelle donne pour le trafic de drogue à Washington. Et ce nouveau groupe ne se limitait pas au district de Columbia, parce que je crois qu'ils approvisionnent toute la côte Est.

— L'Oxy a commencé dans les campagnes.

— Oui. Vous avez entendu parler de la défonce des montagnes Rocheuses ? Eh bien celle-ci, c'est la défonce des Appalaches. Sauf que les Appalaches courent sur une vingtaine d'États, de l'Alabama jusqu'à la frontière canadienne. Et il y a toutes les possibilités pour bâtir là un nouvel empire de la drogue grâce aux médicaments. Voilà pourquoi j'ai alerté l'antenne de Washington, dès que je me suis aperçu que les trafics qui avaient lieu dans cet entrepôt étaient infiniment plus importants que ceux de Westbrook. J'aurais pu continuer à enquêter et rapporter plus d'éléments, mais je courais le risque de les voir s'envoler. Je me suis dit que, si on parvenait à faire témoigner les petits revendeurs, on pourrait démanteler tout ce réseau d'Oxycontin. Maintenant que j'y repense, vous savez ce que je me dis ?

— Que c'était trop beau pour être vrai ?

— Exactement. (Cove demeura un moment silencieux.) Écoutez, Web, je suis bouleversé par ce qui est arrivé à vos collègues. À aucun moment, je n'ai senti venir la manipulation. Mais j'en assume la responsabilité parce que c'est moi qui me suis planté. Et je sacrifierai tout ce que j'ai, même ma vie, pour résoudre cette affaire.

— Jamais je ne pourrais faire votre métier. Je ne sais pas comment se débrouillent les gens comme vous.

— C'est drôle, je pensais la même chose à propos de vous. Bon, maintenant, allez visiter ces souterrains et essayez de comprendre comment ils ont fait entrer et sortir leur matériel. Vous trouverez peut-être quelque chose qui vous mettra sur leur piste. Et je ne pense pas que ce soit Westbrook. Il y a quelqu'un d'autre derrière tout ça, quelqu'un qui rigole bien à nos dépens.

— Vous n'avez pas de soupçons plus précis ?

— J'ai quelques idées sur la question. Ceux qui sont à l'origine de ça ont des liens étroits avec des gens haut placés, parce que, apparemment, ils ont toujours un coup d'avance sur tout le monde.

— Des liens étroits avec qui ? Quelqu'un au Bureau ?

— C'est vous qui l'avez dit, pas moi.

— Vous en avez la preuve ? questionna Web.

— Mon intuition. Vous ne vous y fiez jamais ?

— Toujours... Vous devez vous sentir isolé.

— Quoi, vous voulez dire parce que tout le monde pense que je suis un traître et que j'ai aidé à liquider une équipe de collègues ? Oui, ça m'a un peu tracassé, ces derniers temps.

— Vous n'êtes pas le seul dans ce cas, Cove.

— Oui, on est dans la même galère, tous les deux.

— Est-ce pour ça que vous restez planqué ?

— Le fond du problème, c'est que je me suis fait avoir, rouler, baiser, comme il vous plaira. Je ne suis pas un traître, mais j'ai foiré, et dans mon boulot c'est presque aussi grave que d'être passé de l'autre côté.

— C'est vrai que nous sommes dans la même galère, parce que j'ai fait la même chose.

— Eh bien, peut-être qu'on verra ensemble le bout du tunnel, qu'en dites-vous ?

— Je dis que je ferai de mon mieux.

— Gardez la tête baissée, London, ces enfoirés tirent bas.

— Hé, Cove ?

— Oui ?

— J'accepte vos excuses.

Web gagna Dupont Circle en voiture. Il prit un chargeur pour son pistolet dans le coffre, glissa celui que lui avait donné Cove au creux de ses reins et se rendit en taxi à l'antenne de Washington. Bates étant depuis longtemps rentré chez lui, Web décida d'attendre le matin pour le contacter. Il avait grand besoin de sa nuit de sommeil, et ces tunnels ne risquaient pas de s'envoler. Ensuite, au lieu d'aller chercher une nouvelle voiture de service, il décida de faire quelque chose de vraiment fou : récupérer sa propre voiture.

L'armée des journalistes avait levé le camp devant chez lui, mais Web ne voulait courir aucun risque. Il pénétra dans la maison par l'arrière, se glissa dans sa Mach, ouvrit les portes du garage et descendit l'allée tous phares éteints, attendant pour les allumer d'avoir atteint la rue. Il appuya alors sur l'accélérateur, les yeux fixés au rétroviseur. Rien. Il prit alors la route d'East Winds.

34

À son retour, Romano ne se trouvait pas dans la remise des attelages ; Web inspecta même les vieilles voitures du rez-de-chaussée, au cas où son collègue se serait glissé dans l'une d'elles pour l'admirer, avant de s'y endormir. Il était presque quatre heures du matin, et Romano devait effectuer une ronde à l'extérieur. À l'époque où il était tireur d'élite, Romano s'était toujours montré trop impatient, bouillonnant de trop d'énergie pour agir avec méthode, et cela en dépit de leur entraînement, sauf si des circonstances dramatiques l'exigeaient. Pourtant, quand arrivait le moment de l'action, personne ou presque ne pouvait en remontrer à Paul Romano. Comme le téléphone portable de Web était hors d'usage, il utilisa l'appareil de la maison pour appeler son collègue, et il poussa un soupir de soulagement lorsque celui-ci répondit.

— Alors, comment s'est passé ton rendez-vous ? s'enquit Romano.

— Ennuyeux. Je te raconterai plus tard. Où es-tu ?

— Je suis allé fouiner sur le domaine. Il y a une vieille tour de guet, du côté ouest. On voit à des kilomètres à la ronde.

— Je sais.

— J'y suis, en ce moment. J'avais envie de faire un petit jogging.

— Ça représente une sacrée trotte.

— Bah, une promenade dans le parc. Tu devrais me rejoindre, et apporte une paire de jumelles à vision nocturne.

— Qu'est-ce que tu surveilles ?

— Tu verras.

Web quitta la remise des attelages par-derrière, enfila son serre-tête, y fixa ses jumelles de visée nocturne, les brancha et les ajusta à ses yeux. Instantanément, le monde devint d'un vert fluide et éthéré. On ne pouvait utiliser cet appareil très longtemps en raison de son poids : on ne tardait pas à éprouver une douleur perçante à la nuque, suivie d'un mal de tête qui faisait oublier la douleur à la nuque. Web gardait toujours un œil fermé, même si cela modifiait encore plus la perception de la profondeur, car sinon, au bout d'un certain temps, on ne voyait plus qu'une boule orange dans chaque œil. À ce moment-là, même un homme de quatre-vingt-dix ans en chaise roulante aurait eu le dessus en cas de bagarre.

Les tireurs d'élite utilisaient toutes sortes de matériels, depuis les plus sophistiqués jusqu'au plus rudimentaire : le camouflage. Pour l'heure, Web regrettait sa couverture Ghillie, mélange de toile à sac et de velours qu'il avait patiemment recouvert d'excréments d'animaux et d'autres substances nauséabondes pour qu'elle se fonde dans le décor d'une forêt sauvage. Chaque tireur d'élite de la HRT personnalisait sa Ghillie, et Web l'avait améliorée en la souillant davantage au cours des années. La Ghillie fut créée voilà plus de quatre cents ans par les Écossais, au cours de leurs innombrables guérillas contre les envahisseurs. Elle remplissait aussi bien son rôle aujourd'hui qu'à l'époque. Web était resté étendu sous sa Ghillie en pleine jungle d'Amérique centrale, au beau milieu de trafiquants de drogue armés de mitraillettes qui ne s'étaient aperçus de sa présence qu'au moment où il leur avait enfoncé son arme au creux des reins en leur récitant leurs droits.

Il brancha ses jumelles sur IR, ce qui mit en marche une source de lumière interne et développa puissamment son champ de vision. Web tenait ainsi à s'assurer que son équipement fonctionnait, car les batteries des jumelles de vision nocturne avaient la fâcheuse réputation de tomber en panne au moment précis où on en avait besoin. Il n'aimait pas utiliser la position IR trop longtemps, car elle présentait un inconvénient majeur : pour celui qui l'observait avec ses propres jumelles de vision nocturne, l'amplificateur IR produisait un signal lumineux, comme un rayon de lampe électrique en plein visage. Il éteignit l'amplificateur d'infrarouge et rangea l'appareil dans son sac à dos. À partir de maintenant, il se fierait à ses yeux, ce qu'il avait d'ailleurs fait à chacun de ses tirs. On ne peut pas toujours surpasser la nature.

L'air était vif, les bruits de la ferme et des environs, nombreux et variés. Web marcha d'un bon pas et franchit la distance qui le séparait de la tour de guet en un temps record. Il était encore en grande forme, ce qui ne laissa pas de le satisfaire. Après huit années d'entraînement intensif, on ne perd pas tout en s'interrompant quelque temps. Il aimait la forêt dans l'obscurité ; il s'y sentait aussi bien qu'un Américain moyen regardant un match de football devant son poste de télévision à grand écran.

Lorsqu'il avisa la tour de guet, il s'immobilisa. Web mit ses mains en porte-voix et poussa le cri qui servait de signal, à l'époque où lui et Romano étaient tireurs d'élite. Le bruit ressemblait autant à une rafale de vent qu'au cri d'un oiseau commun, mais Romano le reconnaîtrait, et quelques secondes plus tard il entendit la réponse. La voie était libre.

Quittant le couvert des arbres, il se hâta vers la tour, empoigna les barreaux de bois et grimpa en silence. Romano l'accueillit à la petite porte du poste d'observation. Son compagnon ne pouvait voir ses blessures récentes, cadeaux de Toona et de Big F, ce qui était aussi bien car il n'avait pas l'intention de perdre sa salive en explications. Il entendait déjà Romano : « Putain, tu les as laissés te faire ça ? »

Romano prit une lunette Litton à grossissement de dix, d'ordinaire fixée à un fusil de 308 et utilisée par les tireurs d'élite.

— Des choses intéressantes ? questionna Web.

— Vise-moi ça, dans la trouée des arbres au nord-ouest.

Web regarda à travers la lunette.

— Je crois que c'est Southern Belle.

— Intéressant, ce qui s'y passe, pour un élevage de chevaux.

Web ajusta la lunette à son œil. Effectivement, une belle trouée au milieu des arbres offrait une vue étendue sur la propriété voisine.

On apercevait deux grands bâtiments relativement neufs. De gros camions étaient garés à côté et des hommes équipés de talkies-walkies couraient dans toutes les directions. Une porte s'ouvrit sur le côté de l'un des bâtiments, laissant échapper un flot de lumière apparemment nécessaire à l'activité qui s'y déroulait. Un semi-remorque recula juste devant une porte à ouverture verticale et des hommes munis de diables chargèrent des caisses à l'intérieur de la remorque.

— Il se passe quelque chose d'important, conclut Web. Un atelier de désossement de voitures, de la drogue, des pièces détachées d'avions, de l'espionnage, de la piraterie technologique ou des tas d'autres trucs.

— Charmant voisinage. Et moi qui croyais qu'en Virginie il n'y avait que de vieux benêts toujours soûls, qui chassent le renard à cheval pendant que leurs bonnes femmes prennent le thé l'après-midi ! Eh bien, mon vieux, j'avais encore beaucoup à apprendre. Alors, qu'est-ce que tu en penses ?

— Je pense qu'avec tout ce qu'on a à faire, Southern Belle va devoir attendre. Mais si quelque chose se passe, on sera là pour intervenir.

Romano sourit, visiblement heureux à l'idée d'une action prochaine et d'un éventuel grabuge.

— Maintenant on se comprend.

35

Kevin Westbrook avait rempli tous ses carnets de croquis et demeurait assis à contempler les murs. Reverrait-il jamais le soleil ? Il s'était habitué au bruit des machines et à celui de l'eau dans les canalisations. Cela ne l'empêchait plus de dormir, mais il regrettait cette accoutumance, comme si cela constituait le prélude à un emprisonnement perpétuel.

Le bruit des pas recouvrit les autres sons et il battit en retraite jusqu'à son lit, comme un animal de zoo dans sa cage à l'approche de visiteurs.

La porte s'ouvrit sur l'homme qui lui avait déjà rendu visite. Kevin ignorait son nom et l'homme n'avait pas pris la peine de se présenter.

— Comment ça va, Kevin ?

— J'ai mal à la tête.

L'homme tira de sa poche un flacon de Tylenol.

— Avec mon travail, j'ai toujours ça sous la main.

Il donna deux comprimés à l'enfant et lui versa un verre d'eau ; la bouteille se trouvait sur la table.

— Probablement le manque de soleil, ajouta Kevin.

L'homme sourit.

— Bon, eh bien, on verra si on peut faire quelque chose, bientôt.

— Ça veut dire que je vais bientôt partir d'ici ?

— Ça pourrait être ça. Les choses prennent bonne tournure.

— Donc vous aurez plus besoin de moi.

Mais Kevin n'avait pas plus tôt prononcé ces mots qu'il les regrettait. Cette phrase pouvait se comprendre dans les deux sens.

L'homme le fixa intensément du regard.

— Tu as fait du bon boulot, Kev. Vraiment bon, vu que tu n'es encore qu'un gamin. On saura s'en souvenir.

— Je pourrai rentrer bientôt ?

— En fait, ça ne dépend pas de moi.

— Je dirai rien à personne.

— À personne, pas même à Francis ?

— Personne, ça veut dire personne.

— De toute façon, ça n'a pas vraiment d'importance.

Kevin se montra aussitôt soupçonneux.

— Vous allez pas faire de mal à mon frère ?

L'homme leva les mains comme s'il se rendait.

— J'ai pas dit ça. En fait, si les choses se passent bien, les seules personnes qui souffriront sont celles qui doivent souffrir, d'accord ?

— Tous ces hommes dans la cour, ils ont souffert. Vous les avez tués.

L'homme s'approcha de la table et croisa les bras sur sa poitrine. Bien que ses mouvements ne fussent pas menaçants, Kevin recula légèrement.

— Comme je viens de le dire, les gens qui souffrent sont ceux qui le méritent. Ça n'est pas toujours comme ça, tu sais, beaucoup de gens innocents souffrent tout le temps. J'ai suffisamment appris ça dans ma vie, et apparemment toi aussi, dit-il en regardant le visage de l'enfant.

Kevin n'avait rien à répondre à cela. L'homme ouvrit l'un de ses carnets et regarda certains dessins.

— C'est la Cène ? demanda-t-il.

— Oui. Jésus. Avant qu'on le crucifie. C'est lui qu'est au milieu.

— Je suis allé au catéchisme, tu sais, dit l'homme en souriant à nouveau. Je sais tout sur Jésus, fiston.

Kevin avait dessiné le tableau de mémoire, pour deux raisons : laisser passer le temps et sentir le réconfort d'avoir près de lui le Fils de Dieu. Peut-être le Seigneur recevrait-il le message et enverrait-il un ange gardien pour veiller sur Kevin Westbrook, qui avait désespérément besoin d'une intervention, qu'elle fût divine ou d'un autre ordre.

— C'est de la belle ouvrage, Kevin. Tu as un vrai talent.

Il examina un autre dessin et le lui montra.

— C'est quoi, ça ?

— Mon frère qui me lit un livre.

Son pistolet sur la table de nuit, ses hommes dans la pièce voisine avec leurs propres armes, son frère Francis passait son grand bras autour de Kevin, l'attirait contre sa poitrine puissante et ils lisaient ainsi jusque tard dans la nuit, jusqu'à ce que Kevin s'endorme. Au matin, tous les hommes étaient partis, ainsi que son frère. Mais il y avait une marque à l'endroit où ils s'étaient arrêtés dans le livre ; c'était le signe certain que son frère reviendrait et terminerait sa lecture.

L'homme eut l'air surpris.

— Il te lit des livres ?

Kevin acquiesça.

— Oui, pourquoi pas ? Personne vous a lu des livres quand vous étiez petit ?

— Non. (Il posa le carnet de croquis sur la table.) Quel âge as-tu, Kevin ?

— Dix ans.

— Tu as toute ta vie devant toi. J'aimerais pouvoir dire la même chose.

— Vous me laisserez partir, un jour ?

Le regard de l'homme réduisit à néant les espoirs de l'enfant.

— Je t'aime bien, Kevin. Tu me rappelles ce que j'étais à ton âge. Moi non plus, je n'avais pas vraiment de famille avec qui parler.

— Moi, j'ai mon frère !

— Je sais. Mais je parle d'une vie normale, tu sais, papa, maman, les frères et sœurs qui vivent sous le même toit.

— Ce qui est normal pour certains ne l'est pas pour tout le monde.

L'homme secoua la tête en souriant.

— Il y a beaucoup de sagesse dans cette petite tête. Quand on y réfléchit, rien n'est normal dans la vie.

— Vous connaissez mon frère. Avec lui, il faut pas rigoler.

— Je ne le connais pas personnellement, mais lui et moi, on fait des affaires ensemble. Et je suis persuadé que c'est quelqu'un avec qui il ne faut pas rigoler, merci pour le conseil. Enfin, pour l'instant, on travaille en quelque sorte ensemble. Je lui ai demandé très gentiment de faire quelque chose pour moi, en relation avec ce Web London, et il l'a fait.

— Je parie que c'est parce que vous lui avez dit que vous m'aviez. Il l'a fait parce qu'il veut pas qu'il m'arrive quelque chose.

— Je suis sûr que c'est pour ça, Kevin. Mais il faut que tu saches que nous allons lui rendre la politesse. Il y a des gens très proches de ton frère qui veulent s'infiltrer dans ses affaires. On va l'aider à les chasser.

— Pourquoi vous allez l'aider ? demanda l'enfant soupçonneux. C'est quoi, votre intérêt ?

Il éclata de rire.

— Eh bien, dis donc, si tu étais un tout petit peu plus vieux, je ferais de toi mon associé. Disons qu'on est bénéficiaires tous les deux.

— Vous avez pas répondu à ma question. Vous allez me laisser partir ?

L'homme se leva et gagna la porte.

— Pour l'instant, tu restes ici, Kevin. L'avenir appartient à ceux qui sont patients.

36

De retour à la remise des attelages, Web appela Bates chez lui, ce qui le réveilla, et lui raconta sa violente entrevue avec Big F, ainsi que sa rencontre avec Cove. Une heure plus tard, il retrouvait Bates et une équipe du FBI dans la cour de l'immeuble, au sud-est de Washington. Le soleil venait à peine de se lever, et Web, résigné, entamait une nouvelle journée de travail alors qu'il n'avait pas dormi. Bates lui donna un autre téléphone portable pour remplacer le précédent ; même numéro, ce qui était bien pratique.

Web remercia Bates, qui ne fit aucun commentaire sur ses nouvelles blessures au visage, bien qu'il fût visiblement de méchante humeur.

— Si vous continuez à bousiller comme ça le matériel de l'administration, ça sera retenu sur votre salaire ! Et, sur votre ancien téléphone, j'ai laissé des messages auxquels vous n'avez jamais répondu.

— Oh, écoutez, Perce, il y a des messages vocaux qui apparaissent sur mon écran parfois un jour après que je les ai reçus.

— Moi, je n'ai jamais eu de problème.

— Comme si ça pouvait m'aider !

En chemin, la mauvaise humeur de Bates ne fit que croître.

— Vous avez de la chance d'être encore en vie, Web, lança-t-il sans avoir l'air de s'en réjouir. Voilà ce qui arrive quand on agit tout seul. Et dire que vous êtes allé là-bas sans soutien ! Vous avez désobéi à mes ordres. Je pourrais vous faire plonger. Une fois pour toutes.

— Mais vous vous en abstiendrez, parce que je vous fournis ce dont vous avez besoin. Une piste.

Bates finit par se calmer et hocha la tête d'un air incrédule.

— Il a vraiment descendu ce type devant vous parce que c'était un mouchard ?

— Oui, il était tout ce qu'il y a de plus mort.

— Bon Dieu, il doit en avoir, ce gars-là.

— Vue la taille du bonhomme, je dirais que ce sont des boules de bowling.

Arrivés au bâtiment, ils descendirent dans les caves sombres et humides où régnait une odeur pestilentielle. Passant d'une grande maison de la région la plus huppée de Virginie à un cachot souterrain d'Anacostia, Web avait envie de rire. Pourtant, il se sentait plus à l'aise dans ce genre de quartier.

— Il a parlé de tunnels, continua Bates en regardant autour de lui. (Comme il n'y avait pas de minuterie, chaque agent avait apporté une lampe électrique.) Vous savez, Web, on a déjà cherché des choses comme ça.

— Eh bien, va falloir poursuivre dans cette voie, parce qu'il avait l'air de savoir ce qu'il disait, et c'était le seul moyen d'amener ces mitrailleuses ici sans se faire remarquer. Ils n'ont pas des plans, au Service des travaux publics, sur lesquels figureraient ces tunnels ?

— On est dans le district de Columbia, ne l'oubliez pas. Si vous voulez essayer de trouver un document dans un service municipal, je vous en prie, allez-y. C'est déjà difficile de trouver quelque chose qui date de la veille, alors, si ça remonte à cinquante ans…

Ils fouillèrent jusqu'au moment où Web avisa dans un coin des bidons de 200 litres de mazout, rangés par dix de front sur dix de profondeur.

— Qu'est-ce que c'est ?

— La chaudière fonctionnait au mazout. Ils ont laissé les réserves quand l'immeuble a été désaffecté. Ça revenait trop cher de les enlever.

— On a déjà regardé en dessous ?

Pour toute réponse, l'un des agents poussa l'un des bidons, qui ne bougea pas.

— Il n'y a rien là-dessous, Web. On n'entreposerait pas un million de tonnes de mazout sur l'entrée d'un tunnel qu'on veut utiliser.

— Ah oui ?

À son tour, Web poussa du pied le bidon que son collègue avait essayé de bouger. Effectivement, il était plein. Il poussa le récipient voisin, puis le suivant. Puis des bidons de la deuxième rangée. Tous pleins.

— Alors, vous êtes convaincu ? demanda Bates.

— Pas vraiment.

Sous l'œil de Bates et des autres agents, Web escalada les bidons se mit à sauter de l'un à l'autre, se balançant chaque fois de tout son poids d'avant en arrière. Arrivé au milieu, il manqua s'affaler.

— Celui-ci est vide. (Il sauta sur celui d'à côté.) Celui-là aussi. (Il parcourut un espace de quatre bidons sur quatre.) Ils sont tous vides.

Les autres agents se précipitèrent et, après avoir rapidement ôté les bidons vides, leurs lampes électriques révélèrent une trappe dans le sol.

Bates se tourna vers Web :

— Je vous suis redevable, dit-il d'un air chagrin.

— Croyez-moi, je saurai me faire rembourser.

L'arme à la main, ils ouvrirent la trappe, descendirent dans le tunnel et suivirent un tortueux boyau. Web éclairait le sol avec sa lampe électrique.

— On est venu ici récemment. Regardez toutes ces traces.

Le tunnel donnait sur un escalier. Ils l'escaladèrent lentement, prêts à faire feu, et, après avoir franchi une porte non verrouillée, ils débouchèrent dans un bâtiment très semblable à celui qu'ils venaient de quitter ; dans le quartier, il existait de nombreux immeubles abandonnés. À pas feutrés, ils gagnèrent le premier étage et se retrouvèrent dans une vaste salle entièrement vide. Ils redescendirent, sortirent du bâtiment et regardèrent autour d'eux.

— Je crois qu'on se trouve plus à l'ouest, à environ deux rues, dit l'un des agents.

Web acquiesça. Sur l'un des murs, des lettres à moitié effacées révélaient qu'autrefois ce bâtiment avait abrité une société de distribution de produits alimentaires, ce que venait confirmer la présence d'un quai de déchargement où des camions pouvaient livrer des bananes. Ou des mitrailleuses. Deux camions étaient acculés au quai, dépouillés de leurs pneus et de leurs portières.

— On peut arriver ici en pleine nuit, remarqua Web, se garer entre ces deux camions, décharger des caisses et les transporter par le tunnel. Et il n'y a pas de voisins pour regarder ce qui se passe. L'endroit idéal.

— D'accord, mais on tient Big F pour meurtre. Avec votre témoignage, il est bon.

— Il faudra d'abord le trouver.

— Je vais vous placer sous surveillance pour vous protéger.

— Pourquoi prendre cette peine ?

— Parce que ce type a toutes les raisons de vous descendre.

— S'il avait voulu, il l'aurait fait hier soir. J'étais à sa merci. En outre, j'ai un boulot à accomplir, protéger Billy et Gwen Canfield, et je veux le terminer.

— C'est là que je ne pige pas. Il tue un type sous vos yeux et il vous laisse partir.

— Pour que je puisse délivrer le message à propos du tunnel.

— Et alors ? Il ignore l'usage du téléphone ? Je ne plaisante pas, Web, je veux vous placer sous protection.

— Vous avez dit que vous m'étiez redevable, alors je réclame mon dû.

— Mais enfin, qu'y a-t-il de plus important que de rester en vie ?

— Je ne sais pas, Perce, dans mon métier je n'y ai jamais réfléchi. Et je ne céderai pas.

— Je suis votre supérieur, je peux vous y contraindre.

— Je n'en doute pas, reconnut Web en le regardant droit dans les yeux.

— Et merde, vous ne valez pas tous les ennuis que vous nous causez, London.

— Je pensais que vous vous en étiez rendu compte depuis longtemps.

Bates examina le quai de déchargement.

— Le problème, c'est qu'aucun élément ne relie les Free à cet entrepôt et aux mitrailleuses. Si on ne trouve rien d'autre, on est marrons. Pour l'instant, ils jouent aux angelots et ne nous donnent aucun prétexte pour leur rendre visite.

— Il n'y a rien dans les assassinats de Richmond, qui puisse nous permettre de les relier aux Free ? Il y a quand même de quoi faire.

— En ce qui concerne le juge Leadbetter, l'angle de tir nous a conduits à un bâtiment en construction, de l'autre côté de la rue. Des centaines de gens travaillent là toute la journée, des ouvriers qui vont et viennent.

— Et le coup de téléphone qu'il a reçu ?

— Ça venait d'une cabine du sud de Richmond. Aucune trace.

— Le juge était dans le centre-ville, insista Web. Donc il y avait au moins deux personnes sur le coup et ils avaient un moyen de communication, de façon que l'appel se produise au bon moment.

— Je n'ai jamais dit que nous avions affaire à des amateurs.

— Et Watkins ? Et Wingo ?

— On a enquêté sur tous les gens qui travaillent au bureau de Wingo.

— Le personnel de nettoyage ? L'un d'eux aurait pu mettre l'atropine sur le téléphone.

— On a vérifié, mais là encore on n'a trouvé aucune piste.

— Watkins ?

— Une fuite de gaz. C'était une vieille maison.

— Allons donc, il reçoit un coup de téléphone au moment de rentrer chez lui. Là aussi, c'est à la seconde près. Et ils avaient placé dans l'appareil un solénoïde qui produirait l'étincelle destinée à l'envoyer au paradis.

— Je sais, Web, mais des tas d'autres gens avaient également d'excellentes raisons de les tuer. Pour l'instant, le seul élément commun entre ces crimes, c'est le téléphone et l'affaire Ernest Free.

— Ils sont liés, Perce, croyez-moi.

— Vous avez raison, mais encore faut-il convaincre un jury, et ces temps-ci, ça devient presque impossible.

— Et la bombe à East Winds ?

— Un mécanisme très sophistiqué, utilisant du C4, répondit Bates. Nous avons enquêté sur tous les employés. La plupart sont venus avec Strait lorsque l'endroit où ils travaillaient a fermé. Tous sont plus ou moins réglos. Quelques-uns ont commis des broutilles, ivresse et tapages divers, le genre de trucs auxquels on peut s'attendre chez une bande de ploucs.

— Et le vieux Ernest B. Free ?

— Pas le moindre tuyau, et franchement ça m'épate. D'habitude, on reçoit des milliers de coups de téléphone, dont quatre-vingt-dix-neuf pour cent ne mènent à rien, mais en général, ça donne une ou deux pistes intéressantes. Cette fois-ci, rien.

Web, extrêmement frustré, jeta un coup d'œil autour de lui.

— Bon Dieu ! s'exclama-t-il.

— Quoi ? Qu'y a-t-il, Web ?

— Je crois qu'on a peut-être une sorte de témoin oculaire, dit-il en tendant le doigt.

Bates regarda au-delà du feu de signalisation, en diagonale par rapport au quai de déchargement. Comme d'autres feux du quartier, il était surmonté d'une caméra de surveillance. Et comme les autres caméras que Web avait vues dans les environs, celle-ci avait été tournée dans une autre direction – celle du quai de déchargement.

— Bon Dieu ! fit Bates en écho. Vous pensez ce que je pense ?

— Oui. On dirait un de ces anciens modèles qui tournaient en boucle vingt-quatre heures sur vingt-quatre.

— Eh bien, espérons que la police du district n'a pas effacé toutes les cassettes.

Bates fit signe à l'un de ses hommes d'appeler sur-le-champ la police locale.

— Il faut que je retourne à la ferme, annonça Web. Romano doit commencer à se sentir seul.

— Franchement, ça ne me plaît pas. Et si vous mouriez, d'ici là ?

— Vous avez Cove. Lui aussi a assisté au meurtre.

— Et s'il meurt, lui aussi ? Avec tout ce qui s'est passé, c'est assez vraisemblable.

— Vous avez un stylo et du papier ?

Web coucha par écrit le récit détaillé du meurtre de Toona. Il apprit par Bates que son vrai nom était Charles Towson, mais personne ne savait d'où lui venait son surnom ; tous ceux qui travaillaient dans la rue semblaient en adopter un. En tout cas, si quelqu'un repêchait un jour dans la rivière le corps de Charles Towson, il vomirait le contenu de son estomac. Web identifia positivement l'assassin comme étant Francis « Big F » Westbrook. Il orna d'un paraphe sa signature, que deux agents authentifièrent.

— Vous vous moquez de moi ? lança Bates, furieux. Un avocat réduira ce document en pièces.

— Pour l'instant, je ne peux pas faire mieux, répliqua Web avant de s'éloigner.

37

À son retour à East Winds, Web s'entretint avec Romano, puis s'offrit un bain chaud à la remise des attelages, se disant qu'après un petit somme dans la baignoire il se sentirait comme neuf. Avec les années, il avait appris à se contenter de peu de sommeil.

Romano avait enfin aperçu les nouvelles blessures de Web et réagi comme prévu.

— Tu t'es encore laissé tabasser ? Tu ternis la réputation de la HRT !

Web lui avait répondu que, la prochaine fois, il s'arrangerait pour ne se faire frapper qu'en des endroits qui ne se voyaient pas.

Les jours qui suivirent, pour Romano et lui, ne furent que routine. Lorsque Gwen et Billy avaient vu les blessures dues à sa rencontre avec Big F, Gwen s'était écriée :

— Mon Dieu, ça va ?

— On dirait que le vieux Boo vous a balancé une ruade au visage, avait commenté Billy en suçant une cigarette qu'il n'avait pas allumée.

— Je crois que j'aurais préféré Boo, avait riposté Web.

Gwen avait insisté pour soigner ses ecchymoses. Ses doigts étaient doux contre sa peau. Tandis qu'elle le soignait, Billy avait dit :

— Vous ne vous ennuyez jamais, les fédéraux, hein ?

— Pas vraiment, non.

Romano et lui en étaient venus à mieux connaître les Canfield et à se rendre compte de la quantité de travail qu'exigeait un élevage de chevaux. Comme promis, ils mirent tous les deux la main à la pâte, bien que Romano, râleur, s'en plaignît tous les soirs auprès de Web. East Winds formait un vaste et merveilleux domaine, et Web commençait à se dire que, peut-être, il pourrait changer de métier, tout en s'avouant qu'il oublierait vite cette velléité dès qu'il aurait quitté les lieux. Gwen Canfield était une femme intéressante, voire fascinante, aussi intelligente et réservée que belle et raffinée. Elle et Billy étaient aussi bien assortis que le célèbre couple du feu et de la glace.

Web l'avait accompagnée tous les jours pour ses sorties à cheval, autant pour la protéger que pour mieux comprendre la disposition du domaine, et il fallait bien admettre qu'il existait des façons plus désagréables de passer son temps que de se promener à cheval dans un paysage magnifique au côté d'une très belle femme. Chaque fois, elle s'était arrêtée à la chapelle pour prier, tandis que Web l'observait sans descendre de Boo. Jamais elle ne l'avait invité à se joindre à elle, et d'ailleurs lui-même préférait s'abstenir, ce qui n'était pas indissociable du fait que

David Canfield eût été tué alors qu'il se trouvait sous sa protection.

Tous les soirs, les agents du FBI retrouvaient le couple dans la grande maison. Billy avait mené une vie passionnante et adorait raconter des anecdotes. Chaque fois, Nemo Strait était présent, et Web s'était découvert avec l'ancien marine plus de points communs qu'il ne l'aurait cru tout d'abord. Strait avait exercé quantité de métiers au cours de sa vie, de soldat à dompteur de chevaux sauvages.

— Pour vivre, je me suis servi de ma tête et de mes muscles, mais avec le temps j'ai l'impression que les deux déclinent.

— D'une certaine façon, on est embarqués dans la même histoire, dit Web. Vous vous imaginez avec des chevaux jusqu'à la fin ?

— En réalité, je songe au jour où je quitterai le fumier et tous ces animaux butés.

Il jeta un coup d'œil aux Canfield, baissa la voix et ajouta en souriant :

— Je parlais des animaux à deux et à quatre pattes. (Il reprit un ton normal.) Mais comme je dis toujours, j'ai ça dans le sang. Je me vois bien, un jour, acheter mon petit domaine et m'en occuper comme il faut.

— Joli rêve, admit Romano. Un jour, moi, j'aimerais bien avoir ma propre équipe de course de stock-cars.

Web considéra son collègue avec surprise.

— Je ne savais pas ça, Paulie.

— Eh, chacun ses secrets.

— Vous avez raison, fit Strait. Mon ex m'a dit un jour qu'elle ne savait jamais ce que je pensais. Vous savez ce que je lui ai répondu ? Je lui ai dit qu'il y avait une différence entre les hommes et les femmes. Les femmes vous disent exactement ce qu'elles pensent de vous. Les hommes, ils gardent ça pour eux.

Il jeta un regard à Billy Canfield, de l'autre côté de la vaste pièce, qui regardait son grizzly empaillé, éclusant sa troisième bière en une demi-heure. Gwen, elle, était montée préparer le dîner.

— Bien que, parfois, l'inverse soit vrai, ajouta-t-il.

Web regarda alternativement Canfield et Strait.

— Vous croyez ?

Il devenait aussi de plus en plus évident que Gwen et Billy passaient beaucoup de temps séparément. Web n'en avait jamais ouvertement parlé avec Gwen, mais, par des remarques occasionnelles, elle laissait entendre que c'était plus le choix de Billy que le sien. Peut-être était-ce une conséquence de la mort de David.

Web avait téléphoné tous les jours à Bates, mais jusque-là les cassettes de surveillance n'avaient rien donné.

Un matin, tôt, Web venait à peine de sortir de sa douche que la sonnerie de son téléphone retentit. C'était Claire Daniels.

— Avez-vous repensé à l'hypnose ?

— Claire, je suis au travail, là.

— Web, si vous voulez vraiment faire des progrès, l'hypnose est la bonne solution.

— Personne n'ira voir dans ma tête.

Elle insista :

— Nous pouvons commencer, et si cela vous gêne le moins du monde, nous arrêterons. Ça vous paraît correct ?

— Je suis occupé, je ne peux pas me déplacer pour l'instant.

— Vous êtes venu me demander de l'aide, Web. Je fais de mon mieux, mais il faut que vous y mettiez du vôtre. Croyez-moi, vous avez vécu des choses infiniment plus dures que ce que vous risquez de vivre avec l'hypnose.

— D'accord. Mais vous ne m'aurez pas.

Elle demeura un instant silencieuse, puis lâcha :

— J'ai rencontré quelqu'un qui devrait vous intéresser.

Il ne répondit pas.

— Buck Winters ? Ce nom vous dit quelque chose ?

— Que voulait-il ?

— Vous avez signé une décharge l'autorisant à s'enquérir auprès de moi au sujet de votre traitement. Vous vous en souvenez ?

— Je crois. J'ai signé beaucoup de papiers à ce moment-là.

— Je n'en doute pas. Ils vous ont bien eu.

— Que voulait-il, et que lui avez-vous dit ?

— Il a essayé de me persuader que je devais tout lui dire, mais votre décharge me laissait une marge de manœuvre suffisante pour le tenir à distance. L'affaire n'en restera sûrement pas là, mais tant pis.

Il réfléchit quelques instants.

— Vous avez pris des risques pour moi, Claire. Je vous en suis reconnaissant.

— C'est une des raisons pour lesquelles je vous appelle. Winters, apparemment, avait très envie de vous faire payer ce qui s'est passé. Il a même utilisé le mot « traître ».

— Ça ne m'étonne pas. Depuis Waco, Buck et moi ne sommes pas franchement en bons termes.

— Mais si nous pouvions remonter à la racine de vos problèmes, Web, et lui montrer, à lui mais aussi à tout le monde, que vous n'êtes pas un traître, vous seriez d'accord, non ? Qu'en pensez-vous ?

Web soupira. Il n'avait pas envie de céder, mais pas plus que l'on doute de lui à jamais. Et lui-même refusait de douter de sa capacité à accomplir sa tâche au sein de la HRT.

— Vous croyez vraiment que l'hypnose pourrait m'aider ?

— On ne le saura qu'après avoir essayé. En tout cas, cette méthode s'est montrée efficace pour plusieurs de mes patients.

— Bon, d'accord, dit-il enfin. On pourrait peut-être reparler de tout ça. Face à face.

— Ici, à mon cabinet ?

— Je suis en mission.

— Puis-je venir là où vous êtes ?

Web réfléchit. Avait-il tellement envie de se livrer à cet exercice d'hypnose ? Le plus intelligent ne serait-il pas d'envoyer Claire au diable et de continuer à vivre comme auparavant ? Un jour ou l'autre, pourtant, il lui faudrait payer les pots cassés. Et Claire avait réellement envie de l'aider, au moment même où il commençait à en ressentir le besoin.

— Je vais envoyer quelqu'un vous chercher.

— Qui ?

— Il s'appelle Romano, Paul Romano. Il est à la HRT. Ne lui dites rien, parce que parfois il a la langue trop bien pendue.

— Entendu. Où êtes-vous ?

— Vous verrez, docteur, vous verrez.

— Je serai libre dans une heure environ. Lui faut-il plus de temps ?

— Ça lui suffira amplement.

Web se sécha, s'habilla et expliqua à Romano ce qu'il attendait de lui.

— Qui est cette femme ? demanda-t-il, soupçonneux. Ta psy ?

— Ils préfèrent qu'on les appelle psychiatres.

— Je ne suis pas ton chauffeur. Je suis en mission !

— Allez, Paulie. Je vais aller voir Billy et Gwen. Et puis c'est toi qui t'es appuyé tout le boulot ici, laisse-moi prendre un peu le relais. Si tu pars maintenant, elle sera prête à ton arrivée.

— Et s'il se passe quelque chose pendant mon absence ?

— Je me débrouillerai.

— Et si tu te fais descendre ?

— Quoi, tu t'inquiètes pour moi, brusquement ?

— Non, mais je ne me veux pas me faire jeter à cause de ça. J'ai une famille à nourrir.

— Tu veux dire qu'Angie te tuerait ?

— Exactement.

— Écoute, fais-le et je te jure que je ne quitterai pas les Canfield d'une semelle avant ton retour.

Romano ne semblait guère enchanté, mais il finit par accepter et nota les coordonnées de Claire.

— Mais sache une chose : si je fais ça, c'est uniquement pour pouvoir récupérer ma bagnole.

— Tu veux dire la Corvette ?

— Oui, la Corvette. Je suis sûr qu'elle plaira à Billy.

— Vas-y, Paulie, avant que je me mette à dégueuler.

Romano lui ayant dit que les Canfield se trouvaient dans la grande maison, Web s'y rendit à petites foulées et frappa à la porte. Une femme âgée, vêtue d'un jean et d'un tee-shirt, et coiffée d'un foulard de couleurs vives, vint lui ouvrir et le conduisit jusqu'à la petite pièce inondée de soleil, près de la cuisine, où Gwen et Billy prenaient leur petit déjeuner.

Gwen se leva.

— Vous voulez un café, ou un petit déjeuner ?

Web accepta un café, des œufs et des toasts.

— La nuit dernière, annonça-t-il, Romano et moi avons patrouillé sur le domaine, et nous avons remarqué des activités intéressantes chez vos voisins.

— Ah bon, vous aussi, vous avez vu des choses ?

— Billy, dit Gwen, tu n'as pas de preuves.

— Des preuves de quoi ? lança Web.

— Je n'ai peut-être pas de preuves, mais je ne suis pas idiot, répondit Billy. Et si, avec toutes ces allées et venues, ils tiennent un élevage de chevaux, alors je dirige un couvent.

— Qu'avez-vous aperçu, alors ?

— Vous, d'abord.

Web s'exécuta et Billy convint que tout ça ressemblait à ce que lui-même avait noté.

— Moi, ce qui me turlupine, ajouta Billy, c'est les semi-remorques. J'ai bossé dans ce métier pendant vingt ans, et on ne se sert de ces gros culs que pour transporter des charges importantes sur de longues distances.

— D'autres voisins se sont plaints ? demanda Web.

Il hocha la tête en signe de dénégation.

— Je suis, et de loin, leur plus proche voisin. De l'autre côté, les propriétaires sont soit dans leur maison de Naples, en Floride, soit dans celle de Nantucket. Ils n'ont acheté ce domaine que pour pouvoir monter à cheval quand l'envie leur en prend. Vous vous rendez compte, cracher huit millions de dollars pour quatre cents hectares, simplement pour pouvoir se balader deux fois par an ? Ces cons-là savent pas ce que c'est qu'un haras ?… Et ces camions ne circulent que la nuit. Et puis il y a autre chose.

Web dressa l'oreille.

— Quoi ?

— Je vous avais dit que c'était une société qui avait acheté cette propriété.

— Oui.

— Eh bien, il y a un certain temps, après l'histoire des avions et des hélicos, je suis allé faire quelques recherches au tribunal. La société appartient à deux Californiens, Harvey et Giles Ransome, ils doivent être frères, ou alors peut-être qu'ils sont mariés, vous savez, hein, puisqu'ils sont de Californie…

— Vous savez quelque chose sur eux ?

— Non. Mais c'est vous le flic et je me disais que vous pourriez trouver rapidement des renseignements sur eux.

— Je verrai ça.

— Je les ai invités une fois que j'ai découvert leurs noms. Je suis même allé là-bas.

— Et que s'est-il passé ?

— Cette fois-là, leurs employés m'ont remercié, polis et tout, mais ils m'ont dit qu'ils n'étaient pas là. Et qu'ils transmettraient l'invitation. C'est ça, et moi je suis chinois !

Gwen se versa une nouvelle tasse de café. Elle portait un jean, un chandail beige et des bottes à talons bas. Avant de se rasseoir, elle remonta ses cheveux avec une pince, révélant un très long cou dont Web ne put détacher son regard pendant quelques instants. Une fois assise, elle observa alternativement les deux hommes, avant de s'attacher à Web.

— À votre avis, qu'est-ce que ça peut être ?

— J'ai des soupçons, mais pas plus.

Billy lui lança un regard pénétrant tandis que Web avalait une dernière bouchée de toast et s'essuyait les lèvres avec sa serviette.

— Vous pensez que ce sont des mafieux qui revendent des marchandises volées, ou quelque chose comme ça ? Croyez-moi, ce genre de truc, ça marche avec le transport routier. Si on m'avait donné un dollar chaque fois qu'un Italien est venu me voir avec une valise pleine de billets en me proposant de charger sa marchandise dans mes camions, croyez-moi, je ne serais pas là à me crever le cul dans un élevage de chevaux.

— Mon Dieu, fit Gwen en frappant la table du plat de la main, nous avons quitté Richmond pour fuir des assassins, adeptes de la suprématie blanche, et nous nous retrouvons avec des criminels comme voisins.

Elle se leva et alla regarder par la fenêtre.

— Allez, Gwen, protesta Billy, qu'est-ce que ça change à notre vie, les voisins qu'on a ? Ils font ce qu'ils ont à faire, et nous aussi, d'accord ? S'ils se livrent à des activités illégales, ce n'est pas notre problème, parce que, de toute façon, Web va les coincer, d'accord ? Nous, on élève des chevaux, comme tu voulais, non ?

Elle se tourna vers lui avec impatience.

— Mais pas ce que tu voulais, toi ?

Il sourit.

— Oh, bien sûr que si. Même que j'aime bien nettoyer les stalles. Nettoyer le fumier, ça a quelque chose de thérapeutique. (Web avait le sentiment qu'il n'en pensait pas un mot. Billy détourna le regard.) Tenez, voyez qui est là.

Nemo Strait se tenait sur le seuil, son Stetson à la main. Il regardait fixement Billy, d'une façon que Web jugea plutôt hostile.

— Vous êtes tous prêts à partir ? demanda Billy.

— Oui, Billy, on est simplement venus vous prévenir.

Ils gagnèrent la route principale, où l'on apercevait une caravane de dix fourgons à chevaux, certains tractés, d'autres, à cinq roues, accrochés à de gros camions, et tous frappés de l'écusson d'East Winds.

— La plupart de ces vans sont neufs, expliqua Billy. Ça nous a coûté une fortune, parce qu'il a fallu en aménager certains, mais il faut présenter bien, c'est du moins ce qu'on n'arrête pas de me répéter. Pas vrai, Nemo ?

— Si vous le dites, Billy.

Web trouva Gwen un peu triste. Pour elle, voir partir ses yearlings peut-être était-ce comme se séparer de ses enfants.

— Là, on joue dans la cour des grands. Si la vente marche bien, on fera une bonne année. D'habitude, j'y vais aussi, mais le FBI m'a convaincu de rester. (Billy lança un coup d'œil à Web.) Alors, si la vente ne tient pas ses promesses, vous pourrez compléter, vous deux.

— Ce n'est pas ma vocation.

— Ces salauds d'acheteurs choisissent les chevaux et font baisser les prix, ensuite on n'a plus qu'à aller vendre des crayons dans les rues. Cela dit, ces yearlings sont parmi les meilleurs qu'on ait jamais eus. Mais ces gens-là vont commencer à bafouiller, à trouver le moindre petit défaut et à essayer de nous les acheter pour une bouchée de pain. Et puis après on se rendra compte que, parmi ces chevaux, il y avait un vrai crack. Eh bien, ça n'arrivera pas. Je connais la chanson. S'ils ne veulent pas payer le prix que je vous ai donné, Strait, vous foutez le camp. Qu'ils aillent se faire voir.

Nemo opina du chef.

— Bien, Billy.

Gwen s'approcha de l'un des plus petits fourgons et regarda à l'intérieur.

— C'est Bobby Lee, dit Billy en montrant le cheval que Gwen regardait. Si les choses se passent bien, il va nous rapporter un beau petit pactole. Lui, il est à part, alors il n'est pas obligé de voyager avec un autre cheval. Bon Dieu, j'aimerais bien négocier moi-même la vente. C'est ça mon problème, y a trop de monde autour de moi.

Web se demanda de qui il pouvait bien parler.

— Comment se fait-il que vous ne gardiez pas les chevaux et que vous ne les fassiez pas courir vous-même ? l'interrogea-t-il.

— Il faut énormément d'argent pour élever et entraîner des pur-sang pour les courses, voilà pourquoi les grands élevages appartiennent surtout à des sociétés et à des coopératives. Ils ont beaucoup de capital derrière eux, donc ils peuvent affronter de mauvaises périodes. On ne peut pas se mesurer à ça.

East Winds est un élevage et nous ne voulons pas faire autre chose. Croyez-moi, c'est suffisamment d'emmerdements. Pas vrai, Gwen ?

Elle ne répondit pas et s'éloigna lorsque Web s'approcha du fourgon Townsend qui abritait Bobby Lee. La vitre arrière était ouverte et l'on voyait le cheval à l'intérieur, et d'abord le haut de sa queue fournie. Strait vint se placer à côté de Web.

— Ça m'ennuie de voir partir Bobby Lee, c'est un bon cheval. Il fait déjà quinze paumes au garrot, il a une magnifique robe baie, luisante, une sacrée musculature, regardez-moi ce poitrail, et il va encore grandir.

— C'est vrai que c'est un bel animal.

Web avisa alors des coffres rangés le long des parois du fourgon.

— C'est pour quoi, ça ?

Strait ouvrit le fourgon, monta à l'intérieur en flattant le flanc de Bobby Lee et ouvrit l'un des coffres.

— En voyage, les chevaux, c'est pire que les femmes.

En souriant, il s'écarta pour permettre à Web de regarder à l'intérieur : licous, rênes, couvertures et autres objets dont a besoin un cheval.

Strait passa la main sur le caoutchouc tendre garnissant l'extérieur des coffres.

— On a matelassé les côtés pour que le cheval ne se blesse pas contre les angles.

— Tout est prévu, admira Web, tandis que Strait refermait le coffre.

— Il y a plein de petits détails qui ne semblent pas évidents à ceux qui ne sont pas du métier. Par exemple, si on a un seul cheval dans un fourgon prévu pour deux, il faut le mettre du côté du conducteur pour que le poids ne vous entraîne pas sur le bas-côté. Ces fourgons sont très adaptables. Toutes les cloisons sont mobiles. On peut par exemple placer une jument à l'arrière et son poulain à l'avant. (Il désigna les flancs de la remorque.) C'est du métal galvanisé, ça dure plus longtemps que les gens. (Il montra le long espace ouvert, juste devant le cheval.) Là on met l'eau et la nourriture. Et là (il montra une porte sur le côté), c'est l'issue de secours, s'il faut sortir le cheval rapidement et si on ne veut pas se prendre une ruade.

— Où est la télé ?

Strait éclata de rire.

— M'en parlez pas. J'aimerais bien voyager aussi confortablement que ces animaux, quoique, avec le Silverado, là-bas, on voyage grand luxe, maintenant. Il y a même des toilettes et une cuisine, alors finis les fast-foods pour votre serviteur. Billy s'est surpassé, là ; les gars et moi, je peux vous dire qu'on apprécie.

Web s'aperçut alors que la tête de Bobby Lee touchait presque le toit de la remorque. Strait sourit en suivant la direction de son regard.

— Bobby Lee est un grand yearling et on ne peut pas surélever le toit.

— Comment ça ?

— Si on donne suffisamment de place à un cheval, il va en profiter. J'en ai vu un sauter en arrière, vous imaginez, et atterrir sur la route, où il a été fauché par un camion. C'était pas joli à voir et ça m'a presque coûté mon boulot. Voilà pourquoi les chevaux sont placés dans le sens de la marche, et qu'ils disposent d'un espace réduit.

— Je vois.

— Pour sûr, c'est des machines compliquées. Un peu comme mon ex-femme, ajouta-t-il en riant.

Web agita la main sous son nez.

— Bouh, ça sent le fauve dans ces fourgons.

Strait caressa l'encolure de Bobby Lee, descendit du véhicule et verrouilla la portière.

— Attendez un peu qu'il ait passé quelques heures là-dedans, et vous me parlerez de l'odeur. Les chiens, eux, ils adorent l'odeur du fumier, mais pas les humains. C'est peut-être pour ça qu'on dit qu'on est civilisés. C'est pour ça qu'on a remplacé les planchers en aluminium par du bois, le drainage se fait mieux ; et aussi pour ça qu'on répand de la sciure dessus. On balaie, le crottin et tout le reste. C'est mieux que la paille.

Ils laissèrent là Bobby Lee et retournèrent auprès de Billy.

— Vous avez les papiers des fourgons et des chevaux pour les contrôles ? demanda Billy.

— Oui, patron. (Strait se tourna vers Web.) Quand on franchit une frontière d'État avec des animaux, la police fait des contrôles au hasard, et ils ne vous laissent pas repartir si vous n'avez pas la licence commerciale, les certificats de vétérinaire pour les chevaux et tout ça. Ils ont peur qu'on répande les maladies équines.

— On ne peut pas le leur reprocher, dit Gwen en les rejoignant.

— Non, bien sûr, répondit Strait. (Il toucha son chapeau.) Bon, eh bien, on va rapporter beaucoup de dollars à East Winds.

Strait grimpa dans l'un des camions, tandis que Web et les Canfield regardaient la caravane s'étirer sur la route principale et quitter East Winds. Web lança un coup d'œil à Gwen, qui semblait exaspérée. Billy se dirigea vers la maison.

— Vous allez bien ? lui demanda-t-il.

— Ça va, comme toujours, Web.

Elle croisa les bras sur la poitrine et s'éloigna dans l'autre sens.

Web, lui, demeura sur place, contemplant le mari et la femme qui s'en allaient chacun de son côté.

38

Romano alla chercher Claire et l'amena à East Winds en prenant bien garde à ne pas être suivi.

Claire jeta un coup d'œil à la main de l'homme.

— Quand êtes-vous sorti de Columbia ?

Romano eut l'air surpris, puis se rendit compte qu'elle regardait la bague à son doigt.

— Vous avez l'œil. J'ai passé mon diplôme il y a plus longtemps que je n'ose l'avouer.

— Moi aussi, j'y suis allée. C'est bien agréable d'aller à l'université, à New York.

— Incomparable, renchérit Romano.

— Quelle était votre spécialisation ?

— Quelle importance ? J'y suis entré de justesse et j'ai passé mon diplôme de justesse.

— En fait, Paul Amadeo Romano Junior, vous êtes entré à l'université de Columbia à l'âge de dix-sept ans et vous avez passé votre diplôme de sciences politiques en trois ans, parmi les premiers de votre promotion. Votre mémoire de fin d'études avait pour titre « Différences des philosophies politiques de Platon, Hobbes, John Stuart Mill et Francis Bacon ». Vous avez été admis à la Kennedy School of Government, à Harvard, mais vous ne vous êtes pas présenté.

Romano lui lança un regard glacial.

— Je n'aime pas qu'on enquête sur moi.

— Le travail du psychothérapeute consiste non seulement à comprendre son patient, mais encore à se familiariser avec son entourage. Web doit vous faire confiance et vous tenir en haute estime pour vous avoir envoyé me chercher. Alors, avec quelques clics de souris, je me suis renseigné sur vous. Rien de confidentiel, bien sûr.

Romano ne se départit pourtant pas de son air méfiant.

— Peu de gens auraient refusé d'entrer à Harvard, reprit-elle.

— Personne n'a jamais pensé que j'étais comme tout le monde.

— Vous aviez obtenu une bourse, donc ce n'était pas une question d'argent.

— Je n'y suis pas allé parce que j'en avais marre des études.

— Et vous vous êtes engagé dans l'armée.

— Beaucoup de gens font la même chose.

— Beaucoup de gens à la fin de leurs études secondaires, mais pas ceux qui sont sortis parmi les meilleurs de Columbia, avec un ticket pour Harvard.

— Je viens d'une famille nombreuse, d'une famille italienne, chez nous il y a des priorités. Des traditions.

Il ajouta rapidement :

— Parfois, les gens s'en rendent compte un peu trop tard, c'est tout.

— Alors vous êtes le fils aîné ?

Nouveau regard soupçonneux.

— Encore un clic de souris ? Bon Dieu, je hais les ordinateurs !

— Non, mais vous vous appelez Junior, et c'est souvent le cas des fils aînés. Et puis votre père est mort.

Romano faillit arrêter la voiture.

— Vous me foutez les jetons, ma petite dame, alors vous feriez mieux d'arrêter.

Elle l'étudia avec attention.

— Vous vous rendez compte que parfois vous parlez comme un homme sans éducation ?

— Là, vous poussez le bouchon trop loin.

— Excusez-moi. Mais vous êtes quelqu'un d'extrêmement intéressant. En fait, Web et vous êtes tous deux intéressants. J'imagine que c'est votre métier qui veut ça.

— N'essayez pas de vous en sortir par de viles flatteries, docteur.

— Ma curiosité innée envers mes frères humains est pour quelque chose dans le métier que j'exerce. Je ne cherchais pas à être désagréable.

Ils demeurèrent un moment silencieux.

— Mon père, raconta finalement Romano, n'avait qu'un seul désir dans la vie. Ce qu'il y avait de mieux à New York.

— Entrer dans la police ?

Romano acquiesça.

— Sauf qu'il n'a jamais terminé ses études secondaires et qu'il avait des problèmes de palpitant. Il a passé sa vie sur les quais à trimballer des caisses de poisson et à détester ça.

— Et il a voulu que vous embrassiez la carrière à sa place ?

Romano se tourna vers elle et opina du chef.

— Sauf que ma mère n'était pas du tout de cet avis. Elle ne voulait pas que je travaille sur les quais, mais pas non plus que je me serve d'un pistolet pour gagner ma vie. Je me débrouillais, j'ai brillamment réussi mon premier cycle, je suis entré à Columbia, j'y ai fait de bonnes études, je songeais même à devenir professeur.

— Et votre père est mort ?

— Le palpitant a fini par lâcher. Je suis arrivé à l'hôpital juste avant qu'il meure. (Romano s'interrompit et regarda par la vitre.) Il m'a dit que je lui avais fait honte. Il a dit ça, et puis il est mort.

— Et vous avez renoncé à devenir professeur ?

— Je n'ai jamais pu me résoudre à entrer dans la police de New York, alors que ç'aurait été facile. Je suis allé à l'armée, les commandos Delta, puis je suis passé au FBI et ensuite à la HRT. Rien n'était trop difficile pour moi. Plus on s'en prenait à moi, plus je m'épanouissais.

— Vous avez donc fini par devenir policier.

— À ma façon. J'aimais mon père, ne vous y trompez pas. Mais jamais je ne lui ai fait honte. Et tous les jours, je me rappelle ses dernières paroles. Et ça me donne envie de hurler, ou de tuer quelqu'un.

— Je comprends.

— Ah bon ? Moi, j'y ai jamais rien compris.

— Je voudrais vous donner un conseil amical : à un certain moment dans sa vie, il faut vivre comme on l'entend. Sinon, l'accumulation des ressentiments et d'autres facteurs négatifs peuvent entraîner de graves dommages psychologiques. Vous vous rendrez compte que vous faites du mal non seulement à vous-même mais aussi à ceux que vous aimez.

Il la regarda avec un air triste qui la toucha profondément.

— Je crois que c'est peut-être un peu trop tard pour ça.

Puis il ajouta :

— Mais, pour la bague, vous avez raison.

— Alors parlez-moi de l'hypnose, dit Web.

Romano avait laissé Claire à la remise des attelages et était parti veiller sur les Canfield. Claire et Web, assis dans le salon, s'observaient.

— Le Dr O'Bannon ne vous a-t-il pas expliqué de quoi il retournait lorsqu'il vous l'a proposé ?

— J'ai oublié.

— Laissez-vous aller, Web. Fiez-vous à votre flair. Vous n'êtes pas du genre à en manquer.

— Vous croyez ?

Elle lui sourit par-dessus le rebord de la tasse de thé qu'il lui avait préparée.

— Je n'ai pas besoin d'être psychiatre pour le voir. (Elle regarda par la fenêtre.) Quel endroit magnifique !

— Oui, c'est vrai.

— J'imagine que vous ne pouvez pas me parler de votre mission ?

— J'enfreins déjà tous les règlements en vous faisant venir ici, mais, si quelqu'un l'avait suivi, Romano s'en serait rendu compte.

Et, de toute façon, les assassins savent où vivent les Canfield, songea-t-il, puisqu'ils ont placé une bombe dans son téléphone.

— Romano ferait un cas d'étude intéressant. J'ai identifié chez lui pas moins de cinq atteintes psychiques majeures, une classique attitude passive-agressive et un goût malsain pour la douleur et la violence.

— Vraiment ? J'aurais pensé qu'il y en avait plus.

— Et il est aussi intelligent, sensible, profondément émotif, incroyablement indépendant mais étonnamment loyal. Un vrai méli-mélo.

— Comme camarade de combat, il n'y a pas mieux que Paulie. Il a un côté rude au-dehors, mais ce type a un cœur immense. Mais s'il ne vous aime pas, attention ! Sa femme Angie est encore pire.

Web regarda Claire d'un air à la fois douloureux et interrogatif.

— Y a-t-il quelque chose qui vous préoccupe ? demanda-t-elle tranquillement.

— Mon dossier du FBI qui vous a été transmis… Y avait-il, par hasard, l'entretien avec Harry Sullivan ?

Elle mit un moment à répondre.

— Oui. J'ai songé à vous en parler, mais je me suis dit ensuite que ce serait mieux que vous le découvriez vous-même. Apparemment, c'est déjà fait.

— Oui, admit-il d'une voix étranglée. Environ quatorze ans trop tard.

— Votre père n'avait aucune raison de dire du bien de vous. Il allait passer en prison les vingt années à venir. Cela faisait une éternité qu'il ne vous avait pas vu. Et pourtant…

— Et pourtant il a dit que je ferais le meilleur agent du FBI qui ait jamais existé.

— Oui, fit-elle calmement.

— Peut-être qu'un jour on devrait se voir, conclut Web.

Claire soutint son regard.

— Ça pourrait être traumatisant, mais vous être aussi très utile.

— Une voix surgie du passé ?

— Quelque chose comme ça.

— En parlant de voix, je pensais à ce que m'a dit Kevin Westbrook dans cette ruelle.

Claire se redressa.

— « Enfer et damnation » ?

— Que savez-vous du vaudou ?

— Pas grand-chose. Vous pensez que Kevin vous a jeté un sort ?

— Non, les gens derrière lui. Je ne sais pas, je pense à haute voix.

— C'est possible, reconnut Claire, sceptique, mais je ne pense pas que la réponse soit là.

Web fit craquer ses doigts.

— Vous avez probablement raison. Bon, docteur, sortez votre montre et commencez à la balancer.

— J'utilise un stylo bleu, si ça ne vous fait rien. Mais d'abord je veux que vous vous installiez dans le fauteuil inclinable, là-bas, et que vous vous allongiez. On ne fait pas une séance d'hypnose en se tenant au garde-à-vous. Il faut vous détendre, et je vais vous y aider.

Il s'assit dans le fauteuil inclinable et Claire prit place face à lui, sur une ottomane.

— Maintenant, en premier lieu, il faut faire justice des mythes qui entourent l'hypnose. Comme je vous l'ai déjà expliqué, vous ne serez pas inconscient mais dans un état altéré de votre conscience. Votre cerveau, en réalité, aura la même activité que lorsque vous êtes relaxé, c'est-à-dire qu'il sera dans un rythme alpha. Une fois en transe, vous serez incroyablement détendu, mais c'est également un état d'éveil et de suggestibilité accrue, où vous maîtrisez complètement ce qui se passe. Toute hypnose, en fait, est une autohypnose, et je ne suis là que pour vous guider. Personne ne peut hypnotiser quelqu'un contre sa volonté, et on ne peut vous forcer à faire une chose que vous refusez. Donc vous êtes parfaitement en sécurité. Vous n'avez pas besoin de chien de garde. (Elle lui sourit d'un air rassurant.) D'accord ?

Web acquiesça.

Elle leva le stylo.

— Vous me croiriez si je vous disais que Freud lui-même a utilisé ce stylo ?

— Non.

Elle sourit à nouveau.

— Vous avez raison. Et maintenant je veux que vous fixiez avec vos yeux l'extrémité de ce stylo. (Elle le tint à environ quinze centimètres du visage de Web, au-dessus de ses yeux ; il leva la tête pour le regarder.) Non, vous ne devez bouger que les yeux.

Elle posa la main sur son crâne pour l'empêcher de bouger, en sorte qu'il dut lever les yeux presque tout en haut.

— Très bien, Web, très bien. La plupart des gens se fatiguent très rapidement, mais je suis sûre que ce ne sera pas votre cas. Vous êtes très fort et très déterminé, alors ne cessez pas de regarder l'extrémité du stylo.

Insensiblement, la voix de Claire avait perdu ses inflexions, sans pour autant devenir monotone, et elle égrenait ses mots d'encouragement de façon régulière, apaisante. Une minute s'écoula. Puis, alors que Web ne quittait pas des yeux le stylo, elle ajouta :

— Clignez des paupières.

Web s'exécuta. Ses yeux commençaient à se fatiguer de regarder sous cet angle inhabituel et des larmes s'y formaient. En fait, il avait cligné de lui-même, et elle n'avait dit « clignez des paupières » qu'ensuite, mais il n'était pas très sûr de la séquence, tant il déployait des efforts pour regarder la pointe de ce stylo et garder les yeux ouverts. Pourtant, il crut qu'il se passait quelque chose, et que lentement elle s'emparait de lui. D'abord la fatigue oculaire, puis la fatigue de l'esprit, tout cela pour l'amener à se détendre et à s'ouvrir à la suggestion.

— Vous vous débrouillez très bien, Web, mieux que personne. Vous êtes de plus en plus détendu. Continuez de regarder l'extrémité du stylo.

Il obéissait, afin d'obtenir ses encouragements. Elle en déduisit facilement qu'il était du type perfectionniste, désireux de plaire et d'attirer les compliments. Il avait besoin d'attention et d'amour parce que, de toute évidence, il n'avait reçu ni l'un ni l'autre au cours de son enfance.

— Clignez des paupières.

Il obéit à nouveau, ce qui soulagea sa tension. Elle savait que l'extrémité du stylo grandissait de plus en plus pour lui, et qu'il commençait à ne plus vouloir regarder.

— Apparemment, vous désirez fermer les yeux, dit Claire. Et vos paupières deviennent de plus en plus lourdes. Il est difficile de les garder ouvertes et vous avez vraiment envie de les fermer. Fermez les yeux. (Web les ferma, mais les rouvrit aussitôt.) Continuez à regarder le stylo, Web, vous vous débrouillez très bien. Lorsque vos yeux seront prêts à se fermer, laissez-les faire naturellement.

Les yeux de Web se fermèrent lentement, pour ne plus se rouvrir.

— Je veux que vous disiez à haute voix dix fois le chiffre dix, rapidement. Allez-y.

Web s'exécuta, puis Claire lui demanda :

— Combien font cinq et deux ?

— Six, dit fièrement Web en souriant.

— Non, sept.

Son sourire disparut. Claire reprit, d'une voix apaisante.

— Vous savez ce que c'est qu'une chambrière ? C'est un fouet à long manche dont on se sert pour les chevaux. Je veux que vous prononciez le mot « chambrière » dix fois, très rapidement. Allez-y.

Visiblement préoccupé, Web prononça dix fois le mot demandé.

— Comment s'appelle la pièce où l'on prend ses repas ?

— La chambre ! s'écria-t-il.

— En fait, c'est la salle à manger.

Web eut l'air accablé, mais Claire se hâta de le féliciter.

— Ça marche très bien. Presque personne ne donne la bonne réponse à ces questions. Mais vous avez l'air très détendu. À présent, je veux que vous comptiez à rebours de trois en trois à partir de trois cents. À haute voix.

Web commença de compter. Il en était arrivé à 279 lorsqu'elle lui demanda de compter de cinq en cinq, toujours à rebours. Il obéit, jusqu'au moment où elle lui demanda de compter par sept, puis par neuf.

Enfin, elle l'interrompit.

— Cessez de compter et détendez-vous. Maintenant, vous vous trouvez en haut d'un Escalator et cet endroit représente déjà une grande détente. La détente la plus absolue se trouve en bas de l'escalator, eh bien vous allez le descendre, d'accord ? Vous allez vous sentir plus détendu que vous ne l'avez jamais été. D'accord ?

Web acquiesça. La voix de Claire était aussi douce et bienvenue qu'une brise d'été.

— Vous allez descendre lentement l'escalator. Vous flottez, comme sur de l'air. Plus profondément détendu.

Elle se mit à compter à rebours à partir de dix, d'une voix apaisante. Au chiffre un, elle dit :

— Vous êtes très détendu.

Elle étudia les traits de Web et la couleur de sa peau. Ses tensions avaient lâché, il était détendu, et la rougeur de son visage trahissait l'afflux de sang. Ses paupières fermées battaient cependant par intermittence. Pour ne pas le surprendre, elle l'avertit qu'elle allait lui prendre une main. Cette main était molle. Elle la laissa retomber.

— Vous approchez du bas de l'escalator. Vous allez le quitter. Vous avez atteint l'état de détente le plus profond que vous ayez jamais éprouvé. C'est parfait.

Une fois encore, elle l'avertit qu'elle allait lui prendre la main.

— Quelle est votre couleur préférée ?

— Le vert, dit doucement Web.

— Le vert, une belle couleur apaisante. Comme l'herbe. Je dépose un ballon dans votre main, un ballon vert. Je le fais maintenant. Vous le sentez ? (Il opina du chef.) À présent, je vais le gonfler à l'hélium. Comme vous le savez, l'hélium est plus léger que l'air. Je gonfle le ballon vert. Il se remplit. Il commence à s'élever. Il se remplit de plus en plus.

La main de Web s'éleva de l'accoudoir, comme soulevée par le ballon imaginaire.

— Et maintenant, à trois, votre main retombera sur le fauteuil.

Elle compta jusqu'à trois et la main de Web retomba. Elle attendit environ trente secondes avant de dire :

— Maintenant votre main devient froide, très froide, je crois voir des gelures.

La main de Web se recroquevilla et se mit à trembler.

— C'est bon, c'est fini, maintenant, tout est rentré dans l'ordre, votre main est de nouveau chaude.

La main se détendit.

Claire n'avait bien entendu pas mis Web au courant de toutes les techniques de relaxation qu'elle comptait utiliser. En temps ordinaire, elle s'en serait tenue au ballon, mais sa curiosité l'avait poussée plus loin et elle en avait été récompensée, car elle devinait à présent que Web était probablement somnambule. Les somnambules sont à ce point sensibles à l'hypnose qu'on peut les induire à éprouver des sensations physiques, comme cela venait de se passer avec Web. On peut s'attendre, également, à les voir exécuter de façon fidèle des consignes énoncées sous hypnose.

— Web, vous m'entendez ? (Il acquiesça.) Web, écoutez-moi très attentivement. Écoutez ma voix. À présent, le ballon a disparu. Continuez à vous détendre. Maintenant, vous tenez à la main une caméra vidéo. C'est vous le cameraman. Ce que vous voyez à travers l'objectif, c'est ce que vous et moi pouvons voir, vous me comprenez, monsieur le cameraman ? (Nouveau hochement de tête.) Bon, mon seul rôle consiste à vous indiquer des choses de temps à autre, mais c'est vous qui maîtrisez tout. Avec votre caméra, vous regarderez des gens, vous les filmerez. La caméra est équipée d'un micro, de sorte que vous pourrez également les entendre. C'est bon ? (Il hocha la tête affirmativement.) Vous vous débrouillez très bien, monsieur le cameraman. Je suis très fière de vous.

Claire s'enfonça dans son siège et réfléchit un moment. Connaissant l'enfance de Web, elle savait également sur quelle période intervenir pour pouvoir l'aider. Ses principaux symptômes ne remontaient pas à la mort de ses collègues, mais puisaient directement leur source dans la relation triangulaire entre sa mère, son beau-père et lui. Pourtant, sa première plongée dans le passé serait antérieure à cette période.

— Je veux que vous reveniez au 8 mars 1969, monsieur le cameraman. Pouvez-vous m'amener là-bas ?

Web demeura un instant silencieux avant de répondre :

— Oui.

— Dites-moi ce que vous voyez, monsieur le cameraman.

Elle savait qu'il était né un 8 mars. En 1969, il devait avoir six ans. Probablement sa dernière année avec Harry Sullivan. Elle voulait établir pour Web une base de départ avec cet homme, un souvenir agréable, et une fête d'anniversaire semblait idéale pour un petit garçon.

— Monsieur le cameraman, vous êtes toujours détendu et vous promenez la caméra autour de vous. Qui voyez-vous ?

— Je vois une maison. Je vois une pièce, une pièce avec personne dedans.

— Concentrez-vous, promenez la caméra autour de vous. Vous ne voyez personne ? Nous sommes le 8 mars 1969.

Elle redouta soudain que ce jour-là il n'y ait pas eu de fête d'anniversaire.

— Attendez un instant, dit Web. Attendez un instant, je vois quelque chose.

— Que voyez-vous ?

— Un homme… non, une femme. Elle est jolie, très jolie. Elle a un chapeau, un drôle de chapeau, et elle porte un gâteau avec des bougies.

— Apparemment, il doit y avoir un anniversaire. Est-ce celui d'un garçon ou d'une fille, monsieur le cameraman ?

— C'est celui d'un garçon. Oui, et maintenant il y a d'autres gens qui sortent, comme s'ils s'étaient cachés. Ils crient quelque chose, ils crient : « Joyeux anniversaire. »

— Magnifique, Web, c'est l'anniversaire d'un petit garçon. À quoi ressemble-t-il ?

— Il a les cheveux noirs, il est assez grand. Il souffle les bougies sur le gâteau. Tout le monde chante *Joyeux anniversaire*.

— Est-ce que ce garçon entend un papa chanter, monsieur le cameraman ?

— Je le vois, je le vois.

Le visage de Web s'empourprait et sa respiration s'accélérait. Claire surveillait ces signes cliniques avec attention. Pas question de le mettre en danger, physiquement ou émotionnellement.

— À quoi ressemble-t-il ?

— Il est grand et fort, plus grand et plus fort que tous les autres. C'est un géant.

— Et que se passe-t-il entre le petit garçon et son papa géant, monsieur le cameraman ?

— Le petit garçon court vers lui. Et l'homme le hisse sur ses épaules, comme s'il ne pesait rien.

— Il est fort, ce papa.

— Il embrasse le petit garçon, ils dansent autour de la pièce et ils chantent une chanson.

— Écoutez attentivement, monsieur le cameraman, montez le son du micro. Entendez-vous les paroles ?

Web secoua d'abord la tête négativement, puis acquiesça.

— *Eyes, shining eyes* [1].

Claire fouilla dans sa mémoire et comprit soudain : Harry Sullivan, l'Irlandais.

— *Irish eyes, irish eyes are smiling* [2] ?

— C'est ça ! Mais il a changé les paroles de la chanson, et c'est drôle, tout le monde rit. Maintenant, l'homme donne quelque chose au petit garçon.

— Un cadeau ? Un cadeau d'anniversaire ?

Le visage de Web se tordit et il se courba vers l'avant. Inquiète, Claire se pencha à son tour.

— Détendez-vous, monsieur le cameraman, ce n'est qu'une image. Vous ne regardez qu'une image, c'est tout. Que voyez-vous ?

1. Des yeux, des yeux brillants. *(N.d.T.)*

2. Des yeux d'Irlandais, des yeux d'Irlandais qui sourient. *(N.d.T.)*

— Je vois des hommes. Des hommes sont entrés dans la maison.

— Quels hommes ? À quoi ressemblent-ils ?

— Ils sont en brun, habillés de brun avec des chapeaux de cow-boys. Ils ont des pistolets.

Les battements du cœur de Claire s'accélérèrent. Fallait-il interrompre la remémoration ? Elle étudia Web avec attention. Il semblait se calmer.

— Que font ces hommes, monsieur le cameraman ? Que veulent-ils ?

— Ils le prennent, ils emmènent l'homme. Il crie. Il hurle, tout le monde hurle. Les cow-boys mettent des choses brillantes sur les mains de l'homme. La mère hurle, elle a attrapé le petit garçon.

Web se couvrit les oreilles de ses mains et se mit à se balancer d'avant en arrière avec une telle violence qu'il faillit renverser le fauteuil.

— Ils crient, ils crient. Le petit garçon crie : « Papa ! papa ! »

Web lui-même s'était mis à crier.

— C'est bon, monsieur le cameraman, dit-elle de sa voix la plus apaisante, la plus réconfortante, détendez-vous, nous partons, à présent. Éteignez votre caméra jusqu'à ce que nous ayons décidé de l'endroit où aller. Bon, il n'y a plus que du noir dans l'objectif de votre caméra, détendez-vous, monsieur le cameraman. Vous êtes détendu et vous ne voyez rien. Plus personne ne crie. Ils sont tous partis. Tout est noir.

Web se calma lentement, baissa les mains et s'appuya contre le dossier du fauteuil.

Claire s'adossa au mur et s'efforça elle aussi de se calmer. Elle avait déjà mené des séances d'hypnose très intenses et découvert des événements étonnants dans le passé de certains patients, mais chaque fois elle faisait face à l'inconnu et l'émotion était toujours au rendez-vous. Pendant plus d'une minute, elle hésita. Fallait-il poursuivre ? Mais elle courait aussi le risque de ne jamais plus pouvoir hypnotiser Web.

— Bon, monsieur le cameraman, nous allons continuer.

Elle jeta un coup d'œil aux notes tirées du dossier de Web. Elle avait remarqué, au cours des séances précédentes, que l'usage des dossiers le mettait mal à l'aise. Cela était fréquent, car personne n'aime voir sa vie couchée par écrit, livrée à l'examen de n'importe qui. Elle se rappelait d'ailleurs sa propre réaction lorsque Buck Winters avait utilisé la même tactique face à elle. Il y avait des dates écrites sur ces pages, obtenues à partir du dossier de Web et de discussions avec lui.

— Nous allons…

Elle hésita un moment puis elle prit finalement sa décision et indiqua à Web la nouvelle date. Celle de la mort de son beau-père.

— Que voyez-vous, monsieur le cameraman ?

— Rien.

— Rien ? Rallumez votre caméra. Et maintenant, que voyez-vous ?

— Toujours rien. Il fait sombre, c'est totalement noir.

Curieux, songea Claire.

— C'est la nuit ? Allumez la lumière de votre caméra vidéo, monsieur le cameraman.

— Non, il n'y a pas de lumière. Je ne veux pas de lumière.

Claire se pencha en avant, inquiète, car à présent Web utilisait la première personne. Le patient était désormais placé au cœur même de son propre inconscient. Elle résolut pourtant de pousser plus avant.

— Pourquoi le cameraman ne veut-il pas de lumière ?

— Parce que j'ai peur.

— Pourquoi le petit garçon a-t-il peur ?

Il fallait poursuivre dans le registre de l'objectivité, même si Web, lui, s'aventurait au bord du précipice de la subjectivité.

— Parce qu'il est là, reprit Web.

— Qui ? Raymond Stockton ?

— Raymond Stockton, répéta Web.

— Où est la mère du petit garçon ?

Web se mit à haleter de nouveau, agrippant si fort les accoudoirs du fauteuil que ses doigts en tremblaient.

— Où est votre mère ?

— Partie, fit Web d'une voix aiguë, comme celle d'un garçon encore loin de la puberté. Non, elle est revenue. Elle se bat. Elle se bat toujours.

— Votre mère et votre beau-père se battent ?

— Toujours. Chut ! Il arrive. Il arrive.

— Comment le savez-vous, que voyez-vous ?

— La trappe s'abaisse. Elle grince toujours. Toujours. Exactement comme ça. Il grimpe les barreaux. C'est là qu'il les met. Ses drogues. Je l'ai vu. Je l'ai vu.

— Détendez-vous, Web, tout va bien.

Claire évitait de le toucher, mais elle se tenait si près de lui qu'il ne restait presque plus d'espace entre eux. Elle se préparait à mettre un terme à la séance avant que tout cela ne lui échappe complètement. Pourtant, elle aurait bien aimé pousser un peu plus loin, un tout petit peu plus loin.

— Il est en haut de l'échelle. Je l'entends. J'entends ma mère. Elle est en bas. Elle attend.

— Mais vous ne pouvez pas voir. Vous êtes toujours dans l'obscurité.

— Je peux voir.

Le ton grave et les inflexions menaçantes surprirent Claire ; ce n'était plus la voix d'un enfant terrorisé.

— Comment pouvez-vous voir, monsieur le cameraman ? Que voyez-vous ?

Web hurla les mots suivants de façon si soudaine qu'elle sursauta violemment.

— Bon sang, vous le savez déjà !

L'espace d'un instant, elle fut persuadée qu'il s'adressait directement à elle, ce qui ne lui était jamais arrivé au cours d'une séance d'hypnose. Que voulait-il dire ? Qu'elle connaissait déjà cette information ? Mais il se calma et poursuivit :

— J'ai un peu soulevé la pile de vêtements. Je suis sous la pile de vêtements. Je me cache.

— Du beau-père du petit garçon ?

— Je ne veux pas qu'il me voie.

— Parce que le petit garçon a peur ?

— Non, je n'ai pas peur. Je ne veux pas qu'il me voie. Il ne peut pas me voir, pas encore.

— Pourquoi, que voulez-vous dire ?

— Il est devant moi, mais il se tient de dos. Sa planque se trouve juste là. Il se penche pour y accéder.

La voix de Web se faisait plus grave, comme s'il passait de l'enfant à l'homme sous les yeux de Claire.

— Je sors de ma cachette, je n'ai plus besoin de me cacher. Les vêtements se soulèvent avec moi. Ce sont les vêtements de ma mère. Elle les a mis en tas, là, pour moi.

— Ah bon ? Pourquoi ?

— Pour que je me cache quand il viendrait. Je me relève. Je suis debout. Je suis plus grand que lui. Je suis plus costaud que lui.

Le ton de Web effrayait Claire. Elle se rendit compte qu'elle se mettait à haleter alors même que la respiration de Web s'était calmée. Elle redoutait d'entendre la suite. Il fallait l'arrêter. Son intuition professionnelle lui criait d'arrêter, mais elle s'en sentait incapable.

— Les rouleaux de moquette. Durs comme du fer, dit Web de sa profonde voix d'homme. J'en ai un, dissimulé sous les vêtements. Je suis debout, maintenant, plus costaud que lui. C'est un petit homme. Si petit.

— Web..., commença Claire en abandonnant la fiction du cameraman.

La situation échappait à tout contrôle.

— Je l'ai dans ma main. Comme une batte de base-ball. Je suis un grand joueur de base-ball. Je peux tirer très loin. J'ai un swing plus dur que les autres. Je suis grand et fort. Comme mon père. Mon vrai père.

— Web, par pitié...

— Il ne regarde même pas. Il ne sait pas que je suis là. La batte levée.

Elle changea une nouvelle fois de tactique.

— Monsieur le cameraman, je veux que vous éteigniez votre caméra.

— Bientôt le lancer. Une balle dure. Je la vois. Facile. Je suis prêt.

— Monsieur le cameraman, je veux que vous…

— Ça y est presque. Il se tourne. Je veux qu'il se tourne. Je veux qu'il voie. Qu'il me voie.

— Web ! Éteignez.

— Il me voit. Il me voit. Je le balance de toutes mes forces.

— Éteignez la caméra. Arrêtez. Il ne faut pas voir ça. Arrêtez !

— Je balance le rouleau. Il me voit, il sait que je peux frapper fort. Il a peur, maintenant. Il a peur ! Il a peur, et pas moi ! C'est fini ! Fini !

Impuissante, Claire le vit saisir une batte imaginaire et la faire tournoyer.

— C'est le coup ! C'est le coup ! La balle est partie. C'est un *home run*. Ça y est. Ça y est. Au revoir, espèce de salopard.

Il demeura tranquille un long moment, sous l'œil de Claire.

— Il se relève. Il se relève. Oui, maman. Voilà la batte, maman.

Il fit mine de tendre quelque chose, et Claire faillit elle aussi allonger la main, avant de se ressaisir.

— Maman le frappe. À la tête. Il y a beaucoup de sang. Il ne bouge plus. Plus du tout. C'est fini.

Il se tut et s'enfonça dans son siège. Claire s'effondra elle aussi, le cœur battant si fort qu'elle porta la main à sa poitrine. Elle voyait Raymond Stockton basculer par la trappe du grenier après avoir été frappé par un rouleau de moquette, heurtant durement le sol avec la tête, et achevé par sa femme avec ce même rouleau.

— Je veux que vous vous détendiez complètement, Web. Je veux que vous dormiez, c'est tout.

Le corps de Web se liquéfia un peu plus dans le fauteuil. En levant les yeux, Claire éprouva un nouveau choc en découvrant Romano qui l'observait, la main sur la crosse de son arme.

— Mais, bon Dieu, que se passe-t-il ? demanda-t-il d'une voix dure.

— Il est sous hypnose, monsieur Romano. Il va bien.

— Comment en être sûr ?

Elle était encore trop sous le choc pour discuter avec lui.

— Qu'avez-vous entendu ?

— Je revenais ici pour voir Web quand je l'ai entendu crier.

— Il revit certains souvenirs très difficiles de son passé. Je ne suis pas encore sûre de la signification de ces événements, mais cela l'aidera beaucoup.

L'expérience de Claire en matière de médecine légale l'avait amenée à envisager diverses hypothèses. Visiblement, ils avaient prémédité de frapper Stockton avec un rouleau de moquette. Il devait s'être incrusté des fibres de moquette dans sa blessure à la tête lorsqu'il avait heurté le sol, et il avait atterri sur la même moquette que celle des chutes demeurées au grenier. Personne ne pouvait se douter qu'il avait été frappé avant de tomber du grenier. D'ailleurs, après toutes les plaintes portées contre lui, tout le monde, y compris la police, devait être soulagé par sa mort. Après le beau-père, Claire s'aventura sur un autre terrain.

Web avait dit que c'était Charlotte London qui avait disposé la pile de vêtements à cet endroit. Avait-elle également fourni le rouleau de moquette ? Avait-elle montré à son fils, adolescent costaud, comment se débarrasser du mari violent ? Était-ce ainsi qu'elle avait décidé de régler le problème ? Avant de terminer le travail, tout en laissant Web ramasser les morceaux, le laissant refouler si profondément sa culpabilité qu'il ne parvenait même plus à se rappeler les faits, sinon sous hypnose ? Or un souvenir à ce point refoulé ne pouvait que marquer profondément tout son être. Il se manifesterait de diverses façons, jamais positives. Claire comprenait à présent pourquoi Web était devenu policier : pour réparer symboliquement non pas les délits de Harry Sullivan, mais sa propre culpabilité. Un garçon qui aide sa mère à tuer son beau-père : pas très stabilisant du point de vue de la santé mentale.

Elle scruta Web, assis tranquillement, les yeux fermés, attendant ses instructions. À présent, elle comprenait aussi les causes de son somnambulisme. Les enfants victimes de terribles violences se réfugient souvent dans des mondes fantasmatiques pour échapper à une réalité insupportable. Énergique, indépendant et sûr de lui à l'extérieur, Web London était en réalité un être docile et, au fond de lui, il comptait sur les autres ; de là sa dépendance à l'égard de son équipe de la HRT et sa capacité extraordinaire à exécuter les ordres. Il avait le désir de plaire, d'être accepté.

À l'intérieur, cet homme n'était que chaos. Et pourtant, il avait déjoué les batteries de tests psychologiques du FBI et de la HRT, comme le MMPI.

En regardant Romano, elle songea à quelque chose d'autre et se dit qu'elle allait devoir poser la question avec délicatesse, parce qu'elle ne pouvait révéler aucune confidence de ses patients. Web lui avait affirmé, auparavant, qu'il était hostile à tout médicament, et elle l'avait cru, mais avec ce qu'elle venait d'entendre, elle se demandait s'il ne prenait pas quelque chose pour mieux combattre les traumas internes qui, de toute évidence, le rongeaient. Elle fit signe à Romano de gagner un coin éloigné de la pièce.

— Savez-vous si Web prend des médicaments ? lui demanda-t-elle.

— Web a dit que c'était le cas ?

— Je me posais la question. Les psychiatres demandent toujours ce genre de chose, ajouta-t-elle, évasive.

— Beaucoup de gens avalent des médicaments pour dormir.

Elle n'avait pas parlé de somnifères. Donc Romano était au courant.

— Je ne prétends pas qu'il ait tort, répondit Claire. Je me demandais simplement s'il vous en avait parlé et, dans l'affirmative, ce qu'il prenait.

— Vous pensez qu'il pourrait être accro, c'est ça ? Eh bien, vous divaguez.

— Ce n'est pas du tout cela. Il est important que je le sache, au cas où je devrais lui prescrire quelque chose. Je ne veux pas risquer de mauvaises interactions médicamenteuses.

Romano ne mordait pas à l'hameçon.

— Alors, pourquoi ne pas l'interroger à ce sujet ?

— Souvent, les gens ne disent pas toute la vérité à leur médecin, surtout aux médecins comme moi. Je désire seulement m'assurer qu'il n'y a pas de problème.

Romano jeta un coup d'œil en direction de Web, comme pour vérifier qu'il n'entendait pas, puis son regard revint vers Claire. Les mots avaient du mal à franchir ses lèvres.

— L'autre jour, j'ai vu qu'il avait à la main un flacon de médicaments. Mais, vous savez, il souffre en ce moment, il a été secoué par ce qui s'est passé et il a peut-être besoin de quelques cachets, malheureusement le Bureau est intraitable là-dessus. Ils vous jettent par-dessus bord et vous laissent couler ou nager. Les gars doivent se débrouiller par eux-mêmes, dans ces cas-là.

Romano s'interrompit, contempla Web et ajouta, un peu rêveur :

— C'est le meilleur élément que la HRT ait jamais eu.

Romano s'en alla et Claire s'assit face à Web, se pencha en avant et lui parla lentement, de manière qu'il ne manque aucun mot. D'ordinaire, l'hypnose sert à lever les inhibitions portant sur des souvenirs refoulés qui empêchent les patients de parler véritablement de leurs problèmes. En principe, en quittant l'état hypnotique, le sujet se rappelle ce qui s'est passé au cours de la séance, mais là Claire ne pouvait pas agir ainsi. Le traumatisme serait trop violent. Elle choisit une suggestion post-hypnotique n'autorisant Web à se rappeler que ce qui lui permettrait de s'adapter à la situation. Seul son inconscient garderait la trace de ce qui s'était passé. Elle lui fit remonter l'escalator avec lenteur, marche après marche. Avant qu'il émerge complètement, elle se prépara elle-même à affronter ce qui allait suivre.

Lorsque finalement il ouvrit les yeux, il regarda autour de lui avant de se tourner vers elle.

— Des choses intéressantes ? s'enquit-il en souriant.

— D'abord, Web, il faut que je vous pose une question. Prenez-vous des médicaments ?

— Ne m'avez-vous pas déjà interrogé là-dessus ?

— Je vous le demande maintenant.

— Pourquoi ?

— Pour expliquer votre brusque paralysie, vous avez évoqué le vaudou, mais je peux vous proposer une autre hypothèse : de mauvaises interactions médicamenteuses.

— Je ne prenais pas de médicaments avant cette mission.

— Les interactions médicamenteuses sont parfois curieuses, vous savez. Selon ce qu'on avale, les effets peuvent se produire un certain temps après l'arrêt des prises. Si vous voulez découvrir la vérité, il est important que vous soyez tout à fait franc sur ce point.

Ils se dévisagèrent pendant un long moment, puis Web se leva et gagna la salle de bains. Une minute plus tard, il revint et lui tendit un petit flacon rempli de cachets. Il se rassit tandis qu'elle en examinait le contenu.

— Puisque vous en avez ici, dois-je conclure que vous en avez pris récemment ?

— Je suis en mission, Claire. Pas de cachets. Alors je me débrouille avec l'insomnie et la douleur qu'on peut éprouver parfois avec deux grands trous dans le corps et la moitié du visage emporté.

— Dans ce cas, pourquoi les garder avec vous ?

— C'est un objet sécurisant. Un peu comme de sucer son pouce… En tant que psychiatre, vous devez comprendre ça, non ?

Claire sortit les cachets et les étudia avec attention. Ils étaient tous différents. Elle en reconnaissait la plupart, mais pas tous. Elle lui en montra un.

— Celui-ci, où l'avez-vous eu ?

— Pourquoi ? demanda-t-il, soupçonneux.

— Est-ce O'Bannon qui vous l'a prescrit ?

— Possible. Pourtant, il me semble avoir terminé son ordonnance depuis longtemps.

— Dans ce cas, si ce n'est pas O'Bannon, qui pourrait vous avoir donné ça ?

— Écoutez, fit Web, sur la défensive, j'ai dû renoncer aux antalgiques qu'on m'administrait pour mes blessures, parce que je commençais à m'y accrocher. Ensuite, pendant un an, je n'ai pas pu dormir. Certains collègues ont le même problème. On ne s'adonne pas aux drogues illégales, ou ce genre de connerie, mais même à la HRT, on ne peut pas tenir longtemps sans dormir. Au cours des années, on finit par s'échanger des cachets. Je les mets dans un flacon et je les utilise quand j'en ai besoin. Ce cachet vient peut-être de là. Où est le problème ?

— Je ne vous reproche pas d'utiliser des médicaments pour dormir, Web. Mais il est dangereux d'avaler un cocktail de cachets, même fournis par des amis, sans connaître les risques d'interactions médicamenteuses. Vous avez de la chance qu'il ne vous soit rien arrivé de grave. Encore que ce soit peut-être le cas. Dans la ruelle. C'est peut-être à cause de ces prises anarchiques de médicaments que vous êtes resté paralysé.

Claire se disait aussi que les événements traumatiques entourant la mort de Raymond Stockton avaient pu rejaillir à la surface au pire moment, lorsque Web se trouvait dans la ruelle. Peut-être aussi l'apparition de Kevin Westbrook avait-elle déclenché quelque chose en lui, entraînant cette inhibition.

Web se couvrit le visage de ses mains.

— Merde ! C'est incroyable. Incroyable !

— Je ne peux pas être absolument formelle.

Elle le regardait d'un air compatissant, mais il lui fallait encore apprendre autre chose.

— Avez-vous signalé à votre supérieur que vous preniez des médicaments ?

Il ôta les mains de son visage mais ne la regarda pas.

— D'accord, fit-elle lentement.

— Allez-vous le lui dire ?

— En prenez-vous encore ?

— Non. Pour autant que je me souvienne, la dernière fois, c'était une semaine avant la mission. C'est tout.

— Dans ce cas, je n'ai rien à signaler. (Elle lui montra le même cachet.) Je ne reconnais pas ce médicament et, en tant que psychiatre, je les ai à peu près tous vus. J'aimerais le faire analyser.

Comme il avait l'air inquiet, elle s'empressa d'ajouter :

— J'ai un ami qui travaille à la pharmacie d'un hôpital. Votre nom n'apparaîtra pas.

— Pensez-vous vraiment que cela puisse être dû aux médicaments ?

Elle considéra une dernière fois le cachet avant d'empocher le flacon, puis leva les yeux vers lui.

— J'ai bien peur qu'on n'en soit jamais sûr, Web.

— Donc l'hypnose a été un échec ? reprit-il, bien que de toute évidence il semblât surtout préoccupé par le rôle que ses médicaments avaient pu jouer dans l'extermination de l'équipe Charlie.

— Non, pas du tout. J'ai appris beaucoup de choses.

— Quoi, par exemple ?

— Par exemple que Harry Sullivan a été arrêté au beau milieu de la fête d'anniversaire de vos six ans. Vous vous rappelez avoir parlé de ça ?

Elle était à peu près certaine qu'il se souviendrait de ce récit-là, mais pas de ce qui avait trait à Stockton.

Web hocha lentement la tête.

— Oui, je m'en souviens. En tout cas un peu.

— Sachez quand même qu'avant son arrestation, Harry et vous passiez un excellent moment ensemble. Visiblement, il vous aimait beaucoup.

— C'est bon à savoir, fit Web sans enthousiasme. Autre chose ?

Elle détourna un instant le regard. Web, elle le savait, était incapable d'entendre la vérité à propos de la mort de son beau-père. Elle leva de nouveau les yeux vers lui et parvint à lui adresser un faible sourire.

— Eh bien, je crois que c'est suffisant. (Elle consulta sa montre.) Et puis il faut que j'y aille.

— Alors, mon père et moi, on s'entendait vraiment bien ?

— Vous chantiez, il vous portait sur ses épaules. Oui, vous passiez un très bon moment.

— Ça commence à me revenir. Alors il y a encore de l'espoir, pour moi ? demanda-t-il en souriant, peut-être pour signifier qu'il plaisantait à moitié.

— Il y a toujours de l'espoir, Web, répondit-elle.

39

Au volant d'une voiture banalisée à l'arrêt, Sonny Venables, bien qu'en congé, surveillait les environs. L'homme de haute taille qui se tenait assis à l'arrière fit un peu grincer son siège en étirant ses longues jambes sur le plancher.

— Du calme, Randy, lui enjoignit Venables. On a encore longtemps à patienter.

— Crois-moi, j'ai attendu des gars plus longtemps que ça, et dans des endroits plus pourris qu'un siège arrière de voiture.

Venables tira une cigarette d'un paquet sans le sortir de sa poche, l'alluma, baissa la vitre et souffla la fumée au-dehors.

— Tu me parlais de ta rencontre avec London…

— Je le surveillais, même s'il ne s'en rendait pas compte. C'était bien pour lui, aussi, même si, à mon avis, Westbrook ne comptait pas le tuer.

— J'ai entendu parler de ce type mais je suis jamais tombé dessus.

— Tant mieux pour toi. Cela dit, il y a pire dans le coin. Au moins Westbrook respecte-t-il un certain code de l'honneur. Par ici, les mecs sont complètement tarés. Westbrook, lui, n'agit que pour des raisons compréhensibles.

— Comme d'effacer la HRT ?

— Je ne pense pas qu'il ait fait le coup. Mais il a aiguillé London vers des tunnels sous le bâtiment. Apparemment, les mitrailleuses étaient entrées par là. London est allé vérifier avec Bates. Et bingo !

— D'après ce que tu m'as raconté de Westbrook, il n'est pas du genre à faciliter la vie des flics.

— Si, quand ça concerne quelqu'un à qui il tient, comme son fils.

— Pigé. C'est donc le ravisseur qui est derrière le massacre de la HRT ?

— Oui, à mon avis.

— Et que vient faire l'Oxy dans tout ça ?

— Ce que j'ai vu dans le bâtiment, ce soir-là, c'était pas des paquets de coke, mais des sacs de cachets. Et des documents informatiques. Des millions de dollars. Et puis, en deux jours, tout ça a été nettoyé.

— Mais pourquoi te manipuler comme ça ? Pourquoi éliminer la HRT ? Du coup, le FBI leur tombe dessus comme une tonne de briques.

— Ça ne paraît pas très cohérent, reconnut Cove, mais c'est ce qui s'est passé.

Soudain, Venables se raidit et jeta sa cigarette par la vitre.

— C'est parti.

Un homme sortait du bâtiment qu'ils surveillaient, tourna à droite et s'engagea dans une ruelle. Venables mit le contact et démarra en douceur.

— C'est le gars qu'on attend ? demanda Cove.

— Ouais. Si tu as besoin d'informations sur l'arrivage de nouvelles drogues, c'est ce garçon-là qu'il faut voir. Il s'appelle Tyrone Walker mais se fait appeler T. Très original. En quelques années, il a appartenu à trois ou quatre bandes différentes. Il a fait de la prison, de l'hôpital, de la désintox. Il a dans les vingt-six ans et il en fait dix de plus que moi, alors que je suis déjà pas brillant pour mon âge.

— Bizarre que je ne sois encore jamais tombé sur ce T, commenta Cove.

— Dis donc, t'as pas le monopole du renseignement à Washington ! Je ne suis peut-être qu'un flic de rue, mais je touche ma bille.

— Heureusement, Sonny, parce que moi, pour l'instant, je suis grillé. Plus personne ne voudra me tuyauter.

— T'inquiète pas, le vieux T va causer, suffit d'être persuasif.

Venables tourna au coin, accéléra et s'engagea à droite dans une rue parallèle. À ce moment, T apparut au débouché de la ruelle.

Venables jeta un coup d'œil rapide autour de lui.

— La voie est libre. Tu y vas ?

Cove était déjà descendu de voiture. Avant d'avoir compris ce qui lui arrivait, T avait été adroitement fouillé et se retrouvait allongé, le visage contre le siège arrière du véhicule, fermement maintenu par l'une des grandes mains de Cove. Venables démarra, sous les imprécations de T, et, lorsque ce dernier se calma, ils se trouvaient déjà trois kilomètres plus loin, dans un quartier mieux fréquenté. Cove, alors, redressa T et lui permit de s'asseoir. L'homme regarda d'abord Cove puis Venables.

— Salut, T, dit Venables. T'as l'air en forme. T'as pris soin de toi, ces derniers temps ?

Sentant que T s'apprêtait à se jeter par la portière, Cove lui passa le bras autour des épaules.

— Du calme, on veut simplement te parler, T, simplement te parler.

— Et si je veux pas parler ?

— Dans ce cas, tu peux descendre, riposta Cove.

— C'est vrai ? Eh bien arrêtez-vous, je descends.

— Du calme, T, je n'ai pas dit qu'on allait arrêter la voiture avant que tu descendes.

Venables s'engagea sur la bretelle d'accès à l'Interstate 935, traversa le pont de la 14e Rue et roula à 100 km/h dès qu'ils se retrouvèrent en Virginie. Par la vitre, T observa la circulation puis s'enfonça dans son siège, les bras croisés sur la poitrine.

— Bon, commença Venables, mon ami ici présent…

— Il a un nom, votre ami ?

Cove resserra son étreinte sur l'épaule de T.

— Oui, j'ai un nom. Appelle-moi T-Rex. Explique-lui pourquoi, Sonny.

— Parce qu'il mange des petits T trois fois par jour, fit Sonny.

— Et j'ai seulement besoin d'informations sur un nouveau produit qui vient d'arriver en ville. Les bandes qui le dealent, des trucs comme ça. Quelques noms, et on te ramène là où on t'a pris.

— Crois-moi, T, t'as pas intérêt à l'emmerder, ajouta Venables.

— Vous, les flics, vous avez pas intérêt à me faire quoi que ce soit, sans ça je porte plainte contre vous.

Cove l'observa un moment avant de lâcher :

— T, il faut que tu sois très coopératif. Je suis très remonté en ce moment, et je me fous éperdument qu'on porte plainte contre moi.

— Allez vous faire voir.

— Sonny, prends la prochaine à droite et ensuite la GW Parkway. Y a plein d'endroits tranquilles par là-bas.

— Compris.

Quelques instants plus tard, ils roulaient en direction du nord sur la route paysagère George Washington, ou GW.

— Le prochain embranchement, dit Cove.

Ils s'arrêtèrent à un endroit d'où l'on avait une vue magnifique sur Georgetown, et, loin en dessous, sur le Potomac. Un mur de pierre formait garde-fou devant la pente raide. L'obscurité était tombée, on n'apercevait aucune autre voiture sur le parking. Cove promena le regard autour de lui, ouvrit la portière et traîna T au-dehors.

— Si vous m'arrêtez, je veux voir mon avocat.

Venables sortit à son tour et regarda lui aussi aux alentours. Il vit l'escarpement, jeta un coup d'œil à Cove et haussa les épaules.

Cove souleva le frêle T par la taille.

— Eh, qu'est-ce que vous fabriquez ?

Cove escalada le muret et redescendit de l'autre côté sans lâcher T, qui se débattait comme un beau diable. Il y avait un surplomb, puis un à-pic d'une trentaine de mètres jusqu'aux berges du fleuve, hérissées de rochers. La rive du Potomac abritait des clubs d'aviron avec leurs nombreux bâtiments de couleurs vives. Des canoës et des kayaks filaient sur l'eau, mais T contemplait à l'envers le pittoresque spectacle de ces embarcations mues à la seule force des biceps.

— Putain, arrêtez ! hurla T en se tortillant au-dessus de l'abîme.

— Bon, ça peut se passer tranquille ou vraiment dur, à toi de choisir, mais vite, parce que je manque de temps et de patience, fit Cove.

Venables s'accroupit sur le muret, guettant l'arrivée de nouvelles voitures.

— Tu ferais mieux de l'écouter, T, ce type n'a pas l'habitude de parler pour ne rien dire.

— Mais vous êtes des flics, gémit T, vous pouvez pas faire ça, merde. Putain, c'est illégal.

— Je n'ai jamais dit que j'étais flic, rétorqua Cove.

T se raidit et jeta un coup d'œil vers Venables.

— Mais lui, c'en est un.

— Je suis pas le gardien de mon frère, précisa Venables. Et de toute façon je m'en fous, je vais bientôt prendre ma retraite.

— L'Oxy, dit calmement Cove. Je veux savoir qui en achète à Washington.

— Vous êtes complètement marteau, ou quoi ? hurla T.

— Oui.

Cove desserra un peu son étreinte, laissant glisser T d'une dizaine de centimètres. À présent, il ne le tenait plus que par les chevilles.

— Mon Dieu, Jésus, aidez-moi, gémit T.

— Avec la vie que t'as vécue, ne t'adresse pas à Jésus, dit Venables. Il pourrait t'envoyer la foudre, et je suis juste à côté.

— Allez, raconte, suggéra Cove toujours aussi calmement. L'Oxy.

— Je ne peux rien vous dire. Après, ils s'en prendraient à moi.

Cove relâcha une nouvelle fois son étreinte, ne le retenant plus que par les pieds.

— Tu portes des tennis, remarqua-t-il, et les tennis, ça glisse.

— Allez vous faire foutre.

Cove lâcha un pied, tenant l'autre à deux mains, et se tourna vers Venables.

— Sonny, je crois qu'on ferait mieux de jeter celui-ci et d'aller en chercher un autre un peu plus malin.

— J'ai ce qu'il te faut. Allez, on y va.

Cove laissa doucement glisser le pied.

— Non ! hurla T. Je vais parler. Je vais tout vous dire.

Cove ne réagit pas.

— Allez, remontez-moi et je vous dis tout.

— Sonny, démarre la voiture pendant que je balance cette merde dans le Potomac.

— Non ! Je vais parler, là, tout de suite. Je vous le jure.

— L'Oxy, répéta Cove.

— L'Oxy, fit T en écho avant de se mettre à parler à toute allure, et de raconter à Cove tout ce qu'il voulait savoir.

Claire gara sa Volvo dans l'allée et coupa le contact. Le quartier était agréable, pas trop éloigné de son cabinet, et elle avait eu la chance d'acheter sa maison avant la flambée de l'immobilier. Elle gagnait plutôt bien sa vie, mais les prix dans le nord de la Virginie étaient devenus prohibitifs.

Sa maison, de style Cape Cod, possédait trois chambres, une belle pelouse, des bacs à fleurs aux fenêtres, un toit en bardeaux de cèdre et un garage pour deux voitures, relié à la maison par un passage couvert. La rue était bordée d'arbres et le quartier accueillait un agréable mélange de populations, jeunes et vieux, cadres et ouvriers.

Divorcée depuis fort longtemps, Claire était bien près de s'habituer à l'idée qu'elle demeurerait à jamais célibataire. Il existait peu d'hommes disponibles dans le cercle de ses relations, et aucun n'avait su retenir son attention. Ses amies cherchaient inlassablement à la caser avec un avocat ou un mini-magnat de l'informatique.

Sa serviette à la main, elle gagna les marches du perron. Elle sursauta en voyant un homme quitter le jardin de derrière. Il était noir, solidement bâti, et la tête apparemment rasée, bien qu'il portât une casquette. Claire remarqua aussitôt son uniforme de la Compagnie du gaz et la jauge électronique qu'il tenait à la main. Il passa devant elle en souriant et traversa la rue. Elle se sentit gênée de sa suspicion envers cet homme noir, alors même que son quartier comptait peu de gens de couleur. D'un autre côté, comment lui reprocher sa paranoïa quand elle avait passé tout ce temps auprès de Web London et de gens comme lui ?

Claire entra chez elle en pensant à sa séance avec Web. Une séance éprouvante, certes, mais surtout instructive. Elle posa sa serviette et alla se changer dans sa chambre. Il faisait encore jour, et elle songea à une promenade pour profiter du beau temps. Elle se rappela alors les cachets qu'elle avait glissés dans sa poche et entreprit de les examiner. Le cachet non identifié ne laissait pas de l'intriguer. La jeune femme avait un ami qui travaillait à la pharmacie de l'hôpital de Fairfax et qui pourrait analyser ce produit. Ce cachet ne ressemblait à aucun somnifère de sa connaissance, mais elle pouvait se tromper, comme elle espérait s'être trompée à propos des interactions médicamenteuses qui auraient pu provoquer la paralysie de Web dans la ruelle. Il pouvait fort bien ne jamais se remettre de tels effets. Aussi folle que pût paraître la théorie de l'ensorcellement avancée par Web, elle la préférait encore à l'idée que la prise d'un médicament par inadvertance ait pu entraîner la mort de ses amis. Non, la réponse ne pouvait être qu'enfouie dans son passé.

Assise sur le lit, elle ôta ses chaussures, puis se déshabilla dans sa vaste penderie et enfila un short et un tee-shirt. À un moment donné, il faudrait bien révéler à Web ce qu'elle avait appris au sujet de la mort de Stockton, mais le choix du moment se révélait très délicat. Trop tôt ou trop tard, les conséquences pouvaient se révéler désastreuses. Elle prit une casquette de base-ball dans un tiroir et s'apprêtait à la coiffer lorsqu'une main gantée vint se plaquer sur sa bouche. Elle jeta la casquette et se débattit jusqu'au moment où elle sentit sur sa joue le canon d'un pistolet. Haletante, les yeux agrandis par la peur, elle s'immobilisa en songeant qu'elle avait négligé de verrouiller la porte en entrant. Le quartier était si sûr, ou du moins l'était autrefois. L'employé du gaz était-il revenu pour la violer et la tuer ensuite ?

Son agresseur fit glisser sa main jusqu'au cou de Claire.

L'homme lui noua un bandeau sur les yeux avant de la transporter sur le lit. Elle était terrifiée. Fallait-il hurler ou se défendre ? Mais le canon de l'arme était toujours pressé contre sa joue, et le silence de son agresseur lui faisait encore plus peur que s'il avait parlé.

— Calmez-vous, dit l'homme, tout ce qu'on veut, c'est des informations. Rien d'autre.

Il l'aida à s'asseoir sur le rebord du lit, et elle sentit qu'il s'écartait d'elle tandis qu'une autre personne entrait dans la pièce. Elle se raidit lorsque le nouveau venu s'assit à côté d'elle sur le lit. Un homme lourd, car le lit ploya sous son poids. Mais il ne la toucha pas.

— Vous voyez Web London ?

— Que voulez-vous dire ? réussit-elle à articuler.

L'homme laissa échapper un grognement, plutôt agacé, lui sembla-t-il.

— Vous êtes psychiatre et c'est votre patient, non ?

Elle entendit le bruit d'un pistolet qu'on arme, ce qui devait avoir pour finalité d'obtenir une réponse rapide à la question posée. Une boule glacée se forma dans son estomac et elle se demanda comment Web pouvait fréquenter ces gens-là tous les jours de sa vie.

— Oui, je le reçois.

— Bon, on fait des progrès. Il vous a parlé d'un petit garçon, un garçon nommé Kevin ?

Elle acquiesça en hochant la tête, incapable de parler en raison de la sécheresse de sa bouche.

— Il sait où se trouve ce gosse ?

Claire secoua la tête et se raidit lorsqu'il lui étreignit légèrement l'épaule.

— Détendez-vous, ma petite dame, on vous fera aucun mal tant que vous accepterez de coopérer.

Il claqua des doigts, puis une minute s'écoula en silence jusqu'au moment où Claire sentit quelque chose toucher ses lèvres.

— C'est de l'eau, dit l'homme. Vous avez la bouche sèche. Les gens qu'ont la trouille ont toujours la bouche sèche. Buvez.

Ce dernier mot étant un ordre, elle obéit.

— Maintenant vous allez parler. Finis les hochements de tête, compris ?

Elle faillit opiner du chef, mais se retint à temps.

— Oui.

— Qu'est-ce qu'il a dit à propos de Kevin ? Je veux tout savoir, absolument tout.

— Pourquoi ? demanda-t-elle sans bien comprendre.

— J'ai mes raisons.

— Vous voulez lui faire du mal, à cet enfant ?

— Non, répondit tranquillement l'homme. Je veux seulement le revoir sain et sauf.

Il semblait sincère, mais comme souvent les criminels. Ted Bundy était le roi des enjôleurs, et il assassinait méthodiquement des dizaines de femmes avec le sourire.

— Je n'ai aucune raison de vous croire.

— Kevin, c'est mon fils.

Elle se raidit en entendant ces mots, puis se détendit. Pouvait-il s'agir de ce Big F dont lui avait parlé Web ? Mais c'était le frère de Kevin, et non son père. L'homme s'exprimait comme un parent inquiet, mais quelque chose clochait, et Claire ne pouvait se fier qu'à son intuition professionnelle. En revanche, il était tout à fait évident qu'en cas de problème ces hommes n'hésiteraient pas à la tuer.

— Web m'a dit qu'il a vu Kevin dans la ruelle et que votre fils lui a dit quelque chose qui a eu un effet bizarre sur lui. Et puis il l'a revu, quand les mitrailleuses tiraient. Il lui a donné un bout de papier et il l'a éloigné. Après ça, il ne l'a pas revu. Mais il l'a cherché.

— C'est tout ?

Elle hocha la tête, puis se reprit. Elle le sentit approcher et, en dépit de son bandeau, ferma ses yeux.

— J'ai dit plus de hochements de tête, je veux entendre des mots, c'est la dernière fois que je le dis, compris ?

— Oui, dit-elle en refoulant ses sanglots.

— Bon, alors il a dit quelque chose d'autre ? Est-ce qu'il se serait passé un truc particulier quand il a vu Kevin la deuxième fois ?

— Non, dit-elle.

Mais elle avait hésité une seconde de trop avant de répondre, et cette seconde lui avait semblé durer une journée. Il l'avait sûrement remarqué, lui aussi. Elle ne se trompait pas, car elle sentit instantanément la gueule froide du pistolet sur sa joue.

— Je crois qu'il a un malentendu, là, et c'est peut-être que j'ai pas été assez clair. Alors pour pas qu'on se trompe, écoute-moi bien, salope. Pour récupérer mon fils, je te ferais sauter la cervelle, à toi et à tous ceux que t'as aimés dans ta vie. Partout dans cette maison j'ai vu des photos d'une mignonne jeune fille. Je parie que c'est la tienne, non ?

Claire ne répondit pas, et elle sentit sa main s'enrouler sur sa gorge. Une main gantée. Elle faillit s'évanouir.

— Alors, c'est ça ?

— Oui !

Il garda la main sur sa gorge.

— Votre fille, elle est saine et sauve. Vous, vous avez une jolie petite maison dans un joli petit quartier. Mais moi, j'ai plus mon fils, et j'ai rien d'autre dans la vie. Pourquoi est-ce que vous, vous auriez votre fille, et que moi j'aurais pas mon gosse ? Vous trouvez ça juste ? Hein ?

Il resserra son étreinte autour de sa gorge et Claire se mit à suffoquer.

— Non.

— Non, quoi ?

— Non, je trouve que ce n'est pas juste, réussit-elle à dire d'une voix rauque.

— Ah bon ? Eh ben, c'est un peu tard, chérie.

Et il la repoussa sur le lit. Sa résolution de lutter en cas de viol lui semblait à présent ridicule et elle avait tellement peur qu'elle pouvait à peine parler. On lui appliqua un oreiller sur le visage, puis elle sentit un objet dur au centre de l'oreiller. Il lui fallut quelques secondes pour comprendre que l'objet en question était le pistolet et que l'oreiller servirait de silencieux.

Elle songea à sa fille, Maggie, à la façon dont on retrouverait son corps, et les larmes se mirent à couler sur son visage. Alors, en un éclair, elle retrouva sa présence d'esprit.

— Web a dit que quelqu'un avait échangé les enfants dans la ruelle, fit-elle d'une voix étouffée.

Pendant une seconde, l'oreiller ne bougea pas et Claire se dit qu'elle avait perdu, malgré tout.

Puis l'oreiller disparut, et on la tira si fort qu'elle crut qu'on lui avait disloqué le bras.

— Redites-moi ça.

— Il a dit que, dans l'allée, on avait échangé Kevin pour un autre garçon. Celui qui est allé voir la police n'était pas Kevin. Il a été enlevé dans la ruelle avant d'avoir rejoint les policiers.

— Il sait pourquoi ?

— Non. Et il ne sait pas qui a fait ça. Il sait seulement que c'est comme ça que ça s'est passé.

Elle sentit à nouveau le pistolet contre sa joue, mais curieusement il ne lui parut pas aussi effrayant qu'avant.

— Vous mentez, et ça va pas vous plaire, ce que je vais vous faire.

Elle avait le sentiment d'avoir trahi Web pour se sauver et se demandait si lui n'aurait pas préféré mourir plutôt que d'agir ainsi. Probablement. Ses larmes jaillirent à nouveau, non de peur, cette fois, mais de honte.

— Il pense que si Kevin se trouvait dans cette ruelle, c'était à cause de ceux qui étaient derrière ce qui s'est produit. Il pense que, d'une façon ou d'une autre, Kevin était mêlé à ça.

Le pistolet quitta sa joue et son massif interlocuteur s'écarta également.

— C'est tout ?

— Je n'en sais pas plus.

— Si vous dites à quelqu'un qu'on est venus ici, vous savez ce que je vous ferai. Et je sais où trouver votre fille. On a fouillé votre maison, on sait tout sur vous et sur elle. On se comprend bien ?

— Oui, parvint-elle à répondre.

— Je fais ça simplement pour récupérer mon fils, c'est tout. J'aime pas entrer comme ça chez les gens et les brutaliser, c'est pas mon genre, surtout avec les femmes, mais je ferai ce qu'il faudra pour récupérer mon petit garçon.

Elle hocha la tête et interrompit aussitôt son geste.

Elle ne les entendit pas partir, bien qu'elle eût l'oreille aux aguets comme jamais de sa vie.

La jeune femme attendit quelques minutes pour être sûre, puis lança : « Il y a quelqu'un ? » Elle répéta la phrase, avant de porter lentement la main au bandeau qui lui recouvrait les yeux. Elle s'attendait à ce qu'on l'en empêchât, mais personne ne vint arrêter son geste. Claire finit par ôter le bandeau et regarda alentour, craignant plus ou moins que quelqu'un bondisse sur elle. Elle aurait aimé s'effondrer sur le lit, pleurer, mais elle se sentait incapable de demeurer dans cette maison. Aussi préféra-t-elle fourrer quelques vêtements dans un sac et se ruer sur le perron. Au-dehors, personne. Elle gagna sa voiture et démarra. Une fois sur la route, elle jeta de fréquents coups d'œil au rétroviseur et, bien qu'elle ne fût pas experte en la matière, il lui sembla que personne ne la suivait. Elle s'engagea ensuite sur le périphérique et accéléra, sans savoir exactement où elle allait.

40

Antoine Peebles retira ses gants, s'enfonça dans son siège, et un large sourire éclaira son visage intelligent. Il scruta Macy, qui conduisait, le visage toujours aussi impénétrable.

— Je dois avouer que je suis assez content de moi, annonça-t-il. Je crois avoir bien imité sa voix et sa diction. De ma vie entière, je n'ai jamais autant dit « j'suis, j'veux, j'veux pas ». Alors, qu'en penses-tu ?

— C'est vrai, t'avais la voix du patron, dit Macy.

— Notre petite dame, terrorisée, va aller tout raconter aux flics et à Web London, et ils vont le traquer, le Francis.

— Et nous aussi, peut-être.

— Non, je t'ai déjà tout expliqué. Il faut envisager ça à différents niveaux, dit Peebles comme s'il faisait la leçon à un étudiant. On a déjà pris nos distances par rapport à lui. Et, qui plus est, il n'a plus de marchandise, ce qui a fait fuir la moitié de la bande. Il n'a presque plus de liquidités. Et quand il a buté Toona, il a perdu quatre gars du même coup. (Il secoua la tête, navré.) Et malgré tout ça, il passe son temps à penser à son gamin, il passe ses nuits à le chercher, il secoue les gens, il coupe les ponts, il ne fait confiance à personne.

— À mon avis, il a pas vraiment tort, question confiance, observa Macy. Surtout pour toi et moi.

Peebles ignora sa réflexion :

— Il pourrait écrire un livre sur les mauvaises méthodes de gestion du personnel : tuer un de ses gars comme ça, devant tout le monde ! Et devant un agent du FBI ! Il est suicidaire.

— Faut faire respecter l'ordre au sein des troupes, prêcha Macy. Faut avoir de la poigne.

La façon dont il regarda Peebles montrait assez qu'il le jugeait dépourvu de cette qualité, mais ce dernier, tout à son triomphe, ne le remarqua même pas.

— Et on peut pas lui reprocher de vouloir retrouver son fils, ajouta Macy.

— Il ne faut pas mélanger les affaires et les sentiments. Il s'est déjà grillé, il a bousillé son capital politique, et tout ça pourquoi ? Son gamin ne reviendra jamais. En tout cas, moi j'ai déjà mis sur pied de nouvelles filières d'approvisionnement, et ceux qui l'ont lâché m'ont rejoint. Tu ne le sais probablement pas, mais la manœuvre est typique de Machiavel. Et au cours des six derniers mois, j'ai débauché les meilleurs membres des autres bandes. On est prêts à démarrer, et cette fois on agira à ma façon. On gérera ça comme une véritable entreprise. Comptabilité, salaires et promotions au mérite, primes pour les performances exceptionnelles et pour les innovations qui font progresser l'entreprise. Nous allons rapatrier le blanchiment de l'argent et réduire les coûts. Tous les membres de l'équipe n'auront pas forcément droit aux bijoux et aux putes à 500 dollars la nuit. J'envisage même de créer une caisse de retraite pour éviter que les frères gaspillent leur argent en voitures, diamants, etc., et se retrouvent sans rien quand ils seront trop vieux pour continuer à travailler. Et je vais imposer un code vestimentaire pour le management, fini le look crado. Un cadre doit avoir une image de cadre. Regarde, toi, tu es élégant, c'est ça que je veux.

Ces propos arrachèrent à Macy l'un de ses rares sourires.

— Y en a certains qui vont pas aimer ça.

— À un moment, il faut devenir adulte. (Il dévisagea Macy.) Je peux te dire que ça faisait une drôle d'impression d'avoir ce flingue en main.

— Tu l'aurais butée ?

— Ça va pas ? Je ne faisais que l'effrayer.

— Quand on sort une arme, il faut pouvoir s'en servir.

— Ça, c'est ton boulot. C'est toi le chef de la sécurité, Mace. Mon bras droit. Tu as montré ton sens de la stratégie quand tu as suggéré d'enlever Kevin. Et tu as réalisé la partie dangereuse du projet en allant démarcher les bandes pour leur proposer la fusion. Maintenant ça va marcher, mon vieux ; et on ira infiniment plus loin que là où nous amenait Francis, et infiniment plus vite. Lui, c'est la vieille école, place aux nouvelles méthodes ! C'est ainsi que les dinosaures ont disparu.

Ils s'engagèrent dans une petite rue et Peebles consulta sa montre.

— Bon, tout est en place pour la réunion ?

— Ils sont tous là, comme tu l'avais demandé.

— Quelle ambiance ?

— Bonne, mais ils sont méfiants. Tu leur fais peur, mais en même temps tu les intéresses.

— C'est ce que j'avais envie d'entendre. Maintenant, on va délimiter notre territoire, Mace, et faire savoir aux autres que ce n'est plus Francis qui a les cartes. Désormais, c'est nous. (Une pensée sembla soudain lui traverser l'esprit.) Qu'est-ce qu'elle racontait, cette femme, sur le fait qu'on aurait échangé Kevin, dans la ruelle ?

Macy haussa les épaules.

— Pas la moindre idée.

— Tu as toujours le gamin, non ?

— Sain et sauf. Pour l'instant. Tu veux le voir ?

— Pas question que j'approche de ce garçon. Il me connaît, et si ça tourne mal et qu'il va trouver Francis…

La peur se lisait sur les traits de Peebles.

Macy arrêta la voiture, en descendit, inspecta la petite rue des deux côtés, puis les toits, et fit signe à son nouveau patron que la voie était libre. Peebles descendit à son tour, rajusta sa cravate, boutonna son veston croisé et pénétra dans l'immeuble dont Macy lui tenait la porte ouverte. Tandis qu'ils grimpaient les marches de l'escalier, Peebles semblait se dilater. Cela faisait des années qu'il attendait cet instant. Fini l'archaïsme, place au moderne.

Arrivé en haut, il attendit que Macy lui ouvre la porte. Il y aurait là sept hommes, représentant chacun l'un des réseaux de drogue du district de Columbia. Jamais ils n'avaient travaillé ensemble, exploitant jalousement leur petit bout de territoire. Ils ne partageaient pas les informations. Les problèmes, ils les résolvaient en se tirant dessus. Ils renseignaient la police sur la bande concurrente quand cela les arrangeait, et les flics les cueillaient tout à loisir. Francis avait agi de même, et si ce genre de pratique semblait profitable à court terme, Peebles voyait bien qu'à plus long terme elle pourrait provoquer la faillite du système. Le moment était venu pour lui de prendre les choses en main.

Il ouvrit la porte et pénétra dans la pièce où sa légende allait prendre corps. Peebles promena le regard autour de lui. Personne. Il n'eut pas le temps de tourner la tête avant d'y recevoir une balle de pistolet. Il s'effondra sur le sol, souillant de sang sa jolie cravate et son beau complet de cadre.

Macy rangea son arme et se pencha sur le cadavre.

— J'ai lu Machiavel, Twan, dit-il sans la moindre trace de vanité.

Il éteignit la lumière et descendit l'escalier. Il avait un avion à prendre, parce que, à partir de maintenant, ça allait commencer à tanguer.

Web poussa Boo en haut de la petite colline et vint se placer à côté de Gwen, qui montait Baron.

Romano, lui, veillait sur Billy au centre équestre ; en fait, Web les avait laissés tous les deux en admiration devant la Corvette de Romano. Alors que la plupart des employés étaient partis pour la vente des chevaux, Web, jugeant le couple particulièrement vulnérable, avait réussi à persuader Billy d'accepter la présence d'autres agents qui patrouilleraient sur le domaine et assureraient la surveillance, au moins jusqu'au retour des hommes.

— C'est si beau à cette époque de l'année ! dit Gwen en se tournant vers Web. Vous devez trouver que nous menons une vie magnifique, ici. Une grande maison, beaucoup de personnel, rien d'autre à faire que se promener à cheval toute la journée en admirant le paysage.

Elle avait beau sourire, Web sentait qu'elle ne plaisantait pas et il se demandait pourquoi une femme comme Gwen Canfield, après tout ce qu'elle avait enduré, éprouvait encore le besoin de se justifier ainsi, surtout auprès d'un étranger comme lui.

— Je crois que vous avez beaucoup souffert, tous les deux, vous avez travaillé dur et maintenant vous jouissez des fruits de votre labeur. C'est censé être le rêve américain, non ?

— Sans doute, répondit-elle sans conviction. (Elle leva les yeux vers le soleil.) Il fait chaud, aujourd'hui.

Web voyait bien qu'elle avait envie de lui parler mais se demandait comment s'y prendre.

— Gwen, je suis agent du FBI depuis si longtemps, j'ai entendu tellement de choses que j'ai fini par savoir écouter…

— Je ne me confie même pas aux gens que je connais bien, Web, en tout cas plus maintenant.

— Je ne vous propose rien de tel. Mais si vous avez envie de parler, je suis là.

Ils chevauchèrent encore quelque temps, puis elle arrêta sa monture.

— Je pensais à ce procès, à Richmond. Ces extrémistes ont même porté plainte contre le FBI, non ?

— Leur avocat, Scott Wingo, celui qui vient d'être tué, a essayé au cours du procès, mais le juge a vu clair dans son jeu et y a mis un terme. Cela dit, ça a dû semer le doute dans l'esprit du jury, alors le procureur a eu peur et il a choisi de négocier. (Il s'interrompit un instant.) Mais il est mort, maintenant, ainsi que le juge.

— Ernest Free, lui, est vivant et libre, après tout ce qu'il a fait.

— La vie est parfois injuste, Gwen.

— Avant ces événements, Billy et moi menions une vie merveilleuse. Je l'aime beaucoup. Mais, depuis que David a été tué, il a beaucoup changé. C'est probablement plus ma faute que la sienne. C'était moi qui avais eu l'idée de mettre David dans cette école. Je voulais lui donner une excellente éducation et le confronter à toutes sortes de gens : des gens de couleur, d'autres nationalités. Billy est un brave homme, mais il a toujours vécu à Richmond, dans une famille qui n'était pas riche, mais dans un quartier où l'on ne voyait que des Blancs. Il n'est pas du tout raciste, ni rien de tout ça, s'empressa-t-elle d'ajouter. Dans sa société de transport, la moitié des chauffeurs et des manutentionnaires étaient noirs, et il les traitait comme les autres. Ceux qui travaillaient dur étaient bien payés. Je l'ai même accompagné au domicile de certains chauffeurs qui avaient eu des accidents. Il apportait de l'argent et de la nourriture à la famille, il conseillait les hommes, leur offrait des formations professionnelles, ou bien il allait à des réunions des Alcooliques anonymes pour les aider à se sortir de leurs problèmes. Il aurait pu les licencier, en accord avec les règles syndicales, mais non. Il m'a dit un jour que son destin sur terre, c'était d'être le roi des deuxièmes chances, parce que lui-même en avait bénéficié. Je sais qu'en nous regardant, tous les deux, on pourrait croire qu'il n'y a pas d'amour entre nous, mais il ferait n'importe quoi pour moi et il s'est toujours tenu à mes côtés, dans les bons et les mauvais moments, et Dieu sait que nous en avons vécu, des mauvais moments.

— Vous n'avez pas besoin de me convaincre, Gwen. Mais, si vous avez des problèmes, vous avez pensé à une aide psychologique ? Je connais quelqu'un, vous savez.

Elle lui lança un regard dubitatif, contempla de nouveau le soleil et dit :

— Je vais aller nager.

Ils s'en retournèrent à l'écurie, puis Web la raccompagna à la maison à bord d'une des camionnettes de la ferme. Après avoir enfilé un maillot de bain, elle retrouva Web au bord de la piscine. Il ne se baignerait pas, lui annonça-t-il, par peur de mouiller son pistolet. Elle sourit, puis alla tourner la clé d'un appareil installé dans un des murs de pierre, ce qui fit rentrer dans son logement le couvercle gris recouvrant le bassin.

— On a mis ça, expliqua-t-elle, parce qu'on n'arrêtait pas de trouver dans l'eau des tortues, des grenouilles et même parfois des serpents noirs.

Tandis que le couvercle disparaissait, Web s'accroupit pour examiner la machine à remous installée au fond de la piscine, mais releva les yeux à temps pour apercevoir Gwen quitter ses sandales et ôter son peignoir. Elle portait un maillot une pièce très échancré sur les hanches et sur les fesses, et sa peau était agréablement bronzée. Il avait déjà constaté qu'elle avait les bras et les épaules musclées, mais ses mollets et ses cuisses n'avaient rien à leur envier. Foin des régimes amaigrissants et des vélos d'intérieur, les femmes n'avaient qu'à faire de l'équitation !

— Comment ça marche ? demanda-t-il.

Gwen glissa ses cheveux sous un bonnet de bain et vint le rejoindre.

— L'eau est pompée dans la piscine jusqu'au canon que vous voyez là, et sera ensuite projetée à une puissance qu'on peut régler. Au début, nous avions une machine portable, mais je m'en servais si souvent que finalement nous avons choisi d'en installer une de façon permanente. La piscine est chauffée, alors je l'utilise toute l'année.

— J'imagine que c'est pour ça que vous êtes aussi en forme.

— Merci, cher monsieur. Vous êtes sûr que vous ne voulez pas venir nager avec moi ?

— Je ne ferais que vous ralentir.

— Je n'en crois rien. Vous n'avez pas un atome de graisse.

Sur ces mots, elle s'approcha d'un panneau de commande sur le côté de la piscine, ouvrit le boîtier et appuya sur quelques boutons.

L'eau se mit à bouillonner, et le canon projeta un courant contre lequel Gwen allait nager.

Elle chaussa une paire de lunettes de natation et plongea. Pendant une dizaine de minutes, elle lutta contre le courant sans jamais changer de rythme ni modifier ses mouvements. On eût dit une machine, et Web se félicita d'avoir décliné son invitation à la rejoindre dans l'eau. Tous les membres de la HRT devaient savoir nager et utiliser du matériel de plongée, mais Web, quoique bon nageur, n'était pas sûr de pouvoir se mesurer à Gwen Canfield.

Au bout de vingt minutes, le courant s'interrompit et Gwen s'accrocha au rebord de la piscine.

— Terminé ? demanda Web.

— Non, je l'avais programmé pour quarante-cinq minutes. Les fusibles ont dû lâcher.

— Où est le tableau ?

Elle montra les doubles portes encastrées dans un mur de pierre, au flanc d'une petite butte.

— Dans la salle des machines de la piscine.

Étant donné la déclivité du terrain, Web déduisit que cette salle devait être en partie souterraine.

Il se rendit à l'endroit indiqué et tourna la poignée.

— Elle est verrouillée.

— Curieux, on ne la ferme jamais.

— Vous savez où se trouve la clé ?

— Non. Je crois que je vais devoir interrompre mes exercices de natation.

— Pas du tout, dit-il en souriant. Le FBI est une agence multiservice, et pour nous, un bon client est un client satisfait.

Il tira son trousseau de clés, parmi lesquelles figurait une petite pièce métallique capable d'ouvrir quatre-vingt-dix-neuf pour cent des serrures existant dans le monde en trente secondes environ. Il lui fallut moitié moins de temps pour débloquer la porte de la salle des machines.

Web entra, alluma la lumière et s'en félicita aussitôt parce que, en dépit de l'éclairage, il faillit dégringoler une volée de marches. Une cause rêvée pour un avocat, songea-t-il. Il descendit l'escalier au milieu d'un vacarme de canalisations et de bruits de machines, et découvrit des étagères remplies de matériel de piscine : grosses boîtes de chlore en poudre, balais-brosses, épuisettes, un robot aquatique pour nettoyer le bassin et divers outils dont probablement personne ne se servait plus depuis des années. Il faisait frais, et Web calcula qu'il devait se trouver à environ quatre mètres sous terre, car le terrain était en pente douce au pied des marches.

Il trouva le boîtier électrique et constata qu'effectivement le circuit avait disjoncté. Comme cette machine avait été ajoutée par la suite, ils avaient dû négliger d'augmenter l'ampérage. Il faudrait qu'ils s'en occupent s'ils ne voulaient pas risquer un court-circuit et un incendie. Il se promit d'en parler à Gwen, remonta le levier du disjoncteur et entendit la machine repartir. Quel boucan, songea-t-il en repartant, sans remarquer l'autre porte, à l'extrémité d'un petit couloir. Il éteignit la lumière et sortit.

De l'autre côté de cette porte, au bout d'un autre couloir, se trouvait une autre porte. Et à l'intérieur de la pièce qu'elle fermait, Kevin Westbrook retenait sa respiration. D'abord, il avait entendu un bruit de pas, et puis plus rien. De la même façon, il avait entendu cette satanée machine se mettre en route, puis s'arrêter avant de repartir. Et il y avait eu cette odeur de chlore, qu'il avait reconnue depuis longtemps et à laquelle il avait fini par s'habituer. Mais ces pas qui s'éloignaient l'avaient surpris. Quand des gens descendaient, d'habitude, ils venaient le voir. Pourquoi n'étaient-ils pas venus, cette fois ?

41

Web attendait dans la bibliothèque tandis que Gwen prenait sa douche. L'un des murs était recouvert d'un meuble encastré, avec un poste de télévision à écran large et cinq étagères remplies de cassettes vidéo. Web parcourait distraitement les titres, lorsque des chiffres manuscrits attirèrent son attention. Ce n'était qu'une date, mais que jamais il ne pourrait oublier. Il prit la cassette et jeta un regard autour de lui : personne.

Il glissa la cassette dans le magnétoscope. La scène qui apparut alors, il l'avait si souvent revue en pensée ! L'école de Richmond accueillait des enfants de différents milieux socio-économiques. À l'époque, les journaux avaient souligné le caractère symbolique de cette volonté de Richmond, ancienne capitale de la Confédération sudiste, de lancer un vaste programme d'intégration raciale dans ses établissements scolaires ; alors même que la plupart des tribunaux fédéraux et des États avaient fini par déclarer forfait, Richmond avait cherché à aller plus loin et mobilisait l'attention de tout le pays sur sa politique d'éducation. C'est alors qu'Ernest B. Free et quelques-uns de ses tueurs avaient surgi, revêtus de gilets pare-balles et suffisamment équipés en armes automatiques pour défaire l'Union de la guerre de Sécession.

Ils avaient abattu deux enseignantes et pris quarante otages, dont trente enfants de six à seize ans. Les négociateurs étaient restés en contact téléphonique permanent avec les hommes retranchés à l'intérieur, s'efforçant de les calmer, de comprendre ce qu'ils voulaient et de déterminer si l'on pouvait satisfaire à leurs exigences. Pendant tout ce temps, Web et son équipe Charlie se tenaient sur place, prêts à intervenir, tandis que les tireurs d'élite de l'équipe Zulu gardaient leurs fusils braqués sur le bâtiment. Soudain, on avait entendu une fusillade à l'intérieur et l'on avait appelé en première ligne Web et ses camarades. Chacun avait bien en tête le plan de bataille, même s'il n'avait été élaboré que dans l'avion venant de Quantico. L'ordre d'intervention semblait à ce point imminent que Web avait caressé son 45, geste fétiche avant chaque assaut.

Le peu qu'il savait des Free n'avait rien de rassurant. Ils étaient violents mais disciplinés et bien armés. Et retranchés dans cette école avec des enfants qui leur servaient de boucliers.

Les Free avaient pris contact avec les négociateurs grâce à un système téléphonique bricolé par leurs soins. Ils expliquèrent que les coups de feu n'étaient qu'une erreur, ce qui inquiéta aussitôt Web. Il sentait qu'il se préparait quelque chose de grave, car ces Free n'étaient pas fiables. Pourtant, on renvoya l'équipe Charlie. Après Waco, la position du FBI face aux prises d'otages avait changé au profit d'une tactique du type « on s'assied et on attend ». L'horrible image des enfants brûlés au Texas était tellement incrustée dans la mémoire des gens que le Bureau semblait préférer, quoi qu'il arrive, attendre une année entière avant d'intervenir en force. Mais après que les Free eurent rompu les négociations, on avait rappelé la HRT et Web avait compris que, cette fois, ils allaient donner l'assaut.

Tandis que les caméras de télévision installées devant l'école offraient au monde entier le spectacle du drame, image par image, Web et l'équipe Charlie s'étaient glissés jusqu'à une entrée peu utilisée, à l'arrière du bâtiment. Comme ils ignoraient l'endroit exact où se trouvaient les Free et leurs otages, et pour profiter au maximum de l'effet de surprise, ils avaient décidé de se glisser furtivement à l'intérieur sans faire sauter la porte. Une fois dans le bâtiment, ils avaient suivi le couloir jusqu'au gymnase, où, d'après les renseignements les plus fiables, devaient se trouver les otages.

Guettant par les vitres de la double porte, Web avait dénombré les otages et les ravisseurs. Apparemment, il ne manquait personne. Juste avant de se baisser, il avait croisé le regard d'un jeune garçon et s'était efforcé de le rassurer, de façon qu'il ne trahisse pas la présence de Web et de ses compagnons ; il lui avait même adressé un signe d'encouragement avec le pouce. À ce moment-là, il ignorait que cet enfant se nommait David Canfield.

Le compte à rebours avait commencé. Chaque agent de la HRT savait exactement sur qui tirer et l'équipe dans son ensemble se promettait de mettre hors de combat tous les Free sans perdre un seul otage, tout en sachant que les choses pouvaient déraper très vite, au moindre imprévu.

Et c'est ce qui se produisit.

À l'instant précis où ils allaient faire irruption dans la salle, un bruit très fort et très aigu retentit… au pire moment. Jusqu'à ce jour, Web en ignorait l'origine.

La HRT ouvrit aussitôt le feu, mais les Free, alertés, ripostèrent instantanément.

Les coups allèrent droit au but. David Canfield fut touché au poumon gauche, et la balle ressortit par sa poitrine. Il s'écroula sur le sol, laissant échapper de sa blessure de gros bouillons de sang à chacun de ses halètements. Cela n'avait duré que deux secondes, mais il avait regardé Web avec une expression que celui-ci n'oublierait jamais. On eût dit que l'enfant avait mis tout son espoir en lui, l'érigeant en rempart contre toute cette folie, et que Web l'avait abandonné. Le pouce levé.

Alors débuta le véritable combat, et Web dut oublier David Canfield pour s'occuper des autres otages et des hommes qui voulaient le tuer. Brûlé en sauvant Lou Patterson, il avait ensuite reçu une balle dans le cou et une autre dans la poitrine. Après, il était devenu une équipe de tueurs à lui tout seul. Mais Ernest Free avait réussi à survivre.

Web éprouvait un haut-le-cœur en revivant tout cela, mais il se pencha tout de même vers l'écran. On l'évacuait sur une civière, entouré d'infirmiers. À sa gauche Lou Patterson, à sa droite un corps recouvert d'un drap. David Canfield était le seul otage à avoir trouvé la mort au cours d'une intervention de la HRT. Web continua de se regarder à la télévision, tandis que les caméras passaient de lui qui luttait contre la mort au corps immobile de David Canfield. Le projecteur d'une caméra éclairait sans cesse le petit garçon, jusqu'au moment où quelqu'un l'éteignit. Qui avait bien pu faire cela ? Ensuite, l'écran devint noir.

— C'est moi qui ai coupé le projecteur de la caméra.

Web se retourna et découvrit Billy Canfield, le regard rivé sur l'écran, qui semblait avoir deviné ses pensées. Il s'avança, le doigt pointé sur l'appareil de télévision.

Web quitta le canapé où il était assis.

— Mon Dieu, Billy, excusez-moi, je n'aurais pas dû…

— Cette saleté de projecteur éclairait mon petit garçon. Ils n'étaient pas obligés de faire ça. (Il finit par se tourner vers Web.) Ils n'auraient pas dû faire ça, ce n'était pas bien. Mon petit David avait toujours été sensible à la lumière.

Gwen fit alors son apparition, vêtue d'un jean et d'un chemisier rose, pieds nus, les cheveux encore humides. Web lui lança un regard contrit et elle comprit immédiatement ce qui s'était passé. Elle prit son mari par le bras, mais il se dégagea aussitôt. Web lut dans ses yeux quelque chose comme de la haine envers elle.

— Vous devriez vous asseoir, tous les deux, et regarder ! hurla-t-il à l'intention de Gwen. Va te faire foutre. Je suis au courant, Gwen. Ne crois pas que je ne sois pas au courant.

Il quitta la pièce comme une tornade, tandis que Gwen, sans un regard pour Web, s'en allait de l'autre côté.

Dévoré de culpabilité, Web retira la cassette du magnétoscope et s'apprêtait à la remettre sur l'étagère lorsqu'il se ravisa. Un regard furtif en direction de la porte, et il la glissa dans la poche de sa veste avant de rejoindre la remise des attelages.

Là, il glissa de nouveau la cassette dans le magnétoscope et alluma le poste de télévision. Cinq fois il fit défiler la bande, guettant un bruit dans le lointain. Il monta le volume et s'approcha du poste, mais en vain. Finalement, il appela Bates et lui fit part de sa perplexité.

— Je sais de quel film il s'agit, répondit Bates. Il a été tourné par un studio de Richmond affilié à une chaîne nationale. On en a un exemplaire aux archives. Je vais demander à nos gars de l'examiner.

Web éteignit le poste et ôta la cassette du magnétoscope. On avait découvert par la suite que deux adolescentes noires avaient été violées par les Free ; apparemment, leur haine envers les gens de couleur ne les empêchait pas de les contraindre à des rapports sexuels.

Mais que voulait dire Billy par « je suis au courant » ? Au courant de quoi ?

La sonnerie de son téléphone portable interrompit Web dans ses pensées. Il répondit.

— Claire, que se passe-t-il ? demanda-t-il à son interlocutrice terrorisée.

Il l'écouta quelques instants puis ajouta :

— Restez où vous êtes. J'arrive le plus vite possible.

Il coupa la communication, appela Romano pour l'informer de la situation et, quelques minutes plus tard, il filait sur la route au volant de sa voiture.

42

Claire s'était rendue dans un endroit sûr, un poste de police dans une rue piétonnière de banlieue, mais n'avait fait aucune déclaration aux policiers, expliqua-t-elle à Web.

— Mais enfin, pourquoi ?

— Je voulais d'abord vous parler.

— Écoutez, à la façon dont vous me décrivez les choses, il semble qu'il s'agit bien de mon copain Francis Westbrook et d'un de ses acolytes, probablement Clyde Macy. La dernière fois que je les ai vus, il y a eu un mort. Vous ne vous rendez pas compte de la chance que vous avez !

— Je ne peux pas être certaine qu'il s'agisse d'eux, j'avais un bandeau sur les yeux.

— Vous pourriez reconnaître leurs voix ?

— Probablement.

Puis elle s'interrompit, visiblement déroutée.

— Que se passe-t-il, Claire ? À quoi pensez-vous ?

— Ce Francis, à votre avis, quelle instruction a-t-il reçue ?

— Dans la rue, il est titulaire d'un doctorat. D'un point de vue universitaire, rien du tout. Pourquoi cette question ?

— L'homme qui m'a menacée avait une curieuse façon de s'exprimer, il passait de l'argot du ghetto à la diction et au vocabulaire de quelqu'un de cultivé. Je sentais qu'il était mal à l'aise dans ses propos, parce que parfois c'était forcé, comme s'il cherchait les mots justes, réprimait ceux qui lui venaient naturellement, se trompait parfois, utilisait des mots qui…

— Qui auraient été plus à leur place dans la bouche de celui qu'il essayait d'imiter ?

— Imiter, exactement.

Voilà qui commence à devenir intéressant, se dit Web, imaginant déjà un lieutenant tentant de doubler son patron ou alors d'enfoncer le couteau un peu plus profondément. Et dans ce rôle, déguisé en agneau, il voyait bien Antoine Peebles, le prétendant au trône du roi de la drogue. Il considéra Claire d'un regard neuf, admiratif.

— Vous avez l'oreille fine, Claire, toujours à l'affût du moindre indice chez nous autres, les pauvres embrouillés de la tête.

— J'ai peur, Web. Vraiment peur. Pendant des années, j'ai conseillé aux gens de réagir face à leurs phobies, de ne pas rester passifs, et maintenant que cela m'arrive à moi, je me sens paralysée.

Il lui passa le bras autour des épaules en un geste protecteur et la conduisit à sa voiture.

— Vous avez toutes les raisons de vous inquiéter. N'importe qui aurait peur, à votre place.

— Mais pas vous, répliqua-t-elle, presque envieuse.

Tandis qu'ils montaient dans la Mach de Web, celui-ci lui avoua :

— Ne croyez pas que je n'aie jamais peur, Claire.

— En tout cas, vous ne le montrez pas.

— Si, mais d'une façon différente.

Une fois à l'intérieur, il se tourna vers elle et lui prit la main.

— On peut affronter sa peur de deux façons différentes, dit-il. Se refermer comme une huître et se cacher, ou bien réagir.

— Voilà que vous parlez comme un psychiatre, répondit-elle d'un air las.

— J'ai été à bonne école. (Il lui étreignit la main.) Alors, vous avez envie de m'aider à résoudre cette affaire ?

— Je vous fais confiance, Web.

Sa réponse le surprit d'autant plus que ce n'était pas ce qu'il lui avait demandé.

Il démarra.

— Bon, allons voir si on peut retrouver un petit garçon nommé Kevin.

N'ayant aucune envie de se mettre le FBI à dos en tombant sur des hommes de Bates en faction devant l'entrée principale, Web se gara derrière l'immeuble de Kevin et y pénétra par l'arrière en compagnie de Claire.

Il frappa à la porte du duplex.

— Oui, qui est là ?

C'était une voix d'homme, hostile, et non celle de la grand-mère.

— C'est vous, Jerome ?

Web sentait une présence juste derrière la porte.

— Mais qui est là ?

— Web London, du FBI. Comment allez-vous, aujourd'hui, Jerome ?

On entendit le mot « merde » prononcé à voix haute, mais la porte ne s'ouvrit pas.

— Jerome, je resterai ici jusqu'à ce que vous ayez ouvert la porte. Et n'essayez pas de fuir par-devant, comme la dernière fois. C'est surveillé.

Après un raffut de chaînes et de verrous, Jerome fit son apparition et Web fut surpris de le voir vêtu d'une chemise blanche avec cravate et d'un beau pantalon.

— Vous avez rendez-vous avec votre copine ?

— Vous êtes drôle, pour un fédé. Qu'est-ce que vous voulez ?

— Parler, c'est tout. Vous êtes seul ?

Il recula d'un pas.

— Plus maintenant. Écoutez, on vous a dit tout ce qu'on savait. Vous pourriez pas arrêter de nous les gonfler ?

Web fit passer Claire devant lui et referma la porte derrière eux. Ils promenèrent le regard sur la petite cuisine.

— On essaye de retrouver Kevin, c'est tout. Vous aussi, non ? demanda Web.

— Ce qui veut dire ?

— Ce qui veut dire que j'ai tendance à ne faire confiance à personne. J'ai seulement envie de parler, c'est tout.

— Je suis occupé. Si vous voulez parler à quelqu'un, adressez-vous à mon avocat. (Il regarda Claire.) C'est votre copine ?

— Non, c'est ma psy.

— Elle est bonne, celle-là.

— Non, c'est vrai, fit Claire en s'avançant vers lui. Et j'ai bien peur que M. London ait des problèmes.

— En quoi ça me concerne, moi, ses problèmes ?

— Eh bien, il a consacré tellement de temps à cette affaire qu'à mon avis cela tourne à l'obsession, et ce genre d'obsession peut devenir dangereuse, voire se muer en violence si elle n'est pas traitée rapidement.

Jerome lança un coup d'œil en direction de Web et recula d'un pas.

— Si ce type est fou, c'est pas ma faute. Il était déjà fou la première fois qu'il est venu ici.

— Je suis sûre que vous ne voudriez pas qu'il arrive quelque chose de grave, soit à vous, soit à d'autres. M. London cherche seulement à découvrir la vérité et, en tant que psychiatre, j'estime que la découverte de la vérité est de première importance. Et il se montrera très reconnaissant, au sens psychologique du terme, envers ceux qui l'y auront aidé. Dans le cas inverse, il vaut mieux ne pas y penser. (Elle regarda Web avec un mélange de peine et de peur subtilement dosé.) J'ai déjà vu auparavant les effets d'une telle situation chez M. London, et c'est la raison de ma présence ici. Pour prévenir une nouvelle tragédie.

Web ne put qu'admirer son habileté.

Le regard de Jerome passait sans cesse de Web à Claire.

— Je vous ai déjà dit tout ce que je savais, répéta-t-il, radouci. Franchement.

— Non, Jerome, vous ne m'avez pas tout dit, rétorqua Web. Je veux savoir sur Kevin des choses auxquelles vous n'avez peut-être même jamais pensé. Allez, on arrête de finasser et on y va.

Jerome leur fit signe de le suivre dans le petit salon où il l'avait rencontré la première fois en compagnie de la grand-mère. Avant de quitter la cuisine, Web remarqua la propreté qui y régnait, l'évier impeccable, le sol récuré, et il constata la même chose dans le salon, dépourvu d'ordures, le sol balayé et les murs grattés. Partout il flottait une odeur de désinfectant. Une porte était ouverte contre le mur de la salle de bains, et, la bâche ôtée, les trous du plafond apparaissaient rebouchés. Voilà l'œuvre de la grand-mère, conclut Web avant de voir Jerome empoigner un balai et jeter des gravats dans un grand sac-poubelle.

Web jeta un coup d'œil autour de lui.

— C'est vous qui avez fait ça ?

— On n'est pas obligés de vivre dans une porcherie.

— Où se trouve votre grand-mère ?

— Au travail. À la cafétéria d'un hôpital.

— Et vous, comment se fait-il que vous ne soyez pas au travail ?

— Je dois y être d'ici une heure, j'espère que vous comptez pas me retenir.

— Vous êtes trop élégant pour aller braquer une banque.

— Vous êtes un marrant, vous.

— Alors, où travaillez-vous ?

Allez, se dit Web, t'as pas de travail, Jerome, reconnais-le.

Jerome finit de remplir le sac, le noua et le tendit à Web.

— Ça vous ennuierait de mettre ça sur le palier ?

Claire ouvrit la porte et Web déposa le sac. À son retour, Jerome avait sorti une caisse à outils d'un placard et en tirait un tournevis, des serre-joints et un marteau qu'il déposa sur le sol, près de l'entrée de la salle de bains.

— Vous voulez bien m'aider, là ? demanda-t-il.

Web l'aida à rapprocher la porte de l'ouverture, tandis que Jerome l'ôtait de ses gonds à l'aide des serre-joints et resserrait les paumelles. Ils la remirent ensuite en place, Jerome l'enfonça sur ses gonds à coups de marteau puis l'ouvrit et la ferma plusieurs fois de suite pour vérifier l'alignement.

— Vous vous débrouillez bien, admira Web. Mais ce n'est pas votre boulot, ça, à moins que les menuisiers ne mettent une cravate au travail.

Jerome rangea ses outils avant de répondre.

— Je travaille de nuit à la maintenance informatique d'une société. J'ai eu ce poste il y a quelques mois.

— Vous connaissez donc l'informatique ? demanda Claire.

— J'ai obtenu un DEUG à l'université de quartier. Ouais, de ce côté-là, je fais le poids.

Web ne sembla pas impressionné.

— Ah bon ? Vous vous y connaissez en informatique ?

— C'est ce que je viens de dire. Pourquoi, vous êtes dur d'oreille ?

— La dernière fois que je suis venu, vous ne sembliez pas travailler.

— Je vous ai dit que je travaillais de nuit.

— C'est vrai.

Jerome dévisagea un instant Web, puis alla chercher un ordinateur portable glissé sous le canapé, l'ouvrit et le mit en marche.

— Vous êtes branché, vous ?

— Question musique, ou quoi ? fit Web.

— Ha-ha. Branché ordinateurs. Internet. Vous savez ce que c'est, non ?

— Non, ces dix dernières années, j'ai voyagé dans la galaxie, alors je ne suis plus très au courant.

Jerome appuya sur quelques touches, puis, sur AOL, une voix annonça : « Vous avez un message. »

— Attendez un peu, comment pouvez-vous accéder à Internet sans téléphone ? s'étonna Web.

— Mon ordinateur utilise une technologie sans fil, une carte spéciale. C'est comme si j'avais une puce téléphonique intégrée. Ben dites donc, j'espère que tous les fédés sont pas aussi ignorants que vous.

— Pas d'insolence, Jerome.

— Je me suis cassé le cul à l'école, j'ai fini par décrocher un boulot où j'avais pas besoin de porter un calot sur la tête, et les braves gens des services sociaux nous ont dit qu'on gagnait trop d'argent et qu'il fallait qu'on quitte le logement où on vivait depuis cinq ans.

— C'est un système pourri.

— Non, c'est les gens qui n'en ont pas besoin qui pensent que le système est pourri, mais nous, on n'aurait jamais trouvé de logement sans ça. Mais ça me fout quand même les boules de me dire que, sous prétexte que je gagne un tout petit peu plus qu'au Burger King, on a été foutus dehors. On peut pas dire que mon employeur couvre de stock-options les gens comme moi.

— Ce n'est qu'un début, Jerome. Et c'est mieux que ce qui se fait dans le quartier, vous le savez bien.

— Je vais continuer à grimper. Je vais travailler comme un malade et on se tirera d'ici, et on reviendra jamais.

— Vous et votre grand-mère ?

— Elle m'a recueilli après la mort de ma mère. Ma mère, elle avait une tumeur au cerveau et pas d'assurance maladie, ça collait pas très bien ensemble. Mon père, lui, un jour où il était défoncé, il s'est collé un 45 dans la bouche et il a bouffé le pruneau. Alors oui, je vais m'occuper d'elle, comme elle s'est occupée de moi.

— Et Kevin ?

— Je m'occuperai de Kevin aussi. Si vous arrivez à le retrouver.

— On essaie. Je connais un peu sa famille. Sa relation avec Big… je veux dire, Francis.

— C'est le père de Kevin. Et alors ?

— Il m'a raconté la façon dont Kevin est venu au monde. Avec sa mère, et tout ça.

— Sa belle-mère.

— Quoi ?

— C'était la belle-mère de Francis. Défoncée la plupart du temps. Je sais pas ce qu'est devenue sa vraie mère.

— Donc, ils ne sont pas frères, dit Claire, mais père et fils. Kevin le sait ?

— Je lui ai jamais dit.

— Pourquoi Francis veut-il faire croire à Kevin qu'ils sont frères ?

— Peut-être qu'il voulait pas que Kevin sache qu'il baisait sa mère. Elle s'appelait Roxy. Elle était dans des histoires de drogue, tout ça, mais elle était gentille avec Kevin.

— Comment Kevin a-t-il reçu une balle ? questionna Web.

— Il était avec Francis, et ils ont été pris dans une fusillade entre gangs. Francis l'a amené ici, et c'est la seule fois où je l'ai vu pleurer. C'est moi qui l'ai conduit à l'hôpital, parce que les flics auraient arrêté Francis. Kevin saignait comme un bœuf, mais il a pas pleuré une seule fois. Pourtant, depuis ce jour-là il n'a plus été le même. Les autres gamins se moquent de lui, le traitent de gogol. Kevin est pas bête. Il est malin comme un singe. Et il faut voir comment il dessine, c'est incroyable !

Claire eut l'air intéressée.

— Ça vous ennuierait de me montrer ?

Jerome jeta un coup d'œil à sa montre.

— Je peux pas arriver en retard au travail. Et il faut que je prenne le bus.

— Je vais vous dire, Jerome, vous nous laissez voir les affaires de Kevin, vous nous parlez encore un peu et je vous emmène moi-même au travail dans une bagnole à faire pâlir d'envie tous vos amis. Qu'est-ce que vous en dites ?

Jerome les conduisit à l'étage, jusqu'à une toute petite chambre au bout d'un couloir. Web et Claire découvrirent avec stupéfaction une pièce dont tous les murs et même le plafond étaient recouverts de dessins sur papier, certains au fusain, d'autres au crayon de couleur et d'autres encore à l'encre. Sur une petite table, près du matelas à même le sol, on apercevait des piles de carnets de croquis. Claire en saisit un et se mit à le feuilleter tandis que Web examinait l'un des murs. Il reconnaissait parfois des paysages et des gens, notamment Jerome et sa grand-mère, reproduits avec une fidélité stupéfiante, mais d'autres étaient d'inspiration abstraite et il ne parvenait pas à en découvrir le sens.

Quittant un instant son carnet de croquis, Claire promena le regard autour de la pièce avant de se tourner vers Jerome.

— Je m'y connais un peu en art et je peux vous dire que Kevin a du talent.

Jerome regarda Web, fier comme un papa.

— Kevin dit que parfois c'est comme ça qu'il voit les choses. « Je dessine ce que je vois », c'est ça qu'il me dit.

Web examina le matériel de dessin et les carnets de croquis sur la table. Dans un coin, il y avait aussi un petit chevalet avec une toile blanche.

— Tout ça coûte cher. C'est Francis qui paye ?

— C'est moi qui achète à Kevin son matériel de dessin et de peinture. Lui, il paye le reste, les vêtements, les chaussures, le matériel de base.

— Il a proposé de vous aider, vous et votre grand-mère ?

— Oui. Mais on ne veut pas de son argent. On sait d'où il vient. Pour Kevin, c'est autre chose. Un père a le droit de donner de l'argent pour son fils.

— Il vient souvent le voir ?

Jerome haussa les épaules.

— Vous savez, il ne dort jamais au même endroit, parce qu'on cherche toujours à le tuer. C'est pas une vie. Mais il y avait des gars à lui qui surveillaient Kevin, pour pas qu'on se serve du gamin pour l'atteindre, lui. Je ne sais pas s'il y a des gens qui avaient fait le rapport, mais il voulait pas prendre de risques.

— Vous l'avez revu, depuis la disparition de Kevin ? demanda Web.

Jerome se raidit, mit les mains dans ses poches, et Web sentit immédiatement le mur se reformer entre eux.

— Je ne cherche pas à vous attirer des ennuis, Jerome. Répondez-moi franchement et je vous garantis que ça n'ira pas plus loin. Vous vous débrouillez bien, continuez comme ça.

Jerome réfléchit, tripotant sa cravate comme s'il se demandait ce que ce machin faisait autour de son cou.

— C'était la nuit de la disparition de Kevin, vers trois heures du matin. Je venais de rentrer du travail, et grand-mère était réveillée, dans tous ses états. Elle m'a dit que Kevin n'était pas rentré. Alors, je suis monté me changer pour partir à la recherche de Kevin en me demandant s'il fallait prévenir les flics, quand j'ai entendu ma grand-mère, en bas, qui parlait avec quelqu'un, ou plutôt c'était lui qui parlait, qui hurlait. C'était Francis. Il était complètement fou, jamais je l'avais entendu hurler comme ça. (L'espace d'un instant, Jerome sembla sur le point de se refermer, mais il poursuivit.) Lui aussi cherchait Kevin. Il était sûr que ma grand-mère lui cachait quelque chose, en tout cas c'était ce qu'il espérait. Il lui parlait sur un de ces tons… Finalement, il s'est calmé, il a compris que Kevin n'était pas là, et il est parti. C'est la dernière fois qu'on l'a vu.

— Je vous remercie de m'avoir raconté ça.

— Vous avez sauvé la vie de Kevin. Ça mérite quelque chose en échange. (Web le considéra avec circonspection.) Je lis les journaux, monsieur Web London, membre de l'Équipe de secours aux otages.

Sans vous, Kevin serait mort. C'est peut-être pour ça que Francis vous a pas éclaté la tête.

— Je n'avais pas vu les choses de cette façon. (Une fois encore, son attention s'attarda sur la pile de croquis.) Vous avez parlé de ça aux autres agents qui sont venus vous voir ?

— Ils n'étaient pas très curieux.

— Et la chambre de Kevin ? Ils sont venus ici ?

— Deux sont montés voir, mais ils sont pas restés longtemps.

Web et Claire échangèrent un regard : une même pensée les avait frappés.

— Ça vous ennuierait si j'empruntais ces carnets ? demanda Claire. Je voudrais les montrer à ma fille, elle est spécialiste d'histoire de l'art.

Jerome jeta un coup d'œil aux carnets puis se tourna vers Web.

— Faut me promettre de les rapporter. C'est toute la vie de Kevin, ça.

— Je vous le promets, répondit Web. Et je vous promets de faire tout mon possible pour ramener Kevin. (Il rassembla les carnets, effleura l'épaule de Jerome.) Il faut qu'on vous conduise à votre travail, maintenant. Vous verrez que le prix de la course est très raisonnable.

En redescendant, Web lui posa une autre question :

— Kevin se trouvait dans cette ruelle en pleine nuit. Ça lui arrivait souvent ?

Jerome détourna le regard sans répondre.

— Allez, ça n'est pas le moment de jouer les carpes.

— Kevin avait envie de nous aider, de gagner un peu d'argent pour qu'on puisse quitter cet endroit. Ça l'ennuyait de pas y arriver. Ce n'est qu'un enfant, mais sur certains sujets, il raisonne comme un adulte.

— Oui, c'est ce qui arrive dans un certain environnement.

— Ben, Kevin sortait de temps en temps dans la rue. Ma grand-mère est trop vieille pour le tenir. Je ne sais pas avec qui il traînait, et quand je le trouvais là-bas, je le ramenais à la maison à coups de pompe dans les fesses. Il cherchait peut-être à se faire des petits à-côtés. Et par ici, on peut toujours gagner ce genre de fric, même si on est jeune, vous voyez ce que je veux dire ?

Ils laissèrent Jerome à son travail et s'en retournèrent à la maison de Claire.

— Au fait, vous vous êtes conduite comme une professionnelle, là-bas, apprécia Web.

— Bah, question d'attitude ! Et puis c'est quand même mon métier... Vous avez quand même été dur avec Jerome.

— Probablement parce que, dans ma vie, j'ai vu des milliers de types comme lui.

— Les stéréotypes sont dangereux, pour ne rien dire de l'injustice qu'il y a à étiqueter les gens. Il n'existe qu'un seul Jerome, et j'ai l'impression qu'il a fait voler en éclats tous vos préjugés.

— C'est vrai, reconnut Web. Mais quand on a fait ce métier aussi longtemps que moi, il est facile de mettre tous les gens dans le même sac.

— Comme les pères ?

Web garda le silence.

— C'est triste pour Francis et Kevin, reprit Claire. D'après ce qu'a dit Jerome, il doit beaucoup aimer son fils. Et être obligé de mener une vie pareille !

— Je ne doute pas que ce gaillard aime Kevin, mais je l'ai vu tuer un type de sang-froid, et il m'a aussi cassé la figure deux fois, alors ma sympathie a des limites.

— L'environnement de chacun tend à dicter les choix.

— Je peux accepter en partie cet argument, mais j'ai connu des types qui avaient des histoires bien pires et qui s'en sortaient bien.

— Y compris vous, peut-être ?

Là encore, il ignora la remarque.

— Il faudrait prendre quelques affaires chez vous et trouver ensuite un endroit où vous mettre en sécurité, avec quelques agents en faction pour être certain que ces types ne reviennent pas.

— Je doute que ce soit une bonne idée.

— Je veux que vous soyez en sûreté.

— Moi aussi. Croyez-moi, je n'ai aucune pulsion suicidaire. Mais si vous ne vous trompez pas, et si cette personne se faisait passer pour Francis afin de m'effrayer et de détourner les soupçons sur lui, je ne cours pas de véritable danger.

— Ce n'est qu'une théorie, Claire, et elle est peut-être fausse.

— Si je continue à mener la même vie qu'avant, ils n'ont aucune raison de voir en moi une menace. Et il y a une chose sur laquelle je dois travailler.

— Quoi ?

Elle lui jeta un regard, et jamais Web ne l'avait vue si troublée.

— Je pense à un homme très courageux qui s'avance dans une ruelle, qui entend un petit garçon dire quelque chose d'assez extraordinaire, et qui est soudain incapable de faire son travail.

— Il n'y a pas forcément de rapport.

Elle lui montra une page d'un des carnets de croquis.

— Oh si, je suis sûre qu'il y a un rapport.

Le dessin était précis, détaillé, et possédait une puissance d'évocation difficile à imaginer chez un jeune garçon. Un enfant qui ressemblait à ce point à Kevin qu'on eût dit un autoportrait se tenait au milieu d'une ruelle entourée de hauts murs. Un homme en tenue de combat, qui aurait pu être Web, courait à côté de lui. La main de l'enfant était tendue, mais c'est ce qu'il tenait qui attira l'attention de Web. L'appareil était petit, il aurait facilement pu tenir dans une poche, et le rayon lumineux qui en sortait traversait la page pour se terminer dans la marge, comme celui d'une arme futuriste, à la *Star Wars*. En fait, cet appareil était familier à tout le monde, et notamment aux enfants, puisqu'il s'agissait d'une télécommande pour poste de télévision, chaîne stéréo ou autre équipement électronique. Mais Web savait que ce n'était pas le cas, car il n'avait vu aucune télévision chez Kevin. Cette télécommande, à coup sûr, avait servi à activer le rayon laser qui, à son tour, avait déclenché le tir des mitrailleuses au moment où l'équipe Charlie se ruait dans la cour. C'était ce gamin qui avait tout mis en branle. Et quelqu'un l'avait préparé à ce qu'il verrait ce soir-là, c'est-à-dire des hommes revêtus de gilets pare-balles et armés de fusils, car Kevin Westbrook n'était pas retourné chez lui exécuter ces dessins après le drame.

Qui était ce quelqu'un ?

Deux voitures derrière la Mach de Web, Francis Westbrook conduisait lui-même sa Lincoln Navigator. Sans marchandise à écouler, la plus grande partie de son équipe avait abandonné le navire. Dans le trafic de drogue, les gars ne se roulent jamais longtemps les pouces, et l'herbe semble toujours plus verte ailleurs. Évidemment, quand on se retrouve dans cet ailleurs, c'est encore la même merde. Tout ce qu'on fait a des conséquences, et le crétin ne survit pas longtemps, mais pour un dealer abattu, il y en a une dizaine prêts à prendre sa place ; en dépit de son taux de mortalité particulièrement élevé, le trafic de drogue exerce un attrait puissant, mais il faut dire que, dans le monde de Francis Westbrook, les gens n'ont guère le choix. Du pipeau, les sociologues avec tous leurs tableaux et leurs graphiques, Westbrook, lui, pouvait donner un cours magistral sur le sujet.

Il retourna à ses pensées. Impossible de mettre la main sur Peebles, et même le très loyal Macy avait disparu. N'ayant qu'une confiance très limitée dans les hommes qui lui restaient, il avait décidé d'assurer tout seul cette mission, et surveillé la maison de Jerome dans l'espoir de voir réapparaître Kevin. Au lieu de ça, il avait touché un beau lot de consolation. London, le type de la HRT, et une femme. Elle, c'était la psy, au moins avait-il appris ça avant la désertion de ses hommes. Il conduisait du bout des doigts, la main droite sur le pistolet posé sur le siège. Il avait vu London et la femme entrer, puis ressortir en compagnie de Jerome. La femme emportait les cartons de croquis de Kevin, mais pourquoi ? Y avait-il, dedans, un indice sur l'endroit où il se trouvait ? Il avait lui-même fouillé la ville de fond en comble à la recherche de son fils, menacé des gens, brisant des os et quelques ego boursouflés pour l'occasion, dépensé des milliers de dollars, et tout ça pour rien. Les fédés ne l'avaient sûrement pas, ce n'était pas le genre à jouer ce jeu-là avec lui ; sauf qu'ils chercheraient sûrement à le faire témoigner contre son père. Mais, de ce côté-là, Francis s'était toujours montré prudent ; Kevin ne connaissait rien de ses activités, en tout cas pas les détails exigibles pour un témoignage en justice. Dans le cas contraire, Francis était déjà décidé à avaler la pilule. Avant tout, il convenait d'agir dans l'intérêt de Kevin. Lui-même avait déjà vécu de nombreuses années intenses, riches de tout ce que l'on peut raisonnablement attendre de l'existence. Mais Kevin avait devant lui un avenir plus prometteur encore. London était un type intelligent. Le mieux était de le suivre et de voir où cela le mènerait. À Kevin, espérait-il.

43

Web accompagna Claire chez elle, où elle prit quelques vêtements et quelques objets, puis il l'escorta en voiture jusqu'à un hôtel. Ils se promirent de se tenir au courant des derniers développements de l'affaire, puis Web retourna en hâte à East Winds.

Romano se trouvait à la remise des attelages.

— Les Canfield sont dans la maison, annonça-t-il. Je ne sais pas ce qui s'est passé, mais ils sont bouleversés. Blancs comme des linges. Tous les deux.

— J'en connais la raison, dit Web avant de lui parler de la cassette vidéo.

— Oh, avant que j'oublie, Ann Lyle a téléphoné, elle a absolument besoin de te parler.

— Comment se fait-il qu'elle ne m'ait pas appelé directement ?

— Je lui ai parlé, il y a deux jours. Un simple rapport. Je lui ai donné le numéro de téléphone ici, au cas où on aurait besoin de se contacter.

Web tira son portable de sa poche et, tout en composant le numéro d'Ann, demanda à Romano :

— Alors, Billy a apprécié ta Corvette ?

— Super, mec, super. Il m'a dit qu'il a failli en acheter une il y a deux ans, pour… tiens-toi bien, 50 000 dollars. 50 000 !

— Il vaudrait mieux qu'Angie ne l'apprenne pas. Je vois d'ici une belle décapotable transformée en nouveaux meubles et en plan d'épargne pour l'université.

Romano pâlit.

— Merde, j'avais pas pensé à ça. Jure-moi que tu ne lui en parleras pas, Web. Jure-le-moi.

— Attends un peu, Paulie. (Web se mit à parler dans son téléphone.) Allô, Ann ? Ici Web. Que se passe-t-il ?

— Des choses, ici, répondit-elle à voix très basse. Ce qui explique ma présence aussi tard le soir.

Web se raidit. Il savait ce que cela signifiait.

— Une opération ?

— Il y a deux jours, les gars ont fait monter un nouveau décor, et ils s'entraînent comme des fous. Toute la journée, les membres des équipes d'assaut ont vérifié leur matériel, toute la matinée la porte du commandant est restée fermée et quelques tireurs d'élite ont déjà été déployés.

— Tu as une idée de la cible ?

Ann baissa encore plus la voix.

— Voilà quelques jours, on a reçu une cassette d'une caméra de surveillance. On y voit un camion garé le long du quai de déchargement d'un immeuble abandonné, près de l'endroit où a eu lieu le massacre. Je crois que la caméra n'était pas très bien placée, mais on voit débarquer les mitrailleuses. Le camion a été loué par Silas Free à son propre nom.

Web faillit broyer le téléphone dans sa main. Bates ne lui avait rien dit.

— Comment vont-ils se rendre sur les lieux ?

— Ils prennent un avion militaire sur la base d'Andrews et atterrissent sur une ancienne piste des marines près de Danville. Ils doivent partir à minuit. Les monospaces ont déjà été expédiés par semi-remorque.

— De quoi est composée l'unité d'assaut ?

— Hotel, Gulf, X-Ray et Whiskey.

— C'est tout ? Ils ne sont pas au complet.

— Echo, Yankee et Zulu sont à l'étranger, en protection d'une personnalité. Il n'y a plus d'équipe Charlie. Et en plus, l'un des membres de Hotel s'est cassé la jambe à l'entraînement et Romano est avec toi en mission spéciale. C'est un peu maigre en ce moment.

— J'arrive. Ne les laisse pas partir sans moi.

Il se tourna vers Romano.

— Va dire aux types aux portails de se rassembler autour de la maison et d'assurer la protection.

— Où on va ?

— On va cogner, Paulie.

Tandis que Romano allait prévenir les agents qui assuraient la garde à l'extérieur du domaine, Web se précipita à sa voiture et passa en revue ce qu'il avait dans le coffre. Un véritable arsenal. Web avait ajouté à la dotation « normale » pas mal de matériel récupéré dans les magasins de la HRT. Même avec sa carte du FBI, il aurait eu du mal à justifier une telle accumulation à l'occasion d'un banal contrôle sur la route.

— Bates ne m'a pas informé, la crapule, dit-il à Romano lorsque celui-ci fut de retour. Grâce au tuyau que je leur ai fourni, ils ont trouvé la preuve de l'implication des Free dans le massacre de l'équipe Charlie. Et il ne comptait même pas nous inviter à la fête ! Il croit probablement qu'on va péter les plombs et descendre des types sans raison.

— Alors là, ça blesse mon sens du professionnalisme.

— Bon, eh bien dis à ton professionnalisme de se magner le cul, on n'a pas beaucoup de temps.

— Pourquoi tu l'as pas dit plus tôt ? (Il saisit Web par le bras.) S'il faut aller vite, on va pas prendre ce tas de boue.

— Qu'est-ce que tu racontes ?

Cinq minutes plus tard, la Corvette, chargée d'armes et de munitions, franchissait en trombe les grilles d'East Winds.

Il y avait surtout des routes secondaires jusqu'à Quantico, mais Romano maintint une vitesse constante d'environ 110 km/h, négociant les virages à une telle allure que Web lui-même s'accrochait au rebord de son siège en espérant que son chauffeur ne le remarquerait pas. Arrivé sur l'Interstate 95, Romano changea de vitesse et écrasa la pédale d'accélérateur. L'aiguille du compteur dépassa les 160 km/h, puis Romano glissa une cassette dans l'autoradio et monta le son. Bientôt, une anthologie de Bachman-Turner Overdrive se fracassa dans l'air de la nuit, car ils roulaient capote baissée. Pendant ce temps, Web vérifia leurs armes ; en dépit des lampadaires de la route, il faisait très sombre, mais ses doigts en connaissaient le moindre centimètre.

Romano, lui, chantait en souriant sur les paroles de BTO et agitait la tête comme un ado lors d'un concert de Bruce Springsteen.

— T'as une drôle de façon de te préparer au combat, Paulie.

— Ah bon, et toi qui frottes tes pistolets pour te porter chance ? (Web eut l'air surpris.) C'est Riner qui me l'a dit. Il trouvait ça marrant.

— Y a plus rien de sacré, grommela Web.

Ils arrivèrent à Quantico en un temps record, et, comme tous deux connaissaient la sentinelle postée à l'entrée est du parking, Romano ne prit même pas la peine de ralentir.

— Trois huit, Jimbo, hurla-t-il dans un rugissement de moteur, faisant allusion aux trois huit qui s'inscrivaient sur l'écran de leur portable quand les membres de la HRT devaient rejoindre d'urgence Quantico.

— Foutez-leur sur la gueule, les mecs ! beugla Jimbo en guise de réponse.

Romano gara sa Corvette, ils en sortirent tout leur matériel et se dirigèrent vers le bâtiment de l'administration. Romano utilisa sa carte de sécurité pour ouvrir la grille et ils gagnèrent la porte d'entrée, surveillée par une caméra vidéo et devant laquelle on avait planté six arbres en mémoire des membres de l'équipe Charlie. Une fois à l'intérieur, ils passèrent devant le bureau d'Ann Lyle, qui sortit sur le seuil et échangea un regard avec Web, sans plus. Du strict point de vue réglementaire, Ann n'aurait pas dû prévenir Web de l'imminence de l'attaque, et celui-ci, de son côté, n'avait aucune envie de lui attirer des ennuis. Mais tous deux savaient qu'elle avait bien agi, et au diable le règlement !

Dans le couloir, Web rencontra son chef, Jack Pritchard, qui eut l'air sidéré en découvrant les deux hommes avec tout leur barda.

— Nous venons au rapport, monsieur, fit Web.

— Mais enfin, bon sang, qui vous a mis au courant de cette opération ? s'écria Pritchard.

— Je suis toujours membre de la HRT. Je sens ce genre de choses à des kilomètres.

Pritchard n'insista pas, mais n'en jeta pas moins un regard en direction du bureau d'Ann Lyle.

— Je veux participer, déclara Web.

— Impossible. Vous êtes toujours en congé sans solde, et lui (il montra du doigt Romano) est détaché pour une mission spéciale dont j'ignore tout. Maintenant, dégagez !

Le chef pivota sur ses talons et se dirigea vers la salle d'équipement. Web et Romano lui emboîtèrent le pas, retrouvant les attaquants et les tireurs d'élite rassemblés pour les dernières mises au point. Les tireurs d'élite qu'on n'avait pas encore déployés sur le site contrôlaient leurs munitions, tenaient à jour leur carnet de route, ajustaient la pression sur la détente de leur arme, nettoyaient canons et lunettes de visée. Les attaquants, eux, inspectaient aussi leurs armes, leurs charges explosives, leurs musettes et leurs gilets pare-balles, tandis que les employés de la logistique chargeaient les camions. Tout le monde s'interrompit lorsque Pritchard pénétra dans leur espace, suivi de Web et de Romano.

— Allez, Jack, reprit Web, il y a plusieurs équipes à l'étranger, et sans compter Paulie il vous manque un gars pour Hotel : vous avez besoin de personnel.

Pritchard se retourna avec vivacité.

— Mais enfin, comment savez-vous qu'il nous manque un gars ?

Visiblement, le chef de la HRT en avait assez des fuites.

Web promena le regard autour de lui.

— Je compte cinq attaquants dans Hotel, ajoutez-y Paulie et moi, et vous serez au complet.

— Vous n'avez pas assisté aux réunions d'information, vous ne vous êtes pas entraînés dans le décor et ça fait même un bout de temps que vous ne participez plus aux entraînements. Vous n'irez pas.

Web s'avança vers son chef, lui bloquant le passage. Jack Pritchard mesurait environ 1,80 mètre et Web avait bien quinze kilos de plus et cinq ans de moins, mais, en cas de combat, il aurait mangé des coups. Pourtant, Web n'avait pas envie de se battre avec l'un de ses collègues.

— Mettez-nous au courant durant le trajet. Montrez-nous les points d'attaque. Nous avons notre équipement. Combien de fois Paulie et moi avons-nous participé à ce genre d'action, Jack ? Ne nous traitez pas comme des bleus tout juste sortis de l'école de formation. On ne le mérite pas.

Pritchard recula d'un pas et considéra Web pendant une très longue minute. Plus le temps passait, plus Web se disait que son chef allait le flanquer dehors. Comme d'autres unités de type militaire, la HRT goûtait fort peu ce genre d'insubordination.

— Bon, ce sera à eux de décider, dit-il finalement en désignant les attaquants.

Web ne s'attendait pas à une telle réponse, mais il s'avança vers ses camarades des équipes Gulf et Hotel, et les regarda un à un dans les yeux. Il avait combattu aux côtés de la plupart d'entre eux, et finalement son regard se posa sur Romano. Les hommes accepteraient Paulie sans la moindre discussion, mais Web, c'était le type qui s'était figé sur place au pire moment, et chacun d'eux se demandait si cela arriverait à nouveau.

Au cours d'une attaque contre un groupe paramilitaire d'extrême droite, dans le Montana, Web avait sauvé la vie de Romano, et celui-ci lui avait retourné la politesse au Moyen-Orient, lorsqu'un membre d'un groupe de rebelles avait foncé sur eux à bord d'un autobus volé. L'homme aurait réussi à faucher Web si Romano ne l'avait poussé sur le côté, avant d'abattre le chauffeur d'une balle de 45 entre les yeux. Pourtant, en dépit de tout cela et de leur récente mission, Web n'avait jamais réussi à le cerner tout à fait. Apparemment, les hommes s'en remettaient à Romano pour la décision, et bien que ce dernier l'eût conduit ici dans sa propre voiture, Web n'aurait su préjuger de son attitude.

Romano lui posa la main sur l'épaule puis se tourna vers ses collègues.

— Je fais confiance à Web London pour me couvrir, n'importe où, à n'importe quel moment.

Dans cette fraternité mâle qu'était la HRT, il suffisait qu'un gars comme Paul Romano prononce de telles paroles pour que la cause soit entendue. Lorsqu'ils eurent terminé leurs préparatifs, Pritchard convoqua tous les hommes dans la petite salle de réunion et se planta face à eux.

— Il va sans dire, commença Pritchard, qu'il s'agit d'une mission délicate. Toutes nos missions sont délicates. Je sais que chacun, ici, se conduira de façon extrêmement professionnelle, tout en accomplissant son travail au maximum de ses capacités.

Le ton de Pritchard était guindé, il semblait inquiet alors même qu'il avait couru tant de dangers au cours de son existence. Web et Romano échangèrent un regard, car ce genre de laïus était inhabituel. Les prenait-on pour des lycéens à la veille d'un match de football ? Soudain, Pritchard abandonna son attitude rigide.

— Bon, je laisse tomber les conneries officielles. Les gens qu'on va attaquer ce soir sont soupçonnés d'avoir liquidé l'équipe Charlie. Vous le savez tous aussi bien que moi. On espère les prendre par surprise. En douceur et sans un coup de feu. (Il s'interrompit et, une fois encore, parcourut les rangs du regard.) Vous connaissez les consignes d'engagement. On s'est déjà confrontés à cette Free Society, à Richmond. À l'époque, c'est l'équipe Charlie qui s'y est collée, et certains pensent que ce qui s'est passé dans cette cour n'était qu'une vengeance des Free.

« En principe, il n'y a pas d'otages. Les conditions d'intervention sont un peu difficiles, mais on a connu infiniment pire. On y va en avion, les monospaces nous attendront là-bas. (Pritchard, qui faisait les cent pas dans la pièce, s'immobilisa brusquement.) Si vous devez tirer, faites-le. S'ils ripostent, je n'ai pas à vous dire ce que vous devez faire. Mais il n'est pas question que, demain matin, les médias se mettent à beugler que la HRT a massacré des gens qu'on aurait pu capturer vivants. On les embarque et on les livre à la justice. Je répète, il n'est pas question d'ouvrir le feu parce qu'ils ont descendu six de nos copains. Vous valez mieux que ça. Vous méritez mieux que ça. Et je sais que vous y arriverez.

Une fois encore il s'interrompit, dévisageant chacun de ses hommes, en s'attardant, apparemment, sur Web.

— Allez, on fonce !

Tandis que les hommes se dispersaient, Web s'avança vers Pritchard.

— Jack, j'ai bien entendu ce que vous venez de dire, mais si vous craignez tellement les dérapages, pourquoi demander à la HRT d'intervenir ? Vous dites qu'il n'y a pas d'otages, donc une équipe SWAT pourrait s'en charger, avec l'appui de la police locale. Pourquoi nous ?

— Nous faisons toujours partie du FBI, en dépit de l'attitude de certains, par ici.

— Ce qui veut dire que les ordres viennent d'en haut ?

— C'est la procédure, vous le savez aussi bien que moi, rétorqua Pritchard.

— En raison des circonstances, avez-vous demandé à ne pas effectuer cette opération ?

— Oui, parce que, personnellement, je pense que ce n'est pas à nous d'intervenir, si tôt après avoir perdu nos gars. Et je suis d'accord avec vous, une équipe SWAT suffirait.

— Et ils ont refusé ?

— Je vous le répète : nous faisons partie du FBI, et je fais ce qu'on me dit. Mais vous avez demandé à venir, non ? Vous voulez vous retirer, maintenant ?

— Rendez-vous à OK Corral.

Quelques minutes plus tard, ils partaient pour la base aérienne d'Andrews.

Ayant d'abord songé à fouiller la propriété des Free, le FBI avait finalement décidé d'envoyer la HRT pour sécuriser les lieux avant toute perquisition. Le Bureau n'avait aucune envie de perdre des agents dans cette opération et, de toute façon, la vidéo montrant des mitrailleuses déchargées d'un camion loué par Silas Free était suffisamment compromettante.

Durant le court voyage à bord de l'avion militaire, Web et Romano lurent les cinq paragraphes de l'ordre d'intervention, puis on les mit au courant des détails particuliers. Il n'y aurait pas de négociation avec les Free, et on ne leur dirait pas de sortir avec les mains en l'air. On avait écarté ces dispositions en raison de leur attitude dans l'école de Richmond et du massacre de l'équipe Charlie. Il y aurait moins de risques si la HRT agissait par surprise, du moins le pensait-on en haut lieu, et Web était d'accord avec cette décision. Le fait qu'il n'y eût apparemment pas d'otages rendait l'opération à la fois plus simple et plus compliquée. Plus compliquée parce que Web se demandait toujours pourquoi on n'avait pas fait appel à une équipe SWAT. La raison tenait-elle à la réputation d'extrême dangerosité des Free, à leur armement lourd ? Web l'espérait, mais malgré tout quelque chose clochait dans cette histoire.

Au cours des derniers mois, l'antenne de Washington avait appris que les Free s'étaient regroupés sur un domaine qu'ils avaient eux-mêmes créé une dizaine d'années auparavant, à 65 kilomètres à l'ouest de Danville, en Virginie, dans une partie reculée de l'État, domaine entouré de trois côtés par des bois. Des tireurs d'élite de Whiskey et de X-Ray surveillaient les lieux depuis la veille et avaient fourni des renseignements précieux. Aucun membre de la HRT n'aurait ouvert le feu sans que lui-même, un de ses camarades ou un innocent fût menacé, mais tous souhaitaient secrètement que les Free ripostent. Même leur chef, Jack Pritchard, en dépit de la teneur modératrice de son discours.

Après l'atterrissage, ils grimpèrent directement à bord des Suburban transportées par camion spécial, et gagnèrent le lieu du premier rendez-vous, où ils s'entretinrent avec la police locale et des agents du Bureau qui dirigeaient l'opération. En regardant Percy Bates descendre d'une voiture et s'adresser à Pritchard, Web se retourna et se mit à fouiller dans ses affaires, par peur, entre autres choses, de lui reprocher trop violemment son silence à propos de cette expédition. Bates ne cherchait peut-être qu'à le protéger, peut-être de lui-même, mais Web aurait préféré prendre cette décision tout seul.

Ils se rendirent en voiture au dernier lieu de rassemblement où on leur communiqua les ultimes instructions. Le moment de l'assaut était venu. Ils s'engagèrent à vive allure sur de petites routes de campagne plongées dans l'obscurité. À bord d'une Suburban, l'équipe Hotel s'introduirait dans le domaine des Free par l'arrière, et l'équipe Gulf par la gauche. En raison de la topographie, les équipes d'assaut devraient progresser à travers des bois touffus, mais cela ne posait pas de problème particulier puisqu'ils étaient équipés d'appareils de vision nocturne. Avant l'ouverture des portières, Romano se signa, et Web faillit lui dire ce qu'il répétait toujours à Danny Garcia, mais il se ravisa. Il regrettait que Romano se fût signé. Tout cela commençait à devenir trop familier, et pour la première fois Web se demanda s'il était vraiment en condition pour participer à cette attaque. Les portières s'ouvrirent à la volée avant qu'il ait pu poursuivre sa réflexion : ils se ruèrent dans le bois puis s'immobilisèrent, s'accroupirent et observèrent le terrain face à eux.

Grâce à son oreillette, Web entendait les tireurs d'élite leur décrire ce qui se passait et il reconnut la voix de Ken McCarthy, de l'équipe X-Ray. Le signal de McCarthy était Sierra One, ce qui signifiait qu'il occupait le poste d'observation le plus élevé, probablement l'un des grands chênes entourant la propriété. Il pouvait sûrement voir la zone tout entière, disposer d'un bon champ de tir et se tenir en même temps parfaitement dissimulé. Les Free se trouvaient bien à l'intérieur du domaine. Les tireurs d'élite en avaient dénombré dix. Il y avait quatre bâtiments, comprenant des locaux d'habitation et une vaste bâtisse, semblable à un hangar, où les hommes se réunissaient et se livraient à leurs travaux, comme la fabrication de bombes ou la préparation d'assassinats de pauvres gens, songea Web. De telles propriétés étaient souvent gardées par des chiens. Les animaux ne représentaient pas une menace en soi, car même la mâchoire des plus féroces n'aurait pu transpercer un gilet en Kevlar ni résister à une balle, mais ils se révélaient de redoutables guetteurs. Heureusement, il ne semblait pas y en avoir ici. Apparemment, l'armement des occupants se réduisait à des pistolets et à des fusils de chasse, bien que d'après McCarthy, l'un des jeunes, d'environ dix-sept ans, fût équipé d'un MP-5.

Deux sentinelles se tenaient à l'extérieur, l'une devant et l'autre derrière, armées de pistolets et qui semblaient s'ennuyer ferme. Comme de coutume à la HRT, le tireur d'élite qui les avait repérées le premier leur avait donné des noms. Celui de devant était baptisé Pale Shaq, en raison d'une vague ressemblance avec le grand joueur de basket-ball, sauf que, bien sûr, il était blanc, et celui de derrière, Gameboy, parce que McCarthy avait remarqué une Gameboy émergeant de sa poche de devant. Les tireurs d'élite avaient également noté que ces deux sentinelles étaient équipées de téléphones portables semblables à des talkies-walkies, ce qui ne laissait pas de poser un problème, puisqu'ils pouvaient prévenir leurs complices à l'intérieur.

L'équipe Hotel s'avança avec mille précautions à travers bois. Par-dessus leurs combinaisons de vol, ils portaient une tenue de camouflage verte avec des motifs qui cassaient la silhouette. Le domaine n'apparaissait pas encore, mais ils guettaient la présence éventuelle d'autres sentinelles ou de pièges dissimulés dans l'épaisseur du couvert. L'appareil de Web lui offrait le jour en pleine nuit. Ils s'arrêtèrent une nouvelle fois, et Web, qui commençait déjà à avoir mal à la tête, en profita pour relever ses lunettes et cligner plusieurs fois des paupières, de façon à réduire la gêne oculaire. Au moment de l'assaut, Romano serait en tête et lui-même couvrirait l'arrière. Bien que Romano n'eût pas participé à l'entraînement pour cette mission, il n'en demeurait pas moins le meilleur attaquant de l'équipe. Web glissa la main sur le canon court de son MP-5. Ce soir, il n'avait pas pris son SR75, son fusil habituel, car, après ce qui s'était passé dans la cour, il se sentait incapable de l'utiliser à nouveau. Il toucha ensuite son 45, dans son étui de ceinture, puis le pistolet jumeau dans l'étui de poitrine, sur sa plaque chirurgicale, et sourit légèrement en voyant que Romano avait surpris son geste et levait le pouce en signe d'encouragement.

— Maintenant, on est blindés, fit Romano, et Web se dit qu'il devait encore chanter dans sa tête un air de BTO.

Ses pulsations cardiaques n'étaient pas encore descendues à soixante-quatre, et Web s'y efforçait avec acharnement lorsque, en frottant les doigts contre la paume de sa main, il sentit de la sueur en dépit du froid de la nuit. Il faut dire que trente kilos de matériel cela constitue un joli petit sauna personnel. Il avait à la ceinture des chargeurs de pistolet et, dans les poches de son pantalon, des chargeurs pour son MP-5, des explosifs et autres engins qu'il utiliserait ou non, selon les circonstances. Pourvu, se dit-il, que cette sueur ne soit pas un signe de nervosité, ce qui risquait de tout faire foirer au moment où il lui fallait être parfait.

Ils se remirent en route et gagnèrent la lisière des bois. À travers ses lunettes, Web distinguait fort bien le domaine des Free. Pour raccourcir les communications et s'assurer que tout le monde comprenait les choses de la même façon, le rez-de-chaussée de l'objectif, dans le jargon de la HRT, était toujours appelé Alpha, et le premier étage, Bravo. L'avant du bâtiment se nommait blanc, la droite, rouge, la gauche, vert, et l'arrière, noir. Toutes les portes, fenêtres et autres ouvertures recevaient des numéros commençant par l'accès le plus éloigné sur la gauche. Ainsi, Gameboy se tenait à l'extérieur de la barrière, niveau Alpha, accès noir trois, tandis que Pale Shaq se trouvait au niveau Alpha, accès quatre blanc. Web observa Gameboy et en conclut que le gars non seulement n'avait reçu aucun entraînement, mais qu'en outre il se montrait négligent. Sa conviction se trouva renforcée lorsque le jeune homme tira la Gameboy de sa poche et se mit à en jouer.

Des lumières brillaient dans le bâtiment principal, probablement alimentées par des générateurs portables, parce que nulle part on n'apercevait de lignes électriques. Dans le cas contraire, la HRT aurait coupé l'électricité au transformateur avant l'assaut, car le brusque passage de la lumière à l'obscurité aurait désorienté les habitants, permettant aux assaillants, grâce à ce léger avantage, d'épargner des vies humaines.

Comme il n'y avait que deux équipes d'assaut, des tireurs d'élite, revêtus de leurs combinaisons noires, se tenaient prêts à seconder les attaquants. Outre son fusil habituel, chaque tireur était armé d'un fusil d'assaut automatique CAR-16 équipé d'une lunette de visée nocturne Litton. Le plan consistait à attaquer de manière foudroyante par l'avant et par le côté, et à rassembler les Free dans le bâtiment principal. À ce moment-là, les réguliers du FBI feraient leur apparition, leur réciteraient leurs droits, procéderaient à la perquisition, et enverraient ensuite tout ce beau monde en prison, en attendant le procès.

Pourtant, les Free devaient bien savoir que le FBI les surveillait, ce qui ne manquerait pas de compliquer les choses. On se trouvait dans une zone rurale et la présence d'étrangers n'avait pu passer inaperçue, d'autant que la surveillance durait depuis un certain temps déjà. L'arme principale de la HRT, l'effet de surprise, risquait fort d'être émoussée.

Rendus prudents par le massacre de l'équipe Charlie, ils avaient apporté deux puissants appareils à thermographie. Romano en alluma un et procéda à un balayage de tous les bâtiments de leur côté, tandis que l'équipe Gulf faisait de même à l'avant. Ces appareils de vision thermographique permettaient de voir à travers le verre teinté, et même les murs, et capturaient la signature thermique de toute personne tapie là, armée d'un lance-pierre ou d'une minimitrailleuse. Romano fit signe que tout allait bien. Cette fois-ci, aucun nid d'armes automatiques. À part la maison principale, tous les bâtiments étaient vides. L'affaire s'annonçait bien.

Web remarqua alors les lumières qui clignotaient au milieu des arbres : ces balises à infrarouge de la taille d'un briquet, baptisées lucioles, s'allumaient toutes les deux secondes et n'étaient perceptibles qu'avec des appareils de vision nocturne. De cette manière, les tireurs d'élite pouvaient rester en contact les uns avec les autres sans trahir leurs positions. Les attaquants, eux, ne s'en servaient jamais, mais chaque clignotement représentait un ami posté derrière et armé d'un fusil à lunette de calibre 308. L'idée était réconfortante quand on ne savait pas si on pénétrait dans un salon de thé ou dans un nid de frelons.

D'un mouvement de pouce, Web mit le sélecteur de son MP-5 sur rafales et s'efforça une nouvelle fois d'atteindre le bon rythme de pulsations cardiaques. Tout autour d'eux, la vie sauvage s'ébattait, surtout des écureuils, et, dérangés par tous ces hommes avec leur attirail, des oiseaux volaient de branche en branche. En cet instant où il n'avait que la mort en tête, ces crissements de griffes et ces battements d'ailes avaient quelque chose de rassurant : il se trouvait bien sur la planète Terre, au milieu d'êtres palpitants de vie.

Le plan était un peu risqué, puisque les tireurs d'élite ne devaient pas abattre les sentinelles. Les policiers n'ont pas pour habitude de tuer de sang-froid des types présumés innocents ; en tout cas, Web ne l'avait jamais fait. Washington n'approuverait une telle initiative qu'en cas de prise d'otages particulièrement compliquée, et il reviendrait au directeur du FBI, voire au ministre de la Justice en personne, de donner le feu vert. Ici, ils devaient neutraliser les gardes assez rapidement pour qu'ils ne puissent avertir leurs comparses. Les attaquants auraient pu utiliser des explosifs de diversion, ou bien attirer les sentinelles dans les bois, où les auraient maîtrisés d'autres attaquants, dissimulés sous leurs couvertures Ghillie. Finalement, sur la foi des renseignements rassemblés, ils avaient opté pour la neutralisation directe, et l'attitude négligente des sentinelles semblait leur donner raison.

Au cas où les accès seraient verrouillés, ils les feraient sauter ; cela alerterait les Free, certes, mais la HRT, une fois à l'intérieur, aurait déjà remporté la bataille, sauf événement extraordinaire. Hotel devait attaquer par l'arrière, Gulf par le côté, toutes deux avec brutalité. Les équipes d'assaut s'efforçaient toujours d'attaquer par les angles, évitant les situations avant-arrière ou droite-gauche pour ne pas risquer de s'entre-tuer.

Romano demanda l'autorisation de compromis au PC et l'obtint rapidement. Après une profonde expiration, Web se retrouva pleinement dans la peau de l'attaquant d'une des meilleures équipes d'assaut du monde. Pouls à soixante-quatre, il savait comment son corps allait réagir.

Romano leva le pouce : Web se glissa sur la gauche, et deux de ses compagnons sur la droite. Une minute plus tard, ils se retrouvaient de part et d'autre de Gameboy, totalement absorbé par son petit jeu vidéo. Lorsqu'il leva les yeux, il avait deux pistolets de calibre 45 enfoncés dans les oreilles, et, sans même le temps de dire « merde », il se retrouva allongé sur le sol, les poignets et les chevilles entravés par des menottes, elles-mêmes réunies par une chaîne en plastique si étroitement serrée qu'il ressemblait à un veau de rodéo entortillé par un lasso. Ils complétèrent le dispositif par un ruban adhésif sur la bouche, avant de lui prendre son pistolet, son téléphone portable et un poignard glissé dans un fourreau de cheville. Web lui laissa sa précieuse Gameboy.

Ils gagnèrent ensuite la porte du bâtiment principal, devant laquelle ils s'accroupirent. Romano actionna la poignée et fit la grimace : verrouillée. Il fit alors appel à l'un des attaquants, qui plaça la charge et déroula le câble relié au détonateur, sous le regard des autres, qui le surveillaient après s'être mis à couvert.

À ce moment, Romano informa le PC qu'ils se trouvaient dans le vert et Web entendit leur accusé de réception. Trente secondes plus tard, Gulf fit de même, ce qui signifiait que Pale Shaq avait été emballé de la même façon que Gameboy et que l'équipe, quittant la façade du bâtiment, avait rejoint son poste sur le côté. Le PC répondit qu'il avait la situation en main, ce qui exaspéra Web plus encore qu'auparavant. Oui, pensa-t-il, c'est ce que vous avez dit à Charlie.

Trois tireurs d'élite rejoignirent l'équipe Gulf, tandis que Ken McCarthy, descendu de sa position Sierra One, et deux autres tireurs de Whiskey rejoignaient Web et l'équipe Hotel. En raison de l'obscurité, Web ne vit pas l'expression de surprise sur le visage de McCarthy lorsque celui-ci s'aperçut de sa présence au milieu des attaquants. Ils ôtèrent leurs lunettes à infrarouge, car les flammes sorties des fusils d'assaut ainsi que les éclairs des grenades offensives auraient risqué de les aveugler. À partir de là, il ne fallait plus compter que sur ses cinq sens, ce qui convenait parfaitement à Web.

Le compte à rebours commença et, à chaque chiffre, les battements de son cœur semblaient ralentir. À trois, Web se retrouva en pleine possession de ses moyens. À deux, tous les attaquants détournèrent les yeux de la porte pour ne pas être aveuglés, et au même moment, leur index quitta le cran de sûreté de leur arme pour glisser sur la détente. On y va, les mecs, se dit Web.

La charge explosa, la porte s'abattit à l'intérieur et tous les hommes se ruèrent en avant.

— Grenade ! hurla Romano.

Il la dégoupilla et la jeta devant lui. Trois secondes plus tard, 180 décibels rugissaient dans le couloir, accompagnés d'un éclair d'une intensité fulgurante.

Web se tenait à droite de Romano, explorant du regard la petite pièce d'où partait un couloir, prêt à réagir à la moindre menace. D'après les renseignements en leur possession, confirmés par l'image thermique, les Free se tenaient dans la salle principale, à l'arrière du bâtiment, sur la gauche. L'espace était vaste, environ 12 mètres sur 12, d'un seul tenant, sans niches ni recoins d'où ils auraient pu riposter, mais sa dimension même le rendait difficile à couvrir entièrement et il y aurait sans doute des meubles derrière lesquels ils pourraient se dissimuler. Les assaillants laissèrent un des leurs garder la petite pièce par où ils avaient pénétré, car, selon le règlement, il ne fallait jamais rendre le terrain conquis ni permettre une contre-attaque par les flancs.

Jusque-là, ils avaient entendu des cris mais n'avaient vu personne. Web et les autres membres de Hotel s'engouffrèrent dans le couloir. Encore un coin à tourner, et ils atteindraient la double porte de la pièce principale.

— Grenade ! hurla Web.

Il dégoupilla l'engin et le lança derrière l'angle du mur. Si quelqu'un les attendait là en embuscade, il faudrait qu'il attaque sourd et aveugle.

Arrivés à la double porte, ils ne prirent même pas la peine de vérifier si elle était verrouillée : Romano plaça rapidement sur le montant une charge constituée d'une bande de caoutchouc de 15 centimètres de long sur 2,5 de large, contenant un explosif de type C4, baptisé Detasheet. À une extrémité de l'engin se trouvaient une amorce et un détonateur. Les hommes reculèrent, Romano chuchota quelques mots dans son micro et quelques secondes plus tard la charge explosa, projetant les portes vers l'intérieur.

Au même moment, l'une des cloisons de la pièce fut soufflée par une autre explosion, et l'équipe Gulf chargea par la brèche ainsi ouverte. Ils avaient placé une charge creuse à cordeau détonant – une bande de plomb et de mousse en forme de cône, chargée d'explosifs – qui avait abattu le mur, projetant des gravats à l'intérieur. L'un des Free était déjà à terre, et tenait en hurlant sa tête ensanglantée.

Hotel chargea depuis la porte principale sur les zones dangereuses, c'est-à-dire tous les endroits où quelqu'un aurait pu se dissimuler pour leur tirer dessus.

— Grenade ! s'écria Romano en courant sur le côté droit de la pièce.

Quelques secondes plus tard, une explosion retentit, accompagnée d'un éclair aveuglant. En hurlant, au milieu de la fumée et des cris assourdissants, les Free se piétinaient en essayant de s'enfuir. Pourtant, aucun coup de feu ne partait et Web commençait à se dire que l'opération allait se terminer pacifiquement, au moins suivant les normes de la HRT, car il ne voyait que des hommes de tout âge qui se cachaient sous des sièges retournés, des gens allongés sur le sol ou plaqués contre les murs, se couvrant les yeux ou les oreilles, tétanisés par cet assaut impeccablement mené. Dès leur entrée dans la pièce, les agents de la HRT avaient tiré sur les lampes, de sorte que l'opération se déroulait dans une obscurité trouée seulement par les éclairs des grenades aveuglantes.

— FBI ! Tout le monde à terre ! Les mains derrière la tête. Les doigts croisés. Allez ! Tout de suite ! Ou vous êtes morts ! hurla Romano d'une voix hachée, avec son accent de Brooklyn.

La plupart des Free, à moitié hébétés, commencèrent à obéir aux instructions de Romano. C'est alors que Web entendit le premier coup de feu, suivi d'un autre, qui atteignit le mur juste à côté de sa tête. Du coin de l'œil, il aperçut un Free qui se relevait et braquait sur lui son MP-5. Romano dut le voir également, car Web et lui ouvrirent le feu en même temps, par courtes rafales. Les huit balles atteignirent l'homme à la tête ou à la poitrine et il s'abattit sur le sol en lâchant son arme.

Les autres Free, aveuglés et désorientés, mais aussi rendus fous de rage par la mort de l'un des leurs, se mirent à tirer. La HRT riposta, mais ces civils jouant aux soldats, armés de pistolets et de fusils de chasse, affrontaient des hommes entraînés à se battre, équipés de gilets pare-balles et de pistolets-mitrailleurs. La fusillade ne dura pas très longtemps. Les Free commettaient l'erreur de regarder leurs adversaires dans les yeux, tandis que Web et ses camarades gardaient le regard rivé sur les mains et les armes qui leur faisaient face, et s'avançaient en tirant calmement. Les rayons laser rouges de leurs pistolets-mitrailleurs pointés directement sur la cible, les hommes de la HRT tiraient côte à côte, par-dessus les uns les autres, en une chorégraphie superbement élaborée. Les Free tiraient de façon frénétique, dans le plus grand désordre, et manquaient la plupart de leurs coups, alors que les hommes de la HRT visaient avec précision et tiraient toujours au but. Deux agents de la HRT furent touchés, plutôt par hasard, mais les balles de pistolet s'écrasèrent à la hauteur de leur poitrine dans les gilets en Kevlar.

La déroute visiblement acquise, Web en eut assez de ce carnage : il passa son MP-5 sur automatique et balaya les tables et les chaises bon marché, arrachant des particules de bois et de métal, truffant les murs de balles à la cadence de neuf cents coups à la minute. La HRT ne tirait pas de coups de semonce, mais rien dans les manuels ni dans les instructions reçues ne prévoyait de massacrer un ennemi plus faible. Les Free encore vivants ne représentaient un danger pour personne et n'avaient besoin que d'un peu de persuasion supplémentaire pour se rendre. Romano agit de même, et les derniers combattants se jetèrent à plat ventre, mains sur la tête, abandonnant pour de bon toute velléité de résistance. D'un même mouvement et à la même vitesse, comme deux machines, Web et Romano rechargèrent leurs armes.

Ils ouvrirent à nouveau le feu, visant juste au-dessus des têtes, jusqu'à ce que les derniers Free se résignent au seul choix raisonnable. Deux d'entre eux se mirent à ramper au milieu des cadavres et des meubles déchiquetés, les mains en l'air, leurs armes sur le sol. Ils semblaient terrorisés, ils sanglotaient. Un autre était assis, la chemise tachée de vomissures, contemplant ses mains rouges d'avoir touché une large blessure à la jambe. Un agent de la HRT s'approcha, lui passa les menottes puis l'allongea doucement sur le dos, enfila un masque et des gants chirurgicaux, et entreprit de panser la blessure ; le tireur soignait à présent sa cible. On fit appel aux infirmiers de l'ambulance qui accompagnait toujours la HRT en opération. Après avoir inspecté la blessure, Web se dit que le type survivrait, même s'il devait passer le reste de sa vie en prison.

Tandis que Romano et l'un de ses collègues passaient les menottes aux deux premiers Free qui s'étaient rendus, d'autres agents s'assuraient que ceux qui gisaient à terre étaient bien morts. Web, lui, était persuadé qu'il n'y avait plus là que des cadavres. Aucun être humain ne peut survivre à une balle dans la tête, et encore moins à cinq ou six.

Web baissa finalement son arme, prit une profonde inspiration et contempla les survivants. Certains, vêtus de salopettes en jean trop grandes, de tee-shirts et de bottes crottées, semblaient trop jeunes pour le permis de conduire. L'un d'eux avait un duvet de barbiche ; un autre, encore de l'acné. Parmi les morts, deux avaient l'âge d'être grands-pères et peut-être avaient-ils recruté leurs petits-fils au sein des Free. Aucun ne méritait véritablement le titre d'adversaire. Ce n'était qu'une bande d'imbéciles, de ratés armés qui avaient pris le mauvais chemin. Web dénombra huit corps allongés sur un méchant tapis qui absorbait rapidement leur sang. Et, contrairement à ce que pensaient les Free, le sang qui coulait de leurs blessures était le même que celui de tous les hommes, quelles que soient leur race ou leur ethnie. À ce niveau-là, tous les êtres sont semblables.

On entendait au loin le hurlement des sirènes. Web s'appuya contre le mur. Le combat n'avait pas été loyal. Mais la fois précédente non plus. Il aurait dû éprouver ne fût-ce qu'un semblant de satisfaction, mais la nausée s'emparait de lui. Tuer n'était jamais chose facile pour lui, et peut-être cela le différenciait-il de tous les Ernest B. Free de la terre.

Romano s'approcha de lui.

— Mais d'où sont venus ces coups de feu ?

Web hocha la tête en signe d'ignorance.

— Et merde, dit Romano, c'est pas comme ça que j'imaginais les choses.

Web remarqua, sous le niveau du nombril, le large trou dans la veste de camouflage de Romano, qui révélait le Kevlar en dessous. Devant le regard de Web, il haussa les épaules comme s'il s'agissait d'une piqûre de moustique.

— Un centimètre plus bas, et Angie aurait été obligée d'aller prendre son pied ailleurs, commenta Romano.

Web fit un effort pour reconstituer avec exactitude le cours des événements. Une foule de questions se posaient, et les réponses n'allaient pas de soi. L'avertissement de Pritchard lui revint en mémoire. Ils venaient de massacrer un grand nombre de Free, le groupe soupçonné d'avoir anéanti une équipe de la HRT. En réalité, Web et ses compagnons avaient seulement tué une bande de gamins et de vieillards parce que des coups de feu étaient partis d'un endroit indéterminé et que Web avait vu l'un d'eux braquer son arme dans sa direction. Web avait eu raison d'agir ainsi, mais, sans se montrer particulièrement tordu, le moindre journaleux pouvait présenter ces événements de façon assez puante. Et Dieu sait qu'à Washington il y avait plus de journaleux tordus que partout ailleurs sur cette planète.

Un martèlement de pas se fit entendre ; les réguliers n'allaient pas tarder à faire leur apparition, et ils devraient déterminer exactement ce qui s'était passé. Comme le disait Romano, la HRT se contentait de cogner et de tirer. Cette fois, en tout cas, ils auraient mieux fait de s'abstenir, et Web commençait d'éprouver ce qu'il n'avait jamais ressenti au milieu d'une grêle de balles : la peur.

Derrière le domaine, dans les bois, à 900 mètres environ, soit au-delà du périmètre délimité par la HRT, le sol sembla se soulever ; un homme s'accroupit, tenant à la main un fusil équipé d'une lunette. C'était le fusil dont il s'était servi pour tuer Chris Miller devant la maison de Randall Cove, à Fredericksburg. Les enquêteurs du FBI devaient croire que, ce jour-là, c'était Web London la cible, mais ils se trompaient. La mort de Chris Miller n'était qu'une façon supplémentaire de harceler London. Et ce qu'il venait de faire, déclencher la fusillade entre les malheureux Free et la HRT, relevait de la même volonté. L'homme rejeta le tissu enduit de crasse, de boue, d'excréments d'animaux, de feuilles et autres matériaux destinés à le fondre dans son environnement. Il s'inspirait des méthodes des meilleurs. Or, pour l'instant du moins, les meilleurs, c'était la HRT. Et au sein de ce groupe d'élite, Web London apparaissait comme un héros. Cette distinction en faisait une cible à ses yeux. Une cible personnelle. Très personnelle. Clyde Macy rangea son matériel dans son sac à dos et s'en alla tranquillement. En dépit de sa nature impassible, il ne put s'empêcher de sourire. Mission accomplie.

44

N'ayant pu déterminer la provenance exacte de l'Oxycontin ni des autres médicaments vendus dans la région de Washington, Randall Cove avait changé de stratégie et décidé de s'attaquer aux revendeurs plutôt qu'aux fournisseurs. C'est ainsi que, utilisant les informations de T, il s'était attaché à un réseau qui vendait ces produits. Incroyable, ce qu'on peut obtenir d'un indic quand on le suspend par les pieds au-dessus d'un précipice de 30 mètres. Partant de l'idée qu'à un moment ou un autre ils seraient bien obligés de se réapprovisionner, Cove avait fini par se retrouver là ce soir.

Les bois étaient épais et Cove s'y déplaçait le plus silencieusement possible pour un être humain. Il s'immobilisa à la lisière des arbres, s'accroupit et observa le terrain. Les véhicules étaient garés sur un chemin de terre serpentant au milieu des bois, près de la frontière entre le Kentucky et la Virginie occidentale. En cet instant, Cove regrettait de ne pouvoir faire appel à des renforts ; il avait bien songé à amener avec lui Venables, mais Sonny s'était suffisamment impliqué comme ça, et puis il avait femme et enfants et s'apprêtait à prendre sa retraite. Pas question, donc, de le mêler à ça. Cove était un homme courageux, habitué aux situations dangereuses, mais il y a une différence entre le courage et la témérité, et Cove s'était toujours tenu du bon côté de la ligne de partage.

Il se baissa plus encore en voyant un groupe d'hommes se rassembler autour de l'un des véhicules, et observa la scène avec sa lunette infrarouge. Les sacs en plastique confirmèrent ses soupçons : ce n'étaient pas des briques de cocaïne mais apparemment des milliers de comprimés. Cove prit quelques photos sans flash, puis réfléchit. Il y avait au moins cinq hommes, tous armés, et il ne pouvait procéder à des arrestations sans courir lui-même un sérieux danger. Tout à ses pensées, il ne remarqua le changement de vent que lorsque le chien, couché jusque-là de l'autre côté du camion, se dirigea droit vers lui.

Étouffant un juron, Cove se mit à courir à travers bois, mais le chien gagnait rapidement du terrain, et les genoux affaiblis de Cove ne le portaient plus comme autrefois. Un détail lui laissait peu d'espoir : des animaux à deux jambes étaient également lancés à sa poursuite.

Ils l'acculèrent sur une bande de terrain marécageux. Le chien s'avança vers lui, babines retroussées, et Cove l'abattit d'un coup de pistolet. C'était la dernière fois qu'il faisait feu, car une batterie de pistolets se hérissa devant lui. Il leva son arme en signe de reddition.

Les hommes s'avancèrent, l'un d'eux fouilla Cove et empoigna l'autre pistolet qu'il cachait dans la manche de son manteau, ainsi que son appareil photo.

Nemo Strait s'agenouilla près du chien et posa doucement la main dessus avant de lever les yeux vers Cove, comme si celui-ci venait d'égorger sa mère. Strait braqua son pistolet sur lui et fit un pas en avant.

— J'avais ce vieux Cuss depuis six ans. C'était vraiment un bon chien.

Cove ne dit rien. Un autre le frappa dans le dos avec son pistolet, mais Cove n'émit qu'un grognement.

Strait s'approcha de Cove et lui cracha au visage.

— J'aurais dû m'assurer que t'étais mort quand on a poussé ta voiture dans le ravin. Et toi, t'aurais dû te dire que c'était ton jour de chance, et quitter le coin vite fait.

Sans un mot, Cove s'avança subrepticement vers Strait puis jeta un coup d'œil aux autres. Les dealers venaient de la ville et étaient tous noirs, mais Cove ne pouvait pas compter sur la solidarité de race. Dans le monde du crime, l'argent prime tout.

Strait lança un regard par-dessus son épaule, vers la remorque où se trouvait Bobby Lee, puis retourna à son prisonnier et sourit.

— Faut vraiment que tu te mêles des affaires des gens, toi, hein ?

Il tapota la joue de Cove avec son arme puis le frappa violemment.

— Réponds quand on te pose une question.

Pour toute réponse, Cove lui cracha au visage. Strait essuya la salive puis posa le canon de son pistolet sur la tempe de Cove.

— Tu peux dire adieu à la vie, connard.

Le couteau jaillit de la manche où se trouvait auparavant son autre pistolet, car jamais il n'avait vu personne chercher une arme là où on en avait déjà trouvé une. Il visa au cœur mais son pied glissa dans la boue, et Strait, plus rapide qu'il ne l'aurait cru, esquiva le coup en partie. Le couteau fiché dans l'épaule, il tomba en arrière dans l'eau boueuse. Cove regarda alors les hommes qui l'entouraient.

L'espace d'un instant, tous les bruits du monde semblèrent abolis ; il vit sa femme et ses enfants accourir à travers un champ de fleurs magnifiques : leurs sourires et les étreintes à venir balayèrent tout ce qu'il avait vécu de mauvais au cours de sa vie.

Les armes crachèrent le feu et Cove s'effondra, plusieurs fois touché. Au même instant, les hommes levèrent les yeux vers le ciel en entendant le bourdonnement d'un hélicoptère, et quelques instants plus tard des lumières apparurent au-dessus de la cime des arbres.

Strait bondit sur ses pieds.

— Foutons le camp d'ici.

En dépit de sa blessure, il parvint à soulever son chien. En moins d'une minute, il n'y avait plus personne. L'hélicoptère passa au-dessus de l'endroit sans que son équipage se rende compte de ce qui se passait. Strait s'était trompé : l'appareil transportait seulement un groupe d'hommes d'affaires qui revenaient d'une réunion tardive.

Lorsque le tintamarre de la nuit recommença, un grognement monta de l'obscurité. Randall Cove essaya de se relever mais, en dépit de sa force, n'y parvint pas. Son gilet pare-balles avait arrêté trois des cinq projectiles, mais les deux autres avaient fait des dégâts. Il retomba en arrière et son sang rougit l'eau de la mare.

Ce soir-là, Claire Daniels avait décidé de travailler tard à son bureau. La porte extérieure étant verrouillée et l'immeuble gardé, elle se sentait plus en sécurité qu'à son hôtel. Son ami pharmacien l'avait rappelée à propos du comprimé bizarre qu'elle avait pris à Web. Elle avait pensé qu'il s'agissait d'un barbiturique puissant et qu'une interaction à retardement pouvait expliquer la paralysie de Web dans la ruelle, mais ce coup de téléphone avait bouleversé sa théorie.

— C'est un placebo, lui avait dit son ami. Comme ceux qu'on utilise pour les protocoles d'essai de médicaments.

Un placebo ? Claire en était restée sidérée. Tous les autres comprimés contenaient des molécules actives.

Assise à son bureau, elle s'efforçait de reprendre les choses à zéro. Si on n'avait pas affaire à une interaction médicamenteuse, quelle pouvait être l'explication ? Elle se refusait à croire à une malédiction lancée par Kevin Westbrook grâce aux mots « enfer et damnation ». Et pourtant, de toute évidence, ces mots avaient eu un effet sur Web.

Claire parcourut alors quelques-uns des carnets de croquis de Kevin que Web l'avait autorisée à garder. Le dessin où on le voyait pointer la télécommande était parti directement au FBI, et il n'y en avait pas d'autres de ce style dans les différents carnets. Nulle part, elle ne trouva écrits les mots « enfer et damnation ». C'eût été trop simple. Ces mots avaient incontestablement une tonalité archaïque.

Claire écrivit les mots sur un bout de papier. Époque de la guerre de Sécession, avait suggéré Web. Esclavage… les Noirs et les Blancs… les partisans de la suprématie blanche… Elle fronça les sourcils, puis une idée lui vint, qu'elle tenta d'abord de rejeter.

La Free Society ? « Enfer et damnation »… elle jeta un coup d'œil à son ordinateur. Et pourquoi pas ? Quelques clics de souris lui apportèrent la réponse. La Free Society possédait un site web, répugnant outil de propagande haineuse qui lui servait à recruter des adeptes ignorants. Lorsqu'elle le découvrit, une boule se forma dans sa gorge.

Au même instant, son bureau fut plongé dans l'obscurité, et la simultanéité des deux événements lui arracha un cri d'effroi. Elle décrocha son téléphone et appela la sécurité. Le gardien répondit, d'une voix rassurante, et elle lui expliqua ce qui venait de se passer.

— Ça n'est pas l'immeuble, docteur Daniels, nous avons de la lumière, en bas. Ça a dû disjoncter à votre étage. Vous voulez que je monte ?

Par la fenêtre, elle aperçut alors les autres immeubles illuminés.

— Non, ça ira. Je crois que j'ai une lampe de poche. Si ce n'est que ça, je peux remettre le disjoncteur.

Elle raccrocha, fouilla dans son bureau et trouva la lampe de poche, puis gagna l'armoire électrique qui se trouvait à la réception de l'étage. Fermée. Claire jugea cela un peu curieux, puis se rappela que cette armoire abritait également les câbles du téléphone et du système de sécurité, et qu'il fallait bien les protéger. Mais alors, comment remettre le disjoncteur ? Elle songea un instant à retourner à l'hôtel, mais toutes ses notes se trouvaient à son cabinet et elle ne possédait pas d'ordinateur portable avec lequel se connecter sur l'Internet.

Braquant le faisceau de la lampe sur la serrure de l'armoire, elle se rendit compte qu'elle en viendrait à bout facilement. Elle découvrit un tournevis dans la cuisine et, la lampe coincée sous l'aisselle, fourragea dans le mécanisme jusqu'à le faire céder, plus par chance, à vrai dire, que par habileté. Elle éclaira l'intérieur et trouva rapidement le disjoncteur, qu'elle releva : la lumière revint instantanément. Elle s'apprêtait à refermer la porte lorsque quelque chose attira son attention : un petit appareil était branché sur les fils qui couraient le long du mur. Claire avait beau ne pas y connaître grand-chose, cet engin lui semblait tout à fait déplacé, on eût dit un micro.

Soit en raison de ce qu'elle venait de voir, soit qu'elle fût devenue soudain paranoïaque, une idée s'empara d'elle brusquement. Elle se rua hors de la pièce, sans remarquer le petit bouton sans fil sur le montant de la porte, qui basculait à l'ouverture de l'armoire électrique.

De retour à son bureau, elle observa autour d'elle, du sol aux murs, et son regard finit par s'arrêter au plafond. Elle grimpa sur sa chaise pour atteindre le détecteur de fumée. Elle avait souvent travaillé avec des policiers pour savoir que les systèmes d'écoute étaient fréquemment dissimulés dans ces appareils. En ôtant la pièce métallique, elle constata en effet la présence de fils électriques qui n'auraient pas dû se trouver là. Son cabinet était-il le seul à être sur écoute ?

Laissant le détecteur pendre du plafond, elle sauta de la chaise et se précipita dans le cabinet voisin, celui de O'Bannon. Fermé. Heureusement, la serrure était semblable à celle de l'armoire électrique, et elle la crocheta avec le même tournevis. Une fois à l'intérieur, elle alluma la lumière, démonta le détecteur de fumée au plafond et y trouva les mêmes fils suspects. Elle s'apprêtait à se rendre dans une autre pièce quand elle avisa un dossier ouvert sur le bureau.

Sa conscience professionnelle lui interdisait de consulter le dossier d'un confrère, mais les circonstances étaient exceptionnelles.

Le dossier portait le nom de Deborah Riner : Web lui en avait parlé, c'était la veuve de l'un des membres de son équipe. En parcourant les pages, elle se rendit compte que Mme Riner venait voir O'Bannon souvent et depuis déjà un certain temps, mais ce qui la surprit, ce fut le nombre de séances d'hypnose. O'Bannon l'avait hypnotisée presque chaque fois.

En voyant l'une des dates de ces séances, Claire se sentit horrifiée : trois jours avant le massacre de l'équipe de Web.

Laissant là ces papiers, elle se tourna vers l'armoire aux dossiers, fermée à clé elle aussi, mais qu'elle parvint à ouvrir avec le tournevis. Il y avait là les dossiers de nombreux agents, de différents services du FBI, mais aussi d'épouses. Comme pour Debbie Riner, Claire fut frappée par le nombre anormalement élevé de séances d'hypnose.

Les pensées se bousculèrent dans son esprit. L'hypnose est une technique étonnante. On peut, très rarement, amener quelqu'un à faire ce qu'en temps ordinaire il ne ferait pas, mais on peut aussi l'amener à se détendre, gagner sa confiance, et, subtilement, obtenir des informations sur ce qu'il fait, ou bien, dans le cas des épouses, sur ce que fait son mari. Claire imaginait déjà O'Bannon soutirant à Debbie Riner des détails sur les activités de son mari, notamment le nom de la cible et la date de la prochaine opération de la HRT. Claire savait que de nombreux couples transgressaient le règlement de confidentialité, ne fût-ce que pour maintenir la paix à la maison.

Comme elle-même avec Web, O'Bannon pouvait toujours pratiquer une suggestion post-hypnotique effaçant de la mémoire du sujet tout événement survenu au cours de la séance, y compris le fait même qu'il ait été hypnotisé. Mon Dieu, songea Claire, Debbie Riner a peut-être involontairement contribué à la mort de son mari.

En outre, les micros dissimulés enregistraient toutes les informations révélées par les patients, renseignements précieux qui pouvaient servir à des fins de chantage, voire à monter des traquenards, comme pour l'équipe de Web. Ce dernier ne lui avait-il pas affirmé qu'il se passait des choses curieuses au Bureau ?

En observant l'armoire, Claire remarqua un large vide à la lettre L. L'emplacement du dossier de Web ? Pourtant, celui que O'Bannon lui avait transmis n'était pas si gros que ça, à moins qu'il ne lui ait pas tout communiqué. O'Bannon semblait très sûr de lui, voire arrogant ; à ses yeux, personne ne possédait autant d'expérience que lui. Peut-être avait-il délibérément conservé des informations pour l'empêcher de faire un travail plus efficace. Peut-être avait-il d'autres raisons que la vanité professionnelle de vouloir garder Web comme patient.

Elle entreprit de fouiller la pièce à la recherche des informations manquantes, mais en vain. Puis Claire leva les yeux une nouvelle fois. Elle grimpa sur une chaise, ôta l'un des panneaux du faux plafond, et, dressée sur la pointe des pieds, découvrit dans le faisceau de sa lampe de poche une petite boîte posée sur l'armature métallique où étaient accrochées les dalles. Elle s'empara de la boîte, alla s'asseoir pour en examiner le contenu et découvrit le reste du dossier de Web. Un véritable trésor. Chaque page contenait une révélation stupéfiante.

O'Bannon était un homme ordonné jusqu'à l'obsession, trait de caractère dont ils avaient ri tous les deux. Et il prenait ses notes de façon méticuleuse. Grâce à ces notes, déchiffrables seulement par un professionnel, Claire comprit qu'il avait très souvent hypnotisé Web après la mort de sa mère, plus encore que Debbie Riner. Elle se raidit en constatant qu'au cours d'une de ces séances Web lui avait décrit en détail la mort de son beau-père. Les notes étaient presque cryptées, mais les références à « Stockton », « grenier, » et « PAPA CHÉRI » (en majuscules) suffirent à la convaincre que Web avait raconté la même histoire à O'Bannon. L'exclamation de Web au cours de sa séance avec elle – « Bon sang, vous le savez déjà ! » – prenait tout son sens. Son subconscient avait déjà tout révélé : mais à O'Bannon, pas à elle. L'utilisation du placebo était également citée dans les notes, probablement pour vérifier la profondeur de la suggestion, se dit-elle. Son hypothèse se trouva confirmée quelques pages plus loin : O'Bannon avait suggéré sous hypnose à Web que ces comprimés étaient un somnifère puissant, et celui-ci, par la suite, avait fait état de leur efficacité. Web lui avait également raconté la compétition entre les membres de la HRT avec les fusils Taser.

Elle finit par comprendre ce qui s'était passé dans cette ruelle. C'était ingénieux, parce qu'il ne s'agissait pas de contraindre Web à faire quelque chose qu'il ne voulait pas, mais plutôt de l'obliger à ne pas faire quelque chose qu'il devait faire.

Elle songea à appeler Web pour lui faire part de ses découvertes et lui demander son aide, mais elle ne pouvait pas ici, avec tous ces micros. Elle téléphonerait de l'extérieur.

Claire poursuivit donc ses investigations. L'aspect le plus cruel de cette relation médecin-patient lui fut révélé à la dernière page. De façon codée, il disait avoir établi un excellent rapport de confiance avec Web, un psychiatre pouvant par suggestion se poser en figure paternelle pour un patient comme lui, et le protéger contre son beau-père. Si Web ne suivait pas les consignes du psychiatre, son beau-père reviendrait pour le tuer ; sa seule sécurité consistait à obéir. O'Bannon en concluait que Web ferait un excellent candidat pour la suggestion post-hypnotique. Seule sa connaissance de l'histoire de Web permettait à Claire de lire entre les lignes. Elle savait qu'en raison de sa structure psychologique il était impossible à Web de contrevenir à ces commandements. Et pourtant, en dépit de tout, il avait réussi à surmonter temporairement la suggestion post-hypnotique, à pénétrer dans cette cour et à détruire ces mitrailleuses, malgré le barrage mental qui lui ordonnait de s'en abstenir. Incontestablement, il s'agissait de son action la plus remarquable au cours de cette nuit-là.

Le moment était venu d'en informer des gens capables de régler cette histoire. Elle n'était plus de taille. Il ne lui restait plus qu'à retourner prendre ses affaires dans son bureau. Elle fit volte-face. L'homme la regardait. Elle brandit son tournevis, mais il braqua sur elle son pistolet. Et, de toute évidence, O'Bannon n'hésiterait pas un seul instant à en faire usage.

45

De retour à Quantico, Web rendit son matériel et rédigea son rapport en même temps que les autres membres de l'équipe. Ils n'avaient pas grand-chose à expliquer. D'après Web, les tirs auraient pu venir de l'extérieur, et dans ce cas les balles devaient se trouver quelque part dans la pièce ; le problème, c'était que les murs étaient truffés de projectiles qu'il faudrait analyser pour en déterminer la provenance. Les tireurs d'élite rendaient eux aussi leurs rapports, mais Web ignorait ce qu'ils avaient pu voir ou entendre. Si les coups de feu étaient venus de l'extérieur, les tireurs d'élite avaient dû remarquer quelque chose puisqu'ils avaient soigneusement encerclé le périmètre. Or personne n'était sorti du bâtiment, donc le tireur se trouvait déjà sur place avant l'arrivée de la HRT, et il y avait eu une fuite. Rien de tout cela n'était réjouissant.

Les enquêteurs de l'antenne de Washington passaient la propriété au peigne fin, à la recherche d'indices impliquant plus encore les Free dans le massacre de l'équipe Charlie. Web avait beau souhaiter qu'ils trouvent une explication satisfaisante, il demeurait dubitatif. Comment des vieillards et des ados post-pubères auraient-ils pu nourrir une telle haine ?

Douchés et changés, Web et Romano s'apprêtaient à quitter le bâtiment administratif lorsque Bates surgit devant eux au détour d'un couloir et leur fit signe de le suivre dans un bureau vide.

— Je crois que je porte la poisse, Perce, commença Web en plaisantant à moitié.

— Non, rétorqua Romano, la poisse, ç'aurait été de perdre des gars à nous. Je ne m'excuserai jamais d'être sorti vivant d'une intervention. C'est comme en avion, n'importe quel atterrissage est un bon atterrissage.

— Taisez-vous, tous les deux ! lança Bates. La presse va nous tomber dessus à propos de cette histoire, mais on fera avec. En revanche, s'il y a une chose à laquelle je ne me fais pas, c'est quand deux types désobéissent aux ordres.

— Il manquait du personnel, Perce, dit Web, et je trouve incroyable que vous ne m'ayez pas informé de cette affaire. C'est moi qui vous ai mis sur la piste de cette caméra.

— Si je ne vous en ai pas parlé, c'était justement pour éviter ce qui s'est produit ! riposta Bates.

Web ne céda pas d'un pouce :

— Que j'aie été là ou pas, le résultat aurait été le même. Quand on nous tire dessus, on riposte. Vous pouvez me renvoyer du Bureau si vous voulez, mais je ne regrette rien.

Les deux hommes s'affrontèrent du regard, puis leurs traits se détendirent. Bates s'assit en hochant la tête et leur fit signe de prendre place.

— De toute façon, reprit-il, ça ne peut pas être pire, alors pourquoi m'inquiéterais-je ?

— Si vous craigniez tant qu'il se passe ce genre de chose, questionna Web, pourquoi ne pas avoir envoyé à notre place une équipe SWAT ?

— Ce n'est pas moi qui l'ai demandé. Les ordres venaient de plus haut.

— À quel niveau ?

— Ça ne vous regarde pas.

— Si je dois passer à la moulinette, si, ça me regarde.

— Si les tirs sont venus de l'extérieur, expliqua Romano, ça implique que quelqu'un était au courant.

— Brillante déduction, Romano, rappelez-moi de vous inscrire pour une promotion.

— Les fuites peuvent venir de n'importe où, insista Web, de la base comme du sommet. N'est-ce pas, Perce ?

— Fermez-la, Web !

— Vous pouvez quand même nous dire quelque chose ?

— En fait, cette opération n'a pas été un échec total. (Il se tourna pour ouvrir un dossier sur le bureau derrière lui.) On a déniché des trucs intéressants sur les Free. Silas Free figure parmi les morts. Et avec lui se trouvaient plusieurs messieurs de plus de soixante ans et quatre jeunes gens qui n'étaient pas en âge de voter. J'ai l'impression qu'après la fusillade dans l'école, la popularité des Free a baissé… Ils ont eu des problèmes de recrutement.

— Ernest B. Free n'était pas parmi eux, objecta Web. J'ai vérifié.

— Non. Pas Ernie. (Bates tira quelques feuilles du dossier.) Mais, dissimulé dans le plancher d'une des maisons, nous avons découvert du matériel pour la fabrication de bombes et trois fiches de renseignements sur le juge Leadbetter, Scott Wingo et Fred Watkins.

— Beaux éléments de preuve, approuva Romano.

— Et ce n'est pas tout. Nous avons également trouvé de l'Oxycontin, du Percocet et du Percodan pour une valeur de 10 000 dollars au détail.

Web eut l'air surpris.

— Les Free donnaient dans le trafic de médicaments ?

— Baisse du recrutement, problèmes de trésorerie. L'Oxy marche très fort dans les campagnes. Ça paraît logique.

— Vous pensez que c'est lié à l'affaire sur laquelle enquêtait Cove ? Les Free auraient monté un faux quartier général à Washington, manipulé Cove pour qu'on fasse appel à la HRT, de façon à la supprimer ?

— Oui. Et ce sont peut-être eux qui tentaient d'intimider Westbrook et les autres dealers pour les forcer à se regrouper.

Bien que Web opinât du chef, tout cela lui semblait suspect.

— On a aussi trouvé ça, reprit Bates. Une liste des membres et des anciens membres de la Free Society. (Il regarda Web.) À votre avis, qui a été un Free autrefois ?

Web haussa les épaules en un geste d'ignorance.

— Je suis trop fatigué pour réfléchir.

— Clyde Macy.

Du coup, Web en oublia l'Oxycontin.

— Vous plaisantez ?

— Il y est entré voilà dix ans, et y est resté jusqu'à deux mois environ après l'affaire de l'école de Richmond. Les Free tiennent scrupuleusement leurs archives ; peut-être pour exercer un chantage sur les anciens membres le jour où les finances sont en baisse. Le Ku Klux Klan agit probablement de même.

— Macy, un Free ? Et ensuite il vient jouer les gros bras pour un Noir du ghetto de Washington ? Il a eu la révélation ou c'est un simple mercenaire ?

— Je ne sais pas. Et on a perdu sa trace. Et puis, bien sûr, il y a l'autre cadavre.

— Quel autre cadavre ?

— Celui d'Antoine Peebles. Une balle dans la tête. On l'a trouvé la nuit dernière.

— Vous pensez que c'est l'œuvre de Westbrook ?

— Ça paraîtrait logique, même si, jusqu'ici, rien dans cette affaire ne semble l'être.

Web tendit la main vers le dossier.

— Ça vous ennuie si je jette un œil ?

— Au contraire : si vous remarquiez quelque chose de curieux, j'aimerais beaucoup que vous m'en parliez avant de quitter ce bureau.

Web se mit à feuilleter le dossier. Il aperçut une photo de Clyde Macy plus jeune, en tenue de combat, un fusil-mitrailleur dans une main et un fusil de chasse dans l'autre, avec un air à effrayer un ours. Tout en parcourant les pages, il remarqua les PV pour excès de vitesse dont lui avait parlé Bates. Il leva les yeux.

— Un type comme lui n'a écopé que de PV pour excès de vitesse ?

— Eh oui, c'est la vie, répondit Bates. Il a de la chance, ce salaud, ou bien il est prudent. Ou alors les deux.

— Et le camion de location qui a servi à livrer les mitrailleuses ?

— C'est bien Silas Free qui l'a loué. On est allés vérifier à l'agence. Ils se souviennent de lui. Mais une semaine plus tard, il l'a déclaré volé.

— C'est bien commode.

— C'est une pratique courante quand on prépare un coup sérieux. On loue le véhicule, puis on fait une déclaration de vol. On le cache quelque part et ensuite on le bourre d'explosifs, ou bien, dans le cas présent, de mitrailleuses.

— Ce camion constitue une preuve tangible de l'implication des Free dans le massacre de l'équipe Charlie, observa Web.

— Et, après ce qui s'est passé cette nuit, j'ai bien peur qu'on en ait besoin.

Web baissa de nouveau les yeux sur le dossier, et sentit subitement sa bouche devenir sèche.

— Qu'est-ce que c'est ?

— Oh, ça, c'est très mignon, dit Bates. Le bulletin des Free. Probablement pour tenir les membres informés de leurs diverses activités meurtrières. C'est assez récent, parce que je n'en avais jamais entendu parler. Et maintenant, ils ont même un site Internet.

Web n'entendit pas la remarque de Bates, il gardait les yeux rivés sur le titre du bulletin, en haut de la page.

Enfer et Damnation. Tel était le titre du bulletin des Free. Les mots exacts que Kevin Westbrook avait prononcés dans la ruelle.

Pendant qu'ils rejoignaient la Corvette de Romano, Web songeait à ce qu'il venait d'apprendre. Tout cela demeurait ténébreux, comme les contours d'un cauchemar : on sait que quelque chose de terrible rôde aux alentours, mais on n'arrive pas à le saisir.

Web déposa son matériel dans la voiture et s'apprêta à s'installer du côté passager, sous l'œil de Romano, qui le considérait avec une compassion non feinte.

— Eh, Web, depuis tout ce temps qu'on travaille ensemble, pas une seule fois je ne t'ai laissé conduire cet engin.

— Quoi ? dit Web, égaré.

— Et si c'était toi qui nous ramenais à la ferme ? Crois-moi, quand on se sent déglingué, rien de tel que de conduire cette machine pour récupérer.

— Merci, Paulie, mais j'en ai pas très envie.

Pour toute réponse, Romano lui jeta les clés.

— C'est comme une bouteille de grand vin, Web, il faut s'asseoir et laisser l'expérience avoir lieu. (Il s'installa sur le siège passager.) Allez, Web, on ne fait pas attendre une jolie femme.

— Ne me dis pas que tu lui as aussi donné un nom, comme à tes flingues.

— Vas-y, monte. (Il lui adressa un clin d'œil.) Si tu te trouves assez viril.

Avant d'atteindre la grand-route, Romano ajouta :

— Bon, règle numéro un : une seule égratignure à la carrosserie, et je te fais la peau.

— Quand même, on pourrait croire qu'après huit ans passés avec moi, à sauter d'hélico, en pleine nuit, des explosifs à la ceinture, tu me ferais confiance pour conduire ton tas de ferraille.

— Règle numéro deux : si tu la traites encore une seule fois de tas de ferraille, je te fous mon poing sur la gueule. Elle s'appelle Destiny.

— Destiny ?

— Destiny !

Arrivé sur l'Interstate 95, Web emprunta la direction du sud et passa devant un policier occupé à dresser un procès-verbal. Il était encore tôt et ils roulaient en sens inverse de la plupart des véhicules, presque seuls de ce côté de la chaussée.

— Bon, on a les coudées franches maintenant, et une longue ligne droite. Alors accélère tout de suite, sans ça, viens plus raconter que t'as des couilles, ordonna Romano.

Web lui lança un regard et appuya sur le champignon. La voiture rugit et atteignit si rapidement les 160 km/h qu'il se retrouva plaqué contre son siège. Ils dépassèrent la seule voiture qui roulait dans le même sens qu'eux, comme si elle avait été à l'arrêt.

— Pas mal, Paulie, et encore, je n'ai pas le pied au plancher. Voyons un peu ce qu'elle a dans le ventre.

Il enfonça un peu plus l'accélérateur et la voiture fila comme une fusée. Ils approchaient d'un virage, et Web surveillait Romano du coin de l'œil. Son compagnon regardait calmement devant lui, comme s'il avait l'habitude de rouler tous les jours à cette allure. Et si c'était le cas ? se dit Web en poussant à 210 puis 225 km/h. Des deux côtés de la route, on ne distinguait plus les arbres et le virage se rapprochait de façon vertigineuse. Impossible pour Web de le négocier à pareille allure. Il jeta un nouveau coup d'œil à Romano et vit une goutte de sueur perler à son front. Cette goutte valait à elle seule dix millions de dollars.

Encore deux secondes, et ils s'écrasaient sur la rangée de pins.

— D'accord, d'accord, fit Romano. Ralentis.

— Tu veux dire ralentir Destiny ?

— Ralentis !

Web écrasa la pédale de frein et ils abordèrent le long virage à 130 km/h.

— Ralentis encore, je viens de changer l'huile.

Web descendit à 110, trouva une sortie, et ils s'arrêtèrent devant un petit restaurant où ils commandèrent du café.

Lorsque la serveuse se fut éloignée, Web se pencha en avant.

— J'espère que tu es prêt pour la fête qu'on va nous faire à propos des Free. (Romano haussa les épaules sans rien dire.) Ça va nous dégringoler dessus, tu sais.

— Laisse tomber. Ces salopards n'ont eu que ce qu'ils méritaient. Ils ont bousillé Charlie.

— Ils ne sont pas encore condamnés, Paulie. Les huiles du Bureau n'auraient pas autorisé la descente s'ils n'avaient pas été sûrs que c'étaient eux. En tout cas, j'espère, ajouta-t-il d'un ton moins assuré.

« Ce qui m'ennuie dans ce scénario, c'est qu'on est censés croire que les gars qu'on vient de bousiller ont réussi à installer un poste de tir automatique avec des minimitrailleuses volées à l'armée sans que personne s'en rende compte. Et c'est pas tout, ils ont tué un juge, un procureur et un avocat grâce à des bombes ultra-sophistiquées et ils ont failli bousiller aussi Billy Canfield, toi et moi… Et maintenant, ils sont censés organiser un vaste trafic de drogue qui atteint Washington… Et tout ça pour se venger de quelque chose qui s'est passé il y a plusieurs années… Mais enfin, la plupart des gars qu'on a descendus étaient encore en sixième quand Ernie et ses potes ont attaqué cette école ! Leurs sentinelles étaient tellement bêtes qu'elles jouaient à des jeux vidéo, et ils n'avaient qu'un seul pistolet-mitrailleur pour tout le groupe. Y a rien qui colle dans tout ça, Paulie. Ou alors je me trompe ?

— C'est vrai, ça ne colle pas. Mais on a des preuves directes, ça suffira pour aller au procès et pour gagner. Et après tout, qu'est-ce qu'on en a à foutre, des Free ? Ce sont des ordures.

— C'est vrai. Qu'est-ce qu'on en a à foutre, des Free ? Ils font de parfaits pigeons. Et tout le monde croit qu'ils ont fait évader Ernie Free d'une prison de haute sécurité, à 3 500 kilomètres d'ici. Mais moi je dis que ces minables avaient autant de chances de faire évader Ernie de prison que de faire sauter la Maison-Blanche.

Romano le regarda fixement dans les yeux.

— D'accord, je te suis. À quoi penses-tu ?

— Je me demande pourquoi un caïd, un vrai dur, aurait pris la peine de m'indiquer l'existence de ces tunnels. Et je me demande aussi pourquoi un camion loué au nom de Silas Free, et déclaré ensuite volé, aurait été filmé à l'endroit exact où les mitrailleuses ont été déchargées. Peut-être que Silas disait la vérité. Le camion a peut-être bien été volé. Mais à part ça, tu as raison, tout concorde. Du point de vue d'un proc, c'est du pain bénit, mais, moi, je ne crois pas que le vieux Silas ait été bête à ce point, et je ne crois pas non plus que mon cher copain Francis Westbrook soit aussi charitable qu'il veut bien le prétendre.

Web contempla le soleil qui illuminait la vitre sale du petit restaurant, regrettant que la lumière ne se fasse pas aussi dans sa tête.

— Dis-moi, Paulie, est-ce que tu es né avec une cuiller d'argent dans la bouche ?

— Bien sûr. Même que j'avais mon propre valet de chambre.

— Eh bien, moi non plus, je ne suis pas né avec, mais j'ai l'impression qu'on nous a fait avaler une sacrée potion à la petite cuiller, et qu'on a tout gobé. Il y a des gens qui voulaient éliminer les Free, et on s'en est chargés à leur place.

46

De retour à East Winds, Web appela Claire sur son portable, mais elle ne répondit pas. À son travail non plus. Il téléphona alors à son hôtel, sans plus de succès. Il raccrocha avec une grimace. Fallait-il se rendre à l'hôtel ? Peut-être était-elle tout simplement sous sa douche. Il décida de réessayer plus tard.

Ensuite, Romano et lui s'offrirent un luxe indispensable : quelques heures de sommeil. Après quoi ils se rendirent à la maison principale, où ils prirent la relève des agents. Gwen, livide, les accueillit sur le seuil.

— Nous avons vu les nouvelles, dit-elle avant de les conduire dans un petit salon.

— Où est Billy ? demanda Web.

— En haut. Il s'est mis au lit. Cela faisait des années qu'il n'avait pas revu cette cassette. Je ne savais même pas qu'elle se trouvait dans la bibliothèque.

Son visage était encore humide de larmes.

— C'est ma faute, Gwen, je ne sais pas ce qui m'a pris de regarder cette cassette, dans votre maison.

— Peu importe, il fallait bien que ça arrive un jour ou l'autre.

— On peut faire quelque chose ?

— Vous en avez assez fait comme ça !

Ils se tournèrent et aperçurent Billy dans l'encadrement de la porte, pieds nus, la chemise sortie du pantalon. Il avait les cheveux en bataille, l'air égaré. Il alluma une cigarette et se servit de sa main en coupe comme d'un cendrier en avançant vers eux. Gwen ne fit rien pour l'empêcher de fumer.

Il s'assit face aux deux hommes, les observant attentivement derrière un rideau de fumée. Son haleine sentait l'alcool. Gwen se leva et voulut s'approcher de son mari, mais d'un geste il lui enjoignit de se rasseoir.

— On a regardé la télévision, annonça Billy.

— C'est ce que nous a dit Gwen, répondit Web.

Billy plissa les yeux comme s'il avait du mal à l'apercevoir, à cinquante centimètres.

— Vous les avez tous tués ?

— Pas tous. La plupart.

Web se disait que Billy était partagé entre le désir de les féliciter pour l'écrasement des Free, et celui de les jeter dehors pour en avoir laissé certains en vie.

— Quel effet ça faisait ?

— Billy ! s'écria Gwen. Tu n'as pas le droit de leur demander ça. On parle de gens qui ont été tués.

— Je sais ce que c'est, les gens qu'on tue, ma chérie, rétorqua Billy avec un sourire qui n'en était pas un.

Il se tourna vers Web, guettant une réponse.

— C'était horrible. C'est toujours horrible. La plupart avaient l'âge d'aller au lycée ou bien d'être grands-pères.

— Mon fils avait dix ans, dit-il sans émotion, sur le ton de l'énoncé indiscutable.

— Je le sais.

— Mais je comprends ce que vous dites. Ce n'est pas facile de tuer quelqu'un, sauf si on est un vrai tordu. Pour les types bien, c'est dur. (Il tendit le doigt vers Web puis Romano.) Pour des hommes comme vous.

Gwen se glissa rapidement jusqu'à son mari, avant qu'il ait pu l'en empêcher, et lui passa le bras autour des épaules.

— Retournons en haut, dit-elle.

Billy l'ignora.

— D'après la télé, le vieux Ernest B. Free ne figurait pas parmi les morts. C'est vrai ?

Web acquiesça et Billy sourit.

— Apparemment, ce salaud continue à avoir de la chance, non ?

— On dirait. Mais s'il comptait venir s'abriter au sein de son petit groupe, il lui faudra trouver un autre endroit.

— C'est déjà ça, conclut Billy, songeur. (Il se pencha vers Gwen.) Où est Strait ?

Elle sembla soulagée par le changement de sujet.

— Il a terminé la vente, il sera ici ce soir. Il a appelé sur la route. Tout s'est très bien passé. Tous les yearlings ont été vendus, et au prix qu'on demandait.

— Ah, il faut fêter ça ! Ça vous dit ? Ou on attend le retour de Nemo et on fait une petite fête ici ce soir. D'accord ?

— Je doute qu'ils aient envie de faire la fête, remarqua Gwen.

— Eh bien moi, si. On a vendu nos yearlings, des Free sont morts et il faut offrir un pot d'adieu à Web et à Paul, parce que, après la mort des autres, on n'a plus besoin de protection. Vous pouvez remballer vos affaires et vous en aller, ajouta-t-il d'une voix de stentor.

— Billy, je t'en prie, intercéda Gwen.

Web s'apprêtait à objecter que sa femme et lui étaient loin d'être en sûreté, puis il se ravisa.

— Je vous propose une chose, Billy : vous nous laissez rester encore deux jours, et on assiste à votre fête ce soir.

Gwen sembla stupéfaite, tandis que Billy hochait la tête en souriant, tout en tirant une dernière et longue bouffée sur sa cigarette, qu'il éteignit ensuite sans sourciller dans le creux de sa main. Pour la première fois, Web remarqua les mains de l'homme : fortes, musculeuses et tachées par de l'acide ou quelque chose de semblable. Il se rappela alors ses activités de taxidermiste. Tuer et empailler.

— À ce soir, messieurs, fit Billy.

En les raccompagnant, Gwen en profita pour glisser à Web, à voix basse, qu'il n'était pas obligé d'agir ainsi.

— Je vous verrai ce soir, Gwen, dit-il en guise de réponse.

Elle referma lentement la porte derrière eux.

— Qu'est-ce que c'étaient que ces conneries ? s'écria Romano. Raconte un peu.

Avant que Web ait pu répondre, la sonnerie de son téléphone retentit. Il l'ouvrit avec précipitation, espérant entendre Claire, mais c'était Bates.

— Je crois que le moment est venu de plier bagage à East Winds.

— Vous pouvez rappeler vos gars, répondit Web, mais les Canfield nous ont demandé de rester, Romano et moi.

— Vous plaisantez ?

— Non, et en fait je crois que l'idée n'est pas mauvaise. Les Free qui se trouvaient là-bas ont disparu, mais comment être sûr qu'il n'y en a pas d'autres ailleurs ? Et puis Ernie court toujours.

— C'est vrai. Bon, prévenez-moi s'il se passe la moindre chose, et immédiatement, pas quand ça vous chantera.

— Promis. Des nouvelles de Cove ?

— Aucune. C'est comme s'il avait disparu de la surface de la Terre.

— Oui, je connais quelqu'un d'autre comme ça, dit Web en songeant à Claire.

Au moment où Web était occupé à anéantir la Free Society dans le sud de la Virginie, Claire Daniels était assise, un bandeau sur les yeux, un bâillon douloureusement enfoncé dans la bouche. Dans le lointain, elle entendait des hommes discuter, ou plutôt se disputer, probablement à son sujet. La rage s'emparait d'elle chaque fois qu'elle reconnaissait la voix de O'Bannon. Ce salaud l'avait fait descendre au garage sous la menace de son arme, puis lui avait attaché les bras et les jambes avec du ruban adhésif avant de la jeter dans le coffre de sa voiture. Elle n'avait aucune idée de l'endroit où elle se trouvait. En refoulant ses larmes, elle songeait que, pendant des années, elle avait travaillé au côté de cet homme sans éprouver le moindre soupçon.

Les voix s'interrompirent et elle sentit qu'on s'approchait. Ils allaient la tuer. On l'obligea à se lever avec une telle brutalité qu'elle crut avoir le bras démis. Elle se sentit hissée sur une épaule ; celui qui la portait devait être costaud, car il ne respirait pas plus fort, et elle sentait contre son ventre des muscles durs comme l'acier.

Quelques minutes plus tard, on la déposa et elle entendit un bruit métallique. Encore un coffre de voiture. Aveuglée et trimballée comme un paquet, Claire avait perdu le sens de l'équilibre et se sentait envahie par la nausée. La voiture démarra. Elle chercha à repérer des bruits significatifs, mais il y en avait trop et ils lui parvenaient étouffés. Une heure plus tard, environ, il lui sembla que la voiture s'engageait sur une route sinueuse. La conduisaient-ils dans un bois isolé pour la tuer, laissant son cadavre disparaître lentement sous l'action combinée de la pluie, des charognards et des insectes ? Dans le cadre de son travail avec la police, Claire avait vu une fois le corps d'une femme violée puis assassinée et qu'on avait abandonné deux semaines dans une forêt. En dehors des os, il ne restait presque plus rien. La retrouverait-on dans le même état ?

La voiture ralentit, vira brutalement puis ralentit plus encore. Ils roulaient à présent sur une piste en terre et elle fut projetée contre les parois du coffre. Deux fois, sa tête heurta violemment la tôle, une fois assez fort pour lui arracher des larmes. Enfin, la voiture s'immobilisa, le conducteur coupa le contact et elle entendit des bruits de portières. Elle se raidit. Des pas qui s'approchaient. Tendue à l'extrême, elle se sentait impuissante, désespérée. Comment est-ce, de mourir ? Ça fait mal, une balle dans la tête ? Le coffre s'ouvrit, des mains puissantes la soulevèrent. Autour d'elle, on percevait les bruits de la forêt et des animaux qui la peuplaient. Elle voulut refouler ses larmes, puis y renonça. De toute façon, ces gens s'en moquaient.

L'homme qui la portait sur un terrain inégal trébucha quelquefois, mais se redressa sans peine. Puis il quitta la terre pour un autre terrain, du bois, de la brique, voire de la pierre, elle n'aurait su le dire, et elle entendit le bruit d'une porte qui s'ouvre. Elle s'étonna : elle se croyait dans un endroit désert. Peut-être s'agissait-il d'une cabane, mais elle capta alors un ronronnement de machine, de l'eau qui coulait. Se trouvaient-ils près d'un ruisseau ou d'une rivière ? D'un réservoir ou d'une usine de traitement des eaux ? Était-ce là que l'on allait se débarrasser de son corps ? Peu après, elle eut la sensation de descendre, ou bien de monter ; outre le sens de l'équilibre, elle avait perdu celui de l'orientation. Elle crut même qu'elle allait vomir, et l'épaule dure de l'homme qui lui enfonçait l'estomac n'arrangeait rien. Il y avait aussi une forte odeur de produit chimique qui lui semblait familière mais qu'elle ne parvenait pas à identifier. L'espace d'un instant, elle se dit que le fait de vomir sur cet homme lui procurerait au moins une petite satisfaction, mais cela risquait aussi de hâter sa mort.

Ils franchirent une nouvelle porte, il s'accroupit et la déposa sur quelque chose de doux, peut-être un lit. Sur l'épaule de l'homme, sa jupe était remontée très haut et, les mains liées, elle n'avait aucun moyen de la rabaisser. Elle se raidit en sentant une main remonter le long de ses cuisses, songea qu'il allait lui arracher sa culotte et ajouter le viol à ses autres forfaits, mais il se contenta de rabattre la jupe.

Ensuite, il lui leva les bras au-dessus de la tête et l'attacha à quelque chose de métallique. Dès qu'il s'éloigna elle tenta de baisser les mains, en vain. Elle était solidement menottée.

— Tout à l'heure, on vous donnera de l'eau et de la nourriture. Pour l'instant, essayez de vous détendre.

Elle ne reconnut pas la voix. L'homme ne rit pas en prononçant ces paroles insensées, mais le ton avait tout de même quelque chose d'ironique.

La porte se referma et elle se retrouva seule… jusqu'au moment où elle perçut un mouvement de l'autre côté de la pièce.

— Ça va, madame ? lui demanda Kevin Westbrook.

47

Web commençait à s'inquiéter. Claire ne l'avait pas rappelé et il avait téléphoné en vain à son hôtel. Aucune réponse non plus chez elle. À son cabinet, on ne l'avait pas vue, mais elle n'avait aucun rendez-vous ce jour-là. Peut-être était-elle partie en promenade du côté du Blue Ridge, se dit-il. Mais elle n'avait pas mentionné un tel voyage, et, même dans ce cas, pourquoi ne répondait-elle pas sur son portable ? Son instinct professionnel lui disait qu'il se passait quelque chose d'anormal.

Laissant Romano à East Winds, il se rendit à son hôtel. Ce n'était pas le genre d'endroit où l'on remarque les allées et venues des clients, mais Web résolut néanmoins de tenter sa chance. Malheureusement, les employés susceptibles de l'avoir aperçue le soir précédent n'étaient pas encore en service, et aucun autre ne se rappelait avoir vu Claire dans le hall, la veille. Son auto ne se trouvait pas non plus au parking. Il se rendit ensuite chez elle, trouva une fenêtre entrouverte à l'arrière et se glissa à l'intérieur. Il fouilla la maison de fond en comble mais ne repéra aucun indice susceptible de l'éclairer. Il découvrit dans un agenda l'adresse et le numéro de téléphone de sa fille, mais elle vivait en Californie et Claire n'aurait pas pu lui rendre visite pour la journée. Web songea un moment à l'appeler, mais se ravisa en songeant qu'un coup de fil du FBI risquait de la rendre folle d'inquiétude, et peut-être pour rien. Il quitta la maison pour son cabinet en ville. O'Bannon ne s'y trouvait pas, mais une personne qui travaillait là lui dit n'avoir pas parlé à Claire et tout ignorer de l'endroit où elle pouvait se trouver.

Au rez-de-chaussée, quand il quitta les lieux, il montra sa plaque au vigile et lui demanda s'il s'était passé quelque chose d'inhabituel la veille au soir. À la vue de l'insigne du FBI, le flic privé se plongea dans les notes laissées par l'équipe de nuit. Web avait déjà dû se présenter à la sécurité lors de ses précédentes visites à Claire, mais il ne reconnaissait pas ce gardien. Leur société devait les faire tourner sur différents immeubles.

— Oui, le rapport indique un appel du Dr Daniels à minuit et demi. Les lumières s'étaient éteintes dans son bureau et le gardien lui a dit que partout ailleurs ça fonctionnait et qu'il devait s'agir de son disjoncteur. Il lui a demandé si elle avait besoin d'aide. (Le jeune homme, qui ne devait pas être pubère depuis très longtemps, lisait ces notes d'un ton emprunté mais avec une voix un peu tremblante.) Elle a refusé, c'est tout. Vous voulez que je fasse quelque chose ?

Les yeux agrandis, il semblait supplier Web de l'envoyer à l'action. Ce dernier remarqua que le jeune homme était armé et qu'il n'aurait pas dû l'être.

— Vous gardez les noms de tous les visiteurs qui entrent et qui sortent. Moi-même j'ai dû m'identifier en entrant.

— C'est vrai.

Web attendit patiemment quelques secondes, mais le jeune homme ne semblait pas avoir pigé.

— Puis-je voir le registre ? demanda-t-il enfin.

Le garçon bondit littéralement de sa chaise. À son arrivée, il avait examiné le visage de Web, qu'il avait dû voir à la télévision. Il devait le croire fou et s'imaginer qu'il valait mieux obéir à ses injonctions, sous peine de mort. Web n'avait aucune intention de le détromper.

— Bien, monsieur.

Il éplucha soigneusement le registre. Il y avait eu de nombreux visiteurs durant les heures d'ouverture des bureaux, c'est-à-dire jusqu'à dix-huit heures.

— Et après la fermeture, quel est le règlement ?

— Il y a un système de cartes magnétiques, parce que les portes ferment automatiquement à dix-huit heures. Si un visiteur veut entrer après, un employé doit d'abord prévenir la sécurité. Lorsque le visiteur se présente, nous demandons à l'employé de descendre et de l'accueillir. Ou bien le visiteur peut utiliser le téléphone extérieur, annoncer le nom de la personne qu'il vient voir, et on la fait appeler. Si l'employé ne répond pas ou qu'il n'attende pas de visiteur, il n'entre pas. C'est le règlement. Il y a des bureaux administratifs ici, et même des services liés au Pentagone, ajouta-t-il avec une certaine fierté. L'immeuble est très sécurisé.

— Je n'en doute pas, dit Web d'un air absent, en continuant de scruter les pages. Y a-t-il un garage souterrain ?

— Oui, monsieur, mais on ne peut y accéder qu'avec une carte. Et il est réservé aux gens qui travaillent ici.

Web songea qu'il fallait vérifier si la Volvo de Claire s'y trouvait encore.

— Alors les employés peuvent monter et descendre par l'ascenseur du garage en évitant la sécurité ?

— Oui, mais seulement les employés.

— La porte du garage est de modèle courant, à bascule ?

Le vigile opina du chef.

— Et si quelqu'un se glissait dans le garage sans voiture ? Pourrait-il emprunter l'ascenseur sans la carte ?

— Pas après les heures de fermeture des bureaux.

— Et pendant ces heures-là ? insista Web.

— Hum… ça serait possible, concéda le jeune homme, comme si l'observation de Web venait de balayer d'un coup toutes ses certitudes professionnelles.

— Bon. Y a-t-il un moyen de s'adresser au gars qui était de service hier soir, celui qui a parlé avec Claire Daniels ?

— Il s'appelle Tommy Gaines. C'est un de mes amis ; on est entrés dans la boîte en même temps, après le lycée. Il fait le service de vingt-deux heures à six heures du matin. (Il sourit.) Tommy doit être chez lui, en train de dormir.

— Appelez-le, ordonna Web sur un tel ton que le jeune vigile composa immédiatement le numéro.

Il s'empara aussitôt de l'appareil et se présenta. Gaines, qu'on tirait effectivement de son sommeil, sembla aussitôt réveillé.

— En quoi puis-je vous aider ?

Web lui expliqua ce qu'il cherchait.

— J'imagine que vous n'avez pas vu partir Claire Daniels ?

— Non, je me suis dit qu'elle avait dû sortir par le garage, comme d'habitude. J'ai fait le service de jour pendant un an, et donc je la connaissais. C'était une femme très bien.

— Elle n'est pas encore morte, mon garçon.

— Non, monsieur, ce n'est pas ce que je voulais dire.

— D'après le registre, elle vous a appelé hier soir à minuit et demi. Elle travaillait souvent aussi tard ?

— Je ne suis pas forcément au courant, elle n'était pas obligée de passer par le hall.

— Oui, je comprends, mais je voudrais savoir si elle avait l'habitude de rester travailler aussi tard.

— Non, jamais.

— Elle paraissait bizarre quand elle vous a appelé ?

— Elle avait l'air d'avoir peur, mais j'imagine que, si les lumières s'éteignaient brusquement dans mon bureau, moi aussi j'aurais peur, et puis c'était une femme, toute seule.

— Bien sûr.

Pourtant, Web connaissait des femmes agents du FBI, du Service secret ou de la DEA qui auraient mangé le jeune Gaines tout cru.

— A-t-elle vraiment dit qu'elle était toute seule ?

— Non, elle ne m'a pas dit ça. Mais c'est ce qu'il m'a semblé puisqu'elle avait téléphoné en bas.

— Et en bas il y avait de la lumière ?

— Oui. Et aussi dans les immeubles en face. C'est pour ça que je lui ai dit que le disjoncteur avait dû sauter. Vous savez, dans cet immeuble, chaque unité a sa propre armoire électrique. Comme ça, au cas où on fait des travaux dans un bureau et qu'il faut couper l'électricité, ça ne gêne pas le reste du bâtiment. Il y a bien un disjoncteur central mais il est dans une armoire verrouillée, et c'est le technicien de maintenance qui a la clé.

— Vous lui avez proposé de monter, mais elle a refusé en disant qu'elle irait voir elle-même dans l'armoire électrique ?

— C'est ça.

— Et ensuite, vous n'avez plus eu de ses nouvelles ?

— C'est ça.

Web réfléchit un moment. À présent, les lumières fonctionnaient dans le bureau de Claire, mais cela valait peut-être la peine d'aller y voir à nouveau.

— Oh, agent London, dit soudain Gaines, maintenant que j'y pense, j'ai effectivement remarqué quelque chose vingt minutes après l'appel de Mme Daniels.

— Qu'est-ce que c'était ?

— Eh bien, un ascenseur est monté. Après les heures de bureau, il ne pouvait s'agir que de quelqu'un qui possédait une carte.

— D'où venait l'ascenseur ?

— Du garage. Je le voyais sur l'indicateur d'étages. Il se trouvait au niveau P2 et montait. Moi, je faisais ma ronde.

L'autre gardien se pencha vers Web.

— C'était peut-être Claire Daniels qui s'en allait.

Web secoua la tête et expliqua :

— La plupart des ascenseurs, surtout après les heures d'ouverture, sont programmés pour retourner au rez-de-chaussée. Si Claire avait appuyé sur le bouton d'appel, la cabine serait montée du rez-de-chaussée et non du garage.

Tommy Gaines avait entendu l'échange :

— Moi aussi, j'ai dû croire que c'était Mme Daniels, parce qu'elle avait appelé peu de temps auparavant, et je me suis dit qu'elle n'avait pas pu rétablir le courant et qu'elle rentrait chez elle. Mais vous avez raison pour l'ascenseur. La cabine a dû être appelée au niveau garage, mais moi, en la voyant monter, j'ai cru que c'était Mme Daniels qui l'avait appelée.

— Avez-vous vu où s'est arrêté l'ascenseur ? demanda Web.

— Non, j'ai continué ma ronde. Alors je ne l'ai même pas vue redescendre. Mais il ne s'est pas arrêté au rez-de-chaussée, j'aurais vu quelqu'un sortir. Désolé, je n'en sais pas plus.

— Non, c'est parfait, Tommy, vous m'avez été d'un grand secours. (Il se tourna vers le vigile.) Et vous aussi.

En reprenant l'ascenseur, Web pensa que le fait que quelqu'un soit monté vingt minutes environ après l'appel de Claire relevait peut-être d'une coïncidence, qu'un employé était peut-être venu faire des heures supplémentaires, ou bien alors qu'il s'était passé autre chose. Étant donné les circonstances, il penchait plutôt pour la deuxième hypothèse.

Arrivé à l'étage du cabinet de Claire, il demanda à la femme qui l'avait renseigné précédemment où se trouvait l'armoire électrique.

— Par là, je crois, dit-elle, hésitante.

— Merci.

— Croyez-vous qu'il soit arrivé quelque chose à Claire ? interrogea-t-elle, visiblement inquiète.

— Je suis persuadé qu'elle va très bien.

L'armoire électrique était fermée et, en regardant autour de lui, Web vérifia que la femme avait regagné son bureau. Il sortit son trousseau et crocheta rapidement la serrure. Au premier coup d'œil, il s'aperçut que quelque chose avait été arraché au mur. Il y avait un vide très visible sur le tableau et des débris sur le sol, mais il n'aurait su dire à quand remontait l'opération. Son œil exercé remarqua alors ce que Claire avait manqué : le bouton sans fil sur le montant de la porte, semblable à ceux qui dans une habitation déclenchent un signal d'alarme. Jamais il n'avait vu un tel appareil dans l'armoire électrique d'un immeuble de bureaux. Il gagna la porte donnant accès à cette partie d'étage et ne vit ni bouton ni panneau de sécurité. Pourquoi avoir installé une alarme dans l'armoire électrique et non pas dans les bureaux ? Soudain, tandis qu'il observait la série de portes fermées, son sang se glaça. Claire lui avait appris que de nombreux agents du FBI et d'autres services de sécurité, ainsi que leurs épouses, venaient suivre une psychothérapie dans ce cabinet de groupe. Derrière ces portes, circulaient d'innombrables informations confidentielles.

— Merde ! s'écria-t-il en se ruant vers le bureau de Claire.

La porte était verrouillée. Il la crocheta et pénétra à l'intérieur. Il aperçut la lampe de poche sur le sol, et s'apprêtait à fouiller son bureau lorsqu'il avisa le détecteur de fumée pendant au plafond. Il allait s'en saisir lorsque ses réflexes d'agent du FBI prirent le dessus. Lieu du crime, empreintes digitales, ne pas détruire des éléments de preuve… Il appela Bates, lui exposa la situation, et le FBI lança immédiatement un avis de recherche pour Claire. Une demi-heure plus tard, Bates et une équipe de techniciens se trouvaient sur les lieux.

La totalité des bureaux furent passés au peigne fin et le personnel interrogé. Pendant tout ce temps, Web demeura assis dans la salle d'attente. Bates, pâle comme un linge, finit par l'y rejoindre.

— C'est incroyable, Web, absolument incroyable.

— Il y avait des micros dans les détecteurs de fumée, non ?

Bates acquiesça.

— Et des caméras vidéo.

— Technologie PLC ?

— Oui, la même que dans les services secrets. Du matériel de pointe.

— Eh bien, je crois que nous avons découvert l'origine de nos fuites.

Bates baissa les yeux sur une liste qu'il tenait à la main.

— Quand on regarde cette liste, on ne voit qu'un agent ou une épouse par-ci par-là, ce n'est pas bien grave. Mais on a vérifié au siège, parce que c'est l'assurance médicale du FBI qui règle les factures, et on s'est rendu compte qu'il y a près de deux cents personnes, agents, épouses ou autres qui viennent dans ce cabinet. Sans parler des autres services comme la DEA, le Service secret, la police du Capitole.

— Déjà qu'avant ça il n'était pas très bien vu pour les agents d'aller voir un psy, maintenant on peut faire une croix dessus.

— Des informations à la pelle, reprit Web en hochant la tête. Debbie Riner, Angie Romano et tant d'autres. Les gars ne sont pas censés raconter ces choses-là à leurs femmes, mais ça arrive.

— C'est comme ça qu'ils ont dû apprendre quel objectif vous visiez ce soir-là, et même le nom des équipes. L'assaut était prévu depuis un bout de temps, déjà. Un des gars a pu en parler à sa femme, elle l'a rapporté à O'Bannon, et paf ! c'est capté par le micro.

— Soyons lucides, Perce, on a affaire à une pieuvre dont les tentacules ne cessent de s'étendre. (Web promena le regard autour de lui.) Tout le personnel est présent ?

— Oui, sauf Claire Daniels.

— Et O'Bannon ?

Bates s'assit.

— Apparemment, il est bel et bien impliqué. Ses dossiers ont disparu. On a fouillé sa maison. Nettoyée, elle aussi. On a lancé un avis de recherche, mais si tout s'est passé au cours de la nuit, il a beaucoup d'avance sur nous. Avec un avion privé, il peut avoir déjà quitté le pays… C'est un cauchemar. Vous vous rendez compte de ce qui va se passer quand les médias vont s'emparer de cette affaire ? C'en est fini de la crédibilité du Bureau.

— Si on arrive à coincer ceux qui sont derrière tout ça, on pourra en récupérer au moins une partie.

— O'Bannon n'attend pas benoîtement qu'on vienne l'arrêter, Web.

— Je ne parle pas de O'Bannon.

— De qui, alors ?

— D'abord, je voudrais vous poser une question. Vous allez probablement avoir envie de me coller votre poing sur la figure, mais pour pouvoir vous aider, j'ai besoin que vous me répondiez franchement.

— Je vous écoute.

— Est-il possible que O'Bannon ait travaillé pour la direction du FBI, de façon qu'elle soit tenue au courant des problèmes de ses troupes ?

— À vrai dire, ça m'a traversé l'esprit. Mais la réponse est non. Il y a des gens très haut placés dans la hiérarchie du Bureau qui viennent ici, pas seulement des fantassins. Des huiles, vous savez, et leurs épouses. Des huiles qui pourraient bousiller n'importe qui dans la maison si c'était vraiment le cas.

— Bon, admettons que O'Bannon ait organisé tout seul ce système de collecte du renseignement. Pourquoi ? Pas pour le plaisir. Pour l'argent. On en vient toujours au fric. Il vend ses informations à des tas de gens et, un peu partout, les opérations de police se mettent à foirer. Il est possible que quelqu'un ait acheté des infos à O'Bannon pour liquider l'équipe Charlie. Ce sont les gens qui sont derrière que je veux.

— Il me semble qu'on les connaît déjà. Les Free. Et on les a coincés.

— Ah bon, vous croyez que ce sont les Free qui mènent le bal ?

— Pas vous ?

— Ça concorde un peu trop parfaitement. Avons-nous d'autres informations sur ce qui aurait pu arriver à Claire ?

— Oui, et elles ne sont pas bonnes. Moins d'une demi-heure après la panne d'électricité dans le bureau de Claire, O'Bannon est entré dans le garage. Il a utilisé sa carte, ce qui nous a donné à la fois son identité et son heure d'arrivée.

Web hocha la tête, accablé :

— Elle a déclenché l'alarme, et O'Bannon devait avoir un récepteur chez lui. Il s'est précipité ici.

— Et il est tombé sur Claire.

— Oui.

— C'est dur, Web.

Web revint à East Winds plus déprimé que jamais. Les choses avaient beau se présenter fort mal pour le FBI, il ne songeait qu'à retrouver Claire vivante. Lorsqu'il apparut en haut de l'escalier de la remise aux attelages, Romano était occupé à nettoyer l'un de ses pistolets.

— Dis donc, t'as l'air complètement naze.

Web s'assit face à lui.

— J'ai merdé, Paulie.

— C'est pas la première fois.

Romano prononça ces mots en souriant, mais de toute évidence Web n'était pas d'humeur à plaisanter. Il posa son arme.

— Vas-y, raconte.

— C'est Claire Daniels.

— Ta psy.

— Ma psychiatre ! Et mon amie. Des types l'ont menacée. Des types qui ont à voir avec mon affaire, donc c'est moi qui l'ai mise en danger. Elle est venue me demander de l'aide, et j'ai rien fait.

— Tu as proposé de la protéger ?

— Oui, mais elle a refusé. Elle pensait que la menace n'était pas sérieuse et ses arguments semblaient se tenir… On a découvert que cet O'Bannon avec qui elle travaillait avait placé tous les bureaux des psychiatres sous écoute et qu'il recueillait les informations que les patients divulguaient au cours des séances.

Romano savait-il qu'Angie voyait O'Bannon ? En tout cas, s'il l'ignorait, Web ne voulait pas être celui qui le lui apprendrait.

— Il a dû vendre ces informations au plus offrant, poursuivit Web, ce qui a permis de déjouer pas mal d'opérations de police.

— Putain ! Tu crois que Claire était mêlée à ça ?

— Non ! Apparemment, elle a découvert la vérité, et O'Bannon l'a probablement enlevée. Quel imbécile j'ai été de ne pas la placer sous protection permanente ! Maintenant, il est trop tard.

— Ne sois pas si pessimiste. D'après le peu que j'en ai vu, elle semble de taille à se défendre. En l'accompagnant en voiture, je lui ai un peu parlé, et je peux te dire qu'elle est fine.

— Tu as essayé de lui soutirer une consultation psychiatrique gratuite ?

— Pas du tout, mais enfin… tout le monde a ses problèmes, pas vrai ? Claire m'a fait prendre conscience d'un certain nombre de choses. À propos d'Angie et moi, par exemple.

Web le considéra avec intérêt, ne fût-ce que pour distraire un instant son esprit de ce drame.

— Angie ne veut plus que je travaille à la HRT. Elle en a marre de me voir parti tout le temps. C'est pas vraiment une surprise, hein ? Et puis les garçons grandissent, ils ont le droit d'apercevoir leur père plus souvent qu'un mois par an.

— C'est ce qu'elle a dit ?

Romano détourna le regard.

— Non, c'est moi qui le dis.

— Alors tu penses raccrocher ton 45 ?

— Ça va pas ?

— J'ai parlé récemment avec Debbie Riner, et elle disait à peu près la même chose à propos de Teddy. Mais pour moi, c'est différent : je n'ai ni femme ni enfants.

— Tu sais, dit Romano en se penchant vers lui, au cours des huit dernières années, j'ai manqué quatre Noël, les deux premières communions de mes fils, tous les Halloween, deux Thanksgiving et la naissance de Robbie ! Et en plus, un nombre incalculable d'anniversaires, de matchs de foot ou de base-ball. C'est quand je suis à la maison que mes gamins sont surpris, Web, pas quand je suis parti.

Il toucha l'ecchymose près de son nombril.

— Et cette balle que j'ai prise, l'autre soir. C'est un gros bleu qui fera vachement mal pendant un bout de temps, mais si ça m'avait atteint cinq centimètres plus bas, ou soixante centimètres plus haut, à la tête ? Je serais mort. Mais tu sais quoi ? Ça n'aurait pas fait une grosse différence, au moins pour Angie et les garçons. Et ensuite, qu'est-ce qui se serait passé ? Angie se serait remariée, tu le sais bien, et les garçons auraient peut-être récupéré un vrai papa, ils auraient oublié que Paul Romano était leur vrai père. Chaque fois que je pense à ça, j'ai envie de me coller une balle de Barrett dans la tête… merde !

Web s'aperçut alors que Romano avait les yeux remplis de larmes, et la vue de cet homme si dur terrassé par l'amour de sa famille le toucha plus encore que n'avait pu le faire Francis Westbrook. Romano détourna rapidement le regard et s'essuya le visage.

Web le saisit par l'épaule.

— Ça n'arrivera pas, Paulie ; tu es un bon père. Jamais tes enfants ne t'oublieraient.

À l'instant même où il prononça ces mots, il se rendit compte que lui-même avait oublié son père. L'anniversaire de ses six ans. Claire lui avait dit que son père et lui partageaient un moment de bonheur. Jusqu'à l'arrivée des flics.

— Et tu agis aussi pour le bien de ton pays, ajouta-t-il, ne l'oublie pas. Maintenant, les gens s'en foutent. Tout le monde dit que la société est pourrie sans rien faire pour améliorer les choses. Mais alors, à la seconde où ils ont besoin de toi, t'as intérêt à être là.

— Ouais, servir son pays. Et descendre une bande d'ados et de vieux cons qui louperaient la statue de la Liberté à dix mètres avec un bazooka.

Web se renfonça dans son siège sans un mot, car il n'avait rien à dire sur ce sujet.

Romano braqua les yeux sur lui :

— Claire va réapparaître, Web, et qui sait, tous les deux, vous pourriez être plus qu'amis. Vivre une vraie vie ensemble.

— Tu ne crois pas qu'il est trop tard ?

— S'il n'est pas trop tard pour moi, il n'est sûrement pas trop tard pour toi.

Web ne le trouva guère convaincu, et les deux hommes échangèrent un regard triste.

Web se leva.

— Tu sais, Paulie, on est dans un sale état, tous les deux.

— Hein ?

— J'attends avec impatience la fête de ce soir.

48

Percy Bates était assis dans la salle des opérations stratégiques lorsque Buck Winters fit son apparition, accompagné de ses deux gardes du corps habituels et d'autres personnes. Bates reconnut aussitôt un jeune avocat du FBI et un inspecteur du Service de la responsabilité professionnelle, l'unité chargée d'enquêter sur les fautes commises par les membres du FBI. Avec une solennité exagérée, ils s'installèrent en face de Bates.

Winters tapota la table de l'un de ses longs doigts.

— Comment se déroule l'enquête, Perce ?

— Très bien, répondit Bates. Que signifie la présence de ces messieurs ? Vous procédez à une enquête de votre côté ?

— Vous avez eu des nouvelles récentes de Randall Cove ? demanda Winters.

Une fois encore, Bates regarda les hommes qui accompagnaient son supérieur.

— Avec tout le respect que je vous dois, Buck, pensez-vous qu'il soit nécessaire que ces messieurs aient connaissance de ce nom ?

— Ils ont toutes les accréditations nécessaires, Perce, faites-moi confiance. (Il plongea son regard dans celui de Bates.) C'est un véritable désastre. Vous vous en rendez compte, j'espère.

— Écoutez, on a envoyé la HRT, on leur a tiré dessus et ils ont riposté. Les règles d'ouverture du feu sont on ne peut plus claires. Rien dans la Constitution ne dit que nos gars doivent se faire descendre sans réagir.

— Je ne pensais pas au massacre de la Free Society.

— Merde, Buck, ce n'était pas un massacre. Les Free eux aussi avaient des armes, et ils s'en sont servis.

— Huit morts, des vieux et des gamins et aucune perte du côté de la HRT. À votre avis, comment la presse va-t-elle réagir ?

À bout de patience, Bates laissa tomber le dossier qu'il tenait à la main.

— Si le Bureau adopte sa politique habituelle, c'est-à-dire celle de l'autruche, et qu'il laisse les gens raconter tout et n'importe quoi, je pense que la réaction de la presse ne sera pas bonne. Que faut-il faire pour avoir une bonne image ? Perdre quelques gars à chaque mission ?

— C'est un nouveau Waco, opina le jeune avocat en hochant la tête.

— N'importe quoi ! s'emporta Bates. Vous ne savez pas ce que vous dites. À l'époque de Waco, vous en étiez encore à sucer votre pouce à la fac de droit !

— Comme je le disais, reprit calmement Winters, je ne pensais pas particulièrement aux Free.

— À quoi, alors ? s'enquit Bates.

— Oh, je ne sais pas, peut-être au fait que toute la sécurité du FBI a été battue en brèche.

Bates se raidit.

— À cause des écoutes dans les cabinets des psychiatres ?

Winters explosa :

— Oui, Perce, exactement ! Parce que, depuis je ne sais pas combien d'années, des agents, des secrétaires, des techniciens, et Dieu sait qui encore, mais apparemment tous ceux qui avaient des problèmes au FBI sont allés s'épancher là-bas. Et quelqu'un a tout récupéré et s'en est servi pour je ne sais pas trop quoi. C'est ce que j'appelle battre en brèche la sécurité du Bureau.

— Nous recherchons activement O'Bannon.

— Le mal est déjà fait.

— Ça vaut mieux que si nous ne nous en étions pas aperçus.

— Non, pas du tout ! Vous devez savoir que depuis longtemps j'étais opposé à ce que nous ayons recours à des psychiatres et à des psychologues extérieurs, et cela précisément pour des raisons de sécurité.

Et maintenant, songea Bates, tu vas utiliser cette catastrophe pour gravir de nouveaux échelons, n'est-ce pas, Buck ? Peut-être même vises-tu le poste de directeur ?

— Non, Buck, en fait je l'ignorais.

— Tout cela est consigné sur papier, dit Winters avec assurance. Vous pouvez vérifier.

— Je n'en doute pas, Buck. Vous avez toujours été très fort pour les procédures.

Et pas pour grand-chose d'autre, songea Bates. En tout cas, pas pour ce qui fait un véritable agent du FBI.

— Des têtes vont tomber.

Mais pas la tienne, se dit Bates.

— Qu'est-ce que j'ai lu ? reprit Winters. Que London avait participé à l'attaque ? C'est une coquille, j'espère !

— Il était bien là, reconnut Bates.

Winters sembla sur le point d'exploser à nouveau, mais, en étudiant son visage, Bates comprit soudain où il voulait en venir.

— La presse va s'en donner à cœur joie, déclara Winters. La HRT se venge en massacrant des vieillards et des adolescents. J'imagine déjà les gros titres demain. Alors écoutez-moi bien, Bates, London est viré, sur-le-champ.

Comme pour donner du poids à ses paroles, Winters prit un crayon sur la table et le cassa en deux.

— Buck, vous ne pouvez pas faire ça. L'enquête sur cette affaire n'est pas encore terminée.

— Si, je le peux. Il était en congé en attendant l'enquête de l'Inspection des services. (Winters adressa un geste à l'un de ses assistants, qui lui tendit un dossier. Winters chaussa lentement une paire de lunettes, parcourut le dossier et releva les yeux.) Et j'ai découvert également que, bien qu'en congé, il avait été assigné à la protection d'un certain William Canfield, qui dirige un élevage de chevaux dans le comté de Fauquier. Qui a autorisé ça ?

— Moi. Le fils de Canfield a été tué par les Free à Richmond. Trois personnes liées d'une façon ou d'une autre à cette affaire ont été assassinées, vraisemblablement par les Free. Vous le savez. Nous ne voulions pas que Canfield soit le quatrième. Web était disponible et Canfield lui fait confiance. D'ailleurs, Web lui a sauvé la vie. Et la mienne également. Ça semblait donc un bon choix.

— Ça ne plaide pas pour la sagacité de ce Canfield.

— Et puis nous avons la preuve qu'un camion loué par Silas Free a servi à livrer les mitrailleuses qui ont anéanti l'équipe de la HRT. En les attaquant, nous étions parfaitement dans notre droit. Et l'assaut a été approuvé par les autorités compétentes. Voyez les papiers.

— Je le sais. Je les ai moi-même signés.

— Ah bon ? s'étonna Bates. Vous savez, Buck, j'avais demandé une équipe SWAT. Ce n'est tout de même pas vous qui avez insisté pour qu'on fasse appel à la HRT ?

Winters ne répondit pas et Bates comprit instantanément pourquoi on avait envoyé la HRT en première ligne : Winters avait besoin d'événements de ce style pour alimenter sa croisade contre cette unité. Et il comprit aussi que Winters était assez malin pour qu'on ne puisse jamais le prouver.

— Je ne savais pas que Web devait participer à cette opération, reprit Winters.

— Ça s'est décidé plus tard, répondit lentement Bates.

Sur ce sujet, il était coincé, il le savait.

— Oh, merci pour l'explication, railla Winters. Tout devient plus clair, à présent. Et qui a autorisé London à participer à l'assaut ?

— Son chef, Jack Pritchard, a forcément dû autoriser sa participation.

— Dans ce cas il est viré. Séance tenante.

Bates se leva d'un bond.

— Mon Dieu, Buck, vous ne pouvez pas faire ça ! Pritchard travaille au Bureau depuis vingt-trois ans. C'est l'un des meilleurs éléments que nous ayons jamais eus !

— C'est terminé, il n'est plus membre du FBI. Et je le considère au contraire comme l'un de nos pires éléments. Ce qui sera dûment noté dans son dossier. Je recommanderai en outre qu'on lui retire tout, y compris sa retraite, pour insubordination, attitude préjudiciable au Bureau et cinq ou six autres choses. Croyez-moi, quand toute cette histoire éclatera au grand jour, il faudra absolument trouver des boucs émissaires.

— Buck, je vous en prie, ne faites pas ça. Bon, d'accord, Pritchard a peut-être un peu franchi les limites dans cette affaire, mais sa liste de félicitations officielles est encore plus longue que la mienne. Il a risqué sa vie un nombre incalculable de fois. Et il a une femme et cinq enfants, dont deux à l'université. Ça le ruinerait. Ça le tuerait.

Winters reposa le dossier.

— Je vous propose quelque chose, Perce, un marché, parce que je vous aime bien et que je vous respecte.

Bates se rassit, l'air soupçonneux face au cobra prêt à frapper.

— Quel genre de marché ?

— Si Pritchard reste, London s'en va. Pas de questions. Pas de bagarre, pas de recours. Il s'en va, c'est tout. Qu'en dites-vous ?

Winters l'observa, attendant sa réponse.

Pendant des années, Claire avait grincé des dents, au point qu'un dentiste lui avait fait faire un appareil qu'elle portait la nuit pour ne pas user l'émail. Peut-être ce symptôme d'anxiété lui venait-il des confidences de ses patients. À présent, elle se félicitait de cette habitude, qui lui avait permis de broyer son bâillon. Elle en cracha les morceaux, mais ne put ensuite retirer son bandeau sur les yeux car elle avait les mains attachées au-dessus d'elle. Elle avait bien essayé de se frotter la tête contre le mur mais n'avait réussi qu'à se faire mal, comme si elle s'était arraché les cheveux. Épuisée, elle retomba en avant.

— Vous inquiétez pas, madame, je verrai à votre place, dit Kevin. Ils m'ont attaché, moi aussi, mais j'essaie de me libérer.

Après s'être débarrassée de son bâillon, elle avait bavardé avec l'enfant et appris son nom.

— Web London m'a parlé de toi, dit-elle. Et je suis allée chez toi. Nous avons discuté avec Jerome.

— Je parie qu'ils sont inquiets. Je parie que mamie est morte d'inquiétude.

— Ils vont bien, Kevin, mais c'est vrai, ils sont inquiets. Jerome t'aime beaucoup.

— Il est toujours très gentil avec moi. Mamie aussi.

— Tu sais où on se trouve ?

— Non.

— Il y a comme une odeur de produits chimiques. Comme si on était près d'un pressing ou d'une usine.

Elle s'efforça de retrouver les détails de son trajet. Les routes et le terrain sur lequel l'homme l'avait transportée évoquaient plus la campagne que la ville.

— Ça fait combien de temps que tu es ici ? demanda-t-elle.

— Sais pas. Les jours font que de se mélanger.

— Il y a quelqu'un qui t'apporte à manger ?

— Toujours le même monsieur. Je sais pas qui c'est. Il est gentil avec moi. Mais il va me tuer, je le vois dans ses yeux. C'est surtout des gentils qu'il faut se méfier. Je préfère encore ceux qui crient et qui menacent que ceux qui sont tranquilles.

Si elle n'avait pas eu aussi peur d'être tuée, elle se serait émerveillée de la perspicacité de cet enfant.

— Comment as-tu été mêlé à tout ça ?

— Pour l'argent, répondit simplement Kevin.

— Nous avons vu ton dessin, avec la télécommande.

— Je savais pas ce qui allait se passer. Personne m'avait prévenu. Ils m'avaient juste donné l'appareil et fait répéter les mots à dire.

— « Enfer et damnation » ?

— Oui. Ensuite, je devais les suivre dans la ruelle, et puis quand j'étais suffisamment près de la cour, appuyer sur le bouton de la télécommande. J'ai vu cet homme, Web, même qu'il est resté tout paralysé pendant que les autres qu'étaient avec lui couraient vers la cour. Web, il n'a pas vu quand j'étais derrière lui. Il s'est relevé et il a suivi ses copains, mais y marchait comme s'il était soûl. J'ai appuyé sur le bouton et puis j'suis resté en arrière.

— Parce que tu voulais voir ce qui s'était passé ?

— Ces gens, ils m'avaient jamais dit que ça allait tirer. J'le jure sur la tombe de ma mère, j'le jure !

— Je te crois, Kevin.

— Ils m'avaient dit de revenir à l'endroit où j'étais, mais je pouvais pas. Je voyais tous ces gens qu'étaient morts comme ça. Et puis Web, il m'a crié quelque chose. Même que j'ai failli avoir une crise cardiaque. Il m'a sauvé la vie. Sans lui, j'aurais couru là-bas et je serais mort aussi.

— Web a dit qu'ils avaient mis un autre garçon à ta place.

— C'est vrai. Je sais pas pourquoi.

Claire respira profondément et la forte odeur de produits chimiques envahit à nouveau ses poumons. Cette fois, elle reconnut le chlore, mais sans avoir la moindre idée de sa provenance. Elle se sentait totalement impuissante.

49

En se rendant à la grande maison pour la fête, Web et Romano rencontrèrent Nemo Strait.

— Que vous est-il arrivé ? questionna Romano en voyant son bras en écharpe.

— C'est un de ces satanés bourrins qui m'a flanqué une ruade. J'ai eu l'impression que ma clavicule s'enfonçait dans mes amygdales.

— Quelque chose de cassé ? s'inquiéta Web.

— On m'a fait une radio, dans un hôpital du Kentucky, mais ils ont rien vu. En attendant, je dois porter le bras en écharpe. Je suis un directeur d'élevage manchot, et Billy va être furieux.

Billy les accueillit sur le seuil de la grande demeure élégamment vêtu d'un pantalon bien repassé et d'un blazer bleu, bien coiffé et même rasé. Pourtant, en passant devant lui, Web sentit à son haleine que pour lui la fête avait déjà commencé.

Le maître de maison les conduisit au sous-sol.

Devant le comptoir, se tenaient deux hommes que Web ne connaissait pas, vêtus de façon élégante quoique décontractée en Armani, chaussures Bruno

Magli sans chaussettes, montres Tag Heuer et colliers en or rendus bien visibles par des chemises trop ouvertes. Ils étaient très bronzés, les ongles soigneusement manucurés, coiffés à la perfection, et Web eut d'emblée l'impression d'avoir affaire à des homosexuels.

Billy conduisit les deux policiers à leur rencontre.

— Je voudrais vous présenter mes nouveaux amis, Giles et Harvey Ransome, ils sont frères, hein, pas mariés. (Il fut le seul à rire de sa plaisanterie.) Ce sont mes voisins immédiats. Ils ont finalement accepté mon invitation à venir boire un verre.

Web et Romano échangèrent un regard.

— Je vous présente Web London et Paul, non, disons plutôt Paulie, rectifia-t-il avec un clin d'œil à l'attention de Romano. Du FBI.

En entendant ce mot, les frères Ransome semblèrent sur le point de s'enfuir à toutes jambes, et Harvey parut même s'évanouir.

Web tendit la main.

— Ce soir, nous ne sommes pas de service.

Les deux frères tendirent eux aussi la main, comme si on allait leur passer les menottes.

— Billy ne nous avait pas dit qu'il inviterait le FBI, dit Giles en lançant un regard mauvais à son hôte.

— J'adore les surprises, rétorqua Billy. Depuis l'enfance. (Il jeta un coup d'œil à Strait.) Qu'est-ce qui vous est arrivé ?

— Je me suis fait avoir par un cheval.

— Voici le directeur de l'élevage, Nemo Strait, annonça Billy aux frères Ransome. Il vient de me rapporter une petite fortune du Kentucky en vendant de la viande de cheval à des gogos.

— On s'en est très bien tirés, dit tranquillement Strait.

— Mais enfin, où ai-je la tête ? s'écria Billy. J'ai oublié de vous proposer à boire. Pour vous, les garçons, c'est de la bière, je le sais, dit-il en montrant Web et Romano. Et vous, Nemo ?

— Un whisky à l'eau, c'est le meilleur antidouleur que je connaisse.

Billy passa derrière le bar.

— Nous serons deux. (Il leva les yeux vers l'escalier.) Ah, bonsoir.

Web se tourna, s'attendant à voir Gwen, mais découvrit Percy Bates.

— Billy a eu la gentillesse de me convier à sa soirée, expliqua-t-il en les rejoignant.

Il adressa un sourire à Web, mais celui-ci y sentit quelque chose qui ne lui disait rien qui vaille.

Lorsque chacun eut un verre en main, ils se dispersèrent par petits groupes. Web s'attacha aux frères Ransome, essayant subtilement de les faire parler de Southern Belle, mais les deux hommes se tenaient sur la défensive, ce qui ne fit qu'accroître ses soupçons. Nemo et Romano contemplaient la collection de fusils de chasse de Billy, tandis que ce dernier se tenait seul, contemplant son grizzly d'un air renfrogné.

Lorsque Gwen descendit les escaliers, les têtes se tournèrent vers elle une à une. Si Billy était plus élégant que d'habitude, sa femme, elle, semblait habillée pour une première à Hollywood. Oubliés les jeans et les bottes de cheval, elle portait une robe rouge, moulante, descendant jusqu'aux chevilles, et fendue jusqu'au point précis où la décence n'est point offensée mais où les fantasmes des mâles peuvent partir au galop. Elle portait également des chaussures découvrant les orteils, avec des lanières de cheville qui évoquaient, au moins pour Web, les pratiques du bondage. La robe découvrait ses épaules bronzées et délicatement féminines en dépit de leur musculature. Le corsage de la robe était taillé suffisamment bas pour rendre les mouvements difficiles sans en révéler trop, et peut-être était-ce intentionnel. Elle avait les cheveux ramenés haut sur la tête, était peu maquillée et arborait discrètement quelques bijoux.

Elle descendit les marches dans un silence complet, jusqu'à ce que Romano murmure « *amore* » avant d'avaler une gorgée de bière.

— Maintenant la fête peut commencer pour de bon, déclara Billy. Qu'est-ce que je te sers, Gwen ?

— Un ginger ale.

Billy s'exécuta et dirigea son regard vers les frères Ransome.

— Elle est sublime, dit Harvey.

— Une vraie déesse, renchérit Giles.

— C'est également ma femme. (Il lui apporta son verre.) Nemo a reçu une ruade.

Web remarqua qu'elle accorda à peine un regard à Strait.

— Oui, c'est ce que je vois. (Elle adressa un signe de tête aux Ransome.) Je ne crois pas que nous nous connaissions, dit-elle froidement.

Harvey et Giles se bousculèrent pour les présentations.

Web, un peu en retrait, contemplait la scène. Gwen Canfield était incontestablement magnifique, et pourtant sa façon de s'habiller et son attitude semblaient à mille lieues de la femme qu'il connaissait. Mais peut-être s'était-il trompé.

Il ne perçut la présence de Bates à son côté que lorsque celui-ci lui adressa la parole.

— C'est une fête d'adieu, apparemment.

— Oui, l'affaire est classée. Les bons ont encore gagné, ajouta sèchement Web. Le moment est venu de se soûler et de se congratuler, en tout cas jusqu'à ce que ça reparte.

— Il faudra qu'on parle, tout à l'heure. C'est important.

Web lui lança un regard. Pour qui ne l'aurait pas connu, Bates arborait un air détaché. Mais pour Web, qui le connaissait mieux que personne, Bates semblait sur le point d'exploser, avec tout ce qu'il dissimulait à l'intérieur.

— Ne me dites pas que j'ai gagné à la loterie !

— Ça dépend de la façon dont on voit les choses. À vous de décider. Vous voulez qu'on aille faire un tour dehors et qu'on en discute maintenant ?

Web dévisagea son supérieur. Décidément, l'heure était grave.

— Non, Perce, pour l'instant j'ai envie de savourer ma bière et de discuter avec une très belle femme.

Il abandonna Bates et parvint à soustraire Gwen à la cour assidue des frères Ransome. Ils s'installèrent dans des fauteuils club jumeaux et Gwen se mit à bercer son verre sans quitter son mari du regard.

— Voilà environ six heures qu'il fait la fête.

— Je vois ça, dit-il en l'observant discrètement.

Elle lui jeta un regard perçant.

— Je sais, je n'ai pas la même apparence que d'habitude, lança-t-elle en rougissant légèrement.

— On peut dire que vous ne passez pas inaperçue. Je suis heureux qu'il n'y ait pas d'autres femmes : elles ne souffriraient pas la comparaison.

Elle lui tapota la main.

— Vous êtes gentil. Mais, à vrai dire, je me sens très mal avec cette robe. J'ai peur de m'étaler à chaque pas et de me ridiculiser, et mes pieds me font atrocement souffrir. Ces chaussures italiennes sont jolies à regarder et absolument impossibles à porter au-delà d'un 36 de pointure.

— Dans ce cas, pourquoi vous habiller comme ça ?

— C'est Billy qui a choisi ces vêtements. Pourtant, ce n'est pas le genre d'homme à dire à sa femme comment s'habiller, se hâta-t-elle d'ajouter. Tout au contraire. D'habitude, c'est même moi qui achète ses vêtements. Mais il voulait que je sois « é-pous-touflante ».

Web leva son verre.

— Mission accomplie. Mais pourquoi ?

— Je ne sais pas, Web. Franchement je ne sais pas ce qui lui passe par la tête en ce moment.

— Ça n'est peut-être pas sans rapport avec cette cassette vidéo. Encore une fois, je vous présente mes excuses.

— Ça n'est pas seulement ça. Il y a un bout de temps que ça couve. Billy a changé au cours de ces derniers mois, et j'ignore pourquoi.

Web eut le sentiment qu'en fait elle connaissait la raison de ce changement, mais qu'elle n'était pas disposée à le révéler à un quasi-inconnu comme lui.

— Son comportement est devenu de plus en plus bizarre, ajouta-t-elle.

— Comment ça ?

— Il est devenu obsédé par ses animaux empaillés, il passe son temps en bas, à traîner. Mon Dieu, quelle chose répugnante !

— C'est vrai que c'est horrible.

— Et il boit beaucoup, même pour lui... Vous savez ce qu'il m'a dit, pendant que nous nous habillions ? (Elle avala une gorgée de ginger ale.) Qu'on devrait ficher la tête de tous les membres de la Free Society sur des piques et les promener dans les rues, comme on le faisait il y a des siècles.

— Pourquoi ? Pour envoyer un message ?

— Non ! lança une voix.

Tous deux levèrent les yeux vers Billy, qui se tenait devant eux.

Il vida son verre de whisky.

— Non, reprit Billy, on fait ça parce que le meilleur endroit où mettre ses ennemis, c'est devant soi, comme ça, on sait tout le temps où ils sont.

— Ça n'est pas toujours si facile, objecta Web.

Billy sourit à travers son verre.

— C'est vrai. Et c'est pour cette raison que les ennemis ont souvent l'avantage.

Ce ne fut qu'un rapide coup d'œil, mais Web fut presque sûr que Billy avait regardé Nemo Strait en prononçant ces mots.

Billy leva son verre.

— Un autre ?

— Je n'ai pas encore terminé celui-ci.

— Prévenez-moi quand il sera vide. Gwen, tu es prête pour une vraie libation ?

— Avec une telle robe et au milieu de tous ces hommes, je crois qu'il vaut mieux que je garde l'esprit clair, ce soir, dit-elle avec un sourire faussement innocent.

Une fois encore, Web nota que son mari ne lui rendait pas son sourire.

Alors qu'ils s'apprêtaient à monter pour le dîner, on entendit un hurlement. L'armoire aux armes était ouverte, révélant le cabinet secret, tandis que Harvey et Giles, tous deux la main sur la poitrine, contemplaient le mannequin noir de Billy. Ce dernier, appuyé contre le mur, riait à en perdre haleine. Web ne put s'empêcher de sourire.

Après le dîner, le café et le cognac que Billy avait offert à tout le monde, on prit congé. Gwen serra Web dans ses bras, et celui-ci sentit les seins de la jeune femme s'écraser contre son torse. Les doigts de Gwen s'attardèrent aussi un peu trop longtemps sur ses bras, et Web, ne sachant comment réagir, se contenta de lui dire au revoir.

Dehors, Strait grimpa dans sa camionnette, qu'il conduisit d'une main pour rentrer chez lui, puis une limousine apparut, où s'installèrent Giles et Harvey. Web se dit qu'ils s'étaient ridiculisés auprès de Gwen mais que celle-ci avait bien pris la chose. À l'heure qu'il est, se dit-il, elle doit être en haut, à ôter ses chaussures impossibles et sa robe inconfortable. Elle devait même être nue, et Web se surprit à jeter un coup d'œil vers les fenêtres de l'étage. Dans quel espoir ? Une apparition ? Rien de tel ne se produisit.

Bates s'approcha de Web et de Romano.

— Web et moi devons parler.

Cela fut dit sur un tel ton que Romano s'éloigna à pied vers la remise des attelages.

Web et Bates se retrouvèrent face à face.

— Bon, dit Web. Quel est le résultat des courses ?

Il écouta sans un mot le récit de Bates.

— Et Romano ? demanda-t-il lorsque Bates eut terminé.

— Buck n'en a pas parlé, donc j'imagine que pour lui ça va.

— Très bien.

— Je ne sais pas quoi faire, Web. Je suis pris entre le marteau et l'enclume.

— Pas du tout. Je vais vous faciliter les choses. Je démissionne.

— Vous vous foutez de moi ?

— Le moment est venu pour moi de bouger, Perce, d'essayer autre chose. Je ne suis plus tout jeune et, pour être franc, j'aimerais voir quel effet ça fait, un boulot où les gens ne vous tirent pas dessus.

— On peut se battre, Web. Winters n'aura pas forcément le dernier mot dans cette affaire.

— J'en ai marre de me battre.

Bates semblait désemparé.

— Je ne voulais pas que ça se termine comme ça.

— Romano et moi, on termine notre boulot ici et je m'en vais.

— Après ce qui s'est passé avec les Free, vous imaginez le boucan qu'il va y avoir. En vous voyant quitter la HRT précisément à ce moment-là, tout le monde va penser que vous êtes le responsable de la bavure. C'est risqué. Les médias vont vous harceler. D'ailleurs, ça a déjà commencé.

— À une époque, ça m'aurait touché. Mais plus maintenant.

Pendant quelques secondes, ils demeurèrent là, silencieux, voyant s'interrompre brutalement, sans y être préparés, un combat commun de plusieurs années. Web finit par tourner les talons et s'éloigna.

50

Deux heures du matin. À East Winds, les seuls bruits perceptibles étaient ceux des chevaux dans les prés et des animaux sauvages dans la forêt qui empiétait sur le domaine. Puis des pas furtifs se firent entendre sur le sentier au milieu des arbres.

Une lumière brillait dans la maison et la silhouette d'un homme se détachait contre la fenêtre. Nemo Strait appuyait une canette de bière glacée contre son épaule blessée, en grimaçant de douleur. Il portait un tee-shirt et un caleçon, déchiré à hauteur des cuisses par sa puissante musculature. Il s'assit sur son lit et entreprit de charger son pistolet semi-automatique, mais, avec une seule main, il avait du mal à reculer la culasse pour y glisser la cartouche. Exaspéré, il finit par reposer l'arme sur sa table de nuit, s'allongea sur le lit et sirota sa bière.

De nature, Nemo Strait était un homme anxieux, et les circonstances présentes justifiaient son inquiétude. Il avait observé la direction de cet hélicoptère : il n'avait pas atterri dans les bois et ne devait pas appartenir à la police. Strait avait pensé revenir à l'endroit où ils avaient abattu Cove pour s'assurer de sa mort, mais personne ne survit à cinq balles dans le corps, et même, dans le cas contraire, il serait transformé en légume, incapable de raconter ce qui s'était passé. Pourtant, Strait doutait et il avait regardé tous les bulletins d'informations possibles dans l'espoir d'apprendre la découverte du cadavre d'un agent du FBI. Et de vérifier, par la même occasion, que l'on ne possédait aucun indice sur l'identité des tueurs. Il se frotta l'épaule. On retrouverait son sang sur place, bien sûr, mais il faudrait un échantillon pour comparer son ADN et, à sa connaissance, il n'y en avait nulle part. Sauf à l'armée ! Mais l'aurait-elle conservé, après vingt-cinq ans ? Et l'échantillon de sang serait-il encore en bon état ? Probablement pas. Pourtant, le moment approchait où il lui faudrait partir. Il avait réussi tout ce qui était prévu, et la vente de la nuit précédente lui laissait assez d'argent pour se retirer où bon lui semblerait. D'abord, il avait songé à acheter une maison dans les Ozarks et à passer le reste de sa vie à pêcher et à dépenser sa fortune au compte-gouttes, de façon à ne pas attirer l'attention. À présent, il voyait les choses autrement. L'étranger lui semblait infiniment plus sûr. On disait qu'en Grèce la pêche était extraordinaire.

Si Strait avait entendu s'ouvrir la porte arrière, il ne le manifesta pas. La journée avait été longue, et l'effet de son antalgique commençait à se dissiper. Il avala une nouvelle gorgée de bière et s'essuya les lèvres.

La porte de sa chambre s'entrebâilla lentement. Une fois encore, Strait sembla ne pas s'en apercevoir. La silhouette s'avança. Strait alluma la radio, à côté de son lit. Finalement, il tourna lentement la tête.

— Je pensais que tu ne viendrais pas, ce soir, dit-il. Je me disais qu'avec un seul bras je n'étais plus bon à rien.

Il avala une gorgée de bière et reposa la canette.

Gwen le regardait toujours de haut. Elle arborait encore la robe rouge de la soirée mais avait troqué ses talons hauts pour des chaussures plates ; sa chaîne de cheville jetait de brefs éclats dans la lumière tamisée.

Elle s'approcha de lui et son regard se porta sur son épaule.

— Ça fait très mal ?

— Chaque fois que je respire.

— Quel cheval t'a fait ça ?

— Bobby Lee.

— Il ne botte pas, d'habitude.

— Tous les chevaux peuvent botter à un moment ou à un autre.

— J'oubliais que c'est toi l'expert.

Elle sourit d'un air sage, mais aucune gaieté n'illuminait son regard.

— C'est le genre de chose qu'on n'apprend pas en un an, ni même en dix. Regarde Billy, il apprend vite, mais au fond il connaît que dalle à l'élevage des chevaux.

— Tu as raison. C'est pour ça que nous t'avons embauché, toi et ta bande de copains… Tu es notre preux chevalier, Nemo.

Il alluma une cigarette.

— Oui, elle est bonne, celle-là.

Il la regarda avec étonnement boire une gorgée de sa bière.

— Tu n'as rien de plus fort que ça ? demanda-t-elle.

— Du bourbon.

— Va m'en chercher.

Tandis qu'il tirait d'un placard une bouteille et des verres, elle s'assit sur le lit et effleura du bout des doigts sa chaîne de cheville, cadeau de Billy. Leurs deux noms étaient gravés dessus. Strait lui tendit un verre qu'elle vida d'un trait, avant de le lui rendre pour qu'il le remplisse.

— Doucement, Gwen. C'est pas du sirop.

— Pour moi, si. En outre, je n'ai pas bu, à la fête. J'ai été sage.

Le regard de Strait parcourut son corps longiligne, s'attardant sur les jambes nues et les larges fesses.

— Tous les hommes avaient envie de te sauter.

Gwen ne sourit pas au compliment.

— Pas tous.

— Eh, Billy prend de l'âge, il ne peut plus faire ça à la demande. Et moi aussi, je vieillis plus vite que je ne le voudrais.

— Ça n'a rien à voir avec l'âge. (Elle tira une bouffée sur la cigarette de Strait et la lui rendit.) Et, quand son mari ne la touche pas pendant des années, une femme a tendance à aller voir ailleurs… J'espère que tu reconnaîtras le caractère limité de ton rôle.

Il haussa les épaules.

— Il faut savoir accepter ce qu'on a. Mais ce n'est pas bien qu'il continue à te reprocher ce qui est arrivé à ton fils.

— Il en a le droit.

— Mais ce n'est pas toi qui as demandé à ces cinglés de Free d'envahir l'école et de tirer à tort et à travers !

— Non, et ce n'est pas moi non plus qui ai demandé au FBI d'envoyer une bande de types trop lâches et trop incompétents pour sauver mon fils.

— Ça fait bizarre, d'avoir le FBI ici, sur la propriété.

— On savait que ça risquait d'arriver.

— Et dire qu'ils sont venus pour vous protéger ! fit Strait, ironique.

— De nous-mêmes, ajouta sèchement Gwen.

— En tout cas, la petite bombe que j'ai fait exploser quand Web a jeté le téléphone de Billy par la portière, ça les a lancés sur une fausse piste. Ils ne regardent pas de notre côté.

— Web London est beaucoup plus malin que tu ne l'imagines.

— Dans cette affaire, je ne sous-estime personne.

Gwen avala une gorgée de son deuxième bourbon, ôta ses chaussures plates et s'étendit sur le lit.

Il lui caressa les cheveux :

— Tu m'as manqué, toi.

— Billy s'en fiche, mais c'est difficile de se déplacer quand le FBI quadrille le domaine.

— Bah, il ne reste plus que Web et Romano, remarqua Strait. Lui aussi, il faut le surveiller. Ancien des SWAT et des commandos Delta, ce type peut être dangereux. Ça se voit dans ses yeux.

Gwen roula sur le ventre, s'appuya sur les coudes et se prit à le contempler. Strait, lui, gardait les yeux rivés sur la naissance de ses seins, mais elle semblait n'en avoir cure.

— Je voulais te poser des questions à propos des fourgons à chevaux, dit-elle.

Le regard de Strait passa de ses seins à son visage.

— Oui, quoi ?

— Moi aussi j'ai passé mon enfance dans un élevage de chevaux, Nemo. Tu as fait transformer ces fourgons d'une bien curieuse façon, et je voudrais que tu me dises pourquoi.

Il sourit.

— On ne peut pas avoir ses petits secrets ?

Elle se mit à genoux et se lova contre lui, puis lui embrassa la nuque, tandis que Strait lui caressait les seins et que sa main descendait sur son ventre. Il souleva alors la robe et découvrit qu'elle ne portait pas de sous-vêtements.

— Bonne idée, approuva-t-il. Je suis tellement chaud que j'aurais déchiré ta culotte.

Elle gémit à son oreille tandis que les doigts de Strait pénétraient en elle. Lentement, elle lui caressa le visage, puis atteignit le col de son tee-shirt. Alors, d'un geste vif, elle le déchira et se rassit.

Strait fut tellement surpris qu'il faillit tomber du lit.

Il suivit alors son regard vers le pansement taché de sang, sur son épaule.

— Sacrée blessure pour un coup de sabot, observa-t-elle.

Ils échangèrent un long regard. Soudain, avant qu'il ait pu réagir, Gwen s'empara du pistolet de Strait, y glissa une cartouche et visa divers endroits dans la pièce. Puis elle regarda l'arme.

— Il est mal équilibré. Et tu devrais te trouver une lunette au lithium, Nemo. Pour le tir de nuit, c'est indispensable.

Une goutte de sueur apparut sur le front de Strait.

— Tu manies bien cet engin, dis donc.

— Je n'ai pas connu que les chevaux, dans le Kentucky. Mon père et mes frères étaient membres actifs de la NRA [1]. J'y serais bien entrée, moi aussi, mais mes parents ne trouvaient pas ça convenable pour une fille.

— Ça fait plaisir de l'apprendre. Moi aussi j'en suis membre.

Il laissa échapper un soupir de soulagement lorsqu'elle engagea le cran de sûreté, mais elle ne posa pas le pistolet pour autant.

— Alors qu'est-ce que c'est ? demanda-t-elle. De la drogue ?

— Écoute, ma grande, si on buvait un verre et si on… ?

Elle braqua l'arme sur lui, cran de sûreté déverrouillé.

— Je suis venue pour te baiser, Nemo, pas pour me faire baiser. Il est tard et je commence à être fatiguée. Alors, si tu veux faire zigzig ce soir, t'as intérêt à arrêter tes conneries.

— D'accord, d'accord. Dis donc, toi… (Il avala une gorgée de bière et s'essuya les lèvres d'un revers de main.) C'est de la drogue, mais pas celle que tu crois. Des médicaments, deux fois plus puissants que la morphine. Pas de labo, pas de problèmes de frontières. Suffit de les voler ou de s'entendre avec un préparateur en pharmacie qui gagne huit dollars de l'heure. L'Oxycontin a commencé dans les campagnes, mais moi je le livre dans les grandes villes. Il est temps que nous, les gens de la campagne, on ait notre part du gâteau.

1. National Rifle Association : lobby des armes à feu. *(N.d.T.)*

— Et tu utilises East Winds comme base arrière, et nos fourgons pour livrer ta marchandise.

— Au début, on se servait de pick-up pour les livraisons dans des endroits convenus, et on utilisait même la poste. Et puis j'ai eu l'idée d'utiliser les fourgons. On n'arrête pas de franchir les frontières de l'État avec des chevaux. Si les flics nous arrêtent pour contrôler nos papiers et les certificats, l'odeur les empêche de fouiller les camions et, en général, les chiens ne sont pas entraînés à renifler les médicaments. J'ai dispersé les hommes et les fourgons pour que Billy et toi ne vous en rendiez pas compte. La livraison qu'on a faite dans le Kentucky a été notre plus gros coup.

Il leva sa bière en guise de toast, apparemment à sa propre intention.

— Visiblement, ça ne s'est pas fait dans la facilité, objecta-t-elle en considérant sa blessure.

— Bah, avec ce genre d'activité, il faut s'attendre à des ennuis.

— Les ennuis sont venus de tes acheteurs ou des flics ?

— Allez, viens, ma belle, quelle importance ?

— Tu as raison. Dans l'un et l'autre cas, tu nous as mis en danger. Tu étais censé travailler pour nous, Nemo, à plein temps.

— Il faut aussi savoir penser à soi. Et l'affaire était trop juteuse pour qu'on la laisse passer. Je compte pas me crever le cul le reste de ma vie dans un élevage de chevaux.

— Je t'ai engagé pour une tâche bien précise, en raison de ton expérience et de tes compétences.

— Exactement, parce que j'ai la tête sur les épaules, que je connais des gens capables de tuer et que je suis capable de mettre au point de jolies petites bombes. Eh bien, c'est fait, ma chérie. (Il compta sur le bout de ses doigts.) Un juge fédéral, un proc, un avocat.

— Leadbetter, Watkins et Wingo. Un juge mou comme une chiffe, un procureur dégonflé et un avocat qui accepterait de défendre l'assassin de sa mère si le type avait de quoi le payer. J'estime que nous avons rendu service à la société en mettant un terme à ces existences misérables.

— C'est vrai. Ensuite on a liquidé une équipe de la HRT et on les a amenés à bousiller ces cons de Free. Tu te rends compte qu'on a réussi à faire croire à un agent infiltré, qui n'était pourtant pas né de la dernière pluie, qu'il était tombé sur le super-réseau ! On a arrangé cet endroit comme dans *L'Arnaque*. (Il se rembrunit.) J'ai travaillé pour vous, madame. Alors, ce que je fais de mon temps libre, ça me regarde. Je ne suis pas ton esclave, Gwen.

Elle garda le pistolet braqué sur lui.

— London est encore en vie.

— C'est toi qui m'as demandé de l'épargner. De le faire passer pour un lâche. On a eu de la chance que son psy soit une de mes vieilles connaissances, de l'époque du Viêt-nam. Tout le monde prend Web pour un pourri. Il a fallu mettre au point toute cette histoire, prendre beaucoup de risques, et laisse-moi te dire qu'on a exécuté nos plans à la perfection, et j'ai fait ça parce que je trouve que c'est horrible, ce qui est arrivé à ton fils. Et je ne me rappelle pas que tu m'aies dit une seule fois merci, ajouta-t-il d'un air peiné.

— Merci, dit-elle froidement, le visage impénétrable. Combien d'argent as-tu retiré de ton petit commerce ?

Surpris, il reposa sa canette.

— Pourquoi ?

— Avec ce que je t'ai donné et ce qu'on a englouti dans cette propriété, Billy et moi sommes à sec. Bientôt, ils vont saisir sa collection de vieilles voitures, parce qu'elle a aussi servi à garantir les emprunts. On a besoin de liquide, on compte vendre ici et s'en aller ; surtout qu'en voyant ta blessure, je me dis que bientôt il va y avoir des gens qui vont venir poser des questions auxquelles je n'ai pas très envie de répondre. Et puis franchement, j'en ai soupé des terrains de chasse de la Virginie. Je crois qu'on va se retirer sur une petite île où il ne fait jamais froid et où il n'y a pas le téléphone.

— Tu veux que je te donne un pourcentage sur mes affaires ? s'étonna-t-il.

— Je dirais plutôt que je l'exige.

— Je ne plaisantais pas, ma chérie, on a vraiment obtenu un bon prix pour ces yearlings, rétorqua-t-il avec un accent de sincérité dans la voix.

Elle lui rit au nez.

— Cette propriété n'a jamais gagné d'argent avant qu'on l'achète et elle ne fera pas mieux maintenant. Beaux yearlings ou pas.

— Bon, qu'est-ce que tu attends de moi ?

— C'est très simple. Je veux que tu me dises combien tu as gagné avec ces médicaments.

Il hésita un instant avant de répondre :

— Pas grand-chose, en fait.

Elle leva le pistolet et le braqua sur lui.

— Combien ?

— D'accord. Environ un million de dollars. Tu es contente ?

Elle tint le pistolet à deux mains et visa la tête.

— C'est ta dernière chance. Combien, Nemo ?

— D'accord, d'accord, te fous pas en rogne. (Il laissa échapper un profond soupir.) Des dizaines de millions.

— Dans ce cas, je veux vingt pour cent. Et ensuite chacun s'en va de son côté.

— Vingt pour cent !

— Viré sur un compte à l'étranger. J'imagine qu'un grand homme d'affaires comme toi a ouvert des comptes secrets quelque part pour planquer ses millions. Excuse-moi, ses dizaines de millions.

— Mais j'ai des frais !

— C'est vrai, tu payes probablement tes revendeurs en comprimés, puisque la plupart sont trop bêtes pour exiger autre chose. Et comme les médicaments, ça veut dire des coûts moins importants et des risques moindres, j'imagine que tes marges bénéficiaires doivent être coquettes, surtout que tu ne dois pas payer d'impôt sur le revenu. Et par-dessus tout ça, pour transporter ta marchandise, tu utilises le matériel que nous avons acheté, ainsi que la main-d'œuvre que nous payons pour travailler à la propriété. Donc tu as sorti très peu de capital de ta poche, ce qui veut dire un plus grand retour sur investissement. Alors, oui, je veux ma part. Appelons ça une juste rémunération pour la location du matériel et du personnel. Et tu as de la chance que je ne réclame que vingt pour cent.

Strait hocha la tête en signe d'incrédulité.

— Ton père avait une maîtrise de gestion, en plus ?

— Ça fait suffisamment longtemps que Billy et moi, on en bave. Au moins, on est encore en vie. Mais mon fils unique avait dix ans. Ça te paraît juste, maintenant ?

— Et si je réponds non ?

— Je te tuerai.

— De sang-froid ? Une catholique comme toi ?

— Tous les jours je prie pour mon fils, mais je ne peux plus dire que ma foi en Dieu soit absolue. Et je peux toujours appeler les flics.

— Pour leur dire quoi ? Que je vends de la drogue ? Ah oui, et puis que j'ai tué des gens pour toi ? C'est ça, ton moyen de pression ?

— Mon moyen de pression, Nemo, c'est que je me fous éperdument de ce qui peut m'arriver. C'est mon meilleur moyen de pression. Je n'ai plus rien à perdre puisque j'ai déjà tout perdu.

— Et Billy ?

— Il ne sait rien de tout ça. Et maintenant, c'est vingt-cinq pour cent.

— Eh !

Sans cesser de braquer le pistolet sur lui, elle ouvrit la fermeture à glissière de sa robe, la laissa choir sur le sol et s'avança d'un pas, complètement nue.

— Et ça, c'est la compensation, dit-elle. Un… deux…

— Marché conclu ! s'écria Nemo en lui ouvrant les bras.

Ils firent l'amour avec violence. Ensuite, en haletant tous les deux, ils s'abandonnèrent sur le lit ; Strait serra son bras douloureux, tandis que Gwen étirait ses longues jambes. Il l'avait écrasée contre les ressorts du matelas et lui avait tordu les jambes dans des positions ahurissantes. Elle en souffrirait pendant deux jours, mais c'était une douleur merveilleuse, de celles dont son mari la privait depuis longtemps. Pis encore, il l'avait privée d'amour. En public, il feignait la tendresse, mais en privé, il la dédaignait. Il faisait preuve d'un manque de confiance en soi teinté d'une irrépressible mélancolie. Jamais elle n'avait subi l'indifférence avec autant de douleur.

Gwen s'adossa aux montants du lit, alluma une cigarette et souffla des ronds de fumée au plafond. Elle demeura ainsi pendant près d'une heure, puis se mit à caresser doucement la poitrine velue de son amant.

— C'était merveilleux, Nemo.

— Mouais, grommela-t-il.

— Tu crois que tu pourrais recommencer avant le lever du soleil ?

Il ouvrit un œil.

Il leva un peu la tête et la dévisagea.

— Dis donc, ça te dirait pas de venir en Grèce avec moi ? Ça serait génial. Garanti.

— Je n'en doute pas, mais ma place est auprès de mon mari, qu'il le sache ou pas.

— Ouais, j'étais sûr que tu dirais ça.

— Et toi, tu ne cherches qu'à me carotter mes vingt-cinq pour cent.

— D'accord, j'abandonne.

— Nemo ?

— Oui ?

— À ton avis, qu'est-il arrivé à Ernest B. Free ?

Il s'assit sur le lit, utilisa la cigarette de Gwen pour allumer la sienne, puis lui passa le bras autour de la taille.

— J'en sais foutre rien. Celui-là, il m'en bouche un coin. Je pensais qu'il serait sur la propriété qu'a attaquée la HRT, mais non. Sauf si les fédés mentent, mais je vois pas pourquoi. S'ils l'avaient coincé, ils le claironneraient partout. Quant au gars que j'ai utilisé pour coincer les Free, il a également planqué là-bas de la drogue et d'autres trucs, y compris des dossiers sur le juge, le proc et l'avocat. Lui, il connaît le vieil Ernie, alors il l'aurait reconnu s'il avait été sur place.

Elle lui passa les doigts dans les cheveux.

— Web et Romano s'en vont bientôt.

— Oui, je sais. Bon débarras. Ils me gênent dans mes histoires, même si ç'a été un régal de charger sous le nez des fédés cinquante mille comprimés volés. Mais pour être franc, ils me plaisent assez, ces gars. S'ils découvraient ce qu'on a fait, ils nous enverraient dans le couloir de la mort, mais à part ça, ça me gênerait pas d'écluser quelques bières avec eux de temps en temps.

Toutefois, il se raidit en voyant l'expression sur le visage de Gwen.

— Je méprise ce Web London, lâcha-t-elle.

Elle abattit son poing sur le matelas.

— Rien que de voir sa tête, ça me rend malade. Ils sont pires que les Free. Ils se précipitent pour sauver les gens, et les innocents se mettent à mourir. On m'a juré que si on faisait appel à la HRT, personne ne mourrait. Après, ils ont paradé autour de Web London comme si c'était un héros, pendant que mon fils, lui, reposait dans sa tombe. J'aurais aimé les descendre tous moi-même.

Strait déglutit nerveusement devant la sauvagerie de ses paroles. Elle était agenouillée sur le lit, les cheveux sur le visage, nue, tous les muscles tendus, semblable à une panthère sur le point de bondir. Il jeta un coup d'œil au pistolet sur la table et voulut s'en emparer, mais elle fut plus rapide que lui. Sous le regard inquiet de Strait, elle se mit à viser un peu partout dans la pièce, avant de diriger le canon contre elle. Puis elle contempla l'arme d'un air absent et son doigt se rapprocha de la détente.

— Alors pourquoi tu ne t'en charges pas toi-même ? demanda-t-il. Je parle de Web. Comme tu l'as dit, un accident peut toujours arriver. Surtout dans un élevage de chevaux.

Elle sembla réfléchir un moment, et finalement, abandonnant son air furieux, elle lui adressa un sourire en reposant le pistolet.

— Peut-être.

— Mais ne fais pas n'importe quoi, parce que c'est la dernière ligne droite, là.

Elle se glissa sous les couvertures, se lova contre lui, l'embrassa sur la joue, puis allongea la main sous le drap et se mit à le caresser.

— Encore une fois, dit-elle d'une voix rauque, sans le quitter des yeux.

Puis elle ôta le drap qui les recouvrait tous les deux et baissa le regard en souriant.

— Mais enfin, Nemo, qui a dit que tu avais besoin de Viagra ?

— Ah, Gwen, tu joues de moi comme un virtuose joue du violon.

Sans l'aide de la pilule salvatrice, Strait parvint à la satisfaire une fois encore, ce qui le laissa anéanti.

Plus tard, il regarda Gwen se rhabiller.

— Tu es une sacrée harpie, toi.

Ses chaussures dans une main, elle remonta la fermeture à glissière de sa robe. Strait se leva à son tour et enfila précautionneusement sa chemise sur son bras blessé.

— Tu as des projets, pour ce matin ? lui demanda-t-elle.

— Tu sais, je ne dis pas ça pour te blesser, Gwen, mais c'est pas bon de répandre autant de haine autour de soi. À un moment ou à un autre, il faut l'oublier, sinon ça va te détruire. J'ai réagi comme ça quand mon ex a emmené les enfants. À un moment donné, il faut oublier.

Lentement, elle se retourna vers lui.

— Quand tu auras vu ton fils unique étendu mort devant toi avec un trou sanglant dans la poitrine, Nemo, et quand tu auras perdu la seule personne que tu aimes à cause de ça ; quand tu auras atteint le fin fond du désespoir, et que tu te sentiras tomber plus bas encore, alors… tu viendras me dire d'oublier ma haine.

51

Claire s'éveilla brutalement du sommeil profond dans lequel elle avait fini par sombrer en dépit de sa terreur. Elle sentit des doigts contre sa peau et s'apprêtait à frapper son agresseur lorsqu'elle reconnut la voix.

— C'est moi, Claire, la rassura Kevin en lui ôtant le bandeau sur ses yeux.

Il n'y avait pas de lumière, et Claire dut attendre d'avoir accommodé. Elle vit alors Kevin s'affairer sur les menottes qui l'attachaient au mur.

— Je croyais que toi aussi, tu étais menotté.

En souriant, il lui montra un morceau de métal.

— J'étais attaché. Mais j'ai pris ça sur un des marqueurs qu'ils m'avaient donnés pour dessiner. J'ai crocheté les menottes. Je suis habile de mes mains.

— Je vois ça.

— Donnez-moi juste une minute, et je vous délivre aussi.

En moins de temps que cela, Kevin la libéra. Elle se frotta les poignets, s'assit, regarda autour d'elle puis jeta un coup d'œil à la porte.

— La porte est sans doute verrouillée ?

— Toujours. Mais peut-être que maintenant elle est ouverte, puisqu'ils croient qu'on est attachés.

— Bien vu.

Elle se leva et mit quelques instants à retrouver son équilibre après tout ce temps passé allongée dans l'obscurité. Une fois encore, elle regarda autour d'elle.

— Y a-t-il quelque chose qui puisse nous servir d'arme, au cas où il y aurait quelqu'un derrière la porte ? chuchota-t-elle.

Kevin gagna le lit de camp, le bascula sur le côté et dévissa deux des pieds en métal. Il en garda un et tendit l'autre à Claire.

— Vous les frappez en haut et moi en bas, dit-il.

Claire acquiesça, sans grande conviction. Elle ne se sentait guère capable de frapper quelqu'un.

Kevin dut sentir son hésitation, car il ajouta :

— On frappe seulement s'ils veulent nous faire du mal, d'accord ?

— D'accord, dit Claire plus fermement.

Ils essayèrent d'ouvrir la porte. Fermée. Ils tendirent l'oreille mais n'entendirent rien, bien que le bruit des machines se fût atténué.

— J'ai l'impression qu'on ne sortira d'ici que quand ils le voudront bien, observa-t-elle.

Kevin jaugea la porte puis recula d'un pas.

— J'avais jamais remarqué ça avant.

— Quoi ?

— Que les gonds sont à l'intérieur.

Cependant, l'espoir de Claire fut de courte durée :

— Il nous faudrait un tournevis ou un marteau, pour les sortir.

— Eh bien, on a un marteau, répondit-il en brandissant le pied de lit. Et le tournevis, il est là…

Il se dirigea vers les menottes de Claire, encore attachées au piton dans le mur. Tous deux finirent par sortir le piton de la paroi, et Kevin retira les menottes. Il brandit un des bracelets :

— Y a un bord effilé, comme un tournevis.

— Bravo, Kevin, dit Claire, pleine d'admiration pour ce petit garçon qui semblait tirer les miracles de son chapeau.

Il leur fallut un certain temps, car ils ne cessaient de s'interrompre, l'oreille tendue, mais ils finirent par dévisser les gonds et par ouvrir la porte. L'obscurité la plus totale régnait dans l'étroit couloir et ils durent s'appuyer aux murs pour trouver leur chemin. L'odeur de chlore était puissante. Ils se heurtèrent à une nouvelle porte fermée, que Kevin parvint à crocheter avec l'agrafe de son stylo, puis à une autre porte, heureusement non verrouillée.

Claire et Kevin poussèrent un long soupir de soulagement. L'enfant lui sourit.

— Ça fait du bien d'être dehors.

— Allez, on y va avant qu'ils arrivent pour nous remettre dedans.

Ils passèrent devant la piscine recouverte, se faufilèrent au milieu des buissons et atteignirent un chemin sinueux. À l'extrémité du chemin, Claire avisa une grande maison, celle qu'elle avait aperçue lors de sa visite à Web. East Winds !

— Oh, mon Dieu ! s'exclama-t-elle.

— Chut !

— Je sais où nous sommes, lui chuchota-t-elle à l'oreille. J'ai des amis, ici, il suffit de les trouver.

Mais, dans l'obscurité, il était difficile de retrouver la maison où logeaient Web et Romano, même avec la grande bâtisse comme point de repère.

— S'ils sont là où on était enfermés, objecta Kevin, comment vous savez que c'est vos amis ?

— Je le sais. Allez, viens.

Elle lui prit la main, et ils se dirigèrent vers ce qu'elle supposait être la remise des attelages. Mais bientôt ils entendirent un véhicule qui venait à leur rencontre. Ils se figèrent avant de se ruer dans les buissons. C'était un camion. Le véhicule s'immobilisa, plusieurs hommes armés en descendirent. Apparemment, on avait découvert leur évasion. Kevin et elle s'enfoncèrent plus profondément dans les bois. Ils finirent par s'arrêter pour reprendre haleine. L'enfant jeta un coup d'œil autour de lui.

— J'ai jamais vu autant d'arbres de ma vie. Je suis perdu.

Claire haletait tout en s'efforçant de retrouver une certaine maîtrise de soi.

— Je sais.

Elle étudiait les alentours, cherchant le meilleur parti à prendre, lorsqu'ils perçurent des pas. La jeune femme attira Kevin à elle et tous deux s'accroupirent dans les broussailles.

La silhouette passa devant eux sans remarquer leur présence. Claire ne connaissait pas Gwen Canfield et n'avait donc aucune idée de la raison pour laquelle une femme vêtue d'une longue robe rouge arpentait les bois pieds nus à une heure pareille. Elle faillit l'appeler mais se ravisa. Elle ignorait tout de leurs ravisseurs, et cette femme pouvait fort bien faire partie du groupe.

Dès que Gwen eut disparu, Claire et Kevin se remirent en route. Ils arrivèrent à une maison plongée dans l'obscurité, devant laquelle était garée une camionnette. Claire songeait déjà à se glisser à l'intérieur pour téléphoner à la police lorsqu'un homme jaillit de la maison, bondit dans la camionnette et démarra en trombe.

— Je crois que celui-là vient d'apprendre qu'on s'est sauvés, chuchota-t-elle à Kevin. Viens.

Claire venait de s'apercevoir que, dans sa hâte, l'homme avait oublié de fermer la porte, et elle se rua en avant, suivie de Kevin. Au moment d'entrer, ils entendirent du bruit.

— Il revient ! s'écria Kevin.

Ils se précipitèrent à nouveau dans les bois alors que la camionnette fonçait vers eux.

Dans sa course, Claire perdit ses chaussures, tandis que leurs vêtements se déchiraient aux épines et aux branches basses. Ils atteignirent un espace découvert, s'arrêtèrent un instant pour reprendre haleine mais repartirent en courant quand ils entendirent le martèlement des pas dans le sous-bois.

En traversant un nouvel espace découvert, Claire distingua un bâtiment qui semblait jaillir de l'obscurité.

— Vite, dit-elle à Kevin, là-dedans.

Ils escaladèrent un quai de déchargement et pénétrèrent dans la maison des singes par un trou dans le mur. Claire ne put s'empêcher de frissonner en découvrant les cages rouillées. Le petit garçon, lui, se pinça le nez.

— Ça pue là-dedans, dit-il.

Les éclats de voix et à présent les aboiements des chiens se rapprochaient.

— Par ici, lança Claire.

Elle grimpa sur une caisse, hissa Kevin dessus et le poussa dans une anfractuosité du mur qui avait dû abriter un ventilateur.

— Recroqueville-toi et ne bouge pas, lui ordonna-t-elle.

— Où allez-vous ?

— Pas loin. Mais, s'ils me trouvent, ne te montre pas. Même s'ils me menacent pour te faire sortir, ne sors pas. Compris ?

Kevin hocha lentement la tête.

Elle lui sourit, lui étreignit la main et redescendit. Elle observa attentivement les lieux, puis sortit par une brèche dans le mur du fond. Une fois à l'extérieur, le tintamarre des chiens était encore plus terrifiant. Elle déchira alors un morceau de sa robe et en enveloppa une pierre qu'elle jeta au loin avant de s'enfuir dans la direction opposée. Elle regagna les bois, dévala une pente et s'immobilisa tout au fond en s'efforçant de déterminer la provenance des cris et des aboiements. Malheureusement, en raison de la topographie, les sons faisaient écho de partout. La jeune femme traversa alors un ruisseau à gué en manquant s'étaler dans l'eau et en trempant ses vêtements, avant d'escalader l'autre rive et de se retrouver en terrain plat. Exténuée, elle n'avait qu'une envie : s'allonger par terre et attendre qu'on la retrouve. Elle parvint pourtant à se remettre en route, au pas de course. Atteignant une nouvelle pente abrupte, elle se servit d'un jeune arbre pour se hisser au sommet, et discerna alors des lumières doubles : des phares. Une route. Elle respira plusieurs fois profondément, puis courut à petites foulées. Elle avait les pieds en sang mais une seule chose comptait pour elle : trouver de l'aide, pour Kevin.

On n'entendait plus ni les chiens ni ses poursuivants, et elle se disait qu'elle avait peut-être réussi son évasion. Elle parvint à gagner le fossé au bord de la route, s'y assit et éclata en sanglots, en raison de l'épuisement, bien sûr, mais aussi de sa joie, parce qu'elle venait de recouvrer la liberté. Entendant le bruit d'une voiture, elle se précipita au milieu de la route en agitant les bras et en appelant à l'aide.

D'abord, on eût dit que le véhicule ne comptait pas s'arrêter, et Claire se dit qu'elle devait avoir l'air d'une folle. Mais il s'immobilisa à quelque distance, et elle se rua du côté passager en ouvrant la portière. Elle aperçut alors Kevin sur le siège avant, bâillonné et ligoté. Et Nemo Strait qui braquait une arme sur elle.

— Salut, docteur. Je vous emmène ?

Il étira ses longs membres et fut parcouru d'un frisson. Après cette nuit un peu fraîche, l'humidité semblait l'avoir transpercé jusqu'aux os. Il s'enveloppa plus étroitement avec sa couverture. Francis Westbrook n'était pas habitué au camping, et il n'en goûtait guère les charmes. Il but un peu d'eau puis sortit la tête de sa cachette. Le soleil ne tarderait pas à se lever. Il n'avait pas vraiment bien dormi, d'ailleurs il dormait mal depuis la disparition de Kevin. Un coup de téléphone, voilà tout ce qu'il avait reçu de lui. Il avait vu London, comme on le lui avait demandé, et lui avait appris l'existence des souterrains.

Il avait su que Peebles avait été tué. Décidément, ce garçon n'était pas à la hauteur. Mais Westbrook avait également découvert, quoique trop tard, que Peebles, derrière son dos, retournait son équipe contre lui et rassemblait les autres bandes du coin. Celui-là l'avait eu par surprise. Jamais il ne l'aurait cru capable d'une chose pareille. Quant à Macy, il avait tout simplement disparu. Cette félonie lui avait porté un coup. Westbrook haussa les épaules. Ça lui apprendrait à faire confiance à un Blanc.

En tout cas, celui qui avait descendu Peebles devait désormais chercher à le descendre, lui. Il fallait se planquer et ne compter que sur soi-même en attendant que les choses se tassent. Ne compter que sur soi-même… comme au bon vieux temps. Il avait deux pistolets, quelques chargeurs et un millier de dollars en poche. Il avait abandonné la Navigator en venant ici, et les flics continuaient à le pourchasser. Eh bien, qu'ils se débrouillent ! se dit-il. Il avait vu les fédés surveiller l'endroit, mais il évitait les flics depuis si longtemps qu'il avait appris comment fondre sa grande carcasse dans son environnement. Et puis il avait assisté à des choses étranges dans cet endroit, entendu des chiens aboyer dans le lointain. Les chiens, ça, c'était ennuyeux. S'enfonçant plus profondément dans sa cachette, il avait tiré sur lui une couverture recouverte de branches et de feuilles jusqu'à ce que les bruits cessent. Apparemment, London se trouvait dans les parages, et si London jugeait cet endroit important, alors il en allait de même pour lui. Il vérifia son arme, but une autre gorgée d'eau, écouta les criquets et se demanda ce que cette journée lui apporterait. Peut-être Kevin.

Ed O'Bannon faisait les cent pas dans la petite pièce. Il avait cessé de fumer depuis des années, mais il avait presque vidé un paquet au cours des deux heures précédentes. Il s'était bien douté qu'il risquait un jour ou l'autre d'être découvert, mais, avec le temps et le gonflement de son compte en banque, ses peurs s'étaient estompées. En entendant des pas, il se tourna vers la porte. Comme elle était verrouillée, il fut surpris quand il vit la poignée tourner. Il se recula. Lorsque l'homme pénétra dans la pièce, il poussa un soupir de soulagement.

— Ça fait longtemps, toubib.

Nemo Strait serra la main que lui tendait O'Bannon.

— Je n'étais pas sûr que vous y arriveriez, Nemo.

— Je vous ai déjà laissé tomber ?

— Il faut que je me tire, déclara O'Bannon. Les fédés me collent au train.

— Faut pas vous mettre dans ces états. On a les moyens de vous faire filer, les gens pour vous accompagner, les avions, les papiers, tout est prêt. (Strait lui tendit une liasse de documents.) Le Mexique, Rio et enfin Johannesburg. De là, vous aurez le choix entre l'Australie ou la Nouvelle-Zélande, il y a beaucoup de fugitifs là-bas. À moins que vous ne préfériez retrouver notre ancien terrain de jeu, en Asie du Sud-Est.

O'Bannon laissa échapper un nouveau soupir de soulagement et alluma une cigarette en souriant.

— On dirait que c'était il y a cent ans.

— Ça, je ne l'oublierai jamais. C'est vous qui m'avez sauvé après le lavage de cerveau que m'avait fait subir le Viêt-cong.

— Pour quelqu'un qui connaît son boulot, le déconditionnement, ça n'est pas si difficile que ça.

— En tout cas, j'ai eu de la chance que vous l'ayez fait, dit Strait. (Il s'interrompit un instant et sourit.) Et puis vous vendiez un peu de drogue à côté. Ça mettait du beurre dans les épinards.

O'Bannon haussa les épaules.

— À l'époque, tout le monde en faisait autant.

— Oui, c'est vrai, y compris moi, même si c'était que pour mon usage personnel.

— Je dois vous rendre cette justice que, lorsque vous m'avez proposé de mettre nos bureaux sur écoute et de vendre ces informations, c'était tout simplement génial.

— Fallait bien utiliser les ressources que les fédés mettaient à notre disposition. Enfin, c'était cinquante-cinquante. Vous aviez les infos, moi j'avais les gens qui en avaient besoin pour leurs affaires, moi compris. Vous faites de l'argent, je fais de l'argent et les fédés se font baiser. Que demande le peuple ?

Jusqu'à sa capture par le Viêt-cong, Strait avait été un excellent soldat, menant sa compagnie au feu, la tirant de situations périlleuses, et les médailles sur sa poitrine en témoignaient, même s'il n'y avait jamais attaché d'importance. Puis, lorsque Gwen lui avait confié son désir de se venger des gens impliqués dans la mort de son fils, il avait commencé à enquêter sur la HRT et sur Web London, pour découvrir à cette occasion que le psychiatre de ce dernier n'était autre que celui qu'il avait connu au Viêt-nam. Cela lui avait donné l'idée de piéger London et son unité, parce qu'il savait d'expérience ce dont était capable O'Bannon.

Au départ, pourtant, celui-ci n'avait rien voulu entendre. Mais, lorsque Strait avait appris le nombre de policiers qu'il avait comme patients, il avait réitéré sa proposition de mettre les cabinets des psychiatres sur écoute, de vendre les informations à des criminels et de partager le produit de la vente avec le bon docteur. Là, O'Bannon avait accepté sans y regarder à deux fois : les années n'avaient en rien diminué sa cupidité. Certaines informations glanées chez les psychiatres avaient également aidé Strait à piéger la HRT. Il n'avait jamais parlé à O'Bannon de son trafic d'Oxycontin, car celui-ci aurait sans nul doute exigé sa part du gâteau. D'ailleurs, il avait déjà une associée en la personne de Gwen Canfield. Vingt-cinq pour cent ! Rien que ça ! Mais il devait bien le reconnaître, la nuit précédente les valait bien.

— Ça m'a vraiment étonné quand vous nous avez ramené Claire Daniels. Mais j'aurais dû m'y attendre. Quand vous m'avez dit que London allait la voir, je savais qu'il y aurait des problèmes.

— J'ai essayé de le convaincre de rester avec moi, mais, je vous l'ai dit, je ne pouvais pas trop insister sans risquer d'éveiller les soupçons. Bien entendu, je ne lui ai transmis qu'un dossier minimal. Finalement, vous étiez les seuls à qui je pouvais m'adresser.

— Vous avez eu raison. Et je peux vous garantir une chose : jamais elle ne témoignera contre vous.

O'Bannon hocha la tête.

— Difficile de croire que tout est terminé.

— En tout cas, on a fait du bon boulot.

— Oui, on peut dire ça.

— J'imagine que vous non plus, vous ne portez pas dans votre cœur notre cher État fédéral.

— Après ce que j'ai vu au Viêt-nam ? Non. Et le fait d'avoir travaillé dans les locaux mêmes du FBI n'a pas contribué à me faire changer d'opinion.

— Bon. Vous avez dû vous remplir un petit bas de laine pour vos vieux jours.

O'Bannon acquiesça.

— J'ai été prévoyant. J'espère seulement avoir l'occasion d'en jouir.

— Je tiens à vous remercier, docteur, pour toute votre aide. Vous vous êtes très bien débrouillé avec London.

— Avec ses antécédents, croyez-moi, c'était facile. Je n'ai même pas eu besoin de médicaments. (Il sourit.) Il me faisait confiance. Pas mal, non, pour un agent du FBI ?

On frappa doucement à la porte.

— Entre, dit Strait. (Il se tourna vers O'Bannon.) Voici l'homme qui va vous faire passer. C'est mon meilleur gars. Il s'occupera de tout.

Clyde Macy entra, regarda d'abord O'Bannon puis Strait.

— Je reviens de loin avec ce garçon. Je lui ai montré qu'il se trompait de route, pas vrai ?

— Tu es le père que je n'ai jamais eu, répondit Macy.

Strait éclata de rire.

Il tendit les documents à O'Bannon, lui administra une claque sur l'épaule et lui serra la main.

— J'étais sincère, docteur, vous avez fait du bon boulot. Merci encore, et je vous souhaite de vivre agréablement votre cavale.

Strait quitta la pièce. En fermant la porte derrière lui, il entendit une détonation étouffée, puis une seconde. Décidément, ce Macy était efficace. Un bon élève. Mais tout n'était pas parfait, chez lui : il était obsédé par le FBI. Strait avait dû se résoudre à quelques concessions pour complaire à ce garçon, et cela n'allait pas sans risques, mais enfin sans Clyde Macy il n'aurait pas pu mener toute cette affaire à bien.

Strait n'avait rien contre Ed O'Bannon, mais il ne pouvait se permettre de laisser de traces. Et Nemo Strait n'accordait sa confiance ni à Ed O'Bannon ni à personne. Bon, un problème réglé, il en restait deux : Kevin Westbrook et Claire Daniels. Ils s'étaient enfuis une fois, mais ils n'auraient pas l'occasion de recommencer. Et puis le moment était venu de tirer le rideau. L'attrait des îles grecques s'imposait de façon irrépressible. Pas mal pour un garçon né dans la misère et qui avait réussi ensuite grâce à ses seuls talents. Décidément, l'Amérique était bien le pays de toutes les chances.

Pourvu qu'il n'y ait pas d'élevage de chevaux en Grèce, se dit Nemo Strait en montant dans sa camionnette.

Dans la remise des attelages, Web ouvrit les yeux et regarda autour de lui. N'entendant pas remuer Romano, il consulta sa montre et comprit pourquoi. Il n'était pas encore six heures. Il se leva, ouvrit la fenêtre et respira l'air du matin. Il avait dormi comme une souche, ce qui ne lui arrivait guère. Bientôt il partirait.

Il songeait surtout à Claire. Il était peu probable qu'elle fût encore en vie, et l'idée de ne jamais la revoir le glaçait.

Il aperçut alors Gwen, sur la route venant de la grande maison, à bord d'une Jeep décapotée. Elle se gara devant la remise des attelages et descendit de voiture. Elle portait une tenue d'équitation, jean, bottes et chandail ; ses longs cheveux encadraient gracieusement son visage et elle ne portait pas de chapeau.

Tandis qu'elle s'avançait vers la porte, il lui lança :

— J'ai envoyé le chèque du loyer, annulez l'expulsion.

Elle leva les yeux en souriant et lui adressa un signe de la main.

— Je me suis dit qu'on pourrait faire une dernière promenade à cheval. (Elle regarda le ciel qui s'éclaircissait.) Le temps qu'on selle les chevaux, et ce sera le meilleur moment. Ça vous dit, monsieur London ?

Le sourire de Gwen sembla chasser tous les soucis qui le hantaient.

Ils sellèrent leurs montures, puis Gwen enfourcha Baron et Web un cheval rouan plus petit, nommé Comet. Gwen lui expliqua que Boo avait une infection à une jambe.

— J'espère que ça ira, pour cette brave bête.

— Ne vous inquiétez pas, les chevaux sont très résistants.

Pendant une heure et demie environ, ils couvrirent une bonne distance et, pendant tout ce temps, Gwen ne cessait de se dire que jamais elle n'avait tué personne. Certes, elle s'était vantée devant Nemo Strait, la veille, mais le moment venu, en serait-elle capable ? Elle glissa un coup d'œil à Web, qui chevauchait à ses côtés, s'efforçant de voir en lui son pire ennemi, son plus effroyable cauchemar. La chose n'était pas facile. Pendant des années, elle avait rêvé de tuer tous les membres de cette bande d'agents fédéraux prétendument héroïques, censés ramener son fils et tous les otages vivants. On le lui avait tellement seriné qu'à ce moment-là elle avait senti ses peurs refluer, jusqu'au désastre final. Ils avaient presque atteint leur but de sauver tous les otages, sauf que son fils avait péri. Ivre de rage, elle avait alors vu le visage de Web London s'étaler sur tous les journaux, les magazines, apparaître dans les journaux télévisés où l'on détaillait jusqu'à la nausée ses hauts faits héroïques, et tout cela se terminait par la remise d'une décoration des mains du Président lui-même. Elle ne parvenait pas à tempérer sa haine en pensant à ses horribles blessures. Elle ne savait rien des supplices qu'il avait endurés pour retrouver sa place au sein de la HRT. L'eût-elle su, d'ailleurs, que cela n'aurait rien changé. Seul lui importait le fait que Web était vivant et son fils mort.

Oui, la vue de son fils étendu mort au côté de Web London avait fait éclater quelque chose dans son cerveau. Elle se rappelait encore la craquelure qui semblait se propager à travers tous les nerfs de son corps, comme si elle avait été frappée par la foudre. Elle n'avait plus jamais été la même. Pas un jour ne s'était écoulé sans qu'elle revît le corps ensanglanté de son fils étendu sur le sol. De la même façon, jamais elle n'avait pu oublier l'image de ces hommes en tenue de combat partis sauver son fils et ramenant tout le monde vivant sauf lui. Elle regarda une fois encore Web et il se para lentement des couleurs du mal. Il était le dernier homme. Oui, elle pourrait le tuer. Et peut-être son cauchemar prendrait-il fin.

— Romano et vous allez partir aujourd'hui.

— Apparemment.

En souriant, elle ramena d'un mouvement de tête ses cheveux en arrière. Elle tenait fermement les rênes, par peur que sa main ne tremble.

— Mission accomplie ?

— Quelque chose comme ça. Comment va Billy ?

— Ça va. Mais il est parfois sombre, comme tout le monde.

— Vous ne me semblez pas particulièrement sombre, je vous trouve pleine d'énergie.

— Vous seriez surpris, parfois.

— Quelle fête, hier soir !

— Billy peut être assommant. Je ne m'attendais pas à voir des gens comme les frères Ransome.

— Vous n'avez tout de même pas cru que c'était leur vrai nom ?

— Pas un instant.

— En les voyant, je me suis dit qu'ils étaient homosexuels. Mais enfin, après votre arrivée, leur orientation sexuelle est devenue évidente.

Gwen éclata de rire.

— Je prendrai cela comme un compliment.

Ils passèrent devant le petit reposoir consacré au fils de Gwen.

— Vous n'allez pas prier, aujourd'hui ? demanda Web.

— Non, pas aujourd'hui.

Gwen détourna le regard de l'ouverture dans les arbres. Ce n'était pas un jour de prière, mais elle se signa pendant que Web ne la regardait pas.

Pardonnez-moi, mon Dieu, pour ce que je vais faire, dit-elle en silence, sans guère d'espoir que sa prière fût entendue.

Ils atteignirent un monticule en pente raide, surmonté d'arbres, où elle n'avait encore jamais conduit Web, sachant peut-être, au fond d'elle-même, que ce jour viendrait.

Gwen cravacha Baron et piqua des deux vers la pente, Comet et Web sur ses talons. Ils galopèrent vers le sommet, et tout le temps Web demeura à la hauteur de Gwen. Arrivés en haut, ils arrêtèrent leurs montures haletantes et contemplèrent le paysage qui s'offrait à eux.

Gwen considéra Web avec une admiration non feinte.

— Je suis impressionnée.

— Il faut dire que j'ai eu un excellent professeur.

— La tour de guet n'est pas loin. La vue est encore plus belle que d'ici.

Il ne lui dit pas qu'il s'y était déjà rendu en compagnie de Romano pour surveiller le domaine des Ransome.

— D'accord, dit-il.

Arrivés sur place, ils attachèrent les chevaux à un poteau et les laissèrent paître. Gwen emmena Web en haut de la tour, où ils admirèrent le lever du soleil et les bois qui naissaient à la vie en contrebas.

— J'ai l'impression qu'il n'y a rien de plus beau, dit Web.

— Vous ne vous trompez pas.

Appuyé sur la balustrade, il se tourna vers elle.

— Il y a des problèmes entre vous et Billy ?

— Est-ce donc si évident ?

— J'ai vu pire.

— Vraiment ? Et si je vous disais que vous n'avez pas la moindre idée de ce que vous racontez ! s'écria-t-elle, prise d'une soudaine colère.

Web conserva son calme.

— Vous savez, nous n'avons jamais vraiment parlé.

Elle évita son regard.

— En fait, je vous ai parlé plus qu'à la plupart des gens. Et je vous connais à peine.

— Bah, nous avons bavardé, tout au plus. Et je ne suis pas si difficile que ça à cerner.

— Je ne suis pas encore complètement à l'aise avec vous, Web.

— Le temps nous manque. Je ne crois pas que nous nous rencontrerons à nouveau, mais je pense que c'est plutôt une bonne chose.

— Sans doute. De toute façon, je crois que Billy et moi nous ne resterons plus très longtemps à East Winds.

— Je croyais que vous vous étiez posés ? s'étonna-t-il. Pourquoi aller ailleurs ? Vous avez peut-être vos problèmes, mais vous êtes heureux, ici. Non ? C'est bien la vie que vous souhaitiez, n'est-ce pas ?

— Beaucoup de facteurs entrent en jeu dans le bonheur, répondit-elle lentement. Certains sont plus apparents que d'autres.

— Là, je crains de ne pas pouvoir vous aider. Je ne suis pas expert en bonheur.

Elle lui jeta un regard curieux.

— Moi non plus.

Ils se dévisagèrent un long moment, mal à l'aise.

— Pourtant, vous méritez d'être heureuse, Gwen, dit-il finalement.

— Pourquoi ?

— Parce que vous avez beaucoup souffert. Ce ne serait que justice… s'il peut y avoir une justice dans la vie.

— Et vous, avez-vous souffert ?

Elle avait lancé ces mots avec dureté, mais elle se rattrapa rapidement par une expression compatissante. Elle voulait entendre de sa bouche qu'il avait souffert, mais de toute façon cela ne pouvait approcher ce qu'elle-même avait enduré.

— J'ai vécu de mauvais moments. Mon enfance ne ressemblait pas vraiment au rêve américain. Et ma vie d'adulte n'a pas arrangé les choses.

— Je me suis toujours demandé pourquoi des gens faisaient ce que vous faites. Vous êtes des gens bien.

— Je fais ça parce qu'il faut le faire, et que la plupart des gens ne peuvent ou ne veulent pas le faire. Je préférerais de beaucoup que mon métier devienne obsolète, mais ça n'en prend guère le chemin… Je n'ai jamais eu l'occasion de vous dire ce que je vais vous dire là, et je risque de ne pas en rencontrer d'autre. (Il prit une profonde inspiration.) À Richmond, c'était ma première intervention en tant qu'attaquant, ceux qui vont récupérer les otages. Après Waco, le FBI était terrorisé et, face à ce genre de situation, il était devenu extrêmement frileux. Je ne dis pas que c'était bien ou mal, mais que la situation avait changé. On attendait pendant que les ravisseurs abreuvaient de mensonges les négociateurs. Apparemment, il fallait toujours qu'il y ait d'abord des morts pour qu'on nous laisse intervenir, et à ce moment-là, c'était toujours plus difficile. Mais c'étaient les nouvelles règles, et il fallait s'y tenir. Quand les Free ont rompu les négociations, j'ai compris qu'il se passait quelque chose de grave. Je le sentais. J'avais été tireur d'élite pendant des années, et en observant les événements comme ça, on finit par acquérir une sorte de sixième sens. On devine ce qui va se passer… Je ne vous ai jamais parlé de ça. Vous voulez l'entendre ?

— Oui, lança-t-elle sans même réfléchir.

Web sembla reprendre ses esprits pendant un moment et, pendant ce temps, Gwen observait les contreforts du Blue Ridge dans le lointain. Elle n'avait plus envie d'écouter ce qu'il s'apprêtait à lui dire mais ne pouvait le lui avouer.

— Nous sommes arrivés sans encombre jusqu'à l'entrée du gymnase. J'ai regardé par la fenêtre. Votre fils m'a vu. Nos regards se sont croisés.

Elle eut l'air surpris.

— Je ne le savais pas. Comment était-il ? demanda-t-elle lentement.

Le sang battait à ses tempes tandis qu'elle attendait la réponse.

— Il avait l'air effrayé, Gwen, mais aussi révolté, rebelle. Ça n'est pas facile, à dix ans, de se trouver face à une bande de cinglés avec des armes. Maintenant, je crois savoir d'où il tenait ce courage.

— Continuez, dit-elle d'une voix faible.

— Je lui ai fait signe de garder son calme. J'ai levé le pouce pour le rassurer. S'il montrait brusquement sa peur ou s'il réagissait d'une façon ou d'une autre, ils l'auraient sans doute abattu immédiatement.

— Il a réagi ?

Web acquiesça.

— Il était intelligent. Il avait compris ce que j'essayais de faire. Il était avec moi, Gwen. Malgré tout ce qui se passait, il était incroyablement courageux.

Gwen vit les yeux de Web se remplir de larmes. Elle voulut dire quelque chose, mais les mots ne purent franchir ses lèvres. Les paroles de Web semblaient effacer les années les plus terribles de sa vie.

— Nous étions sur le point d'entrer. Doucement, sans explosifs. Nous avions repéré l'emplacement exact de chacun des Free. Nous allions les abattre tous en même temps. On a commencé le compte à rebours, et c'est là que ça s'est passé.

— Quoi ? Que s'est-il passé ?

— Il y a eu un bruit à l'intérieur. Comme un oiseau ou un sifflet, ou bien une alarme… quelque chose comme ça. C'était fort, aigu, et ça n'aurait pas pu se déclencher au plus mauvais moment. Les Free ont été immédiatement sur leurs gardes, et, quand nous avons franchi la porte, ils ont ouvert le feu. Je ne sais pas pourquoi ils ont tiré sur David, mais il a été le premier à être abattu.

Gwen ne regardait plus Web. Son regard semblait figé sur les collines. Un sifflet ?

— J'ai vu le moment où il a été touché, ajouta Web d'une voix tremblante. J'ai vu son visage. Ses yeux. (Des larmes jaillirent sous ses paupières fermées.) Ils me regardaient.

Gwen avait également les yeux remplis de larmes, mais elle ne regardait toujours pas Web.

— À quoi ressemblait-il, à ce moment-là ?

Il se tourna vers elle, la scrutant de face.

— Il avait l'air de se sentir trahi. (Il porta la main à son visage ravagé.) Ma figure et les deux impacts de balle que j'ai dans le corps, rien de tout cela ne me fait plus mal que le regard de votre fils. Trahi, répéta-t-il.

Gwen tremblait si fort qu'elle dut s'appuyer à la balustrade. Elle pleurait mais ne pouvait toujours pas regarder Web. Un sifflet.

— C'est peut-être pour ça que j'ai désobéi aux ordres en me joignant à l'attaque contre les Free. Ça m'a coûté ma carrière, parce qu'on vient de me chasser du FBI à cause de ça. Mais si c'était à refaire, je le referais. Peut-être était-ce une façon de me racheter. Votre fils méritait mieux que ce que j'ai pu lui offrir. Je vis avec cela tous les jours de mon existence. Je n'ai pas été à la hauteur de ma tâche, ni envers lui ni envers vous. Je n'attends aucun pardon, mais je voulais que vous le sachiez.

— Nous devrions rentrer, dit-elle calmement.

Gwen descendit la première, s'approcha de Comet et non de Baron, et souleva la jambe du cheval de Web. Les nerfs à vif, Gwen sentait le sang battre à ses oreilles. Elle avait du mal à se tenir debout, mais il fallait le faire, en dépit de ce qu'elle venait d'apprendre. Elle avait attendu assez longtemps. Elle ferma brièvement les yeux et les rouvrit.

— Il y a un problème ? demanda Web.

Elle ne parvenait toujours pas à le regarder.

— J'ai eu l'impression qu'il boitait un peu d'un antérieur. Mais ça a l'air d'aller. Il faudra que je le surveille.

Elle flatta l'encolure de Comet et, tandis que Web avait le regard ailleurs, glissa sous la selle l'objet qu'elle tenait à la main.

— Bon, et maintenant la grande épreuve, annonça-t-elle. Nous allons dévaler la pente au grand galop, en direction des arbres, mais à la fin il faudra ralentir rapidement votre cheval, parce que le chemin au milieu des arbres est tellement étroit qu'on ne peut le suivre qu'au pas. Vous avez compris ?

— Je suis partant, dit Web en caressant l'encolure de Comet.

— Je n'en doutais pas. Allez, on y va !

Ils montèrent tous deux en selle.

— Vous voulez passer devant ? demanda Web.

— Non, plutôt vous. J'aimerais surveiller l'antérieur de Comet…

Surprenant Web, qui ne s'y attendait pas, le cheval bondit alors en avant et dévala la pente à bride abattue.

— Web ! hurla Gwen en se jetant après lui tout en retenant doucement Baron.

Web perdit un étrier et faillit tomber. Puis il lâcha les rênes et se raccrocha au pommeau de la selle, alors même que les arbres se rapprochaient à une vitesse vertigineuse. Il ne le savait pas, mais chacun de ses sauts enfonçait un peu plus dans le dos du cheval le petit clou que Gwen avait glissé sous la selle.

S'il s'était retourné ne fût-ce qu'une fois, Web aurait vu une femme en proie à un terrible conflit. Gwen Canfield voulait voir le cavalier et sa monture s'écraser contre les arbres. Elle voulait voir Web London mourir sous ses yeux, elle voulait être vengée, délivrée de la douleur qui la tourmentait depuis si longtemps. Cette douleur lui était devenue insupportable, elle avait atteint les limites de sa résistance. Il suffisait d'attendre. Au lieu de cela, elle cravacha Baron et se rua à la poursuite de Web. Les arbres ne se trouvaient plus qu'à une quinzaine de mètres et Comet, fidèle à son nom, s'enfuyait comme une étoile filante.

À douze mètres, Gwen se pencha sur l'encolure de son cheval, à dix elle allongea la main. Il ne restait plus que cinq ou six mètres avant les arbres, et son sort était désormais lié à celui de Web, car, si elle ne réussissait pas à arrêter Comet, Baron et elle s'encastreraient eux aussi dans les troncs.

Plus que trois mètres… elle réussit à saisir les rênes et tira avec toute la force accumulée en elle au cours de ces années de douleur, parvenant à arrêter le cheval emballé à un mètre des arbres.

Haletante, elle regarda Web, recroquevillé sur la selle. Il finit par tourner les yeux vers elle, sans rien dire. Mais Gwen, elle, avait le sentiment que toute la misère du monde qui pesait sur ses épaules depuis tant d'années avait soudain disparu. Elle avait souvent ressenti cette misère comme chevillée à son âme ; désormais, elle avait disparu à la manière du sable dispersé par le vent. Qu'il était donc merveilleux de voir s'évanouir toute cette haine… Mais elle n'en avait pas pour autant fini avec la cruauté de la vie, car la haine avait laissé place en elle à un sentiment plus corrosif encore : la culpabilité.

52

Gwen ramena Web en voiture à la remise des attelages, et, tout le temps que dura le court trajet, elle demeura étrangement silencieuse. Une fois encore, il voulut la remercier de lui avoir sauvé la vie, mais elle coupa court et s'éloigna. Quelle femme curieuse ! se dit-il. Peut-être se reprochait-elle ce qui s'était passé avec Comet.

Pourtant, Web avait réussi à lui dire ce qu'il gardait en lui depuis des années. Il songea un instant à aller expliquer la même chose à Billy, mais peut-être valait-il mieux que cela vînt de Gwen elle-même… si elle prenait la peine d'en parler à son mari.

Il trouva Romano devant son petit déjeuner.

— Tu as l'air tout retourné, remarqua ce dernier.

— La promenade à cheval a été un peu dure.

— Alors pour nous, officiellement, c'est terminé, non ? Angie est revenue, et elle doit être furieuse. Ça va être ma fête.

— Oui, je crois qu'ici c'est fini.

— Tu sais quoi, Web, c'est moi qui vais te ramener à Quantico. On va voir ce qu'elle a dans le ventre, ta Mach.

— Paulie, je n'ai pas besoin, en plus, d'un PV pour excès de vitesse…

Il s'interrompit brusquement et Romano le regarda d'une drôle de manière.

— Eh bien quoi ? C'est pas la fin du monde, un PV. Tu montres ta carte et ils te laissent repartir. Petit passe-droit entre collègues.

Web tira son portable de sa poche, composa un numéro et demanda à parler à Percy Bates. On lui répondit qu'il n'était pas là.

— Où se trouve-t-il ? Web London à l'appareil.

Web connaissait June, la secrétaire de Bates.

— Je sais que c'est vous, Web. C'est triste, ce qui vous est arrivé.

— Alors Perce n'est pas dans les parages ?

— En vérité, il a pris deux jours de congé. Le service de presse est furieux. Ils voulaient recueillir vos déclarations, mais Perce a refusé. Vous avez vu la télé ou lu les journaux ?

— Non.

— Eh bien, avec tout le foin qu'ils font autour de cette histoire, on dirait qu'on a tué le pape par erreur.

— Vous savez, June, beaucoup de gens ont trouvé la mort.

— Quand on tire sur des gens, on sait ce qu'on risque, dit-elle, endossant ainsi la position habituelle du FBI. En tout cas, Perce a déclaré qu'il avait besoin de deux jours de repos. Il est bouleversé par ce qui vous est arrivé.

— Je sais, June, mais il reste peut-être encore un espoir pour moi.

— Je l'espère, vraiment. Dites-moi, en quoi puis-je vous être utile ?

— C'est à propos de Clyde Macy. Il a travaillé comme homme de main pour une bande de trafiquants de drogue de Washington. J'ai vu dans son dossier des PV pour excès de vitesse. Je voudrais simplement savoir où et quand il les avait reçus.

— Il faudra que je demande à quelqu'un, mais ça ne devrait prendre que quelques minutes.

Web lui indiqua son numéro et, comme promis, elle rappela rapidement pour lui donner l'information. Web la remercia et coupa la communication avant de se tourner vers Romano, stupéfait.

— Qu'est-ce qu'il y a ? demanda Romano en avalant sa dernière bouchée de pastrami au whisky.

— En six mois, Clyde Macy a reçu trois PV pour excès de vitesse. Ça a failli lui coûter son permis.

— La belle affaire. Il conduit trop vite, et alors ?

— Devine où il les a reçus, tous les trois ?

— Où ça ?

— Les trois à moins de deux kilomètres de Southern Belle, dont un à moins de cent mètres de l'entrée. Cette entrée figurait même comme lieu d'identification sur le PV du policier du comté de Fauquier.

— Bon, ça veut dire que je ne rentre pas chez Angie aujourd'hui ?

— Bien sûr que si. Mais, ce soir, on fait une descente à Southern Belle.

Ils rassemblèrent leurs affaires et montèrent en voiture.

— Tu leur dis qu'on s'en va ? demanda Romano avec un geste en direction de la grande maison.

— Ils le savent, répondit Web.

Il lança un coup d'œil vers la demeure et murmura :

— Bonne chance, Gwen.

Alors qu'ils se dirigeaient vers la sortie, ils aperçurent Nemo Strait, à bord de sa camionnette. Ce dernier ralentit, s'arrêta et sembla surpris de voir Web.

— Vous venez boire une bière ? proposa Nemo.

La capote de la Corvette étant baissée, Romano avait pris place sur le dossier du siège arrière.

— Une prochaine fois, lança-t-il.

Strait pointa le doigt dans sa direction en souriant.

— C'est dit, Delta.

— Merci pour votre aide, Nemo, fit Web.

— Vous fermez la boutique, les gars, c'est ça ?

— C'est bien ça, mais gardez un œil sur les Canfield. Le vieil Ernie court toujours.

— Promis.

Pensif, Nemo regarda s'éloigner Web et Romano avant de tourner son regard vers la grande maison. Apparemment, la tigresse avait déclaré forfait.

Angie Romano était de fort méchante humeur. Pendant tout ce temps, elle s'était occupée de ses fils, et le voyage au pays des bayous ne s'était pas passé aussi bien que prévu. Web voulut la serrer dans ses bras en venant chercher Romano, mais il se ravisa en croisant son regard menaçant.

C'est ainsi que ce soir-là, le membre le plus dur de l'équipe Hotel et le seul survivant de l'équipe Charlie fuirent la maison de Romano et grimpèrent à bord de la Mach pour ce qui pouvait être leur dernière virée ensemble. Web n'avait pas annoncé à Romano sa démission du FBI, mais la nouvelle s'était répandue et il l'avait apprise à son retour chez lui. Tout d'abord furieux que Web ne lui ait rien dit, Romano tournait à présent sa colère contre le Bureau.

— Tu leur offres le meilleur de ta vie, et… et c'est comme ça qu'ils te remercient. Ça me donne presque envie d'aller bosser pour un cartel colombien. Avec ces gars-là, au moins on sait à quoi s'attendre.

— Laisse tomber, Paulie. Si les choses tournent bien, je créerai ma propre société de protection et tu viendras travailler pour moi.

— C'est ça, et moi je porte un soutien-gorge sous mon gilet pare-balles.

Avec leurs 45, leurs MP-5, leurs gilets pare-balles et même leurs 308 de tireurs d'élite, les deux hommes semblaient partir pour la guerre, car ils ignoraient ce qui les attendait à Southern Belle. Ils ne pouvaient en appeler au FBI, parce qu'ils n'avaient aucun élément tangible à apporter en dehors de quelques PV pour excès de vitesse. Mais le fait que Web eût démissionné du Bureau avait tout de même un côté positif : un simple citoyen peut accomplir des choses interdites à un flic. Web avait un instant hésité à emmener Romano, mais, lorsqu'il s'en était ouvert à lui, ce dernier lui avait répondu que, s'ils n'y allaient pas à deux, lui, Web, n'irait jamais, parce que lui, Romano, lui tirerait une balle dans un endroit où les hommes n'aiment pas en recevoir. Web avait choisi de ne pas mettre à l'épreuve la détermination de son ami.

Web gara la Mach sur un chemin servant de délimitation entre East Winds et Southern Belle et ils s'enfoncèrent dans l'épaisseur des bois.

— Pas de tireurs d'élite pour nous couvrir, fit Romano alors que tout autour d'eux la forêt grouillait de mille bruits. J'ai peur et je me sens seul.

Il plaisantait, bien sûr. Rien sur cette terre ne pouvait effrayer Paul Romano. En tout cas à la connaissance de Web. Enfin… sauf Angie.

— Je suis sûr que tu arriveras à surmonter ta peur, affirma Web.

— Tu ne m'as toujours pas précisé ce que tu espérais trouver là-bas.

— Plus que ce qu'on en sait à l'heure actuelle.

Coupé des ressources du FBI, Web n'avait pu utiliser leur puissante machine à exhumer les renseignements, et il ignorait tout de Harvey et Giles Ransome. Il aurait pu appeler Ann Lyle, mais il préférait ne pas lui parler pour l'instant.

Ils poursuivirent leur marche au milieu des arbres jusqu'au moment où se dressèrent devant eux les bâtiments aperçus de la tour de guet. Web fit signe à Romano de demeurer sur place tandis qu'il rampait vers l'avant. En atteignant la lisière des arbres, il sourit. Ce soir, il régnait une activité fébrile à Southern Belle. Devant l'un des bâtiments en forme de hangar, un gros camion était garé, rampe de chargement baissée. Des hommes descendaient des caisses du camion, mais apparemment aucun n'était armé. Un chariot élévateur apportait une énorme caisse dans le hangar, et Web tenta en vain de profiter de l'ouverture de la porte pour lorgner à l'intérieur. Avant qu'elle ne se referme, il ne put distinguer que des lumières aveuglantes. Sur le côté, il avisa alors un fourgon à chevaux près duquel s'affairait un homme. De là où il se trouvait, Web n'aurait pu dire s'il y avait ou non un cheval à l'intérieur.

Avec son talkie-walkie, il demanda à Romano de le rejoindre. Une minute plus tard, ce dernier s'accroupissait à côté de lui. Il observa lui aussi la scène et chuchota à son compagnon :

— Alors, qu'est-ce que tu en penses ?

— Ça pourrait être n'importe quoi, de la drogue, des pièces de voiture, je ne sais pas.

À cet instant précis, la porte du bâtiment s'ouvrit, livrant le passage au chariot élévateur. Ils entendirent une femme hurler. De plus en plus fort. Web et Romano échangèrent un regard.

— Ou alors un marché aux esclaves, murmura Romano.

Ils mirent leurs MP-5 sur automatique et se glissèrent hors de la forêt, la crosse de l'arme sur le pectoral droit, l'index crispé sur le canon.

Ils réussirent à gagner le flanc du hangar sans être vus. Web indiqua une porte latérale à Romano, qui opina du chef, puis, utilisant le langage des signes propre aux membres des équipes d'assaut, il lui expliqua ce qu'il comptait faire. Cela ressemblait un peu à une communication entre deux joueurs de base-ball, à cette différence près qu'ils allaient affronter des adversaires autrement plus dangereux.

Web appuya sur la poignée de la porte et eut la surprise de la trouver ouverte. Il l'entrebâilla. C'est alors qu'ils entendirent la femme pousser un nouveau hurlement, rauque, comme si on lui enfonçait quelque chose dans la gorge.

Web et Romano bondirent à l'intérieur, prêts à faire feu. Du coin de l'œil, Web aperçut Giles Ransome assis sur une chaise.

— FBI ! hurla Web. Tout le monde à terre, les mains derrière la nuque, doigts croisés ! Vite, sans ça vous êtes morts.

Romano serait fier de lui, songea-t-il. En hurlant, tous se jetèrent sur le sol. Web aperçut une silhouette qui filait sur la gauche, et il pointa son arme dans sa direction. Romano se rua en avant puis s'immobilisa.

Harvey Ransome se tenait au milieu de ce qui ressemblait à une chambre à coucher, des papiers à la main. Sur le lit étaient étendues trois filles magnifiques, complètement nues et visiblement améliorées par la chirurgie esthétique. À côté d'elles, se trouvait un jeune homme en pleine érection.

— Mais qu'est-ce qui se passe, ici ? s'écria Harvey, qui pâlit en apercevant Web.

Romano et Web, jetant un regard circulaire, découvrirent caméras, projecteurs, générateurs, accessoires, mais aussi machinistes, preneurs de son et cadreurs. À côté de la fausse chambre à coucher, se dressaient trois autres décors : un bureau, l'intérieur d'une limousine et… une église. C'était donc ça ? Southern Belle servait de couverture à un studio de cinéma porno ? Et les hurlements n'étaient que de faux cris de jouissance ?

Web baissa son arme et Harvey s'avança vers lui, le scénario à la main.

— Mais enfin que se passe-t-il, Web ?

Celui-ci hocha la tête et dévisagea durement son interlocuteur.

— C'est à vous de me le dire.

— C'est une activité parfaitement légale. Vous pouvez vérifier. Nous avons toutes les autorisations nécessaires. (D'un geste, il montra les filles et le garçon nus dans le grand lit.) Ce sont des acteurs professionnels, qui ont l'âge légal. Là aussi, vous pouvez vérifier.

Romano s'avança jusqu'au lit, suivi de Web.

Les jeunes femmes toisèrent les deux policiers d'un air de défi, tandis que l'homme tentait de dissimuler sous le drap la partie la plus proéminente de son anatomie, à présent dégonflée.

Les femmes, elles, n'esquissèrent pas le moindre geste pour se couvrir en présence de ces inconnus armés.

— Vous êtes tous là volontairement ? questionna Romano.

— Et comment, chéri ! dit celle dont l'ample croupe s'étalait sur le lit. Tu veux un rôle dans le film ? Comme ça tu verras à quel point je peux être volontaire.

En voyant Romano rougir, les deux femmes éclatèrent de rire.

— T'as un flingue aussi gros dans le pantalon ? fit l'autre.

— Web ! s'écria Romano, désemparé. Qu'est-ce que tu veux faire, maintenant ?

Giles rejoignit son frère.

— Vous tombez sous le coup du premier amendement, Web. Vous ne pouvez pas rester ici. On vous traînera en justice, vous et le FBI, et on gagnera.

— Si c'est tellement légal, rétorqua Web, pourquoi cet élevage de chevaux en couverture ?

— À cause des voisins. S'ils savaient ce qu'on fait ici, ils pourraient nous attirer des ennuis. Ils sont riches et ils connaissent des gens qui pourraient nous empoisonner la vie.

— Tout ce qu'on veut, dit Harvey, c'est qu'on nous laisse exercer tranquillement notre art.

— De l'art ? s'écria Web en désignant d'un geste les corps dénudés. Un film de pacotille avec des poupées gonflées à la silicone ? De l'art ?

Harvey posa la main sur l'épaule de Web.

— Écoutez, Web, cela fait trente ans que mon frère et moi exerçons ce métier en Californie.

— Alors pourquoi êtes-vous venus ici ?

— On en avait assez de la scène de Los Angeles, répondit Giles. Et c'est une région tellement belle…

Romano lança un coup d'œil vers les acteurs nus.

— Je doute qu'ils l'aient jamais visitée.

— On peut faire quelque chose pour vous ? demanda Harvey, inquiet. Disons que ça serait pour vous remercier de ne pas ébruiter la chose.

— Cessez de survoler East Winds avec votre engin. Ça ennuie certains de mes amis.

Harvey lui tendit la main.

— Vous avez ma parole.

Web ne serra pas la main tendue mais se tourna vers les jeunes femmes.

— Et vous, mesdames, vous avez droit à toute ma compassion.

Web et Romano s'en allèrent au milieu des rires.

— On peut dire que c'est une mission couronnée de succès, grommela Romano.

— Ferme-la, Paulie.

Alors qu'ils se dirigeaient vers les bois, Web remarqua l'homme qu'il avait aperçu auparavant, près du fourgon à chevaux. Web s'avança vers lui. L'homme, la cinquantaine, vêtu comme un valet de ferme, se raidit en voyant leurs armes, mais Romano exhiba sa plaque.

— Écoutez, je veux pas d'ennuis. En tout cas, c'est bien fait pour moi, j'aurais pas dû louer ce camion.

— C'est vous qui servez de couverture ?

L'homme détourna le regard vers le hangar, ou plutôt vers le studio de cinéma.

— Y a des tas de choses qu'ont besoin de couverture, par ici. Si ma pauvre femme était encore en vie, elle m'écorcherait vivant, mais ici, le salaire est le double d'ailleurs.

— Ça aurait dû vous mettre la puce à l'oreille, répliqua Web.

— Je sais, je sais, mais je suis comme tout le monde, j'ai besoin d'argent, et puis ça fait longtemps que je fais ce travail, trop longtemps peut-être.

Web observa le fourgon dans lequel se trouvait un cheval ; il apercevait le sommet de sa tête.

— Vous allez quelque part ?

— Ouais. J'ai un long voyage. Je vais aller vendre ce cheval. Faut quand même faire semblant d'exercer cette activité. Et puis ce yearling, il est vraiment beau.

Web s'approcha du fourgon.

— Vraiment ? Il m'a l'air bien petit.

L'homme regarda Web comme si celui-ci avait perdu la raison.

— Petit ? Il fait quinze paumes. C'est pas petit pour un yearling.

Web regarda à l'intérieur du fourgon. Le plafond se trouvait bien à 50 centimètres au-dessus de la tête du cheval. Il se tourna vers l'homme.

— C'est un fourgon spécial ?

— Spécial ? Comment ça ?

— Pour la taille. Il est particulièrement grand ?

— Non. C'est le fourgon Townsmand classique.

— C'est ça, le Townsmand classique ? Et ce yearling fait bien quinze paumes de haut ? Vous êtes sûr ?

— Aussi sûr que je suis ici devant vous.

Web éclaira l'intérieur avec le faisceau de sa lampe de poche.

— Si c'est un fourgon classique, comment se fait-il que vous n'ayez pas les coffres de sellerie dedans ?

Il regarda l'homme d'un air soupçonneux et éclaira une nouvelle fois l'intérieur du véhicule.

L'homme suivit des yeux le faisceau de la lampe.

— Premièrement, mon garçon, on ne met jamais rien à l'intérieur qui puisse blesser la jambe d'un cheval. Une jambe abîmée, et la vente est foutue.

— On peut capitonner les coffres, rétorqua Web.

— Et deuxièmement…

Il montra une armoire à l'avant du fourgon, où s'alignaient articles de sellerie, bouteilles de médicaments, cordes, couvertures, etc.

Il regardait Web comme si celui-ci était devenu fou, mais Web ne lui prêtait pas attention, car une idée commençait à germer en lui. Si son intuition était bonne, toute cette série d'événements s'éclairait d'un jour nouveau. Il fouilla dans sa poche et en tira une enveloppe contenant des photos que Bates lui avait données. Il en tendit une à Romano et l'éclaira avec sa torche électrique.

— Le type à qui tu as remis l'enfant, cette nuit-là ? C'est lui ? Imagine-le avec les cheveux blonds, coupés court. Je sais que c'est difficile, parce qu'il portait des lunettes noires, mais essaie.

Romano étudia la photo puis se tourna vers Web, ébahi.

— Je crois que c'est lui.

Web partit aussitôt au pas de course en direction des arbres, Romano sur ses talons.

— Qu'est-ce qui te prend, Web ?

Ce dernier ne répondit pas et poursuivit sa course.

53

La porte s'ouvrit, livrant le passage à Nemo Strait. Claire et Kevin étaient tous deux menottés à un gros anneau d'acier fixé dans le mur, bras et jambes entravés au moyen de grosses cordes. Strait avait donné l'ordre de les bâillonner mais non de leur mettre un bandeau sur les yeux.

— Vous en avez déjà trop vu, docteur, avait-il expliqué à Claire, ça n'a plus aucune importance.

La menace était claire.

Ses hommes pénétrèrent derrière Strait dans la pièce en sous-sol et s'approchèrent des deux prisonniers avec des couvertures et de nouvelles cordes.

Claire se débattit en vain contre ses ravisseurs, tandis que Kevin les fixait sans rien dire, comme si ses sinistres prévisions se réalisaient enfin.

— Allez, on y va, dit Strait. On n'a pas que ça à faire !

Tandis qu'ils emmenaient Kevin, il lui tapota affectueusement le crâne.

Web guetta par les fenêtres situées à l'arrière de la maison de Strait. La camionnette n'était pas garée devant, mais il ne voulait prendre aucun risque. Romano, lui, surveillait le devant et les côtés. Lorsqu'ils se retrouvèrent, Romano hocha la tête :

— Rien. La maison est vide.

— Pas pour longtemps.

Il lui fallut vingt secondes pour crocheter la serrure et ils pénétrèrent à l'intérieur par la porte de derrière. Ils fouillèrent systématiquement les lieux avant d'arriver à la chambre à coucher.

— Qu'est-ce que tu cherches exactement, Web ?

Celui-ci, occupé à fouiller le placard, ne répondit pas tout de suite. Il finit par en ressortir avec une boîte à chaussures.

— On pourrait commencer par là.

Il prit place sur une chaise à côté du lit et entreprit de passer en revue les vieilles photos. Il en tira une.

— Et voilà. Tu te rappelles que Strait nous a dit avoir été gardien dans un centre de détention pour mineurs, à son retour du Viêt-nam ?

— Et alors ?

— Alors, devine qui était détenu dans ce centre pour avoir planté un hachoir à viande dans la tête de sa grand-mère… J'ai vu le dossier dans le bureau de Bates.

— De qui parles-tu ?

— De Clyde Macy. Le type sur la photo que je t'ai montrée tout à l'heure, le type qui s'est fait passer pour un agent du FBI. Je regrette de ne pas t'avoir montré cette photo plus tôt. Maintenant, je parie que si on vérifie les dates, on s'apercevra que Macy et Strait étaient présents en même temps dans ce centre de détention.

— Mais après ça, Macy a rejoint les Free.

— Et peut-être que Strait l'a convaincu de travailler pour lui.

— Tu m'as dit que Macy servait d'homme de main à Westbrook, objecta Romano.

— En fait, Macy aurait aimé être flic. Je crois qu'il a infiltré la bande de Westbrook pour le compte du réseau de Strait.

— Le réseau de Strait !

— L'Oxycontin. Il transporte sa came dans les fourgons à chevaux, c'est le moyen idéal. Le fourgon de Southern Belle était authentique. Celui d'East Winds, bricolé par Strait, avait un faux plancher tellement surélevé que la tête d'un yearling de quinze paumes touchait presque le toit. Et il avait aménagé des compartiments de rangement à l'arrière pour y dissimuler encore plus de drogue. Et les PV pour excès de vitesse ! Macy ne se rendait pas à Southern Belle, mais ici. Et je parie que c'est lui qui s'est rendu compte que Toona balançait des informations à Cove. Il s'en est servi pour piéger Cove, et ensuite il en a parlé à Westbrook, qui a éliminé Toona.

— Tu crois que Macy aurait pu ouvrir le feu chez les Free, de façon à déclencher un massacre ?

— Oui, et c'est aussi lui qui a dû cacher là-bas la drogue et les autres « éléments de preuve ». Et qui a dû voler le camion de Silas. Je parie que c'est aussi lui qui a assassiné Chris Miller devant la maison de Cove. Et puis Strait est un ancien militaire, c'est probablement comme ça qu'il a réussi à se procurer les mitrailleuses, et il doit aussi connaître la fabrication des bombes.

— Ça veut dire que, tous les deux, ils avaient décidé de s'en prendre à la HRT. Pourquoi ?

Tout ce temps, Web avait parcouru les clichés, jusqu'au moment où il en tira un autre.

— Le salaud !

— Quoi ?

Web lui montra la photo, où l'on voyait Strait au Viêt-nam, en uniforme. À côté de lui se tenait un homme que Romano n'avait jamais rencontré mais que Web avait reconnu au premier coup d'œil. Il était certes beaucoup plus jeune sur la photo, mais il n'avait guère changé.

— Ed O'Bannon. Le psychiatre militaire qui a aidé Strait après son évasion de chez les Viêt-cong.

— Mon Dieu !

— Et donc Claire et peut-être même Kevin sont prisonniers par ici. Ce serait l'endroit idéal pour les cacher.

— Je ne comprends toujours pas pourquoi Strait, O'Bannon et Macy auraient voulu liquider l'équipe Charlie. Ça paraît absurde.

Web réfléchit, mais aucune explication ne se présentait à son esprit. En tout cas jusqu'au moment où il aperçut quelque chose sur le sol. Il posa la boîte de photos à côté de lui et ramassa avec lenteur l'objet à moitié dissimulé sous le lit.

Puis il braqua sa torche électrique sur le bracelet de cheville, mais il savait déjà à qui appartenait le bijou. D'un geste vif, il arracha le couvre-lit et examina les oreillers. Il ne lui fallut qu'un instant pour découvrir quelques cheveux blonds.

Sidéré, il se tourna vers Romano.

— Gwen.

Le fourgon était acculé à la salle des machines de la piscine, la rampe de chargement baissée, et l'un des hommes de Strait avait tiré une longue pièce de métal, révélant une cache assez grande pour accueillir une grosse cargaison de comprimés… ou les corps d'une femme et d'un petit garçon.

Strait surveillait le transfert de Claire et de Kevin. Ils se débattaient et faisaient du bruit… trop de bruit.

— Découvrez la piscine, ordonna-t-il. Ça sera plus facile si on les noie d'abord. Et plus propre que de les buter ici.

Le couvercle de la piscine se rétracta en grinçant, les hommes ôtèrent une partie des cordes et des couvertures qui entravaient les deux prisonniers et commencèrent à les entraîner vers le bassin.

C'est alors qu'une voix retentit :

— Mais qu'est-ce que vous faites ?

Strait et ses hommes se retournèrent d'un bloc. Gwen se tenait derrière eux, un pistolet à la main.

— Eh, Gwen, que se passe-t-il ? demanda Strait d'un air innocent.

Elle regarda Claire et Kevin.

— Qui sont-ils ?

— Deux problèmes que je dois régler avant notre départ, à l'aube.

— Tu vas les tuer ?

— Non, je vais les laisser témoigner pour qu'ils me conduisent au couloir de la mort.

Quelques-uns de ses hommes éclatèrent de rire. Strait se rapprocha de Gwen sans la quitter des yeux.

— Je voudrais te poser une question, Gwen. Tu m'avais dit que tu t'occuperais de Web, mais je l'ai vu s'en aller, tout à l'heure, et il se portait comme un charme.

— J'ai changé d'avis.

— Ah, c'est ça, tu as changé d'avis. En fait, tu as eu la trouille. Au fond, Gwen, t'as pas l'estomac pour faire un truc pareil. Pour tuer. C'est pour ça que tu as besoin d'hommes comme moi pour le faire à ta place.

— Je veux que tu partes, maintenant. Toi et tes gens.

— C'est bien ce que je compte faire.

— Non, je veux dire sans tes « problèmes ».

En souriant, Strait se rapprocha d'elle.

— Mais enfin, ma chérie, tu sais bien que je ne peux pas.

— Je te laisserai une avance de douze heures avant de les libérer.

— Et ensuite, quoi ? Tu auras beaucoup d'explications à fournir. Tu vas prendre tout sur toi ?

— Je ne te laisserai pas les tuer, Nemo. Trop de gens sont morts déjà. Et par ma faute. Tu avais raison, j'aurais dû renoncer à ma haine il y a longtemps.

— Tu vois, ce n'est pas si simple. Si je les laisse vivre et qu'ils parlent, les flics me pourchasseront. Mais si je les tue, après mon départ tout le monde s'en foutra. Et ça fait une grosse différence, parce que, quand je m'installe quelque part, j'aime bien y rester, et je n'ai pas envie de passer le reste de ma vie à fuir le FBI.

Un de ses hommes se glissait derrière Gwen.

Celle-ci braqua son arme sur la tête de Strait.

— Je te le dis pour la dernière fois, va-t'en !

— Et ta part sur l'argent de la drogue ?

— Je n'en veux pas. Je prendrai tout sur moi. Va-t'en, c'est tout !

— Mais enfin, qu'est-ce qui t'arrive ? Tu as rencontré Dieu, ou quoi ?

— Quitte mon domaine, Strait ! Tout de suite !

— Gwen, attention ! hurla soudain Web.

Sa voix les prit tous au dépourvu, mais l'homme qui s'était glissé derrière Gwen fit feu, sans l'atteindre, car elle s'était baissée aussitôt.

Le fusil de Web aboya et l'homme bascula dans la piscine, dont l'eau chlorée se teinta immédiatement de rouge.

Nemo et ses hommes bondirent à l'abri derrière le fourgon et déchargèrent leurs armes, tandis que Gwen disparaissait dans les buissons.

En sortant de chez Strait, Web et Romano s'étaient rendus au centre équestre, où Web voulait vérifier quelque chose. Il découvrit tout de suite la blessure sur le dos de Comet. Gwen avait donc bien projeté de le tuer, mais s'était ensuite ravisée. En raison de leur conversation ? Si c'était le cas, il regrettait de ne pas lui avoir parlé plusieurs années auparavant. Web n'avait pas de preuves mais il lui semblait clair que Gwen avait chargé Nemo et ses hommes de venger la mort de son fils. Quant à savoir si c'était l'indifférence de Billy Canfield qui avait conduit Gwen dans le lit de Strait, il n'aurait su le dire.

Ils se dirigeaient vers la grande maison lorsqu'ils avaient entendu du bruit près de la piscine ; alors ils s'étaient précipités. Ils étaient arrivés à temps pour entendre Gwen qui reconnaissait sa responsabilité dans les meurtres. À présent, la fusillade faisait rage et ils n'avaient aucun moyen d'appeler des renforts. Mais le pire, c'était la présence de Claire et de Kevin au milieu.

Strait dut lui aussi sentir qu'il se trouvait en position de force.

— Eh, Web, lança-t-il d'une voix énergique, vous feriez bien de vous montrer. Parce que, sans ça, je colle une balle dans la tête de la femme et du gamin.

Strait ignorait la présence de Romano. Ce dernier s'éloigna sur la gauche, tandis que Web filait à droite avant de s'immobiliser.

— Allez, Nemo, vous n'avez aucune chance, et la cavalerie ne va pas tarder à arriver.

— C'est vrai, je suis un homme aux abois, qui n'a absolument rien à perdre.

Il tira une balle juste à côté de la tête de Claire, là où elle était allongée avec Kevin, sur le rebord de la piscine.

— Écoutez, Nemo, reprit Web, deux autres assassinats n'arrangeront pas vos affaires.

Strait éclata de rire.

— Ça ne les aggravera pas non plus.

— Bon, racontez-moi un peu ce que je n'ai pas encore compris. Pourquoi avoir échangé le gamin, dans la ruelle ?

— Quoi ? Vous voulez que je m'accuse moi-même ? lança Strait en éclatant de rire une nouvelle fois.

— Regardez autour de vous… j'ai toutes les preuves qu'il me faut.

— Alors, si je fais comme vous dites, vous glisserez un mot au juge en ma faveur, c'est ça ?

Il rit encore, puis ajouta :

— Dans mon boulot, on rencontre un tas de gars intéressants. Et un de ces gars avait des exigences particulières, et c'est pas le genre arrangeant. Vaut mieux le satisfaire, vous voyez ce que je veux dire ?

— Clyde Macy ?

— J'ai prononcé aucun nom. J'suis pas une balance.

— Alors laissez-moi vous aider. Macy aurait voulu être flic. Il n'a qu'une idée : prouver qu'il est meilleur. Il crevait d'envie de s'habiller comme un agent du FBI, de se pointer là-bas et de vous enlever l'enfant des mains. Simplement pour se prouver qu'il en était capable.

— Dites donc, vous auriez fait un bon inspecteur.

— Mais vous, de votre côté, vous n'étiez peut-être pas aussi sûr de lui. Vous aviez besoin de Kevin et vous ne pouviez pas risquer que Macy échoue. Il fallait d'abord utiliser Kevin dans la ruelle pour diriger les soupçons vers Big F, et le garder ensuite prisonnier pour faire pression sur lui. Alors vous avez échangé le gamin. Comme ça, Macy se payait la tête du FBI, et en cas d'échec vous aviez toujours Kevin. J'ai raison ?

— Allez savoir !

— Alors, où est cet autre enfant ?

— Je viens de vous le dire : allez savoir !

Le talkie-walkie de Web émit un crachotement. Romano était en position.

— Bon, je vous laisse une dernière chance, Nemo : vous avez cinq secondes pour vous rendre.

Web ne prit pas la peine de compter jusqu'à cinq. Il mit son MP-5 en position automatique et ouvrit le feu, criblant de balles le fourgon derrière lequel s'abritaient Nemo et ses hommes.

Strait et ses acolytes s'aplatirent sur le sol, et au même moment Romano jaillit derrière eux.

— Les armes sur le sol ! ordonna Romano.

Web aperçut alors ce que Romano, de dos, ne pouvait voir : une minuscule condensation s'élevant dans l'air, au milieu des arbres. Une condensation née du froid qui s'élève d'un canon de fusil. C'était là l'erreur classique de celui qui connaît bien le tir mais ignore les petits détails qui font la différence entre le véritable tireur d'élite et les autres. Lorsqu'il occupait ces fonctions, Web chauffait le canon de son arme avec son haleine, de façon à éliminer la condensation.

— Romano, à six heures ! hurla-t-il.

Trop tard. La balle atteignit Romano à la base de la colonne vertébrale, et il s'effondra.

— Paulie ! s'écria Web.

Un des hommes roula sur le côté et visa Romano, mais Web l'abattit avec son 308. Tenant d'une main son MP-5 contre sa poitrine, il tira alors son 45 de l'autre.

— Romano !

Il poussa un soupir de soulagement en le voyant se relever. La balle avait bien pénétré son gilet de Kevlar, mais avait été arrêtée par le troisième 45 qu'il portait au creux des reins.

Une autre balle atterrit tout près de lui et Web se jeta au sol au moment même où Romano plongeait dans les buissons. Strait en profita pour s'emparer de

Claire et, moitié en la portant, moitié en la tirant, se rua vers le camion qui tractait le fourgon.

Comprenant la manœuvre, Web tira sur les pneus. Strait poussa un juron et s'enfonça dans l'obscurité en emmenant Claire avec lui.

Web saisit son talkie-walkie :

— Strait a emmené Claire. Kevin Westbrook, lui, est toujours à côté de la piscine.

— Je m'occupe de ce coin-là, Web.

— Tu es sûr ?

— Ils ne sont que quatre contre un ! Allez, vas-y !

Web pivota sur ses talons et se lança à la poursuite de Strait et de Claire.

Romano avait perdu son MP-5, et son fusil de tireur d'élite ne serait guère efficace à courte distance. Il tira ses 45 et, imitant le geste de Web, en caressa un pour conjurer le sort. En dépit de sa bravade, il savait bien qu'à un contre quatre ses chances étaient minces. Il pouvait fort bien avoir les trois premiers et se faire descendre par le quatrième. Et il y avait encore celui qui lui avait tiré dessus. Plié en deux, il longea les buissons qui entouraient la piscine. On lui tira dessus mais il ne riposta pas, car ses adversaires se trouvaient loin et, de toute manière, les flammes de leurs armes lui indiquaient leur position. Chaque fois qu'un coup de feu retentissait, il en notait mentalement la provenance. Ces types étaient des amateurs, mais même les amateurs peuvent avoir de la chance, surtout s'ils sont nombreux. Il s'accroupit et aperçut alors l'enfant près de la piscine. Comme il ne bougeait pas, Romano se dit qu'il avait peut-être été touché, mais Kevin leva légèrement la tête. Soulagé, Romano ajusta ses jumelles de vision nocturne et comprit la raison de son immobilité : il avait les jambes étroitement entravées.

Romano continua d'avancer, s'éloignant de l'ennemi. Il avait besoin d'une certaine distance pour pouvoir utiliser son fusil de tireur d'élite, déjà équipé d'une lunette à infrarouge. Il fallait réduire leur nombre à trois, ou mieux encore à un. À ce moment-là, il interviendrait avec ses pistolets ; à un contre un, Romano était sûr de l'emporter.

Son plan était en tous points conforme aux instructions du manuel. Repérer la signature des canons. Se déplacer sans cesse. Les déborder. Puis s'avancer, en abattre un ou deux, de façon que les autres, pris de panique, soit se rendent, soit s'enfuient ; dans ce dernier cas, il attendrait qu'ils traversent sa zone de tir et les descendrait au fusil.

Une voix retentit dans l'obscurité.

— Eh, Romano, montre-toi, et sans ton arme.

Il ne dit rien, s'efforçant de localiser la provenance de la voix. Ce devait être le valet de ferme qu'il avait étendu à terre le premier jour, mais il n'en était pas sûr.

— Romano, j'espère que tu m'écoutes. Parce que tu as cinq secondes pour sortir, sans ça je colle une balle dans la tête du gamin.

Romano étouffa un juron en se rapprochant de la voix. Il n'avait aucun désir de voir mourir l'enfant, mais il savait fort bien que, s'il se montrait à découvert, ils mourraient tous les deux. Le seul moyen, c'était de les tuer tous avant qu'ils s'en prennent au petit garçon, ce qui semblait à peu près impossible.

— Désolé, gamin, murmura-t-il en s'avançant pour se mettre en position de tir.

L'homme qui avait parlé était effectivement celui qu'il avait à moitié assommé le premier jour, au centre équestre. Il rampait, le pistolet à la main. Il s'immobilisa, compta silencieusement jusqu'à cinq et lança une fois encore :

— C'est ta dernière chance, HRT.

Il attendit un moment, à l'abri des buissons, haussa les épaules et visa la tête de Kevin. L'homme n'était pas un excellent tireur, mais cette exécution sommaire ne requérait pas une habileté particulière.

Soudain un homme énorme jaillit de derrière les buissons et s'abattit sur le tireur, le projetant à deux mètres de là, vidé de tout son air. Le géant se précipita ensuite sur le petit garçon et le cueillit d'un seul bras avant de s'enfuir dans la nuit, se retournant de temps à autre pour décharger son pistolet par-dessus son épaule.

Un autre homme surgit alors de l'endroit où il était dissimulé et visa le large dos de Westbrook. Au moment où il allait tirer, Romano l'abattit. Il ne savait pas que le géant était Big F, mais il n'allait pas laisser l'autre lui tirer dans le dos. Le seul problème, c'est qu'il révéla ainsi sa position et reçut une balle dans la jambe pour prix de sa bonne action. Romano voulut s'enfuir, mais se retrouva face à une rangée d'armes braquées sur lui. On le traîna jusqu'au rebord de la piscine, où trois hommes se plantèrent devant lui.

— Finalement, ils sont pas aussi forts que ça, à la HRT, railla l'un d'eux.

Cette seule réflexion eut le don d'énerver Romano.

— Y a qu'à le buter, suggéra un autre.

Le visage de Romano s'empourpra et il serra les poings.

— Je préfère qu'on lui foute la tête dans l'eau et qu'on noie cet enculé, doucement, lentement.

Romano leva les yeux et vit que celui qui avait prononcé ces derniers mots n'était autre que l'homme que Westbrook avait aplati sur le rebord de la piscine, le même qu'il avait lui-même assommé le premier jour. Il respirait encore avec peine et il avait du sang autour du nez, là où il avait heurté la pierre.

— Qu'est-ce que t'en dis, Romano ? demanda-t-il en le poussant du bout de sa botte.

— Ça me paraît bien, répondit l'intéressé.

Il bondit, l'épaule en avant, et tous deux basculèrent dans la piscine. Romano prit une profonde inspiration et entraîna son adversaire vers le fond. Les deux autres, sur le rebord, réagirent comme il l'avait prévu : ils ouvrirent le feu. Mais Romano et l'autre homme se trouvaient déjà à une trop grande profondeur pour que les balles les atteignent.

L'un d'eux eut alors une idée qui lui sembla brillante et se précipita sur le bouton commandant la fermeture du couvercle. Aussitôt, Romano comprit qu'il lui restait une chance de survivre. Il tira son couteau et trancha la gorge de l'homme avec qui il luttait encore. Le sang se répandit dans l'eau. Après quoi, Romano saisit le corps par les jambes et le poussa vers le haut, jusqu'à ce que sa tête heurte le couvercle, comme s'il était remonté pour respirer. Comme prévu, les autres le criblèrent de balles. Il fit redescendre le corps, changea de position et le remonta une fois encore. Nouvelle fusillade, qui fit gicler l'eau à côté de lui. À présent, ils devaient être persuadés de leur mort à tous les deux. En tout cas, c'était sa seule chance.

Il enfonça une dernière fois le corps et le lâcha. Le cadavre descendit lentement vers le fond et rejoignit l'homme que Web avait abattu auparavant. Désormais, Romano devait exécuter la partie la plus risquée de son plan. Expirant une grande partie de l'air contenu dans ses poumons, il se laissa remonter en surface, s'accrochant au passage à la bouche du filtre, comme s'il avait été coincé là après avoir reçu des balles dans la tête. Pour que son plan réussisse, il fallait que ces gars ignorent la façon dont réagit le corps d'un homme qu'on vient de tuer, à savoir qu'il coule au lieu de flotter à la surface. S'ils ouvraient le feu, il était mort. Le couvercle de la piscine s'ouvrit, l'entraînant un peu avec lui, mais Romano ne bougea pas un muscle. Le moment n'était pas encore venu. Lorsque des mains le saisirent et le remontèrent, il ne bougea pas plus. On l'allongea sur le rebord de la piscine, le visage contre le ciment. Il sentait leur présence de part et d'autre. C'est alors que retentirent les sirènes. Quelqu'un avait alerté les flics.

— Allez, on fout le camp ! lança l'un d'eux.

Ce furent ses dernières paroles. Romano bondit sur ses pieds, un poignard dans chaque main, et les plongea dans la poitrine des deux hommes. Enfoncées jusqu'à la garde, les lames leur transpercèrent le cœur.

En tombant dans la piscine, ils lui jetèrent un dernier regard. Romano se redressa, contempla un instant le champ de bataille, puis déchira sa chemise et se servit d'une petite branche d'arbre comme tourniquet pour garrotter sa jambe blessée. Après quoi il alla repêcher Link, le pistolet qui avait arrêté la balle à la hauteur de ses reins, et tint devant lui l'arme inutilisable.

— Et merde ! lança-t-il.

54

Web suivait Strait et Claire du mieux qu'il pouvait, se servant occasionnellement de ses jumelles à infrarouge, mais il faisait très sombre et même ces jumelles ont besoin d'un peu de clarté pour être efficaces. En réalité, il se fiait plus à son ouïe qu'à sa vue, et donc ne pouvait tirer sans risquer d'atteindre Claire au lieu de Strait.

En approchant de la maison des singes, il ralentit l'allure avant de s'immobiliser. Cette bâtisse en ruine, déjà sinistre pendant la journée, se dressait à présent de manière menaçante, mais il ne pouvait poursuivre davantage sans la fouiller d'abord, au risque d'être pris à revers par Strait.

Son MP-5 bien en main, il pénétra dans le bâtiment par l'entrée sud, foulant les débris jonchant le sol de l'ancienne prison pour animaux. Les nuages parfois se déchiraient, et la lune coulait alors des rais de lumière à travers les trous de la toiture. La lueur blafarde jetait une teinte irréelle sur les cages démantibulées, et ce spectacle mettait les nerfs de Web à rude épreuve, lui qui pourtant en avait vu d'autres.

Il était impossible de se déplacer en silence, et Web guettait le moindre signe qui lui donnerait la fraction de seconde nécessaire pour sauver Claire et abattre Strait. Mais il fallait aussi compter avec la présence de Macy dans les parages ; et cet homme possédait un savoir-faire évident.

En entendant un craquement sur sa gauche, Web se jeta immédiatement sur le sol. Il baissa ses jumelles à infrarouge et inspecta le moindre centimètre autour de lui. Pendant qu'il levait les yeux vers la passerelle au-dessus de lui, il entendit un hurlement.

Il roula sur le côté et la balle vint s'écraser juste à l'endroit où il se trouvait. Il se releva, prêt à faire feu ; apparemment, c'était Claire qui avait cherché à l'avertir. À l'extrémité du bâtiment, il perçut des bruits étouffés, puis une cavalcade. Il s'apprêtait à se ruer dans cette direction lorsqu'il aperçut de nouveau la condensation au-dessus d'un canon de fusil. Il se jeta au sol et la balle frappa l'une des cages avant de ricocher et de se perdre dans le mur.

Une bonne chose à savoir : Clyde Macy, s'il s'agissait bien de lui, n'avait pas pris conscience de son erreur précédente.

Avec son MP-5, il balaya par rafales l'endroit d'où était venu le coup de feu, projetant des débris en tout sens, faisant résonner les cages métalliques. Quand il s'interrompit pour remettre un chargeur, il entendit une nouvelle fois un bruit de pas précipités. Il se glissa au-dehors et reprit sa chasse, pas fâché de laisser derrière lui la maison des singes.

Il avait l'impression de se rapprocher lorsqu'il sentit quelque chose sur sa gauche et se jeta une nouvelle fois à plat ventre. La balle s'enfonça dans un arbre, juste derrière lui.

Un coup de fusil, pas de pistolet, se dit Web. C'était donc à nouveau Macy et non Strait. Il devait couvrir son patron.

— La doublure contre l'original, murmura Web. Très bien, on va voir.

Web savait rester parfaitement immobile. La règle voulait que le premier qui bougeait était mort. Pour tuer, il avait appris à ne pas bouger, à ralentir son pouls et même à se retenir d'uriner pendant une très longue période. Il était semblable à l'anaconda tapi dans l'herbe qui guette le jaguar. Lorsque le fauve arrive, le serpent bondit et le jaguar meurt.

Web se demanda comment Macy avait pu le repérer aussi facilement, et il songea à son équipement, si Macy utilisait le même matériel que la HRT, peut-être était-il équipé d'un appareil de vision nocturne.

Il rampa sur le ventre, s'efforçant de ne faire qu'un minimum de bruit tout en révélant en partie sa position. Une balle vint s'écraser juste à côté de lui. Les soupçons de Web se confirmaient. Le gaillard possédait bien un équipement de vision nocturne. Il baissa ses jumelles à infrarouge et balaya rapidement les alentours. L'espace d'un instant, il l'aperçut. C'était suffisant.

Clyde Macy était fier de sa stratégie. Il savait que les membres de la HRT étaient compétents, mais il avait toujours pensé qu'on les surestimait. Après tout, il les avait complètement possédés sur le domaine des Free. Et il en avait abattu un près de la piscine ; il n'était pas resté sur place assez longtemps pour voir Romano se relever. Quand Strait s'était enfui en entraînant Claire, Macy, loyal lieutenant, avait couvert la fuite de son patron. Strait l'avait pris sous son aile au centre de détention. Et lorsque Macy avait rejoint les Free, Strait l'avait retrouvé et lui avait ouvert les yeux. Les Free n'étaient que des amateurs, ce que leur débâcle de Richmond prouvait amplement. Et puis, avait-il fait valoir, ils ne lui versaient pas un rond alors qu'ils attendaient son soutien. Et pourquoi ? Pour le seul privilège de s'associer à des imbéciles !

Macy avait suivi ses sages conseils et travaillé pour lui pendant des années. Leur dernière affaire s'était révélée la plus lucrative. Ils avaient amassé une fortune grâce à ces médicaments, et Macy avait même piégé les Free par-dessus le marché. Et puis il avait descendu Peebles… ça valait le coup, tout ça. Mais, maintenant que leurs plans s'écroulaient avec l'arrivée des sirènes, Macy se fixait une dernière tâche : tuer London. Il prouverait ainsi sa supériorité absolue. D'une certaine manière, il se disait que toute sa vie d'adulte tendait vers ce but.

Il baissa ses jumelles à infrarouge afin d'inspecter la zone où il avait aperçu London pour la dernière fois. En bougeant de cette façon, ce type avait signé son arrêt de mort. London était trop sûr de lui, mais il venait de tomber sur plus fort que lui. Le moment était venu d'en finir. À cet instant précis, Macy distingua une lueur et il se demanda ce que c'était, avant de comprendre qu'il s'agissait de l'appareil de vision nocturne de London. Il visa, expira tout l'air de ses poumons, s'immobilisa et appuya l'index sur la détente. Le signal lumineux disparut aussitôt. Au même instant, Macy prit conscience que son propre appareil de vision nocturne devait émettre la même lueur. Mais il fallait regarder à travers des jumelles à infrarouge pour le voir ; or il venait d'abattre London. Il l'avait emporté d'une fraction de seconde, et pour cette seule raison, London était mort et lui vivant. Ça se réduit souvent à ça.

Avant que Macy ait pu reprendre sa respiration, une balle l'atteignit en plein front. L'espace d'une milliseconde, son esprit ne réagit pas au fait qu'il lui manquait la moitié du cerveau. Puis son fusil lui tomba des mains, et Clyde Macy s'effondra sur le sol.

Web sortit de derrière un petit tertre, à quelques pas seulement de la souche sur laquelle il avait posé ses jumelles à infrarouge, réglées sur la puissance maximale. Il n'avait même pas eu besoin de se repérer à la lueur de celles de Macy : en faisant feu, celui-ci avait révélé sa position par la flamme qui sortait de son arme. Une seconde plus tard, tout était terminé. Score final : professionnel, un ; rêveur, zéro.

Il n'eut pas le loisir de s'appesantir sur sa victoire, car un bruit de pas précipités le fit à nouveau se jeter à terre, le 308 pointé vers la lisière des arbres. Lorsqu'ils pénétrèrent dans sa zone de tir, Web hésita, puis se mit à genoux, braquant son arme sur l'énorme poitrine de l'homme.

— Posez votre arme, Francis !

Westbrook tressaillit et jeta un regard circulaire, dans l'obscurité. Grâce à sa lunette, Web voyait clairement le géant pousser Kevin derrière lui pour le protéger de cette nouvelle menace.

— C'est Web London, Francis. Posez votre arme. Tout de suite !

— Reste derrière moi, Kev, ordonna Westbrook en s'éloignant de l'endroit d'où lui parvenait la voix de Web.

— Pour la dernière fois, Francis : posez votre arme et allongez-vous sur le sol. Sinon vous vous allongerez d'une autre façon.

— J'emmène Kevin loin d'ici, petit homme. C'est tout ce que je veux faire. Pas de problème, pas de problème.

Web visa une branche d'arbre, trois mètres au-dessus de la tête de Westbrook. C'était le premier coup de semonce qu'il tirait dans sa carrière, et il se demandait encore pourquoi. Kevin poussa un cri, mais Westbrook ne dit rien et poursuivit sa retraite. Puis, à la grande surprise de Web, il jeta son arme à terre et s'agenouilla. Après quoi il chargea Kevin sur son dos, et Web crut qu'il allait s'en servir de bouclier. Mais il continua de le protéger de son corps et reprit son chemin à reculons.

— Y a pas de problème, HRT. Je m'en vais. J'ai des trucs à faire.

Web tira une nouvelle balle dans la terre, sur sa gauche. Deuxième coup de semonce. Diable. Que lui arrivait-il ? Allez, neutralise ce type. C'est un criminel. Un assassin.

— Y a pas de problème, lança de nouveau Westbrook. On s'en va, le gamin et moi, c'est tout.

Web visa la tête. Puis il se rendit compte qu'avec les munitions qu'il utilisait, la balle traverserait le corps de Westbrook et toucherait l'enfant. Il pouvait toujours lui tirer dans la jambe. Il cherchait le meilleur emplacement lorsqu'il entendit Kevin.

— Web, par pitié, ne tirez pas sur mon frère. Il fait que m'aider.

À travers sa lunette, Web voyait le visage terrorisé du petit garçon à côté de celui de son père. Il s'accrochait des deux mains au cou puissant, les joues ruisselantes de larmes. Francis Westbrook, lui, avait l'air calme, comme s'il acceptait déjà le coup de grâce. Web se rappela les nombreuses cicatrices sur le ventre de cet homme : ce n'était pas la première fois qu'il faisait face à la mort. En années de Blanc, il était âgé de cent vingt ans. Le doigt de Web effleura la détente. S'il lui envoyait une balle dans la jambe, Kevin pourrait au moins lui rendre visite en prison. Oui, c'était ça, la solution. Il était flic, et l'autre n'était qu'un criminel. Pas d'exceptions. Pas de dilemme. Tire, et puis c'est tout. Et pourtant Web les laissa disparaître dans les bois. Son doigt quitta la détente. Il se mit à hurler de toutes ses forces :

— Ramène-le chez lui, Francis. Et ensuite, je te conseille de courir vite, parce que je viendrai te chercher, espèce de salopard !

55

Strait avait lui aussi entendu les sirènes et se demandait comment tout avait pu basculer aussi vite. Il posa le canon de son arme sur la tempe de Claire et ôta son bâillon. Il lui avait déjà ôté ses liens, de façon à ne pas être obligé de la porter.

— Ma petite dame, j'ai bien peur que vous soyez mon ticket de sortie. Et ça risque même de pas être suffisant. Mais histoire que vous vous fassiez pas des idées, je vous dis tout de suite que, s'ils doivent m'arrêter, je vous bute.

— Pourquoi ? gémit Claire.

— Parce que j'ai les boules, voilà pourquoi. Parce que je me suis crevé le cul pour rien, voilà pourquoi. Et maintenant, venez.

Il l'entraîna violemment vers le centre équestre, où s'alignaient des camions qu'il pourrait utiliser pour s'enfuir. En apercevant le toit de la vaste grange à foin, Strait sourit. Le domaine était vaste, sa topographie compliquée, et les flics arriveraient sûrement par l'entrée principale, ce qui lui permettrait de filer par l'arrière. Le temps qu'ils se rendent compte de ce qui se passait, il aurait déjà gagné le refuge aménagé de longue date en prévision de ce genre d'événement, et il aurait pris le large, sinon avec tout l'argent, du moins avec une partie.

Après avoir escaladé un tertre, ils redescendaient en direction des écuries lorsqu'une silhouette surgit devant eux dans l'obscurité. Au début, Strait crut avoir affaire à Macy, mais, lorsque le vent eut poussé les nuages, la clarté de la lune lui révéla Billy Canfield, un fusil à la main. Aussitôt, Strait poussa Claire devant lui, le canon de son pistolet sur la tempe.

— Écartez-vous de là, le vieux, j'ai pas de temps à perdre.

— Pourquoi, parce que les flics arrivent ? Et comment, qu'ils arrivent ! C'est moi qui les ai appelés !

Strait hocha la tête, l'air mauvais.

— Et pourquoi ça ?

— Je ne sais pas ce que vous trafiquez sur mon domaine, mais je sais que vous couchez avec ma femme. Vous me prenez pour un imbécile, ou quoi ?

— Fallait bien que quelqu'un la baise, Billy, parce que vous, en tout cas, vous le faisiez pas.

— Ce sont mes affaires, rugit Canfield, pas les vôtres.

— Oh, bien sûr que si, et laissez-moi vous dire que je m'en occupais bien. Vous savez pas ce que vous perdiez, mon vieux.

Canfield leva son fusil.

— Allez-y, Billy, tirez, comme ça avec ce fusil de chasse vous tuerez aussi la petite dame.

Les deux hommes se dévisagèrent en silence, et Strait comprit alors qu'il avait le dessus.

Utilisant toujours Claire comme bouclier, il braqua son pistolet sur Billy et s'apprêta à faire feu.

— Billy !

Strait leva les yeux à temps pour voir Gwen, montée sur Baron, qui chargeait droit sur lui. Il lança un cri, poussa Claire sur le côté et tira deux fois coup sur coup. Au même instant, une balle l'atteignit en pleine tête.

Web venait de jaillir du bois et, comprenant ce qui se passait, avait tiré sans hésiter, tuant Strait instantanément. Baron se cabra et ses antérieurs retombèrent sur le corps de Strait.

Web n'avait pas besoin d'examiner Strait pour savoir qu'il était mort, et il se précipita vers Claire, allongée sur le sol.

— Ça va ? lui demanda-t-il.

Elle acquiesça, puis s'assit et éclata en sanglots. Web la serra dans ses bras, et aperçut alors Billy Canfield qui se jetait à genoux à côté d'une masse sombre. Il se leva, s'approcha de lui et vit Gwen, étendue, la poitrine ensanglantée. L'une au moins des balles de Strait l'avait touchée. Respirant avec difficulté, elle leva les yeux sur les deux hommes. Web se jeta à genoux, déchira la chemise de Gwen, examina la blessure puis referma doucement le vêtement. Au regard qu'il posa sur elle, Gwen comprit immédiatement la vérité.

Elle lui étreignit la main.

— J'ai tellement peur, Web.

Web se pencha sur elle, tandis que Billy, accroupi à ses côtés, regardait mourir sa femme.

— Vous n'êtes pas seule, Gwen.

Il n'avait rien trouvé d'autre à lui dire. Il aurait voulu haïr cette femme pour ce qu'elle lui avait fait, pour Teddy Riner et pour les autres, mais il n'y parvenait pas. Et pas seulement parce qu'elle leur avait sauvé la vie, à Kevin, à Claire et à lui, mais surtout parce qu'il ne savait pas comment lui-même aurait réagi à sa place, avec toute cette haine et cette fureur accumulées au cours des années. Peut-être aurait-il agi comme elle, se dit-il en espérant cependant se tromper.

— Je n'ai pas peur de mourir, Web, j'ai peur de ne pas voir David.

Du sang moussait au coin de ses lèvres et ses mots étaient un peu hachés, mais Web la comprenait. Pensait-elle au paradis et à l'enfer, en se disant qu'elle n'aurait même pas droit au purgatoire ? Son regard commençait à se brouiller et l'étreinte de sa main à se desserrer.

— David, dit-elle faiblement. David… (Elle leva les yeux vers le ciel.) Pardonnez-moi, mon père, parce que j'ai péché…

Sa voix s'étrangla et elle se mit à sangloter. Si elle en avait eu la force, elle se serait sûrement traînée jusqu'à sa petite chapelle. Web regarda autour de lui à la recherche de quelque chose, de n'importe quoi. C'est alors qu'apparut Paul Romano, qui s'avançait vers eux en boitant. Il était venu à bord du camion qui tractait la remorque et auquel Web avait crevé les pneus près de la piscine. Merci encore !

Web se précipita sur lui et regarda sa jambe ensanglantée.

— C'est grave ?

— Rien qu'une égratignure. Merci de t'inquiéter.

— Paulie, tu veux bien recueillir la dernière confession de Gwen ?

— Quoi ?

D'un geste, il lui montra la jeune femme étendue dans l'herbe.

— Gwen est en train de mourir. Je veux que tu entendes sa dernière confession.

Romano recula d'un pas.

— T'es cinglé ? J'ai l'air d'un prêtre ?

— Elle est en train de mourir, Paulie. Elle ne s'en rendra pas compte. Elle croit qu'elle va aller en enfer et qu'elle ne reverra pas son fils.

— C'est cette femme qui a organisé le massacre de l'équipe Charlie et tu veux que je lui rende ce service ?

— Oui, c'est important.

— Eh bien, il n'en est pas question !

— Allez, Romano, tu ne vas pas en mourir.

Romano leva brièvement les yeux vers le ciel.

— Qu'est-ce que t'en sais ?

— Paulie, s'il te plaît, je sais que je n'ai pas le droit de te demander ça, mais je t'en prie, il ne reste plus beaucoup de temps. Il le faut.

Et, comme argument ultime, il ajouta :

— Dieu comprendra.

Les deux hommes échangèrent un long regard, puis Romano hocha la tête, s'approcha en boitant de Gwen et s'agenouilla près d'elle. Après quoi il lui prit la main, la bénit d'un signe de croix et lui demanda si elle voulait se confesser une dernière fois. D'une voix très faible, elle acquiesça.

Une fois sa confession entendue, Romano se leva et s'éloigna.

Web alla de nouveau s'agenouiller à ses côtés. Le regard de Gwen commençait à devenir vitreux, mais l'espace d'un instant, elle put le dévisager et même lui adresser un faible sourire, comme pour le remercier, alors même qu'elle crachait du sang à chaque respiration. La ressemblance avec la blessure mortelle de son fils était frappante.

Retrouvant quelque force, elle étreignit la main de Web et réussit à articuler quelques mots.

— Je regrette tellement, Web, pouvez-vous me pardonner ?

Web plongea le regard dans ces yeux magnifiques qui perdaient un peu plus de leur éclat à chaque seconde. Dans ces yeux et sur ce visage, il vit autre chose, l'image d'un jeune garçon qui lui avait fait confiance, à lui, et qui avait été trahi.

— Je vous pardonne, dit-il à la mourante, en espérant que, quelque part, David Canfield faisait de même pour lui.

Sur ces mots, Web s'éloigna et donna la main de Gwen à Billy, qui s'en saisit et s'agenouilla près d'elle. La poitrine de Gwen se souleva et s'abaissa de plus en plus vite avant de retomber une dernière fois, en même temps que sa main. Tandis que Billy pleurait doucement sur le corps de sa femme, Web aida Claire à se relever, passa un bras sous l'aisselle de Romano, et tous trois s'éloignèrent ensemble.

Le coup de fusil les fit bondir en même temps. Ils se retournèrent et virent Billy s'écarter du corps de Strait, son fusil encore fumant à la main.

56

Pendant les quelques jours suivants, la police locale et le FBI envahirent East Winds, rassemblant des éléments de preuve, emportant les corps et s'efforçant de reconstituer la chaîne des événements, ce qui d'évidence allait prendre un certain temps. Comme pour ajouter au macabre, on découvrit sur le domaine, dans une tombe creusée au fond des bois, le cadavre du petit garçon qu'on avait substitué à Kevin dans la ruelle. Il fut rapidement identifié : fugueur venu de l'Ohio, il avait eu la malchance de rencontrer Nemo Strait et Clyde Macy, qui lui avaient certainement promis de l'argent facile.

En parcourant la propriété, Web constatait, navré, à quel point ce cadre bucolique s'était mué en champ de bataille. Bates, qui avait écourté ses vacances, dirigeait les opérations. Romano, lui, se trouvait à l'hôpital, où l'on soignait sa blessure à la jambe ; par chance, la balle n'avait touché ni l'os ni une artère, et les médecins, au vu de son excellente condition physique, lui prédisaient un rétablissement rapide. Pourtant, Web restait persuadé qu'Angie allait mener la vie dure à son mari, pour avoir ainsi risqué sa vie. Nul doute que, si quelqu'un devait liquider Romano, elle eût réclamé cet honneur.

En se dirigeant vers la grande maison, Web aperçut Bates qui en sortait. Billy Canfield se tenait à ses côtés, le regard dans le vague. Il a tout perdu, se dit Web. Bates s'avança vers lui.

— Quel gâchis ! s'exclama-t-il.

— Et visiblement, le gâchis ne date pas d'hier, répondit Web.

— Vous avez raison. Nous avons trouvé des documents dans la maison de Strait et allons remonter la piste de ses fournisseurs. La balle qui a tué Antoine Peebles provenait d'une arme que l'on a retrouvée sur Macy. On a également découvert le corps d'Ed O'Bannon, sur une décharge. Tué par la même arme. Et le fusil qu'utilisait Macy quand vous l'avez abattu a servi à tuer le juge Leadbetter et Chris Miller.

— Chapeau à la balistique ! Ça ne vous plaît pas, quand les pièces du puzzle se mettent toutes en place, comme ça ?

— Oh, et nous avons également analysé la bande de la fusillade de Richmond, comme vous nous l'aviez demandé.

— Qu'avez-vous trouvé ?

— Vous aviez raison. Il y avait quelque chose. Une sonnerie de téléphone.

— Ce n'était pas une sonnerie. Ça ressemblait plutôt à…

— À un sifflet ? C'est ça. Il s'agissait d'un téléphone portable. Vous savez, sur ces appareils, on peut programmer n'importe quel type de sonnerie. Là, c'était un sifflement d'oiseau. Personne n'y avait prêté attention auparavant. Il faut dire qu'on n'avait pas vraiment besoin de preuves pour accabler Ernie Free.

— À qui appartenait le téléphone ?

— À David Canfield. C'était sa mère qui le lui avait donné.

Web parut sidéré. Bates hocha tristement la tête.

— L'appel venait de Gwen. Il n'a jamais répondu. C'était le seul moyen qu'elle avait d'entrer en contact avec lui, mais elle n'aurait pu choisir un plus mauvais moment. Évidemment, elle ne savait pas que la HRT était sur le point d'entrer dans la pièce.

— Vous croyez que c'est pour ça que le téléphone a été un élément constant dans tous ces assassinats ?

— On ne le saura jamais avec certitude mais c'est probable, répondit Bates. Puisqu'elle n'avait pu parler à son fils, elle s'est peut-être dit que la dernière chose que ces gens verraient, ce serait un téléphone. Elle a aussi laissé une déclaration écrite disculpant totalement Billy. Elle devait penser qu'elle ne survivrait pas à tout ça, et elle a eu raison. Nous avons eu confirmation de l'innocence de Billy par d'autres sources. Et on a également réussi à coincer quelques-uns des hommes de Strait qui n'étaient pas à la propriété cette nuit-là. Ils ont craché le morceau.

— Bonne chose pour Billy. Il a suffisamment souffert comme ça.

— Ces types ont confirmé que Gwen ne participait pas au trafic de drogue.

— C'était une femme bien, rétorqua Web. Mais, après ce qui est arrivé à son fils, sa vie a complètement basculé. Vous savez, j'ai toutes les raisons du monde pour haïr cette femme, et pourtant j'éprouve une immense pitié pour elle. Je regrette qu'elle n'ait pas pu lâcher prise. Et je me dis aussi que, si j'avais pu sauver son fils, rien de tout cela ne serait arrivé, et que peut-être je fais plus de mal que de bien.

— Vous ne pouvez pas vous charger d'un tel poids, Web, ça n'est pas juste.

— Bah, la vie n'a pas non plus été juste pour Gwen Canfield.

Les deux hommes poursuivirent leur chemin.

— Passons maintenant aux bonnes nouvelles, dit Bates. Vous êtes réintégré au FBI et, si vous le désirez, Buck Winters vous présentera lui-même ses excuses. Et je compte bien que vous les lui demandiez.

— Il me faut un peu de temps pour y réfléchir, Perce.

— Aux excuses de Buck ?

— Non, à mon retour au FBI.

— Vous plaisantez ? s'écria Bates, effaré. Allons, Web, votre vie est liée au Bureau.

— Je sais, et c'est ça le problème.

— Eh bien, prenez tout le temps qu'il vous faudra. Après ce qui s'est passé, la position officielle du Bureau, c'est qu'il sera fait droit à toutes vos demandes.

— C'est gentil à eux.

— Comment va Romano ?

— Il râle, il se plaint, mais il va très bien.

Ils s'immobilisèrent et contemplèrent un moment la maison, où Billy rentrait à présent. Bates le désigna du doigt.

— C'est pour lui que j'éprouve de la compassion. Il a tout perdu.

Web opina du chef.

— Vous vous rappelez, reprit Bates, le soir de la fête, quand il a dit qu'il fallait garder ses ennemis sous les yeux, de façon à pouvoir les surveiller tout le temps ? Eh bien, ses ennemis étaient là, autour de lui, et le pauvre gars ne s'en est jamais rendu compte.

— Oui.

— Vous voulez que je vous raccompagne ?

— Je crois que je vais rester ici encore un peu.

Tous deux se serrèrent la main.

— Merci pour tout, Web.

Les deux hommes s'éloignèrent chacun de leur côté. Soudain, Web s'immobilisa, se retourna pour regarder Bates, puis la maison, avant de se précipiter vers la grande bâtisse. Il franchit le seuil en trombe et se rua vers le laboratoire de taxidermie de Billy, au sous-sol. La porte était verrouillée, mais il crocheta la serrure et trouva ce qu'il cherchait. Une petite bouteille à la main, il gagna l'armoire aux fusils et actionna le loquet dissimulé qui commandait l'ouverture du cabinet secret. Il prit la lampe torche pendue au mur et s'avança à l'intérieur. Le mannequin lui rendit son regard. Web accrocha la lampe à un piton de façon que la lumière éclaire le réduit, puis il ôta la perruque du mannequin et arracha les poils des favoris. Après quoi il appliqua soigneusement le décapant à peinture sur le visage. La couleur disparut rapidement, et Web continua jusqu'à ce que la peau fût devenue blanche. Il se redressa. Il avait tant vu ce visage qu'il l'aurait reconnu dans son sommeil, mais les quelques artifices de Canfield avaient fait merveille. Billy n'avait pas menti : il avait gardé son ennemi sous ses yeux, de manière à l'avoir toujours à disposition.

Pour la première fois depuis la fusillade de Richmond, Web contemplait Ernest B. Free.

— Vous vous souvenez de ces Italiens dont je vous avais parlé ?

Web pivota sur ses talons et se retrouva face à Billy Canfield.

— Ces Italiens, reprit Billy, qui m'avaient proposé tout cet argent pour transporter leur marchandise volée ? Vous vous rappelez ?

— Oui, je me rappelle.

Canfield avait le regard brumeux et ne regardait même pas Web dans les yeux. Il contemplait Ernie, comme s'il admirait son travail.

— Eh bien, contrairement à ce que je vous ai dit, j'ai accepté certaines de leurs propositions, et j'ai fait du bon boulot pour eux. Ensuite, quatre mois environ après la mort de mon fils, ils sont venus me trouver et ils m'ont fait une offre, pour me récompenser de mes longues années de fidélité envers eux.

— Faire évader de prison Ernest B. Free et vous le livrer ?

— Vous voyez, ces Italiens, ils ont vraiment le sens de la famille, et après ce que ce type avait fait à mon fils… (Billy s'interrompit et se frotta les yeux.) Gwen a dû vous montrer le petit bâtiment qui servait d'hôpital pendant la guerre de Sécession ?

— Oui.

— Eh bien, c'est là que je l'ai liquidé. J'ai envoyé Strait et ses hommes chercher des chevaux, et j'ai mis Gwen dans un avion pour qu'elle aille rendre visite à sa famille dans le Kentucky. Comme ça, je pouvais travailler tranquillement. J'ai utilisé les instruments du musée. (Il s'avança et posa la main sur l'épaule de

Free.) D'abord, je lui ai coupé la langue, parce qu'il faisait trop de raffut. Je m'attendais à ça de la part d'un salaud comme lui. Ça adore faire souffrir les autres, mais ça supporte pas la moindre douleur. Et ensuite vous savez ce que j'ai fait ?

— Dites-moi.

— Je l'ai dépecé comme on le fait avec un cerf. J'ai commencé par lui couper les couilles. Je me suis dit qu'un type qui était capable de faire ce qu'il avait fait à un petit garçon, ça n'était pas un homme, alors à quoi pouvaient lui servir ses couilles ? Vous suivez le raisonnement ?

Il ne répondit pas, mais, bien que Billy ne semblât pas armé, Web posa doucement la main sur la crosse de son pistolet. Canfield ne sembla pas le remarquer, ou encore ne s'en soucia pas.

La tête penchée, il examina son œuvre sous différents angles.

— Je suis pas très instruit, hein, j'ai pas lu beaucoup de livres, mais pour moi ça ressemblait à de la justice que le vieux Free soit enfermé dans une petite pièce où se cachaient les esclaves fugitifs qui recherchaient la liberté. Lui, il l'aura jamais, sa liberté. Et tous les jours, à chaque instant, je savais où était ce salopard, je le montrais aux gens pour leur faire peur, comme si c'était un pantin de carnaval. (Il regarda Web comme si déjà il n'avait plus toute sa raison.) Ça vous semble pas juste ?

Web ne disait toujours rien. Billy le dévisagea longuement.

— Je le referais encore, vous savez. Là, maintenant.

— Dites-moi, Billy, quel effet ça vous a fait de tuer un homme ?

Canfield l'observa pendant un long moment.

— C'était horrible.

— Ça n'a pas apaisé la douleur ?

— Non, pas du tout. Et maintenant, il ne me reste plus rien. (Il s'interrompit, les lèvres tremblantes.) Je l'ai chassée de ma vie. Ma propre femme. Je l'ai ignorée, je l'ai poussée dans le lit de Strait. Elle savait que je savais et je n'ai rien dit, et ça lui a probablement fait plus de mal que si je l'avais battue à cause de ça. Quand elle avait le plus besoin de moi, je n'étais pas là. Si j'avais été à ses côtés, elle aurait pu surmonter tout ça.

— Peut-être, Billy, mais on ne le saura jamais.

En entendant un bruit de pas dans l'escalier, les deux hommes quittèrent le réduit. C'était Bates. Il eut l'air surpris de voir Web.

— J'avais oublié de vous demander un certain nombre de choses, Billy, dit Bates avant de remarquer la pâleur de Web. (Il regarda Billy, qui semblait pétrifié, puis revint à Web.) Que se passe-t-il, ici ?

Web regarda alternativement Billy et Bates.

— Tout va bien. Mais vous devriez poser vos questions à Billy un peu plus tard. Je crois qu'il a besoin de se retrouver un peu seul.

Après un dernier regard à Canfield, Web passa le bras autour des épaules de Bates et l'entraîna dans l'escalier.

À peine arrivés au rez-de-chaussée, ils entendirent la détonation. C'était le beau fusil Churchill.

Web le savait.

57

Deux jours après le suicide de Billy Canfield, Web se rendit chez Kevin Westbrook. Grâce à son père, le jeune garçon avait retrouvé Jerome et sa grand-mère, et Web espérait secrètement que Francis « Big F » avait pu réussir à s'enfuir. Au moins était-il parvenu à tenir son fils éloigné de ses affaires. La grand-mère – Web avait fini par apprendre qu'elle se nommait Rosa – était d'excellente humeur et leur avait préparé un déjeuner. Comme promis, Web lui avait rapporté les carnets de dessins que Claire avait empruntés. Il eut aussi une longue conversation avec Jerome.

— Je ne l'ai pas vu, dit Jerome à propos de Big F. Kevin a disparu, et puis il est revenu, comme par enchantement.

Avant son départ, Kevin remit à Web un dessin qu'il avait fait, représentant un petit garçon et un homme de haute taille, côte à côte.

— C'est toi et ton frère ? demanda Web.

— Non, c'est vous et moi, répondit Kevin avant de se jeter dans ses bras.

En revenant à sa voiture, Web découvrit un papier sur le pare-brise de sa voiture. Dès qu'il en eut pris connaissance, il regarda autour de lui, la main sur la crosse de son pistolet, mais l'homme avait disparu. Il relut le message. Il y avait seulement écrit : « Je vous remercie. Big F. »

Autre bonne nouvelle, on avait retrouvé Randall Cove. Des enfants qui jouaient dans les bois étaient tombés sur lui, et comme il ne portait aucune pièce d'identité, on l'avait admis à l'hôpital local sous la rubrique « inconnu ». Au sortir d'un coma de plusieurs jours, il avait prévenu le FBI. D'après les médecins, lui aussi s'en sortirait.

Web alla lui rendre visite après qu'on l'eut transporté dans un hôpital de Washington. Il était recouvert de pansements, avait perdu beaucoup de poids et ne semblait pas d'excellente humeur, mais il était vivant, ce qui était tout de même une excellente chose en soi.

— Moi aussi, je suis passé par là, lui dit Web. Sauf qu'il me manquait la moitié du visage. Vous vous en tirez bien.

— C'est ça que vous appelez bien ?

— On dit que les blessures par balles, ça forge le caractère.

— Dans ce cas, j'ai suffisamment de caractère pour le restant de mes jours.

Web promena le regard autour de lui.

— Vous en avez pour combien de temps ?

— J'en sais foutre rien ! Je ne suis qu'un patient, ici. Mais s'ils me plantent encore une seule aiguille, il y en a qui vont le regretter.

— Moi non plus, je n'aime pas beaucoup les hôpitaux.

— En tout cas, si je n'avais pas porté mon gilet pare-balles, je serais à la morgue, à l'heure actuelle. J'ai deux traces sur la poitrine qui ne partiront jamais.

— Règle numéro un : toujours tirer une balle dans la tête.

— Heureusement qu'ils ne connaissaient pas vos règles. Alors, Web, vous avez démantelé le réseau d'Oxy ?

— Je dirais plutôt que nous l'avons démantelé.

— Et vous avez descendu Strait ?

Web acquiesça d'un signe de tête.

— Billy Canfield a rajouté une couche de chevrotines. C'était pas nécessaire, mais ça a dû lui faire du bien. Enfin… pas tant que ça.

— J'ai l'impression. (Web se leva pour partir.) Dites, je vous suis redevable. Je ne plaisante pas, hein.

— Non, vous ne me devez rien du tout. Personne ne me doit rien.

— Mais enfin, HRT, vous avez fait dégringoler tout le château de cartes.

— Je n'ai fait que mon boulot. Et, pour être franc, je commence à en avoir un peu marre.

Les deux hommes se serrèrent la main.

— Reposez-vous, Cove. Et quand ils vous sortiront d'ici, demandez à la direction de vous trouver un bon petit boulot peinard, dans un bureau.

— Ça doit être assommant.

— Oui, je trouve aussi.

Web se gara le long du trottoir et descendit de voiture. Il faisait chaud pour la soirée ; Claire avait revêtu une robe d'été et chaussé des sandales. Le dîner était délicieux, le vin agréable, les lumières tamisées, Claire était assise sur le canapé à côté de la cheminée, en face de lui, les jambes repliées sous elle, et Web se demandait ce qu'il faisait là.

— Vous avez repris le dessus ? demanda-t-il.

— Je crois que je ne le reprendrai jamais. Pour ce qui est du travail, ça va très bien. Je croyais que cette affaire avec O'Bannon allait faire fuir ma clientèle, mais le téléphone n'a pas cessé de sonner.

— Il y a beaucoup de gens qui ont besoin d'un bon psy… excusez-moi, d'un bon psychiatre.

— En fait, je me suis beaucoup reposée.

— Vous aviez d'autres choses à faire ?

— En quelque sorte. J'ai vu Romano.

— Il a quitté l'hôpital, depuis. Vous l'avez vu chez lui ?

— Non. À mon cabinet. Il est venu avec Angie. J'essaie de les aider à résoudre ensemble certains problèmes. Ils ont dit qu'ils ne voyaient aucun inconvénient à ce que vous le sachiez.

Web avala une gorgée de vin.

— C'est sûr que tout le monde a ses problèmes. N'est-ce pas ?

— Je ne serais pas surprise si Romano quittait la HRT.

— On verra.

— Et vous ? Vous comptez quitter la HRT ?

— On verra.

Elle posa le verre de vin qu'elle tenait à la main.

— Je voulais vous remercier de m'avoir sauvé la vie, Web. C'est l'une des raisons pour lesquelles je vous ai invité ce soir.

Il s'efforça de prendre la chose à la légère.

— C'est mon boulot, ça, sauver les otages. (Son air jovial disparut.) C'est normal, Claire. Je suis seulement heureux d'avoir été là. (Il la considéra d'un air inquisiteur.) L'une des raisons, avez-vous dit. Quelles sont les autres ?

— Vous cherchez à décrypter mes attitudes ? À lire entre les lignes ?

Elle refusait de croiser son regard, et Web sentait l'inquiétude sous le ton enjoué.

— Qu'y a-t-il, Claire ?

— Je vais bientôt remettre mon rapport au FBI à propos de ce qui vous est arrivé dans la ruelle, lorsque vous vous êtes figé sur place. Avant de leur faire part de mes conclusions, je voulais en discuter avec vous.

Web se pencha vers elle.

— D'accord, je vous écoute.

— Je crois que O'Bannon vous a imposé une suggestion post-hypnotique. Un ordre vous intimant de ne pas faire votre travail.

— Vous m'aviez pourtant dit que, quand on était sous hypnose, on ne pouvait pas forcer le sujet à faire des choses qu'il refusait.

— C'est vrai, mais il y a toujours des exceptions. Si la personne hypnotisée a une relation très forte avec l'hypnotiseur, ou si celui-ci représente une puissante figure d'autorité, il peut contraindre son patient à agir de façon inhabituelle, voire à faire du mal. Le sujet rationalise peut-être cette injonction en se disant que cette figure d'autorité est incapable de faire vraiment du mal. C'est une question de confiance. Et d'après ses notes, O'Bannon avait établi une relation de confiance avec vous.

— Comment passe-t-on de la confiance à la paralysie ? Est-ce qu'il m'a lavé le cerveau ?

— Non. Ce sont deux choses très différentes. O'Bannon, lui, a imprimé un ordre dans votre inconscient. Lorsque vous entendriez l'expression « enfer et damnation », la réaction se déclencherait. L'expression était couplée à une sorte de soupape de sécurité. Dans votre cas, je crois que cette soupape, c'était d'entendre des communications dans votre radio quand vous seriez dans la ruelle. Rappelez-vous, c'est à ce moment-là que vous vous êtes figé sur place. Dans les dossiers de O'Bannon, j'ai trouvé mention de l'expérience avec le fusil Taser dont vous m'aviez parlé. La réaction physique qu'il a programmée, c'était la paralysie. « Enfer et damnation », plus les communications radio, cela devait vous paralyser, comme vous l'aviez été avec la fléchette Taser.

Web sursauta, incrédule.

— Et O'Bannon a pu m'imposer tout ça dans la tête ?

— Je crois que vous êtes somnambule, Web, que vous êtes très sensible à la suggestion hypnotique. Mais vous avez surmonté cette suggestion. Vous n'étiez pas censé vous relever et vous avancer dans cette cour. Cet acte provenait de votre seule volonté. C'était probablement votre action la plus remarquable de cette nuit-là.

— Et ils ont utilisé l'expression « enfer et damnation » pour incriminer encore plus la Free Society, parce que c'était le titre de leur bulletin ?

— Oui. Quand j'ai vu ça sur leur site Internet, beaucoup de choses ont commencé à s'éclaircir.

— Cela faisait beaucoup à comprendre, Claire.

Elle s'inclina vers l'avant, les mains sur les genoux, et soudain Web eut l'impression de se retrouver dans son cabinet.

— Web, j'ai autre chose à vous dire, d'encore plus surprenant. J'aurais dû vous en parler avant, mais je n'étais pas sûre que vous puissiez l'encaisser, et, avec tout ce qui se passait, je crois que j'avais peur.

— De quoi s'agit-il ?

— Quand je vous ai hypnotisé, j'ai appris bien plus que l'arrestation de votre père lors de votre sixième anniversaire…

— De quoi s'agit-il ? répéta-t-il. Je ne me souviens que de cette fête, et encore c'est un peu flou.

Bouleversé, il se leva :

— La seule raison pour laquelle je vous ai laissée fouiller dans mon esprit, chère madame, c'est parce que vous m'aviez dit que c'était moi qui maîtrisais les opérations.

Il se rassit et serra fortement ses mains l'une contre l'autre pour les empêcher de trembler. Qu'avait-il bien pu lui raconter d'autre que cette catastrophe au cours de sa fête d'anniversaire ?

— Parfois, Web, je dois prendre la décision de ne pas laisser le patient se rappeler ce qui s'est passé sous hypnose. Je ne prends pas une telle décision à la légère, pas plus avec vous qu'avec un autre.

Il ne pouvait s'empêcher de l'admirer. Sa voix, son attitude, elle dominait tout. Il avait autant envie de l'embrasser que de la gifler.

— Que m'avez-vous fait exactement, Claire ?

— Je vous ai imposé une suggestion post-hypnotique. Ainsi, vous ne deviez pas vous rappeler ce qui s'était passé au cours de notre séance.

— Génial ! Il est vrai que je suis un sujet malléable, je suis somnambule, donc il est facile de jouer avec mon esprit, pas vrai ? Alors, dites-moi vite de quoi il s'agit !

— Il s'agit de votre mère et de votre beau-père. En fait, de la façon dont il est mort.

L'espace d'un instant, le visage de Web s'empourpra. Il avait peur. Il la haïssait.

— Je vous ai déjà expliqué comment il est mort. Il est tombé. C'est dans votre précieux petit dossier. Allez-y, relisez-le.

— Il est tombé. Mais il n'était pas tout seul. Ne m'avez-vous pas parlé d'une pile de vêtements près de l'entrée du grenier ?

Il la dévisagea.

— Ils n'y sont plus. Et depuis longtemps.

— C'était une cachette formidable pour un petit garçon battu et terrifié.

— Quoi ? Vous parlez de moi ?

— Un endroit où vous cacher sur l'ordre de votre mère. Elle savait que Stockton montait là-haut chercher sa drogue.

— Et alors ? Moi aussi, je le savais. Je vous l'ai dit quand je n'étais pas sous hypnose.

— Vous m'avez aussi parlé de rouleaux de moquette, ajouta-t-elle très doucement. Vous m'avez dit qu'ils étaient durs comme de l'acier.

Web se leva et recula comme un enfant effrayé.

— Claire, c'est de la folie pure !

— Elle vous a amené à le faire, Web. C'était sa façon de résoudre le problème.

Web s'assit par terre et se prit la tête dans les mains.

— Je ne comprends rien à tout ça ! Rien du tout !

— Vous ne l'avez pas tué, Web. Vous l'avez frappé avec le rouleau de moquette et il est tombé. Mais votre mère…

— Arrêtez ! hurla-t-il. Arrêtez ! J'ai jamais entendu autant de conneries de toute ma vie !

— Je vous dis la vérité, Web.

Claire s'agenouilla devant lui et lui saisit la main.

— Après tout ce que vous avez fait pour moi, j'ai de la peine à vous révéler ça. Mais croyez-moi, je ne le fais que pour vous aider. Pour moi aussi, c'est dur. Pouvez-vous le comprendre ? Et me croire ? Me faire confiance ?

Il se leva avec une telle brusquerie qu'elle faillit tomber à la renverse, et se dirigea vers la porte.

— Web, je vous en prie ! s'écria-t-elle.

Il sortit, suivi de Claire, qui laissait libre cours à ses larmes.

Il monta en voiture et mit le contact. Un peu chancelante, elle s'avança vers lui.

— Web, nous ne pouvons pas en rester là.

Il baissa la vitre et plongea les yeux dans les siens.

— Je vais m'en aller pour un certain temps, Claire.

— Vous en aller ? demanda-t-elle. Où ça ?

— Je vais aller voir mon père. Pourquoi ne pas analyser ça, pendant que je serai parti ?

Il démarra et s'éloigna sous un ciel d'orage avant de disparaître dans l'obscurité. Il jeta un coup d'œil dans le rétroviseur et aperçut Claire Daniels, illuminée par la flaque de lumière que déversait sa jolie maison. Puis il regarda devant lui et accéléra.

REMERCIEMENTS

À mes bons amis Philip Edney et Neal Schiff, du FBI, pour leur aide et leurs conseils. Merci d'avoir toujours été là pour moi.

Merci à l'agent spécial W. K. Walker pour son aide et ses conseils.

Au Dr Steve Sobelman en raison de son aide inestimable pour tous les aspects psychologiques de ce roman, et parce que c'est quelqu'un de bien et un ami cher. Steve, on t'aimerait même si tu n'étais pas marié à ta merveilleuse épouse, Sloane Brown.

À mes excellents amis Kelly et Scott Adams pour leur aide et les renseignements qu'ils m'ont fournis à propos de l'élevage de chevaux, et pour avoir tant chevauché avec moi dans la neige. Merci aussi, Kelly, de m'avoir appris à monter Boo. Je reviendrai !

À mon nouvel ami le Dr Stephen P. Long pour l'aide touchant à l'Oxycontin. Steve, tes commentaires étaient inspirés et judicieux.

À Lisa Vance et Lucy Childs qui m'ont aidé à bien mener ma vie littéraire.

À Art et Lynette pour tout ce qu'ils font pour nous.

À Steve Jennings qui, une fois encore, a scruté chaque page de son œil d'aigle.

Au Dr Catherine Broome qui a éclairci certains mystères médicaux d'une manière si limpide que j'ai pu les comprendre.

À Aaron Priest pour ses conseils. Je vous suis grandement redevable.

À Frances Jalet-Miller pour son excellent travail d'éditrice. Cette fois-ci, vous vous êtes surpassée, Francie. Et à Rob McMahon pour ses précieux commentaires.

À Deborah Hocutt qui fait tant pour me rendre la vie agréable. Et à son mari, Daniel, qui a conçu un incroyable site Internet.

À Michelle qui s'emploie à garder la trajectoire dans notre fol univers.

À toutes ces personnes merveilleuses chez Warner Books, notamment Larry, Maureen, Jamie, Tina, Emi, Martha, Karen, Jackie Joiner et Jackie Meyer, Bob Castillo, Susanna Einstein, Kelly Leonard et Maja Thomas : vous êtes les meilleurs.

Et, finalement, à mon ami Chris Whitcomb, membre de la Hostage Rescue Team, la HRT, qui se trouve être également un merveilleux écrivain et l'un des êtres les plus extraordinaires que j'aie jamais rencontrés. Chris, jamais je n'aurais pu écrire ce roman sans toi. Tu es allé bien au-delà de ton devoir et je ne l'oublierai jamais. Je te souhaite les plus grands succès dans ta carrière d'écrivain, tu les mérites.

"Traquée"

(Pocket n°11689)

À Washington, les deux plus puissantes institutions de services secrets des États-Unis se livrent une guerre souterraine. Faith Lockart, associée de David Buchanan, lobbyiste reconverti dans l'humanitaire, s'apprête à révéler au FBI les dessous d'une vaste entreprise de corruption politique, dont les principaux intéressés ne sont autres que les membres de la CIA. Faith Lockhart en sait trop. Des tueurs sont engagés pour l'éliminer…

Il y a toujours un Pocket à découvrir

Impression réalisée sur Presse Offset par

BRODARD & TAUPIN

GROUPE CPI

22506 – La Flèche (Sarthe), le 25-02-2004
Dépôt légal : mars 2004

POCKET – 12, avenue d'Italie - 75627 Paris cedex 13
Tél. : 01.44.16.05.00

Imprimé en France